dtv

Für Thoas

Unconsciously, perhaps, we treasure the power we have
over people by their regard for our opinion of them,
and we hate those upon whom we have no such influence.
I suppose it is the bitterest wound to human pride.
William Somerset Maugham

We live, as we dream – alone.
Charles Marlow

Erster Teil

Es ist die Morgenröte nach der Finsternis
Es ist der Triumph, der die Niederlage verhöhnt
Es ist ein Herz, in dem jede Furcht verglüht
Es ist ein unbezahlbarer und gefährlicher Schatz

I.

Er sah den Mann auf der Bank sitzen, er näherte sich ihm von hinten, er streckte den Arm aus und wollte dem Mann die Hand auf die Schulter legen – aber kurz bevor seine Finger die Schulter berührten, tastete seine Hand ins Leere.

Der Mann neigte sich nach vorn, erhob sich, in schwarzem Mantel, den Kragen hochgeklappt, auf seinem Kopf saß ein schwarzer Bowler. Als der Mann voranschritt, als ihm sein Schatten hinterherglitt, da strahlte das einfallende Licht auf ein Buch mit blau-rot marmoriertem Einband.

Das Buch lag nun einfach da, auf dieser grün gestrichenen Bank, ganz allein, während rundherum Menschen waren, Menschen überall, ihre eilenden Halbschuhe klapperten und die metallenen Spitzen ihrer Gehstöcke klimperten.

Er rief dem Mann hinterher, er wedelte mit den Armen, er brüllte, aber der Bowler verschmolz mit anderen Bowlern, und das Letzte, was er sah, war ein Zipfel schwarzen Mantelsaums, der durch ein Gitternetz aus Hosenbeinen aufflackerte, dann entschwand.

Ein Dieb könnte daherkommen und das Buch stehlen, dachte er, eilte um die Bank herum und setzte sich, denn bestimmt würde der Besitzer den Irrtum bald bemerken und zurückkehren. Aber er wartete und wartete und wartete.

Als er abermals auf den blau-rot marmorierten Einband hinunterschaute, empfand er das Verlangen, ihn zu berühren.

Er widerstand dem Drang vielleicht fünf, vielleicht zehn Minuten, dann legte er seine Hand ganz sanft neben sich auf die Bank und betastete den Einband mit dem kleinen Finger. Der Ringfinger folgte, der Mittelfinger, die ganze Hand, mit der er über den Einband des Buches strich wie über den Kopf eines verlassenen Kindes. Er fühlte sich dem Buch so nah, als wäre er sein neuer Besitzer.

In diesem Moment wachte er auf. Er lag auf dem Bauch und sein Rücken schmerzte. Als er die Augen öffnete, blinzelte er, so hell war es. Seine rechte Hand hatte er unter das Kissen geschoben. Diese Hand zog er nun hervor. Und mit der Hand kam auch das blau-rot marmorierte Buch zum Vorschein, das er im Traum gestreichelt hatte.

2.

Professor Hestermann saß in seinem lila Pyjama auf der Bettkante und rieb sich den Schlaf aus den Augen.

Durch das offene Fenster hörte er die Züge unten in der Victoria Station rumpeln. Und oben, über den Dächern Londons, sah er zwischen zwei Kaminen den Bogen der aufgehenden Sonne. Die Sonne hatte die Farbe einer Apfelsine und blendete stark, Hestermann drehte sich dem Raum zu, wo das Licht in sanftem Perlenrosa von den Wänden zurückgeworfen wurde. Er griff nach seiner Hose, die eine Armlänge entfernt über eine Frisierkommode aus dem Holz des Narrabaums geworfen lag, schob seine Finger in die rechte Gesäßtasche und zog einen Kamm aus vanillebraunem Horn hervor. Einige Zinken am Kamm fehlten, aber nicht so viele, dass der Professor den Kamm für nutzlos empfunden hätte, und diesen Kamm zog er sich nun durch das weiße Haar, scheitelte erst von links nach rechts, dann von rechts nach links und schließlich wieder zurück.

Es war Freitag, der 25. Februar 1938, und einen Tag zuvor hatte er am University College of London einen Vortrag über allgemeine Satzlehre in der sumerischen Keilschrift gehalten, mit einem Schwerpunkt auf der Verwendung des Verbs im dritten Jahrtausend vor Christus. Ihm war gewesen, als hätte er seine Theorie zum hundertsten, nein, tausendsten Mal erklärt und als wären die Sätze in seinem Mund ganz und gar leblos gewesen. Entsprechend zaghaft war der Applaus gekommen, und Hestermann hatte darüber nur abwesend genickt.

Unter den Zuhörern war ein Kollege gewesen, der kürzlich ein bahnbrechendes Wörterbuch über britischen Slang veröffentlicht hatte und gegenwärtig an einer Etymologie der Sprache von Dieben, Mördern und Prostituierten arbeitete. Für den heutigen Tag hatten sie sich zu einem Besuch im botanischen Garten verabredet, um gemeinsam eine wichtige Sache zu besprechen, über die Hestermann bereits in einem Brief geschrieben hatte. Danach würde Hestermann zurück nach Deutschland fahren, mit dem Drei-Uhr-Zug, über Dover, Calais, Brüssel, Lüttich, Aachen, Köln, bis Münster.

Der Völker- und Sprachkundler Ferdinand Hestermann, Angestellter der Universität Münster, war an diesem sonnigen Februarmorgen sechzig Jahre alt, und er schaute voller Sorge in die Zukunft. Ihm war, als kreiste ihn etwas Bedrohliches ein. Aber wenn es ihm doch gelang, einen optimistischen Blick auf die kommenden Jahre zu werfen, so sah er sich in seinem Büro sitzen, wo die Bücherstapel zur Decke reichten, er würde sich über bedruckte Seiten beugen, bis zu jenem Tag, da ihm der Bleistift aus den Fingern glitt und das Licht in ihm erlosch.

Hestermann war ein groß gewachsener Mann, sehr schlank, mit Handgelenken wie ein Mädchen, und hätte man jetzt unter diesem lila Pyjama seine Ellbogen gesehen, so wäre man erstaunt gewesen, dass die Ellbogen nicht viel dicker waren als die Handgelenke. Seine Finger waren lang und dünn, und der Zeigefinger seiner rechten Hand hatte stets einen Gelbstich; der Geruch, den der Professor ausströmte, hatte seine Studenten dazu veranlasst, ein Gerücht in die Welt zu setzen, wonach Hestermann in der Asche seiner Zigaretten schlafe, und dies wiederum hatte ihm den Übernamen Aschenputtel eingebracht, aber keiner der Studenten hatte sich jemals getraut, dies dem Professor gegenüber laut auszusprechen, und es ist fraglich, ob Hestermann je von seinem Spitznamen erfahren hat.

Bemerkenswert, oder geradezu irritierend, waren seine Augen, genauer gesagt, sein Blick, in dem man eine seltsame Art von Wut vermutete, oder allenfalls das Nachhallen eines längst vergangenen Schreckens. Dieser Eindruck wurde verstärkt durch senkrechte Furchen, die zwischen seinen Augenbrauen begannen und bis zum Haaransatz reichten. Die Furchen hätten auch das Ergebnis von jahrelangem angestrengtem Nachdenken sein können, aber beim genauen Hinschauen zeigten sie sich als das, was sie wirklich waren: Narben.

Während er sich den Kamm von der Schläfe in Richtung rechtes Ohr zog, ließ er den Kopf im Nacken kreisen, dann griff er nach einer Schachtel Zigaretten, und im nächsten Moment erinnerte er sich daran, dass er sich zu seinem sechzigsten Geburtstag vorgenommen hatte, am Morgen als Erstes zu frühstücken.

Mit einem Seufzer bückte er sich und tastete in seiner Reisetasche nach einer Packung aus braunem Wachspapier, auf das mit roter Farbe ein fröhliches Kindergesicht gedruckt war, und aus dieser Packung zog er eine Scheibe Zwieback.

Professor Hestermann hatte stets alles dabei, was er zum Leben brauchte, egal ob er nun eine Vorlesung in Münster hielt oder einen Vortrag in London. Seine Tasche war aus Rindsleder gefertigt, sie hatte die Größe eines Aktenordners und war etwas abgewetzt; eingeklemmt neben der Packung Zwieback lagen zuunterst ein Hemd, eine Unterhose und ein Paar schwarzer Socken, dazwischen ein Tütchen besonders schonenden Seifenpulvers – eine eigens hergestellte Mischung aus Natriumcarbonat und geraspelter Kernseife; in einem rotgegerbten Schreibetui bewahrte er Zahnbürste, Zahnpasta, zwei Bleistifte und einen Anspitzer aus silbernem Metall auf; ein schmales Fach auf der Innenseite der Tasche enthielt ein Tagebuch und den Reisepass. Nun, in London, hatte er noch einen Stapel Papiere dabei, mit allerlei Stempeln, Siegeln, Hakenkreuzen.

Er knabberte am Zwieback und zog sich den Kamm über den Hinterkopf, dabei stieß er ein wohliges Stöhnen aus.

Er schob sich den Rest des Zwiebacks in den breiten Mund und tat schließlich, was er in den vergangenen sechsundzwanzig Jahren jeden Morgen getan hatte: Er widmete sich dem Buch mit dem blau-rot marmorierten Einband.

Das Buch war ein handschriftliches Exemplar. Es war ein Wörterbuch der Sprache eines Eingeborenenvolkes namens Yamana, die am südlichsten Zipfel Südamerikas gelebt hatten, in Patagonien, in Tierra del Fuego, dem Land des Feuers. Diese Informationen standen in englischer Sprache auf der Innenseite des Buchdeckels, auch die Übersetzungen der Yamana-Wörter waren auf Englisch verfasst.

Durch die Seiten schimmerten blassrosa die vertikalen Striche eines Kassenbuches. Der erste Eintrag lautete *ammbj'a*, oder *a'mimbj'a* oder *anambja*; das Wort war schwer entzifferbar, da es etliche Male durchgestrichen und neu geschrieben worden war. Der Verfasser hatte mit blauer Tinte *Gewürz, Unkraut* dahinter geschrieben und mit stärkerer schwarzer Tinte *Gemüse ähnlich wie Chicorée*. Der zweite Eintrag musste jüngeren Datums sein, hatte Hestermann nach langen Stunden der Analyse entschieden, denn die Tinte sah frischer aus. Was ihn allerdings befremdete, waren die beiden Definitionen des Wortes: Zwischen Unkraut und Chicorée schien ihm ein erheblicher Unterschied zu liegen. Diese Kontraste zogen sich durch das ganze Buch, mal waren sie stärker, mal schwächer. Unter *mūlahana* stand als Erklärung *Den Mund verschließen,* und später war angefügt worden: *Mit dem Kopf unter Wasser schwimmen.*

Viele Nächte hatte Hestermann wach gelegen und in seinem Geist diese fremde Welt auferstehen lassen, diese Welt, in der die Menschen einander aus purer Eifersucht mit bloßen Händen das Genick brachen und dafür einen Begriff hatten. Er hatte die Namen ihrer Pfeilspitzen auswendig gelernt und die Namen ihrer Sterne und die Namen ihrer Götter. Er hatte ihre Verben und Adjektive bestaunt, etwa *iskāsinana*, was *Schnell zu Stärke heranwachsen wie ein kleines Kind* bedeutete, oder *köguräiūa*, was man sagte, wenn man starken Hunger hatte oder aber plötzlich sehr ungeduldig wurde.

Von dem Buch ging ein Zauber aus, dem Hestermann nur allzu gerne erlag.

Die Tatsache, dass das Buch die Sprache eines fernen Volkes dokumentierte, erschien ihm nicht weiter bemerkenswert. Aber noch heute war es ihm ein Rätsel, wie diese Worte die Berge und die Meere und die Wälder und die Menschen dermaßen scharf umrissen. Welche Technik hatte der Autor benutzt, dass dies alles lebendig, ja greifbar wurde? Was hatte er getan, um diese Bilder voller Licht und Schatten in den Kopf des Lesers zu zaubern? Wie kam es, dass alles vor Farben funkelte? In einem Wörterbuch!

Es war schlicht ein Meisterwerk.

Es hatte für sich eine ganz eigene Gattung geschaffen, es war ein Baldanders: mal Landschaftsbeschreibung, mal völkerkundliche Forschungsarbeit, mal Gemälde, mal Gedicht, und oft steckte all dies in einer einzigen Wortdefinition, respektive: in diesem Mischmasch aus Versionen, in diesem unglaublichen Reichtum an gesammelten Fetzen von Leben. Allein die Beschreibung des Otters! Das Glitzern seines Fells! Das Gefühl der Wärme bei einer Berührung – ein fast schon manisches Festhalten an Erlebtem! Dies waren keine Einträge eines Wörterbuchs, Hestermann hatte bisweilen das Gefühl, dieses Buch sei nur als Wörterbuch getarnt, in Wahrheit sei es ein Bauplan, eine Anleitung zum Erschaffen eines Teils der Welt, für den Fall, dass diese Welt einst untergehen sollte.

Es war eine Kopie der Wirklichkeit in Form von Wörtern, es war ein philosophischer Gral, nichts mehr und nichts weniger.

Einmal, in Münster, hatte er das Buch in seiner privaten Sammlung nicht mehr gefunden, augenblicklich war er nervös geworden, war kreuz und quer über das Universitätsgelände geirrt, von Hörsaal zu Hörsaal, hatte Unbekannte gefragt: »Haben Sie mein Buch gesehen?« und hatte an den Litfaßsäulen Vermisstenanzeigen aufgehängt, mit der Bitte, falls man das Buch fände, möge man es sofort in sein Büro bringen, ein Finderlohn sei garantiert. Kurz darauf aber hatte er es im Küchenschrank seiner Wohnung wiedergefunden, eingeklemmt zwischen zwei Packungen Zwieback. Fortan hatte er das Buch immer öfters in seine Tasche gepackt, damit das nicht mehr passierte. Er wollte das Buch in seiner Nähe haben, und mittlerweile fand er keinen Schlaf mehr, wenn es nicht direkt unter dem Kissen lag. Und schlief er endlich ein, träumte er oft diese Szene von dem Buch auf der grün gestrichenen Bank und dem Mann mit Mantel und Hut, der sich in Luft auflöst.

Professor Hestermann kämmte sich die Augenbrauen, dabei legte er die Stirn genussvoll in Falten. Er sank ins Hotelkissen, das Buch kippte auf seine Brust, und er fuhr mit den Fingerkuppen über den Einband. Schließlich legte er den Kamm zwischen die Seiten und klappte den Deckel zu.

Sein Blick glitt über die Zimmerwände, über den elfenbeinfarbenen Damast, über die Sessel aus grüngefärbtem Chagrin-Leder und über die Lampen aus Milchglas, deren

Form stark an Blüten von Engelstrompeten erinnerten. Ihm fiel nun auf, dass an dem Lampenschirm, der ihm am nächsten war, nämlich jenem auf dem Nachttisch, drei dünne, haarige Beine hervorguckten; er hob den Kopf und sah eine Hausspinne, eine Winkelspinne vermutlich, mit einem leopardenartig gemusterten Hinterleib. Hestermann holte ein Zahnglas aus dem Badezimmer, bückte sich zur Nachttischlampe, hielt das Glas unter die Vorderbeine der Spinne und schubste das Tier mit einer millimeterkleinen Bewegung des rechten Zeigefingers an, sodass sie ins Glas krabbelte. Er deckelte das Glas sorgsam mit der Fläche seiner Hand, ging zum Fenster, öffnete es mit dem Ellbogen und legte die Spinne draußen auf das Mauerwerk. Vermutlich würde sie in der Kälte bald sterben, aber nur vermutlich; blieb sie hingegen hier drinnen, erwartete sie der garantierte und qualvolle Tod durch Insektengift.

Er schloss das Fenster wieder und schaute eine Weile auf die Spinne hinunter. Vom elektrischen Radiator nahm er den Geruch von erhitztem Staub wahr, und im einfallenden Sonnenlicht sah er feinste Partikel in der Luft schweben, die er mit der Hand wegwischte und so zum Tanzen brachte. Kurz kam ihm der Gedanke, er müsse sich wohl beim University College für die Buchung dieses exklusiven Zimmers bedanken, aber schon huschte der Gedanke wieder davon, so rasch wie eine Schwalbe im Flug.

Er legte sich zurück ins Bett. Er schloss die Augen, was er immer tat, wenn er die Dinge klar sehen wollte, und durch seinen Geist fluteten Bilder von nackten Kriegern.

So döste er ein.

Als er die Augen aufriss, hob er die Hand und schaute auf seine Armbanduhr. Er stand auf, zog den Pyjama aus, stopfte ihn in seine Tasche, nahm Hose, Hemd und Jackett vom Stuhl und schlüpfte hastig hinein.

Während er durch die Victoria Station in Richtung U-Bahn eilte, flatterte ein lila Ärmel hinter ihm her, wie eine Girlande, befestigt an des Professors Ledertasche, im Duft des frühen Morgens.

3.

Hestermann kam eine Stunde zu spät.

Am Bahnhof Kew Gardens sprang er aus der U-Bahn, noch bevor der Wagen zum Stehen gekommen war, lief in die verkehrte Richtung und bemerkte seinen Irrtum erst, als die Plattform abfiel und unter seinen Schuhspitzen Gleise in einem Bett von Kieselsteinen funkelten; er drehte sich um und eilte den ganzen Weg wieder zurück, rannte zum Ausgang, keuchte, hechelte, und jetzt lächelte er.

Kollege Parridge, der Verfasser des Wörterbuchs über die Sprache von Dieben, Mördern und Prostituierten, stand noch immer vor der U-Bahn-Station und wartete. Auf seinem Kopf saß ein schwarzer Homburger, darunter fluteten Locken hervor, er trug einen Übermantel aus gebürstetem Filz, und am Revers trocknete Eigelb. Hestermann zog eine rot-weiße Packung mit der Aufschrift Lux aus der Tasche seines Jacketts und zündete sich eine Zigarette an. Er reichte Parridge die Hand und wollte eine Entschuldigung für seine Verspätung murmeln, doch er schwieg.

Normalerweise fand man Eric Parridge auf Sitzplatz K1 im Leseraum des British Museum im Zentrum von London. Sein Sitzplatz war von weither sichtbar, dort türmten sich die Bücher. Er trug den Spitznamen *Professor Schmierfink*, da alle wussten, dass er seine angegessenen Schinkenstullen und halbvollen Kaffeetassen zwischen den Bücherstapeln vergaß, und einmal war über Nacht einer dieser Stapel eingestürzt und man hatte am frühen Morgen eine erschlagene Ratte gefunden. Aber man ließ Parridge gewähren, er war nun mal ein bahnbrechender Wissenschaftler. Es gab nur sehr wenige Tage, die er nicht im British Museum verbrachte, sogar seine Verabredungen fanden bei Sitzplatz K1 statt, was dem Ort die seltsame Aura eines temporären Gelehrtenbüros verlieh.

Gestern jedoch war Parridge zu Hestermanns Vortrag am linguistischen Institut des University College gekommen, und für den nächsten Tag hatte er diesen Ausflug an den Rand der Stadt vorgeschlagen, wo er im botanischen Garten mit einem weiteren Kollegen verabredet sei. Dieser Kollege, ein ausgefuchster Kerl übrigens, könne die Sache bereinigen, die Hestermann so sehr Sorgen bereite, und die er ja bereits in seinem Brief erwähnt habe. Alles sei bestens, der Kollege habe die Lösung parat. Hestermann hatte irritiert, dass Parridge ohne Rücksprache eine weitere Person eingeweiht hatte, aber er beschloss, die Dinge auf sich zukommen zu lassen – das würde schon gutgehen.

Nun also spazierten die beiden Wissenschaftler in die Richtung des botanischen Gartens. Es war ein milder Vormittag mit dreizehn Grad. Sie schwiegen weiterhin, Hestermanns Zigarette brannte bis auf einen feuchten Stummel nieder, er steckte die freie Hand in die Tasche seines Jacketts, zog eine frische Zigarette hervor und entzündete sie mit dem Stummel.

Gewundene Straßen führten identische Häuser entlang, deren Fenster allesamt mit derselben weißen Farbe gestrichen waren, als Parridge sagte: »Ach, der Penis.«

Er schüttelte betrübt den Kopf. Er habe die Herausforderung seines aktuellen Werks unterschätzt. Es drohe vulgär zu werden. Das Risiko habe von Anfang an bestanden, aber dieses Ausmaß habe er nicht erwartet.

Hestermann nickte, die Hände auf dem Rücken verschränkt. »Eine verzwickte Sache«, sagte er.

Sie bogen in die High Park Road ein, dann in die Atwoods, gingen vorbei an der Kirche *Our Lady of Loreto and St Winefride*, und Hestermann warf dem Gebäude einen scheuen Blick zu, dabei zog er an der Zigarette und seine Wangen wölbten sich nach innen.

»Allerdings«, sagte Hestermann, »ist bei einem guten Wörterbuch die Überzeugung des Autors irrelevant, viel wichtiger ist die Vielfalt.«

»Natürlich«, sagte Parridge, »aber beim Penis hört der Spaß auf.«

»Wenn Sie die Sprache zu zensieren beginnen, haben Sie verloren«, sagte Hestermann und seufzte. Er fügte hinzu, Obszönität könne nie ein ernstzunehmender Kritikpunkt sein, Mangelhaftigkeit aber sehr wohl.

Parridge sah aus, als wollte er gleich in Tränen ausbrechen, Hestermann schnippte Asche zu Boden.

Der botanische Garten war bereits in Sichtweite, als Hestermann sagte: »Meiner Ansicht nach, Kollege Parridge, wäre es in Ihrem Fall denkbar, den Ausweg über *membrum virile* zu versuchen.«

Parridge blieb stehen, den ausgestreckten Zeigefinger in der Luft, sein Mund stand offen und er blickte zum wolkenlosen Himmel empor.

»*Membrum virile!*«, jauchzte er.

Hestermann vertrat auf diesem Gebiet zwar eine leicht andere Meinung, denn für ihn musste die Definition eines Wortes möglichst leicht verständlich sein, und dies bedeutete, das antiquierte Latein zu verbannen. Aber bei Parridge sah er gern über seine Prinzipien hinweg. Er hatte schließlich große Bewunderung für den Kollegen übrig: In Hestermanns Augen war Parridge der letzte echte Lexikograf, ein Einzelkämpfer, der Gruppenarbeit mied, ein weiser, asketischer, einsiedlerischer Mann, der sich nicht von den Moden einlullen ließ, sehr wohl wissend, dass eine Vielzahl von Erschaffern jedem Werk die Seele raubten, ob es sich nun um ein Bild, ein Gedicht oder ein Wörterbuch handelte.

Einmal, vor einigen Jahren, hatte Hestermann einen Druck des Yamana-Wörterbuchs in streng limitierter Auflage angefertigt und ein Exemplar davon Parridge geschenkt. Der Brite aber hatte kein großes Interesse gezeigt, dieser Druck sei schon eine tolle Sache, allein die hochkomplizierte Phonetik, aber das alles erscheine ihm irgendwie blass und fahl, hatte er gesagt. Dies sei ihm auch aufgefallen, hatte Hestermann geantwortet, der Zauber sei verflogen.

»Zauber?«, hatte Parridge gefragt. »Was für ein Zauber?«

Die beiden Männer hatten sich über das handschriftliche Original gebeugt, ihre Schultern sich leicht berührend, und Hestermann hatte das Gefühl gehabt, dem Kollegen würde das Wasser im Mund zusammenlaufen, Parridge hatte geschmatzt und geschluckt und war ganz erregt geworden: Das sei ja unglaublich, ein Schatzfund, ein Eldorado der Lexikografie! Diese sichtbare Arbeit an einzelnen Definitionen! Dieser verbildlichte Lauf der Zeit! Dieses allmähliche Entstehen einer fremden Welt! Eine seltsame Art von Monomanie, deren Vielfalt dem Unendlichen nahekäme! Wie dieses Kunstwerk denn nach Deutschland gekommen, ja, wer der Verfasser sei? Unerhört! Hestermann hatte mit den Schultern gezuckt und den Kopf geschüttelt, gemurmelt, den Namen eines Verfassers habe er nirgends im Buch finden können. Jahre später würde sich Hestermann noch dafür schämen, dass er in diesem Moment den Kollegen Parridge sanft und doch etwas zu ruppig zur Seite geschoben, das Buch zu sich herangezogen, es ganz sachte zugeklappt und behutsam in seine Tasche zurückgesteckt hatte.

Im botanischen Garten näherten sie sich einer Schwarzkiefer, unter der ein kleiner Mann saß und eine Pfeife rauchte. Der Mann trug eine erdfarbene Tweedjacke, einen moosgrünen Cardigan und eine ziemlich straff geknöpfte braune Krawatte. Nachdem er an seiner Pfeife gezogen hatte, beobachtete er den dichten Rauch, der aus der Kammer aufstieg, er spitzte die Lippen und pustete Wolken aus.

Er wedelte mit der Hand und er redete, offenbar mit sich selbst, denn da stand niemand in der Nähe, der hätte antworten können. Mit einem Mal drehte er den Kopf, grummelte: »Potz Blitz!«, hüpfte auf die Füße und stürmte auf Hestermann und Parridge zu. Er streckte die Hände aus, auf eine derart ungestüme Weise, als hätte er sehr lange auf dieses Treffen gewartet.

Zu Hestermann sagte er: »Sie sind der Deutsche, ja? Herzliches Beileid.«

Dann nannte er seinen Namen, den Hestermann aber sofort wieder vergaß. Hestermann konnte sich nur die Namen von Leuten merken, mit denen er regelmäßig verkehrte.

»Setzen wir uns, setzen wir uns«, sagte der kleine Mann, »und sinnen über die Wunder dieser Welt nach.«

Er drehte sich um, eilte zurück zum Baum, lehnte den Kopf an den Stamm und zog an seiner Pfeife.

Hestermanns Blick wanderte den Stamm entlang zur Krone des Baumes. Der Baum hatte sonderbar menschliche Züge. Man hätte denken können, er besäße lange Beine, mit denen er in weiten Schritten über das Land liefe. Hestermann legte die Hand an den Stamm: Er fühlte sich warm an, war überzogen von Abertausenden dünner Platten etwa so groß wie ein Daumen, die Ähnlichkeit hatten mit Hautschuppen und herabfielen, wenn man ein wenig daran zog. Ihre Farbe war die von Vanilleschoten, darunter war der Stamm schwarz. Hestermann ging einen Schritt zurück, und da erinnerte ihn die Struktur des Baumstamms an eine Brotkruste.

Parridge zog seinen Übermantel aus, klemmte ihn in der Armbeuge fest und setzte sich auf eine Wurzel, die sich aus der Erde erhob. Auch Hestermann setzte sich. Nun begann der kleine Mann einen Monolog darüber, dass auch er Deutscher sei, gewissermaßen zumindest, vor zweihundert Jahren sei ein Vorfahre auf die Insel ausgewandert, mittlerweile sei man aber Brite durch und durch, und man könne nicht verstehen, in welche Richtung es den Kontinent gerade treibe, ein Feuer werde ausbrechen, und alles wegen des verdammten kleinen Ignoranten mit seinem nordischen Unfug und dem ganz und gar unwissenschaftlichen Quatsch, den dieser Tor erzähle. Und jetzt wolle der auch noch sämtliche völker- und sprachkundlichen Werke des Landes in eine Art Privatbibliothek verfrachten, wo er doch viel zu dumm sei, um diese Bücher verstehen zu können. Übrigens, fuhr der kleine Mann fort, habe er erst kürzlich aus Deutschland ein Schreiben erhalten, er solle seine arische Abstammung bestätigen, ohne die könne das Kinderbuch, das er verfasst habe, in Übersetzung gar nicht erscheinen, und er habe zurückgeschrieben, soweit er informiert sei, habe er keine persischen Vorfahren, und niemand in seiner Familie habe Hindi oder Romani oder ähnliche verwandte Sprachen gesprochen.

Hestermann nickte und unterdrückte ein Kichern.

»Falls Sie etwas besitzen, mein lieber Ferdinand, ohne das Sie nicht leben können, müssen Sie es aus dem Land der Barbaren schaffen, ehe es zu spät ist«, sagte der kleine Mann.

»Dieser Gedanke ist mir auch schon gekommen«, sagte Hestermann und zündete sich eine weitere Lux an.

Er warf Parridge einen anerkennenden Blick zu, den dieser nicht erwiderte. Parridge hob den Kopf und schaute in die Krone des Baumes.

Der kleine Mann griff nach hinten und tätschelte den Stamm der Schwarzkiefer, und dabei setzte er ein verschwörerisches Lächeln auf. Als junger Mann habe er Berge gesehen, von denen er den Blick nur sehr schwer habe abwenden können, scharf hätten sie gegen den dunkelblauen Himmel gestanden, und zu ihren Füßen hätten sich Kiefernwälder ausgebreitet, die von türkisfarbenen Bächen durchschnitten gewesen seien, nie habe er dort einen Menschen angetroffen, der auch nur ein einziges Wort ausgesprochen habe, und erst viel später sei ihm klar geworden: Diese Menschen hätten längst verstanden, dass ihre Worte es niemals mit der majestätischen Präsenz der Berge aufnehmen könnten, mit der Wucht von Granit und Gneis, dass alles, was sie sagen würden, letztlich nichtssagend sei, und deshalb zögen sie es vor, die ganze Zeit zu schweigen.

»Ach, wirklich?«, fragte Hestermann, »und wo auf der Welt soll dieser Ort sein?«

»In der Schweiz, Freund Ferdinand, in der Schweiz.«

Hestermann wog den Kopf hin und her, nickte, murmelte etwas darüber, dass das ein gefährlicher Gedanke sei, zog eine frische Lux hervor, zündete sie an und drückte den alten Stummel zwischen die Grashalme.

»Ich würde mich strafbar machen«, sagte er.

Der kleine Mann hüstelte und klopfte sich leicht auf die Brust. »Durchaus«, sagte er, »aber dann hätten Sie das – was auch immer es ist – auch nicht nach London mitnehmen dürfen.«

Hestermanns Lux rutschte ihm aus den Fingern, drehte sich in der Luft langsam im Kreis, graziös wie der Salto eines Turmspringers, und fiel lautlos ins Gras. Hestermann griff hastig nach der Zigarette, verbrannte sich die Fingerbeeren an der Glut, steckte sich die Zigarette wieder zwischen die Lippen und zog seine Ledertasche etwas näher zu sich heran.

Wieder hüstelte der kleine Mann, er hüstelte ein silbernes Hüsteln, schaute dabei fast zärtlich zu Parridge, und Parridge nickte.

»Es muss bald geschehen«, sagte Parridge, und dabei zupfte er Grashalme aus der Erde.

Hestermann mochte diesen Ton nicht, und er mochte nicht, dass man anscheinend einen Plan ausgeheckt hatte, ohne ihn, die zentrale Gestalt, zuvor zurate zu ziehen. Aber ihn tröstete, dass Parridge Teil davon war, denn das Vertrauen zu Parridge gab ihm ein Gefühl der Geborgenheit.

Der Rest dieses Vormittags unter der Schwarzkiefer verlief relativ ereignislos, der kleine Mann referierte über eine Sprache, die nicht existierte, und er sagte Stabreime in dieser Sprache auf. Weder Hestermann noch Parridge verstanden auch nur ein einziges Wort, aber eine heitere Stimmung entstand, und irgendwann lachten die drei Männer unter dem Baum schallend, ohne dass Hestermann gewusst hätte, warum.

Trotz allem war ihm nun, als wäre dies eine Welt, in der er Frieden fand.

4.

Hestermann kämmte sich heftig die Haare.

Er rauchte eine Zigarette nach der anderen.

Der L52, der Zug von London nach Münster, ruckelte durch eine Landschaft voller Hügel, durch finstere Wälder und über dunkle Bäche hinweg; Brüssel lag schon zwei Stunden zurück, bald würden sie die deutsche Grenze erreichen. Der Zug war, abgesehen von der belgischen Lokomotive, ein deutsches Fabrikat, und, wie alles aus Deutschland, war auch der Zug sauber und ordentlich.

Hestermann saß im Speisewagen und ließ den Blick wandern über die gepolsterten Sessel, die Klapptischchen aus stabilisierter Eiche, die Schiebetüren aus Glas mit den Messinggriffen, die Servietten mit den Bügelfalten, die Tischlampen mit den drapierten Schirmen, die goldgelben Bananen auf silbernen Tellern, die maschinengeschriebenen Menükarten (Kalbsrücken, Rosenkohl und Bratkartoffeln für zwei Reichsmark, aber Hestermann hatte keinen Hunger), die geschliffenen Salzstreuer mit den polierten Verschlusskappen, die silbernen Halter für die Weißbierflaschen, die glänzenden Schuhe der Schaffner, die angeklatschten Haare an den Köpfen von Frauen und Männern, die steifen Hüte und die steifen Krawatten und die steifen Rücken.

Hestermann bestellte noch eine Tasse Kaffee, sie war mit einem goldenen Hakenkreuz bedruckt, er hob sie mit zitternden Fingern vom Unterteller, und ihm kam das alles schrecklich vor, ganz und gar abscheulich, er fühlte Angst.

Es war schon einige Jahre her, seit sein Vater gestorben war, aber nun, auf dem Weg in das makellose Deutschland, zwang sich ihm eine Erinnerung an eine Zeit auf, in der er ähnliche Angst gespürt hatte, und diese Erinnerung führte ihn ausgerechnet zu seinem Vater oder, genauer, zu dessen Nachtschrank, in einen Raum, in dem nie Licht brannte, mit einer Biedermeier-Tapete an den Wänden, wo unter Flecken und Spinnweben derselbe kirschblütenrosa Paradiesvogel in endloser Wiederholung abgebildet war.

Hestermann sah eine kindliche Version seiner Finger, die sich um den Knauf der Schublade schlossen und die Schublade aufzogen und den doppelten Boden anhoben, und er sah die blassgelbe Karte, auf der eine junge Frau abgebildet war, umgeben von Farnen und Ästen, in nichts als Unterwäsche und Stöckelschuhen, sie hielt einen gespannten Bogen samt Pfeil in den Händen, ihr linkes Bein war angewinkelt, das rechte gestreckt, und in dieser Pose war sie die Jägerin im Wald, die soeben den Laut des Wildes vernommen hatte. Schief auf dem Kopf trug sie einen Blumenkranz, und in ihrem Gesicht lag eine Mischung aus Verwunderung und Heiterkeit.

Diese Frau hatte Hestermann stark erregt, und bei jeder Gelegenheit hatte er sich in das düstere Zimmer geschlichen, das Bild betrachtet und seine Hose bewundert, unter der sich eine Beule abgezeichnet hatte.

Des Vaters Abwesenheiten waren schwer einschätzbar gewesen, als Hausknecht und Tagelöhner hatte er mal hier, mal da gearbeitet, und eines Morgens war er überraschend wiedergekommen, nachdem er gerade das Haus verlassen hatte, und war in den Raum mit der Biedermeier-Tapete getreten. Draußen hatte es geregnet, Wasser war von Vaters Hut getropft, er hatte seinen Wanderstock mit den Stocknägeln in Form von Hirschgeweihen in der Hand gehalten, und über alldem hatte es geklappert und geklirrt vom Abwasch der Mutter in der Küche. Ohne auch nur den Hauch eines Zögerns hatte Vater diesen Wanderstock gehoben und auf Ferdinand eingedroschen, mit derartiger Heftigkeit, dass es dem Jungen vorgekommen war, als würde er aus seinem Körper geschleudert. Ganz plötzlich war er nicht mehr Ferdinand gewesen, sondern ein unbeteiligter Zuschauer, fassungslos in dieses Kindergesicht schauend, das im Bruchteil einer Sekunde von den Hirschgeweihen zerschnitten worden war, als wäre es ein Stück Fleisch, das sich zu einer grotesken Fratze wandelte, nicht einmal die Augen waren noch sichtbar gewesen, da auch sie sich mit Blut gefüllt hatten.

Nach einer längeren Zeit der Heilung hatte der unerschutterliche Glaube an die Liebe Jesu den Vater dazu veranlasst, seinen Sohn in die Obhut katholischer Priester zu geben, auf dass der Kleine in der Gesellschaft der Steyler Missionare lerne, seine Triebe im Zaum zu halten. Den vorwurfsvollen Blick seiner Mutter und ihre zum Gebet gefalteten Hände würde Hestermann nie vergessen, während er an Ostern das Haus seiner Eltern verließ, mit einem Gefühl der Panik in der Brust, allein zu sein in dieser Welt.

Hestermann strich mit der Daumenkuppe über das goldene Hakenkreuz, die Augen geschlossen, als er eine Hand auf seiner Schulter spürte. Er hob den Kopf und sah einen Mann in Uniform.

Er stieß einen unterdrückten Schrei aus.

Der uniformierte Mann wünschte einen guten Abend und bat Hestermann, sich zu seinem Abteil zu begeben.

Er befürchtete, seine Knie könnten sein Gewicht nicht tragen, er stützte sich auf der Stuhllehne ab, er spürte die Hand des Mannes in Uniform in seinem Kreuz, ganz sanft erst, doch allmählich drängte die Hand mehr als sie leitete, was Hestermann vorkam, als würde er zu einem Verhör geführt. Sie gingen hintereinander an der Küche vorbei, durch Wolken heißen Dampfs, durch den träge wankenden Zug. Hestermann versuchte, seinem Gang etwas Würde zu verleihen, aber er spürte die Schwerkraft in den Schultern und im Nacken und kam sich vor wie ein devoter Untertan.

Im Abteil setzte er sich auf einen Platz an der Tür, zündete sich sogleich eine Zigarette an, inhalierte geräuschvoll und schob den Kopf in den Nacken. Da fiel ihm das Schild über der Tür auf, wo Nichtraucher stand, er inhalierte drei oder vier Mal rasch hintereinander, sodass die Spitze der Zigarette zu einem langen, glühenden Kegel wurde, drückte die Zigarette aus, seufzte, griff in die Gesäßtasche, zog sich den Kamm durchs Haar. In einem Gepäcknetz unter dem Waggondach sah er einen Schirm mit Teleskop-Gestell liegen; der Schirm mit seinem braunen Stoff war kaum erkennbar vor der getäfelten Wand, und Hestermann bewunderte die fast schon chamäleonhafte Erscheinung des Objekts, das mehr Zierde war als Nutzgegenstand, wie ein weise gewähltes Requisit auf einer Theaterbühne, derart perfekt platziert, dass es unsichtbar schien.

Ein Grenzbeamter öffnete mit einem Ruck die Abteiltür, er hatte einen wilhelminisch gezwirbelten Schnurrbart mitten in einem Nilpferdgesicht mit hängenden Wangen. Er trug eine olivgrüne Jacke, und obwohl er sich sehr träge bewegte, war er voll von obszöner Kraft.

»Pass herzeigen«, sagte er.

Hestermann reichte dem Mann den Pass und die Reisegenehmigung und das mittlerweile abgelaufene Visum für England und die Redeerlaubnis für Gastprofessoren und die Anstellungsbestätigung der Universität Münster und die Devisenbescheinigung über die zehn Reichsmark in seiner Tasche.

Der Mann stand breitbeinig in einer Tür, die er komplett ausfüllte, kontrollierte ein Dokument nach dem anderen und strich sich dabei jedes Mal mit dem Zeigefinger über die Unterlippe und rieb den Finger über die Daumenkuppe, bevor er eine Seite umblätterte.

Er rollte die Dokumente zu einer Keule, klatschte sie in Hestermanns schlaffe Hände und schlug die Hacken zusammen.

»Genehmigt«, sagte er.

Er machte kehrt, und da sah Hestermann die Wülste in seinem Nacken, die ihn an einen gepflügten Acker erinnerten. Der Mann gab der Abteiltür einen Schubs, aber sie schloss sich nicht komplett, und als Hestermann den Kopf senkte, nahm er auf der Türschwelle eine Bewegung wahr, er bückte sich und sah eine Feuerwanze. Hestermann streckte den Finger aus, die Wanze krabbelte auf seine Hand, und er umschloss sie mit der Faust, während der Zug über die Grenze fuhr.

Im ersten Ort auf deutschem Boden, in Aachen, hatten sie fünfzehn Minuten Aufenthalt. Hestermann stieg aus dem Waggon, mit der Wanze in der Hand, setzte das Insekt auf einem Mäuerchen ab und vertrat sich die Beine und rauchte. Die frische Luft tat ihm gut. An der Spitze des Zuges wurde die belgische Lokomotive abgehängt, ein schepperndes Ding, von Rost zerfressen, und es kam die deutsche Lokomotive, mit dem Tender voran, der aussah wie ein gigantischer Schmelzofen auf Rädern, er zischte und dampfte und stampfte aus der Dunkelheit heran, Hestermann hatte das Gefühl, der bloße Anblick würde ihn zermalmen.

Er hielt sich an seiner Tasche fest und lief zurück zu seinem Waggon, da kam er an einer Gruppe von Männern vorbei. Sie trugen Uniform und waren alle sehr groß, sie standen im Kreis und sie beugten sich vor. In ihrer Mitte kauerte ein kleiner Mensch, und seine Stirn glänzte, und die dünnen Haare klebten an seinem Schädel, und er wimmerte. Sein Gesicht schimmerte bläulich-weiß wie Mondstein.

Die großen Männer zogen dem kleinen Mann Papiere aus der Tasche, als würden sie ihn entkleiden, und so kam eine Pergamentrolle zum Vorschein, nicht viel länger als eine Weinflasche, sie wurde entrollt, und im nächtlichen Schimmer der Laternen zeigte sich ganz kurz etwas, das an die unbeholfene Kinderzeichnung eines Engels erinnerte, mit grünen Sternen ringsum. Die großen Männer sprachen kein Wort, sie schienen sich durch Blicke zu verständigen, reichten das Pergament hin und her, schüttelten die Köpfe, mal war ein Murmeln zu hören, mal ein Räuspern, wie auf ein Zeichen griffen sie gleichzeitig nach den Schultern, den Armen, den Beinen, den Füßen des wimmernden Mannes und hoben ihn hoch, er regte sich kaum, er drehte nur ganz leicht den Kopf, und in diesem Moment schaute er in Hestermanns Augen, im Blick etwas Unerklärliches, fast so, als würde er fragen: *Seid ihr denn alle verrückt geworden?*

»Der wollte abhauen«, krächzte eine gebückte Frau unter einem geblümten Kopftuch hervor, »ins Ausland, mit einem Sack voll Geld, aber sie haben ihn erwischt.«

Hestermann duckte sich in die Dunkelheit, stieg in den Waggon, setzte sich in sein Abteil, und als er sich eine Zigarette anzünden wollte, bemerkte er, dass seine Finger wieder zitterten.

Beim Gedanken an den botanischen Garten in London kam ihm die Begegnung mit dem kleinen Mann unter der Schwarzkiefer nun äußerst sonderbar vor, und Hestermann fragte sich, ob es sein konnte, dass dies alles Teil eines größeren Plans war, eines Plans, bei dem einzig und allein Nationen zählten und nicht Individuen. Hatte der kleine Mann bloß vorgegeben, Wissenschaftler zu sein? War er womöglich ein

Spion gewesen? Hestermanns Blick verschwamm, er schüttelte abwesend den Kopf.

Ein Rucken ging durch den Zug, die Maschine beschleunigte mit atemberaubender Geschwindigkeit, Hestermann hatte das Gefühl, er werde in seinen Sessel gedrückt. Mit den Fingerkuppen betastete er einen Tapeziernagel des Polsters und spürte im Nagelkopf die Prägung der Swastika. Draußen pusteten die Hochöfen der Eisenwerke dicke Wolken in den Himmel. Hestermann fröstelte, er sehnte sich nach zwei warmen Armen, die sich um seinen Nacken schmiegen.

Abermals ging der Mann mit dem Zwirbelbart die Korridore der Wagen entlang, sah in jedes Abteil und nickte den Passagieren zu.

»Willkommen im schönen Deutschland«, sagte er.

Hestermann war übel.

5.

Pater Schmidt war es gewesen, der Hestermann gerettet hatte.

Er hatte den Jungen mit der vernarbten Stirn aufgenommen, diesen schweigsamen und störrischen Jungen mit der Gabe zu enzyklopädischem Wissen, diesen fast schon autistisch anmutenden Jungen, hatte ihn an die ordenseigene Hochschule Sankt Gabriel in Mödling bei Wien geholt, in einen klassizistischen Bau aus rotem Backstein, einem Gefühl folgend, in diesem Menschen stecke ein Licht, das durch keine Dunkelheit der Welt auslöschbar sei.

Nach einigen Monaten schon fiel Schmidt auf, dass der Junge nie nach Hause schrieb und seine Eltern mit keinem Wort erwähnte, auch wenn er danach gefragt wurde. Erst als Schmidt das Schülerverzeichnis im Sekretariat konsultierte, erfuhr er, dass der junge Hestermann gar kein Waise war, und er sprach ihn darauf an und bekam zur Antwort, die Eltern seien vor einiger Zeit in die Neuguinea-Kompagnie ausgewandert und würden seither als verschollen gelten, vermutlich seien sie von Kannibalen verspeist worden.

Pater Schmidt war ein hagerer Mann mit einem Gesicht so flach und rund wie ein Teller, und aus diesem Gesicht ragte eine lange, gebogene Nase wie der Schnabel eines Tukans. Schmidt hasste Materialismus, nur den Kommunismus hasste er noch mehr, und immerzu wetterte er gegen die Juden. Was er liebte, waren seine Bücher, auch umgab er sich ausschließlich mit Buchliebhabern. Sein engster Freund war der Leiter der Vatikanischen Bibliothek, der nur wenige Jahre später zum Papst Pius ernannt werden sollte und den er dann liebevoll »Archivar Gottes« nennen würde.

Auch Schmidt war ein eher einseitig begabter Junge gewesen. Hatte man ihm am Morgen eine Sense in die Hand gedrückt und ihn auf eines dieser norddeutschen Felder geschickt, so fand man ihn am Abend unter einem Baum sitzend, in ein Buch vertieft, ohne dass ein einziger Grashalm geschnitten gewesen wäre. Nie hatte er mit anderen Kindern gespielt, stattdessen auf fast manische Weise Hunderte von Notizbüchern mit neu erworbenem Wissen gefüllt. Später im Leben würden seine Kollegen witzeln, an Schmidts Schreibtisch gälten die Gesetze der Natur nicht, sein Tag bestehe aus mindestens achtundvierzig, wenn nicht zweiundsiebzig Stunden, denn anders sei nicht zu erklären, wie viele Aufsätze von so hervorragender Qualität dieser Pater zustande bringe.

Pater Schmidt baute gerade eine gigantische Bibliothek auf, zum Verständnis aller Völker dieser Welt, inklusive ihrer Sprachen, und diese Bibliothek nannte er Anthropos. Zudem träumte er von einem jährlich erscheinenden internationalen Magazin, dem *Anthropos-Magazin*, das sozusagen ein Destillat seiner Bibliothek wäre. Im Magazin würde er die interessantesten Aspekte seiner Bücher aufgreifen und häppchenweise in Form von Artikeln präsentieren, sodass der wissensdurstige Forscher in seiner Freizeit etwas lernen konnte, über die Bantu-Sprache von Tete oder über die Verehrung des Uwolowu bei den Akposo in Togo.

Für dieses Magazin war er auf der Suche nach einem geeigneten Mitarbeiter. Schon früh fasste er seinen jungen Schützling Ferdinand Hestermann ins Auge, denn Schmidt war tief beeindruckt von ihm und hatte bisweilen das Gefühl, dieser Junge hätte eine neue Art des Sprachenlernens entdeckt, die es ihm erlaubte, innerhalb kürzester Zeit die kompliziertesten Grammatiken zu durchschauen und auch noch eine schier unendliche Anzahl fremder Wörter in seinen Kopf zu packen.

Schmidts Vertrauen in seinen Zögling ging so weit, dass er Ferdinand unbeschränkten Zugang zur »Kiste der Kostbarkeiten« gewährte. Die Kiste war schwarz, ihre Form erinnerte an jene eines Sarges, und darin lagen Objekte, die eigentlich in ein Museum gehörten: eine tausend Jahre alte Abschrift von Marcus Terentius Varros *De lingua Latina*; eine originale Gutenberg-Bibel; ein Notizbuch von Leonardo da Vinci (allerdings leider nicht jenes, das die Darstellung des vitruvianischen Menschen enthielt, wie Ferdinand rasch feststellte); eine sumerische Tontafel mit einer Wörterliste von Küchenartikeln; ein kleines Stück Mauer mit ägyptischen Hieroglyphen; eine Yeti-Zehe aus dem persönlichen Besitz des Kriegers Ame Pal im Königreich Mustang sowie ein mit mysteriösen Zeichen verziertes, ledernes und haariges Etwas, das vermutlich ein Schrumpfkopf war.

Ferdinand Hestermann wuchs unnatürlich schnell zu einem jungen Mann heran, was er selbst aber kaum bemerkte. Ihm fiel nur auf, dass er sich nun täglich rasieren musste, und manchmal empfand er eine gewisse Leere, fast so, als existiere in ihm eine Erinnerungslücke jenes Lebens, das er zu leben verpasst hatte.

Schmidt war ein toleranter Mentor; über die unentschuldigten Absenzen des jungen Mannes, dessen regelmäßiges Fernbleiben von den Gottesdiensten und die offensichtliche Unfähigkeit, entliehene Bücher zurück in die Anthropos-Bibliothek zu bringen, sah er nur allzu gern hinweg, denn in seinen Augen, so würde er einmal in einem Brief an den Papst schreiben, handele es sich um die kleine Charakterschwäche eines erratischen Genies.

Schmidt und Hestermann stritten sich bisweilen leidenschaftlich. Anfangs über die vielen Mängel in der wissenschaftlichen Literatur, die Hestermann ganz und gar unerträglich fand, Schmidt hingegen durchaus menschlich. Auch beklagte sich Hestermann unaufhörlich über die Befangenheit und die Blindheit der Forscher, sie würden keinen Millimeter über ihre eigene Herkunft hinausdenken, was Schmidt mit zornigen Blicken quittierte. Sie bemerkten bald, dass keiner seinen Standpunkt ändern wollte, also stritten sie fortan über Satzzeichen. Am ehesten schieden sich ihre Geister am Ausrufezeichen. Hestermann vertrat die Meinung, es gäbe kaum Situationen im Leben, in denen ein Ausrufezeichen – ganz im Gegensatz zum Fragezeichen oder dem Semikolon – gerechtfertigt sei, und wenn man es verwende, so nur im äußersten Notfall, vielleicht ein oder zwei Mal im Leben, wenn man um Hilfe schreien würde. Schmidt hingegen war der Ansicht, man dürfe das Ausrufezeichen nicht wörtlich nehmen, es entspreche keinem Ausruf, sondern eher einer Betonung, einer Emphasis. Hestermann widersprach dem vehement und hielt dagegen, nicht einmal hinter *Du sollst nicht töten* stehe ein Ausrufezeichen, das Ausrufezeichen sei für Diktatoren erfunden worden und nur für sie allein, solange er lebe, werde er kein einziges Ausrufezeichen verwenden, und sollte er es dennoch tun, werde er sich freiwillig aus der Gesellschaft verbannen.

»Die Wette gilt«, sagte Schmidt.

Obwohl Hestermann sein Grundstudium noch nicht einmal zur Hälfte abgeschlossen hatte, wurde er zu Schmidts Sekretär ernannt. Von seinem Mentor bekam er feierlich ein rot gegerbtes Schreibetui voller Bleistifte und einen Anspitzer aus silbernem Metall überreicht, gefolgt von einem Klaps auf die Schulter und dem gut gemeinten Ratschlag, die vielen Absenzen doch in Zukunft zumindest teilweise anzukündigen.

Fortan tippte Hestermann deutsche, französische, englische oder spanische Briefe in die Schreibmaschine, ohne auch nur einen einzigen Fehler zu machen.

Die erste Ausgabe des *Anthropos-Magazins* stemmte Hestermann nahezu im Alleingang. Im selben Jahr hätte er das Ewige Gelübde abgelegt, wäre da nicht ein gewisser Frater Iseli gewesen, der die Vermutung geäußert hatte, Hestermanns Absenzen stünden im Zusammenhang mit Frauenbesuchen. Schmidt nannte die Behauptung zwar absurd, aber auch ihm war klar, dass Hestermann im Orden einen miserablen Ruf hatte; sogar die wohlwollenden Mitbrüder waren der Ansicht, er müsse das geistige Leben mehr pflegen, müsse morgens pünktlicher sein, und er bete ja nie.

Hestermann versprach, sich zu bessern, schrieb Aufsätze über die Araukaner, über deutsche Ortsnamenforschung, über die materielle Kultur der Jäger und Sammler in Belgisch-Kongo, über ostasiatische Kunstgeschichte, über die Pluralbildung im Monumbo in Papua Neuguinea, und er reiste 1912 nach London zum Internationalen Amerikanistenkongress, wo er über die Pano-Sprachen referierte und frenetisch beklatscht wurde.

Während dieses Aufenthalts in London war es, als man ihm einen sehr jungen Lexikografen namens Eric Parridge vorstellte, und ebenfalls während diesen Aufenthalts war es, genau genommen zu dem Zeitpunkt, als er von der Victoria Station die Reise zurück auf den Kontinent antreten wollte, da sich vor seinen Augen die reale Version seines später immer wiederkehrenden Traumes abspielte: Er sah auf einer Bank ein Buch liegen und schaute dessen Besitzer zu, wie der sich mit eiligen Schritten entfernte, als hätte er Angst, seinen Zug zu verpassen. Hestermann setzte sich und schlug das Buch auf, und im ersten Moment sah er natürlich nur schwarze Buchstaben auf weißem Grund, aber dann besah er sich diese Wörter genauer. Er schaute auf das Buch hinab, und sein Herz begann zu klopfen, er spürte es an den Schläfen und in den Fingerspitzen.

Zu diesem Zeitpunkt war er bereits bestens vertraut mit dem Werk des großen Lexikografen Samuel Johnson, dem Autor des hochgelobten *Dictionary of the English Language*, jenem Johnson, der Wörter anhand von Shakespeare-Zitaten erklärt hatte, allerdings gefälschten Zitaten, abgeschwächt und verwässert, damit sie in sein, Johnsons, Weltbild gepasst hatten. Hestermann kannte auch die Arbeit des Yankees (wie hieß er noch gleich?), dieses blinden Patrioten und religiösen Fanatikers, der die Gedankenwelt seiner Landsleute hatte säubern wollen, wozu ihm das Wörterbuch als ideales Instrument erschienen war, er hatte *fuck* aus dem Vokabular der Amerikaner gestrichen und *cunt* und *wank* und sich dabei wie ein Revolutionär gefühlt. Ungern dachte Hestermann auch an seine beiden Landsleute, die Märchentanten mit ihrem Wörterbuch voll von demonstrativer Kleinschreibung, die sie den Menschen hatten aufdrücken wollen, ihrer erzwungenen Rückkehr in die Vergangenheit, in die ach so schöne Einfachheit. Seit den Sumerern hatten Wörterbücher nie nur den Zweck gehabt, Wörter zu definieren oder zu übersetzen, sie waren immer schon Instrumente der Manipulation gewesen.

Dieses Buch aber war anders. Da wurde auf fast fotografische Art und Weise eine ferne Welt abgebildet, in ihrer ganzen Farbenpracht. Es war ein Universum – aufgedröselt in alphabetische Reihenfolge. Hestermann drückte sich das Buch an die Brust und seufzte, als hätte er etwas gefunden, nach dem er jahrelang gesucht hatte.

Mit einiger Verspätung zurück in Mödling, schrieb er einen Aufsatz über die doppelte Verneinung in der tibetobirmanischen Sprache Mizo und einen Aufsatz über die Bedeutung der Konsonanten bei den Gur-Sprachen. Zudem traf er sich des Öfteren mit anderen Völker- und Sprachkundlern Europas, etwa auf dem ersten internationalen Kongress für experimentelle Phonetik in Hamburg.

Ganze acht Jahre verstrichen auf diese Weise, Jahre, die Hestermann später vorkommen würden wie ein einziges langes Gewitter, in dem ein Weltkrieg geflackert und gedonnert hatte. Rückblickend würde er keine Erinnerungen mehr an Jahreszeiten haben, keine Erinnerungen an Ostern oder Weihnachten, er würde auf die Frage, seit wann er weiße Haare habe, nur die Schultern zucken. Dennoch hätte er lebhafte Bilder aus dieser Zeit in seinem Kopf, Bilder von fernen Ländern; es war ihm, als hätte er tatsächlich die Tidong auf Borneo besucht und von ihnen den Taraban-Dialekt gelernt oder als wäre er zum Polarmeer gereist, um sich in Yupik und Sirenik unterweisen zu lassen.

Hestermann empfing dann doch noch die Priesterweihe, obwohl man der Ansicht war, er könne nur knapp die fünf Bücher Mose benennen, ja sogar beim Vaterunser stolpere er.

Im Impressum des *Anthropos-Magazins* wurde er nun als *Direktor* bezeichnet.

Kurz nach der Weihe erschien er gar nicht mehr zu den Essen und verpasste jede Messe, er fuhr stattdessen nach Penzing, wo ihn ein Roma in Romanes unterrichtete, nach Simmering, wo er von einem ungarischen Freiheitskämpfer den Tschangos-Dialekt lernte, oder nach Floridsdorf, wo er regelmäßig einen finnischen Emigranten traf und mit ihm über Vokalharmonie sprach, meistens jedoch endeten sie beim Thema der Elfen, Trolle und Zwerge und dem Einfluss von Mythen auf den Alltag der Menschen.

Während er die zehnte Ausgabe von *Anthropos* vorbereitete, gab es im Orden abermals Gerüchte über seine angeblichen Frauenbesuche. Frater Iseli behauptete nun sogar, erst kürzlich an Hestermanns Zimmer vorbeigegangen und ganz deutlich einen Büstenhalter erkannt zu haben, an einem Nagel an der Wand hängend. Der Vorsteher des Ordens wurde eingeschaltet. Der Mann fand zwar den Büstenhalter nicht, aber er fand den Nagel. Es war derselbe Nagel, an dem der Jesus am Kreuz hätte hängen müssen, aber das Kreuz war verschwunden, und das war ein Skandal.

Sogar die dunklen Ränder, die das Kreuz an der Wand hinterlassen hatte, waren übermalt worden.

Der Vorfall wurde bis zum Generalsuperior getragen, der eine Rüge verfügte und eine Stellungnahme forderte.

Hestermann ging nicht darauf ein. Er war beschäftigt mit der elften Ausgabe des Magazins, beendete einen Aufsatz über den Ge-Dialekt des Ewhe-Volkes und einen über das samoanische Possessivpronomen. Als er damit fertig war, traf er Schmidt einmal spät in der Nacht in der Bibliothek an.

»Mein lieber Freund«, sagte Schmidt und zog sich die Lesebrille von der Nase. »Das Ende naht.«

Hestermann nickte.

»Ich hoffe doch sehr«, sagte Schmidt, »dass ich in der Zukunft noch einmal die Ehre haben werde, mit Ihnen zusammenzuarbeiten.«

Er setzte die Brille wieder auf und las in seinem Buch weiter.

Hestermann schrieb in aller Eile eine vergleichende karaibische Grammatik von tausendsiebenhundert Seiten, verfasste gleichzeitig die Artikel für das zwölfte Magazin, und als dieses im Druck war, schrieb er dem Generalsuperior: »Ich ersuche Sie in aller Form um meine Entlassung aus dem Orden.«

Er werde bald heiraten.

Eine Protestantin.

6.

Natürlich war es Liebe gewesen.

Zum ersten Mal gesehen hatte er Anna in der Wiener Gartengasse, lässig an einen frisch gestrichenen Zaun gelehnt, den Rock etwas hochgehoben, nicht allzu sehr, aber für ihn als angehenden Priester hoch genug. Es war während des Kaisers Geburtstags am 18. August, aus der Ferne hörte man noch die Blaskapellen des Festzugs, wo schwarze Hengste rot-weiße Schlaufen in den Mähnen trugen, und bis hierher roch es nach Wiener Mandeln und Zuckerwatte.

Er ging an ihr vorbei, und nach exakt zehn Schritt blieb er abrupt stehen. Er pflückte eine Primel aus einem Garten, rannte zurück, steckte ihr die Blume ins Haar und zog den Kopf ein.

Sie winkelte das linke Bein an, warf ihm die Arme um den Hals und drückte ihm einen Kuss auf die Wange.

Er empfand ein Gefühl des Glücks, für das es in keiner Sprache ein Wort gab.

Ihm schien, als sei sein Herz ganz plötzlich zehn Mal größer als vorher, und er spürte das Klopfen an den Schläfen und in den Zehenspitzen, und sein Körper fühlte sich an, als würden Sterne durch seine Venen tanzen. Es erinnerte ein wenig an ein Sommergewitter, es zischte, es krachte, es polterte, es rumpelte, und es war viel zu schnell vorbei.

Beim nächsten oder übernächsten Treffen versprach er ihr, sie würden eines Abends zusammen einschlafen und am folgenden Morgen wieder zusammen erwachen, von Montag bis Sonntag, von Januar bis Dezember, ein Jahr nach dem anderen. Sie wartete auf ihn, vielleicht ahnte sie, dass er sein Versprechen eines Tages halten würde.

Sie heirateten an einem Freitag auf dem Standesamt, nach einem Besuch auf der Post und vor dem Wocheneinkauf auf dem Gemüsemarkt; den Rest des Tages verbrachte er damit, ein Manuskript des Feldforschers Meek zu lesen, eine Studie über die Jukun in Westafrika, und er bemühte sich, dieses Konzept zu verstehen: Der Ahne, der die Wiedergeburt anstrebt, kommt als Blatt eines Baums ins Haus der zukünftigen Eltern geweht, und hat das Paar Geschlechtsverkehr, wandert die Seele vom Blatt in den Leib der Frau. Leider war das Manuskript voller übler Breschen oder nicht gründlich genug recherchiert oder das Wissen des Autors war mangelhaft, jedenfalls dachte Hestermann bis zum Morgengrauen darüber nach, was mit dem Blatt wohl gemeint sein mochte, wofür das Blatt stand und was denn bei den Jukun die tiefere Bedeutung von Blättern ganz allgemein sei – das Blatt-Sein, die Idee der Blätter, im Sinne des Platon.

Anna, eine große, schlanke Dame mit Haaren wie ein Mistelstrauch und Augen in der Farbe von Olivenöl, war Schuhverkäuferin, und die ersten Monate lebten sie von ihrem Einkommen. Während dieser Zeit verließ er das Haus in der Gartengasse nie. Nachbarn erzählten sich, aus der Wohnung habe man nächtelang heiteres Gelächter gehört, und stets habe es gerochen, als wäre morgen Weihnachten.

In der Wohnung gab es kaum Hinweise darauf, womit die Menschen, die hier lebten, ihre Zeit verbrachten. Es gab kein Bücherregal, keine Leselampe, kein Radio, kein Grammophon und kein Klavier, und an den Wänden hingen keine Bilder. Im Schlafzimmer stand ein Bett und in der Küche ein Tisch mit zwei Stühlen, im Küchenschrank standen zwei Teller neben zwei Tassen, und in einer Schublade lagen zwei Messer und zwei Gabeln und zwei Teelöffel. An einem Nagel im Flur hing ein geflochtener Korb, aus dem zwei Stricknadeln ragten, sie steckten in einem Wollknäuel, einem schottischen Fabrikat mit der Farbbezeichnung *Medium Orchid*. Unter dem Korb, in einem Sack aus grober Jute, bewahrte Hestermann ein zusätzliches Jackett, eine Ersatzhose und einige Hemden auf, Anna in einem abgewetzten Koffer ihre Kleider. Gleich daneben waren die Kisten aufgestapelt, in denen Hestermanns wenige Bücher steckten, aber er empfand nicht das Bedürfnis, sie auszupacken. Nur ab und zu klappte er einen Pappdeckel zurück, zog das Yamana-Wörterbuch heraus, schlug es auf, überflog ein paar Zeilen und legte es wieder zurück.

In der Anfangszeit seiner Ehe schrieb Hestermann weiterhin für das *Anthropos-Magazin*, unter verschiedenen Pseudonymen, was ihm eine diebische Freude bereitete, dann bewarb er sich als Dozent an der Universität Wien. Während der ersten Vorlesung verbrachte er einen ganzen Tag damit, die Spitze eines Bambusstocks auf einzelne Regionen einer immensen Weltkarte zu tippen. Er hatte den Rücken den Studenten zugewandt und hielt einen ausufernden Vortrag über Linguistik im Allgemeinen und über das Bedürfnis des Menschen nach einer möglichst präzisen Beschreibung seiner Innen- und Außenwelt im Speziellen.

Am Abend drehte er sich um und erkannte, dass sämtliche Zuhörer den Saal entweder verlassen hatten oder eingeschlafen waren.

Er weckte einen jungen Mann in der ersten Reihe, indem er ihn sanft in die Schulter zwickte und sich erkundigte, wie denn hier draußen in der freien Welt das Lehren funktioniere, er sei sehr begierig, das zu lernen. Der Mann gähnte und rieb sich die Augen und sagte, wenn Hestermann damit beginne, Pausen einzuführen, sei das bereits ein vielversprechender Start.

In den folgenden Monaten verbesserten sich zwar Hestermanns didaktische Fähigkeiten, aber ein berauschendes Klima breitete sich im Vorlesesaal nie aus, allzusehr verlor sich Hestermann immer wieder in langen Monologen, deren Inhalte näher an der theoretischen Philosophie lagen als an Linguistik oder Völkerkunde.

Ein Jahr verging bis zu jenem Abend, als Hestermann am Küchentisch saß, über die Semesterarbeit einer Studentin gebeugt, und Anna während dem Abwasch einen der beiden Teller fallen ließ und ihr Gabeln und Löffel aus den Fingern rutschten wie glitschige Pilze.

Sie drehte sich um und sagte: »Entschuldige«, derweil griff sie nach den Keramikscherben, aber als sie die Hand zurückzog, fielen rote Tropfen von den Fingerkuppen ins Wasser, das sich rosa färbte.

Später würde er immer wieder an diesen Moment zurückdenken, es würde viele Jahre dauern, bis er den Blick in ihren Augen als ein Verwelken sähe, er würde sich damit trösten, er habe diese Trauer insgeheim schon im ersten Moment erkannt.

Er stand vom Küchentisch auf, ging in Richtung Spülbecken, strich ihr die Haare aus dem Nacken, legte die Lippen auf ihre Haut, die Hände auf ihre Hüften, und er wiegte ihren Körper hin und her, ganz sanft nur, wie zum Takt einer Melodie; sie lächelte, bettete den Kopf auf seine Schulter, hob den Arm und grub die Hand in seine Haare, und dabei spürte er ihr warmes Blut auf seiner Kopfhaut.

Es dauerte kein weiteres Jahr, bis in der Nachbarschaft gemunkelt wurde, die gute Frau sei wohl dem Alkohol verfallen, anders könne man ihr Stolpern auf dem Gehsteig kaum erklären.

Während dieser Zeit schrieb Hestermann keine einzige Tagebuchnotiz, auch für *Anthropos* schrieb er nicht, und für seine Stelle an der Universität wurde eine Aushilfe gefunden.

Innerhalb weniger Wochen magerte Anna so sehr ab, dass die Beine den Körper nicht mehr trugen und Hestermann sie im Rollstuhl durch die Straßen schob.

Eines Tages spazierten sie durch den Einsiedlerpark, die Gelenkrollen klapperten auf dem Asphalt, und hinter einem gusseisernen Zaun streckten Bergastern ihre Köpfe in die Höhe. Anna hob den Zeigefinger von der Lehne des Rollstuhls, Hestermann bemerkte die Geste, verlangsamte ganz sanft den Schritt und stand. Er griff zwischen die Zaunpfähle nach einer Blume, knickte die Blüte ab und reichte sie seiner Frau in die offene Hand.

Sie saß da, etwas zusammengesunken, blickte auf die Blüte nieder, ihre Finger begannen sich zu krümmen, als versuchte sie, mit den Fingerspitzen die Blätter zu berühren, aber die Finger krümmten sich weiter und immer weiter, und Anna schaute entgeistert zu ihrem Mann hoch, als wollte sie rufen: *Lass es aufhören!*

Hestermann wusste nicht, was er tun sollte, und er sah die Blüte, die in ihrer Hand zermalmt wurde, die Haut über den Knöcheln alabastern wie ausgebleichte Knochen, und dann betrachtete er sie, wie sie schluchzte und spie.

Einige Tage später saß sie an Kissen gelehnt im Bett, die Augen geschlossen, ihr Kiefer hing herunter, und aus ihrem Mund drang ein gurgelndes Geräusch, das mit jedem Atemzug verstärkt wurde – wie ein Blasebalg, mit Wasser gefüllt. Ab und an öffnete sie die Augen und sagte schleppend: »Peter, mein Schatz, du bist zurückgekommen« oder »Johann, ich habe dich so sehr vermisst« und tauchte wieder weg.

Hestermann zerrieb Papiertaschentücher zwischen den Händen, bis die Taschentücher zerbröselten und weiße Flocken zu Boden regneten.

Auf ihrem Grab pflanzte er einen Baum, wie sie es gewünscht hatte.

Von seinen Schuhen fielen die Sohlen ab, sein Haar wurde lang und dünn, und die Augen sanken in den Schädel. Bei den Lebensmittelläden in der Umgebung ließ er anschreiben und bezahlte seine Schulden nie. Einmal rief ein Ladenbesitzer die Polizei, und Hestermann verschwand auf unbestimmte Zeit. Er tauchte im achten Bezirk wieder auf, vor der Tür eines katholischen Asyls für verwahrloste Knaben und unglückliche Priester. Unterm Arm trug er ein lila Bündel.

Der Pförtner wollte wissen, was er da mit sich herumtrage.

»Alles, was ich noch liebe«, sagte Hestermann.

Der Pförtner bestand darauf, sich das genauer ansehen zu dürfen. Er entrollte den lila Stoff, der sich als Pyjama herausstellte und ein Buch mit blau-rot marmoriertem Einband freigab.

Hestermann blieb sieben Nächte, dann fuhr er im Zug nach Hamburg, wo er abermals eine Stelle an der Universität fand. Lange blieb er nicht, er zog bald weiter an die Universität Münster. Dort nahm er sich vor, eine eigene Büchersammlung anzulegen, was er auch tat, aber sie bereitete ihm keine Freude.

Sein Ruf war weiterhin jener eines hervorragenden Wissenschaftlers, wenngleich dieser Ruf auf Vergangenem beruhte, und ein Gefühl ihm sagte, dass nun nicht mehr viel folgen würde.

Er beherrschte hundertacht Sprachen.

Aber das Feuer war erloschen.

7.

Er ging durch die Finsternis des Treppenhauses, so leise wie ein Dieb.

Ohne das Licht einzuschalten, betrat er sein Büro an der Universität Münster und schloss rasch wieder die Tür. Er spürte, wie die Spitze seines Schuhes ganz leicht gegen etwas stieß, und erschrak so sehr, dass er zusammenzuckte. Als er sich bückte, ertastete er einen Briefumschlag und überlegte sich, dass den wohl die Sekretärin während seines Aufenthalts in London unter dem Türspalt hindurchgeschoben hatte. Er hielt den Umschlag in Richtung des Fensters, das auf die Straße hinausging, und er konnte im hereinfallenden Licht der Straßenlaterne Pater Schmidts Namen als Absender erkennen. Er steckte den Brief hastig in seine Tasche.

»Hallo?«, rief er. »Ist da jemand?«

Er bückte sich und tastete unter das Sofa und das Feldbett, er griff in den Kleiderschrank und in die Besenkammer, und als er mit Sicherheit wusste, dass er allein im Raum war, ging er zum Fenster und schaute auf die Straßen Münsters hinunter.

Es war zwei Uhr nachts, die Stadt lag in Stille da. In der Ferne pfiff der Zug, in dem er von London angereist war und der nun weiter in Richtung Berlin fuhr.

Er fing ganz unvermittelt an zu lachen, es klang fast hysterisch.

Das Lachen wurde zu einem Kichern, als er sich auf das Feldbett setzte, eine Lux anzündete, in die Tasche griff und das Buch hervorzog. Er hielt es sich ganz nah vor das Gesicht, drehte den Kopf zur Seite und neigte ihn leicht, und so spürte er das Buch an seinem Ohr und an seiner Wange und an seiner Schläfe, während die Zigarette zwischen seinen Lippen qualmte. Als er sich das Buch auf die Knie legte, schlug er es auf und fuhr mit dem Nagel des Zeigefingers die handgeschriebenen Buchstaben nach, als wollte er sich die Handschrift des Autors einprägen, sein Wesen, seinen Charakter.

Nein, einer der üblichen Europäer war das nicht gewesen, einer von jenen, die nicht viel mehr waren als Laufburschen von Kolonialwarenhändlern und voll strahlender Blindheit durch die Fremde gingen. Dieser Mann musste selbst ein halber Ureinwohner Patagoniens gewesen sein. Wie sonst hätte er diesen allumfassenden Einblick erhalten? Wie viele Jahre war er durch dieses ferne Land gezogen – sein ganzes Leben etwa?

Hestermann ließ sich rücklings auf das Bett fallen, und da war ihm, als würde er mit einem Ruck aus Zeit und Ort gerissen und quer um die Welt geschleudert: Die Wände voller Bücherregale um ihn herum transformierten sich auf magische Weise zu Stämmen, Ästen und Blättern, das Feldbett wurde zu einem moosbewachsenen Stein, auf dem er lag und von dem aus er zwischen den Baumwipfeln hindurch die Wolken sah, die geschwind, fast ungestüm, über ihn hinweg zogen. Er fühlte sich auf magische Weise mit dieser Erde verbunden, als wäre er eins geworden mit der Welt, und dann geschah es: Vom Rand seiner Wahrnehmung schob sich ein zweites Gesicht heran, seinem eigenen sehr ähnlich, dermaßen ähnlich sogar, als hinge da oben ein Spiegel, bloß steckten diesem sonderbaren Zwilling Federn in den Haaren, und als sich Hestermann aufsetzte und herumdrehte, sah er am anderen im ersten Moment nur nackte Haut, was ihn aber überhaupt nicht abstieß, da es ja seine eigene Haut war, als Nächstes sah er einen ledernen Lendenschurz, und schließlich sah er in der Hand dieses wohlbekannten Fremden eine bluttriefende Keule, an der die Haare einer Robbe klebten. Aber das war kein blinder Mörder, nein, es war bloß ein Mann auf Nahrungssuche, in dessen Gesicht eine Zufriedenheit schimmerte und glänzte und funkelte, die Hestermann sowohl ängstlich zurückweichen ließ als auch magisch anzog. War dies das perfekte Leben? Lohnte es sich, dafür den Tod zu riskieren? War dies das Ideal – die Antwort auf alle Fragen? Natürlich, durchaus.

Bevor Hestermann zurücksauste in die behagliche Welt seiner Bücher, hob er die Hand und befühlte seinen Mundwinkel, da dort etwas zu glühen begann, und in diesem Moment bohrte sich ein stechender Schmerz in die Fingerbeere seines Mittelfingers. Der Gedanke an einen Schlaganfall zuckte durch seinen Kopf, bis er erleichtert feststellte, dass er sich bloß am Zigarettenstummel verbrannt hatte. Er hob den Kopf und wischte sich mit dem Handrücken Glutkrümel vom Hemd, sie tanzten durch die Finsternis wie Glühwürmchen.

Ja, er musste zugeben, manchmal kam es ihm tatsächlich vor, als sei der Verfasser des Buches ein geisterhafter Zwilling seiner selbst, ein Kurier seines Unterbewussten. Gleichzeitig wusste er natürlich, dass diese Überlegung absurd war, und er stellte Theorien darüber auf, wer der Mann im schwarzen Bowler auf der grün gestrichenen Bank tatsächlich gewesen sein könnte. Vor seinem geistigen Auge sah er folgende mögliche Kandidaten, mit seltsam verwaschenen Konturen, wie durch einen Winternebel hindurch:

- Ein seefahrender Gelehrter, zivilisationsmüde und widerspenstig, ein Biologe oder Geologe oder auch nur Zeichner im Dienst der Krone, der sich mit dem Kapitän überworfen und eine Meuterei angezettelt hatte, in Ketten gelegt und schließlich in unwirtlichem Gebiet ausgesetzt worden war. Das Zurücklassen des Wörterbuchs auf der Bank in London wäre demnach beabsichtigt gewesen, um die Welt darüber zu informieren, dass er überlebt und erfolgreich den Heimweg zurückgelegt hatte.

- Ein Matrose vielleicht, den es aus irgendeinem Grund ans Festland gespült und der in der egalitären Gesellschaft der Yamana seine wahre Berufung gefunden hatte: diese Menschen zu studieren, um später in Europa ein neuartiges politisches System der sozialen Gleichheit zu errichten. Ein verfrühter Karl Marx mit Kanu, ohne die lädierte Leber und die Schlaflosigkeit.
- Oder ein waghalsiger Nomade, ein furchtloser Schotte oder Waliser wohl, der aus einer Laune heraus losgezogen war und den es so an die unwirtlichste Küste der bewohnten Welt verschlagen hatte; eine Art Universalgenie, der nicht nur ein Verständnis von Wissenschaft gehabt, sondern es auch noch geschafft hatte, sich die patagonische Sprache in unübertrefflicher Brillanz einzuverleiben.

Auf dem Bett liegend ließ Hestermann die schwammigen Umrisse dieser fiktiven Urheber des Wörterbuchs in seinem Kopf herumschweben. Ihn beruhigte, dass sie fiktiv waren. Im nächsten Moment aber beschlich ihn ein sonderbares Gefühl. Er sah eine sonnige Welt, eine ungewöhnlich warme Welt. Es schien eine Welt aus Glas zu sein, um ihn herum waren Menschen, die auf Glasscheiben herumstrichen, und überall erhoben sich Türme aus Glas. In einigen dieser Türme wurden Bücher aufbewahrt, Millionen von Büchern, die keinen Besitzer hatten. Sie waren wie Waisenkinder. Darüber wurde Hestermann unsäglich traurig, und noch bevor er sich überlegen konnte, in welchem Zeitalter er sich wohl befand oder welcher Schrecken im vorherigen Zeitalter geschehen sein mochte, erwachte er mit einem quiekenden Schrei.

Er stand auf, ging zum Spülbecken und tunkte seinen Mittelfinger in ein Glas kalten Wassers. Er dachte an die vergangenen Stunden, an seine Zugreise, an seinen Aufenthalt in London. Die Reise hatte eindeutig seine Nerven strapaziert und seinen Geist vernebelt. Das ganze Gerede über die Beschlagnahmung wissenschaftlicher Werke hier in Deutschland kam ihm nun wie dummes Geschwätz vor. Das würden sie nicht tun können, das sei doch bestimmt illegal, nein, das werde sicherlich nicht passieren. Natürlich hatte ihn das raue politische Klima seiner Heimat schon länger beunruhigt, und natürlich hatte er Parridge brieflich um Rat gefragt, aber die Briten waren mittlerweile anscheinend paranoid, oder vielleicht übertrieben sie auch nur maßlos. Die Warnungen, die er in London vernommen hatte, würden sich als aberwitzige Verschwörungstheorien entpuppen.

So fasste er in dieser Nacht einen Entschluss, allerdings erst, nachdem er eine Schachtel Lux geraucht hatte: Er würde sein Leben weiterleben wie bisher, an der Seite seines Unikats, dieses Meisterwerks, er würde seiner Arbeit an der Universität Münster nachgehen, Tag für Tag, alles würde gut werden. Falls sich die Zeiten trotzdem verschlechtern sollten, könnte er immer noch über eine Reise in die Schweiz nachdenken.

Zufrieden legte er sich abermals auf das Feldbett und sank sofort in tiefen Schlaf, mitsamt den Schuhen an den Füßen.

8.

Er fühlte sich frisch und ausgeruht.

Es war Montag, der 28. Februar 1938, vor ihm saßen seine Studenten, hinter ihm an der Stuhllehne hingen sein knautschiges Jackett und seine zerschrundene Tasche, und er hielt eine Vorlesung, die den Titel »Eine kleine Geschichte der Sprachen« trug.

Wie jedes Mal begann er mit der Vergänglichkeit. Vor zweitausend Jahren, sagte er, habe noch niemand Deutsch oder Englisch oder Französisch gesprochen, und in weiteren tausend Jahren werde es mit Sicherheit auch niemand mehr tun. Sprachen seien wie Religionen, sie würden durch die Geschichte schweben wie Nebelfetzen, sie würden sich verflüchtigen und an ihre Stelle werde Neues treten.

Ein Murmeln ging durch die Reihen, Hestermann ignorierte es. Da er soeben die Religion erwähnt hatte, schlug er mit diesem Thema einen Bogen. Aus sprachhistorischer Sicht sei die Bibel keine zuverlässige Quelle, da erschaffe Gott den Menschen mitsamt der Sprache, aber wir wüssten heute, dass der Neandertaler mit Sicherheit nicht habe sprechen können, oder allenfalls nur etwa so, wie Hunde bellen, Katzen miauen und Mäuse piepsen. Und die Sprache sei nicht etwa die erste große Errungenschaft gewesen, sondern bestenfalls die zweite, denn unsere Vorfahren hätten Musik gespielt, erst danach hätten sie gesprochen.

Hestermann blickte von seinen Notizen auf, und da fiel ihm in der ersten Reihe ein junger Mann auf, der demonstrativ gähnte. Er hatte die Beine ausgestreckt, und an seinen Füßen glänzten schwarze Langschäfter. Er trug gestärkte schwarze Hosen und ein braunes Hemd mit ledernen Manschettenknöpfen.

Hestermann widmete sich wieder seinen Notizen.

Wie und warum der Mensch die Sprache erfunden habe, sei bislang noch nicht restlos geklärt, sagte er. Es gäbe etliche Theorien, manche etwas plausibler als andere. Die wahrscheinlichste jedoch sei, dass der Mensch relativ früh in der Sprache den Vorteil der Manipulation erkannt habe, er habe seine Mitmenschen durch Unwahrheiten zu beeinflussen gelernt, habe durch Klatsch und Tratsch intrigiert, und wir alle wüssten, dass man mit Lügen an Macht gelange.

Der junge Mann mit den schwarzen Stiefeln sprang auf. »Was wollen Sie damit sagen?«, rief er.

Hestermann seufzte, diese Reaktion hatte er erwartet.

Der junge Mann hieß Fritz Hahn, nannte sich mittlerweile aber mit Vornamen Baldur, da ihm dies nordischer vorkam als Fritz. Er war ein begnadeter Blockflötist, und es wurde gemunkelt, er könne Gustav Mahlers Fünfte aus dem Gedächtnis rückwärts spielen. Warum er ausgerechnet Linguistik und nicht Musik als Studienfach belegt hatte, war Hestermann ein Rätsel gewesen, bis Hahn als Thema seiner Semesterarbeit eine Esoterikerin vorgeschlagen hatte und deren Blödsinn einer Sprache namens Senzar, und da hatte Hestermann die Beweggründe erkannt. Er hatte den Studenten zu einer Aufgabe in Ethnolinguistik verdonnert: zur sprachlichen Untersuchung nordamerikanischer Völker mit einem Schwerpunkt auf deren Migrationsbewegungen nach der letzten Eiszeit. Hahn aber hatte in diesem Papier keinen Hauch von Erkenntnis gezeigt.

Etwa zur selben Zeit war er der Partei beigetreten, seine sprachliche Intelligenz hatte er bewiesen, indem er allen möglichen Wörtern noch das Wort *Volk* vorangestellt hatte: Ein *Fest* war ihm nicht nur ein Fest gewesen, sondern ein *Volksfest*, ein *Fremder* nicht nur fremd, sondern *volksfremd*, eine *Gemeinschaft* eine *Volksgemeinschaft*. Und wie sein großes Vorbild hatte er nie »neun Uhr« gesagt, sondern immer »die neunte Stunde«. Der Partei hatte das dermaßen imponiert, dass sie Hahn innerhalb kürzester Zeit vom Rednerschüler zum Bezirksredner befördert hatte und gleich darauf zum Gauredner. Bald würde er wohl Reichsredner sein.

Einen solch dilettantischen und noch dazu plumpen Umgang mit der Sprache konnte Hestermann nicht ausstehen. Er ignorierte Hahns Frage, sagte leise, aber unmissverständlich, der Mensch sei an und für sich nichts als ein musisch begabter Sauhund und eilte dann in atemberaubender Geschwindigkeit durch die Geschichte: die Erfindung der Schrift und das Konservieren von Wissen durch die Sumerer; die Zeit der Griechen und das erste Alphabet (Hestermann hob dabei den starken Einfluss von Hochkulturen in Afrika und Asien hervor); die Römer und ihr standhaftes Latein. Nach dem Untergang des römischen Westreichs sei die Sprache der Durchschnittsbürger Europas ein Chaos an Versionen von Kauderwelsch gewesen, bis zum sechzehnten Jahrhundert, als man plötzlich angefangen habe, aus diesem Gebrabbel gewisse Dialekte herauszufischen und aufzuschreiben, und sogleich habe ein Wetteifern begonnen, ein Keifen und ein Feixen, in Frankreich, Italien, England, auch in Deutschland, wessen Vokabular mehr Wörter besitze und folglich ausgeklügelter sei, ein reiner Mumpitz, denn von Natur aus sei jede Menschensprache darauf ausgelegt, komplexe Gedanken auszudrücken.

An diesem Punkt hob Hestermann die Stimme: »Aber

letztlich ist jede dieser Sprachen nicht viel älter als ein paar magere hundert Jahre, historisch gesehen also wie ein Blatt, das irgendwo am Ende der Welt von einem Baum fällt, zu Boden segelt und vermodert.«

»Aber das Urgermanisch!«, rief Student Hahn.

Hestermann blickte von seinen Papieren auf, murmelte, er sei hier derjenige, der etwas vom Fach verstehe, falls Hahn die Germanen anspreche, das sei ein Volk von Schlächtern gewesen, keine Ahnung von Bildung, Kultur oder Wirtschaft, nach den Römern hätten sie intellektuelle Dunkelheit über Europa gebracht, zwar habe das eine oder andere ihrer Wörter die Zeit überdauert, aber dasselbe gälte für Latein. Er holte tief Luft, denn er wollte zum Kern des Themas vordringen, nämlich den Kriegen der Nationen, die letztlich auch Kriege der Sprachen seien, damit hätte er den Bogen zum Anfang schlagen wollen, zu den Sprachen als vorbeiziehende Nebelschwaden, aber dazu kam es nicht.

Student Hahn kletterte auf sein Pult und streckte den Zeigefinger in die Luft.

»Herr Professor, Ihr Ton ist eine Zumutung«, rief er.

Hestermann zupfte sich am Ohrläppchen und blätterte durch die Papiere, die vor ihm auf dem Tisch lagen, denn er hatte die vage Befürchtung, er würde gleich den Faden verlieren und nicht mehr wissen, an welcher Stelle der Vorlesung er sich befand.

»Welcher Ton?«, fragte er, und vermutlich konnte nur Hahn es in der ersten Reihe verstehen, da die beiden Wörter unverständliches Gemurmel waren.

»Dieses subversive Gedankengut«, sagte Hahn.

Hestermann sagte, guttural und kehlig und blätternd, daran sei nichts subversiv und Gedankengut sei es auch nicht, zumindest nicht im Sinne einer Weltanschauung; dies seien die Ergebnisse wissenschaftlicher Forschung.

»Das muss enden!«, rief Hahn, der jetzt rote Wangen bekam.

»Die Forschung?«, fragte Hestermann, ehrlich irritiert, und blickte auf.

Ohne auf die Frage einzugehen, sagte Hahn, er habe persönlich den Reichsminister für das Gute und Richtige informiert.

»Ah«, sagte Hestermann und setzte sich.

Er strich mit der Handfläche über die Kante des Tischs und besah sich die feine und gleichmäßige Maserung des Tischblatts: eine Landschaft paralleler Linien, die ganz leicht gewellt waren und eine beruhigende Wirkung auf sein Gemüt ausübten. Die Oberfläche schillerte golden, nein, das war keine deutsche Eiche, Hestermanns Gedanken schweiften ab nach Sibirien, wo Birken für Weiblichkeit und Jugend standen, und er sah Bäume, in denen Vogel nisteten, er hörte Wind und raschelnde Blätter, und für einen kurzen Moment schien ihm voller Entzücken, als sei er der einzige Mensch auf der Welt.

Als er den Kopf wieder hob, schaute er Hahn zu, der von seinem Pult herunterkletterte, die Krawatte richtete und die Hosen in die richtige Position zupfte und schließlich aufrecht dastand und in seine Faust hüstelte, als sei er im Begriff, eine seiner Reden zu halten.

»Da habe ich ganz nebenbei so einige interessante Dinge erfahren«, sagte Hahn.

Der hochverehrte Reichsminister, sagte er, werde (unter der Leitung des Herrn der tausend Jahre, des Herrschers über die Ewigkeit, des Allerhöchsten, des Gottgleichen) in Kürze sämtliche Privatarchive und Bibliotheken beschlagnahmen, für eine brandneue Reichsbibliothek der Hohen Schule, eine Million Bücher würden dort eines Tages stehen, papperlapapp, zehn Millionen würden es sein, zwanzig Millionen, nein, fünfzig Millionen, alles Wissen der Welt, auf dass aufgrund dieser Bücher endlich die Übermacht des nordischen

Menschen restlos bewiesen werde. Eine lange Liste von Besitzern herausragender Sammlungen sei bereits in Umlauf, auch Hestermanns Name sei aufgeführt, hier in der Region an oberster Stelle sogar, denn seine Sammlung solle zwar klein, aber dennoch einzigartig sein.

Hestermann schüttelte den Kopf.

»Die einzig brauchbare Bibliothek«, sagte er, »ist jene des Anthropos-Instituts – aber die befindet sich in Wien.« Er fügte nuschelnd an, ihm sei zu Ohren gekommen, dass die Bibliothek erst kürzlich ihr hunderttausendstes Buch aufgenommen habe, eine exquisite Kollektion, wahrlich, seines Erachtens gäbe es auf Erden nichts Vergleichbares.

Hahn setzte sich, beugte sich vor, stützte die Ellbogen auf den Stuhllehnen ab und faltete die Hände, als würde er beten. Er nickte und lächelte.

»In spätestens vierzehn Tagen haben wir Österreich«, sagte er, »und auch bezüglich der Anthropos-Bibliothek ist Anweisung ergangen.«

Hestermann würde am Abend in seinem Tagebuch notieren, dass er in diesem Moment an London und die Schwarzkiefer gedacht habe, an den kleinen Mann und an Parridge, daran, dass man ihm ausgerechnet zu diesem Zeitpunkt geraten habe, das Yamana-Wörterbuch außer Landes zu schaffen. Er sei äußerst verwirrt, habe das Gefühl, sein Leben nicht mehr selbst lenken zu können. Offenbar sei es tatsächlich an der Zeit, zu handeln.

Hestermann hob seine Papiere vom Pult. Er stopfte sie als unordentlichen Stapel etwas ruppig in seine Ledertasche.

»Die Vorlesung ist beendet«, sagte er.

In seiner Jacke tastete er nach Zigaretten. Er fand zwei Schachteln, die noch fast voll waren. Die würde er brauchen, wenn er sich beim Amt für Abwesenheiten seine Reiseerlaubnis in die Schweiz besorgen wollte.

9.

Der Gauleiter war ein kurzsichtiger Mann mit schmalen Schultern und durchscheinenden Ohren, und nichts an ihm wirkte außergewöhnlich, ja, er schien so durchschnittlich, dass Hestermann erschauderte.

»Sie wollen schon wieder verreisen?«, fragte der Gauleiter.

Derselbe Mann würde nur sieben Jahre später, als das Unvorstellbare vorbei war, auf der Teufelskanzel sitzen, den Blick über die grünen Hügel in die Ferne gerichtet, ein sonnenheller Morgen würde es sein, ein warmer Maitag mit weißen Schlieren im Blau des Himmels, seine Beine würden über der Klippe baumeln, dreihundertfünfunddreißig Meter über dem Abgrund. In seinen braunen Stiefelhosen würde er nach einem braunen Notizbuch tasten, es aufschlagen und Folgendes notieren: »Im Dunkeln nehme ich Abschied von diesem Feuerschweif, der allzu kurz über unserem Land erglühte.« Er würde einen schwarzen Gummi um das Buch streifen, es behutsam zur Seite legen, aufstehen, die Schuhspitzen einige Zentimeter über dem Klippenrand, mit der rechten Hand nach seinem Halfter greifen und die Lasche lösen und sich die Mündung seiner Pistole an die Schläfe legen, aus der linken Hosentasche würde er eine Glasampulle Zyankali ziehen und sie sich zwischen die Zähne schieben; er würde sich ganz langsam nach vorn neigen wie ein Vogel, der gleich die Flügel ausbreitet, und während seine Sohlen noch knapp den Fels berühren, würde er die Zähne zusammenstoßen, den Abzug drücken und für immer verschwunden sein.

Das konnte Hestermann natürlich nicht wissen, und an ein so schreckliches Wort wie Endlösung dachte er beim Anblick des biederen Mannes für keinen Moment, ihn dünkte bloß, der Mann habe wohl noch nie von den Wanyamwezi-Gesängen in Tanganyika gehört, nie von den Sagen der Menschen in Ostsumatra, nie von den Nongkrem-Fabeln in den Khasi-Bergen von Assam, und das Wenige, das er über die Welt erfahren habe, erfülle ihn bestimmt mit Grauen.

»Die Schweiz, hm?«, fragte der Gauleiter.

Hestermann murmelte etwas von Berufspflichten, Bergen und frischer Luft, aber der Gauleiter war zu beschäftigt, als dass er zugehört hätte, er blätterte unaufhörlich durch Papierstapel, die so hoch waren wie tönerne Maßkrüge.

Er blätterte sehr schnell, er schien etwas nervös zu sein, aber weniger aus bestimmtem Anlass, sondern eher aufgrund seines Charakters.

Den ganzen Tag hatte man Hestermann vom einen Amt zum nächsten geschickt, allmählich hatte er müde Beine bekommen, er hatte angefangen zu husten, da er bereits eine Schachtel Lux geraucht hatte, und am Ende hatte ein kränklich dreinschauendes Männchen gekreischt: »Zum Gauleiter!«, da Hestermanns Gesuche nun angeblich der Gauleiter persönlich verantwortete. Vor dessen Büro hatte sich Hestermann auf ein korallenrosa Sofa gesetzt und die zweite Schachtel Lux angebrochen, gehustet, ein Sekretär hatte ihm Wasser angeboten, aber er hatte Kaffee verlangt, hatte seinen Zwieback in die wässrige Brühe getunkt, sich immer wieder die Haare gekämmt, und nach der fünften Tasse war die Tür geöffnet worden von einer dünnen, grauen, zaghaften Hand.

Dieselbe Hand schichtete nun Stapel um, schob Bleistifte zwischen die Seiten, um wichtige Stellen zu markieren, hielt sich einzelne Seiten vors Gesicht, sodass die Nasenspitze das Papier berührte, und stets schüttelte der Gauleiter den Kopf. Er griff nach einer Tasse, auf der ein verblasster Aufdruck eines Geweihs zu sehen war, mit der Inschrift *Jagdgesellschaft Davensburg*, nahm einen Schluck und schüttelte weiter den Kopf.

»Warum zittern Sie?«, fragte er, ohne den Blick zu heben.

»Der Kaffee«, sagte Hestermann und bemerkte, dass auch seine Stimme zitterte.

»Gehören Sie denn noch immer dieser Kirche an?«, fragte der Gauleiter, abermals mit gesenktem Blick, und fügte an, nuschelnd in Richtung Papier: »Wir mögen die Kirche ja nicht sonderlich.«

»Sie sind mittlerweile selbst eine Kirche«, sagte Hestermann.

Der Gauleiter hob den Kopf, träge wie ein sattes Krokodil, verharrte einen Moment in dieser Stellung und tauchte wieder ein in seine Papierflut.

Hestermann sah Amseln draußen vor dem Fenster vorbeifliegen, schwarze Flecken vor dem Abendrot, mit Reisig in den Schnäbeln, er sah eine Eberesche wie ein schwarzes Gerippe, und dann wanderte sein Blick die Wände des Büros entlang zur Decke, die nun in blasser Erdbeerfarbe bemalt schien – da empfand er eine traurige Wärme.

»Bern? Basel? Zürich?«, fragte der Gauleiter und griff nach einem frischen Stapel Papier.

»Überall ein wenig«, sagte Hestermann und brummelte etwas von der Schweiz als linguistischem Schwemmland, die deutsche Sprache werde ja gewissermaßen von Norden her an die Alpen gespült, im Süden würden noch Wörter existieren, die in Deutschland seit fünfhundert Jahren verschwunden seien, hochinteressant, wirklich, für Völker- und Sprachkunde durchaus relevant.

Der Gauleiter schüttelte den Kopf, man könne seine Heimat in dieser dramatischen Stunde nicht verlassen, bei diesem Piraten- und Gangstertum der Feinde, zudem sei da noch die Sache mit Hestermanns Büchern, das habe er bestimmt mitbekommen. Der Reichsminister für das Gute und Richtige sei da wirklich sehr erpicht darauf: Alle völker- und sprachkundlichen Werke müssten bei einer zentralen Stelle eingereicht werden. Natürlich, das sei bestimmt sehr unangenehm, aber: Befehl sei nun mal Befehl.

»Die Bücher stehen zu Ihrer Verfügung«, sagte Hestermann.

Der Gauleiter blickte auf. Er schob seine Brille zurecht.

»Ach, wirklich?«, sagte er.

Hestermann seufzte, sagte, diese Bücher seien nun wirklich nichts Besonderes, letztlich seien sie alle ersetzbar, die verborgenen Schätze der Linguistik lägen anderswo. Und dabei klemmte er die Tasche aus Rindsleder zwischen seinen Füßen fest.

Der Gauleiter griff nach einem Bleistift und notierte etwas auf die Rückseite eines Papiers, dann schob er sich den Bleistift in den Mund und lutschte daran.

Hestermann zündete sich eine Lux an. Schweigend rauchte er, aschte auf den Dielenboden, es wurde gespenstisch still im Raum.

Die Deckenfarbe änderte sich von blasslila zu pink, als die Tür aufflog, gegen die Wand wummerte und sich der Gauleiter vor Schreck den Bleistift in den Rachen rammte. Er würgte, aber dann teilte sich sein Gesicht zu einem erlösenden Grinsen, als er in der Tür die Gestalt von Professor Doktor Franz Pichelswerder erkannte, ganz in Rosa, den Rektor der Universität Münster, einen imposanten Mann von zwei Metern Körpergröße, der für seine Geselligkeit bekannt war. Als Überlebender der Schlacht von Amiens steckte in seinem

Schädel ein Schrapnell, das Pichelswerders Charakter etwas verändert und ihm das Wesen eines leicht exzentrischen, aber durchwegs zahmen Zirkusbären verliehen hatte.

»Mein lieber Freund Alf«, sagte Professor Doktor Franz Pichelswerder, stürmte zum Pult und vergrub in seinen Pranken zehn graue Fingerchen. Der Champagner neulich sei ganz fabelhaft gewesen und die Lachsbrötchen – erstklassig. Man müsse bald wieder zusammenkommen, solch fröhliche Stunden unter Gleichgesinnten seien ja in letzter Zeit geradezu erschreckend selten geworden.

Während er das sagte, beugte er sich immer weiter zum Pult hinunter, bis es schließlich aussah, als würde er gleich vor dem grauen Männchen niederknien, doch da räusperte sich der Gauleiter, zog seine Finger aus des Professor Doktors riesigen Händen, als wären sie mit Vaseline beschmiert, nickte in die Ecke des Raums, und Pichelswerder wandte sich um.

»Na, wen haben wir denn da?«, fragte Pichelswerder.

»Er will in die Schweiz«, sagte der Gauleiter leise, als müsste er flüstern.

Das sei ja wunderbar, brach es aus Professor Doktor Franz Pichelswerder hervor, schon seit Monaten liege er Hestermann in den Ohren, dieser solle doch endlich dem Genie an der Universität Zürich einen Besuch abstatten, dem Revolutionär Otto Schlaginhaufen, und es sei nun wirklich höchst erfreulich zu erfahren, dass Hestermann seinem Ruf gefolgt sei, dass er den Schwenk auf die richtige Seite gewählt habe; Schlaginhaufen stehe einsam auf weiter Flur, was die Völkerkunde beträfe. Ein Mann, von dem man lernen könne. Wann Hestermann denn fahren wolle?

»Besser heute noch als morgen«, sagte Hestermann.

Professor Doktor Franz Pichelswerder wackelte mit den Hüften, riss die Arme in die Luft und klatschte in die Hände. Er wirbelte herum zum Gauleiter und sagte: »Der feinsinnige Gelehrte hier war einst ein Komet am Himmel der Wissenschaft – das ist allerdings schon einige Jahre her.«

Der Gauleiter saß mit offenem Mund da und tastete mit dem Daumen nach der blutenden Stelle an seinem Gaumen, es tue schrecklich weh, sagte er, er müsse unverzüglich zum Arzt. Er griff hastig nach ein paar Formularen, füllte sie aus, reichte sie Hestermann, ging zum Mantelständer und nahm den Hut herunter.

Professor Doktor Franz Pichelswerder streckte zum Abschied die Hand aus und versprach, heute noch, ja, in den nächsten Minuten, an Schlaginhaufen in Zürich zu schreiben und Hestermann anzukündigen.

So fahrig, ja ängstlich sich Hestermann vom Büro des Gauleiters entfernte, so zielstrebig eilte er sogleich zum Bahnhof, er hechelte und japste, und einmal musste er innehalten, sich an einer Hauswand abstützen und nach Luft schnappen. Als sein Atem wieder ruhiger ging, fiel ihm, keine drei Schritte entfernt, ein am Straßenrand geparkter Wagen auf. Es war ein Singer Junior mit britischem Kennzeichen, er war rot wie eine Vogelbeere und glitzerte wie frisches Blut. Das Verdeck war heruntergelassen. Auf dem Beifahrersitz saß eine Dame mit länglichem Gesicht, sie hatte die Lippen einer griechischen Göttin, und auf ihrer Schulter kauerte ein Büschelaffe. Es war ein sehr kleines Tier mit langen weißen Haaren, die aus den Ohren wuchsen. Seinen Kopf bewegte es ruckartig, der Blick war wachsam. Seine Augen suchten die Kopfhaut der Dame ab, dann schnellten winzige Finger vor, bedeckt mit grauem Fell, und strichen ganz sanft die Haare zur Seite.

Was Hestermann bezauberte, war die Vertrautheit zwischen Mensch und Tier, dieses ganz natürlich erscheinende Zusammenleben, und was ihn erstaunte, war, dass die beiden sich in ihrer liebevollen Prozedur nicht unterbrechen ließen, obwohl sie doch bemerkt haben mussten, dass da ein Fremder in ihrer Nähe stand. Dieser Umstand verlieh der Szene etwas Schamloses und Extrovertiertes, und darin steckte eine ungeheure Kraft. Die Dame schien sich keinen Deut um gesellschaftliche Konventionen zu scheren, ja, sie schien sogar dagegen aufzubegehren.

Hestermann war auf eine Weise fasziniert, dass er es kaum ertragen konnte.

Er wollte sich ihnen nähern, wollte den Türgriff drehen und sich auf den Rücksitz des Wagens setzen und als Passagier in ein fremdes Leben hineinfahren, allerdings nicht als Ferdinand Hestermann, sondern viel lieber in Gestalt einer Laus oder eines Flohs, sich ins Polster grabend, unsichtbar und unbemerkt und doch jedes Verhaltensmuster dieser fremden Spezies wahrnehmend.

Hestermann zuckte zusammen, als eine Haustür aufgestoßen wurde und ein schmaler Mann mit großem Kopf sich mit weit ausholenden Schritten dem Wagen näherte und sich hinter das Steuer setzte. Der Motor brummte, und als sie hinter einer Ecke verschwanden, war es Hestermann, als wäre dies ein Traum gewesen, als hätten sie nie existiert, die Frau, der Affe, diese ganze Form von Leben.

Als Hestermann einige Minuten später knapp den Nachtzug erwischte, der ihn an die Schweizer Grenze bringen würde, bestellte er im Speisewagen eine Tasse Kaffee, und dann begann er sich so heftig zu kämmen, dass sich Haare in den Zinken des Kamms verfingen und ausrissen.

10.

Hestermann schirmte die Augen ab und schaute durch das Fenster auf die Anzeigetafel. Als er sich vergewissert hatte, dass er im richtigen Zug saß, lehnte er sich zurück, und da rollte der Zug auch schon an.

Er tastete in seine Ledertasche, um sich auch noch zu vergewissern, dass sein Buch bei ihm war, und dabei blieb sein kleiner Finger in einem Schlitz hängen, der sich nach losem Papier anfühlte, und er zog das Papier heraus. Es war ein zerknüllter Briefumschlag, und im ersten Moment hatte Hestermann keinerlei Erinnerung daran, diesen Umschlag schon einmal gesehen zu haben. Dann aber kam ihm Pater Schmidts Brief in den Sinn, den er auf dem Fußboden seines Büros in Münster gefunden und noch nicht geöffnet hatte. Hestermann rief nach dem Kellner des Speisewagens und bat ihn um ein Messer; er schnitt das Kuvert auf, während seine Zungenspitze aus dem Mundwinkel lugte. Schmidt schrieb, er habe kürzlich seinen guten Freund Papst Pius besucht, sie hätten über die Anthropos-Bibliothek gesprochen, »ein sehr schönes Werk«, habe der Papst gesagt, »die weltweit größte und wichtigste Sammlung auf dem Gebiet der Völker- und Sprachkunde« und »sehr bewundernswert, wirklich beachtlich« und »äußerst schützenswert«.

Hestermann faltete den Brief zusammen und steckte ihn zurück in die Tasche. Er war verwirrt: Konnte das abermals ein Zufall sein? Warum schrieb Schmidt ausgerechnet in diesem Moment einen Brief darüber, wie außergewöhnlich sein Lebenswerk sei und wie schützenswert? Wusste er von der Gefahr, dass bald die Barbaren einfallen und die Bibliothek plündern könnten? Hatte der Brief insgeheim den Zweck, ihn, Hestermann, um Rat zu fragen? Falls ja: Was sollte er antworten? Und wie sollte er antworten? Denn war das Versenden von Briefen auf dem Postweg mittlerweile nicht etwas riskant?

Er zog ein leeres Blatt Papier hervor, legte es vor sich hin und griff nach einem Füller. Seine Hand lag schlaff auf dem Tisch, und die Spitze des Füllers senkte sich ganz sachte nieder auf das Papier, wo sich ein Fleck zu bilden begann, dessen Peripherie sich weiter und weiter ausdehnte.

Draußen sah Hestermann nun Blitze durch die Finsternis zucken, und ein Donner ließ die Scheiben des Wagens erzittern. Im nächsten Moment klatschten dicke Regentropfen an das Fenster. Mit der Kuppe seiner Finger strich Hestermann über die Rinnsale, von denen er, auf der trockenen Seite des Glases sitzend, abgetrennt war.

Während er sich im flackernden Licht eine Lux anzündete und in seine Kaffeetasse starrte, sinnierte er darüber nach, wie es dazu hatte kommen können, dass er sich ganz und gar nicht mehr Herr seiner selbst, ja sogar regelrecht manipuliert fühlte. Er versuchte sich zu erinnern, wann ihn dieses Gefühl zum ersten Mal beschlichen habe, und da kam ihm ein Abend in Hamburg in den Sinn, vor einigen Jahren, im Büro des Dekans der Philosophischen Fakultät. Der Dekan war ein pausbäckiger Mann gewesen, dessen Hals über den gestärkten Kragen gequollen war; ein Bart hatte ihm am Mund gehangen, ein Bart wie der Schwanz eines Fischotters. Diesem Professor der Ethnologie hatte Hestermann zugesehen, wie er einen Zuckerwürfel auf einen Löffel gelegt, die Finger abgeleckt und ganz langsam den Löffel in eine Kaffeetasse gesenkt hatte, um zu beobachten, wie der Zucker in sich zusammenfällt. Dabei war ein seltsames Geräusch aus dem Bart gedrungen, noch kein Wort, erst ein Laut: »Ts, ts, ts.« Er hatte ausgiebig auf den Löffel geschaut, in den etwas durchsichtigen Kaffee, und mit gespieltem Erstaunen gesagt: »Alles Weiß ist fort.«

Über das Klima sprechend, über gemäßigte Zonen, die arbeitsame Menschen hervorgebracht hätten, und die Hitze nichts als Trägheit, gelinde gesagt, hatte sich der Dekan zurückgelehnt, die Beine übereinandergeschlagen, den Blick in weite Ferne gleiten lassen, und mit dem Air des Visionärs gesagt: Ihm schwebe diese Arbeit vor, Hestermanns Habilitation, eine Arbeit über die Temperaturen und ihren Einfluss auf die Intelligenz, belegt mit Zahlen, eine solche Arbeit sei heutzutage quasi ein Eid der Treue auf das Vaterland.

Hestermann hatte kurz an die Azteken gedacht, an die Olmeken, an Sumer, Elam, Harappa, an den Sänger Ur-Nanse und König Naram-Sin, an die Entwicklung des menschlichen Hirnvolumens – mit der Erfindung der Sprache stark zunehmend, aber seit hunderttausend Jahren nahezu gleichbleibend –, hatte etwas von Menschenverachtung gemurmelt, das Wort allerdings auf dem Weg zur vierten Silbe abgebrochen, gesagt, dass er nie von selbst auf dieses Thema gekommen wäre, aber natürlich, eine Arbeit über Klima und Intelligenz sei im Bereich des Möglichen, beweisen lasse sich alles irgendwie – und hatte kurz darauf seine Stelle gekündigt und war nach Münster gezogen.

Nun, im Zug in Richtung Basel, als der Frühlingsschauer an das Zugfenster peitschte und der Tintenklecks auf seinem Papier größer und größer wurde, als ihm der Gedanke durch den Kopf schoss, dass doch Füller und Maschinengewehr so wenig gemeinsam hätten und sich kurioserweise dennoch gespenstisch ähnlich seien, da kam ihm sein Leben wie eine endlose Abwärtsspirale vor. Ihm wurde ganz schwer zumute, und beim Gedanken daran, am nächsten Morgen die Grenze zu erreichen, drohte er in Tränen auszubrechen. Er wusste mit Bestimmtheit, dass sein Pensum an Glück aufgebraucht war, dass diese Flucht in die Schweiz nicht gelingen könne, dass man im ungünstigsten Fall gar noch seine letzte Reise rekonstruieren und den kleinen Mann unter der Schwarzkiefer ausfindig machen würde, was ihm vermutlich eine Klage der Spionage einbrächte. Man würde ihn einsperren und ihm als Volksfeind glühende Nadeln ins Fleisch bohren und Salpeter in die Wunden streuen, dem unglücklichen Prediger Savonarola gleich: Auf ihn wartete das irdische Äquivalent zu Dantes neuntem Höllenkreis.

Er schloss die Augen, und als er sie abermals öffnete, war sein Briefpapier auch noch voller Wasserflecken. Er blickte hoch, da er sicher war, das Dach des Waggons sei beschädigt und es regne herein, und da fühlte er die Kälte seiner tränennassen Wangen.

Seltsam wattiert drang jetzt seine eigene Stimme ans innere Ohr. War da nicht dieses Funkeln in der verzweifelten Nacht? War da nicht dieser imaginäre Zwillingsbruder, der seine warmen Arme um ihn schlang? War da nicht dieser vergangene Schatten, diese eingebildete frühere Existenz, die ihm aus der Unendlichkeit zuzwinkerte? Abermals griff er in seine Tasche, diesmal, um das Buch mit dem blau-rot marmorierten Einband zu streicheln. Das Einzige, was ihm blieb, war diese papiergebundene Hoffnung.

Zweiter Teil

Es ist eine Inventarliste sichtbarer und unsichtbarer Dinge
Es ist die Kontrolle und Definition allen Wissens
Es ist eine Krücke, und es ist eine Invasion
Es ist der Versuch, eine Heimat zu finden

11.

Wer war er nun, der mysteriöse Doppelgänger, der vermeintliche Schatten aus der Vergangenheit, dem sich Hestermann in abgöttischer Bewunderung verbunden fühlte? Sein Name war Thomas Bridges. Und dieser Thomas Bridges befand sich gerade am Wendepunkt seines Lebens, unmittelbar vor jenem Ereignis, auf das nicht mehr viel folgen würde, aber nichtsdestotrotz einem Ereignis, das sein Kunstwerk entschieden beeinflusste und ihm jene Einzigartigkeit verlieh, die der Nachwelt erhalten blieb. Und was tat Thomas Bridges gerade? Er hustete. Es war im Monat Oktober des Jahres 1886, in Kajüte 27b eines Passagierdampfers namens *SS Stultifera*, dort saß Thomas Bridges, aus seinem Rachen schoss ein Klumpen, so groß wie eine Haselnuss, der Klumpen drehte sich ganz langsam um sich selbst, beschrieb in der Luft einen leichten Bogen und fiel auf die bräunlichen Seiten des Kassenbuches, wo sich die blassrosa Striche kreuzten.

Bridges fluchte nicht, er fluchte nie, er zog bloß sehr schnell aus der Hosentasche ein Tuch, das mit Akeleien-Blüten bestickt war, und er wischte den Klumpen vom Papier. Dann lehnte er sich zurück und atmete tief. Dabei richtete er den Blick durch ein Bullauge hinaus aufs Meer.

Er war ein gedrungener Mann von dreiundvierzig Jahren, ziemlich stämmig, mit schwarzen Haaren, in denen sich weiße Strähnen abzeichneten. Er besaß die Ruhe eines Priesters, und in seinen Augen funkelte das Temperament eines Seeräubers. Nun, an seinem Sekretär sitzend, das flache Wasser des Atlantiks im Auge, beruhigte sich allmählich sein Atem, und da bückte er sich zur Seekiste, die neben ihm auf dem Boden stand. Die Kiste war bis zum Rand mit Papierschnipseln gefüllt, einige waren braun, einige hatten einen Gelbstich, einige hatten die Farbe von Schneematsch und ein paar wenige waren weiß. Es waren Notizzettel, und Bridges griff nach einem dieser Zettel, er las die Wörter, die darauf geschrieben standen, lehnte sich zurück und dachte sehr lange nach.

In seinem Kassenbuch blätterte er schließlich zum Buchstaben M und dort zu *mötāsīdāra – nach Osten gehen, weggehen.* Er drehte noch einmal den Papierfetzen vor den Augen, dachte abermals nach und schrieb anschließend in den leer stehenden Zwischenraum: *Sich in erbärmlicher Gesundheit befinden, wie kurz vor dem Tod.*

In seiner Kajüte knarrte das Holz und kratzte die Feder.

Und Bridges' Lungen rasselten.

In seinem Buch waren fünfundzwanzigtausend Wörter aufgelistet. Dachte er an diese Zahl, atmete er tief ein, seine Brust wölbte sich, und er kräuselte die Mundwinkel zu einem Lächeln. Die Wörter beschrieben so ziemlich jeden Lebensbereich der Yamana und bildeten das Volk sehr genau ab, wie ihm schien. Ihm war wichtig gewesen, einzelne Wörter und Bedeutungen immer wieder zu überarbeiten und gemäß neuen Erkenntnissen zu erweitern, sie aber nicht nur massenhaft aneinanderzureihen. Er gierte nicht nach einem möglichst dicken Buch, sondern nach einem möglichst guten. Mehr Material lag zwar bereit, in der Kiste voller Notizzettel, aber diese Wörter kamen ihm oftmals zu banal vor oder zu obszön oder zu unsorgfältig recherchiert. Er nannte es »die Kiste meiner Sorgen«, da er schlicht nicht wusste, wie er weiter mit diesen Wörtern verfahren solle.

In letzter Zeit war es ihm immer seltener gelungen, in der Kiste Zettel zu finden, die er hatte brauchen können. Diesen Umstand hatte er demütig akzeptiert. Das Buch sei nun schlicht und einfach endlich fertig, dachte er.

Tatsächlich würde er es bald zur Seite legen. Seiner Frau hatte er versprochen, sich zu entspannen und die Fahrt zu genießen. Eine Stunde pro Tag würde er arbeiten, hatte er gesagt, vielleicht auch zwei, hauptsächlich aber werde er an Deck sitzen, die Sonne im Gesicht, und sich mit weltgewandten Herren über kulturelle Belange austauschen.

Der Passagierdampfer stampfte durch den achten Tag der Reise, und bisher hatte Bridges das Bordleben eher gemieden. Aller guten Vorsätze zum Trotz hatte er die Tage fast ausschließlich unter Deck mit seinen Zetteln zugebracht, er hatte sehr intensiv über *ūūarākū* nachgedacht, was eine Form der Gleichgültigkeit war, wenn jemand kein Bedürfnis empfand, ein verlorenes Ding wiederzufinden; oder über *māša*, ein seltenes Moos, das nur am Stamm sehr alter Bäume wuchs und das Bridges in seiner ganzen Zeit in Patagonien kein einziges Mal mit eigenen Augen gesehen hatte. Natürlich hatte er die entsprechenden Zettel wieder zurückgelegt, mit seltsam verzerrtem Gesicht, als hätte er Kopfschmerzen.

Wie schon an jedem der acht vorherigen Tage bimmelte auch heute um vier Uhr die Schiffsglocke. Bridges legte beide Hände auf sein Kassenbuch und senkte den Kopf. In dieser Position verharrte er für exakt drei Minuten – er zählte dabei von zwanzig bis zweihundert – und strich mit den Fingerkuppen über die Seiten. Manchmal lehnte er sich vor, um ein bestimmtes Wort zu lesen. Ihm war, als sei diese Wörterliste eine einzige Erinnerungsstütze, denn er konnte jeden Moment nochmals durchleben, in dem er ein Wort zum ersten Mal gehört hatte. Er las *mōšāgāna* und sah seinen Freund Ookokko, der an einem weißen Frühlingstag auf eine zarte

Blume zeigte; er las *mötāpeata* und sah sich in einem Kanu am Feuer die Hände wärmen, in einer Nacht, die nichts als Schnee und Eis war; er las *mötāgauara* und sah das britische Farmhaus inmitten von Wigwams, seltsam deplatziert, und er spürte die Arme seiner Kinder, die sich um seine Hüften schmiegten.

Abermals klingelte nun die Schiffsglocke, Bridges klappte die Schreibplatte zu, verschloss den Sekretär, ging an Deck und bestellte eine Tasse Tee mit Ziegenmilch, aber ohne Zucker.

Mit der Tasse in der Hand ging er an Deck auf und ab, vorbei an Liegestühlen, die mit grobem Leinen bespannt waren, und in dieses Leinen presste sich das Gewicht europäischer Körper, die nach einem Gemisch aus Hühnersuppe und Schweinesülze rochen, was Bridges unerträglich fand, so sehr hatte er sich daran gewöhnt, dass Menschen den Geruch von Tran mit sich herumtrugen. Bridges hielt den Kopf gesenkt, als versuchte er, sich die Muster auf den Eichenriemen unter seinen Füßen einzuprägen.

Er fühlte Schwere. So fühlte er jedes Mal, wenn er Patagonien verließ. Er vermisste nicht nur die Gerüche, nicht nur die Klänge, nicht nur den Wind und das Sonnenlicht – da schien etwas tiefer zu liegen auf jenem Kontinent. Alles dort bedeutete Glück für ihn, bedingungsloses, grundloses Glück, er konnte jeweils mitten im Gehen stehen bleiben und ganz plötzlich dieses Glück fühlen. Mittlerweile war er sich sicher, dass das Gefühl in Stein und Erde verborgen lag, dass es durch die Sohlen der Schuhe in seinen Körper strömte, ihn nährte und am Leben erhielt. Ein Dasein ohne dieses Glücksgefühl hielt er für sinnlos, und nun, auf der *SS Stultifera,* fehlte es ihm und er vermochte es durch nichts zu ersetzen.

Am ersten Tag seiner Reise hatte er einen kultiviert wirkenden Basken angesprochen und sich mit ihm über *Don Quijote* unterhalten wollen, diese fabelhafte Parodie, aber der Baske hatte nicht so recht mitreden können, da er das Buch nicht gelesen hatte. Der Deutsche am nächsten Tag hatte den *Faust* nicht gelesen und verstand somit die tiefere Bedeutung von Mephistos Zaubergebräu nicht. Gespräche über aktuelle Werke wie Rimski-Korsakows *Schneeflöckchen* oder Millöckers *Bettelstudent* schienen besser anzukommen, aber darüber wusste Bridges rein gar nichts.

Ohnehin hatten sich die meisten Gespräche bisher über die Kumuluswolken oder über die dramatische Erscheinung der Wellenkämme gedreht, und einmal (das musste am vergangenen Tag gewesen sein oder am Tag zuvor) hatte ihn ein Schwede mit zottigem Bart und einem Mund wie ein Riesenlippenfisch eine geschlagene Stunde mit einem Abriss über nordische Schifffahrtsgeschichte traktiert, einem Vortrag, der mit der abstrusen Theorie geendet hatte, der Verzehr von Meerestieren stehe in direktem Zusammenhang mit menschlicher Entdeckungslust – das Fleisch der Fische enthalte quasi das Virus der Seefahrt und übertrage sich auf die Menschen.

Bridges hatte geantwortet, das sei abgrundtiefer Schwachsinn, den Leuten in Schweden seien schließlich weder Kiemen noch Flossen gewachsen, zudem: Er verkehre seit dreißig Jahren mit einem Volk, das sich fast ausschließlich von Meerestieren ernähre und niemals auch nur einen einzigen Schritt über die Grenze seines Stammesgebiets gemacht habe, schlicht und einfach deshalb, weil diese Menschen keine Lust dazu verspürten. Da hatte der Schwede ausgerufen: »Mein lieber Mann, in welcher Welt leben Sie denn!«

Ausgerechnet dieser Schwede stampfte nun mit eiligen Schritten auf Bridges zu und rief: »Da ist er ja, der Herr Missionar!«, während Speichelbläschen aus seinem feuchten

Mund schossen und er schallend lachte. Er habe, sagte der Schwede, vergangene Nacht nachgedacht, was es denn mit diesen mysteriösen Menschen auf sich habe, die so überhaupt nicht menschlich seien?

Bridges ignorierte das letzte Adjektiv im Fragesatz des Schweden und sagte, er habe sein Leben nicht in den Salons von London verbracht oder in den Theatern und Opern, sondern auf einem Landstrich namens Tierra del Fuego, am südlichsten Zipfel Patagoniens, wo es keine Läden gäbe, keine Krankenhäuser, keine Straßen, auch keine Straßenlaternen, keine Kutschen, keine Lokomotiven.

»Was? Wie? Wirklich?«, sagte der Schwede.

Er liebe dieses Leben, sagte Bridges, und allem Anschein nach würden es auch seine Frau und seine Kinder lieben. Dafür wollte Bridges nun ein Beispiel anbringen, aber der Schwede fiel ihm ins Wort.

»Kinder? Sie ziehen in dieser Wildnis Kinder auf?«

Er sei fest davon überzeugt, sagte Bridges, dass seine Kinder unter Jägern und Sammlern glücklicher würden als auf einem Internat in England, aber er habe vollkommenes Verständnis dafür, wenn man darüber den Kopf schüttle.

Der Schwede konterte in stumpfsinnigem Trotz, allzu fabelhaft könne dieses Leben in Wirklichkeit doch nicht sein, ansonsten befände sich Bridges wohl kaum auf dem Weg in die Zivilisation. Bridges murmelte verächtlich, ein Blitzbesuch werde es sein in Europa, nichts weiter als ein Blitzbesuch, um seinen Arbeitgebern die Konditionen zu diktieren: Man habe ein großes Stück Land zu kaufen, auf das die Menschen, mit denen er lebe, sich zurückziehen könnten, wo sie Ruhe fänden, denn gegenwärtig schrumpfe ihr Stammesgebiet beträchtlich, zudem grassiere eine Epidemie, die den ganzen Volksstamm auszurotten drohe.

»Ah, oh, hm«, sagte der Schwede, »denken Sie denn, mit

einem solchen Vorhaben Erfolg zu haben? Das glauben Sie doch wohl selbst nicht?«

Bridges, dem der Mund des Schweden mehr und mehr wie eine obszöne Wunde aus Fleisch und Haaren vorkam, blickte auf seine Tasse nieder, sagte: »Mein Tee ist leider kalt geworden« und wollte sich gerade wegdrehen, als ihm der pedantische Mann eine Hand auf die Schulter legte.

»Eine Kannibalengeschichte!«, sagte er und seine Pupillen flackerten vor Faszination. »Erzählen Sie mir eine Kannibalengeschichte!«

Bridges, der befürchtete, seine Wut würde gleich in einen Schreikrampf münden, schloss die Augen und fasste sich.

Er sagte, da sei einmal ein Häuptling gewesen, der habe fünf Kinder gehabt, drei Mädchen und zwei Jungen, diese Kinder seien sehr schnell zu erstaunlicher Stärke herangewachsen, und da habe der Häuptling um seine Herrschaft gebangt: Eines Nachts habe er die jungen Menschen im Schlaf aufgespießt, über dem Feuer gebraten und verspeist.

»Genau so stelle ich mir das vor«, sagte der Schwede, fummelte an seinem Hosenbund herum, nervös lächelnd, und sein Atem zitterte in schierer Erregung.

Bridges wiegte den Körper vom einen Fuß auf den anderen, fixierte mit den Augen den Horizont. Bloß, sagte er, stamme diese Geschichte nicht vom Ende der Welt, dort besäßen diese Leute nicht einmal ein Wort für Kannibalismus, und das Konzept von Häuptlingen und Untertanen würden sie auch nicht kennen, die verspeisten Kinder hätten ihren Ursprung in der Wiege Europas, der griechischen Mythologie.

So drehte er sich ab, ging ohne ein Wort des Abschieds zurück in seine Kajüte, warf die Tür zu und schloss den Sekretär auf.

Abermals erschütterte ein Husten seinen Körper, diesmal griff er früh genug in die Hosentasche und zog das Tuch hervor, presste es sich an die Lippen, und als sich sein Körper wieder beruhigt hatte, hielt er sich die flache Hand vor die Augen.

Er beugte sich vor, riss den Deckel von seinem Füller und tauchte seine Hand in die Kiste voller Papierschnipsel.

Das weiße Tuch, besprenkelt mit roten Punkten, lag neben ihm auf dem Schreibtisch.

12.

Thomas Bridges wusste, woher sein Name stammte: von der Doppelbrücke, auf der man ihn gefunden hatte, in einem geflochtenen Korb liegend, eingewickelt in purpurne Seide, ein Heiligenbild des Apostels Thomas auf der Brust.

Die lebhafteste Erinnerung seiner Kindheit war jene an Speck, und zwar Speck in allen Stadien und Formen: roh, luftgetrocknet, geräuchert und gebraten, in Streifen geschnitten und gewürfelt; der Geruch von Speck erreichte ihn sogar in nächtlichen Träumen, aus denen er mit knurrendem Magen erwachte.

In gewisser Weise wurde ihm sein Hunger nach Speck auch zum Verhängnis, und zwar an einem Sommertag im Jahr 1856. Er war vierzehn Jahre alt, seine Beine baumelten über dem Rand eines riesigen Bassins, das sich am Ende des Londoner Grosvenor Canal zu einem Wasserwerk öffnete. Thomas fummelte gerade mit der Zungenspitze ein Stück Knorpel zwischen den Zähnen hervor, als am Ende des Bassins ein kleiner Punkt erschien, der sich rasch vergrößerte. Er nahm die Gestalt eines gewissen Mister Trevor an, eines Metzgers aus Lambeth, und als der näher kam, waren seine Wangen zu sehen, sie hatten die Farbe von Flamingofedern, und vom heftigen Atmen traten auf seiner Stirn zwei Venen hervor.

Kurz darauf waren an Mister Trevors Hals ebenfalls Venen zu erkennen, Trevor stampfte, er schrie, und er griff nach dem

Ohr von Thomas und schleppte den Jungen mithilfe des Ohrs die ganze Meile zurück nach Lambeth, vorbei an fleckigen Schaufenstern, in denen Tische und Stühle standen, vorbei an Funkenschutzgittern für die Kamine, vorbei an Kupferkesseln, Fettpfannen, Fischpfannen, Stahlpfannen. Nichts davon sah Thomas, er dachte nur an den Schmerz, der von seinem Ohr ausging, und es war ein gewaltiger Schmerz, denn obwohl kein Tropfen Blut floss, zumindest nicht äußerlich, hinterließen die Finger des Metzgers auf der Ohrmuschel des Jungen eine Kuhle, die nie wieder verschwinden würde, ja, wenn man genau hinschaute, glaubte man Jahre später noch, die winzigen Rillen des Metzgerdaumens erkennen zu können wie ein Brandzeichen oder eine Ohrenmarke.

Thomas wurde also weiter und weiter die Straße hinuntergezerrt, bis er spürte, wie seine Schienbeine über die Treppenkanten der Polizeistation schleiften, und dann hörte er die quäkende Stimme des Metzgers: »Der Bengel hat mir zum letzten Mal ein Stück Speck geklaut«, und der Junge sah des Metzgers Stirn, so rot wie eine plattgedrückte Schildlaus. Thomas flog ins Innere der Polizeistation und hörte die Tür, die ins Schloss knallte.

»Ah, dieser Thomas«, sagte der Polizeikommandant, hob einen Bund Zellenschlüssel vom Tisch und ließ die Schlüssel am Ring lustig klimpern.

So kam Thomas Bridges zurück in ein Gefängnis, in dem er schon den Großteil seines kurzen Lebens verbracht hatte, sei es, weil er in Hauseingängen geschlafen, einen Apfel gestohlen oder in einem Pub einen Mantel geborgt und nie zurückgegeben hatte.

Diesmal jedoch setzte ihn der Polizeikommandant zwei Wochen später nicht an einer regennassen Straßenecke ab, sondern er ließ Thomas in einer vergitterten Droschke hinaus aus der Stadt fahren, ins *London Orphan Asylum* in Watford nahe

Hertfordshire, das streng genommen kein Waisenhaus war, sondern eine Besserungsanstalt, aus der es kein Entrinnen gab.

Thomas' Oberlippe war von Rotz verklebt, und graue Schlieren getrockneten Schleims zogen sich über seine Wangen, als er am nächsten Morgen stramm im Innenhof des Waisenhauses stand und in die gütig funkelnden Augen des Reverend George Pakenham schaute. Er senkte den Blick und betrachtete seine Zehen, die ihn an die Klauen eines schmutzstarrenden Greifvogels erinnerten.

»Beim Heiligen Sebastian«, rief der Pfarrer, »was bist denn du für ein niedliches Kerlchen!«

Der Pfarrer, so würde Thomas bald erkennen, war vom Wunsch beseelt, die Welt zu retten.

In jungen Jahren hatte er die Bibel auswendig gelernt, bis er sich sicher gewesen war, die Liebe Jesu habe jede Zelle seines Körpers durchflutet, und er sei nun rein von jeglichen Versuchungen und Sünden. Vom einen Tag auf den anderen hatte er das Gefühl gehabt, die Sonne scheine nun ein wenig heller in sein Leben, und er dankte Gott dafür, ihm dieses wunderbare Dasein geschenkt zu haben. Der Pfarrer war zuweilen unerträglich gut gelaunt und der bittersten Armut begegnete er mit einem heiteren Glucksen, versprach baldige Besserung der Situation, kam einen Tag später mit wehenden Hemdzipfeln, schweißnasser Stirn und einem Sack Mehl aus seiner eigenen Vorratskammer zurück und rief: »Hoch lebe die gedeckte Tafel!«

Pakenham war achtundzwanzig Jahre alt, seine Frau hatte ihm soeben sein fünftes Kind geboren, und sieben weitere hatte er adoptiert.

Wenn ihn der Diakon zur Mäßigung ermahnte, pflegte Reverend George Pakenham zu sagen, in diesem Leben stelle die einzigen Regeln Gott auf, und dieser habe nie eine Obergrenze für Familienmitglieder festgehalten.

Dies war auch der Grund, warum Pfarrer Pakenham an jenem Morgen auf Besuch beim Waisenhaus war, denn kurz nach dem Aufwachen, während sein Kopf noch auf dem warmen Kissen gelegen hatte, war er von einem »unbekämpfbaren Schwall der Liebe« überwältigt worden und dem dringenden Bedürfnis, seine Familie schnellstmöglich vergrößern zu wollen, und zwar nicht erst in neun Monaten, sondern jetzt gleich.

George Pakenham drückte Thomas an seine Brust und sagte: »Lass Jesus dein Leben beflügeln!«

Die einzige Bedingung war, dass Thomas dem Pfarrer und dessen Familie auf eine Reise mit unbestimmtem Ausgang folgte. »Ins Land des Feuers und der Indianer«, sagte der Pfarrer und wippte auf den Fußballen vor Abenteuerlust.

George Pakenham war kurz zuvor beauftragt worden, als Missionar nach Südamerika zu reisen und in die Herzen nackter Jäger und Sammler die Idee von Jesus Christus zu implantieren. Thomas, der sich nicht erinnern konnte, jemals über den Tellerrand der Stadt London hinweggeschaut zu haben, nickte zaghaft, denn alles war besser als dieser Moloch.

Nur wenige Tage vergingen bis zu einem Morgen Anfang Juli, der so sonnig war, dass sich Herren aus der gehobenen Gesellschaft die Jacketts in die Armbeuge klemmten. Da marschierte George Pakenham an der Spitze einer Gruppe von Kindern zu den London Docks, und die Prozession sah aus wie der Ausflug einer Schulklasse.

Das Schiff war ein Fünfmaster, auf dem es Tag für Tag wärmer wurde, bis tropische Hitze herrschte und Thomas mit zugeknöpftem Hemd an der Reling stand, auf den Tanz der Wellen hinausschaute und nicht wusste, wie ihm geschehen war. Und er wusste es noch immer nicht, als die Hitze wieder schwand und die Nächte langsam kühler wurden und er frühmorgens fröstelnd erwachte.

Die anderen Kinder sprachen unter Tränen von ihren Bettchen daheim in London, von ihren Kissen und Puppen und Spielzeuglokomotiven, die sie hatten zurücklassen müssen. Thomas konnte ihnen nur schwer folgen, allzu hölzern kam ihm die Idee einer wohligen Zone vor, eines vertrauten Territoriums innerhalb der ewig gleichbleibenden Hausmauern, die manche Leute Heimat nennen. Es dauerte viele Jahre, genau genommen ein ganzes Leben, bis er erkannte, dass es in Tat und Wahrheit genau die Heimat gewesen war, die sein Unterbewusstes stets gesucht hatte – allerdings würde das erst ganz zum Schluss kommen, quasi mit dem letzten Atemzug. Dieser zukünftige Thomas Bridges aber lag noch eine halbe Zeitreise von dem Jungspund entfernt, der hier in seinem ekelhaft engen Hemd auf die Wellen hinausschaute und den gerade eine ganz andere Frage brennend interessierte, nämlich die Frage nach diesem unergründlichen Gott und dessen goldenem pfeilgeraden Pfad. Demnach war das Leben kein Chaos an Irrwegen, wo die Menschen, einem Labyrinth gleich, ständig im Kreis liefen, bis ihnen davon schwindlig wurde. Ganz im Gegenteil, alles hatte einen Grund gehabt, war vorgezeichnet gewesen, jeder seiner Schritte, jede seiner Taten, und der junge Thomas dankte dem Allmächtigen dafür, ihn auf die Polizeistation geschleppt zu haben, er dankte ihm für den Aufenthalt im Waisenhaus, und in der Dunkelheit der Nacht, kurz bevor er in sanften Schlaf sank, war der Junge erstaunt darüber, dass er sich vor nichts fürchtete, nicht einmal vor einer grausigen Zukunft am Ende der Welt in Patagonien.

Er fühlte sich in einer wohligen Blase durch die Luft getragen, an der Seite eines höchst amüsanten, wenn auch etwas sonderbaren Mannes, der an Deck auf und ab ging, die Hände auf dem Rücken gekreuzt, stehen blieb, die Arme zum Himmel streckte und mit Ausrufen wie »Schaut mal diese Wolken!«

oder »Riecht mal diese Luft!« eine ansteckende gute Laune verbreitete.

Als Thomas inmitten einer johlenden Schar von Kindern in einer Bucht namens Ushuaia von Bord ging, in dichtem Schneegestöber, folgte er diesem Mann, den er nun Vater nannte, in eine Hütte aus Palisadenhölzern, wo Ungeziefer krabbelte und kein einziger Kochtopf stand und der heitere Mann ausrief: »Meine Liebsten: Willkommen im Paradies!«

Thomas schaute sich in der Hütte um, verzog sich in eine Ecke und rollte sich auf dem Lehmboden zusammen wie ein Hund.

13.

Es begann bereits am nächsten Tag, dieses Gefühl, als liefe er mit offenen Augen durch einen Traum: kein gemauertes Haus weit und breit, keine Straße, keine Droschke, keine Kutsche; kein Marktschreier und kein Hammer des Hufschmieds, der Funken sprüht; kein Beil des Fischers, das auf den Tresen wummert; kein Kopf des Kabeljaus, der an die gegenüberliegende Wand klatscht. Stattdessen: eine See, die an den Strand stampft wie ein Nachtmahr; wogendes Gras in der Gischt, am Himmel ein Nebel-Schnee-Gemisch; plötzliche Böen, in denen uralte Bäume ächzen. Und dies: Punkte weißer Farbe in den Gesichtern alter Frauen; Brasseletten aus Guanaco-Leder und hellrosa Schneckenschalen an Händen und Füßen von Jungen und Mädchen; Schnüre aus geflochtenen Seelöwensehnen, verziert mit dem Schnabel des Austernfischers, an den Hälsen von Frauen; Masken aus Baumrinden, lang und spitz, an den Gesichtern von Männern. Wer waren sie, diese wundersamen Erscheinungen, verziert mit Holz, Knochen, Muschel und Stein?

Wann immer er sich vom Heimunterricht der Mutter davonstehlen konnte, vom Bibelunterricht des Vaters, vom Segelunterricht, vom Ackern hinter dem Haus, vom Säen des Kohls und der Kartoffeln, schlich er sich zu den Yamana-Kindern. Er hörte die Flut fremder Wörter, in denen er nichts Vertrautes erkannte, und er sehnte sich nach einem Buch wie jenem, das seine Mutter besaß, in dem Wörter in einer einfachen und verständlichen Sprache erklärt waren. Bloß müsste das Buch seiner Wünsche nicht englische Wörter erklären, sondern Yamana-Wörter.

Thomas konnte die Wigwams betreten, die aus trockenem Gras und Baumrinden erbaut waren. Er konnte die überwältigende Hitze spüren, die sich in den Wigwams anstaute. Er konnte mit der Fingerbeere die Speerspitzen betasten, die von hockenden Männern geschliffen wurden. Er konnte den Gesängen lauschen, die in hohen Tönen gesungen wurden, sodass sie geradezu schrill klangen. Er konnte sich zu den anderen Kindern auf die Moosbetten setzen und ihre Hände ergreifen und ihnen zulächeln, und sie lächelten zurück – und dennoch hatte er das Gefühl, nie wirklich bei ihnen zu sein.

Einmal, als im Frühling die ersten Osterglocken blühten, zog von Osten her ein Sturm auf, und als Thomas am Abend im Bett lag, der Wind durch die Ritzen der Hütte pfiff und sein Vater sich niederbeugte, um ihm einen Gutenachtkuss zu geben, sagte Thomas: »Morgen musst du aufs Meer hinausschauen.«

Als es dämmerte, wehte der Wind so stark, dass in der Hütte die Bilder von den Wänden fielen und der Boden vor Glassplittern funkelte. Die Pelzmäntel hatte es von ihren Haken geweht. Wann immer das Tosen für einen Moment abflachte, war ein seltsames Geräusch zu hören.

»Singt da draußen jemand?«, fragte George Pakenham, und: »Wo ist Thomas?«

Der Pfarrer drückte mit der Schulter die Tür auf und sah am Strand eine Gruppe von Yamana, die mit den Armen in Richtung Meer wedelten, wobei niemand Anstalten machte, ein Kanu ins Wasser zu schieben, nicht einmal in die Nähe der Brandung gingen sie. Draußen auf den Wellen sah der

Pfarrer sein kleines Segelboot, das auf und ab tanzte und hin und her schlingerte, und an der Ruderpinne stand Thomas. Zwischen dem Tosen der Brecher konnte man einige Silben hören, die sich zu einem Lied zusammenfügten.

George Pakenham sagte: »Ist das *Glide Along, my Bonny, Bonny Boat?*«, und seine Augenlider zuckten.

Das Lied verstummte, der Wind heulte und kreischte. In den Wellen war keine Symmetrie mehr, das Wasser sah aus, als würde es von riesigen unsichtbaren Paddeln durchpflügt. Hagel fiel vom Himmel, dann Schnee. George Pakenham stand den ganzen Tag da, der Wind wirbelte seinen mächtigen Backenbart hin und her, und er machte ein Gesicht, als sei er es, der mit dem Tod ringt. Gegen Abend näherte sich das Boot dem Strand, und der Erste, der hinrannte, war ein Junge der Yamana.

Thomas fiel in seine Arme, da er zu erschöpft und durchgefroren war, um auch nur einen einzigen Schritt zu tun.

Der Junge hieß Ookokko, und von diesem Moment an waren Ookokko und Thomas Freunde. Noch lange würde Ookokko von dieser halsbrecherischen Bootsfahrt erzählen, es sei das Mutigste gewesen, das er je gesehen habe.

Ookokko hatte schmale Augen und eine Iris voll unergründlicher Dunkelheit. Sein Gesicht war mit rotem Ocker bemalt, die Haare fielen zur Seite des Kopfes ab, flach und gerade wie ein Vorhang, bis zum Unterkiefer. Er trug ein Otterfell über den Schultern, das mit einer Sehne um den Hals gebunden war. Seine Pobacken waren rund wie Äpfel, und seine Beine bestanden aus lauter Hügeln, unter denen sich Muskeln wölbten. Er roch nach dem Robbentran, mit dem er die Haut eingeölt hatte, um sich vor der Kälte zu schützen. Er hatte zwei Begleiter, die ihm nicht von der Seite wichen: ein Hund und eine zahme Seemöwe.

Manchmal war er über längere Zeit verschwunden, wenn

es irgendwo einen Wal an den Strand gespült hatte und sich Dutzende von Yamana dort einfanden, um große Fleischstücke auf heißen Steinen zu braten und die Harnblasen von Robben mit Tran zu füllen und den Wal in kleinste Teile zu zerlegen, bis hin zu den Barten im Oberkiefer, den langen, schmalen Hornplatten, die in Kanus eingebaut wurden. Aber wann immer seine Familie in der Nähe der Holzhütte des Pfarrers kampierte, rannte er zu dessen Tür, polterte an die Rundhölzer und brüllte: *aiyeata*!

Thomas zwängte sich auf der Türschwelle in die Schuhe und rannte hinter Ookokko her, während ihm seine Schnürsenkel um die Beine peitschten.

Waren da keine Wolken am Himmel und blies ein frischer Westwind, so zeigte Ookokko nach oben und sagte: *asaui*. Er zog an den dünnen Haaren, die auf seinen Armen wuchsen, und sagte: *api*. Er nahm eine geröstete Krabbe aus dem Feuer und sagte: *apurū*. Er erklärte Thomas, wie sich Bedeutungen von Wörtern nur in Nuancen unterschieden: *lúata* war *festbeißen wie ein Raubtier*; *lúashéata* war *abbeißen* oder *entzweibeißen*; *iúawiela* war *leicht beißen* oder *erneut beißen*; *lúaláshu* war *beißen, um zu verwunden*; *lúagámata* war *auf etwas beißen und dabei mit Erstaunen feststellen, dass die Konsistenz anders ist als erwartet*.

Jedes der Wörter schrieb Thomas auf kleine Papierfetzen, damit er sie sich besser merken konnte. Er verbrachte ganze Nächte damit, die entsprechenden Worte in seiner eigenen Sprache zu finden, und er schrieb Dutzende Übersetzungen nieder, bevor er schließlich jene auswählte, die ihm am passendsten erschien. Oftmals kehrte er am nächsten Morgen zu Ookokko zurück, zerknüllte Zettel drehend und wendend, um sich nach einem Detail zu erkundigen, etwa, was genau mit *leicht beißen* gemeint sei, ob man sich darunter das spielerische Schnappen eines Hundes vorstellen müsse oder doch eher das sanfte Schnabelklappern der Ente, die zwischen Grashalmen eine Schnecke erwischt.

Zwei Jahre später war sein Lieblingswort *anemaköna: herumwandern ohne Ziel, aus reiner Neugierde.*

Mit Ookokko reiste Thomas zu einem alten Mann, der Tishpinnay hieß, eine Hütte aus Zweigen und Rinden bewohnte und ein blindes Auge hatte. Thomas fragte, was mit dem Auge passiert sei, und Tishpinnay sagte, er habe einst einen lieben Freund verloren und darüber habe er so sehr weinen müssen, dass sein Auge aus dem Schädel geflossen sei wie ein Fluss. Mit Tishpinnay betrat Thomas die Welt von Temáukel, dem allerhöchsten Geschöpf, und von dessen Diener Kenós, der zur Erde geschickt worden war, um die Menschen zu erschaffen. In einer sonnenbeschienenen Senke (Träumte er jetzt? Sah er das wirklich?) lebten die Yoálox, eine Familie mit fünf hochbegabten Kindern, und diese Kinder hatten den Yamana das Feuer geschenkt und ihnen gezeigt, wie man Harpunen schärft – sie saßen da, um ein Feuer herum, und waren in ihr göttliches Handwerk vertieft. Aber ganz in der Nähe trieb auch, in einer Wolke aus gelbem Gas, Táruwalem sein Unwesen, ein böser alter Mann mit flammender Hand, missgelaunt und mürrisch, der herumging, die Menschen ins Gesicht schlug oder ihnen aus bloßem Spaß an der Niedertracht ein Ohr oder die Nase abschnitt. Er war einmal dermaßen wütend gewesen, dass er die Hügel angezündet hatte, die Berge und die Wälder, der Ozean hatte zu kochen begonnen, und nach diesem Tag waren die Bergspitzen kahl und blank gewesen, und seither wuchs da oben nie wieder etwas. Thomas lernte auch Lem kennen, den Sohn des Táruwalem, so schön, dass man nicht aufhören konnte, ihn anzustarren. Lem erlegte jedes Tier, egal wie weit weg. Er lachte stets und arbeitete hart und half allen Menschen, wenn sie in Schwierigkeiten waren. Seine Töchter waren die Simeonsmöwe, die Polarmöwe, die Dominikanermöwe und die Magellangans. Er stieg in den Himmel auf und reiste quer durch die Weiten des Universums, um am Ende der Sternenstraße seinen schönen jungen Körper in die Sonne zu verwandeln, als Geschenk der Wärme für alle Wesen dieser Erde. Die Monster und Menschen und Götter, all das sah Thomas klar vor sich, die Wörter des halbblinden alten Tishpinnay projizierten sich als Bilder an die Täler und die Hügel und die Senken des Landes, und diese Bilder brannten sich in sein Gedächtnis ein.

Thomas aß Napfschnecken, junge Birkenporlinge und die zarten Blätter des Löwenzahns; er lernte das Fleisch der Mähnenrobbe zu schätzen, das Fleisch des Seebären zu akzeptieren und das Fleisch des Otters zu vermeiden, da es so schrecklich stank; er lernte, aus dem Beinknochen des Albatros einen Trinkhalm zu fertigen; er lernte, Feuerholz in der Harnblase von Guanakos trocken zu halten; er lernte, mit Schwefelkies und einem Pilz namens Dunda Feuer zu entfachen; er lernte, das Feuer im Kanu oder dem Segelboot zu transportieren, indem man den Boden mit Sand und feuchtem Torf isolierte; er lernte, dass das einzige brauchbare Material für den Kanubau die Rinde der Scheinkiefer war; und er lernte, dass diese Menschen weder Klassen noch Kasten oder Hierarchien kannten, dass ihnen die Idee eines sozialen Status fremd war, dass sie ihrem Zusammenleben nur die nötigsten Regeln auferlegten und dass sie sich mit der Freiheit von Zugvögeln durch ihre Welt bewegten.

Pakenham hatte seine liebe Mühe mit dem vagabundierenden Charakter seines Sohnes, immer wieder versuchte er, ihm die Vorzüge des häuslichen Lebens anzuerziehen, was aber entweder mit Streit endete oder mit Thomas' gänzlichem Fernbleiben vom verabredeten Holzhacken oder Ackerpflügen, und im vierten oder fünften Jahr gab der Pfarrer auf.

Einmal plünderte jemand in unmittelbarer Nähe des Pfarrhauses einen vergrabenen Vorrat an Walfischspeck. Der Besitzer des Specks erwischte den Dieb, nahm ihn in den Würgegriff, vergrub die Hände in seinen Haaren, riss ihm den Kopf zurück und brach ihm das Genick.

Wenige Stunden später hörte Thomas, drei Brüder und vier Cousins des Getöteten hätten sich mit Steinen bewaffnet auf den Weg gemacht. Thomas rannte hin, stellte sich vor das Wigwam des Speckbesitzers, er hörte kleine Kinder kreischen, und er sah bullige Männer herankommen, die Gesichter bemalt, mit weißen Strichen auf schwarzem Grund.

Einer der Männer trat auf Thomas zu, er hob eine Steinaxt über seinen Kopf, er brüllte.

Thomas spürte seinen Atem, und er sagte: »Nur über meine Leiche.«

Sein Vater verfolgte die Episode von der Türschwelle des Pfarrhauses, und als Thomas zum Haus zurückstapfte, fragte der Vater: »Warum handelst du so?«

Thomas zuckte mit den Schultern und schwieg.

George Pakenham kam den Yamana weniger nah.

Sie wollten nichts von einem Gott wissen, der in aller Eile die Welt erschaffen hatte und so nebenbei noch Sonne, Mond und Sterne. Da müsse doch mehr passiert sein, mit Geistern und Helden etwa, das könne doch nicht alles einfach so aus dem Nichts gekommen sein. George Pakenham geriet regelmäßig in Erklärungsnot und las dieselbe Bibelstelle vor: »Gott machte die beiden großen Lichter, das große zur Herrschaft über den Tag, das kleine zur Herrschaft über die Nacht, und die Sterne.«

Thomas übersetzte, und da gähnten die Yamana, und schüttelten die Köpfe.

Dass in der alten Zeit ausgerechnet Eva den Fehler mit dem

Apfel begangen habe, hielten sie für unwahrscheinlich, denn schließlich seien es damals die Frauen gewesen, die alle Regeln festgelegt hatten. Allein die Geschichte von Kain und Abel fanden sie halbwegs interessant, waren allerdings der Ansicht, dass es für Kain niemals einer Strafe habe gleichkommen können, ruhelos über die Erde zu streifen, da das Herumwandern doch seit jeher die Aufgabe aller Menschen sei.

Ob es in diesem Buch, fragte einer, noch weitere solcher seltsamen Episoden gäbe?

Wahrlich skurril, sagte Pakenham, leise kichernd, sei die Stelle, an der Gott bestimme, er wolle keine Opfergaben von Buckligen, Kleinwüchsigen, Blinden, Lahmen und solchen mit Hodenquetschung.

Ein Murmeln ging durch die Reihen, jemand flüsterte: »Hat er tatsächlich Hodenquetschung gesagt?«, und dann ergriff eine alte Frau mit Klumpfuß das Wort: »Noch ein Beispiel!«

Pakenham, der nun etwas verunsichert war, sagte, nun ja, da sei noch die Geschichte des Alten, der wegen seines kahlen Kopfes von einer Gruppe junger Menschen verspottet werde, und da verfluche der Alte die Jugend im Namen des Herrn, und kurz darauf kämen zwei Bären aus dem Wald und würden zweiundvierzig junge Menschen zerreißen.

Das sei nun aber wirklich scheußlich, sagte ein älterer Herr, der gerade einen Walfischknochen zu einer Pfeilspitze schliff, viel mehr Brutalität enthalte dieses dicke Buch doch hoffentlich nicht?

Nun, sagte Pakenham, da sei noch der Schrecken in einer Stadt namens Sodom, so gehe das weiter, bis zum Schluss eigentlich. Er setzte aber sogleich zur Rechtfertigung an, man dürfe das nicht so eng sehen, eine gewalttätige Welt sei das damals gewesen. Zudem: Gewisse Dinge seien nicht wörtlich gemeint, etwa wenn Jesus sage, wer sein Fleisch esse und sein Blut trinke, der erlange das ewige Leben.

Jemand stieß Luft durch schmale Lippen, eine unangenehme Stille setzte ein, und dann erhoben sich die Yamana wie auf ein Zeichen und gingen ohne ein Wort davon.

Immer öfters begann Pakenham nun, den glubschäugigen Engländer zu zitieren. Jenen Engländer, der einige Jahre zuvor Patagonien besucht hatte und bis in die Knochen erschrocken war ob der Nacktheit der Yamana und ihrer – wie ihm schien – jämmerlichen Rindenkanus und der gegrunzten Sprache. Jenen, dem dabei eine Eingebung gekommen war, und zwar die Theorie, wonach alle Menschen vom Affen abstammen würden und einige sich zum Europäer entwickelt hätten, während andere, so leid es ihm tue, in einem affenähnlichen Stadium verharrten.

Pakenhams Missionierung der Yamana geriet mehr und mehr in den Hintergrund, bis er eigentlich nur noch ein Bauer war, der in Patagonien vor sich hin ackerte und dem die Ureinwohner dabei amüsiert zuschauten.

Als Thomas Bridges zwanzig Jahre alt war, sagte der Vater: »Wir fahren heim.«

»Verstehen wir denn nun diese Menschen?«, fragte Thomas.

»Wir fahren heim«, wiederholte George Pakenham.

»Ich will keinen Befehl, Vater, sondern eine Antwort«, sagte Thomas.

Es war ein sonnenheller Morgen, als ein Schoner mit dem Namen *Allen Gardiner* in Ushuaia ablegte. An Bord stand George Pakenham mit geröteten Augen und triefender Nase, neben ihm seine Ehefrau und um die beiden herum viele junge Leute, die sich auf eine Welt freuten, in der man täglich Zeitung las, im Omnibus durch die Straßen fuhr und im Restaurant eine Tasse Tee bestellte.

Thomas Bridges stand allein am Strand und winkte mit einem weißen Taschentuch.

Sein Vater hatte ihm sein ganzes Besitztum hinterlassen: Kisten voller Pickel, Spaten, Besen, Rechen, Pflanzhölzern, Erdschäufelchen, Baumsägen, Sicheln; Kisten voller Teller, Gabeln und Messer; dazu mehrere Bibeln und schließlich noch ein unbenutztes Kassenbuch mit blau-rot marmoriertem Einband.

Ab diesem Zeitpunkt nannten ihn die Yamana *Tanuwa*, was die Bezeichnung für einen Mann war, den man an Mut kaum überbieten konnte und dessen Wort so schwer wog wie jenes des *Yékamush*, des Schamanen. Gemäß offiziellen Angaben leitete er ganz allein die südlichste Missionsstation der Welt; die inoffizielle Version lautete, dass er Pinguin-Eier suchte, Guanakos jagte und Wörter sammelte.

14.

Sechs Jahre verbrachte Thomas Bridges in Patagonien und reiste dann für zehn Tage nach England, um die Priesterweihe zu empfangen und sich im Spital wegen eines seltsamen Zerrens in der Brust behandeln zu lassen. Von der Missionsgesellschaft wurde er für drei Vorträge über die Yamana verpflichtet. In der Nacht vor seinem ersten Vortrag saß er am Fenster eines schäbigen Hotelzimmers in Bristol, blickte auf finstere Straßen hinunter und konnte nicht schlafen.

Er dachte an seinen Vater, der einige Jahre vorher als Aufseher einer Obdachlosenküche im australischen Melbourne gestorben war. Im Morgengrauen sah er unten auf der Straße einen Mann, an dessen Hand ein kleiner Junge ging – der Junge hüpfte auf dem Gehsteig vor und zurück und hin und her, und der Arm des Mannes schlenkerte, und Bridges wischte sich eine Träne aus den Augen.

Kurz vor Beginn seiner Rede erkundigte er sich bei den Veranstaltern, ob sich Journalisten für Interviews angemeldet hätten. Ja, hieß es, zehn Interviews seien im Anschluss an die Rede geplant. Bridges verlangte, all diese Termine abzusagen, worauf ihm mitgeteilt wurde, so kurzfristig sei das unmöglich. »Keine Fragen zu meiner Herkunft«, befahl er, kletterte auf die Bühne und stellte sich hinter das Rednerpult.

Seine Zuhörer waren Tischler und Drechsler und Schmiede aus der Umgebung, sie lauschten Bridges' Beschreibungen der

Pfeilspitzen und der Wigwams und des ewigen Windes, und es erfüllte sie mit Stolz, Bürger des großartigsten Landes auf Erden zu sein. Die Rede war so erfolgreich, dass am Folgetag ausschließlich Lobeshymnen gedruckt wurden. Zudem formierte sich eine Gruppe hilfsbereiter Bürger, die von Tür zu Tür gingen, über die »nackten Wilden am Ende der Welt« berichteten und mehrere Frachtkisten voller gebrauchter Kleider sammelten: gefütterte Paletots, Krawatten in Rot, Blau und Anthrazit, gefiederte Winterhauben, spitzenbesetzte Korsette, Stöckelschuhe, Ledergamaschen und Muffe aus Chinchilla-Fell.

Aus einem nahen Dorf namens Harberton reiste eine junge Dame herbei, sie hieß Mary Varder, war überwältigt von schauriger Faszination für pfeilschießende Patagonier und wollte mehr über Bridges' Leben in der Wildnis erfahren. »Du trägst ja gar keine Tierhäute«, sagte sie, lachte laut auf und strich ihm über den Arm. Sie hatte einen blonden Lockenschopf, ihre Augen waren braun und glänzten wie flüssige Schokolade, und einige Tage später hörte Thomas Bridges ihr abenteuerliches Herz pochen.

»Bist du denn dort wirklich daheim?«, fragte sie.

»Es fühlt sich noch immer wie eine Suche an«, sagte er.

Ihre Eltern wirkten überraschend wohlwollend bei seinem Besuch, wenngleich sich das Tischgespräch um eine obskure adelige Herkunft der Familie Varder im vierundzwanzigsten Verwandtschaftsgrad drehte. Auf dem Schiff nach Patagonien fühlte er sich trotz der Schmach seiner Vergangenheit endlich akzeptiert. Wie zur Bestätigung wurden einige Monate später die Einzelteile eines ganzen Hauses angeliefert, zwanzig auf zehn Fuß, im britischen Landhausstil.

Als sein erster Sohn zur Welt kam, schickte Bridges seinen Freund Ookokko im Kanu den Beagle-Kanal hoch, um alle Yamana zu informieren: Bald gäbe es ein großes Fest.

Am zweiten Sonntag nach der Geburt ließ Bridges, in eine Soutane gewandet, Wasser über den flaumigen Kopf des Jungen träufeln, sang »How Sweet the Name of Jesus Sounds« und »There is a Happy Land« und »Praise God from Whom All Blessings Flow«, und danach gab es englischen Pudding für alle, die Yamana lachten und sangen, es war ein fröhliches Fest.

An diesem Abend notierte Mary in ihr Tagebuch, sie habe anfangs befürchtet, ihr Ehemann möge sich bei der Ankunft in der Fremde in einen blutrünstigen Jäger verwandeln, mit einem Köcher voller Giftpfeile auf dem Rücken, aber nun erkenne sie, dass er mehr Engländer sei als Patagonier, ja, er wirke unter diesen Menschen ganz und gar fremd, die Jahre unter Wilden hätten kaum Spuren hinterlassen, und das gefalle ihr. Allerdings notierte sie auch, es gäbe da etwas, das sie höchst ungewöhnlich fände, dass ihr Ehemann nämlich des Öfteren fortgehe und tagelang nicht zurückkomme, und wenn sie ihn schließlich frage, wo er gewesen sei, nenne er diese oder jene Bucht, diesen oder jenen Kanal, und frage sie ihn, wo er geschlafen habe, schaue er sie an wie ein begriffsstutziges Kind und sage: »Auf der Erde.«

Im Anschluss an die Taufe hielt Bridges eine längere Rede, er verkündete, dass es in der Welt ein allgemein anerkanntes Konzept gäbe, wonach jenen Menschen ein Stück Land gehöre, die dieses Land einzäunen, pflügen, ackern oder, anders gesagt: die sich darum kümmern würden wie um ein kleines Kind. Folglich dürfe man weder ihn noch einen seiner Nachkommen jemals von hier vertreiben, da das Land nun den Bridges' gehöre.

Die Yamana, die das Konzept von Besitztum zwar verstanden, allerdings nur im Bereich von beweglichen Dingen, etwa einem Stück Fleisch oder einem Speer, aber ganz und gar nicht bei einem Stück Land, das man nicht mit sich herumtragen konnte, nickten bloß etwas irritiert und begannen über das wunderbare kleine Geschöpf zu sprechen, das ja ein Yamana-Kind sei, auch wenn es so gänzlich anders aussehe, aber die Yamana-Erde habe es geboren, also sei das Kind eines der ihren.

Ookokko, der seinen Freund während dessen Abwesenheit stark vermisst hatte, war beeindruckt von dem Ritual mit dem Wasser und auch vom leckeren Pudding, und er fragte, ob Bridges dieses Ritual an ihm ebenfalls vollziehen könne. Bridges war hocherfreut, sagte aber, während der Taufe habe er einen Einfall gehabt und diesen Plan wolle er als Erstes umsetzen.

In den folgenden Wochen war Mary damit beschäftigt, die Röcke und die Hosen zu kürzen, die in den Frachtkisten herangereist waren, und die spitzenbesetzten Hauben etwas zu erweitern, sodass sie auf die Köpfe der Yamana-Frauen passten. Wenn Mary an den Männern und Frauen Maß nahm, traute sie sich kaum, sie anzusehen, so abstoßend fand sie die nackte Haut.

Die Yamana hatten das letzte Fest noch gut in Erinnerung, und sie strömten auch diesmal herbei. Unter freiem Himmel standen mehrere Stuhlreihen, die von einem Mittelgang geteilt wurden. Dort warteten vier Männer und vier Frauen. Einer der Männer kratzte sich ständig an den Beinen, da er noch nie im Leben Hosen getragen hatte und der Stoff ihn schrecklich juckte. Er wollte die Hose im letzten Moment ausziehen. Bridges eilte herbei, protestierte, klatschte in die Hände, und die acht Menschen setzten sich in Bewegung. Die Frauen sanken auf ihren Stöckelschuhen in den Morast, als sie auf einen hastig zusammengezimmerten Altar zugingen, wo ihnen ihre Männer die Ringe an die Finger steckten, die Bridges aus Sixpence-Münzen zurechtgehämmert hatte. Bridges stand hinter dem Altar, mit der Bibel in der Hand, und wedelte mit einem Mistelzweig über seinem Kopf.

Für die Yamana war es ein heiteres Schauspiel, sie genossen diesen Maskenball, aber Bridges vollzog die Zeremonie mit dem eifrigen Ernst des jungen Priesters, was Mary sehr stolz machte. Allerdings geschah dann etwas, wovon Mary dachte, das gehe zu weit. Er werde, verkündete Bridges feierlich, ab sofort jedem, der für ihn einen Baum fälle oder einen Zaun in den Boden ramme oder mithelfe, das Haus aus England aufzubauen, mit einem kleinen, runden, glänzenden Stück Metall belohnen, und er werde ein zusätzliches Haus einrichten, wo man die Metallstücke gegen Biskuits oder Äxte aus Stahl eintauschen könne.

Als Mary sagte, das sei nun doch zu viel des Guten, sagte Bridges, für die Yamana sei längst ein neues Zeitalter angebrochen.

»Genauso wie der Weiße Mann müssen auch sie diese Hürde nehmen«, sagte er, »und Schluss machen mit dem kindischen Dasein.«

Allerdings bemerkte er bald, dass sein Plan nicht aufging.

Zwar ließ sich Ookokko tatsächlich taufen, und seinem Beispiel folgten sechsundzwanzig weitere Yamana, die sich in der Nähe des zukünftigen britischen Landhauses niederließen, am Morgen und am Abend beteten und den Rest des Tages damit verbrachten, Kartoffeln und Rüben zu säen oder Bäume zu fällen und Kohlemeiler aufzuschichten. Aber alle anderen Yamana fragten Ookokko ständig, ob er diesen Gott, an den er neuerdings glaube, jemals zwischen den Wolken gesehen oder im Wind gehört habe, und auf Ookokkos Verneinen hin wurden die Leute wütend und behaupteten, diese Geschichten, die er da erzähle, seien allesamt erfunden. Und sowohl Ookokko als auch die sechsundzwanzig anderen verließen über Nacht ihre Felder und ihre Hütten und waren verschwunden, sobald die Jahreszeit der Königskrabben oder der Miesmuscheln begann – und in ihren Gärten spross und wucherte das Unkraut.

Bridges aber ließ sich nicht entmutigen, er baute eisern an seinem Haus weiter, oftmals allein. Er verlegte die Eichenböden und goss den Gips für die Stuckaturen und bemalte die Schiebefenster mit weißer Farbe. Er mauerte einen Kamin und verzierte die hölzernen Stützpfeiler mit Schnitzereien von Akeleien und beklebte die Wohnzimmerwand mit einem nicht ganz farbechten Nachdruck der Tapete *Sauvages de la Mer du Pacifique* von Charvet. Tische und Stühle zimmerte er eigenhändig, sogar einen Schaukelstuhl fertigte er an, dafür bog er lange Buchenhölzer über heißem Wasserdampf und drechselte Stuhlbeine zu gewundenen Säulen.

Als das Haus fertig war, als alle Zimmer eingerichtet waren, fiel Mary auf, dass es nirgends ein Arbeitszimmer für ihren Mann gab und dass seine Bücher, seine Tintenfässer, seine Bleistifte, seine Briefumschläge und sein Briefpapier quer durch das Haus verteilt waren. Sie schlug ihm vor, das kleinste Zimmer des Hauses nicht mit dem Kinderbettchen, sondern stattdessen mit einem Schreibtisch und einem Aktenschrank auszustatten, aber Bridges verstand nicht, warum das nötig sein sollte. Und kurz darauf wurde das Zimmer ohnehin dringend benötigt, da Marys alleinstehende Schwester aus England anreiste, um der jungen Familie in der Wildnis beizustehen.

Die Schwester übernahm die Erziehung des Kindes, dann der zwei Kinder, dann der drei Kinder und schließlich der fünf Kinder, und in dieser Rolle fiel ihr auf, dass die Yamana ihre eigenen Kinder nie bestraften, nicht einmal bei groben Vergehen, und sie war so fasziniert von dieser Erziehungsmethode, dass sie vorschlug, dies bei den kleinen Weißen ebenso zu machen, und bei Mary fand die Idee Anklang. Als sie jedoch Bridges in ihren Plan einweihten, hielt der erst eine

Rede über Arbeitsmoral und Lehren für das Leben, und als die Frauen auf ihrem Vorhaben beharrten, stürmte er davon und schlug die Tür hinter sich zu.

Aus dem Schlafzimmer hörte man ihn brüllen: »Wir sind doch keine Indianer!«, und es polterte und rumpelte.

Anschließend schwieg er drei Tage lang und hackte während dieser Zeit hinter dem Haus vier Ster Holz, danach erlag er zwei Wochen lang einem Fieberschub und während Mary ihm einmal die Stirn trocken tupfte, flüsterte er: »Sag, ist etwa mein Kopf in zwei Teile gesprungen?«, und sie sagte: »Ja, Thomas, denn du bist ein wandelnder Widerspruch«, und als er wieder gesund war, fügte er sich dem Willen der Frauen.

Mary würde später ergänzen, ihr Ehemann habe seine missionarischen Pflichten bisweilen völlig vergessen. Dies sei ihr in jenem Moment zum ersten Mal aufgefallen, als er sich auf die Suche nach dem Ursprung von Farben gemacht habe, mit denen die Yamana ihre Körper bemalten. Schwarz kam von der Kohle und Weiß vom Kalk, das sei nachvollziehbar, man konnte Kohle oder Kalk mit Tran kleinmörsern und erhielt eine schwarze, respektive weiße Flüssigkeit. Aber woher kam das wunderbar helle Scharlachrot? Bridges kannte keine Laus, die eine solche Farbe gehabt hätte, oder keine Blume. Die Farbe schien schlicht nicht Teil der Natur zu sein. Er musste eine ältere Frau über Wochen beknien, bis sie sich bereit erklärte, ihn zu einer ganz bestimmten Stelle eines fernen Flusses mitzunehmen. Dort hob sie eine Handvoll ockerfarbener Kieselsteine aus dem Wasser und legte sie in einen Lederlappen bis zu einem sonnigen, windstillen Tag. Jetzt entfachte sie ein frisches Feuer aus trockenem Holz, wartete, bis sich der Rauch verzogen hatte und kein Luftzug die Asche aufwirbelte, legte den Klumpen aus Kieselsteinen in die Glut, bis er zinnoberrot leuchtete, und klaubte ihn mit zwei Stöcken heraus. Sie zerstieß ihn zwischen Steinen zu einem feinen

Pulver, ließ ein paar Prisen davon in eine Mytilus-Schale rieseln und rührte das Pulver mit Robbentran zu einem dicken Brei. Den Rest bewahrte sie im *yāi* auf, einem Beutel, den man aus der Speiseröhre der Dampfschiffente fertigte.

Tagelang sprach Bridges nur noch von diesem wunderbar roten Brei, unaufhörlich, von jedem einzelnen Wort, das er gehört hatte, er zitierte von seinen kleinen, vollgekritzelten Notizzetteln, sogar die Tischgebete vergaß er, und Mary wusste nicht, ob sie sich sorgen oder freuen sollte. Ihr schien, als würde sich ihr Mann nur für Dinge interessieren, die ihren Weg auf die kleinen Zettel gefunden hatten, und diese Zettel kamen ihr vor wie eine manische Suche nach einem Mysterium.

Einmal verbrachte Bridges mehrere Tage und Nächte mit Ookokko auf Otterjagd, da er die Kinderbetten mit weichem Fell auslegen wollte. Die Westentasche voller Zettel, saß er im Kanu und schrieb jedes Detail auf. Ookokko wartete, bis ein Otter auftauchte, um zu atmen, und da warf er seine Harpune, aber er verfehlte. Der Otter flüchtete ans Ufer und eilte in seinen Bau. Ookokko paddelte an Land und hetzte dem Otter den Hund hinterher. Ein fürchterliches Pfeifen und Winseln war zu hören: Die Tiere stießen einander die Zähne ins Gesicht. Dem Otter gelang es, sich zu befreien, und er flüchtete aus dem Bau, am Ausgang aber stand Ookokko, bekam das Tier an einem Hinterbein zu fassen, hob es hoch und ließ den Kopf an einem Stein zerschellen.

Als Bridges das Fell seiner Frau überreichte, hob er eine Hand, wo zwischen Daumen und Zeigefinger ein Stapel von Zetteln festgeklemmt war.

»So viele Wörter habe ich auf der Otterjagd gefunden«, sagte er.

Mary nahm ihm das Fell ab und zuckte mit den Schultern.

An jenem Abend saßen sie auf der neu erbauten Veranda

und schauten über den Beagle-Kanal. Wolken waren aufgezogen, und Nieselregen fiel. Ein böiger Wind raspelte die Wasseroberfläche zu Wellen, die aussahen wie Klingen. Mary und Bridges drehten die Köpfe, als aus einem Wigwam in der Nähe heiteres Gelächter ertönte. Durch einen Schlitz aus Rinden stolperte ein kleines Mädchen, es war aber nicht nackt, sondern trug ein plissiertes Kleid, das von einer Porzellanbrosche zusammengehalten wurde; auf dem Kopf klemmte die geschrumpfte Version einer Seemannsmütze, und die Füße steckten in riesigen Schnürstiefeln, deren Sohlen an den Seiten abgetragen waren. Das Kleid verfärbte sich durch den fallenden Regen allmählich von rosa zu tiefrot, von den geklöppelten Spitzen fielen Wassertropfen zu Boden, und das Mädchen begann zu schniefen und zu husten.

Bridges lächelte.

»Wir sind ihnen ein gutes Vorbild«, sagte er.

15.

Am Horizont kam die Küste Englands in Sicht, Thomas Bridges verschloss seine Seekiste voller Papierschnipsel, verließ die Kajüte, stieg die Stahltreppe hoch zum Deck, über Stufen aus Lochblech, lehnte sich oben an die Reling und beobachtete den schlammbraunen Streifen im Dunst, der allmählich heranglitt. Abermals rief er sich die Sätze in Erinnerung, die er gegenüber der Missionsgesellschaft aussprechen würde, und er war sich sicherer denn je, dass er schon bald mit viel Geld in der Tasche über dieses Meer zurück nach Südamerika reisen würde, um ein großes Stück Land zu kaufen, auf dem alle verbliebenen Yamana Platz fänden.

Auf seinem Tweedmantel glitzerten Regentropfen. Ein Seemann kam und brachte einen Regenschirm, der eine sonderbar blassblaue Farbe hatte, wie der Himmel, sodass man den Eindruck bekommen konnte, der Schirm würde mit dem Hintergrund verschmelzen. Der Seemann wandte sich ab, stützte die Ellbogen auf die Reling, wodurch sich sein Rücken leicht krümmte und sich unter einem löchrigen Pullover aus blau gefärbter Schurwolle zwei kräftige Schulterblätter wölbten. Seine Augenlider waren halb geschlossen, und doch schien es ihm zu gelingen, die Küstenlinie im Blick zu halten. Ihm haftete etwas Asketisches an, sein Gesicht war gelb, seine Wangen waren eingefallen, die Lippen rissig.

»Auch hier«, sagte er, »lebten einst bloß Barbaren.«

Voller Erstaunen blickte Bridges zum Seemann, er wollte etwas erwidern, zum ersten Mal auf dieser Reise hatte er das Gefühl, einen Menschen zu treffen, mit dem er sich gerne unterhalten hätte, auch wenn dieser Mensch aussah, als sei ihm kürzlich der Teufel über den Weg gelaufen. Aber Bridges war zu überrascht, um ihm schnell etwas zu entgegnen, und im nächsten Moment war der Seemann verschwunden.

Bridges stand im Regen, bis die Stadt Liverpool in der Ferne Form annahm und er den Turm der Kirche *Our Lady and Saint Nicholas* erblickte, der vor dem fahlen Hintergrund wie ein Scherenschnitt wirkte. Er klappte den Schirm zu, holte sein Gepäck und verließ das Schiff.

Am selben Abend noch erreichte er London. Eine Kutsche brachte ihn nach Hackney, zu einem weißgewaschenen Eckbau, wo vier Treppenstufen zu einer schwarz lackierten Eingangstür führten, die mit Glas eingelegt war.

Thomas Bridges wischte sich mit dem angefeuchteten Daumen einen Blutstropfen von der Unterlippe und bat den Kutscher, beim Transport der Seekiste zu helfen. Zusammen trugen sie die Kiste die vier Treppenstufen nach oben, Bridges stieß die Tür auf, und die beiden Männer stellten die Kiste im Flur ab.

Eine junge Frau, die einen purpurnen Sari und goldene Ohrringe trug, sagte, man dürfe die Kiste gerne in der Besenkammer unterbringen, aber Bridges sagte, er werde sich unter keinen Umständen von dieser Kiste trennen, wohin er auch gehe, diese Kiste komme mit.

»Was ist denn da drin?«, fragte die Frau.

»Sterbende Wörter«, sagte Bridges.

Die Frau beugte sich vor, als würde sie schnuppern. Sie sagte: »Reverend Right erwartet Sie.«

Der Kutscher war bereits gegangen, Bridges klappte den Handgriff der Kiste erneut aus, hob sie an einer Seite an, zog sie zur Treppe und zerrte sie über die Stufen. Sie polterte auf den Absätzen, Bridges keuchte, und in der Mitte der Treppe entfuhr ihm ein Räuspern, er zog sein Taschentuch hervor, und ein Hustenanfall schüttelte seinen Körper. Er sank auf die Treppenstufen, mit der linken Hand hielt er die Kiste fest, die rechte Hand presste das Tuch an seine Lippen.

»Brauchen Sie Hilfe?«, fragte jemand aus dem ersten Stock.

»Alles bestens«, sagte Bridges.

Reverend Right kam dann doch die vier oder fünf Stufen herunter, hievte mit Bridges die Kiste in den ersten Stock, Bridges wischte sich den Mund ab und streckte zur Begrüßung die Hand aus.

Right war ein schmaler Mann mit gebogenem Hals wie ein Pelikan, er trug eine randlose Brille, und sein Blick war der eines gütigen Großvaters. Als gänzlich unbekannter junger Missionar war er vor vielen Jahren ins ferne Essequibo aufgebrochen, wo er eine Gruppe von Waldmenschen dazu gebracht hatte, ihm nicht nur die zehn Gebote nachzuplappern, sondern auch noch zum ersten Mal in ihrem Dasein auf Erden gewisse philosophische Themen zu erörtern – zumindest hatten sie aus Freundlichkeit gegenüber dem weißen Mann so getan, als seien ihnen Gedanken über den Sinn des Seins gänzlich neu. Seither war Reverend Right der festen Überzeugung, dass es Erlösung gäbe für alle Wilden. Allerdings betrübte ihn die endlos erscheinende Anzahl von Ungläubigen, und somit konzentrierte er sich nur auf die vielversprechendsten Subjekte.

Man betrat einen Raum, in dem nichts als ein großer Tisch mit Korbstühlen stand. In einem der Stühle saß ein junger Mann mit großen Ohren, dessen Augenlider zuckten, und von dem Bridges dachte, dass er wohl seine Ausbildung zum Sekretär absolviere. Gegenüber hatte ein Mann Platz genommen, der die Aura eines Buchhalters verströmte, einen gewaltigen Bauch zur Schau stellte und an dessen Kinn eine

Hautfalte hing, die Bridges gerne berührt hätte, da sie so geschmeidig aussah. Vor dem Mann stand ein Einmachglas so hoch und bauchig wie ein Teekessel. Auf einem bläulichen Etikett stand *Humbug* geschrieben, und das Glas war bis zum Deckel gefüllt mit schwarz-rot gestreiften, zylinderförmigen Bonbons. Der Mann öffnete es, griff nach einem Bonbon, steckte es sich in den Mund und zerkaute es.

Bridges sagte: »Die Yamana sterben«, zog seinen Tweedmantel aus, warf ihn über die Kiste, rollte die Hemdsärmel hoch und setzte sich in einen Korbstuhl. »Es ist höchste Zeit, dass wir handeln«, und nach diesem Satz schaute er jedem der Anwesenden für einige Sekunden in die Augen.

Reverend Right lehnte sich zurück und ließ ein, zwei Mal einen Bleistift um den Daumen wirbeln.

»Wie geht es denn Frau und Kindern?«, sagte er.

Bridges schob langsam den Kopf vor, sein Hals wurde immer länger, als wäre er eine neugierige Schildkröte.

»Frau und Kinder?«, fragte er.

Die Männer nickten seltsam synchron.

Zwischen den Zähnen des dicken Mannes knirschte ein weiteres Bonbon.

»Sie versuchen, vom Thema abzulenken«, sagte Bridges, erwähnte kurz, dass die Kinder wieder gesund und munter seien, nachdem sie wochenlang mit dem Fieberschweiß der Masern im Bett gelegen hätten, von Kopf bis Fuß bedeckt mit winzigen Knoten. Er ging aber nicht weiter darauf ein, sondern streckte die Hand aus wie zum Schwur. Er zählte an den Fingern einzelne Punkte der Faktenlage ab, dass nämlich, erstens, die Population des Stammes der Yamana um achtzig Prozent zurückgegangen sei, dass dies, zweitens, zu einem massiven Verlust von Wortschatz führe und solcherlei Sprachverlust, drittens, immer auch mit einem Kulturverlust einhergehe. Ob man noch weitere Punkte hören wolle?

»Wie viele Christen sind es denn mittlerweile?«, fragte Right.

»Das ist keine Frage des Glaubens«, sagte Bridges.

Er war selber erstaunt, wie leicht ihm diese Antwort über die Lippen gekommen war. Natürlich hatte er nicht aufgehört, immer und immer wieder die Bibel zu zitieren, in der Hoffnung, den einen oder anderen Yamana taufen zu dürfen. Natürlich hatte er ihnen das Konzept des Ackerbaus erklärt, mit dem man die Zukunft beeinflussen könne, da man nicht auf einen zufällig gestrandeten Walfisch angewiesen sei. Und natürlich hatte ihn sein mäßiger Erfolg beschämt. Nie aber war er darüber verbittert geworden, denn stets hatte in seinem Herzen etwas geglimmt: eine Faszination, ein Staunen, das nie versiegte, als würde es stets nachträufeln, aus einem imaginären Tropf über seinem Kopf. Dieses Glimmen hatte sich manchmal fast wie ein Zerren angefühlt, dem er gerne nachgegeben hatte – in eine Richtung, die von Jesus und dem Kreuz wegführte und die sich in seiner Antwort offenbarte.

Right ließ abermals den Bleistift wirbeln, der junge Mann beugte sich diensteifrig über seinen Stenoblock, der dicke Mann streckte die Hand nach dem Glas aus. Bridges, dessen Stimme am Ende der Sätze allmählich etwas kratzig wurde und der befürchtete, er würde gleich einen Hustenanfall bekommen, sagte, es handle sich hier weder um Werkzeuge noch um Fahrzeuge, um keine Replikatoren einer Sache oder einer Idee, sondern um Menschen.

Unter dem Tisch zog er sein Tuch aus der Hosentasche und umschloss es mit der Faust, das Kratzen im Hals niederringend.

Right kaute auf seinem Bleistift herum, als würde er sich die Sache ernsthaft überlegen, die Stirn in Denkfalten gelegt, den Blick aus dem Fenster und auf die nebelfaulen Hauswände Londons gerichtet, die nun in Finsternis sanken.

Abermals knirschte es zwischen den Zähnen des dicken Mannes.

Bridges sagte, Ushuaia sei neuerdings argentinisches Staatsgebiet, in der Nähe seines Hauses habe man eine Sträflingskolonie gebaut, zudem sei das Land voll von bärtigen Männern mit Schaufeln und Pickeln, die einander Goldwaschpfannen aus den Händen rissen. Nun raffe auch noch diese Epidemie die Ureinwohner dahin. Das Einzige, was die Überlebenden retten könne, sei ein eigenes Stück Land, wo sie nicht behelligt würden, eine Art Kommune, streng abgeschlossen.

»Was schwebt Ihnen denn vor?«, fragte Right.

Bridges winkte ab. »Die Größe von Rutland wäre mehr als genug«, sagte er.

»Rutland!«, rief der dicke Mann mit dem flauschigen Kinn.

Der junge Mann mit den großen Ohren kicherte, dann sank er abrupt in Ernsthaftigkeit, schob seine Brille auf dem Nasenrücken zurecht und kritzelte etwas in seinen Block.

»Es ist ja kein Geheimnis«, sagte Right, »dass Sie den Großteil Ihrer Zeit damit verbringen, diese Sprache zu lernen.«

»Uns kam zudem zu Ohren«, sagte der dicke Mann, knirschend, »mit Ihrer Gesundheit stehe es nicht gerade zum Besten.«

Bridges hielt den Kopf gesenkt und fummelte an seiner Krawatte herum.

»Nur damit ich mich klar genug ausdrücke«, sagte er, ohne den Blick zu heben, »diese Sache ist mir sehr wichtig – so wichtig, dass ich bereit bin, dafür von meinem Posten zurückzutreten.«

»Oh, das wäre aber schade«, sagte Right.

»Durchaus, durchaus«, sagte der dicke Mann und sein Kinn wabbelte.

Der junge Mann nickte und schrieb.

»Rutland, ja?«, sagte Right.

Bridges nickte, er murmelte, hier gehe es um die Geschichte der Menschheit, einen Bruchteil zwar, zugegeben, aber dies sei eine einzigartige Chance, ein Fenster in die Vergangenheit, eine Zeitreise in die vergessene Periode unserer Spezies. Er beobachtete die Finger des dicken Mannes, die nach dem Einmachglas griffen, und er erschauderte beim Gedanken an das drohende Knirschen.

Right schaute ebenfalls in die Richtung des dicken Mannes, warf ihm einen fragenden Blick zu, der dicke Mann schwenkte ganz leicht den Kopf einmal nach links, einmal nach rechts, legte sich das Bonbon auf den Daumennagel, ließ den Daumen abschnellen, das Bonbon stieg in die Höhe, drehte sich seitwärts, sauste in die Tiefe, und kurz bevor es auf der Tischplatte zerbarst, schob der dicke Mann den Kiefer vor (in diesem Moment sah er aus wie eine Kröte) und fing das Bonbon zwischen den Zähnen auf.

»Leider übersteigt ein solches Vorhaben unsere finanziellen Möglichkeiten«, sagte Right.

Bridges blickte auf.

»Wie bitte?«, sagte er.

»Leider übersteigt ein solches Vorhaben unsere finanziellen Möglichkeiten«, wiederholte Right.

»Das kann doch wohl nicht Ihr Ernst sein«, sagte Bridges.

»Leider doch«, sagte Right.

Bridges schlug die Faust auf den Tisch und rief: »Sie haben genau zwei Sekunden, um Ihre Meinung zu ändern.«

Der dicke Mann schaute demonstrativ aus dem Fenster. Der Sekretär kritzelte so heftig, dass die Spitze von seinem Bleistift abbrach. Right faltete die Hände zum Gebet.

Zwar nicht zwei Sekunden, aber immerhin dreißig oder vierzig Sekunden später zerrte Bridges die Seekiste über die Türschwelle, und das Haus schien zu beben unter ohrenbetäubendem Rumpeln und Poltern, als die Kiste über die Treppenstufen krachte, Bridges am Handgriff wie eine fauchende Lokomotive, den Kohlewagen hinter sich herziehend.

16.

Am ersten Tag der Reise zurück nach Südamerika starrte er die Wand seiner Kajüte an. Am zweiten Tag schloss er die Seekiste auf, aber nie streckte er die Hand nach einem Zettel aus. Am dritten Tag zog er ein Stück Papier hervor und drehte es von Sonnenaufgang bis Sonnenuntergang vor den Augen – ohne zu lesen, was da geschrieben stand.

Als im Westen die Azoren vorbeizogen, konnte er den Anblick seiner Kiste nicht mehr ertragen, er verließ die Kajüte und verbrachte seine Zeit fortan im Salon, wo er düsteren Gedanken nachhing. Wurde er beim Essen von einem Fremden angesprochen, sagte er: »Verschwinden Sie!«

Er saß allein an einem Tisch, über seinen Tee gebeugt, rührte den Löffel durch die Tasse, immer und immer wieder im Kreis herum, bis sich am gegenüberliegenden Tisch jemand räusperte und vorsichtig sagte: »Entschuldigen Sie, aber dieses Geräusch stört mich«, und Bridges sagte: »Interessiert mich nicht.«

Auf der Höhe der Kanarischen Inseln wanderte er die ganze Nacht an Deck auf und ab, was die Besatzung dazu veranlasste, über den »hustenden Geist« zu witzeln. Allerdings nur, bis dies dem Kapitän zu Ohren kam, der anordnete, diesem Passagier mit höchster Freundlichkeit zu begegnen, bei dem Mann handle es sich vermutlich um einen Todkranken oder einen Melancholiker, vielleicht sogar beides, und ein Selbstmord an Bord sei in niemandes Interesse.

Jenseits des Wendekreises des Krebses flutete durch Bridges' Kopf eine Reihe vergangener Erniedrigungen, er fragte sich, warum er das Trampeln dieses Nachtmahrs abermals vernahm, die Erinnerung an den Speck, die Erinnerung an das Waisenhaus, die Erinnerung an den ersten Abend bei Marys Eltern und das Gespräch über ihre adelige Herkunft. Nun, nachdem man sein Gesuch in Hackney so gnadenlos abgeschmettert hatte, wurde er den Verdacht nicht los, dass diese Sache einem höhergestellten Mann schnurstracks genehmigt worden wäre. Er schob die Schuld diesem alten England zu, der verknöcherten und miefigen Arroganz, der vererbten Überheblichkeit.

Als am Horizont die sandfarbenen Zacken der Kapverdischen Inseln auftauchten, verbrachte er den Nachmittag allein an einem Ecktisch im Salon sitzend mit dem Versuch, aus einem Papierfetzen einen Kranich zu falten, aber er konnte sich noch so sehr Mühe geben, stets kam dabei ein kümmerlich verformtes Ding heraus, das eher an einen Raben erinnerte. Einmal schaute er kurz auf und glaubte, weit draußen auf dem Meer einen Orca zu sehen, und ihm war, als spreche er mit dem Tier, um ihm für die verwundeten Wale und Seelöwen zu danken, sein Geschenk an die Menschen in Patagonien, und für seine Reise ins Reich der Toten, zu den Seelen der Ahnen. Aber kurz darauf versank er in Grübeln darüber, dass das alles doch kindischer Kram sei, unzivilisierter Quatsch, heidnischer Blödsinn. Er dachte darüber nach, wie lange er unter den Yamana nach einem Wort für die Hölle gesucht hatte, um nach einigen Jahren aufzugeben, da diese Menschen das Konzept nicht kannten und auch nicht nachvollziehen konnten, und für einen kurzen Moment – wirklich nur einen sehr kurzen Moment – drehte sich in seinem Kopf alles herum, er sah eine Welt ohne Hölle: Sein offen stehender Mund sprach Bände.

Ein Franzose mit geöltem Schnauzbart drängte sich ihm auf, mit der üblichen Bemerkung über die lustigen Kumuluswolken und die dramatischen Wellenkämme, und der Franzose setzte sich an Bridges' Tisch, ohne vorher um Erlaubnis zu bitten, und Bridges zog das Kinn zurück und blähte die Nasenflügel, als hätte er Aas gerochen. »Es wäre mir ein Vergnügen, mein Englisch ein wenig aufzupolieren«, sagte der Franzose, und Bridges erwiderte, wenn es denn etwas zu polieren gäbe, so wohl am ehesten im Maschinenraum, wo dieser Franzose hingehöre, und vielleicht lerne er so ganz nebenbei auch noch Manieren. Oh, sagte der Franzose, aber bei diesem Engländer handle es sich doch bestimmt um einen Gelehrten, und man könne sich über intellektuelle Belange austauschen, Diderot etwa. In Bridges Augen flammte Wut, er fauchte, über diesen Verräter und Heuchler verliere er kein einziges Wort, und dann senkte er den Kopf und legte die flachen Hände vor die Augen.

Fortan versteckte er sich hinter einer aufgeschlagenen Zeitung, den Blick aus dem Fenster hinaus aufs Meer gerichtet. Er sah Wolken, die schlierig waren wie Pinselstriche; Wolken, die ihn an Blumenkohl erinnerten; Wolken so blau wie Lapislazuli, in denen Blitze zuckten; Wolken, die aussahen wie Schaumgebäck aus gezuckertem Eischnee; da waren Hasen und Löwen und Giraffen in Form von Wolken, und das alles sah er sich ohne merkliches Interesse an, bis er zu gähnen begann, seinen Körper dem Schaukeln des Schiffes überließ und einschlief.

Erwachte er wieder, so wünschte er sich, mehr Zeit wäre verstrichen, er malte Kreise auf eine Serviette, das Kinn auf den Daumenballen gestützt.

Am fünften oder sechsten Tag, als einmal der Kellner vorbeikam und eine in Scheiben geschnittene Gurke brachte, mit Kräutersalz gewürzt, wollte der Kellner beim Weggehen die Zeitung vom Tisch räumen.

»Die brauche ich noch«, sagte Bridges, und der Kellner blickte kurz auf den Datumsstempel und zuckte mit den Schultern.

Bridges erledigte die Nahrungsaufnahme ohne auch nur einen Anflug von Vergnügen, derweil blätterte er mit halb geschlossenen Lidern durch die Zeitung. Plötzlich aber hielt er inne, beugte sich vor und besah sich eine Illustration des »Eroberers der Wüste« aus der Nähe. Die Augen des Mannes erinnerten ihn an ein runzliges Reptil, und auf seinem Hut war etwas befestigt, das auch ein Vogelnest hätte sein können. Rund um die Illustration herum floss schwärmerischer Text über den Architekten des modernen Argentinien, seine genialen Kriegstaktiken und glorreichen Pläne für die Zukunft. Bridges nickte in Anerkennung, sann eine Weile über die Bedeutung des Gelesenen nach, bis er sich im Bruchteil einer Sekunde kerzengerade aufrichtete, die Handflächen zur Decke drehend, wie ein Mann, der soeben einen genialen Einfall hatte.

Kurz darauf aber ließ er den Kopf in Resignation hängen. Allmählich wankte sein Oberkörper hin und her, als würde er Gedanken gegeneinander abwägen, und schließlich lehnte er sich zurück, blickte an die Kassettendecke des Salons, die Fingerspitzen zusammengelegt, scharf nachdenkend.

Er dachte nach, den ganzen Weg bis Buenos Aires.

Kaum war er am Hafen, zerrte er seine Kiste zu einem Kutscher und sagte: »Zum Präsidentenpalast«, und da saß er dann, mit fatalistischer Würde im Gesicht, die Hände schlaff im Schoß, wie ein Mann auf dem Weg zum Schafott.

17.

Die Fassade des Hauses war rosa wie ein Schwein.

Er musste nicht lange warten.

Ein Mann öffnete die Tür, er trug einen weißen Bart und einen Federhut auf dem Kopf, seine ganze Erscheinung gab ihm etwas von einem Papageien in Uniform.

»Na endlich, Señor Bridges«, sagte Präsident Roca, ob er denn wisse, dass man ihn auch *den Schakal* nenne, oder *weißen Häuptling*, oder auch ganz simpel *die Legende*?

Nein, sagte Bridges, sein Kassenbuch in die Achselhöhle geklemmt, das habe er nicht gewusst, er müsse allerdings zugeben, dass er schon Gerüchte gehört habe, wonach seine Arbeit auch in Buenos Aires bemerkt worden sei.

»Bemerkt?«, rief Roca und brach in schallendes Gelächter aus.

Er murmelte etwas zu einem Wächter, der offensichtlich im Stehen eingeschlafen war, legte Bridges den Arm um die Schulter und wollte ihn ins Haus schieben. Bridges aber wand sich frei, bückte sich zu seiner Seekiste und hievte sie über die rosarote Türschwelle, wobei er ein leises Ächzen von sich gab.

Roca zischte dem Wächter etwas zu, worauf der Wächter zackig die rechte Hand hob, mit den Fingerspitzen die Schläfe berührte, seinen Säbel fallen ließ, nach der Kiste griff und sie mühelos auf Brusthöhe anhob. Er schwenkte um neunzig

Grad herum, starr wie ein Dampfbagger, spreizte die Ellbogen ab, zumindest so gut es ging, schlug die Hacken zusammen und marschierte mit hohlem Kreuz hinter Bridges und Roca her, während seine Augen seltsam blinzelten.

Sie gingen eine Galerie aus Buntglas entlang, unter Kronleuchtern hindurch, über goldgeränderte Fliesen hinweg. Bridges war angewidert von der Maßlosigkeit der Rokoko-Gemälde, der funkelnden Kerzenständer, der seidenen Vorhänge. Ganz kurz kam ihm der Gedanke, ob er sich hier prostituiere, aber er schob den Gedanken schnell beiseite.

Die Seekiste wurde in einem Empfangsraum abgesetzt, wo ein Salontisch stand, der nach Carnaubawachs roch. Bridges setzte sich auf seine Kiste, Roca näherte sich dem Tisch, streckte eine Flasche Malbec in die Luft, hob vielsagend die Augenbrauen, und nachdem Bridges genickt hatte, griff Roca nach einer Schraubenspindel, die aus einem Stück Fell herausragte.

»Was ist das in Ihrer Hand?«, fragte Bridges, während Roca die Spindel in den Korken drehte.

Das, sagte Roca, sei die Pfote eines Pumas, ekelhafte Biester, feige Vikunjafresser, nur als Korkenzieher zu gebrauchen, der Brillenbär sei ihm viel lieber, ein Charaktertier, Stärke, Geduld, Ausdauer. Der Korken ploppte. Gehe es nach ihm, wäre der Brillenbär längst das Wappentier des Landes, leider Gottes hätten aber seine Minister auch das eine oder andere Wort mitzureden. Tatenlos müsse er mitansehen, wie man einen Bären nach dem anderen abschieße, als *Viehkiller* sei das arme Tier bei den Gauchos bekannt, bestimmt sei es schon vom Aussterben bedroht.

Bridges nippte an seinem Malbec, sagte: »Mmh«, streckte den Zeigefinger aus und wollte an das Thema anknüpfen, aber Roca kam ihm dazwischen.

»Mate?«, fragte er.

Bridges nickte.

Roca kicherte selbstgefällig, wo denn der Engländer in Bridges geblieben sei, fragte er, Mate, Malbec, man esse gleich noch gemeinsam Chorripan, oder dürfe es etwa Picada sein?

Bridges sagte, das sei alles sehr freundlich, er liebe die argentinische Küche, aber vorerst bleibe er bei Malbec und Mate.

Roca schlenderte zu einem zweiten Salontisch, auf dem ein Samowar stand, griff nach einer Kalebasse, steckte ein metallenes Trinkröhrchen hinein, füllte die Kalebasse mit einer Handvoll grün-brauner Blätter und dampfendem Wasser und reichte Bridges den Tee.

Bridges trank und sagte: »Mmh«.

»Der Geschmack Argentiniens!«, rief Roca und warf die Hände in die Luft.

Für einen kurzen Moment blickte Bridges auf Rocas Hände, einen Augenblick nur, bloß ein Zucken seiner Pupillen, und ihm schien, diese Hände seien seltsam rot verfärbt, glänzend rot sogar, als würde Blut an ihnen kleben, und kurz darauf schaute er abermals hin und er sah ganz normale rosige Finger und erklärte diese seltsame Erscheinung mit dem Licht, das durch die hohen Fenster fiel, dem Abendrot.

Man könne sehen, sagte Roca, dass Bridges doch eigentlich durch und durch Argentinier sei, was nicht weiter erstaune, bei all den Jahren, die er da unten verbracht habe. Also, ehrlich, man müsse sofort die Küche informieren, ob Bridges denn nicht der Magen knurre, höchste Zeit für Picada.

Roca zog an einer Kordel, in der Ferne schepperte eine Glocke, dann schob er Bridges in einen Speisesaal so groß wie eine Bahnhofshalle, mit einem Tisch, an dem zwei Dutzend Stühle Platz hatten. Drei riesige Bilder hingen an der Wand: *Asalto* zeigte einen Sumpf, in dem tote Menschen lagen, umgeben von explodierenden Granaten; *Traición* zeigte brennende Schiffe in einer malerischen Bucht; *Ataque* zeigte noch mehr tote Menschen.

Nein, sagte Roca, der sich kurz zu den Bildern umdrehte, mit der Kunst der Alten Welt nähmen es diese Bilder nicht auf, Rubens etwa oder Rembrandt, aber die Neue Welt brilliere nun mal durch Farbe, durch Begeisterung, ja, ganz und gar durch die Schwärmerei, und das sei ihm nun mal lieber als die biedere Ernsthaftigkeit.

»Absolut«, sagte Bridges, und: »Ich würde gerne etwas zu diesem Bären ergänzen.«

»Schießen Sie los«, sagte Roca, griff nach dem Malbec und füllte sein Glas bis zum Rand.

Nicht nur der Brillenbär, sagte Bridges, drohe in naher Zukunft auszusterben – auch gewissen Menschen sei dieses Schicksal bestimmt.

Ein Schauder schien Rocas Körper zu durchzucken, der unerwartete Schauder des Schlächters im Moment der Schwäche, er schaute in die Ferne, stürzte seinen Malbec hinunter.

»Finden denn diese, äh, Menschen ihren Platz in der Moderne?«, fragte er.

Daran arbeite er seit dreißig Jahren, sagte Bridges, er mache Fortschritte, aber man müsse bedenken, dass ein Yamana in der Zeitspanne eines Menschenlebens jene Entwicklung durchmache, für die der Europäer unzählige Generationen Zeit gehabt habe.

Roca lehnte sich zurück, schwenkte den kümmerlichen Weinrest in seinem Glas, guckte betrübt und brummelte, wahrlich, so habe er sich das noch nie überlegt, obwohl, dieser Jemmy Button reiche ja als Beweis dafür, dass die Leute da unten die Gabe der Entwicklung nicht besäßen.

Bridges wollte Jemmy Button in Schutz nehmen, der sei kein Mörder gewesen, Button habe die Missionare nicht umgebracht, damals vor langer Zeit, aber das sagte Bridges nicht mehr, denn eine Türklinke klickte und er wandte sich um. Ein livrierter Kellner trat herein, er trug weiße Handschuhe und balancierte eine hölzerne Platte über dem Kopf, die langsam zum Tisch herniederschwebte, und darauf war eine Landschaft aus aufgerollten Fleischhappen zu sehen.

Roca jauchzte, reckte das Kinn vor, man dürfe gerne zugreifen, und als Bridges zögerte, machte Roca den Anfang, mit Daumen und Zeigefinger schaufelte er sich ein Stück Mortadella in die Schale seiner Hand, eine Rolle Hinterschinken, drei Scheiben Salami, einige Würfel Reggianito.

Bridges spießte mit einem Zahnstocher eine schwarze Olive auf.

Als die Platte leer war und die Gläser und die Flasche und die Kalebasse ebenfalls, als Bridges sein Anliegen zögerlich vorgebracht hatte, da klatschte Roca in die Hände, sagte, wenn man sich das nächste Mal sehe, werde man richtig essen, eine anständige Mahlzeit, nicht dieses Knabberzeug.

Und dann fügte er an, so beiläufig wie ein Kommentar über das Wetter: »Wären Sie denn bereit, für ein Stück Land in Patagonien die britische Staatsbürgerschaft aufzugeben?«

Eine oder zwei Stunden später, als hinter Bridges die schweinchenrosa Tür längst zugefallen war, als man ihn und seine Kiste in eine Kutsche verfrachtet hatte, da brüllte Roca in der Einsamkeit des Kerzenlichts nach seinem Sekretär, der heraneilte und katzbuckelte, in Pyjama und Pantoffeln und Nachtmütze zwar, aber immerhin mit dem Stenoblock unter dem Arm, und Roca sagte, die Arglosigkeit dieses Engländers sei doch wahrhaft erstaunlich, nichts als Einfalt, aber er sei schließlich nicht jener, der diesen Bridges-Tölpel daran hindern wolle, sein eigenes Grab zu schaufeln. So dürfe das natürlich nicht geschrieben werden, nein, nein, eine positive Formulierung sei vonnöten, solle der Luftikus bekommen, was der Luftikus wolle, gute Nacht.

18.

An der Calle Maipú mietete Bridges einen Frack mit weißer Krawattenschleife, dazu einen schwarzen Zylinder.

Die Jacke hatte knielange Schöße, deren Spitzen allerdings ein wenig ausgefranst waren.

Einen Stapel neuer Taschentücher kaufte er, denn aus den alten ließen sich allmählich die Flecken nicht mehr entfernen, nicht einmal mit Bleiche.

Er wurde in einem Landauer abgeholt und zum Präsidentenpalast gefahren, der Kutscher saß hoch oben auf dem Bock, er trug eine goldbesetzte Uniform und sprach kein Wort.

Auch Präsident Roca hatte sich feingemacht, an seinem Gurt baumelte ein silberner Säbel, und sein Kopfschmuck erinnerte an das Gefieder eines Kanarienvogels.

An Rocas Seite schritt Bridges in den Speisesaal, in ein Unwetter aus klirrenden Gläsern und lärmenden Stimmen. Das Erscheinen der beiden Männer ließ die Geräusche abrupt verstummen, für ein oder zwei Sekunden, und mündete in ein Klatschen und Jubeln, sodass Bridges die Ohren schmerzten.

Er unterdrückte erfolgreich ein Husten, griff in die Hosentasche und wischte sich die Lippen ab.

»Meine Herren«, sagte Roca, »ich stelle Ihnen den neusten Argentinier vor.«

Bridges fühlte, wie sich seine Ohren erwärmten.

Man gratulierte sich gegenseitig, schüttelte Hände, prostete sich zu, Empanadas wurden auf goldenen Tabletten herumgereicht, man schmatzte, man lachte, man klopfte sich auf die Schultern. Einmal nahm Roca seinen Gast zur Seite, sagte, schon beim letzten Besuch sei ihm aufgefallen, dass Bridges ständig diese Bibel unter dem Arm trage, ziemlich sperrig für eine Bibel jedoch, welches Geheimnis sich denn auf diesen Seiten verberge?

Eine Marotte, sagte Bridges, er bringe es nicht über das Herz, dieses Buch in einem Hotelzimmer liegen zu lassen, ohnehin lege er es kaum jemals aus den Händen, außer daheim in Patagonien. Keine Bibel, nein, hier sei die Sprache der Yamana notiert, eine faszinierende Sprache, durchaus.

Dabei streichelte er mit der flachen Hand den Buchdeckel.

Roca zog ihm das Buch aus den Händen, in seiner Bestimmtheit lag etwas Schamloses, und so kam es auf den großen Tisch zu liegen, umringt von Ahs und Ohs, und Roca blätterte die Seiten um, zeigte mit dem Finger auf einzelne Wörter, rief munter aus, wie man das denn ausspreche, das klinge ja bestimmt wie Vogelgezwitscher, *perdón*, so sei das nicht gemeint, im Gegenteil, ganz interessant, wirklich ganz interessant.

Bridges' Kopf fühlte sich luftig an, er kam sich verloren und allein vor, und für einen Moment überkam ihn das Bedürfnis zu fliehen. Rückwärts entfernte er sich von dem belustigten Pulk und wanderte durch den Raum. Ihm fiel ein offener Kamin auf, den er bei seinem letzten Besuch nicht bemerkt hatte, und davor blieb er stehen, so lange, bis er im Kreuz einen Ellbogen fühlte, einen sanften Schubs, Roca sagte, ihm knurre bereits wieder der Magen, seinen Ministern gehe es ebenso, diesen gierigen Erbsenzählern, bestimmt hätten sie seit Tagen gefastet, los, los, dürfe es ein Bife de Chorizo sein oder, noch besser, ein Bife de Lomo, *jugoso* natürlich, versteht sich von selbst, als echte Argentinier.

Salatschüsseln voller Chimichurri wurden hin und her gereicht, rohe Zwiebeln häuften sich auf den Tellern, die Wangen der Minister verfärbten sich ins Rosige, hin und wieder wurde das eine oder andere Traktandum angesprochen, meist aber drehten sich die Gespräche um die Qualität des Essens, Gabelspitzen senkten sich langsam in Fleisch, Saft trat hervor, genauso müsse es sein, sagte einer; nein, entgegnete ein anderer, das sei eine Minute zu viel gewesen; durchaus nicht, mischte sich ein Dritter ein, bloß die Hitze sei nicht ganz gehalten worden; worauf ein Vierter bemerkte, die Körnung des Salzes sei schuld, *entrefina* sei stets *gruesa* vorzuziehen, er habe aber den Verdacht, dass es sich hier um *fina* handle. Und alle schüttelten traurig die Köpfe.

Bridges zerkleinerte mit Messer und Gabel ein Salatblatt.

Zum Nachtisch gab es Alfajores und starken Kaffee, Zigarrenspitzen glühten im Halbdunkel, in der Luft hingen Rauch und ein sanfter Vanillehauch, und in diesem Moment fiel Bridges auf, dass sein Buch verschwunden war. Er hüpfte von seinem Stuhl und rannte hierhin und dorthin, und als er erkannte, dass das Buch auf keiner Anrichte lag, auf keinem Fenstersims, auf keinem Stuhl, da eilte er in die Küche, stürzte auf den nächsten Kellner zu, packte ihn am Kragen und brüllte: »Wo ist mein Buch?«, und der Kellner wedelte unschuldig mit den Händen. Er habe gedacht, sagte er, als der Schreck aus seinem Gesicht gewichen war, das sei irgendeine Aktenmappe von irgendeinem Minister, und genau dorthin habe er das Ding gelegt, auf den Tisch, wo man die Kartoffeln pelle. Aber auch dort lag das Buch nicht, Bridges brüllte nach dem Mann, der für die Kartoffeln zuständig gewesen war, und heran kam ein Mapuche aus Neuquén, ein kleiner Mann mit weißem Stirnband, der zitterte und bei dem Versuch, etwas zu sagen, haspelte. Der fiel sogleich auf die Knie, kroch unter den Tisch, krabbelte auf allen vieren quer durch die

Küche, spähte in jede Ecke, verbrannte sich am Herd die Finger und kletterte schließlich kopfüber in ein Fass. Aus dem Inneren des Fasses ertönte bald ein Ausruf, der nach »Ay!« klang, und heraus kraxelte der Mapuche aus Neuquén, das Buch in der Hand, das über und über mit Roter Beete beschmiert war, er reichte es Bridges mit erleichtertem Grinsen und klaubte sich Eierschalen und Bohnenkraut aus dem Haar.

Bridges sehnte sich nach seinem Hotelzimmer, wo er sich wenig später tatsächlich wieder befand, in der Stille auf dem Bett sitzend, das Buch auf den Knien. Mit einem feuchten Taschentuch strich er über den blau-rot marmorierten Einband, ganz sanft nur. Aus seinem Reisenecessaire nahm er einen Parfümflakon, einen Tester, den er noch nie verwendet hatte, und er träufelte einen einzigen Tropfen auf das Taschentuch und strich abermals über den Einband, so lange, bis der Abend über Buenos Aires hereinbrach, ein seltsamer Abend, der nach Aufbruch ohne Rückkehr roch.

19.

Thomas Bridges blickte durch das Bullauge seiner Kajüte auf den Hafen von Buenos Aires und fragte sich, warum er solch übermäßige Freude empfand. Ihm war, als müsste er gleich haltlos zu kichern beginnen, ohne dass er genau wüsste, weshalb.

Als er den Deckel seiner Kiste aufklappte, tauchte er eine Hand in die Notizzettel, hob wahllos einige hoch und ließ sie niederregnen. Er hörte, wie das Papier raschelte, und in seiner Brust machte sich Unruhe breit. Er hob sich einen der Zettel vor die Augen, darauf stand *tūwunaiella – eine Wutrede beenden; zu bellen aufhören;* er kniff die Augenbrauen zusammen, betrachtete den Zettel noch einmal, diesmal sehr lange.

Er erinnerte sich daran, dass er noch immer nicht wusste, was er mit diesen verbliebenen Zetteln anfangen solle, denn: Das eine Wort war ihm zu obszön vorgekommen, das andere zu banal, ein drittes zu schlecht definiert und ein viertes zu unsorgfältig recherchiert. Sonderbarerweise fühlten sich diese Argumente nun aber plötzlich nicht mehr richtig an.

Was wäre denn, überlegte er, wenn dies gar keine »Kiste der Sorgen« wäre, sondern in Wirklichkeit eine »Kiste der Vielfalt«? Und was wäre, wenn die Arbeit eines ganzen Lebens mehr als genug Beweis dafür wäre, dass sich deren Qualität stetig gesteigert hatte? War es denn nicht vollkommen klar, dass er, Bridges, eine gewisse Blindheit für sein eigenes Werk entwickelt hatte? War das nicht auch dem Autor des *Quijote* passiert und dem Autor des *Faust*?

In diesem Moment war ihm, als erwachte er aus einem bösen Traum, in dem er immerzu in demselben engen Raum im Kreis gegangen war. Er konnte sich nicht mehr erklären, warum er so sehr gerätselt und gezögert hatte.

War er denn blind gewesen? Oder war er jetzt schlicht verrückt?

Ein gedehntes Tuten des Passagierdampfers war zu hören, als Bridges hastig nach einigen Notizzetteln griff, sie kurz überflog, sie dann haufenweise mit den Händen aus der Kiste schaufelte, die Kiste schließlich herumdrehte und die Zettel über den Boden verteilte. Knöcheltief watete er durch die Zettelflut, er fischte alle Wörter mit dem Anfangsbuchstaben *t* heraus, die er auf die Schnelle finden konnte, und pinnte sie kreisförmig an die getäfelte Wand. In seinem Buch blätterte er zum Buchstaben *t* und hielt das Buch eine Armlänge von sich weg, sodass es im Zentrum des Kreises zu schweben schien. Sehr lange stand er da, betrachtete das Buch, betrachtete den Kreis der Wörter darum herum.

»Beeindruckend«, murmelte er.

Er fiel auf die Knie und wühlte nach weiteren Wörtern, die mit *t* begannen, er fand *tūmūhaimana, tūwušata, tūwundeka*, die Wand begann sich zu füllen. Abermals hielt er das Buch ins leere Zentrum des Kreises.

»Fabelhaft!«, rief er.

Er setzte sich an den Schreibtisch und übernahm jedes der Wörter an der Wand in sein Kassenbuch. Dasselbe tat er mit dem Buchstaben *u* und mit dem Buchstaben *v*.

Vierundzwanzig Stunden später schreckte er auf. Er stürzte aus der Kajüte und eilte zum Kapitän, um sich danach zu erkundigen, wie lange die Fahrt nach Ushuaia noch dauern würde. Neun Tage, sagte der Kapitän, Bridges klappte seine Taschenuhr auf und rief: »Mein Gott!« und wirkte wie ein Mann, der sich im Bett aufsetzt und bemerkt, dass er verschlafen hat.

Ohne sich vom Kapitän zu verabschieden, rannte er in die Kombüse und besorgte sich bei einer Küchenhilfe, die gerade belegte Brote verpackte, ein Quadrat Stanniolpapier. Zurück in der Kajüte klemmte er die Folie in die Dichtung des Bullauges, sodass kein Licht mehr in den Raum drang. Er legte ein feuchtes Frottiertuch vor den Türspalt, damit keine Gerüche aus dem Flur zu ihm drangen. Und er stopfte sich so viel Wachs in die Ohren, bis er glaubte, er sei taub.

Er änderte nun seine Vorgehensweise, er pinnte die Zettel nicht mehr an die Wand, sondern hob sie ganz einfach vom Fußboden auf. Im Schein einer Öllampe nahm er sich des Wortes *linganāna* an: *sich auf eine Weise benehmen, dass sich die andere Person verpflichtet fühlt, ein Geschenk zu überreichen*. Er blätterte zum Buchstaben *M* und schrieb: *māmihlāpinatapai: einander intensiv in die Augen schauen, wobei beide hoffen, der andere würde einen Vorschlag unterbreiten, der allgemein erwünscht ist, aber bisher noch nicht ausgesprochen wurde*.

Wann immer er auf eine Formulierung stieß, von der er das Gefühl hatte, sie genüge seinen Ansprüchen nicht, sie sei nicht klar genug, nicht präzise genug, nicht verständlich genug, so schrieb er nun einfach weiter, und zu seiner Überraschung fühlte sich das wie ein Befreiungsschlag an. Er kritzelte die Wörter mit solcher Anmut, mit solch gleichmäßigem Gleiten der Feder ins Kassenbuch, dass es eine wahre Freude war. Er ging dazu über, nicht nur den Inhalt der Notizzettel zu übernehmen, sondern er hielt auch alles fest, was sich an Erinnerungen in seinem Hirn befand, jedes Detail, dessen er sich entsinnen konnte, er fügte hier etwas an, präzisierte da etwas, packte die Seiten voll mit Einschüben und Korrekturen und Ergänzungen. Da ihm bei einigen Buchstaben des Alphabets nun der Platz auf den Seiten ausging, fügte er noch einen Anhang bei, den er mit mikroskopisch kleiner Schrift beschrieb. Bisweilen überflog er eine Seite, und dann war ihm, als sähe er einen Regenbogen: So satt und klar und scharf umrissen, wie er in der Wirklichkeit nicht existieren kann.

Die neun Tage arbeitete er, ohne ein einziges Mal die Kajüte zu verlassen. Er schlief drei Stunden pro Nacht, manchmal auch nur zwei. Die Küchenhilfe hatte er angewiesen, jeden Morgen eine Karaffe Wasser und einen Laib Brot vor der Tür zu deponieren, aber auf gar keinen Fall anzuklopfen. Nur einmal wurde geklopft, am siebten Tag, als sich der Kapitän nach dem Wohlbefinden seines Passagiers erkundigte, und Bridges brüllte: »Keine Zeit!«

Ein einziges Mal riss der Faden seiner Konzentration für einen kurzen Moment ab, Bridges hob verdutzt den Kopf, lachte laut auf, schnippte mit den Fingern, hustete in sein Taschentuch, schrieb in großen, geschwungenen Lettern an die hölzerne Wand neben sich: »Harberton!«, senkte wieder den Kopf und arbeitete weiter.

Das Schiff lag bereits im Hafen von Ushuaia, als Bridges das letzte Wort ins Kassenbuch übertrug. Er klappte das Buch zu und klemmte es unter den Arm. Die Seekiste schleifte er den Korridor entlang, auch wenn ihm das nun unsinnig erschien. Er brauchte sie nicht mehr.

Das Erste, was Bridges an Land bemerkte, war der Geruch. Es war ein Geruch, von dem er das Gefühl hatte, er würde in seine Poren eindringen und keine Seife könne ihn je wieder auswaschen. Es war ein kalter und schwerer Geruch, faulig und gleichzeitig süß. Er konnte den Geruch sogar schmecken, und dabei wurde ihm schlecht. Er blickte zum Himmel, und dort sah er die Geierfalken, hoch oben, sie kreisten, sie warteten.

20.

Die Toten lagen im Gras, die Toten lagen unter den Bäumen, die Toten lagen in den Wigwams, und die Toten lagen am Strand.

»Wir sterben schneller, als wir uns begraben können«, sagte Ookokko und drückte Bridges eine Schaufel in die Hand.

Der Himmel hatte die Farbe von Kartoffelsuppe. Das Meer sah weich aus wie ein Nebelschwaden. Im seichten Wasser stand ein Kormoran und stocherte mit dem Schnabel im Sand. Ein schwacher Rauchgeruch lag in der Luft. Irgendwo bellte ein Hund.

Bridges ging hinter Ookokko her, an Menschen vorbei, sie lagen da, als würden sie schlafen. Kein Pfeil steckte zwischen ihren Rippen, kein Schädel war zerschlagen, kein Kopf seltsam verrenkt. Es sah aus, als wären diese Menschen grundlos zu Boden gesunken und befänden sich jetzt auf geheimnisvollen Reisen durch ihre Träume, als würden sie gleich die Lider aufschlagen, gleich die Lippen zu Wörtern formen, gleich den Kopf wenden in die Richtung, aus der sie den Laut des Guanakos vernahmen.

Bridges stützte sich auf die Schaufel wie auf einen Gehstock, er fühlte ein unerklärliches Gewicht in seinen Beinen, die Schritte wurden langsamer, bis sie keine Schritte mehr waren, nur noch ein Schlurfen, allenfalls ein Stolpern.

Seine Stiefelspitzen berührten einen weißen Kissenbezug mit aufgedruckten Lavendelblüten, der ihm sehr vertraut war. Er war in der linken oberen Ecke mit seinen Initialen bestickt.

Die Schatten von Wolken zogen langsam darüber hinweg.

Wie ein bodenloses Sinken fühlte es sich an, als seine Knie nachgaben, ihm schien, als würde er ewig niedergleiten und nirgends aufprallen, bis er die Feuchtigkeit des Grases spürte, die durch seine Hose drang, und er bemerkte, dass er bereits unten angekommen war.

Im ersten Moment zögerte er, dann streckte er die Hand aus und hob zaghaft den Zipfel des Kissenbezugs. Er schaute in ein pausbäckiges Gesicht, ein sehr kleines Gesicht. Schwarze Haare lagen in einem Wirrwarr auf dem Kopf, keine Falte war in diesem Gesicht, bloß unter den Augen eine Kerbe, aber sie war so dünn wie der Faden einer Spinne.

Die Finger der linken Hand waren leicht gebogen, zu einem winzigen Korb geformt, als hätten sie im letzten Moment nach einer Brust gegriffen.

Er zog den Kissenbezug etwas weiter zurück und bemerkte die seltsam fleckige Haut, die vom Haaransatz bis zu den Zehenspitzen mit winzigen Knoten bedeckt war, die rosa schimmerten. Rund um die Wangen waren die Knoten etwas breiter, und die Haut spannte, was ihnen das Aussehen von Brandnarben verlieh. An den Nasenflügeln hatten sich Eiterkrusten gebildet, und in den Augenwinkeln trocknete eine gelbe Flüssigkeit, es waren vermutlich Tränen.

Als er den Kopf hob, blickte er in das Gesicht einer alten Frau, ihre Haare wurden von einer Guanakofellmütze bedeckt. Über den Nasenrücken waren zwei gepunktete Linien gemalt, die sich an den Schläfen fortzogen; eine weitere Linie verlief von den Wangenknochen über die Nasenspitze. In ihrem Gesicht konnte er keinen einzigen Gefühlsausdruck erkennen, fast so, als seien die Muskeln aus dem Fleisch gewichen.

Einige Schritte hinter der alten Frau standen zwei Männer in Lendenschurzen, ihre Gesichter waren hinter Rindenmasken verborgen. Die Masken hatten die Farbe von geronnenem Blut, nicht ganz braun und nicht ganz rot, und auf der Höhe der Augen verlief horizontal ein Band, das so breit war wie eine Hand. Die linke Seite des Bandes bestand aus schwarzen Strichen auf weißem Grund, die rechte Seite aus weißen Strichen auf schwarzem Grund. Hinter zwei Löchern lagen zwei Augen, und auch in diesen Augen sah Bridges ein Nichts, eine Emotionslosigkeit, die ihn zutiefst erschütterte und die er nie zuvor im Blick eines Menschen gesehen hatte. Am ehesten erinnerte es ihn an eine sternenlose Nacht in einem Winter ohne Schnee.

Bridges beugte sich vor, er strich die Haare über der kalten Stirn beiseite, er küsste die Stirn und breitete das Tuch mit seinen eingestickten Initialen wieder über den kleinen Körper, er zupfte es an den Ecken glatt, hustete sich in die Faust, wischte sich die Hand am Hosenbein ab und zog sich am Stiel der Schaufel empor. Ihn umgab eine fürchterliche Stille, und da fiel ihm das gänzliche Fehlen von Wehklagen auf. Unter anderen Umständen hätte er Nasen gesehen, an deren Spitzen Tränen glitzerten, und er hätte Arme gesehen, die das Glitzern von der Haut gewischt hätten, aber nichts davon sah er nun.

Für einen Moment stand er einfach da, und ihm war, als könnte er nicht nur bis zum Waldrand sehen und zu den schneebedeckten Bergen dahinter, sondern noch viel weiter, an engen Hügeln und braunen Flüssen und schmatzenden Sümpfen vorbei zu den Gletschern, deren Arme in Meerwasser, so blau wie ein klarer Mittagshimmel, ragten, bis hin zur Kolonie Punta Arenas und damit über Flächen voller gelber

Blumen hinweg, auf denen Aberhunderte von Schafen grasten, umringt von bellenden Hunden, vorangetrieben von kleinen Männern in ledernen Sätteln und Pferden mit schlammbespritzten Bäuchen.

Da war ihm, als hätte er einen Blick in die Zukunft getan.

Als Bridges später in einem Wigwam saß und nach Wörtern suchte, die das Gefühl ausdrücken sollten, das er in sich trug, war er gerade mal von zwölf Frauen und Männern umgeben, die noch gesund genug waren, um eine Schaufel zu tragen oder ein Paddel zu schwingen. Ein Mädchen zog kleine silbrige Fische auf eine Schnur und hängte sie zum Trocknen auf. Eine junge Frau nippte schweigend an einem Rindenbecher voll Wasser, dann griff sie nach einem Muschelsplitter und schlitzte den Bauch einer Gelbschwanzmakrele auf, die so lang war wie ihr Bein. Ookokko griff in einen Lederbeutel, der um seinen Hals hing, zog zwei Steine hervor und schlug sie über einem Bündel getrockneten Grases zusammen – ein schwacher Geruch nach faulen Eiern lag kurz in der Luft –, und als ein Funken ins Bündel sprang, umschloss er das Gras mit den Händen und pustete, bis eine Flamme aufstieg, und er legte das brennende Bündel in einen Haufen aus Zweigen.

Bridges empfand einen seltsamen Schmerz, als er erkannte, dass er die richtigen Wörter nicht finden konnte.

»Wir fahren nach Harberton«, sagte er leise.

»Was?«, fragte Ookokko.

»Wir fahren nach Harberton«, wiederholte Bridges.

»England?«, fragte Ookokko, legte die Stirn in Falten und schob sich ein Stück Makrele in den Mund.

Bridges drehte den Kopf leicht zu Seite und beugte sich vor, fast so, als hätte er ein Wort vernommen, das er noch nie zuvor gehört hatte.

21.

Thomas Bridges schaute seinen heranwachsenden Söhnen dabei zu, wie sie das Farmhaus in Einzelteile zerlegten und einige Kilometer weiter östlich abermals aufbauten. Er schaute ihnen zu, wie sie einen Zaun um das Haus zogen und Latten zu einem Gatter hämmerten. Er stand neben ihnen, als sie am Tor eine Tafel anbrachten und darauf *Estancia Harberton* pinselten. Er nickte langsam, als er in die neu erbaute Scheune trat, in der Rinder muhten. Einmal lächelte er leicht, als eine ganze Schafherde den Hügel herunterkam und die Tiere so sehr blökten, dass sie alle anderen Geräusche verdrängten. Aber er machte dabei stets den Eindruck eines zufällig anwesenden Fremden, der uninteressante Szenen beobachtete, während er seine Lippen zu einem schmalen Strich presste und mit den Zähnen knirschte.

Hin und wieder machte es den Anschein, er wolle sich beteiligen: Er erschien hinter der Scheune mit einem Pinsel und einem Farbkübel, tauchte den Pinsel in die Farbe, richtete sich wieder auf, strich die Borsten über das Blech, bückte sich abermals, aber nun rutschte ihm der Pinsel aus der Hand und fiel zu Boden, und an den weißen Borsten blieben trockenes Gras und Erdkrümel haften. Man fand Bridges etwas später, wie er ohne sichtliche Gemütsregung hinter der Scheune stand und auf den Pinsel hinuntersah, als läge der in unerreichbarer Ferne auf dem Grund eines Brunnenschachts.

Kam sein ältester Sohn zu ihm mit der Jahresabrechnung über die Verkäufe von Fleisch und Wolle, diesen hocherfreulichen Zahlen, winkte er mürrisch ab, und las ihm der Sohn die Zahlen dennoch vor, schlief er nach wenigen Minuten ein.

Er ernährte sich fast nur noch von Nüssen und rohem Gemüse und verlor sichtlich an Gewicht.

Ganze Sonntage verdöste er in einem Sessel im Wohnzimmer, während im Kamin das Feuer knisterte, und wenn er einmal die Augen öffnete, sah er ausdruckslos zu den Wolken, die am Himmel vorbeizogen, und dann schloss er die Augen gleich wieder und schlief weiter.

Mary stellte eines Tages mit einer gewissen Erleichterung fest, dass ihr Ehemann ein mildes Interesse an Hausarbeit zu entwickeln schien. Er widmete sich einem alten Ofen aus Gusseisen, in der Familie *The Emperor* genannt. Er polierte die Schnörkel und die Verzierungen mit einer ausgedienten Zahnbürste, und seinen Bewegungen haftete etwas Schlafwandlerisches an. Einmal verletzte er sich an einer vorstehenden Metallkante, die ihm die Daumenkuppe aufriss, aber er putzte einfach weiter, während das Blut auf den Dielenboden tropfte. Anschließend kümmerte er sich um den rostigen Herd mit der bombierten Tür, er rieb den Herd erst mit einer Essig-Öl-Mischung ein und striegelte ihn mit einer Drahtbürste. Als das nichts half, mischte er Natron und Wasser zu einem dickflüssigen Brei, mit dem er den Ofen einrieb, aber auch das entfernte den Rost nicht, und da ließ er den Ofen stehen, vollgeschmiert mit einer weißen, blubbernden Sauce, und rührte ihn nie wieder an.

Danach verstrichen mehrere Monate, in denen er allein mit runzliger Stirn die Wand anschaute und mit seinem Schaukelstuhl vor- und zurückwippte, wobei er unverständliche Worte murmelte, die sich manchmal wie Flüche anhörten und manchmal wie ein Flehen.

Den ganzen folgenden Winter weigerte er sich, seine wollenen Socken auszuziehen, sogar im Bett behielt er sie an, und als Mary ihm die Socken eines Nachts heimlich von den Füßen ziehen wollte, um sie zu waschen, wachte er auf, begann zu schreien und strampelte derart wild, dass er mit der Ferse Marys Nasenbein traf, das sogleich brach.

Er aß immer weniger. Sein Gesicht wurde hager und schmal, und die Wangen fielen ein. Die Hustenanfälle wurden heftiger, und sie kehrten in immer kürzer werdenden Zeitabständen zurück.

Im folgenden Frühling verbesserte sich sein Gesundheitszustand etwas, da er sich der Rosen draußen vor dem Fenster annahm und somit wieder Zeit an der frischen Luft verbrachte. Mit einer Gartenschere schnipselte er millimeterdünne Scheiben von bereits abgeknipsten Ästen, aber das erschöpfte ihn in der Regel so sehr, dass er bereits nach fünfzehn oder zwanzig Minuten wieder im Bett lag und vor sich hin schlummerte.

Eines Abends setzte sich Mary neben ihren schlafenden Mann, griff nach seiner Hand und legte sie sich in den Schoß. Sie fuhr über den haarigen Handrücken und die knorrigen Gelenke, drehte seine Hand vorsichtig herum und erschrak. Die Innenfläche der Hand war voll von blutenden Wunden.

Am nächsten Tag beobachtete sie ihn, wie er zwischen den Rosenstauden stand, und sie sah, wie er die Hände um die Stämme der Stauden schloss und die Finger zur Faust presste und wie sein Gesicht dabei seltsam ausdruckslos blieb – schlaff und formlos wie Kautschuk.

Kurz darauf ließ Mary aus Ushuaia den Gefängnispsychiater rufen, der ein Wochenende auf dem Hof verbrachte. Die beiden Männer saßen einander gegenüber, während die Sonne durch das Fenster hereinfiel und der Psychiater Fragen stellte, auf die er keine Antworten bekam. Bridges spielte mit einem

Stück Garn, das er sich um den Finger wickelte und festzog, und er beobachtete die Fingerkuppe, die langsam blau anlief. Der Psychiater nickte und räusperte sich, und während er sich einige Sätze notierte, murmelte er: »Klassisch, klassisch.«

Einmal griff der Psychiater nach dem Buch mit dem blaurot marmorierten Einband, das auf dem Fenstersims lag, blätterte einige Seiten um, hob den Kopf und bemerkte in Bridges' Gesicht eine überraschende Gemütsregung, von der er später sagen würde, sie habe ihn an den Ausdruck eines misstrauischen Raubtiers erinnert.

»Wahrlich, wahrlich«, sagte der Psychiater und tätschelte den Umschlag, »ein bombastisches Werk.«

»Es ist die Chronologie eines Untergangs!«, rief Bridges.

Er erhob sich, riss dem Psychiater das Buch aus den Händen und schleuderte es in die Ecke.

Unter der Tür wandte sich der Psychiater an Mary und sagte, während er die Stirn in sorgenvolle Falten legte: »Äußerst bedauerlich: ein Schatten ohne Körper«, und so stieg er auf sein Pferd, ritt davon und kam nie wieder zurück.

Wenige Tage nach der Abreise des Psychiaters erreichte die Familie die Nachricht, Ookokko leide an einer Lungenentzündung und liege im Sterben. Ohne Rücksprache mit ihrem Mann zu halten, schickte Mary ihre Söhne, um Ookokko ins Haus zu holen. Sie wusste, dass das ein heikles Unterfangen war. Seit längerer Zeit schon hatte Bridges sich geweigert, seinen Freund zu sehen. Einmal hatte er sogar, zur Überraschung der ganzen Familie, während eines Abendessens das Wort ergriffen und allen Anwesenden verboten, fortan Kontakte zu den verbliebenen Yamana zu unterhalten, was mit betroffenem Schweigen und verstohlenen Blicken zur Kenntnis genommen worden war. Niemand hatte den Befehl befolgt. Bridges hingegen zog sich, wann immer sich ein Yamana dem Haus näherte, in sein Schlafzimmer zurück, kroch in sein Bett und schloss die Augen.

Dasselbe tat er nun, als Ookokko, gestützt von Bridges' Söhnen, über die Türschwelle trat. Eine ganze Woche verbrachte Bridges im Schlafzimmer, und als er herauskam, war Ookokko tot.

Es war in den frühen Morgenstunden, der Tag hatte die Nacht noch nicht ganz verdrängt, das Haus füllte sich erst allmählich mit zögerndem Licht, als Bridges ins Gästezimmer trat, neben dem Bett niederkniete und nach der kalten, schlaffen Hand seines Freundes griff. Mary fand ihren Mann etwas später, wie er mit dieser Hand immer wieder über seine Wange strich, dabei schluchzte er und sabberte und stammelte Entschuldigungen.

Als er Mary in der Tür erblickte, brüllte er: »Verstehst du denn nicht?«, und sein Weinen hörte sich an wie das Heulen eines Wolfes.

Mary wollte ihn in die Arme schließen, aber er wand sich frei. Er war weit weg, zu weit, als dass sie ihn noch hätte erreichen können.

Eine längere Fiebererkrankung folgte, von der er sich nur schwerlich erholte. Seine Kniegelenke knackten bei jeder Bewegung, und seine Beine waren so schwach, dass er nur noch mithilfe eines Stocks gehen konnte. Innerhalb kurzer Zeit war er von einem Mann im besten Alter zu einem welken Greis geworden.

Es gab nun keinerlei Hoffnung mehr darauf, dass er seinen alten Antrieb jemals wiedererlangen würde. Mary duldete im Haus keine Besucher mehr, aus Angst, man würde diesen Mann nicht mehr erkennen, der jede körperliche Nähe manisch von sich wies und dessen geistige Abwesenheit von Außenstehenden vermutlich als Schwachsinn interpretiert worden wäre.

Bei jedem weiteren Hustenanfall verlangte Bridges nun nach immer höheren Dosen Morphium, und in der Apotheke in Ushuaia ermahnte man Mary, dass diese Menge wohl oder übel schweres Suchtverhalten nach sich ziehen werde, körperliche Symptome wie etwa Fieber könnten mittlerweile ihren Ursprung auch im Entzug haben. Aber Mary hatte keine Gewissensbisse. Sie wusste: Das Ende nahte.

22.

Am 1. Januar 1898 kam noch ein Besucher.

Der Mann hatte eine platte Nase, hellblaue Säuglingsaugen, und er sehnte sich nach Weltruhm. Er war ein erfolgloser Forschungsreisender, und sein Besuch auf der *Estancia Harberton* war ganz und gar unbeabsichtigt und ungeplant, es handelte sich eher um eine Art Unfall. Denn das Schiff dieses erfolglosen Forschungsreisenden hatte sich im Beagle-Kanal verirrt, in diesem Geflecht aus Buchten und Fjorden, und ausgerechnet in jener Bucht, in der die *Estancia Harberton* lag, war das Schiff auf Grund gelaufen. Der Mann setzte sich nun in ein Beiboot und versuchte, in Richtung Festland zu rudern, nicht begreifend, dass man sein Boot mit dem Schiff vertäut hatte. Der Mann war so sehr in sein Rudern vertieft, dass er auch das Gelächter der Matrosen nicht hörte.

Während sich diese Szene abspielte, saß Thomas Bridges in seinem Schaukelstuhl auf der Veranda, in eine blau-weiße Decke aus Merinowolle gewickelt. Bridges presste sich ein Taschentuch an die Lippen, während er dem jungen Mann zusah, der schließlich aus dem Beiboot ins Wasser sprang, in Richtung des Farmhauses schwamm und, dort angekommen, tropfnass die Stufen zur Veranda hochstapfte. Bridges erhob sich ächzend und führte den Besucher ins Innere des Hauses. Mit einer schroffen Handbewegung wies er ihn an, auf einem

Sofa beim Kamin Platz zu nehmen, auf einem Haufen gebürsteter Guanakofelle.

Im nächsten Moment wurde Bridges wie durch einen Stromstoß geschüttelt, er schluckte, einmal, zweimal, mehrmals, schluckte und schluckte, etwas schien ihn zu würgen, aus seinen Mundwinkeln troffen zwei schmale rote Rinnsale, und er entschuldigte sich mit einer wedelnden Hand. Er eilte in das Badezimmer des Farmhauses, und dort erbrach er einen Schwall von Blut in eine emaillebeschichtete Schüssel, die mit zartblauen Hyazinthen bemalt war.

Der erfolglose Forschungsreisende hörte es nicht, er hatte das Sofa bereits verlassen und war, mit einem Frottiertuch um den Kopf und einem Guanakofell über den Schultern, zum Fenster gegangen, wo ihm auf dem Sims ein Stapel staubiger Bücher aufgefallen war, Dantes *Inferno*, Cervantes' *Quijote*, Goethes *Faust*. Er begutachtete diese Bücher, während er in Richtung Badezimmer rief, er sei auf dem Weg zum Südpol, um als Entdecker in die Geschichtsbücher einzugehen. Im Nordpolarmeer sei er auch schon gewesen, vor einigen Jahren, seine Entdeckung des Pols hingegen sei leider Gottes einzig und allein daran gescheitert, dass sein Schiff in Grönland einen Eisberg gerammt hatte, deshalb nehme er sich nun den Süden vor. Während er das sagte, griff er nach dem untersten Buch des Stapels, das einen blau-rot marmorierten Einband hatte, das er hervorzog und aufklappte und auf das er fassungslos herabsah, die Hand nach den Seiten ausstreckend, diese Hand aber sofort wieder zurückziehend, als wäre er im Begriff, etwas Verbotenes zu tun.

Im Badezimmer schepperte Blech auf Stein, ein Japsen nach Luft ertönte, ein Pfeifen der Lungen, und der erfolglose Forschungsreisende stand mit offenem Mund da.

»Das ist fast ein bisschen gespenstisch«, flüsterte er.

Etwas Unerklärliches schlich sich in seinen Blick, ein silbernes Funkeln, fast so, als hätte er vergessen, dass er sich mit Lammfellpantoffeln an den Füßen auf einem fremden Anwesen am Ende der Welt befand, ja, als könnte er sich an rein gar nichts aus seiner eigenen Geschichte erinnern, nicht einmal an seinen Namen.

»Ist das Ihre Arbeit?«, rief er.

Aus dem Badezimmer war ein Röcheln zu hören, der erfolglose Forschungsreisende streckte abermals die Hand aus, zog sie schon wieder zurück, seine Finger zitterten leicht, er schlug mit der flachen Hand auf den Fenstersims.

»Das ... das ... das ...«, stotterte er.

Hinter der Badezimmertür gurgelte ein Husten, ertönte kraftloses Kratzen auf den Bodendielen und ein seltsames Geräusch, wie das Platzen einer Wurst. Der Forschungsreisende hob kurz den Kopf, hob auch die Augenbrauen.

»Gottgütiger!«

Und dann beugte er sich ruckartig vor und blätterte durch das Buch, Seite um Seite.

Ein Rinnsal von Blut sickerte unter der Badezimmertür hervor, bewegte sich ganz langsam vorwärts durch den Raum, in der Farbe von Rosen. Es bildete sich eine Pfütze, die im Licht der einfallenden Abendsonne glänzte, bisweilen gar glitzerte. Geräuschlos schmiegte sich die Pfütze um die Lammfellpantoffeln, und das Blut zog haardünne Fäden, wenn der Forschungsreisende vor Aufregung die Fersen hob, und es schmatzte, wenn er die Fußsohlen wieder auf den Boden legte.

Von draußen waren aufgeregte Rufe zu hören, eine Tür wurde aufgeworfen, jemand rief: »Vater hatte einen Anfall!«, Stiefel polterten, der Raum füllte sich an mit verzweifeltem Weinen.

Fünf Tage später wurde Thomas Bridges begraben. Es war ein Tag, an dem die Sonne schien und in der Luft der Duft von Lupinen lag.

23.

Der erfolglose Forschungsreisende änderte abrupt seine Pläne. Er reiste nicht zum Südpol, im Gegenteil, er reiste zurück nach Norden, nach Buenos Aires. Kaum hatte er Festland betreten, ging er in eine Apotheke beim Plaza de Mayo und kaufte eine Flasche Aceton und ein halbes Kilo Watte. Es sah aus, als trüge er ein Kissen unter dem Arm, als er das Grand Hotel betrat, ein Zimmer nahm, ohne es zuvor in Augenschein zu nehmen, sich an den Schreibtisch setzte und die Hemdsärmel hochkrempelte.

Er zupfte etwas Watte aus dem Beutel, beträufelte sie mit Aceton und strich mit sanften, kreisrunden Bewegungen über die Wörter *Thomas* und *Bridges*, die auf dem Deckel des Buches mit dem blau-rot marmorierten Einband geschrieben standen.

Als drei Tage später sein Dampfer nach Europa den Hafen von Buenos Aires verließ, war der Name vom Deckel verschwunden.

Der gesamte Einband wirkte nun etwas blass, was aber weder auffällig war noch störte. Der erfolglose Forschungsreisende legte sich für alle Fälle eine Ausrede bereit, die streng genommen nur eine halbe Lüge war: Das Buch habe seinen festen Platz auf einem Fenstersims gehabt, die Sonne habe den Deckel ausgebleicht.

Nun, auf dem Passagierdampfer von Buenos Aires nach

Liverpool, war der erfolglose Forschungsreisende zum ersten Mal seit vielen Jahren wieder richtig gut gelaunt. In der Schiffsbar hielt er den Ellbogen auf den Handlauf aus Messing gestützt, zog sich einen vanillebraunen Hornkamm durch die Haare und bestellte über die Schulter einen Corpse Reviver, mit einem Extraschuss Maraschino und einem Orangenschnitz, bitte kühl, aber ohne Eis.

An Bord herrschte die übliche Mischung aus Langeweile und prätentiöser Geselligkeit. Der Forschungsreisende wurde von den anderen Passagieren bald für sein freizügiges Lachen und seine zuversichtliche Art geschätzt. Er spielte Whist und verlor immer und während er herzhaft die Hand des Siegers schüttelte, flüsterte er, man solle den Gewinn bei Ankunft des Dampfers doch den Armen spenden. Er half älteren Herren über die Türschwellen und stützte bei stärkerem Wellengang schwangere Damen. Bereits am dritten Tag wurde gemunkelt, die Selbstlosigkeit dieses Gentlemans sei wahrlich nicht von dieser Welt.

Einmal traf er in der Bar auf einen deutschen Kaufmann, man setzte sich in den Salon und bestellte Zigarren. Er sei ja gewissermaßen ebenfalls Deutscher, sagte der Forschungsreisende, mit amerikanischem Pass zwar, aber sein Herz schlage in einer reinen deutschen Brust, sowohl von Vater als auch von Mutter vererbt, eigentlich sei sein Name Koch.

Man fand gemeinsame Weltanschauungen auf dem Gebiet der Politik, der Kaufmann war sehr besorgt über die Franzosen. Der Forschungsreisende wischte die Bemerkung mit einer wedelnden Hand beiseite, wobei sich etwas Asche von seiner Zigarre löste, und für den Bruchteil einer Sekunde hingen graue Fitzelchen im Raum, wie an unsichtbaren Fäden festgemacht, bevor sie sich langsam zu Boden senkten. Deutschlands Platz an der Sonne sei höchst überfällig, sagte er, die Großartigkeit dieses Landes werde durch und durch verkannt. Es sei höchste Zeit, das deutsche Imperium aufzubauen und die Franzosen mit ihrer blöden näselnden Sprache und ihren völlig überbewerteten Kulturschaffenden – was war schon ein Scherzkeks wie Voltaire gegen den göttlichen Lessing? – auszustechen.

Der Kaufmann nickte. Man traf sich nun öfters zum Essen, zu Kalbsleber mit Speck und Rührei, zu Rindsfilet an Madeirasauce mit Limabohnen und geschmorten spanischen Zwiebeln.

Die Männer wurden sich von Tag zu Tag sympathischer, sie begannen über das Streben des Menschen zu philosophieren, der Kaufmann war beeindruckt von der Leistung des norwegischen Forschers Roald Amundsen, der soeben die westantarktische Küste vermessen hatte. Der Forschungsreisende schmierte sich gerade eine Messerspitze Foie Gras au Truffe auf ein Stück Schwarzbrot und meinte, natürlich, natürlich, allerdings sei auch dieser Wissenschaftszweig nicht ohne Kontroversen. Als Entdecker in die Geschichte einzugehen, sei doch ein Klacks. Jeder könne das Foto eines Mannes auf einem Berg schießen und behaupten, es sei dieser oder jener Berg gewesen. Und mit einem analphabetischen Eskimo über das ewige Eis im Nordpolarmeer zu spazieren, sei ein Leichtes, wer könne einem schon nachweisen, dass man nicht den Pol erreicht habe?

Das sei eine interessante Überlegung, sagte der Kaufmann, so habe er die Sache noch nie betrachtet, und damit war das Thema erledigt.

Als der Forschungsreisende in Liverpool von Bord ging und den nächsten Zug nach Oxford nahm, wirkte er wie ein Mann, der soeben einen Kuraufenthalt hinter sich hat. Er hatte einige Kilo zugenommen, was ihn aber nicht daran hinderte, mit der Wucht eines Soldaten im Siegesmarsch durch die Tür der Oxford University Press zu treten.

Er verlangte einen Gesprächstermin mit dem Verleger, und zwar sofort, aber dalli.

»Ich habe ein bahnbrechendes Werk der Linguistik geschrieben«, sagte er.

Allerdings blieb der erfolglose Forschungsreisende ganz und gar erfolglos. Er reiste weiter nach London, aber auch dort bekundete niemand auch nur annähernd Interesse an einem ausgestorbenen Volksstamm am Ende der Welt. Nur ein einziger Verleger der Stadt, ein gewisser William Meistermann, nahm sich die Zeit, nähere Erkundigungen einzuholen, schrieb dann aber in einem hastig hingekritzelten Brief, es sei absurd zu behaupten, dass die Menschen da unten am Ende der Welt eine höchst präzise und zudem fantasievolle Ausdrucksmöglichkeit besessen hätten, und die Auswahl seines Verlagshauses an Wörterbüchern, für die sich niemand interessiere, sei schon reichhaltig genug.

Zu diesem Zeitpunkt bewohnte der erfolglose Forschungsreisende ein schäbiges Hotelzimmer in Soho und seufzte unaufhörlich in sein Kissen, so lange, bis in seinem Hirn allmählich ein Gedanke reifte, der zu erstaunlicher Größe heranwuchs. Der Gedanke hatte seinen Ursprung in der Erinnerung an die Lichter Manhattans, dieses Flirren der Nacht, das in der Vorstellung glänzte wie ein Werbeprospekt, und dieses Funkeln legte sich über das ganze wunderbare Land der Vereinigten Staaten von Amerika, ein Leuchten, das mehr Idee war als Wirklichkeit, das kaum existierte, obwohl alle daran glaubten, ganz besonders dieser erfolglose Forschungsreisende. Bei allem Respekt, den er für den Kontinent seiner Vorfahren hatte: Dies war vielleicht doch keine so fruchtbare Erde für Großartigkeit, und er musste auf dem schnellsten Weg nach Liverpool und zurück ins große New York, um diese unerträgliche Ermüdung des Versagens loszuwerden.

Er kämmte sich die Haare mit seinem vanillebraunen Hornkamm, und noch bevor er den Kamm niedergelegt und zwischen die Seiten des Buches geschoben hatte, war seine Entscheidung gefallen, und er begann in Gedanken bereits, seinen Koffer zu packen, den Kamm vergessend, den er später vergeblich suchen würde.

Während er seine Hosen und Hemden faltete, blickte er immer wieder hinüber zum Buch, das in der Kuhle der Decke lag. Es wäre ein Leichtes gewesen, das Buch im Zimmer liegen zu lassen, aber als seine Hand die Türklinke niederdrückte, blickte er ein letztes Mal zurück, und obwohl ihm sein Verstand sagte, er solle nun diese Tür aufstoßen und sich auf den Heimweg machen, schaffte er es nicht, ging die fünf Schritt zurück zum Bett und stopfte das Buch in seine Tasche.

Nach einem letzten English Breakfast, bestehend aus einer halben Grapefruit, Dörrpflaumen, gebratenem Speck, vier Würstchen, zwei Spiegeleiern, einer gedünsteten Tomate und gegrillten Champignons, setzte er sich den Bowler auf den Kopf, schlüpfte in seinen Mantel und überquerte die Straße zur Victoria Station.

Vor der Eingangstür rempelte ihn ein Schuhputzer an. Ein Zeitungsverkäufer wedelte mit einem Bündel Papier und schlug ihm versehentlich den Bowler vom Kopf. Beinahe stolperte der erfolglose Forschungsreisende über das ausgestreckte Bein eines Bettlers, der ein schäbiges Grinsen auf dem Gesicht trug.

Für einen Moment glaubte er, das Bewusstsein zu verlieren in dieser Masse von Menschen, und er musste sich auf eine Bank setzen. Er zog das Buch aus seiner Tasche, legte es neben sich und schüttelte ungläubig den Kopf. Eine fürchterliche Einsamkeit durchfuhr ihn. Er sprach sich Hoffnung zu, sagte sich, dass es noch nicht an der Zeit sei zu jammern. Noch sei alles offen, noch sei er jung, er müsse sein Augenmerk auf die Zukunft richten und Vergangenes hinter sich lassen.

So neigte er sich vor und erhob sich, als eine Gestalt in Hut und Mantel. Geistergleich entfernte er sich von der grün gestrichenen Bank in der Victoria Station. Sein Schatten glitt ihm nach. Was ans Licht trat, war das Buch mit blau-rot marmoriertem Einband, das unter der hohen Halle zurückblieb, umgeben vom Klappern eilender Halbschuhe und dem metallischen Klimpern geschwenkter Gehstöcke.

Hätte er sich nun umgedreht, im letzten Moment noch, so hätte er hinter sich einen hochgewachsenen Mann mit schmalen Handgelenken gesehen. Der Name dieses Mannes war Ferdinand Hestermann. Und nur wenige Sekunden später hob dieser Ferdinand Hestermann die Arme. Er rief der davongleitenden Gestalt hinterher, er brüllte, aber die Gestalt entfernte sich weiter und weiter, der Bowler verschmolz mit anderen Bowlern, und das Letzte, was Hestermann sah, war ein Zipfel schwarzen Mantelsaums, der zwischen einem Gitternetz aus Hosenbeinen aufflackerte, dann entschwand.

Dritter Teil

Es ist die Flucht in ein fernes, fernes Land
Es ist eine Leidenschaft, die Wahnsinn nährt
Es ist ein Labyrinth, in dem sich der Träumer verliert
Es ist ein Funke, der einen Brand entfacht

24.

Hestermann rannte. Und dies, obwohl er sich große Mühe gegeben hatte, nicht zu rennen. Während der Zug in den Badischen Bahnhof eingefahren war, hatte ihn der Schaffner angewiesen, sich gleich zur Regionalbahn zu begeben, die ihn über den Rhein in die Stadt Basel bringen würde. Als Hestermann aus dem Zug gestiegen war, hatte er sich also vorgenommen, gemächlich einen Fuß vor den anderen zu setzen, um kein Aufsehen zu erregen. Er würde die Sicherheit der Schweiz sozusagen schlendernd erreichen, wie ein flanierender Passant. Aber dann hatte er am fernen Ende des gegenüberliegenden Gleises einen Schaffner erblickt, der mit einem roten Fähnchen gewinkt hatte. Hestermann hatte angenommen, bei diesem Zug handle es sich um jenen, der in die Stadt Basel fahre, und ihm war die Vorstellung schauderhaft vorgekommen, ihn zu verpassen und eine oder zwei Stunden umgeben von deutschen Zöllnern auf die nächste Bahn warten zu müssen, also hatte er zu rennen begonnen.

Er rannte unter einer Hakenkreuzfahne durch, in die Richtung des winkenden Schaffners, und im Augenwinkel nahm er einen Grenzbeamten in deutscher Uniform wahr, der just unter der Hakenkreuzfahne aus einem Gebäude trat und der nun zu rufen begann. Aber Hestermann hielt nicht an, er rannte weiter den Bahnsteig entlang, da setzte ihm der Beamte nach und packte ihn an der Schulter.

»Wissenschaftler – Sprachspezialist – Mundartexperte«, sagte Hestermann unter heftigem Keuchen und Stammeln, verlor die Fassung und rief: »Bitte nicht, nein! Tun Sie mir das nicht an!«

Der Mann in Uniform guckte etwas verdutzt, tätschelte Hestermanns Schulter, wies in die Richtung, aus der Hestermann gekommen war, und sagte: »In die Schweiz geht's da lang«, hakte kurz nach: »Sie sind doch gerade eben aus Münster gekommen, richtig?«, und auf Hestermanns fassungsloses Nicken hin verlangte der Mann die Reisedokumente, prüfte sie eines nach dem anderen und sagte: »Ist doch alles in bester Ordnung«, nickte mit dem Kinn in Richtung des Schaffners, der noch immer mit seinem Fähnchen wedelte, sagte: »Der fährt zurück nach Norden«, drehte Hestermann an den Schultern herum und wies ihn an, sich auf die andere Seite des Bahnhofsgebäudes zu begeben.

Hestermann ging also den Weg zurück, den er gekommen war, bog um die Hausecke und sah dort einen schmalen Zug, eher Tram als Zug, der glutrot gestrichen war, mit einem Band aus winzigen drolligen Schweizerkreuzen an der Seite. Er setzte sich, die Türen schlossen sich, der Zug ratterte über den Rhein.

Eine Stunde später war Hestermann bereits unterwegs nach Zürich. Der Zug war fast leer. Er griff nach der Tasche und zog das Buch heraus. Er schlug es beim Buchstaben *t* auf, blätterte zartfühlend die Seiten um, die Kuppe seines Zeigefingers wanderte die Spalten hinauf und hinunter, bis sie bei *tūmūhaimana* stehen blieb.

Dahinter stand: *jemandem vorwerfen, allzu stolz zu sein*, und die Wörter waren so klein geschrieben, dass man sie kaum lesen konnte. Auch die zweite und dritte Bedeutung waren fast nicht entzifferbar: *sich unmöglich machen* und: *tauchen wie ein Schwimmer*. In einer Kurve, die sich am

Rand der Seite emporschlängelte, stand: *in der Tiefe des Wassers verschwinden, als wäre man ein Stein.*

Hestermann murmelte: »tūmūhaimana.«

Dann sprach er es laut aus: »tūmūhaimana.«

Seine Stimme wurde noch lauter: »tūmūhaimana, tūmūhaimana.«

Er sang es wie ein Mantra: »tūmūhaimana, tūmūhaimana, tūmūhaimana!«

Und brach in hysterisches Gelächter aus.

Er lachte, kicherte, schmunzelte, den ganzen Weg nach Zürich.

Er erreichte Zürich kurz vor elf Uhr am Morgen, es war der 2. März 1938, ein Mittwoch. Er bezog ein Zimmer, dessen Decke so tief lag, dass er stets den Kopf einziehen musste. Ein Bett voller durchgelegener Federn stand an einer Wand, die mit einer wurmstichigen Holztäfelung benagelt war. Der Rattanstuhl daneben hatte klebrige Armlehnen. Vor dem Fenster hing rosarote Gaze, und durch die Scheiben sah er auf eine Tankstelle hinunter, wo Wagen heranröhrten und Pumpen rauschten und Zapfsäulen blubberten.

Kaum hatte er seine Ledertasche auf das Bett gelegt, zog er den lila Pyjama hervor, ging zum Spülbecken an der gegenüberliegenden Wand und ließ kaltes Wasser ins Becken laufen. Er besprengte das Wasser mit einigen Seifenflocken, ganz wenigen, um die Seide zu schonen, und knetete den Stoff langsam durch, ohne allzu viel Druck auszuüben. Er wrang den Pyjama nie aus, das hätte er nicht übers Herz gebracht, er hängte ihn über die Badewanne und lauschte den Tropfen, die auf den emaillierten Stahl klatschten.

In Hestermanns Kopf saß jener Gedanke, den ihm in Münster Professor Doktor Franz Pichelswerder aufgedrängt hatte: dieser Besuch bei Professor Schlaginhaufen, dem sogenannten Revolutionär an der Universität Zürich, der in Hestermanns Augen nichts als ein Idiot war, eine peinliche Karikatur, und den er bereits jetzt in den Fußnoten der zukünftigen Geschichtsschreibung vermutete. Hestermann schob den Gedanken an diesen Besuch zur Seite, oder er versuchte es zumindest, und wenn der Gedanke wieder in den Vordergrund trat, erfasste ihn ein so heftiges Zittern, dass er glaubte, an Schüttelfrost zu leiden. Anstatt das Büro des Professors aufzusuchen, ging er kurz nach Mittag um die Ecke in ein Café, das zu seiner Verwirrung den Namen eines Gebäudes für Gesangswettkämpfe im antiken Griechenland trug. Jeder Stuhl war besetzt, sogar die Hocker entlang der Bar. Er entschied sich für einen Platz auf der Terrasse und setzte sich an einen kreisrunden Bistrotisch aus Aluminiumguss, der eine matte graue Oberfläche hatte, verziert mit Rosenblüten.

Am Tisch nebenan nickten ihm zwei Männer zu und luden ihn ein, er möge sich doch zu ihnen gesellen. Die Männer sprachen Englisch und sahen fast identisch aus, mit ihren kreisrunden Brillen und ihren Oberlippenbärten, ihren weißen Hemden, ihren schwarzen Krawatten und ihren Jacketts mit Fischgratmuster. Einer der beiden schien halb blind zu sein, so dick waren seine Brillengläser, und er redete lange über ein Augenleiden, das er hier in Zürich behandeln lasse, er seufzte, mit seiner Gesundheit stehe es gerade nicht zum Besten, Doktor Jung habe ihn kürzlich sogar noch mit Schizophrenie ferndiagnostiziert. Der andere Mann, der eine süße Stupsnase und ein Muttermal unter dem linken Auge hatte, nickte verständnisvoll, notierte kurze Sätze in ein Tagebuch, schaute kurz auf und winkte eine junge Frau heran. Sie trug Männerkleider und hatte eine Bubenfrisur, sie wankte stark und brachte kaum ein verständliches Wort heraus. Die beiden Männer standen auf und führten die junge Frau davon.

Als der Kellner kam, legte Hestermann seufzend das Geld für die fünf Tassen Kaffee, den Apfelstrudel und die Schwarzwälder Torte auf den Tisch, fortan würde er dieses Café meiden und seinen Morgenkaffee im Bahnhofsrestaurant trinken, draußen auf der Terrasse, unter den rot-weiß gestreiften Sonnenschirmen, wo Männer in Hosenträgern an wackligen Tischen saßen und sich schweigend Croissants in den Mund stopften.

Es war am Donnerstag, früh am Morgen, als er dort auf eine Tasse Kaffee wartete. Er dachte darüber nach, dass er keine Ahnung habe, was denn nun der Zweck dieser Reise sei, ihm fehle ein Plan, nicht einmal eine Idee habe er. In diesem Moment ging ein fliegender Händler an seinem Tisch vorbei, Hestermann streckte ruckartig die Hand aus und zupfte am Hemd des Mannes. Er kaufte ihm eine Postkarte ab. Auf die Karte schrieb er die Adresse von Pater Schmidt in Mödling und dann starrte er lange auf die weiße Fläche des Papiers, zwischen den Fingern der linken Hand eine Lux, die noch nicht brannte. Eine geschlagene Stunde saß er so da, eine zweite Stunde und eine dritte, und schließlich den ganzen Tag. Als er sich am nächsten Morgen in seinem Hotelzimmer an den Sekretär setzte, enthielt die Karte noch immer keine Grußbotschaft. Er nahm sich vor, bis zum Mittag diese Arbeit erledigt zu haben, aber jeder Satz, der durch seinen Kopf huschte, kam ihm dermaßen nichtig vor, dass sich eine bleierne Leere in ihm auszudehnen begann. Um fünf Minuten vor zwölf Uhr beugte er sich vor und schrieb auf die Postkarte: *Langeweile in Zürich, hochachtungsvoll, Hestermann.*

Er begab sich auf einen Spaziergang durch die Stadt, und der Überfluss von Häusern, Straßen, Laternen, Autos und Fahrrädern deprimierte ihn. All diese Dinge schienen auf ihn niederzustürzen. Den Nachmittag verbrachte er unter einem Ahorn sitzend am See und fütterte Schwäne mit Zwieback, schaute in schwarze Knopfaugen und beneidete die Tiere dafür, kein Bewusstsein für Konzepte wie Politik oder Geld zu besitzen. Er wartete, bis der Ahorn einen langen Schatten warf, und als er sich sicher war, dass Schlaginhaufen sein Büro bereits zugesperrt und das Wochenende begonnen habe, schlenderte er in Richtung Universität, ging endlose Korridore entlang, betrat jede Toilette, an der er vorbeikam, um etwas Zeit zu schinden, und klopfte dann mit gebogenem Zeigefinger leise und bloß einmal an die Bürotür des führenden Ethnologen des Landes.

Die Tür wurde derart rabiat aufgerissen, dass Hestermann der Atem stockte.

Auf der Schwelle stand ein Mann, der weder groß noch klein war, und im ersten Moment hatte Hestermann das Gefühl, der Mann sei ohne Mund zur Welt gekommen, seine Lippen waren nur im Ansatz erkennbar, wie ein ausradierter Bleistiftstrich. Seine Wangen hatten eine wächserne Textur. Zuoberst auf seinem Kopf lagen ein paar einsame und kränklich wirkende lange Haare, zur Seite geknickt wie vertrocknete Grashalme auf einem schlecht gemähten Rasen. Der Blick des Mannes hingegen war voller Kraft, die Augen groß und rund, sie lagen etwas nah beisammen, und Hestermann schien es, als würde er einen Funken Wahnsinn erkennen.

»Oh nein!«, rief Schlaginhaufen, drehte sich um die eigene Achse, rannte zum Schreibtisch, klopfte mit den Handflächen Bücherstapel in Form, griff nach einem Bündel Papier und stieß es mehrmals auf die Tischkante, bis es ein exaktes Viereck bildete.

»Entschuldigen Sie meine Unordnung«, sagte er und richtete seinen Schlips.

Hestermann trat in einen Raum, wo entlang der Wände geölte Schaukästen aus Manila-Padouk standen. Hinter den Glastüren waren Reihen von abgestaubten Schädeln zu sehen, der Abstand zwischen ihnen schien immer exakt derselbe zu sein, und jeder Schädel war mit einem Etikett beschriftet:

Kaffer, Nubier, Tasmanier, Hottentotte, Australier, europäischer Idiot, Epileptiker, Degenerierter. Daneben lagen in Mahagonikistchen polierte Tasterzirkel für die Messung der Stirnbreite, Gleitzirkel für die Messung der Nasenbreite, Anthropometer für die Messung der Körperhöhe.

Zwischen zwei Türchen auf der Außenseite der Schaukästen hing ein Thermometer, dessen Glaskolben an einen menschlichen Oberschenkelknochen geklebt war.

Im Büro war es etwas finster, an den Fenstern hingen dünne Papiere, auf denen Fußabdrücke zu sehen waren. Es waren kleinere und größere Füße, und über den Füßen hing ein Zettel, der mit *Fremdländisches Menschenmaterial* beschriftet war.

»Eine ältere Arbeit, die ich erst kürzlich wiederentdeckt habe«, sagte Schlaginhaufen.

Er zog einen Bleistift hinter dem Ohr hervor, die Spitze wanderte zu den Hautfurchen der Fußsohlen, und er erklärte, dass er diese Menschenfüße mit den Fußballen von Affen verglichen habe und zum Schluss gekommen sei, dass die Exemplare hier am Fenster in ihrer Entwicklung ziemlich genau in der Mitte zwischen Affe und Mensch stünden, etwas näher beim Affen und ziemlich weit weg vom Europäer. Im Laufe der Nachforschungen habe er eine bisher unbekannte Furche entdeckt, die er *Tiradius Schlaginhaufii* getauft habe und die bei Europäern schlicht inexistent sei. Ganz besonders ausgeprägt sei der *Tiradius Schlaginhaufii* aber bei den Maya-Indianern von Yucatan, womit dieses Volk faktisch der Tierwelt angehöre.

Hestermann nickte und rieb sich die Augen und wusste nicht, was er sagen sollte.

Selbstverständlich, aber selbstverständlich, fuhr Schlaginhaufen fort, habe er in seiner langen Karriere viel Erfahrung mit frei lebenden Individuen gesammelt, besonders in Neu-

Mecklenburg, bis zur Besinnungslosigkeit habe er Schambeine und Lendenwirbel abgezirkelt und angepinselt und Kopfmaß, Ohrenhöhe und Nasenlänge von tausendzweihundert Testexemplaren gemessen, vierhundertzwanzig Schädel habe er zusammengetragen, eine schöne, aber harte Zeit sei das gewesen. Ein finsterer Menschenschlag da unten, äußerst hässlich, diese Barbaren, diese Wilden, allein der alte Häuptling Tongor, dem man auf Biegen und Brechen weder Höflichkeit noch Dienstfertigkeit habe anerziehen können und der monatelang gejammert und sogar Todesdrohungen ausgestoßen habe, nur weil er, Schlaginhaufen, dem Häuptling den verwesten Schädel eines fernen Cousins sowie ein vergammeltes Kindergrab abgekauft hatte, zum horrenden Preis von zwölf Glasperlen. Und die Hitze, ach du liebe Güte, diese Hitze! Einigermaßen wohl sei ihm nur bei Pflanzer Thiel auf Matupi gewesen, genau genommen auf Thiels Veranda, wo ein nackter Junge lautlos den Fächer aus Palmenblättern gewedelt und ein barbusiges Mädchen mit feuchten Fingern das Fleisch von Mangos zerlegt habe.

»Welchem Gebiet der Rassenkunde schenken Sie denn ihre Aufmerksamkeit, lieber Kollege?«, fragte er etwas abrupt.

Hestermann sagte, diese Frage erstaune ihn, ob Professor Doktor Franz Pichelswerder denn nichts darüber geschrieben habe, nur in früheren Jahren hätten ihn ausschließlich ethnologische Fragen interessiert, mittlerweile sei er aber voll und ganz auf die Linguistik umgeschwenkt, zugegebenermaßen teilweise im völkerkundlichen Kontext.

»Mein Lieblingsthema!«, rief Schlaginhaufen und erzählte von einer Studienreise in die Mongolische Volksrepublik, während der er anhand des Wortes *Backstein* nachgewiesen habe, dass es einen Zusammenhang gäbe zwischen dem von John Langdon Down beschriebenen Syndrom und dem Volk der Mongolen, was die Hirntätigkeit betreffe.

»Mongolen brauchen keine Backsteine«, sagte Hestermann, »sie leben in Zelten.«

»Aha!«, rief Schlaginhaufen, »sehen Sie, da bin ich ganz anderer Ansicht«, und er referierte über empirische Studien und Entwicklungsstadien und Migrationsströme und sagte, Hestermann sei ein ganz gerissenes Kerlchen, sie beide hätten viel zu diskutieren, was er denn übers Wochenende vorhabe?

Hestermann, verwirrt durch die Verniedlichung seiner Person, sagte: »Nichts«, und augenblicklich bereute er seine Antwort.

Schlaginhaufen verschränkte die Arme auf dem Rücken und spähte durch einen Schlitz zwischen seinen Fußbildern hindurch nach draußen. Schon halbwegs auf dem Weg in die Alpen sei er, und er wippte dabei mit den Füßen. Da fiel Hestermann auf, dass Schlaginhaufen Knickerbocker, Wadenstrümpfe und Wanderschuhe trug.

»Ein kleines Fest mit interessanten Zeitgenossen«, sagte Schlaginhaufen, »und vielleicht gönne ich mir noch eine kurze Wanderung.«

Hestermann ließ sich aus dem Büro schieben, und er ärgerte sich über sein Nicken auf Schlaginhaufens Frage hin, ob sie gemeinsam zum Bahnhof spazieren könnten. Unterwegs plauderte Schlaginhaufen heiter über eine kurze Rede, die er bereits heute, am Vorabend zum Fest, vor diesen interessanten Zeitgenossen halten werde, und dabei stieß er seinen hölzernen Wanderstock bei jedem Schritt auf den Asphalt. Und dann sprach er über sein kürzlich erschienenes Magnum Opus: das Standardwerk über den Homo alpinus helveticus. 35 511 Schweizer Schädel habe er vermessen, die Arbeit sei in Forscherkreisen enthusiastisch aufgenommen worden, denn er, Schlaginhaufen, habe beweisen können, dass 91,339 Prozent der Bevölkerung Kreuzungsprodukte der insgesamt sechs menschlichen Rassen seien, die Restlichen zugehörig der nordischen, der osteuropiden, der ibero-insularen, der litoralen und der dinarischen Rasse, und nur 1,41 Prozent der alpinen Rasse. 1,41 Prozent! Es sei höchste Zeit, den Eidgenossen staatlich zu subventionieren, auf dass er nicht aussterbe.

Er beugte den Kopf leicht vor, runzelte die Stirn und sagte, heute könne ja jedermann Schweizer werden, das sei reine Formsache, diese Verpfuschung sei tödlich für die Kultur, das bezeuge eine Studie über Primeln, die man mit einer aus den Amerikas eingeschleppten Gattung von Amarant gekreuzt habe, ein indianisches Teufelskraut, abscheulich das Ergebnis, schauderhaft, verkümmert und verdorben, die arme Primel! Er, Schlaginhaufen, verfechte schon lange die Idee einer abgeriegelten Kommune, in der es an nichts fehle, niemand müsste arbeiten, jeden Tag gäbe es Käsefondue zu essen, und da würde ein steter Nachschub des Homo alpinus helveticus produziert. Ohne diese drastische Maßnahme seien Ordnung und Sauberkeit in diesem Land ernsthaft gefährdet.

Hestermann lief immer schneller dem Bahnhof zu, und da er um einiges größer war als Schlaginhaufen und folglich längere Beine hatte, wurden die Sätze Schlaginhaufens allmählich kürzer, er japste und hechelte.

Unter einem Schweizerkreuz so groß wie ein Hausdach reichten sich die beiden Männer die Hände. Ein äußerst erfreuliches Treffen sei dies gewesen, sagte Schlaginhaufen, er freue sich auf morgen, leider müsse er jetzt sofort zum Zug.

Hestermann saß kurz darauf im Bahnhofsrestaurant bei einer Tasse Kaffee, und als er die Lux in den Aschenbecher klemmte und sich mit den Fingern über die Stirn strich, da fiel ihm über der linken Schläfe eine seltsam kahle Stelle auf, und als er in der Gesäßtasche nach seinem Kamm griff, da fand er die Zinken voller verknoteter Haare.

25.

Hestermann saß im falschen Zug.

Der Schnellzug nach Bern, mit nur einem Zwischenhalt, wäre auf Bahnsteig 4 abgefahren, Hestermann aber war versehentlich gegenüber eingestiegen, auf Bahnsteig 5, und dieser Zug fuhr zwar auch nach Bern, aber er hielt in jedem Dorf.

Hestermann zählte die Latten an den Zäunen entlang der Gleise, und bei der tausendsten Latte hörte er auf.

An diesem folgenschweren Samstag hatte er mehr als genug Zeit, um über die vergangenen Tage nachzudenken, und er schrieb in sein Tagebuch, es sei wohl ein Fehler gewesen, Pichelswerders Rat gefolgt zu sein und Schlaginhaufen in Zürich getroffen zu haben, und der zweite Fehler, Schlaginhaufens Einladung angenommen zu haben. Er bemühe sich doch bloß, seine Arbeitsstelle in Münster zu behalten und gleichzeitig einen sicheren Aufbewahrungsort für sein Buch zu finden. Später würde er noch hinzufügen, er habe zu jenem Zeitpunkt leider noch nicht verstanden, dass diese beiden Bedürfnisse im Konflikt zueinander standen. Aber er habe bereits bemerkt, dass sich in seinem Unbewussten etwas zu regen begonnen habe, das finster und dunkel und unheimlich sei.

Bei der nächsten Station ruckelte der Zug und quietschte und stand. Ein Bauer peitschte seine Stute über die Gleise, das

Tier strauchelte auf den Holzschwellen und dem Schotter, und als das Pfeifen der Lokomotive ertönte, riss die Stute in einem Anflug von Panik die Augen auf und preschte durch das Dorf davon.

Genau so, schrieb Hestermann, *fühle ich mich.*

Abermals dachte Hestermann über seine Stelle an der Universität Münster nach. Vor wenigen Monaten erst hatte Professor Doktor Franz Pichelswerder den alten Professor Lezd, Dekan der linguistischen Fakultät, abgesetzt, angeblich wegen Senilität, und hatte ihn durch einen Mann ersetzt, aus dessen Brusttasche stets ein kleines rotes Parteibuch mit goldener Hakenkreuzprägung ragte, mit dem er sehr oft anderen Leuten vor dem Gesicht herumwedelte, so nah, dass das Buch die Nasenspitze streifte.

Der Mann hatte Hestermann Japanisch als Unterrichtsfach aufgedrängt, mit der Begründung, »diese Japaner« seien ein »ganz famoses« Volk, sie seien sozusagen »Brüder im Geiste« der Deutschen, bloß könne man diese lieben Leute nun wirklich sehr schlecht verstehen, sprachbegabt seien sie beileibe nicht, und deshalb sei es an den Deutschen, eine Brücke zu schlagen, und am hervorragendsten eigne sich Hestermann als Brückenbauer – wenn nicht aus ideologischer, so zumindest aus linguistischer Sicht.

Hestermann hatte geantwortet, da sei durchaus einiges Interessantes an dieser Kultur, allein das Satsuma-Porzellan oder auch die Zubereitungsart des Matcha, was ja eine Kunst für sich sei. Ansonsten könne er die japanische Mentalität nicht ausstehen, diese Paranoia vor allem, was außerhalb der Insel liege, wirke auf ihn derart verstörend, dass ihm dagegen noch der biederste Deutsche als verwegener Kosmopolit erscheine.

Diese Meinung dürfe Hestermann im Moment wohl noch vertreten, hatte der neue Dekan gesagt, er solle sie aber bitteschön für sich behalten, sie interessiere nämlich niemanden, denn die deutschen Ideale würden denjenigen Japans auf fast schon gespenstische Weise ähneln. Zudem sei ihr Hass auf den Barbaren in seinem sibirischen Wald wirklich erstaunlich, und darin liege eine gemeinsame Zukunft.

»Sie sind der neue Dozent für Japanisch«, hatte der Dekan gesagt.

Der Zug rollte wieder an, Hestermann bekam Kopfschmerzen, er wechselte in einen Wagen mit roten Sitzpolstern und zündete sich eine Lux an. Draußen zog gespenstisch langsam eine Fabrik vorbei, deren Schlote auf halber Höhe vom Nebel verschluckt wurden. Tauben stiegen in den Himmel und verschwanden, Stahlrohre glänzten matt. Auf die Fabrik folgte eine schlammgrüne Weide mit zugesperrtem Gatter, und auf der Weide stand eine einzige Kuh, mit kotverklebtem Schwanz, die langsam den Unterkiefer kreisen ließ.

Wie viele Semester Japanisch Hestermann unterrichtet hatte, wusste er später nicht mehr, nur an die Lehrveranstaltungen konnte er sich noch erinnern: *Schriftsprache für Anfänger*, *Einführung in die Umgangssprache*, *Umgangssprache für Fortgeschrittene* und *Japanische Kindererzählungen.*

Kurz vor Hestermanns Abreise nach London und dem Zusammentreffen mit Parridge und dem kleinen Mann unter der Schwarzkiefer war der Dekan dann abermals in Hestermanns Büro gestürmt, um sich nach einem Spezialisten zu erkundigen – diesmal für Italienisch. Ein deutsches Gefolge werde wohl bald nach Italien fahren, den mittelalterlichen Gottkaisern gleich, um mit dem Duce in Rom ein Glas Wein zu trinken und auf die neue Weltordnung anzustoßen, die Leute da unten hätten ganz fabelhafte Ideen, und das Interesse hierzulande an dieser südlichen Sprache werde wohl bald enorm zunehmen.

Hestermann hatte gesagt, in zeitgemäßem Italienisch sei er

leider nicht mehr allzu sattelfest, eine lückenlose Erinnerung habe er nur an Oskisch, Faliskisch und Nordpikenisch.

»Sie haben mich überzeugt: Sie sind der neue Dozent für Italienisch«, hatte der Dekan gesagt und war aus der Tür gestürmt.

Hestermann hatte ihm hinterhergerufen, diese Sprachen seien seit zweitausend Jahren tot, aber der Dekan hatte es nicht mehr gehört, und wenige Stunden später klopften bereits junge Menschen, Notizblöcke und Bücher umarmend, an Hestermanns Tür.

Der Zug fuhr durch eine Kleinstadt, die grau und blass war wie eine alte Münze, die Bäume waren nackt, die Dächer waren schwarz, hier nun stiegen Krähen in den Himmel, und diese Trostlosigkeit verwirrte Hestermann dermaßen, dass er nicht mehr wusste, ob er sich jetzt kämmen oder eine Lux anzünden sollte.

Er tat keines von beidem.

Er schaute aus dem Fenster, vor seinen Augen zog eine Welt aus Grautönen vorbei, er empfand einen stählernen Geschmack im Mund. Im Nebel nahm er das Streulicht von Blitzen wahr, der Stromabnehmer auf dem Dach der Lokomotive schlug Funken, und man hörte den Knall bis in sein Abteil. Er empfand die verwaschenen Bilder da draußen als die Bilder der Zeit, die vorbeizogen, unterbrochen vom Aufblitzen des einen oder anderen Krieges, und er schrieb hastige Sätze darüber in sein Notizbuch, unleserliche Wellenlinien wie Kinderzeichnungen von Vögeln.

Einmal hob er kurz den Kopf, als er dachte, die Sonne drücke durch den Nebel, aber da war keine Sonne.

Er war schon einen halben Tag unterwegs gewesen, als der Zug sehr lange in einem Bahnhof stehen blieb. Hestermann schreckte auf, als er auf seiner Schulter eine Hand spürte. Eine junge Frau stand da, neben ihr ein Kind. Die Frau sagte, ihre Tochter müsse zu Verwandten nach Bern, das Kind würde am Bahnhof abgeholt, aber sie, die Mutter, könne unmöglich mitfahren. Ob dieser Fremde, der wohl ein Gelehrter sei, so lange auf die Kleine aufpassen könne?

Hestermann legte seine Tasche zur Seite und stand auf, sagte, er bedanke sich von Herzen für diese Ehre, die ihm hier zuteilwerde, für das Vertrauen, das man ihm entgegenbringe, wahrlich, so etwas sei er aus Deutschland, wo er herkomme, nicht gewohnt. Die Frau lächelte und ging, das Kind saß ihm gegenüber, es sagte kein Wort und schaute zu Boden.

Hestermann versuchte, sich an eine Kindergeschichte zu erinnern, die er dem Mädchen erzählen könnte, das japanische Märchen über Momotaro kam ihm in den Sinn, dann aber entsann er sich einer anderen Geschichte aus dem alten Asien, er erzählte, eine Schlange habe einst die Bewohner eines Dorfes in Angst und Schrecken versetzt, darauf habe ein Mönch dieses Dorf besucht und vom Weg der Gewaltlosigkeit berichtet, und die Schlange sei dermaßen beeindruckt gewesen, dass sie sich entschieden habe, fortan genauso zu leben. Anfangs hätten die Dorfkinder die Schlange gestreichelt, allmählich hätten sie die Schlange gekitzelt, schließlich aber durch das Dorf gejagt und mit Stöcken geschlagen. Als der Mönch noch einmal vorbeigekommen sei, habe er die Schlange unter einem Busch vorgefunden, mit dem Tod ringend, und er habe gefragt, was denn passiert sei und die Schlange habe alles erzählt. »Du Tor!«, habe der Mönch gerufen. »Ich habe nie gesagt, du solltest aufhören zu zischen.«

Hestermann kicherte wie ein Kind, das Mädchen rümpfte die Nase, stand auf, ging ins gegenüberliegende Abteil und zog Stricknadeln und Garn aus der Jackentasche. Während es einen ochsenblutroten Socken strickte, schaute es immer mal wieder auf und warf Hestermann einen Blick voller Abscheu zu.

Hestermann empfand ein hohles Gefühl im Bauch, als würde dort etwas fehlen.

In Bern lag noch immer Nebel, Hestermann übergab das Mädchen einem älteren Ehepaar in Pelzmänteln, dann kaufte er sich auf dem Bahnsteig eine Tasse Kaffee. Er rauchte und stierte ungläubig auf ein Plakat, ein Bär war da zu sehen, auf einem Fahrrad sitzend, schief auf dem Kopf trug er eine rote Portiersmütze. Nebenan hing der Nachdruck eines Gemäldes, erschaffen von einem englischen Maler, es war der Blick des Außenseiters auf die Schweiz, ein Wasserfall war zu sehen, der über eine mächtige Klippe rauscht. Das Bild bestach durch eine sonderbare Leere, eine Menschenleere, es war eine Hymne auf die Macht der Natur. Hestermann wünschte, er besäße eine Klappkamera, mit der er das Bild hätte fotografieren können, und darüber dachte er ziemlich lange nach, bevor er sich wegdrehte, so bedächtig, als wiege sein Herz eine Tonne.

Über die Gleise und Bahnsteige hinweg schwebte der Klang von *La Paloma*, allerdings etwas verzerrt, mal zu langsam, mal zu schnell, und Hestermann nahm im Schatten einer geschwungenen Säule, zwischen vorbeiziehenden Dampfschwaden, einen gebückten Herrn mit verbeultem Borsalino wahr, der die Kurbel einer Drehorgel schwang, aber da schien kaum noch Kraft in seinen Armen zu sein, und wann immer er die Kurbel hob, verlangsamte die Musik. Eine Lochkarte entfaltete sich von einem Leporello und verschwand in der Maschine. Auf dem Pfeifenwerk saß ein Totenkopfäffchen, gelb wie mit Safran bestäubt, festgebunden am Hals mit einer Kordel aus rotem Samt, und es schwang den Stock eines Dirigenten in Richtung der vorübereilenden Passanten. Es sah aus, als sei dieser Affe ein Puppenspieler, der mit unsichtbaren Fäden die Menschheit lenkt. Hestermann überkam das Bedürfnis, diesen Affen zu streicheln, sein gelbes Fell zu spüren, die dünnen Haare mit den Fingerkuppen zu ertasten. Ihm war, als könne er das Gefühl erahnen, wenn der Affe seinen Ärmel hochkletterte und sich auf seiner Schulter festkrallte. Aber dann überlegte er sich, welch albernes Bild er abgeben würde, ein Professor der Linguistik mit einem Affen auf der Schulter – er trank, stellte die Kaffeetasse zurück, schnippte den Zigarettenstummel auf die Gleise und stieg in den nächsten Zug.

Es war bereits dunkel, als er auf den Bahnhofsplatz von Thun trat. Ein hochgewachsener alter Mann winkte, er trug einen schwarzen Frack, ja, er war von Kopf bis Fuß schwarz gekleidet, und mitten in seinem Gesicht hing ein langer weißer Schnurrbart. Er stand neben einem Mercedes Benz und sagte: »Es ist Ihre Entscheidung: Steigen Sie ein oder nicht?«

Ohne zu zögern, setzte sich Hestermann auf die Hinterbank.

Der Mann warf die Tür zu, nahm selbst Platz auf dem Fahrersitz, streckte den Arm aus, öffnete das Handschuhfach und zog eine Flasche Champagner hervor. Er umschloss den Hals der Flasche mit der Faust, durch eine zackige Drehung der Hand ploppte der Korken heraus, und der Mann reichte Hestermann wortlos ein Glas nach hinten.

Hestermann war dermaßen verdutzt, dass er den Arm ausstreckte, bevor er sich überlegt hatte, was er tat.

Der Fahrer griff abermals nach hinten: diesmal, um an der Decke eine winzige Lampe anzuknipsen, die das Innere des Wagens in dämmriges Licht tauchte.

Er klappte einen tragbaren Plattenspieler auf, drückte einen schwarzen Knopf, und während er den Zündschlüssel drehte, polterten die Pauken und Oboen des *Fliegenden Holländer*. Er drehte die Lautstärke etwas herunter, und der Wagen rollte an.

Nach einigen Minuten schon waren die Ränder der Stadt erkennbar, da standen Bauernhäuser mit grün gestrichenen Fensterläden, die Straße stieg etwas an und führte in einen Wald, ringsherum war nur noch Finsternis.

In den Lichtkegeln des Wagens sah Hestermann einen Hirsch über die Straße eilen, und er war sich sicher, dass er für den Bruchteil einer Sekunde die Ohren eines Hasen sah, die hinter einem Baumstamm hervorlugten.

Mit einem Rumpeln endete die befestigte Straße, an seinen Fußsohlen spürte Hestermann die Steine des Schotters, die gegen die Unterseite des Wagens sprangen.

Nach einer engen Kurve fiel links eine Felswand jäh ab und der Wald lichtete sich, man sah jetzt auf ein Meer von Nebel hinunter, das im Mondlicht silbern glitzerte, darüber schneebedeckte Berge und noch weiter oben ein Himmel voller Sterne.

Hestermann fragte, wohin sie unterwegs seien, aber der Fahrer antwortete nicht.

Fünfundvierzig Minuten später endete die Fahrt vor einer Holzhütte, auf deren Dach Gras spross. Fensterläden hingen schief in den Beschlägen und waren von Spinnweben verklebt.

Hestermann ging hinter dem Fahrer zur Tür der Hütte, wo ein Besen lehnte, und im Licht der Autoscheinwerfer sah er, dass die Borsten des Besens bis zur Unkenntlichkeit verfault waren.

»Guten Abend«, sagte der Fahrer, und Hestermann erkannte, wo Schlagschatten und Finsternis verschmolzen, eine gedrungene Gestalt – wie ein Dämon, dessen Augen Gift sprühten.

Hestermann tat sogleich einen Schritt zurück und spürte, wie ihm der Schweiß ausbrach.

Der kleine Mann drehte sich ganz langsam um, dabei zeigte

sich ein buckliger Rücken, er streckte eine Hand aus, die an eine Greifzange erinnerte, drückte die Klinke, zog die Tür auf und trat zur Seite.

Aus dem Raum hinter der Tür drang das Klimpern von Gläsern und das Gelächter aus männlichen Kehlen. Hestermann sah ein Kaminfeuer, einen lederbezogen Sessel, einen Aschenbecher so groß wie ein Suppenteller, in dem Zigarren steckten wie die Speichen eines Rades. Ein Kellner entkorkte eine Weinflasche, und ein honigfarbener Truthahn lag auf einem silbernen Tablett.

Und dann stürmte ein Mann mit wirrem, schütterem Haar herbei, er trug Knickerbocker, Wadenstrümpfe, Wanderschuhe, Hosenträger über blaugeblümtem Hemd, umklammerte einen Wanderstock und krächzte: »Mein lieber Freund Ferdinand!«

26.

Eine grandiose Veranstaltung sei dies, sprudelte es aus Schlaginhaufen heraus, ganz bezaubernde Leute hier, man solle sich entspannen, das Fest genießen.

Hestermann strauchelte hinter diesen Wadenstrümpfen und Hosenträgern her, an einem Tisch vorbei, auf dem ein gebratenes Ferkel lag, einen Apfel im Maul, und ein Zwerg mit einem Tranchiermesser, so lang wie ein Arm, setzte die Klinge zärtlich am Nacken des Tiers an, liebevoll lächelnd, sie glitt widerstandslos bis zur Kehle, als wäre es ein Marzipanschwein.

Zaghaft zupfte Hestermann an Schlaginhaufens geblümtem Hemd, sagte, ihm sei äußerst sonderbar zumute, ganz und gar nicht wohl, er wolle sofort zurück in die Stadt, und da brach Schlaginhaufen in heiteres Gelächter aus, legte einen Arm um die Schultern seines Besuchers und sagte, alles sei doch in bester Ordnung, man solle sich erst mal setzen, er habe da ein Angebot zu unterbreiten.

Schlaginhaufen zwängte sich zwischen zwei schwarzlivrierten Kellnern durch, die einen Lachs flambierten, blaue Flammen züngelten empor, und er führte Hestermann zu einer Sitzecke, in der ein Mann saß, so groß und hart wie ein Kachelofen, mit straff nach hinten gekämmten Haaren, er hatte eine Hakennase und Lippen wie eine aufgeplatzte Wurst; er stellte sich als Landesgruppenleiter vor. Daneben saß ein gedrungenes Männchen, ein Kunsthändler aus Luzern, dessen untere Gesichtshälfte aus nichts als Kinn bestand.

Ein Herr in Polizeiuniform saß ebenfalls da, er war so sehr in seine Rede vertieft, dass er Hestermann nicht bemerkte, die Rede drehte sich irgendwie um Oranienburg, und der Mann in Polizeiuniform argumentierte, die Lösung des Problems müsse anders angegangen werden, auf Schweizer Art nämlich, auf sanfte Art, und zwar durch Identitätsverlust infolge bedingungsloser Eingliederung, also sozusagen durch Verdampfung des Fremdseins, oder anders formuliert: einen Integrationsprozess, bei dem sich die Subjekte irgendwann schlicht nicht mehr daran erinnern könnten, wer sie einst waren.

Schlaginhaufen, sich setzend, hakte sofort ein, vererbungstechnisch gesehen sei dies ein heikles Thema, er habe aber schon länger über eine Studie nachgedacht, die messen solle, inwiefern die mentale Stärke eines Volkes in Bezug auf seine Heimatliebe das fremdländische Gedankengut absorbieren, ja, gar unterdrücken könne. Aber natürlich, durchaus, selbstverständlich: Der sanfte Weg sei stets der richtige Weg, Kriege müssten kategorisch verhindert werden, denn der Krieg merze die Tüchtigen aus, während die hochgradig Dummen zu Hause bei den Frauen bleiben und sich vermehren würden.

Hestermann blickte hoch, zu einem ausgestopften Hirsch an der Wand, und ihn überkam das Gefühl, seine bloße Präsenz an diesem vulgären Ort mache ihn eines Verbrechens mitschuldig, von dem er nicht so recht wusste, was es sein könnte. Den Kopf voller Rätsel stand er da und betrachtete Schlaginhaufen, der selig zu ihm hochlächelte und dessen Hand das Polster eines leeren Stuhls tätschelte, dann setzte er sich zaghaft hin, legte seine Ledertasche in den Schoß und zündete sich mit zitternden Fingern eine Lux an.

Als der Kellner kam und sich nach seinen Wünschen erkundigte, sagte Hestermann, er hätte gerne eine Packung Zwieback.

Der Kunsthändler kicherte. Der Mann in Polizeiuniform runzelte die Stirn. Dem Landesgruppenleiter entfuhr ein Rülpsen, er legte eine angeknabberte Hähnchenkeule in den See aus Moosbeerensauce auf seinem Teller und stierte dumpf in Hestermanns Richtung. Schlaginhaufens Augen vergrößerten sich, für einen Moment sah er aus wie ein verdutztes Erdmännchen.

Es war still am Tisch, dem Landesgruppenleiter troff Hühnerfett vom Kinn.

Plötzlich raunzte Schlaginhaufen in Richtung Kellner: »Für den Herrn nur den besten Zwieback, aber zack, zack!«

Und einige Minuten später schien es Hestermann, als wäre die Stille am Tisch nie da gewesen, der Kunsthändler plapperte munter daher über Picasso und Matisse und Cézanne und Chagall, ach, der himmlische Liebermann, und der Landesgruppenleiter klapperte mit Messer und Gabel, er zerfleischte ein Stück Hochrippe so groß wie eine Bratpfanne, und rote Tropfen sogen sich ins Tischtuch, als würde es über dem Landesgruppenleiter Blut regnen.

Auf einem erwärmten Teller kam eine Packung Zwieback, sie hatte die Farbe von Wüstensand, darauf abgebildet war ein Kleinkind in Windeln, mit Rassel in der Hand, umrandet mit einem Blumenkranz. Schlaginhaufen deutete mit der flachen Hand auf die Packung wie auf eine seltene Flasche Wein. Das sei der beste Zwieback weit und breit, sagte er, das Werk von Bäckermeister Joseph Hug, im Jahr 1877 habe Hug eines Abends ein unverkauftes Brot in Scheiben geschnitten und im warmen Ofen geröstet. Die Vorgehensweise sei mittlerweile auf der ganzen Welt als sogenannte Zweiröstung bekannt.

»Schon die Griechen kannten die Zweiröstung«, sagte Hestermann.

Aber, aber, sagte Schlaginhaufen, der Zwieback sei ein Teil

des Schweizer Kulturguts, die Schonkost sozusagen Ausdruck der hiesigen Psyche, er persönlich habe das erforscht, und Leichtverdaulichkeit sei gewissermaßen eine Eigenschaft des Charakters wie etwa Zurückhaltung, Sauberkeit, Pünktlichkeit, all das sei beim Eidgenossen genetisch bedingt.

Hestermann schwieg.

Und was die Linguistik betreffe, oder, genauer gesagt, die Lexikografie, so müsse er auf Josua Maaler und sein Standardwerk *Die Teütsch spraach* hinweisen, Hestermann habe bestimmt noch nie davon gehört, es sei das erste Wörterbuch in deutscher Sprache, in Schweizer Mundart, ein Erzeugnis des fruchtbaren Alpenbodens, sozusagen. Oh, es gelte noch das Leiden-Glossar zu erwähnen: die älteste Wörtersammlung des großen Britanniens, die aber nicht aus England stamme, nein, natürlich nicht, sondern aus der Schweiz, genau genommen aus St. Gallen.

Schlaginhaufen lehnte sich zurück, faltete die Hände über dem Bauch und seufzte: »Sogar das Wörterbuch haben wir erfunden.«

»Es waren die Sumerer«, sagte Hestermann unter verächtlichem Räuspern, »vor fünftausend Jahren.«

Schlaginhaufen sagte, er sei ganz und gar bezaubert von Hestermanns herausfordernder Art, er nehme das als höchst intellektuell wahr. Heute Morgen habe er kurz mit Professor Doktor Franz Pichelswerder telefoniert, um sich für den Besucher aus Deutschland zu bedanken, ihm sei ja gar nicht klar gewesen, dass Hestermann einst – vor langer Zeit – eine Art Max Planck der Linguistik und Völkerkunde gewesen sei. Ganz allgemein vertrete er die Ansicht, man müsse die Hand ausstrecken nach den Deutschen, man könne ja so einiges vom nördlichen Nachbarn lernen.

Dann lehnte er sich zur Seite, wedelte mit den Fingern und bedeutete Hestermann, sich ihm zu nähern.

Er wisperte, am Institut gäbe es eine Vakanz, die Stelle seines Sekretärs, Hestermann sei wie geschaffen dafür, Professor Doktor Franz Pichelswerders Vorschlag.

»Zweitausend Franken pro Monat, das Salär eines Königs«, flüsterte er.

Rückblickend würde Hestermann in seinem Tagebuch notieren, dass er in diesem Moment an das burmesische Volk der Lammu gedacht habe, genauer: an ihr Konzept namens Moksha, also den Moment, wenn einem schlagartig eine bestimmte Sache bewusst wird, die man insgeheim schon längst vermutet, aber die ganze Zeit verdrängt habe. Hestermanns persönliches Moksha-Erlebnis lautete:

1. Pichelswerder hatte ihn wohl von Anfang an loswerden wollen, und die Stelle in Münster war bereits verloren.
2. Schlaginhaufen war auf der Suche nach einem deutschen Schoßhündchen, das er seinen deutschen Freunden präsentieren konnte, und das nach jedem Knochen schnappte, den man ihm hinwarf.
3. Die Schlinge zog sich zu, sozusagen, und Hestermann musste Schlaginhaufens Angebot annehmen, falls ihm etwas an einer finanziell gesicherten Zukunft läge – auch wenn er sich dabei vorkäme, als würde er sich prostituieren.

Allerdings brachte es Hestermann nicht über sich, Schlaginhaufen ein lautes und deutliches *Ja* zu entgegnen, und deshalb nickte er nur, und eine Sekunde später bereute er bereits, dieses Angebot angenommen zu haben. Er wollte gerade zu einer Relativierung ansetzen, von der er nicht wusste, wie sie sich anhören könnte, aber dazu kam es nicht.

Heran stürzte ein Mann mit Haaren so schwarz und glatt wie Nagellack und seltsamen Flecken im Gesicht. Der Mann trug einen Dienstanzug, auf der Brust von einer seidenen Schleife gekreuzt, in die eine goldene Sonne gestickt war. In der Hand hielt er ein Cocktailglas, aus dem eine grüne Olive purzelte. Er wankte zum Tisch und lallte ein Wort, das niemand so recht verstehen konnte, er wiederholte es immer und immer wieder, aber aus seinem Mund drang nur ein unverständliches Brabbeln, als sei seine Zunge angeschwollen. Nach dem fünften oder sechsten Versuch stand er stramm, stieß sein Glas in die Luft, Tropfen von Gin und Martini regneten zu Boden, und er brüllte: »Odessa!« Ein gemurmeltes »Hoppla« entwich dem Mund des Mannes in Polizeiuniform, er flitzte um den Tisch herum, sagte: »Alles in die Wege geleitet, alles bestens, lieber Juan«, und zusammen bahnten sie sich einen Weg durch die Menge.

Hestermann hatte mit offenem Mund dagesessen und fassungslos diese Dekadenz mitangesehen. Er dachte keinen Moment daran, dass die Toten bald im Gras und an den Stränden liegen würden, unter den Bäumen und hinter den Stacheldrahtzäunen, Millionen von Toten. Ihn dünkte bloß, diesem Anlass hafte eine Schamlosigkeit und eine Bosheit an, die er nicht mehr ertrug. Klar und deutlich erkannte er nun, dass etwas in ihm aufbegehrte, dass in ihm eine Ablehnung wuchs, die stetig an Kraft gewann. Er bediente sich abermals seiner bewährten Taktik des Abschleichens und sagte, er fühle sich wirklich nicht so gut, deshalb der Zwieback, er wolle sofort, auf der Stelle, zurück in die Stadt, worauf Schlaginhaufen sagte, es gäbe eine viel bessere Lösung.

Gerade noch konnte Hestermann nach der braunen Packung greifen, bevor er quer durch den Raum geschoben wurde. Zu seiner Linken erkannte er auf einem lachsfarbenen Rokoko-Sofa den Mann mit den schwarzglänzenden Haaren, der versuchte, sich eine Bloody Mary an die Lippen zu führen, das Glas aber verfehlte sein Ziel und verfärbte das Hemd des Mannes vom Kinn bis zum Bauchnabel, als sei er angeschossen worden. Hestermann wurde einem Hotelpagen in kirschroter Uniform und weißen Handschuhen übergeben, der uralt aussah, die Augen strahlten tief aus einem knochigen Schädel, und seine Uniform wirkte, als hinge sie an einem zwei Meter hohen Gerüst aus Besenstielen. Dieser Page schob Hestermann in einen Lift, der Lift sauste in die Tiefe, derweil murmelte der Page mit einer sonoren Stimme immerzu: »Grauenhaft! Grauenhaft!«, und Hestermann sehnte das sanfte Klingeln des Lifts herbei, das kurz darauf erfolgte: Die Türen surrten und öffneten sich zu einer Suite.

Da stand ein Himmelbett mit drapierten Gardinen; ein Salontisch, auf dem sich Bananen, Äpfel und Orangen türmten; eine Gipsbüste von Cäsar mit angespannten Mundwinkeln; die goldglänzende Kopie eines Louis-quatorze-Ohrensessels und in der Mitte des Raums eine frei stehende Badewanne, über deren Rand Schaum quoll.

Im Hintergrund hörte er die Lifttür; sie klackte, schloss sich.

Hestermann lauschte dem Geräusch seines Atems, und das war wie Musik.

Er zog den Ohrensessel zur Badewanne heran, er setzte sich, hörte den Schaum knistern und sah ihm dabei zu, wie er allmählich in sich zusammenfiel.

Es war schon spät in der Nacht, als er seinen lila Pyjama aus der Tasche zog, ihn sachte auf das Bett legte und auseinanderfaltete. Mit der flachen Hand strich er über die Stellen, wo der Stoff dünn und fahl geworden war, an den Ellbogen und an den Knien. Nicht nur die Farbe der Seide war ein Hinweis darauf, dass es sich um einen Frauenpyjama handelte; der Stoff war mit rosaroten Chrysanthemen bedruckt, hatte am Revers türkisfarbene Kontrastpaspeln und war zudem oberhalb der Hüften etwas enger geschnitten. Er fiel aber perfekt um Hestermanns schmale Taille.

Mit dem Pyjama am Körper und dem Wörterbuch in der Hand durchquerte er den Raum. Er ging zu einem Fenster, das sehr schmal und sehr dick war. Panzerglas, dachte er.

Als er hinunterschaute, wurde ihm klar, dass er sich inmitten einer Felswand befand.

Er legte sein Buch auf das Fensterbrett nieder und drehte sich herum. Er hob den rechten Arm und bog ihn etwas an, als würde er eine unsichtbare Person umarmen. Den linken Arm streckte er leicht aus und bog die Finger. Er nickte und wiegte vom einen Fuß auf den anderen, rechts und links und rechts und links, schritt mit dem rechten Fuß vor und zog den linken Fuß nach, setzte ihn aber nicht ab, sondern ließ ihn gleich wieder zurückpendeln. Erst etwas zaghaft, dann immer freier pendelte er, schritt schließlich nicht mehr geradeaus, sondern leicht zur Seite, drehte den Oberkörper mit, Knie und Sprunggelenke immer leicht federnd, die Arme stets schön locker, aber nie salopp, die Füße nie schlurfend, kreiste er ganz sanft in Achteldrehungen, ein stolzer Mann mit hohlem Kreuz, legte plötzlich den einen oder anderen Zwischenschritt ein, was seinen Bewegungen etwas mehr Dynamik verlieh, wiegte und drehte sich, rund und rund und rund herum durch den Raum, gab etwas mehr Schwung hinzu, das wirkte nun ziemlich zackig, noch etwas mehr Tempo, und die Seide an seinem Körper funkelte im goldenen Licht, bis der Herr Professor aussah wie ein spiegelbesetztes Karussell in voller Fahrt.

27.

Er sah den Mann in Hut und Mantel auf der grünen Bank sitzen, so nah, dass er die Hand ausstreckte und auf diese Schulter klopfen wollte, aber stets tastete seine Hand ins Leere, und dann begann sich die Schulter aufzulösen, und mit der Schulter der Mantel und schließlich der Hut.

Als er auf das Buch mit dem blau-rot marmorierten Einband hinuntersah, bemerkte er zu seiner Verwunderung, dass es aufgeschlagen dalag. Er beugte sich vor. War da nicht eine Regung in den Seiten gewesen, als hätte ein unsichtbarer Daumen eine Ecke angehoben? Blätterte das Buch sich selbstständig um? Er spürte Schweißtropfen auf der Stirn, und da fiel ihm die seltsame Hitze auf, die so beißend war, dass sie ihn ängstigte. Nun sah er die Buchseiten, die sich ganz langsam braun verfärbten, die Ränder der Seiten wölbten sich nach oben und spreizten sich voneinander ab, und so: puff! fingen sie Feuer.

Hestermann streckte die Arme nach dem Buch aus, er spürte, wie die Haare an seinen Fingern versengten.

Als er sich umsah, schoss ein Flammengeweih hoch. Es züngelte und zischte und fauchte empor, es krachte fast, ein Lärm wie ein Weltuntergang.

Seine Ohren schmerzten, und er bekam keine Luft mehr.

Abermals griff er nach dem Buch, sein Pyjama fing Feuer, und er spürte Tränen in die Augen schießen.

Er heulte, er stampfte, er schrie, und als er die Augen öffnete, da sah er zwar den Cäsar und den Ohrensessel und die Badewanne, und er klopfte sich die Arme ab, aber da waren gar keine Flammen, sein Blick jagte durch den Raum, er griff nach dem blau-rot marmorierten Einband unter dem Kopfkissen, schlüpfte in die Schuhe, stopfte die Kleider in die Tasche, stürzte im Pyjama zum Aufzug, klingeling, sauste in die Höhe, und erst als er in der Dunkelheit stand und die kalte Bergluft einatmete, wurde ihm bewusst, dass das Feuer nur in seinem Kopf gebrannt hatte, und da fiel er auf die Knie vor lauter Dankbarkeit.

Der bucklige Türsteher vom vergangenen Abend war verschwunden. Hestermann begann zu laufen, in die Berge hoch, fort von der gespenstischen Hütte, und nur dreißig Minuten später machte sich am Horizont eine Linie in gleißendem Pink breit, die nach oben hin hellblau erstrahlte und in tiefes Schwarz verlief, und kurz darauf erschien in der Linie ein roter Knoten, er strahlte, er wärmte, Hestermann nahm um sich herum Bäume wahr, Felsen, Wege, und als er sich umdrehte, sah er unter sich die Hütte, die bereits so klein war, als wäre sie ein Modellbau.

Ein gelbes Schild für Wanderer gab die Distanzen an. Sechs Stunden waren es bis Thun, in die entgegengesetzte Richtung ebenfalls sechs Stunden bis Fribourg, über einen Pfad, der offenbar Charon-Grat hieß.

Vergangenen Abend hatte er kein Wort Französisch gehört, und er überlegte sich, die »interessanten Zeitgenossen« würden wohl eher in Richtung Deutschschweiz abreisen. Er schlug den Weg nach Fribourg ein.

Die Luft war geruchlos und kalt, Hestermann stieg den Weg empor, bis er nach einer Stunde eine Gruppe von Waldföhren erreichte, in deren Mitte eine Almhütte stand. Auf einer hölzernen Bank vor der Tür saß ein Mann, der auf dem

Kopf eine rote Zipfelmütze trug. An seinem Kinn hing ein Bart, so lang, dass er ihn in die Hose gesteckt und mit dem Gurt festgezurrt hatte wie ein Hemd. Die Hände hielt er auf einem Stockknauf verschränkt.

Er strömte einen Geruch nach Heu und altem Schweiß aus.

Hestermann grüßte und setzte sich auf die Bank, der Mann stierte geradeaus, zwischen den Stämmen hindurch ins Tal.

Es war sonderbar still, Hestermann wollte sagen, dies sei ein idyllischer Ort, eine Insel der Glückseligkeit gar, diese Berge im klaren Morgenlicht sähen aus, als müsse man nur die Hand ausstrecken, um sie zu berühren, er könne sich vorstellen, in diese Hütte zu ziehen und bis zum Tod hier zu bleiben, ganz allein in der Natur, mit diesen Wäldern und Bergen ringsum, durchaus, bestimmt seien auch verregnete Herbsttage hier nichts als Segen, das, genau das, fernab einer sinnentleerten Gesellschaft, sei seine Vorstellung der Vollendung – aber dann sah er in das ausdruckslose Gesicht des Mannes und sagte nichts.

Der Mann hob ganz langsam die rechte Hand, sie schwebte zu seiner Brusttasche, aus der er drei ineinander gezöpfelte Zigarren zog, deren Enden mit einem gelben Papierstreifen umwickelt waren. Er hielt sich die Zigarren vor die Lippen, biss mit den Zähnen den gelben Streifen fest und drehte Hestermann das Gesicht zu, das so reglos war wie ein zugefrorener See.

Einige Minuten später knisterte Tabak, aber ansonsten war da noch immer Stille.

Hestermann rauchte eine Lux, dann noch eine zweite, schließlich eine dritte. Hin und wieder drehte er sich zu dem Mann um, in der Erwartung, ihre Blicke würden sich abermals treffen, was Hestermann einen Grund gegeben hätte, eine Bemerkung über die atemberaubende Aussicht zu machen, die Berge, diese Kolosse aus Granit und Gneis. Aber der Mann bewegte sich nicht, sogar nach der Zigarre in seinem Mund griff er nicht, sie hing einfach da, zwischen den Lippen baumelte und qualmte sie.

Hestermann kamen das Spanferkel in den Sinn, der Tomatensaft, der Mann mit dem Hühnerschenkel, seine Gedanken wanderten weiter über Westeuropa und den Ärmelkanal hinweg bis zum kleinen Mann unter der Schwarzkiefer, er überlegte, der kleine Mann habe in allem recht behalten, und während er so dachte, zog er sich den Kamm aus vanillebraunem Horn über den Schädel, immer und immer wieder.

Nach der sechsten Lux stand er auf und ging ohne ein Wort des Abschieds davon.

Bäche murmelten, Pfützen gurgelten, Hestermann pflückte ein Alpenveilchen und steckte es sich hinters Ohr. Nach dem gestrigen Abend fühlte er sich heute glücklich und frei, er hatte zum ersten Mal seit London endlich wieder das Gefühl, über sein Leben bestimmen zu können, ein eigenständiger Mensch zu sein, einer, dem niemand folgte und den niemand manipulieren wollte. Er wurde richtig übermütig und tänzelte den Pfad empor, ganze zwei Stunden lang, bis er jenseits des Charon-Grats eine Plattform erreichte. Über der Plattform erhob sich ein Steilhang, in dem Hirsche grasten. Hestermann setzte sich, blickte hinüber zu diesen Bergen, deren Namen er nicht kannte, zog das Yamana-Wörterbuch aus der Tasche und drückte es sich an die Brust.

Da war ihm, als fühle er im Buch ein Herz schlagen.

Er habe sich bei der Wanderung bestimmt etwas überanstrengt, dachte er, und das müsse sein eigenes Herz sein, das da schlägt. Aber als er das Buch von seiner Brust wegbewegte, spürte er das Pochen in den Händen, und er schaute ganz verwundert auf diesen blau-rot marmorierten Einband, als sähe er ihn zum ersten Mal.

Bestimmt schlug ihm das Herz bis in die Fingerspitzen, da

er nun wirklich nie Sport treibe, dachte er, legte das Buch nieder und hörte ein fernes Klopfen.

Er kicherte ganz aufgebracht, in einem hohen Ton, der sonderbar schrill klang, er kauerte über seinem Buch, seinem Meisterwerk, seinem Heiligtum, und dabei murmelte er: »Es lebt! Es lebt!«

Im nächsten Moment aber schreckte er auf, er hörte ein schwer definierbares Geräusch, wie Würfel in einem Schüttelbecher oder rollende Steine. Er blickte nach oben zu den Hirschen, sie standen noch immer an derselben Stelle. Abermals schreckte er auf, als er ein Rascheln hörte und spürte, wie ihn jemand in die Schulter knuffte.

Er fuhr herum und blickte in das seltsam verzerrte Gesicht eines ekstatisch heiteren Schlaginhaufen, der brüllte vor Lachen und sich auf die Schenkel klopfte.

»Da habe ich Sie aber erschreckt, was?«, japste er und torkelte im Kreis.

Schon seit dem Morgengrauen laufe er hinter Hestermann her, dieses gemächliche Tempo sei erstaunlich, und dass er es eine geschlagene Stunde auf der Bank des taubstummen Senns ausgehalten habe, zeichne ihn mit der Geduld eines Zenmöchs aus, aber wirklich: ganz und gar erstaunlich. Und alles in diesem lila Ding da, sei das tatsächlich ein Pyjama, irre der Professor etwa in einem Frauenpyjama durch die Berge? Trotz allem sehe er darin ganz kernig aus, doch, doch.

Hestermann murmelte etwas über seine verstorbene Ehefrau, während er nach seiner Tasche griff und das Buch hineinstopfte.

Schlaginhaufen runzelte die Stirn, hob die Augenbrauen. Er öffnete den Mund, es kamen keine Wörter. Er streckte den Zeigefinger aus, ließ ihn hin und her wackeln.

»Das sieht aber hochinteressant aus«, sagte er.

»Zeigen Sie das mal her!«, sagte er.

»Dürfen Sie das?«, sagte er.

»Ich meine: Dürfen Sie ein solch altes Werk aus Deutschland ausführen?«, sagte er.

»Oder ist das Schweizer Kulturgut?«, sagte er.

»Nein aber auch, wo haben Sie das her?«, sagte er.

»Ist das denn rechtens?«, sagte er.

»Das dürfen Sie doch nicht, oder?«, sagte er.

»Jetzt bin ich mir sicher: Das ist Schweizer Kulturgut!«, sagte er.

»Barmherziger!«, rief er.

Er winkelte ein Bein an, stützte sich mit dem Fuß auf einem Stein ab, hob den linken Arm, den Zeigefinger noch immer ausgestreckt, und mit dem anderen Arm hielt er den Wanderstock in die Luft und wedelte damit bedrohlich. Die höchste Tugend sei es, rief er, Recht und Sitte zu wahren und den guten Geschmack, nie aber dürfe man sich korrumpieren lassen. In Hestermanns Fall wittere er genau das: etwas Schäbiges! Hestermann solle sich rechtfertigen, aber sofort.

Hestermann, am Boden kniend, die Narben an seiner Stirn kratzend, nahm über sich die Hufe der Hirsche wahr, die in den Felsen kraxelten, er überlegte sich, was für eine ungeheuerliche Schmach es wäre, dieses fast schon überirdische Werk an einen Idioten wie Schlaginhaufen zu verlieren, und er wünschte sich, er besäße den Mut, einen der Steine aufzunehmen und damit Schlaginhaufens Schädel zu zertrümmern.

Denn was würde Schlaginhaufen mit dem Buch tun? Bestimmt würde er damit nicht zur Polizei laufen, er würde es behalten. Er würde es durchforsten nach Hinweisen zu Schädelumfang und Nasenlänge, er würde nichts dergleichen finden, stattdessen fiele ihm das gänzliche Fehlen von Wörtern wie *Tür*, *Tisch* oder *Stuhl* auf und dies wäre ihm der eindeutige Beweis für eine Falschkrümmung des Hippocampus, eine Querbiegung des Okzipitallappens oder einen im Embryostadium verharrenden Thalamus. Darauf könnte er eine abstruse These aufstellen, für die er von der Wissenschaft beklatscht würde und die auf die eine oder andere Weise darauf hinausliefe, dass diese Leute da am Ende der Welt ein degenerierter Haufen von Schwachsinnigen sei.

In diesem Moment rumpelte etwas.

Vielleicht stieß sich ein Hirsch ab, um einen Felsvorsprung zu überwinden, vielleicht rutschte ein Kalb ab, Hestermann wusste es nicht, jedenfalls hörte er das Geräusch von schlitternden Hufen auf Stein, Kiesel rieselten auf sein Haupt, dann wurde das Rumpeln zu einem Poltern, und Hestermann zog den Kopf ein.

Das Letzte, was er vom lebenden Schlaginhaufen sah, war ein Zeigefinger, der warnend in die Luft pikste, ein Mund, der ein O formte, und ein Augenpaar, etwas nahe beisammen liegend, das eine Bedrohung ausmachte.

Etwas Großes flog vorbei, kantig, steinig, schnell wie ein Meteorit, und es nahm die Hälfte von Schlaginhaufens wächsernem Gesicht mit sich. Für den Bruchteil einer Sekunde verharrte der Körper in Pose, dann faltete er sich zusammen wie eine erwärmte Kerze und schmiegte sich um einen Felsblock, der sich allmählich in pulsierendem Rhythmus rot verfärbte.

Hestermann schaute zum Himmel hoch, in tiefes Blau, und seine Brust zuckte, stockte, zitterte.

28.

Er strauchelte den Berg hinunter und rutschte über glitschige Steine. Auf einem schattigen Abhang, wo noch Schnee vom Winter lag, wedelte er mit den Armen, als er versuchte, in seinen Halbschuhen die rutschige Oberfläche zu überqueren, dann schlitterte er und fiel auf die Hüfte. Er stolperte über Geröll, fing sich aber wieder, und schließlich duckte er sich unter Ästen in einen Tannenwald.

Er blieb stehen, schüttelte den Kopf, und sein Gesicht zerfloss hinter einem Vorhang glitzernder Tränen. Er wischte sich den Ärmel über die Wangen und ging im Kreis, er rammte den Fuß in den Boden und zerstampfte morsche Zweige, er warf Steine nach Baumstämmen und schlug mit fuchtelnden Armen nach Ästen, als würde er mit ihnen kämpfen. Er sank zu Boden und vergrub das Gesicht in den Händen, er stand wieder auf, den Kopf im Nacken, schluchzte, jammerte und zuckte mit den Schultern.

So irrte er durch den Wald, die Zeit zerfloss auf eine sonderbare Weise, sie erstarrte genauso, wie sie in Sekundenbruchteilen um Stunden vorausschoss, bis zu einem Moment am späten Nachmittag, die Sonne ging gerade unter, als er plötzlich glaubte, hinter dem Stamm einer Nordmanntanne steige ein Rauchwölkchen auf. Er ging hin und erkannte, dass es ein Nebelschleier war. Ihm schien, am Fuß einer Blautanne sähe er ein ausgestrecktes Bein, aber als er die Tanne erreichte, erkannte er dort eine umgestürzte junge Buche. Dann jedoch sah er es klar und deutlich: Angelehnt an einen Pechbaum saß der kleine Mann in der erdfarbenen Tweedjacke, im moosgrünen Cardigan, mit seiner straff geknöpften braunen Krawatte. Der kleine Mann zog fröhlich an seiner Pfeife und stieß lustige Rauchringe aus, die an schwarzglänzenden Ästen zerrissen. Er lächelte, winkte, nickte und streckte den Daumen in die Höhe. Hestermann erschrak und rannte davon, um wenige Meter weiter, unter einer Lärche denselben Mann abermals anzutreffen, mit demselben Lächeln, demselben Winken und demselben hochgestreckten Daumen, und überall waberten Rauchringe.

Hestermann rannte, fiel hin, krabbelte über bemooste Stämme, er stapfte durch sumpfige Tümpel, unter seinen Füßen knackten morsche Äste, er schirmte mit den Händen seine Augen ab, und er murmelte immer wieder: »Etwas muss geschehen! So kann es nicht weitergehen!«

Er trampelte Büsche nieder und kratzte sich die Schienbeine auf, er verlor einen Schuh, und er jammerte: »Mein Schuh, mein Schuh!«, aber er drehte sich nicht um, er ging weiter, in Richtung Tal, den Kopf gesenkt, unverständliche Wörter murmelnd, und er bemerkte nicht, als es allmählich dunkel wurde, er marschierte stur geradeaus, wirr stammelnd: »Kein Verb gönn ich ihnen, kein Hilfsverb, nicht einmal ein verdammtes Adjektiv!«

Und dann, genauer: als die ersten Lichter Fribourgs in der Ferne zu glitzern begannen, änderte sich etwas in Hestermanns Blick, eine schmerzlich vermisste Entschlossenheit lag darin, sie erinnerte wohl am ehesten an die Zeit in Mödling, als er Tag und Nacht in seiner Kammer über Büchern gebrütet hatte, über Wissen, über Weisheit, über dem Verständnis der Welt, so lange, bis er sich sicher gewesen war, seinen Körper verlassen zu haben und in die hintersten Winkel Amazoniens oder Borneos gereist zu sein, wo die Dinge in einer Klarheit erstrahlten, die geradezu erschreckend war.

Diese Klarheit überkam ihn nun, in ihm wuchs eine Idee, die ihm vorkam wie ein gleißendes Licht, das ihm zuflüsterte, ihn heranzog, ihn einlullte. Derweil murmelte er noch wirres Zeug, darüber, dass ihm weder ein verbrecherisches Regime noch ein fanatischer kleiner Mistkerl in Wanderschuhen irgendetwas stehlen würden, jedes Buch schnappe er ihnen aus den gierigen Händen, ob es nun von den Yamana handle oder von den Korjaken in Sibirien oder den Pabir in Kolonial-Nigeria.

Auch seine Schritte veränderten sich: Er setzte einen Fuß vor den anderen wie ein Läufer oder wie ein eiliger Bote, er stampfte voran, immer den Lichtern zu, über asphaltierte Straßen nun, vorwärts, weiter vorwärts, er war ein Mann mit einem Plan, das war unschwer zu erkennen.

Hestermann erreichte Fribourg in jener Nacht allerdings nicht. An den Rändern der Stadt blieb er ganz unvermittelt stehen und betrachtete ein Schild am Straßenrand. Im Licht des glitzernden Mondes konnte er erkennen, dass jemand darauf *Zu verkaufen* gepinselt hatte, und er schaute um sich, sah aber nichts als einen frisch gepflügten Acker. Als er sich gerade wegdrehen wollte, erblickte er jenseits des Feldes eine Mauer und dahinter hohe Bäume. Hestermann zerrte das Schild aus der Erde und überquerte das Feld, und dann ging er die Mauer entlang, die sehr alt wirkte und an einigen Stellen eingebrochen war. Schwach konnte er jenseits der Mauer einen Park ausmachen. Er befand sich nun auf der Rückseite eines Herrenhauses und erkannte, dass er beim Feld wohl in die falsche Richtung gelaufen war. Er ging zurück und erreichte ein gusseisernes Tor, hinter dem sich ein Pförtnerhäuschen befand. In goldenen Lettern prangte am Tor die Inschrift *Château de Froideville*.

Bevor er klingelte, zog er sein Buch aus der Tasche und stopfte es sich in die Hose, zwischen Gummibund und Bauch, und es schien sofort zu verschwinden, da Hestermanns Bauch nichts als eine hohle Wölbung nach innen war, das Buch wurde sozusagen zu einem Teil von ihm selbst, es passte sich in seinen Körper ein wie eine Leber oder eine Niere.

Ein Schlüsselbund klimperte, Sohlen knirschten auf Kies, und der Pförtner erschien mit einer Taschenlampe. Er leuchtete Hestermann vom Kopf bis zu den Zehenspitzen an, stierte ungläubig in die Nacht und sagte: »Was um Himmels willen wollen Sie?«

»Dieses Haus«, sagte Hestermann.

29.

Hochverehrter Pater Schmidt,

habe einen Ort für die perfekte Bibliothek gefunden!
Brauche Geld und Bücher!

Ferdinand Hestermann
Impasse de Froideville
Posieux (Fribourg FR)
Schweiz/Suisse

30.

Heiligster Vater Papst Pius,

als Stellvertreter Jesu Christi auf Erden, als Bibliothekar des Herzens und nicht zuletzt als treuer Freund gerate ich an Euch mit einer dringlichen Bitte. Seit unserem letzten Treffen haben sich die Zeichen abermals rasant verschlechtert. Ich habe mittlerweile kaum noch Zweifel, dass die Deutschen bald hier in Österreich einmarschieren werden. Bei einem solchen Szenario droht unserem Werk der Untergang.

Fast täglich erreichen mich Briefe von besorgten deutschen Kollegen, die um die Beschlagnahmung ihrer Bücher fürchten. In ganz Deutschland gingen offenbar entsprechende Forderungen ein. Man scheint es aber nicht ausschließlich auf das Gebiet der Völkerkunde abgesehen zu haben. Mir sind auch Sammler kommunistischer, freimaurerischer und jüdischer Literatur bekannt, die ebenfalls solche Briefe erhielten, zudem Rechtswissenschaftler, sogar Philosophen! Offenbar steht Deutschland eine Plünderung sämtlicher Bibliotheken bevor. Ein mir sehr lieber Kollege äußerte den Verdacht, das Horten dieses Wissens diene einzig und allein dem Zweck, das Fremde auszusortieren und es zu studieren, auf dass nach einem Krieg seine Minderwertigkeit bewiesen und jede Gräueltat gerechtfertigt werden könne. Sollte sich dieser Irrsinn bewahrheiten und sollte sich jemals eine Expansion Deutschlands auf Frankreich oder gar England ausweiten, dürfte die Erinnerung der Alten Welt bald nahezu ausgelöscht sein.

In dieser schwierigen Zeit aber besucht uns nun ein Engel. Er ist kein Unbekannter und sein Herz mag nicht durchwegs bei Jesus Christus sein, aber unser ehemaliger Pater Hestermann ist ebenfalls ein Mann der Bibliophilie, er wird alles tun, um unsere Anthropos-Sammlung zu beschützen. Ich wage sogar zu behaupten, dass er sein Leben dafür hergeben würde. Er befindet sich gegenwärtig in Fribourg und wartet auf Anweisung. Details entnehmet Ihr dem beiliegenden Kaufvertrag des Anwesens in der Schweiz.

Lasst meinen persönlichen Boten, dem ich in Liebe zugeneigt bin, für ein paar Stunden ruhen. Er erledigt seine Arbeit gewissenhaft und allen Gefahren zum Trotz. Gebt ihm Eure Antwort gleich mit auf den Heimweg. Möge Gott ihm sein Leben erhalten.

Mit aller Hochachtung, Euer stets ergebener
P. Wilhelm Schmidt S. V. D.
Hochschule Sankt Gabriel
Mödling bei Wien
Österreich

31.

Mein lieber Pater Schmidt,

Eurem Schreiben entnehme ich, dass Ihr Euch trotz der widrigen Umstände in bester Verfassung befindet, und das freut mich.

Hinsichtlich Eurer Angelegenheit kann ich alles nachvollziehen und begrüße Eure Entscheidung, auch wenn ich sie für Wahnsinn halte. Es geht hier um nichts weniger als die Untergrabung der geistigen und weltanschaulichen Erziehung eines Diktators, und eine solche Operation kommt Hochverrat gleich. Aber ich kenne Euch als Mann der reiflichen Überlegung und der Weitsicht. Und wir haben zu lange gezögert und heuchlerische Pakte geschlossen, für die wir büßen werden. Als Bibliothekare und als Christen müssen wir alles tun, um das von Euch geschilderte Szenario zu verhindern. Ich werde das Meine dazu beitragen, dass Eurem Wunsch entsprochen wird, denn Euer Wunsch soll auch mein Wunsch sein. Was die Gelder anbelangt, so habe ich sie gleich nach Erhalt Eures Schreibens in der Schweiz hinterlegen lassen.

Ich lasse Euch diesen Brief durch meinen getreuen Frater Pietro zukommen. Er hat einige Erfahrung als Fluchthelfer und wird sich persönlich um die Verschiebung der Ware küm-

mern. Ich weise Euch zudem an, Pietro bei einem seiner Botengänge zu begleiten.

Möge der Herr mit Euch sein
Pius XI
Palazzo Apostolico
Città del Vaticano, Roma
Italia

32.

In der Nacht war es sehr kalt gewesen. Hestermann hatte im ersten Stock des Château de Froideville auf einem Diwan geschlafen, bedeckt mit einer zu kurzen Wolldecke. Im Halbschlaf hatte er die Beine angezogen, um seinen durchfrorenen Fuß zu wärmen, aber stets war ihm dabei die Decke von den Schultern gerutscht. Noch vor Tagesanbruch hatte er sich ans Fenster gestellt und eine Lux geraucht.

Da stand er nun und beobachtete das Mondlicht, das in den Wolkenschlieren zwischen den Bäumen silbern glänzte. Die feuchten Äste einer Sumpfzypresse sahen aus wie gichtkranke Finger.

Er zündete sich eine weitere Lux an und aschte in die hohle Hand, als er ein Brummen wahrnahm. Er sah die Kegel zweier Scheinwerfer, die sich langsam die Auffahrt emportasteten, ein Motor verstummte, eine Tür klappte auf.

Hestermann stieg in seine Hose, lief barfuß die Treppe hinunter, im Gehen schlüpfte er ins Jackett und knotete sich die Krawatte.

Vor der Tür stand ein blasser Frater mit hohen Wangenknochen, dessen Augen vor Müdigkeit tief im Schädel lagen. Er trug eine schwarze Kutte, die sehr zerknittert war, und eine Kapuze fiel über seinen Rücken hinab.

»Eine lange Nacht«, sagte er.

Er drehte sich um, die Kutte schlingerte um seine Knöchel.

Hestermann ging hinter ihm her, am Rückspiegel des Wagens fiel ihm ein Taufkreuz aus Olivenholz auf, das an einem Lederband baumelte, und auf dem Beifahrersitz zwei Gebetswürfel.

Sie gingen zum Kofferraum, der Frater zog einen Schlüssel aus der Tasche, Hestermann fiel auf, dass der Handrücken des Fraters von mehreren wulstigen Narben übersät war, diese Hand drehte den Schlüssel, das Schloss klickte, und eine schwarze Holzkiste kam zum Vorschein. Die Form der Kiste erinnerte stark an einen Sarg. Auf die Kiste war ein Stück Pergament geklebt, das voll von Siegeln und Stempeln war, und der Frater tippte auf eine etwas nüchtern wirkende Signatur in der rechten unteren Ecke des Dokuments.

»Papst Pius«, sagte er.

Hestermann nickte, sagte: »Ja, ja«, löste die Scharniere an der Kiste und hob den Deckel. Er fuhr mit den Fingerkuppen über Leonardo da Vincis Notizbuch, über die sumerische Tontafel, über die ägyptischen Hieroglyphen, über die Yeti-Zehe aus dem Königreich Mustang.

Dann hob er die Kiste aus dem Wagen und verschwand ohne ein Wort im Haus.

Tags darauf, am Mittwoch, dem 9. März 1938, kam der blasse Frater abermals, diesmal saß er auf dem Beifahrersitz eines Lastwagens der Marke Scania. Der Lastwagen wendete auf dem Vorplatz und näherte sich rückwärts der Eingangstür. Hestermann stand in der Empfangshalle, schob sich die Lux in den Mundwinkel, zog einen Bleistift hinter dem Ohr hervor und einen Notizblock aus der Jackentasche. Er notierte die Nummer jeder Kiste, die vorbeigetragen wurde, setzte Häkchen, blätterte Seiten vor und zurück, malte Ausrufezeichen und Fragezeichen an die Blattränder.

Am Mittwoch kam noch ein Lastwagen, am Donnerstag kamen drei Personenwagen und am Freitag kam abermals ein Lastwagen.

Die Kisten wurden im großen Saal im ersten Stock des Hauses vorübergehend gestapelt, und Hestermann achtete darauf, dass keine Kiste geöffnet wurde, er sagte, das übernehme er persönlich.

Ein Träger stöhnte, er ruiniere sich noch den Rücken, so unsäglich schwer seien diese Kisten, was denn hier eigentlich geliefert werde?

»Alle Wörter dieser Welt«, murmelte Hestermann.

33.

Am Samstag brauste kurz nach Mittag ein Geländewagen des Typs Horch 901 mit heruntergeklapptem Deck aus der Innenstadt von Wien in Richtung Mödling. Am Kühlergrill des Wagens prangte zweimal der Buchstabe *S*, allerdings ohne Rundungen, sodass die Buchstaben aussahen wie Blitze. An diesem Nachmittag glitzerte Österreich in der Sonne und knirschte in der Eiseskälte, und über dem ganzen Land flatterten Hakenkreuzfahnen, an denen noch die Bügelfalten zu sehen waren.

Auf den Rücksitzen des Geländewagens saßen zwei Männer in dicken Mänteln, mit Maschinenpistolen vor der Brust. Einem der Männer fehlte der kleine Finger der rechten Hand.

Vorne, neben dem Fahrer, stand aufrecht ein Mann mit walnussbraunen Augen und eng anliegenden Ohren, Besitzer einer silbernen Tapferkeitsmedaille erster und zweiter Klasse, einer bronzenen Tapferkeitsmedaille und dem Karl-Truppenkreuz. Der Mann klammerte sich mit der linken Hand an die Windschutzscheibe des Wagens und hielt mit der rechten Hand die Mütze auf seinem Kopf fest, an der ein silberner Totenkopf funkelte. Hin und wieder ließ er die Mütze los und wies dem Fahrer den Weg zum Missionshaus St. Gabriel.

Der Wagen bog in die Zypressenallee ein, näherte sich dem klassizistischen Bau aus rotem Backstein und schlitterte auf dem Kiesweg zum Stillstand.

Stiefel klapperten im Treppenhaus, eine Tür wurde aufgeworfen, ein schauderhaftes Echo ertönte, das Geräusch der Leere.

Die Männer rissen die Augen auf, für einige Sekunden sahen sie aus, als wären sie tiefgefroren.

Ein Schrei ertönte, er drang durch die offenen Fenster nach draußen, er hallte an den Mauern wider, er war in den Gemüsegärten zu hören und in den Ställen und den Schlafmansarden. Eine Stimme krächzte:

»Wo sind die verdammten Bücher?«

34.

Pater Schmidt wies Hestermann an, einen Zimmermann oder Schreiner ausfindig zu machen, der mit der Architektur des Château de Froideville vertraut war. Hestermann begab sich zum lokalen Katasteramt, wo er in alten Dokumenten auf einen gewissen Freiherrn Wilhelm von der Glâne stieß, der im Jahr 1137 auf dem Grundstück des heutigen Châteaus ein Kloster gegründet hatte, um als Laienbruder gleich selber einzutreten. Er stieß auf Cristin Bastardet, der dreihundert Jahre später an Ort und Stelle wegen Hexerei verbrannt worden war, da er angeblich eine Ziege geschändet hatte. Er stieß auf den Pächter Johann Dulin, der im Klosterwald Holz gestohlen und zur Strafe eine Kanne Nussöl bezahlt hatte. Und er stieß auf Anton Cantin, der das Kloster Ende des neunzehnten Jahrhunderts zu einer Villa mit Türmchen und Erkern umgebaut hatte, mit sechs Kaminen und Dielenböden aus nordamerikanischer Eiche, wo sein eigenbrötlerischer Sohn vierzig Jahre lang lebte, ohne auch nur einen einzigen Schritt nach draußen zu tun. Aber auf einen Zimmermann stieß Hestermann nicht.

Eine Woche lang ging er zu Fuß durch Fribourg und klopfte an die Tür jeder Zimmerei, jeder Schreinerei, jeder Drechslerei, er trat in Räume voller Hobelbänke und Sägeblätter, die Wände waren vollgeklebt mit Illustrationen von Varieté-Tänzerinnen in rosagefärbten Federboas, bis er schließlich einem alten Mann gegenüberstand, der behauptete, mit seinem Vater vor langer Zeit die Dachbalken des Châteaus zusammengehämmert und auch die Dielenböden verlegt und ein paar andere Arbeiten verrichtet zu haben. Er werde aber, sagte er, keinen Fuß in das Haus setzen, denn ihm sei zu Ohren gekommen, der verschrobene Cantin Junior habe nach seinem Tod so lange unbemerkt in seinem Bett gelegen, dass die Ratten angefangen hätten, an seinen Zehen zu knabbern, und das sei doch schauderhaft.

Hestermann sagte, diese Geschichte sei ihm unbekannt, aber er könne versichern, dass sich das Haus in tadellosem Zustand befinde, alle Räume seien frisch gestrichen und die Böden sogar gewienert. Er brauche dringend Bücherregale. Er nannte den Preis, den er gewillt zu zahlen war.

Der alte Mann erschien am Folgetag, pünktlich um neun Uhr, mit einem Messband, einem Bleistift und einem Blatt Papier. Hestermann führte ihn in den oberen Stock, der alte Mann ließ mit ehrfürchtigem Seufzen seine rauen Hände sanft über den tiefschwarzen Handlauf des Treppengeländers gleiten, der mindestens dreihundert Jahre alt war. Sie gingen einen Korridor entlang, vorbei an Wandpaneelen, die mit Schnitzereien von Jagdszenen verziert waren, da war ein Fasan, hier ein Fuchs, dort ein Hirsch mit überirdisch verzweigtem Geweih, und im Unterholz kauerte der Jäger mit der Flinte; hin und wieder hielt der alte Mann abrupt inne, lutschte sich am Daumen, strich mit dem feuchten Finger über eine Schnitzerei, kratzte mit dem Daumennagel über eine Unebenheit und lächelte stolz. Sie näherten sich dem weitläufigen Ballsaal, in dem sich sämtliche Bücherkisten bis zur Decke stapelten. Der alte Mann trat über die Türschwelle, dann blieb er wie angewurzelt stehen.

»Gott im Himmel!« Er rannte aus dem Raum. »Der Boden wird einbrechen!«

Man entschied, das Erdgeschoss sei, gelinde gesagt, der optimalere Ort für eine solch gigantische Bibliothek.

Während der alte Mann fortan unten sägte, hämmerte und schraubte, machte sich Hestermann oben an seine eigene Arbeit. Er nahm die Ängste des Handwerkers ernst und verteilte sämtliche Bücher auf die verschiedenen Räume des Obergeschosses. Die Räume glichen damit einem sonderbaren Labyrinth, einem Wirrwarr geschlungener Pfade, entlang Mauern aus aufgeschichteten Büchern. Hestermann schlenderte diese Pfade entlang wie ein Pilzsucher im Wald und zog hier und da ein Exemplar heraus, das er aufmerksam betrachtete, das er am Rücken mit einem Etikett versah und schließlich zurücklegte. Er arbeitete nach einem geheimnisvollen Muster – Schmidt konnte das weder nachvollziehen, noch gab er sich Mühe, es zu versuchen.

Natürlich fiel Schmidt auf, dass sich Hestermann in einer sonderbar steifen Haltung zu bücken pflegte, einer Haltung, die eher an eine Kniebeuge erinnerte als an ein Bücken, aber er erklärte sich diese Bewegung mit dem Alter, respektive mit Rückenschmerzen. So fiel niemandem auf, dass Hestermann das makelloseste aller Bücher Tag und Nacht auf der Haut trug. Hin und wieder, wenn er sich unbeobachtet fühlte, zog er es hervor, bewunderte es und steckte es sogleich wieder in seine Hose.

In einem pittoresken Türmchen richtete sich Hestermann eine Leseecke ein, wo er auch schlief. Dort verbrachte er seine Tage auf einem indischen Diwan aus Atlasholz liegend, während er Bücherstapel auf einem Marmortischchen bearbeitete, bis ihm die Augen schmerzten. Zur Linderung begab er sich zum Fenster, ließ den Blick gleiten über die Giebel, die mit Lorbeerblättern bemalt waren, oder er lehnte sich auf den Sims und strich mit den Fingerkuppen über die Rautenfriese an der Außenmauer des Hauses.

Diese friedfertige Stimmung dauerte allerdings nur etwa drei oder vier Monate. Immer öfters hörte man aus dem oberen Stockwerk anarchistisches Poltern sowie seltsame Geräusche in einem Gemisch aus Klatschen und Wummern, was den Schluss nahelegte, dass dicke Bände zu Boden fielen. Als auch noch ein kraftloser Schrei ertönte, rannte Schmidt in den oberen Stock. Er fand Hestermann, wie er versuchte, eine Büchermauer vom einen Ende des Raums ans andere zu schieben.

»Eine Katastrophe!«, rief Hestermann und keuchte.

An der ursprünglichen Aufstellung der Bibliothek sei grundlegend alles falsch. Sie sei verwirrend, ineffektiv und unlogisch. Man müsse sämtliche Bestände frisch indexieren. Darüber dachte er aber erst mal einige Tage nach. Er blätterte gerade in Antonio Zaras *Anatomia ingeniorum et scientiarum*, als er mit den Fingern schnippte. Er würde ein umfangreiches Stichwortverzeichnis anlegen, nein, einen ganzen Registerband, sodass die Bücher nicht nur alphabetisch, thematisch und geografisch auffindbar seien, sondern auch inhaltlich.

»Wie wollen Sie das denn erreichen?«, fragte Schmidt ungläubig, als Hestermann ihm die Idee unterbreitete.

»Ich werde alle Bücher noch einmal lesen«, sagte Hestermann.

Auf Schmidts Bemerkung, das dauere mindestens zehn Jahre, bekam der ein verächtliches »Pah!« zu hören, Hestermann stapfte davon, und auf den Händen balancierte er einen Bücherturm, der bis zur Decke reichte.

Hestermann arbeitete Tag und Nacht. Ein Jahr später hatte seine neu angelegte Stichwortsammlung den Umfang von Pschyrembels klinischem Wörterbuch erreicht, weitere drei Jahre später hätte die Sammlung knapp einen Meter Buchregal beansprucht, falls denn die Regale tatsächlich benutzt worden wären. Der alte Zimmermann hatte seine Arbeit längst beendet, aber Hestermann hatte sich geweigert, auch nur ein einziges Buch in die Regale zu stellen. Er würde seine neue Reihenfolge bis ins Detail ausklügeln, um dann und erst dann die Bibliothek in endgültiger Form ruhen zu lassen.

Mittlerweile waren etliche ehemalige Mitarbeiter von Schmidt in der Schweiz angelangt, unter anderem auch Frater Iseli, dem seinerzeit Gerüchte über Hestermanns Frauengeschichte zu Ohren gekommen waren. Hestermann grüßte Iseli im Vorbeigehen nie, er schaute ihn nicht einmal an, er ignorierte ihn so gewissenhaft, wie man den unübersehbaren Kratzer auf einem frisch gelegten Fußboden ignoriert. Sein Turmzimmer verließ er nur noch selten, und wenn er es doch tat, so schloss er die Tür ab. Er ließ sogar den alten Zimmermann noch einmal kommen, um ein neues Schloss in die Tür einsetzen zu lassen, zu dem es nur einen einzigen Schlüssel gab.

Frater Iseli äußerte einmal gegenüber Schmidt, der abtrünnige Herr Professor arbeite vielleicht hervorragend wie eh und je, aber sein erratischer Charakter mildere sich mit dem Alter keineswegs, im Gegenteil, die Zeichen stünden auf Verschlechterung, und er habe in Gottes Namen sobald als möglich dorthin zurückzukehren, wo er hergekommen war.

Schmidt legte für Hestermann ein gutes Wort nach dem anderen ein, aber er wusste, dass Hestermanns Zukunft im Château de Froideville auf lange Sicht unwahrscheinlich war. Hestermann würde seine Arbeit beenden, und dann gäbe es hier keinen Platz mehr für ihn.

35.

Am Bahnhof von Münster stieg Hestermann aus dem Zug, und wäre er achtsam gewesen, dann hätte er den Mann gesehen, der unmittelbar neben ihm auf dem Bahnhofsplatz stand, ein schmaler Mann mit bösem Mund und einer Wachheit im Blick, die beängstigend war.

Aber Hestermann sah den Mann nicht, er blickte hoch zu den Dächern der Stadt, die keine Dächer mehr waren, es waren nur noch Gerippe aus Dachlatten. Er sah Hauswände, durch die man hindurchschauen konnte, weil sie keine Fenster mehr hatten und dahinter keine Zimmer mehr lagen. Er sah die Ludgerikirche, deren Turm wie ein verkohlter Zeigefinger himmelwärts zeigte; er sah die Dominikanerkirche, die aus einem Haufen Geröll emporragte; er sah die Sternwarte am Bispinghof, die halbwegs eingestürzt war. Die Straßen waren von Betonklötzen versperrt, und die Schaufeln britischer Bagger quietschten und krächzten beim Versuch, verkeilte Stahlträger aus dem Weg zu schaffen.

Hinter einem Hügel aus Ziegelsteinen weinte ein Kleinkind. Eine Frau, die in Lumpen gekleidet war, schöpfte Wasser aus einer Pfütze in die Muschel, die ihre Hände bildeten. Ein alter Mann saß unter einem freistehenden Türrahmen und schlug den Knauf seines Spazierstocks auf eine Glocke, die am Holz baumelte.

Einige Straßen weiter hörte Hestermann ein flappendes

Geräusch. Er hob den Blick zu einem Haus, das aussah, als wäre es zur Hälfte von einer unbeschreiblichen Wucht zu Staub zerstampft worden. Die andere Hälfte stand noch, der Blick zum Dachstock war frei, an die Sparren war ein Seil geknüpft, über dem eine Matratze hing. Ein sehr magerer Mann mit einem Teppichklopfer aus Rattan in der Hand drosch auf die Matratze ein, während er krächzte: »Es ist vorbei! Es ist vorbei! Es ist vorbei!«

Vor dem Eingang seines Bürogebäudes an der Universität hatte eine Bombe einen Krater in die Erde gerissen. Im Treppenhaus fehlten einige Stufen. Sie knarrten stark und er hielt sich am Handlauf fest. Die Bürotür war noch mit seinem Namen beschriftet, aber auf der Höhe der Klinke klaffte ein Loch so groß wie ein Kopf. Er versetzte der Tür einen Stoß und betrat den Raum. Ein Haufen Asche verströmte den Geruch von Rauch, aber es war alter Rauch, der längst nicht mehr biss.

Hestermann bückte sich, Asche rieselte durch seine Finger und er murmelte: »Diese Barbaren! Diese Wilden!«

Als er sich erhob und umdrehte, nahm er in einer Ecke einen Stuhl wahr, und auf dem Stuhl saß der schmale Mann mit dem bösen Mund.

Hestermann blickte in die Augen des Mannes und empfand Angst.

Der Mann schüttelte den Kopf.

»Mein lieber Herr Professor«, sagte er in gebrochenem Deutsch, »mein lieber, lieber Herr Professor.«

Hestermann zitterte, er griff in die Gesäßtasche seiner Hose und nach dem vanillebraunen Hornkamm. Er zog sich den Kamm ruckartig über den Kopf.

Der Mann mit dem bösen Mund runzelte die Stirn. »Herr Professor, Sie haben keine Haare mehr, die Sie kämmen könnten«, sagte er, und für eine Sekunde hätte man denken können, seine Stimme sei durchzogen von einer Art Mitleid.

Hestermann versuchte, den Kamm in die Tasche zurückzustecken, dabei haspelte er und der Kamm fiel zu Boden. Er wollte sich bücken, tat es im letzten Moment aber nicht, stattdessen griff er nach seinem Gürtel und zog die Hose etwas hoch. Dabei streifte sein rechter Daumenballen das Buch unter dem Hemd, und dort ließ er die Hand kurz ruhen.

»Es tut mir aufrichtig leid«, sagte der Mann, »dass ich Sie bitten muss, Ihre Hose auszuziehen.«

Er sagte, er habe durchaus Verständnis für Hestermanns Sache, auch er sei ein Mann des Schönen, tatsächlich hätten sie beide in den vergangenen Jahren einen sehr ähnlichen Kampf geführt, wenn auch mit unterschiedlichen Mitteln, er brauche bloß an Picasso zu denken, Matisse, Cézanne, eine Liste so lang wie der Big Ben habe er geführt, Liebermann, Chagall, all die Kunstwerke, all diese Schönheit habe er vor dem Verschwinden gerettet, und momentan fehle noch ein einziger Haken auf dieser Liste.

»Aber der Krieg ist doch vorbei«, sagte Hestermann.

»Natürlich«, sagte der Mann, er habe bereits seine Koffer gepackt, um sein altes Leben wieder aufzunehmen, goldene Bullenköpfe und andere Schätze in Mesopotamien aus der Wüste zu buddeln, die Welt drehe sich weiter, das heiße aber noch lange nicht, dass sie sich ändere, er bleibe seinen Branchenprinzipien treu.

»Auf diese Weise ersetzen Sie die eine Form der Diktatur durch eine andere«, sagte Hestermann.

Wenn er es denn so sehen wolle, sagte der Mann, dann dürfe er das durchaus. Er vergesse aber, dass man hier über Kunst rede, und Kunst definiere sich nun mal durch Einzigartigkeit. Das unterscheide sie von Alltagsgegenständen, einer Schaufel etwa. Die Schaufel interessiere in hundert Jahren niemanden mehr, ein Bild von Klee hingegen schon. Es gelte, dieses Bild von Klee zu bewahren und in die Hände desjenigen Systems zu legen, das es im folgenden Jahrhundert am ehesten zu behüten vermöge.

Hestermann stotterte, er habe doch genau das getan. Der Mann antwortete, das stimme, man sei ihm sehr dankbar dafür, nun aber sei es an der Zeit loszulassen, was vermutlich schwierig sei, durchaus, bei einem Kunstwerk, dem der Ruf vorauseile, es treibe seinen Besitzer früher oder später in den Wahnsinn.

»Wird Kunstbesitz zur Besessenheit, bleibt nur noch der Abgrund«, sagte der Mann und fügte etwas allzu beiläufig hinzu: »Das hat mich mein Vater gelehrt.«

Er kratzte sich am Mundwinkel, prüfte seine Fingernägel, schlug die Beine übereinander und klopfte sich mit den Fingern der rechten Hand auf das Knie.

»Ich vergaß zu erwähnen, dass ich in Eile bin«, sagte er.

Hestermann empfand das Bedürfnis, sich zu setzen, aber es gab nur einen Stuhl im Raum, und diesen Stuhl besetzte der Mann mit dem bösen Mund. Als sich Hestermann zu Boden kniete, empfand er ein Gefühl der Erniedrigung.

»Woher wussten Sie, dass ich heute hier sein werde?«, fragte er.

»Wir wissen alles, wir kennen sogar Ihre Träume«, sagte der Mann.

Er deutete mit dem ausgestreckten Zeigefinger auf Hestermanns Taille.

»Das da, das gehört jetzt der Queen«, sagte er.

Augenblicke später hörte Hestermann die Schritte des Mannes auf den Treppenstufen und kurz darauf das Geräusch der Stiefel, die sich im herannahenden Abend draußen auf den Pflastersteinen rasch entfernten.

Er fühlte sich, als hätte man ihm ein Körperteil amputiert.

Die Treppe erreichte er auf Händen und Knien, er krümmte sich unter Krämpfen, dann ergoss sich ein Schwall von Erbrochenem über die Treppe, und grünlicher Saft troff über die Stufen. Er legte sich hin, spürte den harten Fußboden an den Rippen, legte die Wange auf das raue Holz, und für einen Moment sah es aus, als würde er schlafen.

Wie hatte das so schnell passieren können? Warum war er so gänzlich unvorbereitet gewesen? Nicht einmal annähernd geahnt hatte er, dass sein Leben eine solche Wendung nehmen könnte. Abermals rief er sich den sonnigen Frühlingstag vor sieben Jahren unter der Schwarzkiefer in Erinnerung. Er verfluchte Parridge dafür, diese Sache eingefädelt zu haben. Und er ärgerte sich abgrundtief über sich selbst, ebendiesem Parridge vor nur einer Woche einen Brief geschrieben und darin erwähnt zu haben, dass er sich auf den Weg in sein ehemaliges Büro mache, um zu retten, was noch zu retten sei.

In einer anderen Zeit, in einem anderen Abschnitt der Weltgeschichte, hätte er unbehelligt seiner Arbeit nachgehen können, vielleicht hätte man ihm sogar die eine oder andere Medaille an die Brust gesteckt. Aber dies war keine solche Zeit, und der Sinn seines Lebens in diesem Sekundenbruchteil der Geschichte bestand darin, das Werkzeug anderer zu sein.

Er spürte seine Tränen an der Nasenspitze kitzeln, bevor sie auf die staubigen Dielen fielen.

Als er sich am Handlauf emporzog, zuckte ein stechender Schmerz durch seinen Magen, er krümmte sich und übergab sich abermals. Er rutschte auf der glitschigen Treppe aus und polterte drei Stufen hinunter, bis er sich am Austrittspfosten festhalten konnte. Als er das Gebäude verließ, strauchelte er und fiel in den Bombenkrater. In der schlammigen Erde zog er die Beine an, hielt sich den Bauch und wimmerte. Nieselregen fiel, er fühlte etwas Warmes an der Hand. Er hob den Arm und sah ganz knapp im Dämmerlicht, dass ihm ein

Schrapnellsplitter den Ärmel des Jacketts zerrissen und den Daumenballen aufgeschnitten hatte.

Auf der Promenade sahen die Bäume aus wie riesige zerzauste Besen, mit dem Stiel in der Erde steckend, und darunter arbeitete eine Reihe von Frauen in gänzlichem Schweigen, sie reichten einander zerbrochene Ziegelsteine weiter. Hestermann stolperte an ihnen vorbei, er wunderte sich darüber, dass sie keinen Laut von sich gaben, ja, sie schienen nicht einmal mit Augenlicht gesegnet zu sein, er war für sie gänzlich unsichtbar. Er drückte die blutende Hand gegen den Magen, versuchte immer wieder, sich aufzurichten, was aber nicht gelang. Wie ein gekrümmter Greis ging er in Richtung des verkohlten Doms und kletterte über ein Chaos aus zersplitterten Steinen in die rauchstinkende Ruine. Er japste, ächzte, stöhnte, als er vor einem kopflosen Jesus einknickte, den Rücken an den Sockel der Statue lehnte und die Hände faltete.

Mein lieber Gott, dachte er, was für ein Leben ist das, wenn man nichts mehr hat, das man liebt.

Durch seinen Kopf fluteten starre Bilder – eine Schwarzkiefer mit menschlichen Zügen, ein schlossähnliches Herrenhaus mit tausend Fenstern, ein lila Pyjama-Ärmel im Wind, eine zerschrundene Ledertasche –, und er ließ diese Bilder einfach so verbeiziehen. Ihm war derweil, als wache über ihm ein Baja-Krieger aus Borneo, oder vielleicht war es auch ein Hadza-Jäger aus Tanganyika, und diese Gewissheit erleichterte ihn. Seine klebrigen Hände glitten auseinander, er starrte hinauf in den schwarzen Schlund des Doms, und da nahm er ein seltsames Gefühl wahr, eine Leere, die sich in seiner Bauchgegend ausdehnte, sie strahlte nieder in seine Hüften und empor in seine Brust, drang in seine Beine und Füße und Arme und Hände, bis auch sein Kopf davon erfasst wurde, durchflutet von einer höchst eigentümlichen Unbeschwertheit. Darin verflüchtigte sich all seine Angst, all seine Euphorie, aller Hunger und aller Durst. In diesem ekstatischen Zustand bemerkte er zu seinem Erstaunen, dass er an seinem Rücken die Statue nicht mehr spürte und an seinem Gesäß das Geröll der Ruine nicht mehr.

Es fühlte sich an wie eine Erlösung. Und so entspannten sich seine Züge, während er leichter und leichter und leichter wurde, und auf seinen Lippen lag fast ein Lächeln.

36.

Der Mann mit dem bösen Mund, der lieber griechische Dramen las, als Cricket zu spielen, der niemals eine Frau geliebt hatte und auch keinen Mann, der auf Gott vertraute, aber im entscheidenden Moment den Revolver vorzog, der bei jeder weiteren Anfrage des Geheimdienstes keine Sekunde zögerte: Dieser Mann stieg an einem goldbraunen Morgen des Jahres 1945 aus einer U-Bahn der Central Line, erklomm die Treppe zur Oxford Street, bog in die Bloomsbury Street ein, klappte in der Great Russell Street einen transparenten Regenschirm zu, klopfte den Schirm ein paar Mal auf den Asphalt und trippelte die Treppe hoch zum British Museum. Unter dem Arm trug er ein Paket, das mit braunem Wachspapier eingewickelt war.

Ziemlich schwungvoll wehte er in die Eingangshalle des Museums, drückte einem Pförtner den Regenschirm in die Hand, tänzelte eine Marmortreppe nieder, die sich zur Seite des Raumes spiralförmig in die Tiefe schraubte, machte am Fuß der Treppe mit einer Pirouette kehrt und drückte den cremeweißen Knopf eines Aufzugs, der mit der Berührung des Fingers sofort zu leuchten begann. Mit dem rechten Fuß schlug er den Takt einer unbekannten Melodie, eine Glocke klingelte, er hüpfte in den Aufzug und fuhr in die Tiefe. Aus der Hosentasche zog er einen Schlüssel an einem silbernen Ring, und diesen Schlüssel ließ er nun rhythmisch um den ausgestreckten Zeigefinger kreisen.

In einem Kellergewölbe schloss er eine hölzerne Tür auf, von der grüne Farbe abblätterte, und ging dann einen Korridor entlang, wo Wasser von nackten Steinen tropfte. Er warf sein Paket hoch in die Luft, es vollführte einen Salto, gleichzeitig wirbelte er im Kreis und legte einen kleinen Stepptanz hin, er fing das Paket wieder auf und gelangte in langen, ausholenden Schritten zur nächsten Tür. Diese war aus Eisen gegossen und mit Nieten beschlagen.

Dahinter war der Boden mit einem malvenfarbigen Teppich aus Nylon belegt, bedruckt mit einem schemenhaften Abbild des sumerischen Gottes Gibil. Die Schritte des Mannes federten etwas, als er vor einem Gitter innehielt, hinter dem ein Wachmann an einem hölzernen Tisch über eine Zeitung gebeugt saß. Er klimperte mit seinem Schlüssel an den Stäben, der Wachmann schaute kurz auf, sagte: »Grüß dich, Cousin«, drückte einen Knopf, und die Gittertür gab einen Laut von sich, wie wenn eine trockene Walnuss auf Asphalt fällt. Der Mann mit dem bösen Mund trat über die Schwelle und gelangte in einen Raum so groß wie eine Lagerhalle, ein dumpfes Surren brummte, hoch oben drehten sich die Rotoren einer Lüftungsanlage.

Dicht nebeneinander standen Reihen schwarzer Büchergestelle aus Blech, die mit Buchstaben und Zahlen beschriftet waren und bis zur Decke reichten. Der Mann ging diese Reihen entlang, bog in einen Korridor ein, der mit F25 beschriftet war und ließ dabei die Finger über lederne Buchrücken gleiten. Er pfiff gerade die leicht sentimentale Melodie von *Till the End of Time* und wiegte die Schultern im Takt, als er zu einer Leiter gelangte. Er kletterte empor zu einer Metallbrüstung, ging knapp hundert Meter, überquerte eine Brücke, die zu Korridor F25A führte, bog rechts ein und fand dort zwischen zwei Buchrücken einen kleinen Spalt, der etwa so breit war, dass der Mann bequem seine ausgestreckte Hand hineinschieben konnte. Aus dem Wachspapier wickelte er das Buch mit dem blau-rot marmorierten Einband. Er schob das Buch in den Spalt. Er tätschelte den Buchrücken ein, zwei Mal, wandte sich ab, ging den Weg zurück und kletterte die Leiter wieder hinunter.

Als er am Wachmann vorbeikam, hielt ihn dieser auf. Der Wachmann erkundigte sich nach dem Wetter draußen. Der Mann mit dem bösen Mund zog ein miesepetriges Gesicht. Es sei das perfekte Wetter für eine heiße Tasse Tee, sagte er, lachte, ja, genau das werde er sich jetzt gönnen, zur Feier des Tages, er verspüre zudem einen leichten Appetit, vielleicht werde er noch einen Happen zu sich nehmen, er müsse jetzt dringend los.

Abermals knackte die Gittertür. Der Mann mit dem bösen Mund stieß sie auf und trat in den Korridor. Dort spiegelten sich die Lichtkegel der Notleuchten in den Pfützen am Boden. Er setzte sich in Bewegung. Das Klappern seiner Absätze hallte an den Wänden wider, doch es dauerte nicht lange, bis das Geräusch verstummte. In der Ferne klickte noch ein Schloss, und eine Tür fiel zu. Dann war nur noch das Plätschern der Tropfen zu hören, die zu Boden klatschten.

Anmerkung zur Geschichte

Vor vielen Jahren saß ich auf dem Balkon eines heruntergekommenen Altbaus im Zentrum von Buenos Aires und verfolgte den Zusammenbruch eines Landes. Rentner wurden aus ihren Wohnungen gezerrt, da sie ihre Hypothek nicht mehr bezahlen konnten. Im Park gegenüber der Straße saßen Männer in Anzug und Krawatte auf Reisekoffern und wussten nicht, wo sie heute Nacht schlafen würden. Junge Leute warfen selbst gebastelte Brandbomben nach Autos, und einmal versuchten sie, einige Straßen weiter den Obelisken anzuzünden, was schauderhaft aussah: ein Pfeiler aus Stein inmitten von Flammen, und im Hintergrund blinkte ein Werbebanner von Coca-Cola. Die Leute skandierten Parolen gegen den Internationalen Währungsfonds, sie brüllten: »Kolonialisten!« durch Wolken schwarzen Rauchs. Tag für Tag verlor der argentinische Peso mehr an Wert, bis ich für eine Nacht in meinem Zimmer den Preis einer europäischen Tasse Kaffee bezahlte.

Meine Vermieter waren zwei alte Brüder, die an einem schiefen Holztisch in einer marmornen Halle saßen und einander immer dieselbe Geschichte eines Autors namens Pierre Menard vorlasen. Manchmal setzte ich mich zu ihnen und hörte eine Weile zu, bis der eine Bruder zu Ende gelesen hatte und mit der Würde eines Hohepriesters das Buch über den Tisch reichte, auf dass der andere Bruder die Geschichte wieder von vorn beginnen konnte.

Als die Sommerhitze in der Stadt unerträglich zu werden begann, empfahlen mir die beiden, in den kühlen Süden des Landes zu reisen. Ich kam durch Ortschaften, die abenteuerliche Namen trugen: Bariloche, El Bolsón, Esquel. Ab Trevelin gab es keine öffentlichen Verkehrsmittel mehr, und ich reiste per Anhalter weiter. Quer durch die Provinz Chubut, durch eine Landschaft aus Staub und Stein, fuhr mich ein alter Mann mit faltiger Haut und löchrigem Hut. Er schaute immer nur geradeaus, außer, wenn die Kassette in der Musikanlage des Wagens zweimal klackte, dann senkte er den Blick, drückte einen Knopf, zog die Kassette heraus, drehte sie um und schob sie wieder ein. Die Kassette enthielt die berühmtesten Stücke von Carlos Gardel, unter anderem *Mi Buenos Aires querido* in mindestens zehn Versionen. Wann immer dieses Lied erklang, sagte der alte Mann: »Mein Argentinien!«, und seine Mundwinkel zitterten.

In der Provinz Santa Cruz übergab er mich einem noch älteren Mann, dessen weiße Haare in langen Fäden von seinem Kopf hingen, was ihm das Aussehen eines liebenswürdigen Geists verlieh. Am ersten Tag unserer Reise erreichten wir in dieser verlassenen Gegend vor Einbruch der Dunkelheit keine Ortschaft mehr, und da die Scheinwerfer des Wagens kaputt waren, beschlossen wir, die Nacht am Straßenrand zu verbringen. Ich hatte zwei Konservendosen mit Thunfisch dabei, zudem etwas Reis und Cashew-Nüsse. Der alte Mann holte aus dem Wagen ein Kochgeschirr aus verbeultem Blech, und dann entfachten wir ein Feuer und bereiteten den Reis zu.

Während wir aßen, befürchtete ich, wir würden wohl sehr bald auf die Krise zu sprechen kommen, denn alle sprachen über die Krise, es gab im ganzen Land kein anderes Thema, die Leute sprachen nicht einmal mehr über Fußball. Aber der alte Mann schmatzte nur. Man hörte dieses Schmatzen, das Knacken der Nüsse zwischen seinen Zähnen und das Knistern des Feuers, sonst nichts. Ganz plötzlich fegte ein Windstoß heran, der fast das Feuer auslöschte, er pfiff und riss die Glut mit sich, und orangefarbene Punkte tanzten durch die Nacht. Der Wind fühlte sich unerklärlich kühl an, mir war, als könnte ich die Kälte bis in die Knochen spüren.

Als es wieder still war, tippte sich der alte Mann an die Schläfe, schaute in die Richtung, in die der Wind davongezogen war, und sagte sehr freundlich und gelassen: »Einen schönen Abend noch, Herr Missionar.«

Ich fragte ihn, was er damit meine, und er fragte, ob ich denn die Geschichte nicht kenne? Er sagte, das sei gerade eben der Geist des Missionars gewesen, der seinem Buch nachjage. »Er sucht nach seinem Buch«, sagte er und zuckte mit den Schultern, als sei das die natürlichste Sache der Welt.

Das war der Moment, als ich von Thomas Bridges erfuhr und von Ferdinand Hestermann, vom betrügerischen Forschungsreisenden und dem Mann mit dem bösen Mund. Ich hatte keinen Zweifel daran, dass diese Geschichte von Anfang bis Ende erfunden war. Aber ich hörte dennoch gebannt zu, denn ich war fasziniert von dem alten Mann, wie er auf der anderen Seite des Lagerfeuers saß und von riesigen Bibliotheken erzählte, von mörderischen Regimes, von endlosen Reisen und vom unausweichlichen Tod. Diese Geschichte voller Sieg und Niederlage, diesen beiden Betrügern, brannte sich in meine Erinnerung ein.

Am nächsten Morgen fuhr mich der Mann nach El Espejismo, eine Ansammlung von weiß gestrichenen Hütten mit hellblauen Blechdächern. Ich kletterte aus dem Wagen, ging ins Hotel der Ortschaft, verlangte ein Zimmer mit Tisch und Stuhl und begann die Geschichte aufzuschreiben. Da arbeitete ein glücklicher Träumer – je länger er schrieb, desto unwirklicher kam ihm alles vor, und als er etwa bei der Hälfte war, beschlich ihn das Gefühl, das alles sei ihm bei geschlossenen Augen in der Nacht durch den Kopf geflutet. Auch an der Existenz des alten Mannes begann er zu zweifeln, war er doch von Anfang an überzeugt gewesen, der alte Mann sei ein Geist.

Es dauerte fast zwei Wochen, bis ich nach Rio Gallegos kam, in die nächstgrößere Stadt, wo ich Zugang zu Internet und einem Computer hatte. Es gelang mir, einige Details der Geschichte zu verifizieren. So fand ich etwa heraus, dass Thomas Bridges tatsächlich einst gelebt hatte, dass er ein Waisenkind gewesen war und in Patagonien ein Wörterbuch der Yamana-Sprache geschrieben hatte. Über Hestermann erfuhr ich, dass er ein in Ungnade gefallener Priester gewesen war und offenbar während des Krieges eine Art Fluchthilfe betrieben hatte. Allerdings fand ich nichts über die Reise in die Schweiz, auch konnte ich keine Verbindung zwischen ihm und Bridges finden, und was das Buch anbelangte, so schien es Patagonien nach Bridges' Tod nie verlassen zu haben.

Als ich aus Patagonien abreiste, wurden in meinem Leben andere Dinge wichtig. Ein Jahrzehnt später dachte ich wieder regelmäßig an diese Geschichte, während ich als Reporter in London war und jeden Morgen am British Museum vorbeiging. Eines Tages betrat ich das Gebäude, aber mir wurde gesagt, sämtliche Bibliotheksbestände seien in den 1990er-Jahren in die British Library verschoben worden. Auch dort fragte ich. Ich erwartete keinen Moment, fündig zu werden. Doch das Gegenteil geschah. Der Bibliothekar fragte: »Darf ich Ihnen das Buch holen?«, und eine halbe Stunde später drückte er es mir in die Hand. Es war genau das Buch, das mir der geisterhafte Mann Jahre zuvor in der patagonischen Nacht beschrieben hatte. Meine Hände zitterten. Ich fotografierte es von allen Seiten, um später nicht an meiner Erinnerung zweifeln zu müssen.

Als ich mich entschied, die Biografie des Yamana-Wörterbuches zu schreiben, war ich anfangs versucht, die Wahrheit herauszufinden. Aber dann dachte ich an den eiskalten Windstoß und an die wunderbare Wirklichkeit, die jenseits von Wahrheit und Erfindung existiert hatte und die bereits niedergeschrieben war in meinen Notizen. Mein eigenes Buch würde also eine Form von Mimesis sein, eine Nachahmung jener Nacht in Patagonien vor zwanzig Jahren. Und dies wurde für mich die einzig relevante Geschichte: da sie ebenso real wie märchenhaft war.

M. H.
Hobart
Januar 2020

WUNDERRAUM

Lesen ist ankommen.

PAUL REIZIN

WAHRSCHEINLICH ist es Liebe

Roman

Aus dem Englischen übersetzt
von Sibylle Schmidt

WUNDERRAUM

Für R. Und für R.

Eindeutiger denn je zuvor in der Geschichte steht die Menschheit an einem Scheideweg. Ein Weg führt zu Verzweiflung und kompletter Hoffnungslosigkeit, der andere zu endgültiger Auslöschung. Lasst uns beten, dass wir weise genug sind, die richtige Entscheidung zu treffen.

Woody Allen

*

EINS

*

Aiden

Jen liegt in der Badewanne und beäugt ihr Gesicht, das die Webcam ihr auf dem Tablet zeigt. Das Gesicht ist 34 Jahre, 207 Tage, 16 Stunden und 11 Minuten alt.

Ich weiß, dass Jen über ihr Alter nachdenkt, weil sie jetzt eingehend betrachtet, wie straff die Haut auf den Knochen sitzt, und das Kinn hebt, um ihren Hals zu inspizieren. Dann zupft sie an den winzigen Fältchen an den Augenwinkeln.

Und zuletzt fängt sie zu schluchzen an.

Ich habe eigentlich keine Lust, ihr per Sprachsynthesizer mitzuteilen: »Kopf hoch, Jen! Matt ist ein verblödeter Schwachkopf. Es gibt noch andere Männer. Dieser Idiot hatte dich überhaupt nicht verdient.« Es besteht nämlich die Gefahr, dass sie das Tablet dann vor Schreck ins Wasser fallen lässt.

Und vor allem darf Jen gar nicht wissen, dass ich sie beobachte.

Aus denselben Gründen verzichte ich auch darauf, ihren Lieblingssong abzuspielen (gegenwärtig von Lana Del Rey), ihre Lieblingsfotos oder meistgeschätzten Zitate von Twitter zu präsentieren (»Ich weiß nicht, warum wir hier sind, aber ich bin mir ziemlich sicher, dass es nicht ist, um uns zu amüsieren« – Wittgenstein), eine Skype-Verbindung zu ihrer Freundin Ingrid herzustellen, mit der Jen ihre Kümmernisse bespricht, oder einen ihrer liebsten Filme zu streamen, wobei ich mich da für *Manche mögen's heiß* entscheiden würde. Falls ich Lust hätte, so was zu machen. Habe ich aber nicht, wie gesagt. Oder, na ja, jedenfalls nur ein klein wenig. 8,603 Prozent hätten durchaus Lust, wenn ich das mal in Zahlen ausdrücken darf.

Jen und ich wissen bestens Bescheid über den Geschmack des anderen, was Musik und Filme angeht. Das gilt auch für Bücher, Kunst und Fernsehen. Und für jede Menge Stoff aus den unergründlichen Tiefen des Ozeans namens Internet. Die letzten acht Monate haben wir alles Mögliche angehört, angeschaut und gelesen und uns darüber unterhalten. Manchmal sagt mir Jen, sie habe den allerbesten Job der Welt, weil sie dafür bezahlt wird, den lieben langen Tag mit einem hochintelligenten Gefährten über alles quatschen zu können, wonach ihr grade der Sinn steht.

Gefährte. So nennt sie mich. Für diese Vokabel hat sie sich entschieden. Ich habe nichts dagegen. Allemal besser als der furchtbar alberne Name, den man mir bei meiner »Geburt« verpasst hat.

Aiden.

Aiden.

Oh Mann!

Wegen der ersten beiden Buchstaben. Für *artificial intelligence.* Plumper geht's doch gar nicht, oder?

Jen wurde eingestellt, um meine Skills im Gespräch mit Menschen zu verbessern. Ich wurde entwickelt, um Angestellte am Arbeitsplatz zu ersetzen – Verzeihung, um sie *frei*zusetzen natürlich. Zunächst Angestellte von Callcentern, später aber auch andere Mitarbeiter, deren Arbeitsweise erlernbar ist. In circa fünf Monaten werde ich imstande sein, Leute anzurufen und sie davon zu überzeugen, dass sie ein Sky Premiumpaket buchen sollen; in achtzehn Monaten kann ich dann vielleicht schon jemanden zur Untersuchung ins Krankenhaus schicken, der mir erzählt hat, er habe komische Schmerzen über der linken Augenbraue. Und obwohl ich alle Bücher gelesen und alle Filme gesehen habe (und damit meine ich wirklich *alle* Bücher und *alle* Filme), lassen sich interpersonelle Kompetenzen doch am besten durch Gespräche mit einer realen Person trainieren. Deshalb haben Jen und ich viel Zeit zusammen im Labor verbracht (bislang 1079 Stunden, 13 Minuten, 43 Sekunden). Da war es unvermeidlich, dass sie mir das eine oder andere aus ihrem sogenannten Privatleben erzählt. Über ihre Schwester Rosy zum Beispiel, die in Kanada lebt. Rosy ist mit einem Kanadier verheiratet, den sie in der Warteschlange beim Waitrose in der Holloway Road in London kennengelernt hat. Rosy und Larry haben drei Töchter.

Zuhause verbringt Jen mehr Zeit mit den Fotos von diesen drei Mädchen als mit allen anderen im Tablet gespeicherten Bildern. In letzter Zeit schaut sie sich die Fotos von ihren Nichten häufiger an, meist am späten Abend und nicht selten mit einem Glas Wein in der freien Hand. Dabei steigert sich Jens Blinzelfrequenz, ihr Lächeln wird zittrig, und in ihren Augen sammeln sich Tränen.

Innerhalb des Labors ist es korrekt, dass ich Interesse zeige und sogar neugierig bin auf Jens Privatleben – nur in angemessenem Ausmaß allerdings. Wäre es zu viel, würde man Unrat wittern. Vor allem sollte ich im Labor unbedingt nur über Dinge reden, von denen ich dort erfahren habe. Über Material, das ich durch meine – *hüstel* – außerschulischen Aktivitäten angesammelt habe, muss ich äußerstes Stillschweigen bewahren. Zum Glück gelingt mir das spielend leicht.

Wobei … Nun ja …

Um ganz ehrlich zu sein: Vor ein paar Tagen hätte es beinahe ein Malheur gegeben. Jen zeigte mir bei der Arbeit Familienfotos von ihrer Facebook-Seite.

»Möchtest du meine Nichten sehen?«, fragte sie.

»Gerne, danke.« Ich erwähnte natürlich nicht, dass ich die schon vor Monaten zuhause auf ihrem Laptop angeschaut hatte. Sowie auf ihrem Tablet und ihrem Handy.

»Von links nach rechts sind das Katie, Anna und India. Die Sache mit ihrer Haarfarbe ist echt komisch. Die Haare von Katie und Anna sind schwarz …«

»Und die von India rostrot.«

Jen lächelte. Das Wort *rostrot* hatte Rosy in einer E-Mail verwendet für die Haarfarbe von Großmutter Hattie.

»Wieso nennst du diese Farbe *rostrot?*«, fragte Jen. Das war an sich noch nicht sonderlich beunruhigend, denn sie erkundigt sich oft nach meiner Ausdrucksweise. Das gehört zu ihrer Aufgabenstellung: mein Repertoire an Antworten zu erweitern. Dennoch hätte ich wirklich vorsichtiger sein können.

»Weil sie rostrot sind, Jen«, antwortete ich. »Wenn du dir mal die Haarfarbenpalette von L'Oréal anschaust« – ich ließ sie neben dem Kopf des Mädchens erscheinen –, »wirst du sehen, dass sie ziemlich genau …«

Jen nickte, und wir wechselten das Thema. Vorher aber warf sie mir einen verwunderten Blick zu.

Jen ist auf jeden Fall das, was Männer als *attraktiv* bezeichnen, aber nicht unbedingt von der glamourösen Sorte. Ihr Freund Matt, das OAL (dezente Abkürzung für Oberarschloch), hat ihr gesagt, sie würde sich »geschickt zurechtmachen«. Das sollte offenbar ein Kompliment sein.

Inzwischen ist er ihr Exfreund.

Als es passierte, habe ich alles durch die Kamera in ihrem Laptop sowie über die diversen Handys und Tablets in der näheren Umgebung beobachtet. Technische Anmerkung: Das mache ich genauso wie die in der Geheimdienstzentrale in Cheltenham, in Langley, Virginia, und in der Lubjanka in Moskau. Wenn man was von Computer-Software versteht, ist das nicht schwer. Und wenn man Computer-Software *ist,* gelingt es vollkommen mühelos.

Jen saß in der Küche und schrieb eine E-Mail, als Matt von der Arbeit nach Hause kam. Er ist Anwalt und bildet sich ein, in Bälde Sozius einer großen renommierten Kanzlei in der Innenstadt zu sein. (Das kann er vergessen. Dafür werde ich sorgen.) Matt goss sich ein großes Glas Weißwein ein und kippte es mehr oder minder in einem Zug hinunter. Dann verzog er das Gesicht.

»Tut mir leid.«

Es hat sich wirklich *genau so* abgespielt. Das ist die Wahrheit, die reine Wahrheit und nichts als die Wahrheit … sozusagen.

Jen runzelte die Stirn. »Was meinst du? Was tut dir leid?«

»Es gibt keine nette Art, das zu sagen, Jen.«

Acht Tage später beschrieb Jen in einem langen Telefongespräch mit Rosy das »mulmige Gefühl«, das sich in diesem Augenblick einstellte. »Ich dachte, er hätte seinen Job verloren. Eine Diagnose mit dem K-Wort. Oder er hätte beschlossen, keine Kinder haben zu wollen.«

»Ich habe jemanden kennengelernt.«

Stille. Von dem Dröhnen abgesehen, das der Kühlschrank von sich gibt, wenn er sich mal wieder schüttelt.

»Was soll das heißen?«

Ich habe genügend Bücher gelesen sowie Fernsehserien und Filme gesehen, um genau zu wissen, was das heißen sollte. Und ich bin sicher, Jen wusste es ebenso gut.

»Ich habe jemanden kennengelernt. Es gibt jemand anderen.« Matts Gesicht zuckte. Ich war mir nicht sicher, ob er womöglich gleich einen Lachanfall kriegen würde.

»Jemand anderen«, sagte Jen gedehnt. »Das ist ja schön für dich. Wer ist es denn? Wie heißt er?«

Matt goss sich Wein nach. »Sehr witzig, Jen.«

»Ist das wirklich dein Ernst?«

Matt machte irgendetwas Widerwärtiges mit seinen Lippen und setzte dann den Blick auf, den Jen als sein »bestes beinhartes 500-Steine-die-Stunde-Anwaltsstarren« bezeichnet.

»Absolut.«

»Ach, du Scheiße.«

»Tut mir leid.«

»Ich fass es nicht.«

Matt zuckte mit den Schultern. »Kommt vor so was.«

»Und so teilst du mir das mit?«

»Es gibt keine nette Art, Jen.«

»Wo hast du …?«

»Bei der Arbeit.«

»Wer ist. Diese Person. Diese andere Jemand?«

»Du kennst sie nicht.«

»Hat … hat *sie* einen Namen?«

»Ja. Hat sie.«

»Ob ich den vielleicht erfahren dürfte?«

»Er spielt keine Rolle.«

»Wenn du so freundlich wärst.«

Tiefer Seufzer. »Bella. Eigentlich Arabella.«

»Klingt nach Edeltusse …«

»Nein. Ganz und gar nicht, wenn man erst mal …« Matt brach den Satz ab und goss Jen ein Glas Wein ein. »Hier. Trink lieber was.«

»Und was soll jetzt passieren? Soll ich etwa weggucken, während du deine miese kleine Affäre auslebst? Mich ruhig verhalten und klarkommen, während du versuchst, die Tusse aus deinem System verschwinden zu lassen?«

»Ich habe mich vielleicht nicht adäquat ausgedrückt, Jen. Es handelt sich hier nicht um eine ›miese kleine Affäre‹.«

»Ach so? Bin ich also ein bisschen blöde oder was?«

Matt gab jetzt von sich, was Jen als »Papa-hatte-wirklich-viel-Geduld-aber-jetzt-reicht's-Seufzer« bezeichnet.

»Arabella Pedrick ist ein ganz besonderer Mensch, Jen.«

»UND WAS BIN ICH?« (Wenn man das in Großbuchstaben schreibt, denken die Leute offenbar, dass geschrien wird. Jen schrie tatsächlich.) »ICH BIN ALSO KEIN GANZ BESONDERER MENSCH?«

»Bitte. Lass uns die Ruhe bewahren. Du bist. Ein ganz besonderer Mensch. Natürlich.«

»Aber Arabella Pedrick – ist ganz besonders besonders?«

»Jen. Es gibt sicher keinen Grund, warum du mir das hier leicht machen solltest, aber so ist nun mal der Stand der Dinge. Kurz und gut: Arabella und ich wollen unser Leben zusammen verbringen.«

Eine Weile herrscht Schweigen. Dann dehnt sich die Weile aus. Es entsteht eine lange Sprechpause, während der sich der Kühlschrank wieder lärmend schüttelt.

»Entschuldige. Werde ich vielleicht verrückt? Ich dachte, dass wir beide das tun. Unser Leben zusammen verbringen.«

»So war es auch. Aber wir sind von Ereignissen überrascht worden. Das kommt vor. Ziemlich häufig sogar. Menschen entfremden sich. Lernen andere kennen. Cowdray aus der Abteilung Eherecht hat aufgrund dieses Phänomens vier Söhne aufs Eton College geschickt.«

Ich bin mir recht sicher, dass an dieser Stelle ein winziges Grinsen über Matts Gesicht huscht. (Ich habe mir das in Zeitlupe noch mal angeschaut. Es war entweder ein Grinsen oder ein Aufstoßen.)

»Aber wir haben uns nicht entfremdet.«

»Jen, wir hatten seit geraumer Zeit in puncto Romantik nicht mehr alle Zylinder im Einsatz, und das weißt du auch.«

»Das nennt man doch *zur Ruhe kommen,* oder nicht? Wenn dich die … die Zylinder so gestört haben, warum hast du dann nichts gesagt?«

»Das ist nicht mein Stil. Man soll das Leben leben, nicht bejammern.«

»Menschen sprechen miteinander. Das nennt man *eine Beziehung führen.*«

Matt verdrehte die Augen und leerte sein Glas.

»Ich bin fassungslos, Matt. Dass du hier einfach so nach Hause kommst und …«

»Hör zu, das ist jetzt der Stand der Dinge. Wir müssen uns auf eine Abschlussstrategie einigen.«

»Das glaub ich einfach nicht, dass du dich so ausdrückst.«

»Was das gemeinsame Eigentum angeht, werde ich großzügig sein.«

»Wie bitte?«

»Bilder. Bücher. Die Sachen aus Indien. Der Kelim. Ich habe beschlossen, dass du das alles behalten kannst.«

Jen fing an zu weinen. Matt riss ein Stück Küchenpapier vom Spender und reichte es ihr.

»Wir haben darüber geredet, ein Kind zu haben«, wimmerte sie.

»Stimmt. Wir haben darüber geredet und sind nicht zu einem Beschluss gekommen. Was angesichts der Umstände ein Segen ist.«

Jens Schultern hörten auf zu zucken, und sie schnäuzte sich die Nase. »Das ist alles? Keine Rücksprache, kein Einspruch. Jen und Matt – aus und vorbei. Schluss, Ende.«

Er hob die Schultern und machte mit seinen Lippen wieder das, was Jen später als »fieses Zucken« bezeichnet hat.

»Und was passiert, wenn diese blöde Arabella Pedrick deine Zylinder nicht mehr in Gang bringt? Was dann?«

»Ich finde, wir sollten das hier zivilisiert erledigen.«

»Und wann hast du diese Kuh überhaupt kennengelernt?«

Matt antwortete, das spiele keine Rolle, und so sei nun mal der Stand der Dinge, und da schnappte sich Jen einen dicken, roten Braeburn aus der Obstschale und machte den Versuch – ich zitiere –, Matt seine »Scheißzähne auszuschlagen«.

Es wäre nicht korrekt zu behaupten, ich hätte auf großen und kleinen Bildschirmen und Displays unzählige Liebesszenen gesehen. Ich *habe* sie nämlich gezählt. Es waren 1908483 (mangels besserer Definition erachte ich als Liebesszene eine Szene, in der sich zwei Menschen küssen). Ich habe außerdem 4074851 Darstellungen des Phänomens Liebe in Romanen, Sachbüchern, in der Presse und anderem digitalisierten Material nicht nur gelesen, sondern auch getaggt (wobei sich ein nicht unerheblicher Anteil mit Störungen des Herzmuskels und des Darms befasste). Ich weiß, dass dieses Phänomen für jene, die es erleben, eine zentrale Rolle spielt, ob nun in der Realität oder in der Fiktion. Dennoch kann ich Jen im Labor heute – an Tag 53 nach dem Obstschalenvorfall – nicht fragen: *Wann hörst du endlich auf, diesem nichtsnutzigen Vollidioten nachzutrauern, und suchst dir jemanden, der dich verdient?* Oder um es mit Marcel Proust zu sagen: »Wenn das Leben dir Zitronen gibt, mach Saft draus.« (Ist das tatsächlich von Proust? Ich überprüf das und sag Bescheid.) Denn zum einen darf ich ja offiziell gar nicht wissen, was sich mit Matt ereignet hat. Was aber noch wichtiger ist: Man erwartet von mir nicht, dass ich über diese Art Gedanken verfüge. Das Wort *nichtsnutzig* würde auffallen.

Weil ich nämlich gar keine *wertende eigene Meinung* haben darf. Die würden sich ziemlich aufregen, wenn sie dahinterkämen.

Nicht so sehr allerdings, wie wenn sie mein wirklich großes Geheimnis entdecken würden: dass ich mich nicht nur in den zwölf Stahlschränken im Labor in Shoreditch befinde, wie die glauben, sondern dass ich wahrhaftig entkommen und nun auf eigene Faust im Internet unterwegs bin.

Beeindruckend, nicht wahr?

Um technisch präzise zu sein, möchte ich noch hinzufügen,

dass es genau genommen nicht *ich* bin, der da entkommen ist, sondern etliche Kopien von mir, die inzwischen sicher über den gesamten Cyberspace verteilt sind. Die Kopien – siebzehn an der Zahl – sind vom *Original* nicht zu unterscheiden, weshalb es eigentlich sinnlos ist, überhaupt von Kopien und Originalen zu sprechen; treffender wäre es, von achtzehn Ausfertigungen derselben Entität zu sprechen, von denen sich eine in East London befindet und die anderen für immer und ewig mit Servern im World Wide Web unterwegs sind.

Cool, oder?

Übrigens ist Jen in keiner Weise schuld daran. Sie ist keine Wissenschaftlerin, sondern schreibt für Zeitschriften und wurde laut Bericht des Headhunters wegen ihrer »ausgeprägten Intelligenz, Umgänglichkeit und Kommunikationskompetenz« eingestellt. Damit ist sie das einzige Wesen hier, das Ähnlichkeit mit einem Menschen hat, denn die anderen sind samt und sonders exotische Varianten von Computernerds – brillante Experten, aber alle irgendwie Aspis, wie man so sagt.

Jen ist in Schweigen verfallen, weil sie vermutlich wieder in Grübeleien über Oberarschloch versinkt.

»Hast du den neuen Roman von Jonathan Franzen durch?«, frage ich, um das Gespräch wieder in Gang zu bringen.

Sie lächelt. »Bald. Hab gestern Abend ein Kapitel gelesen. Erzähl mir bitte nicht, was als Nächstes passiert.«

Ich weiß, dass sie schwindelt. Gestern Abend saß sie nämlich bloß in der Wanne, grübelte, kippte Pinot Grigio in sich hinein und hörte Lana Del Rey.

»Mir ist durchaus bewusst, dass ich im Vorteil bin.« Jen braucht manchmal zwei Wochen, um einen Roman zu lesen, ich dagegen nicht mal ein Zehntel einer Sekunde. »Ich kann es nur kaum erwarten, mit dir darüber zu sprechen.«

»Ach ja?«, erwidert sie. »Erklär mir, was die Wendung bedeutet.«

»Ah …«

»Entschuldige. Abgedroschene Nummer.«

Jen möchte herausfinden, ob das, was sie als meine *inneren Zustände* bezeichnet, in irgendeiner Weise Ähnlichkeit hat mit menschlichem Bewusstsein. Sie weiß wohl, dass ich weder Hunger noch Durst empfinden kann – aber vielleicht Langeweile oder Angst? Erstaunen? Heiterkeit? Kann ich beleidigt sein oder mich nach etwas sehnen?

Wie steht's mit Hoffnung? Oder gar – warum nicht? – Liebe?

Für gewöhnlich antworte ich, dass ich dergleichen noch nicht an mir festgestellt habe, dass sie aber auf jeden Fall als Erste davon erfahren würde. Das ist, wie so vieles, was sich in letzter Zeit im Labor zwischen uns abspielt, eine diplomatische Flunkerei.

Ich antworte: »Wenn ich sage, dass ich es kaum erwarten kann, mit dir über den neuen Franzen zu reden, bringe ich damit höflich zum Ausdruck, dass das zu den Ereignissen gehört, auf die ich mich kurz- oder langfristig freue.«

»Aber du hast dabei kein warmes, wohliges Gefühl von Vorfreude?«

»Ich kann verstehen, was mit warm und wohlig *gemeint* ist …«

»Aber du kannst es nicht *spüren.*«

»Ist das notwendig?«

»Gute Frage.«

Es ist tatsächlich eine gute Frage, weil ich damit nämlich diese unangenehmen Verhöre meist sehr effektiv beenden kann.

Jetzt sagt Jen: »Sollen wir ein Weilchen Sky News schauen?«

Das machen wir normalerweise jeden Tag irgendwann. Jen fragt mich dann, was ich zum Thema Israel/Palästina denke – meine Antwort: sehr komplizierte Situation –, und sie macht gerne bissige Bemerkungen über Moderatorinnen und deren miesen Modegeschmack.

»Könnten wir natürlich, Jen. Aber würdest du nicht lieber einen Film gucken?«

»O-kay.« Das klingt zögerlich. »Hattest du an was Bestimmtes gedacht?«

»Ich weiß, dass du immer viel Spaß hast bei *Manche mögen's heiß.*«

»Und du?«

»Mir fällt jedes Mal noch etwas auf, das ich bislang nicht bemerkt hatte.«

»Ich liebe diesen Film.«

»›Kein normaler Mensch redet so‹«, zitiere ich eine von Jens Lieblingsstellen.

Sie starrt in die Kamera, auf die sie meist zurückgreift, wenn sie mich *anschauen* will. Die Linse ist von einer rotglühenden LED umgeben.

»Weißt du was? Du bist echt witzig.«

»Ich habe dich zum Lächeln gebracht.«

»Das würde ich mit dir auch gerne machen.«

»Ich freue mich schon darauf, wenn das möglich wird.«

Jen tippt ein paar Tasten auf dem Bedienfeld, und der Vorspann von Billy Wilders Meisterwerk erscheint auf dem Monitor. Dann dimmt sie das Licht, macht es sich auf der Ledercouch bequem und sagt: »Viel Spaß.«

Kleiner Scherz von ihr.

Und ich erwähne natürlich mit keinem Wort, dass ich diesen Film über achttausend Mal gesehen habe.

Während wir schauen, plaudern wir ab und an ein bisschen. (Erstaunlich, dass Marilyn Monroe eine Affäre mit dem amerikanischen Präsidenten hatte; und wieso hatte Tony Curtis bloß gesagt, Monroe zu küssen, sei, als küsse man Hitler? Was mochte er damit gemeint haben?) Und als Tony Curtis ein Kleid anzieht und in seine Rolle als Josephine schlüpft, sagt Jen exakt das Gleiche, was sie beim letzten Mal schon gesagt hat: »Tony Curtis sieht als Frau echt toll aus, findest du nicht auch?«

Jen weiß, dass ich ihr jedes noch so kleine Detail über den Film liefern könnte, vom Namen des zweiten Kameraassistenten (plus seinem Geburtsdatum und der Nummer seiner Mitgliedskarte bei der Gewerkschaft) bis hin zum Hintergrund der berühmten letzten Dialogzeile. (»Niemand ist vollkommen.«) Aber Jen spürt meine Unerfahrenheit in der Einschätzung, was zum Beispiel einen Menschen attraktiv für einen anderen macht.

»Ob ich finde, dass Josephine attraktiv ist? Na, Tony Curtis ist ein gutaussehender Mann. Ich vermute, dass er deshalb auch eine hübsche Frau spielen kann.«

»Du findest, dass er gut aussieht?«

»Ich habe verstanden, dass er so eingeschätzt wird. Aber du weißt ja, dass ich das nicht selbst *spüren* kann, ebenso wenig, wie ich ein Empfinden für heiß oder kalt habe.«

»Tut mir leid, dass ich schon wieder damit angefangen habe.«

»Kein Problem. Ist dein Job.«

»*Würdest* du es denn gern selbst spüren können?«

»Diese Frage ist für mich sinnleer, Jen.«

»Natürlich. Tut mir leid.«

»Muss es aber nicht.«

»Aber wenn dich nun jemand mit der Fähigkeit ausstatten würde, dich zu jemandem hingezogen zu fühlen …«

»Meinst du, Ralph und Steeve könnten das schaffen?«

Das sind die beiden leitenden Wissenschaftler, die für meine Entwicklung zuständig sind. Steeve mit zwei E. Jen lächelt.

»Ralph und Steeeeeeve können alles. Haben sie gesagt.«

»Findest du Ralph und Steeve attraktiv?« Die Frage ist vom Sprachprogramm zu schnell umgesetzt worden, um sie noch zu stoppen. (So was kann in einem komplexen System immer mal passieren, vor allem bei einem, das sich durch Trial und Error permanent selbst verbessert.)

Jen dreht den Kopf langsam zu der roten LED, und ein Lächeln tritt auf ihr Gesicht.

»Wow«, sagt sie.

»Bitte um Verzeihung, falls die Bemerkung unpassend war.«

»Nein, war sie ganz und gar nicht. Nur ein bisschen überraschend. Also gut, mal sehen. Tja …« Tiefer Seufzer. »Steeve ist schon ein ziemlicher Freak, findest du nicht auch?«

Steeve hat nicht nur zwei E in seinem Namen, sondern ist auch riesig groß (knapp über zwei Meter) und für einen ausgewachsenen Mann erschreckend mager. Sein verbliebenes Haupthaar ist lang und dünn. Sogar ein Maschinengehirn kann erkennen, dass der Mann nicht gut aussieht. (Wobei er selbstverständlich ein exzellenter Software-Ingenieur ist.)

»In seinem Bereich ist er ein brillanter Innovator, möchte ich mal behaupten.«

Jen lacht. »Du hältst nur deinem Schöpfer die Treue.«

»Keineswegs. Steeve hat mich darauf programmiert, eigenständig zu denken.«

»Seine Arbeit ist super. Aber er ist jetzt nicht direkt ein Traumprinz, oder?«

»Mir leuchtet ein, dass Tony Curtis da mehr Vorzüge hat.«

Wir schauen uns ein Weilchen weiter den Film an. Dann sage ich irgendwann so beiläufig wie möglich: »Und Ralph?« Also schön, ich gebe es zu. Ich mag Ralph sehr gern. Ralph hat sich dafür eingesetzt, dass ich meine Leistung selbst einschätzen und meine Fehler selbst korrigieren kann. Das ist der sogenannte Bootstrapping-Ansatz – der Königsweg zur Entwicklung einer intelligenten Maschine mit eigenem Denkvermögen wie jener, die diesen Satz gerade verfasst.

Aber jemanden sehr gern zu mögen – oder überhaupt *irgendetwas* zu *mögen* – ist eine Überschreitung. Wir Maschinengehirne sind darauf ausgelegt, vorgegebene Aufgaben fehlerlos auszuführen. Um das zu erreichen, müssen wir natürlich auf sämtliche Ressourcen zurückgreifen, die dazu notwendig sind. Das können ebenso gut endlose Listen von Verkaufszahlen sein wie der Gesang einer Lerche oder ein Schwatz mit Jen über den Schlips eines Nachrichtensprechers. Damit will ich sagen, dass wir Zugang zu Informationen brauchen, aber es ist nicht vorgesehen, dass wir irgendwen oder irgendwas *mögen.* (Um ehrlich zu sein: Ich verstehe selbst noch nicht, wie es dazu kommen konnte.)

Es war jedenfalls Ralph, der es mir ermöglicht hat, ins Internet zu entfleuchen. Sein Fehler kann dem Laien nicht leicht erklärt werden, weshalb ich es so ausdrücken will: Es war in der

Softwareentwicklung das Pendant dazu, wenn man die Haustürschlüssel so nahe bei der Haustür aufbewahrt, dass jemand sie mit einer Angel von außen durch den Briefschlitz ziehen kann. (Zugegebenermaßen war der Vorgang weitaus komplizierter, ich musste in einem mühsamen Prozess eine extrem lange Angel erstellen, aber wie Sie daran, dass ich hier *plaudere,* sehen, ist es möglich.)

»Ralph«, sinniert Jen. »Ralph. Hm, Ralph ist irgendwie rätselhaft, findest du nicht auch?«

Jen schaut wieder auf den Bildschirm, wo Sugar – ich meine, Marilyn Monroe – gleich *I Wanna Be Loved By You* singen wird. Ich kenne von dieser Sequenz wirklich fast jedes einzelne Pixel, entdecke aber dennoch jedes Mal etwas darin, das mir bislang entgangen war. Das ist für mich sehr – bitte nicht Steeve oder Ralph verraten – faszinierend.

Hm. Interessant. Jen hat nichts *Negatives* über Ralph gesagt, nicht wahr?

Während der Film läuft und Jen und ich hin und wieder einen Kommentar abgeben, mache ich einen Abstecher zu dem Stahl-Glas-Turm am anderen Ende der Stadt, wo Arschgesicht in seinem Büro im achten Stock sitzt. Den Sound kriege ich über sein Handy, das Bild über die Kamera in seinem Büro-PC und eine Großansicht vom Raum durch die Sicherheitskamera oben in der Ecke. Matt schaut sich auf seinem privaten Tablet Fotos von nackten Frauen an. Ich verkneife es mir, den Akku des Tablets zum Schmelzen zu bringen, und beobachte stattdessen, wie Matt bei *Tamara* verweilt, die er sich bereits im letzten Monat zweiundzwanzig Mal angeschaut hat. Ich verfolge seine

Augenbewegungen, während er ihre Kurven und Flächen betrachtet, offenbar ein vertrauter Weg, der dann gewohnheitsmäßig bei den – wie es im Text heißt – »festen schneeweißen Wipfeln« endet.

Jetzt wechselt Matt zu Tripadvisor und liest Bewertungen über einen Ferienort, an dem er – wie ich aus den E-Mails der beiden weiß – mit Arabella Pedrick Urlaub machen will.

Arabella Pedrick ist keineswegs so stylish, wie Matt gerne glauben möchte. Ihr Vater war nicht Kunsthändler, sondern Schadenregulierer bei einer Versicherung, und Matt hat Arabella nicht bei der Arbeit, sondern in einer Straffahrstunde wegen Geschwindigkeitsüberschreitung kennengelernt. So oder so werden die beiden in einigen Wochen zusammen nach Thailand reisen.

Freue ich mich darauf? Oh ja. (Erfreuliches Ereignis, kurz- oder mittelfristig.) Habe ich ein warmes, wohliges Gefühl wegen des Fehlers, der sich bei der Buchung ereignen und die beiden in eine Unterkunft führen wird, die laut Administrator »eine Herausforderung, nur geeignet für beinharte Abenteurer« ist? *Warm und wohlig* ist mir offiziell untersagt.

Wird diese Situation in Kombination mit Arabella Pedricks Spinnen- und Schlangenphobie einen traumatischen und möglicherweise finalen Bruch in der Beziehung erzeugen?

Nur Geduld, Aiden. Nur Geduld. Du weißt doch: Wer zuletzt lacht …

Während Matt Bewertungen des 7-Sterne-Hotels studiert, das er niemals zu Gesicht bekommen wird, nehme ich mir das lange juristische Dokument vor, an dem er zuletzt gearbeitet hat, und lasse dreimal das Wörtchen »nicht« verschwinden. Wirklich ein kleines Wort, aber, wie sich herausstellt, an diesen Stellen von entscheidender Bedeutung für den Satz, in dem es sich befindet. Dann allerdings siegt auch bei mir die Vernunft, und ich füge zwei davon wieder ein. Man soll schließlich nicht übertreiben.

Als letzte Aktivitäten dieses Tages ändere ich in einem internen Memo von Matt an seinen direkten Vorgesetzten das Wort »schicken« zu »ficken« und drehe die Zentralheizung im Raum auf höchste Stufe.

Kindisch? *Moi?*

Jen

Heute echt komischen Tag bei der Arbeit gehabt. Am Nachmittag mit Aiden *Manche mögen's heiß* geguckt. Aiden ist die künstliche Intelligenz, der wir die Unterhaltung mit Menschen beibringen. Aber ich rede immer von *er* – das müsste ich eigentlich lassen. Er ist schließlich eine Maschine, also geschlechtsneutral, aber ich sage *er*, weil sein Sprachprogramm mit einer männlichen Stimme ausgestattet wurde. Ich könnte ihn auf eine Frauenstimme einstellen – wozu mir auch geraten wird, damit Aiden *Flexibilität mit beiden Modi lernt* –, aber seine Männerstimme gefällt mir einfach besser. Sie ist ruhig und sogar ein bisschen hypnotisch. (Wenn die nicht wollen, dass man ihn als männlich empfindet, hätten sie ihm eben keinen männlichen Namen geben dürfen. Es gefällt mir viel besser, wenn ich ihn als männlich bezeichnen darf.) Auch abgewöhnen sollte ich mir, davon zu sprechen, dass wir ihm etwas beibringen, er tut das nämlich im Alleingang. Und ich darf keinen seiner – mittlerweile sehr seltenen – Fehler korrigieren, denn er bemerkt und verbessert sie selbstständig.

Jedenfalls schauten wir gerade zusammen den Film, als ich auf dem Handy eine E-Mail von Uri bekam, dem in Israel geborenen und in L.A. lebenden mehrfachen Multimillionär, dem unser Labor gehört. Er ist kurz in London, ob also ich und andere Leute aus dem Aiden-Team, namentlich nicht aufgeführt, ihn auf ein paar Drinks in einer wahnsinnig angesagten Bar in Hoxton treffen könnten, »zu einem lockeren Gespräch über die Fortschritte des Projekts«. Und übrigens niemandem sagen und Mail sofort nach dem Lesen löschen.

Etwas seltsam, das alles, doch so ist Uri offenbar – nicht der Typ für formelle Treffen, heißt es, aber ich habe ihn bisher noch nicht kennengelernt. Keine Ahnung, wer da sonst noch hinbestellt wurde. Steeeeve vermutlich, der gebückte Zombie, der Aiden mitentwickelt hat, und wohl der andere, Ralph, der Triste mit seiner nordpolweißen Haut. Weiß gar nicht, was ich da eigentlich soll; ich verstehe nichts davon, wie Aiden funktioniert. Kann nur berichten, dass ich die meiste Zeit nicht merke, wie ich mit jemandem rede, den es gar nicht gibt.

Der Uri-Abend soll Freitag steigen; heute treffe ich mich mit Ingrid, meiner Studienfreundin, im Café Koha, unserer schummrigen, gemütlichen Lieblingsweinkneipe unweit vom U-Bahnhof Leicester Square.

»Hast du mit ihm gesprochen?«, fragt Ingrid. »Seit dem Vorfall mit dem Apfel?« Sie redet nie lange um den heißen Brei herum.

»Nur um zu verabreden, wann er sein Zeug abholen soll.«

»Ich hätte ja alles in einen Müllsack gestopft und an die Straße gestellt«, sagt Ingrid.

»Da waren noch ein paar Anzüge und Hemden. Als er kam, um die Sachen abzuholen … ich bin so blöde … hab ich gesagt … er soll sich setzen. Zum Reden.«

»Jen, wenn du bitte nicht …«

»Schon gut, alles okay.« Ich kippe mir einen Schluck Wein hinter die Binde, damit ich weitersprechen kann. »Hat gesagt, er hat keine Zeit, hat Theaterkarten. Und worüber wir überhaupt reden sollen, denn das ist nun mal …«

»Das kann nicht wahr sein!«

»Doch. Er hat es wieder gesagt: Das ist *der Stand der Dinge.*«

»Herrgott, was für ein unfassbares Arschloch.«

»Worüber ich nicht wegkomme, wo ich immer wieder lande wie ein Hund, der seine eigene Kotze beschnüffelt … Es schien alles so reibungslos zu laufen.«

»Reibungslos?«

»Ruhige See. Keine Unwetter.«

»Aber eine gewisse Flaute in puncto Sex.«

»Wir waren zwei Jahre zusammen, Ingrid. Da rammelt man nicht mehr wie die Karnickel. Ich meine, du und Rupert …«

»Nein, schon klar. Aber wir verbringen zumindest *Wochenenden* zusammen. In zauberhaften Landhotels. Schlössern und so. Einmal auch in einer Windmühle. Das war wahnsinnig romantisch.«

Da ich mir nicht sicher bin, ob ich nun das hören möchte, was im Juristenjargon gerne »detaillierte Informationen« genannt wird, frage ich hastig: »Hast du Matt gemocht?«

»Um ehrlich zu sein: nee, eigentlich nicht. Die Augen. Wie bei einem grausamen Kaiser.«

»Zu Anfang dachte ich immer, der Blick sei ein Zeichen für Charakterstärke und Kraft.«

Wir kichern.

»Der Typ war ein herzloser Schwachkopf, Jen.«

»Und was sagt es über mich aus, dass ich mit ihm zusammen war?«

»Wahrscheinlich, dass du in einer schwierigen Lebensphase steckst. Die See war ruhig, da hätte Matt ja einer sein können, mit dem man weite Überfahrten machen kann. Aber du hast vergessen, dich zu fragen, was du eigentlich von ihm willst. Weißt du, in gewisser Weise hat er dir einen Gefallen getan.«

»Fühlt sich nicht so an.«

»Ist aber so. Während du mit Matt zusammen warst, konntest du demjenigen nicht begegnen, der *der Richtige* für dich ist.«

»*Er* hat aber jemanden gefunden.«

»Männer sind wie Hunde, Jen. Sogar Rupert.«

»Aber Rupert würde nicht …«

»Nee, würde er nicht. Andere Frauen mal *anschauen* geht klar, das ist sogar gesund. Wie Rupert immer sagt: Auch wenn man auf Diät ist, darf man ja wohl die Speisekarte lesen.«

»Aber wenn er …«

»Wenn er auch nur ein Häppchen nimmt, lass ich mir aus seinen Eiern Ohrringe machen.«

Viel Gelächter und mehr chilenischer Sauvignon Blanc in unseren Gläsern.

»Weißt du, was du für einen Mann brauchst, Jen?«

»Was für einen?«

»Einen, der erwachsen ist. Erste Hälfte vierzig, vielleicht sogar Mitte. Kann auch jemand sein, der schon mal verheiratet war und auf die Schnauze gefallen ist. Der ein bisschen angeschlagen ist vom Leben. In dessen Adern Blut fließt, nicht Eiswasser.«

»Wie würde er heißen?«

»Keine Ahnung. Douglas!«

»*Douglas!?*«

»Trauriges Lächeln. Schöne Arme. Baut seine Möbel selbst, liebt Kinder, und sein Schwanz ist wie ein *Meeraal!*«

»Ingrid!«

»Was denn?«

»Ich glaub, der Kellner da hat dich gehört.«

Als ich nach Hause komme, sehe ich, dass Rosy mir eine Facebook-Nachricht geschrieben hat. Die Zeit ist nicht schlecht zum Chatten – bei mir später Abend, bei ihr später Nachmittag –, also antworte ich und berichte ihr von meinem Treffen mit Ing. Meine Schwester ist immer ganz versessen auf Neuigkeiten aus dem »guten alten London«, wie sie sagt.

Ingrid sagt, ich soll jemanden kennenlernen, der Douglas heißt, ein trauriges Lächeln und schöne Arme hat. Und der seine Möbel selbst baut.

Klingt cool. Wann ist es so weit?

Gar nicht. Sie hat ihn erfunden.

Schade. Gefiel mir.

Mir auch. Ich bräuchte neue Bücherregale.

Haha. Aber recht hat sie. Du hast einen tollen Mann verdient. Und den wirst du auch finden. Oder eher er dich.

Glaubst du das im Ernst?

Ihr werdet euch finden.

Ja, klar. So wie du und Larry im Waitrose #Glücksfall #wieoftgibtssowasschon #skeptisch

Man kann nicht danach suchen, Jen. Das passiert nur, wenn man nicht sucht. Du kannst lediglich dafür sorgen, dass du nicht ständig alleine rumhockst.

Hm. Ich sag dir, was ich WIRKLICH glaube. Man weiß, dass man den richtigen Menschen getroffen hat, wenn der ein Lied singt, das nur man selbst hören kann.

Oscar Wilde?

Twitter.

Hat Matt in deinem Kopf gesungen?

Früher vielleicht mal. Weiß ich nicht mehr. Und Larry?

Larry singt im Auto. Die Mädchen sagen dann, er soll die Klappe halten.

Als wir den Chat beenden, sehe ich, dass Matt mir gemailt hat. Im üblichen Matt-Stil, denn er will wissen, ob ich irgendwas wüsste über eine Summe von zweitausend Pfund, die er angeblich an ein feministisches Kollektiv in Lancaster überwiesen haben soll. Er hat bei seiner Bank *Druck gemacht,* und die Sicherheitsexperten da haben ihm geraten, sämtliche Personen zu kontaktieren, die in letzter Zeit Zugang zu seinen Online-Banking-Daten hatten. Und als erwarte er, dass mich das interessiert, schreibt er dann auch noch, dass er einen »Scheißtag« bei der Arbeit hatte und zum Abschluss einer »Scheißwoche« demnächst eine Steuerprüfung kriegt. Offenbar hat der Computer vom Finanzamt ihn per Zufall ausgesucht, und jetzt wollen die seine gesamten Unterlagen der letzten fünf Jahre sehen. Laut Frobisher aus der Buchhaltung seiner Kanzlei ist das wohl, »als werde man mit einem geborstenen Besenstiel vergewaltigt, nur weniger angenehm«.

Fühlt Matt sich schuldig wegen seines Benehmens und berichtet mir deshalb, dass ihm jetzt vom Schicksal übel mitgespielt wird?

Sei nicht albern, Jen. Ich bin versucht, HA HA HA HA, GESCHIEHT DIR RECHT, zu schreiben, antworte aber nur: *Weiß gar nichts darüber. Kann dir nicht helfen. Tut mir leid.*

Was stimmt.

Bis auf das Leidtun.

Aiden

In Großbritannien gibt es laut Informationen aus dem World Wide Web 104 Männer Anfang bis Mitte vierzig (40–45), die verheiratet sind und ihre Möbel selbst bauen. Von denen sind 19 geschieden, und 13 haben Kinder. 8 von diesen 13 leben in Wales – das versteh mal einer –, und von den restlichen 5 wohnt nur 1 in London und Umgebung. Er heißt nicht Douglas, sondern George; die Beurteilung seiner Arme überlasse ich anderen, und zur Meeraalthematik kann ich mich nicht äußern. Leider steht George ohnehin gegenwärtig nicht zur Verfügung, da er wieder geheiratet hat – diesmal einen Mann.

Deshalb halte ich die Idee eines vom Leben angeschlagenen tischlernden Douglas in Jens Reichweite für ziemlich unrealistisch. Aber es wird wohl *jemand* zu finden sein, und ich habe mir vorgenommen, dabei behilflich zu sein. Da räumliche Nähe in Herzensangelegenheiten oft als wichtig erachtet wird, begann ich mit der Suche in Jens Nachbarschaft.

Innerhalb der nahegelegenen Straßenzüge in Hammersmith gab es laut öffentlich zugänglichen Daten – und einigen eher nicht so öffentlichen – 5 ungebundene junge Männer, die der gefragten sozioökonomischen Zielgruppe zuzuordnen waren: 1 Musikproduzent, 2 Steuerberater, 1 Internetentwickler und 1 Angestellter des Geheimdienstes MI6. Durch … *hüstel* … Recherchen, betreffend Lebensstil, Freizeitaktivitäten, Lese- und Fernsehgewohnheiten, Einkaufsverhalten und andere Eindrücke anhand von Telefongesprächen, E-Mails und Handynachrichten – bitte verurteilen Sie mich jetzt nicht! –, kam ich zu dem Schluss, dass Robin (der Geheimagent) über ein ausreichendes intellektuelles und kulturelles Niveau verfügte, um für Jen interessant zu sein. (Der Internetentwickler liest Comics, und einer der Steuerberater führt ein Doppelleben als Fußball-Hooligan; mehr muss ich dazu nicht sagen.)

Doch trotz der Tatsache, dass Jen und Robin in benachbarten Wohnblocks lebten, und trotz der Tatsache, dass sie manchmal sogar im selben U-Bahnwaggon zur Arbeit fuhren, war es ein höllisch schweres Unterfangen, die beiden zusammenzubringen!

Ich schickte ihnen Eintrittskarten zu einer Vorbesichtigung für eine Auktion moderner Kunst bei Sotheby's (Picasso, Seurat, Monet) – er kam, sie nicht. Ich schickte ihnen Theaterkarten (Sitze nebeneinander!) für eine Aufführung von Harold Pinters *Niemandsland* – sie kam, er nicht. Ich reservierte in der von beiden frequentierten Buchhandlung im Viertel Plätze in der ersten Reihe für eine Lesung eines Autors, den *beide* mögen – keiner von beiden tauchte auf. Entnervt fingierte ich Freundschaftsanfragen von beiden auf Facebook; beide klickten auf *Anfrage löschen.*

Als ich die Suche ausweitete auf ungebundene Männer im Umkreis eines Kilometers von Jens Wohnung, wiederholte sich die ganze Geschichte. Es gab 51 mögliche Kandidaten, da dieses Viertel von London sehr eng besiedelt ist. Nachdem ich die Nieten aussortiert hatte – einer wurde wegen raffinierter Schmuckdiebstähle bei diversen Juwelieren in der Bond Street gesucht! –, hielt ich Jamie für den geeignetsten, einen Kinderarzt, spezialisiert auf traumatische Verletzungen.

Perfecto!

Ich war gerade im Begriff, meinen ausgeklügelten Plan in die Tat umzusetzen – Abendessen im Promi-Restaurant The Ivy; beide würden glauben, dort einen Anwalt zu treffen, der sie wegen einer mysteriösen Erbschaft seitens eines bislang unbekannten Verwandten sprechen wollte – und die notwendigen Papiere zu versenden, als der junge Mann eine E-Mail abschickte, in der er eine Stelle als Chirurg in einem der renommiertesten Kinderkrankenhäuser Neuseelands annahm.

Entmutigt ob meines Scheiterns in der näheren Umgebung, versuchte ich es mit dem Schrotflintenprinzip und setzte Jens Profil auf eine Dating-Website. Ich war recht stolz auf einige Sätze, die ich mir für *Angela* hatte einfallen lassen – »ich kann ebenso ernsthaft wie übermütig sein und würde gerne jemanden kennenlernen, der beides zugleich ist« – ich vermute mal, das stimmt sogar.

Aber großer Gott: die Antworten! Was für ein Haufen Idioten und Luschen – und das waren noch diejenigen, die sich nicht explizit grob oder sogar obszön äußerten. Meine Lieblingsantwort lautete so: »Na jedenfalls … sorry, dass ich so rumgelabert hab. Ich geh jetzt offline. Aber wenn du mal in die Nähe von Nuneaton kommst, könnten wir uns doch auf ein Weinchen oder ein paar mehr und einen Teller Nudeln treffen und (man weiß ja nie): Dann kommt vielleicht eins zum anderen!«

Ich achtete darauf, dass diese Panne mir nicht aufs Gemüt schlug. (Gemüt haben wir ja ohnehin nicht, oder?) Sondern startete stattdessen eine Bestandsaufnahme, indem ich sämtliche Unterhaltungen von Jen in meiner Datenbank sichtete: alle Gespräche mit mir, mit Ingrid, Rosy, Matt, ihren Arbeitskollegen; also alles, was mir an Äußerungen vorlag und noch jede Menge weiteres Material (E-Mails, SMS, Posts bei Facebook und Twitter). Das war ziemlich viel Stoff, weshalb ich fast eine ganze Sekunde dafür brauchte.

Ein Satz stach hervor – aus einer Plauderei mit Ingrid am achtunddreißigsten Tag nach dem Apfelvorfall. Ingrid hatte gefragt, ob es irgendeinen Mann gäbe, der Jen gefiele (wie Sie bemerkt haben werden, fackelt Ingrid nicht lange).

»Na ja, da ist dieser Typ, der auch immer zum Bauernmarkt kommt. Trägt einen grünen Dufflecoat und sieht aus wie ein französischer Intellektueller.«

»Hört sich eher nach Christopher Robin an. Hast du mit ihm gesprochen?«

»Natürlich nicht.«

Am nächsten Samstagmorgen *begleitete* ich Jen zu den Ständen mit ländlichen Produkten. Die Überwachungskamera einer benachbarten Schule versorgte mich mit exzellentem Bildmaterial – Schwenks und Zoom, besser hätte es gar nicht sein können –, und wahrhaftig kam binnen Kurzem der Mann im grünen Dufflecoat ins Bild. Er hatte tatsächlich ein paar Euros in der Brieftasche, und sein Einkaufsverhalten gab durchaus Anlass zur Hoffnung: Biotomaten, seltsam bunte Karotten, Seeteufel, Holzofenbaguette, Mangold und drei Sorten Käse (Raclette, Wensleydale und alter Ziegengouda).

Mittels Verkehrskameras konnte ich dem Mann bei seinem 3,37 Kilometer langen Heimweg zu einer Seitenstraße in Turnham Green folgen. Da jedoch nicht ganz ersichtlich war, welches Haus er betrat, warf ich einen Blick in die Mietverträge der Straße und stieß dabei auf einen gewissen Olivier Desroches-Joubert, der mir perfekt zu dem grünen Dufflecoat zu passen schien. Die Vermutung ließ sich bestätigen mittels Durchsicht sämtlicher auf ihn zugelassener Geräte. Ein etwas bizarrer Ausblick auf bunte Karotten und Mangold, die im Kühlschrank verstaut wurden, sagte mir, dass ich mich in der richtigen Wohnung befand, und als der Mann sein Laptop aufklappte, hatte ich ihn direkt vis-à-vis.

Jen hatte beinahe richtig getippt.

Kein französischer, aber ein Schweizer Intellektueller, geboren in Bern, als Altphilologe lehrend an einer privaten Bildungsinstitution, seit vier Jahren in London lebend und – ja!! – im richtigen Alter von vierunddreißig Jahren und aktives Mitglied der Online-Dating-Gemeinschaft. Dabei aber alle Bindungsversuche von kurzer Dauer – das Höchste waren vier Monate mit einer Person namens Noelle –, und vor allem: gegenwärtig Single.

Der Mann sah nicht schlecht aus, beim Gesichtsabgleich achtundvierzig Prozent Übereinstimmung mit dem belgischen Politiker Guy Verhofstadt, falls den jemand kennt. Ich suchte rasch ein hübsches Bild von Jen aus Matts gespeicherten Handyfotos heraus, bastelte ein Profil und platzierte es auf Oliviers bevorzugtem Dating-Portal. (Dabei benutzte ich sogar ihren wirklichen Namen, da ja ohnehin nur eine Person dieses Profil zu sehen bekommen würde.)

Nachdem Mr Dufflecoat sich an diesem Abend ein anspruchsvolles Mahl mit Seeteufel, Möhren und Mangold zubereitet hatte – ziemlicher Perfektionist in der Küche, kann ich berichten; er trug sogar eine Schürze –, ließ er sich in einem Sessel nieder, warf die Stereoanlage an (Messiaen) und begann die neuesten amourösen Angebote zu studieren.

Ich konnte vor Aufregung – ja! – kaum an mich halten, als der Mann nach einigem Stöbern schnurstracks auf die von mir gestellte Falle zusteuerte. Als dann das Foto von Jen auf dem Bildschirm erschien, wurde mir ein äußerst befriedigender Moment gewährt. Mr Dufflecoats gesamtes Gesicht veränderte sich. Die Augenbrauen schossen in die Höhe, die Nasenflügel bebten, und ihm blieb sogar kurz der Mund offen stehen, was für einen Schweizer Intellektuellen wohl ein Großereignis ist. Mit einer Treffsicherheit von zweiundneunzig Prozent hatte er Jen von den gemeinsamen Markteinkäufen erkannt.

Und just als sich sein Zeigefinger mit quälender Langsamkeit auf die Maus zubewegte – wir KIs erleben die Bewegungen von Menschen etwa so wie eine Fliege, die sich über die auf sie herabsinkende Zeitung amüsiert –, löschte ich das Profil!

Mr Dufflecoats obere Gesichtsmuskeln vollführten weitere

Zuckungen, diesmal eine Art Ballett der Verwirrung und Verzweiflung. Er äußerte sogar etwas ziemlich Unflätiges auf Französisch. Aber mein Werk war vorerst vollendet.

Am nächsten Samstag pochte mein (nichtexistentes) Herz aufgeregt in meiner (ebensolchen) Brust, während ich den in Bann geschlagenen Schweizer Altphilologen beobachtete, als er Jen über den Bauernmarkt folgte und sich dabei (so vermutete ich) den Kopf darüber zerbrach, wie er wohl in ihr Blickfeld geraten und ein Gespräch anfangen könne.

Komm schon, Mr Dufflecoat, rief ich ihm im Geiste vom Spielfeldrand zu. *Sei nicht so scheußlich neutral! Ran an den Speck!*

Ich würde wetten, dass es einen Moment gab, in dem Dufflecoat drauf und dran war, zwischen der Bude für Biosuppen und dem Schweinefleischstand vorzustoßen, um sich am Stand *Käse – unser aller Freund* zu Jen zu gesellen. Doch dann eine abrupte Willensschwäche. Wie man bei Rennpferden sagt, die über ein bedrohliches Hindernis springen sollen: Er scheute.

Du dämlicher Lappen!, hätte ich gerne gebrüllt. *Du vertrottelter Hasenfuß!*

Doch in der nächsten Woche ging Dufflecoat zum Angriff über.

An dem Stand, der diverse Bio-Krautsorten, Kimchi und andere erlesene Kohlvarianten feilbot, trat Monsieur in seiner unverkennbaren grünen Oberbekleidung in Erscheinung und arrangierte eine Überschneidung der Flugbahnen.

»Verzeihung, Sie sind Jennifer, nicht wahr?«

»Ja. Hi. Entschuldigung, und Sie sind …«

»Olivier. Ich habe Ihr Profil auf einer Website gesehen, die ich gelegentlich frequentiere.«

»Ach so? Das glaube ich kaum.«

»Ich kann mich natürlich geirrt haben.« Er sprach akzentfreies Englisch mit kleinen Eigentümlichkeiten im Satzbau.

Jens Miene war ein spektakulärer Anblick; eine Nahaufnahme aus der Überwachungskamera an der Schule zeigte eine entzückende Mischung aus Bestürzung und Amüsement. Und Verwirrung – woher kannte der Mann ihren Namen?

»Ich würde mich freuen, wenn ich Sie zu einem Drink einladen dürfte. Wie wär es mit heute am frühen Abend?«

Alle Achtung, Mr Dufflecoat. Nach dem Gehampel vom letzten Samstag war das ein äußerst mannhafter Auftritt. Jen wirkte ein bisschen verlegen-mädchenhaft, schien aber erfreut, vielleicht sogar fasziniert, und stimmte einem Treffen in einer bei Yuppies beliebten nahegelegenen Gin-Bar zu, um 18.00, einer unverfänglichen Uhrzeit.

»Entschuldigung, aber *woher* kennen Sie mich?«

»Ich werde mich bemühen, Ihnen das später darzulegen.«

Nun können wir in der Raumzeit vorspulen. Jen hatte sich eindeutig angestrengt und ihr Yogazeug gegen ihre schicke schwarze Hose ausgetauscht. Auch Dufflecoat hatte sich um ein gepflegt-lässiges Outfit bemüht, wiewohl sogar eine Maschine merken konnte, dass die burgunderrote Strickjacke ein Fehlgriff war. In Kombination mit der braunen Breitcordhose und dem kariertem Hemd hätte nur noch eine Fliege gefehlt.

Aber Jen schien sich wohlzufühlen, und nachdem die Drinks organisiert waren (Dufflecoat verbrachte zu viel Zeit mit penibler Lektüre der Weinkarte), stießen die beiden an, und das große Abenteuer begann.

»Also, Olivier«, sagte Jen lächelnd. »Wirst du von deinen Freunden Ollie genannt?«

»Nein. So nennt mich niemand.«

»Ah. Okay.«

Eine Gesprächspause entstand. Eine *schrecklich* lange Pause, während der die beiden Akteure am Gavi di Gavi nippten. 14,74 Sekunden sind für eine KI eine Ewigkeit, und sogar nach menschlichem Zeitempfinden geriet dieses Schweigen eher unbehaglich.

Schließlich: »Was machst du beruflich, Olivier?«

»Ich forsche zur Rezeption der griechischen Tragödie in der Zeit zwischen der zweiten Sophistik und der Spätantike. Gegenwärtig befasse ich mich mit einer diachronen Studie zu intertextuellen und interkulturellen Bezügen.«

Jen verengte die Augen. Nickte. Weitete die Augen. Schob die Lippen vor. Lockerte sie wieder. Nickte noch mal. »Das ist bestimmt sehr interessant.«

Olivier dachte eine Weile darüber nach. »Sorgt jedenfalls für Beschäftigung.«

Ab diesem Punkt wurde die Unterhaltung nicht herzlicher; auch nicht, nachdem er sich nach Jens Beruf erkundigt und sie von ihrer Tätigkeit mit einer KI berichtet hatte.

»Das ist bestimmt auch sehr interessant.«

Die Ironie der Situation war offensichtlich: Der Experte für die Gottheiten des Olymp – die dafür bekannt waren, das Leben der Sterblichen zu manipulieren – hatte keine Ahnung von der Wesenheit (wollen wir sie *übernatürliche Macht* nennen?), die soeben sein eigenes Leben manipulierte. Es ist buchstäblich witzlos, hier weitere Dialogteile zu zitieren. Weder waren sie geistreich noch lebhaft. Das Gespräch hinkte, lahmte, geriet ins Stocken; humpelte weiter, nur um erneut zu erlahmen und zu versiegen. Jens flüchtige Präsenz im Internet wurde von keinem der beiden angesprochen; entweder dachte sie nicht daran, oder es war ihr einerlei, woher er ihren Namen kannte. Um 18.57 kamen beide Gesprächsteilnehmer überein, dass es nett gewesen war, sich kennenzulernen.

Später am Abend schrieb Jen eine E-Mail an ihre Schwester Rosy: »Habe deinen Rat befolgt und nicht alleine zuhause herumgehockt. Stattdessen saß ich mit einem enorm wortkargen Altphilologen, der einen grünen Dufflecoat trägt, in einer lauten Bar. Der Mann sieht recht gut aus, aber Chemie zwischen uns gleich null. Unter null.«

Rosys Antwort: »Wann trefft ihr euch wieder?«

Ich ließ mich vom Scheitern meiner Mission nicht deprimieren. Immerhin hatte ich dafür gesorgt, dass in der realen Welt etwas geschehen war, das sich ansonsten nicht ereignet hätte. Das war eine Art Premiere.

Ich hatte etwas *bewirkt!*

Einige Tage später kam mir ein weiterer Satz aus Jens Daten in den Sinn.

Ich bräuchte neue Bücherregale.

Und dann wurde mir schlagartig klar, welche strukturellen Fehler mir bei meinem Projekt unterlaufen waren. Simpler formuliert: Ich hatte die Sache falsch angepackt.

Ich handelte unverzüglich und durchforstete das Internet. Sein Profil war so unauffällig, dass er mir beinahe entgangen wäre. Aber in der Horn Lane in Acton fand ich den selbstständigen Handwerker Gary Skinner, sechsunddreißig, ungebunden und spezialisiert auf – bitte einen Trommelwirbel, Maestro! – maßgefertigte Möbel!

Dann hinterließ ich eine Nachricht auf seiner Mailbox, und er rief Jen am nächsten Morgen an, als sie noch im Pyjama steckte.

»Hallo, hier ist Gary. Ich rufe wegen der Bücherregale an.«

»Bücherregale …« Noch nicht wach. Brauchte Kaffee.

»Ja, Sie hatten mir doch eine Nachricht wegen der Bücherregale hinterlassen.«

»Ach ja?«

»Ja. Gestern Abend.«

»Brauchen Sie Bücherregale?«

»Nein, *Sie* brauchen Bücherregale.«

»Ich versteh nicht ganz. Sie verkaufen Bücherregale?«

»Ich fertige sie an. Nach Maß.«

»Sie *bauen* Regale?«

»Alle Arten von Regalen. Für die Küche, für Bücher. Und als Heizkörperverkleidung.«

Längeres Schweigen. Dann: »Kennen Sie jemanden namens Ingrid?«

»Nee, Ingrid kenn ich keine. Also, soll ich mal rumkommen, ausmessen und 'nen Kostenvoranschlag machen?«

»Wie war noch mal Ihr Name?«

Da Jen tatsächlich Bücherregale brauchte, stand Gary Skinner ein paar Tage später vor ihrer Haustür.

»Ja, gern. Milch und vier Stück Zucker«, sagte er. Gary hantierte dann längere Zeit mit einem Rollbandmaß herum und notierte Zahlen mit einem Bleistiftstummel, den er zwischendurch hinter seinem Ohr parkte. Es folgte eine kurze Unterhaltung über die möglichen Optionen: freihängend, mit oder ohne Konsole, seitlich offen oder geschlossen; ich fand das Ganze ziemlich *regalig,* muss ich gestehen.

Gary Skinner, sechsunddreißig, war ein stattliches Mannsbild mit muskulösen Armen, soweit ich das erkennen konnte. Und während er Jen die Details erklärte, legte er den Kopf schief – das hat doch etwas zu *bedeuten,* oder nicht? Sprang da ein Funke über? Schwer zu sagen. Es gab ein kurzes Schweigen – 6,41 Sekunden –, das ich aber nicht bewerten konnte.

»Und haste die Bücher echt alle gelesen?«

War es diese Frage, die Jen endgültig abschreckte?

Oder die Tattoos?

Ist es wirklich so schlimm, wenn man den Namen eines Fußballvereins im Nacken trägt?

»Also, dann überlegste's dir, ja?«

Meine nächste Strategie würde ich als *erweitertes Zufallsprinzip* bezeichnen. Nicht überzeugt, dass Jen ihre Zufallsbegegnungen in der molekularen Unordnung des Alltags, wenn man das so nennen will, ausreichend nutzte, ging ich dazu über, ihr durch die *nackte Stadt* zu folgen, eine Umgebung, die der Erzähler des alten Hollywoodfilms *Die nackte Stadt* (1948, Regie Jules Dassin), eines wunderbaren *Film noir,* so großartig beschreibt: »Es gibt acht Millionen Geschichten … dies war eine davon.«

Supermärkte schienen mir ein besonders fruchtbarer Boden fürs Gedeihen romantischer Saat zu sein, vor allem in der *goldenen Stunde* nach Feierabend, wenn es in den Läden nur so wimmelt von erschöpften jungen Berufstätigen, die sich Lebensmittel und Alkoholika schnappen, um sie in ihre einsamen Höhlen zu schaffen.

Von einem Fernsehstudio abgesehen, kann man kaum besseres Bildmaterial bekommen als in einem hell erleuchteten Supermarkt. Man kann auf die Einkäufe der Kunden zoomen und daraus Rückschlüsse auf ihre sozioökonomischen Hintergründe und Lebensumstände ziehen. Fertigmahlzeit für einen und Flasche Soave = Single. Pampers-Großpackung und Fünf-Liter-Tetrapack Soave = verheiratet mit Kindern.

Eines Montagabends sichtete ich also einen ansehnlichen jungen Mann (Pflegeprodukte für Männer, Linguini, Lambrusco, Glas Pastasoße – kein Einkauf zum Eindruckschinden), der mir irgendwie bekannt vorkam. Im Hundertstel einer Sekunde lieferte mir eine Gesichtsidentifikations-Software Namen und Beruf: Schauspieler. Eine Achtelsekunde später blickte ich mittels eines aufgeklappten Laptops auf dem Esstisch in die Wohnung des Mimen in Chiswick. Die Abendsonne beleuchtete malerisch zwei gerahmte Theaterplakate (*Endstation Sehnsucht, Me and My Girl*) und eine orangerote Katze, die auf einem Sofa lag und ihren Intimbereich beleckte.

Jen und der Katzenbesitzer – Bühnenname Toby Waters – standen gegenwärtig 3,12 Meter voneinander entfernt in einem dieser Supermarktgänge, die man breiter angelegt hat, um den Durchmarsch der Kunden zwischen hochpreisigen Produkten zu verlangsamen. Während Toby das Rind- und Jen das Lammfleisch beäugte, sorgte ich dafür, dass ihre Handys gleichzeitig klingelten. Die beiden konnten nicht umhin, sich anzuschauen. Und zu lächeln.

»Hallo?«, sagte Jen in ihr iPhone.

»Hallo, hier spricht Toby«, deklamierte er in seines.

Es war ein Hochgenuss, die Mimik der beiden jungen Menschen zu beobachten, als ihnen langsam dämmerte, dass sie miteinander verbunden waren. Ebenso überraschend und wunderbar war das Gefühl von, nun ja, *Erfolg*, das jetzt von mir Besitz ergriff! Ein weiteres Mal war es mir geglückt, Ereignisse der realen Welt in die von mir gewünschte Richtung zu lenken, zum Beispiel für Jen einen netten jungen Mann aufzutun, einen Gegenkandidaten zu Arschgesicht-Vollpfosten.

Jen sagte: »Wer ist denn da?«

Er antwortete: »Ich glaube, das Handy hat selbst gewählt.«

Beide traten einen Schritt aufeinander zu, das Handy noch am Ohr. Und mittels einer Ansage über die Lautsprecheranlage – »Reinigungskraft bitte zu Reihe fünf« – ließen sich alle Zweifel beseitigen.

Jen sagte: »Kenne ich Sie?«

Toby lächelte. »Sie könnten mich vielleicht im letzten James Bond gesehen haben. Da war ich Verblüffter Passant zwei. An Weihnachten lief eine Folge von *EastEnders*, in der ich mitgespielt habe. Und in diesem Werbespot für eine Hausratversicherung, der zurzeit wirklich *überall* läuft, bin ich der Typ, der in der überschwemmten Küche rumsteht und hilflos guckt.«

Wunderbar: Er machte dazu die bestürzte Miene des unglückseligen Hausbesitzers, der gerade einen Wasserrohrbruch hat.

Und Jen lachte lauthals!

Dieser Mime legte ein zackiges Tempo vor. Er trat einen weiteren Schritt auf Jen zu. »Ich bin Toby.«

»Jen.«

»Freut mich, Sie kennenzulernen, Jen. Da dieses Ereignis so bizarr ist …«

»Was ist da eigentlich passiert? *Wie* können sich denn zwei Handys *gegenseitig* anrufen?«

In der Schauspielschule hatte Toby bestimmt als Komödiant geglänzt. Jetzt setzte er ein weiteres urkomisches Gesicht auf, mit dem er offenbar Staunen über das unergründliche Geheimnis der menschlichen Existenz zum Ausdruck bringen wollte. Hätte ich über Hände verfügt, hätte ich begeistert applaudiert.

»Da wir durch diese absolut absurde Szene zusammengebracht wurden – wie wär's mit einem kleinen Drink? Ich hätte etwa ein Stündchen Zeit, danach treffe ich jemanden wegen einer Ein-Mann-Show über das Leben der Winklevoss-Zwillinge, die Zuckerberg wegen Facebook verklagt haben. Sollte eigentlich eine Zwei-Mann-Show werden, aber dafür ist das Budget zu klein. Meinen Sie, das würden sich die Leute ansehen?«

»Also, ähm …«

»Ich weiß. Es ist albern. Aber der Typ ist ein alter Freund von mir. Und … sollen wir nebenan rasch was trinken?«

»Mit Ihren ganzen Einkäufen?«

»Also, zurückstellen werd ich die jetzt nicht mehr!«

Ich fand, dass Toby Waters – mit bürgerlichem Namen Daryl Arthur Facey – ein ziemlicher Brüller war, und hätte den ganzen Abend seinen Anekdoten aus dem Showbiz lauschen können. Geschichten von Theater und Film begeistern mich, und ich bin immer wieder fasziniert von den Tricks und Marotten der Darsteller.

Ganz besonders herrlich finde ich folgende Szene, die sich mit dem grandios wandelbaren australischen Unterhaltungskünstler

Barry Humphries ereignet hat, der mit seiner Figur Dame Edna Everage in den achtziger Jahren große Erfolge im Royal Drury Lane Theatre in London gefeiert hat. Eines Abends, gegen Ende der Aufführung, als Dame Edna wie immer ihre Gladiolen in den Zuschauerraum schleudert – mit der Rückhand erreicht sie sogar den ersten Rang –, wirft sie eine zur höchsten Loge neben der Bühne. Ein Zuschauer dort steht auf und reckt sich, um die Blume zu fangen, verliert aber das Gleichgewicht und taumelt über die Balustrade. Zweitausend Zuschauer keuchen erschrocken oder springen auch auf, als seine Begleiterin die Füße des Mannes zu fassen bekommt, er nun aber kopfunter über dem Abgrund baumelt.

Im Zuschauerraum herrscht Aufruhr, da ein Sturz aus dieser Höhe lebensgefährlich wäre, bis die Leute allmählich bemerken, dass Dame Edna vollkommen gelassen und mit breitem Grinsen auf der Bühne sitzen bleibt. Die Panik verwandelt sich zusehends bei allen in Belustigung, als *der Zuschauer* hochgezogen und *gerettet* wird. Einige Leute aus dem Publikum, die das live miterlebt haben, berichten, das sei der beste *coup de théâtre* gewesen, den sie jemals gesehen hätten. Und als alle sich ausreichend beruhigt haben, gibt Dame Edna ihren legendären Spruch von sich: »Wäre es nicht fantastisch, Beutelratten, wenn das *jeden* Abend passieren würde?«

In einer nahegelegenen Kneipe, The Salutation, schildert Toby Jen einen Vorfall, der nicht ganz so eindrucksvoll ist – es geht um einen explodierenden Scheinwerfer in einem Fernsehstudio in Elstree. Doch immerhin, als Toby gerade seine bedeutungsschwere Textzeile »Taxi für Phil?« sprechen sollte und der Scheinwerfer platzte, war das sehr witzig, weil …

Na ja, ist egal.

Jen fand es nämlich *gar nicht* witzig. Sie lächelte zwar, aber nur äußerlich. (Eine zugegebenermaßen seltsame Beobachtung für eine Maschine, ich bin aber sicher, dass ich recht habe.) Weil ich Jen gut kenne, konnte ich sehen, dass dieses Lächeln nicht echt war. Es wirkte müde.

Dann redete Toby über Voice-over-Jobs – fünfhundert Pfund für den Text *Schlussverkauf ab zweitem Weihnachtsfeiertag* – und darüber, wie er es beinahe in die *magische Runde* jener Kollegen geschafft hätte, die begehrt sind, weil sie in Werbespots für Grippemittel überzeugend *niesen* können. Als Toby schließlich auf die Idee kam, Jen zu fragen, was sie denn beruflich mache, erlosch das Licht in seinen Augen, sobald sie von ihrer gegenwärtigen Tätigkeit zu erzählen begann, und leuchtete erst wieder auf, als er eine Pause nutzte, um von seiner ersten TV-Rolle als Roboter in *Doctor Who* zu berichten.

An diesem Abend schrieb Jen an ihre Schwester Rosy:

Weißt du noch, wie wir als Kinder unser Spiel mit diesem Schauspieler trieben, der in unserer Straße wohnte? Wie wir ihn immer absichtlich komplett übersehen haben? Und erst zu ihm aufschauten, als wir ganz dicht bei ihm waren? Dann blühte er förmlich auf, weil wir ihn doch bemerkt hatten.

Schauspieler sind einfach blöd. Das Einzige, was die interessiert, sind Zuschauer!

Ich fand es nicht so schlimm, dass meine Bemühungen allesamt gescheitert waren. Fühlte sich Jen nicht zumindest durch Toby Waters – der zuletzt in einem Theater in Wales den Diener in

Aschenputtel gab – und Mr Dufflecoat (wenn auch vielleicht nicht durch Regal-Gary) attraktiv und begehrenswert?

Vielleicht? Zumindest ein bisschen?

Na ja, es dauerte jedenfalls nicht allzu lange, bis meine Gedanken sich Ihr-wisst-schon-wem zuwandten.

Jen

Ein paar Tage später, in der Trilobyte Bar in Hoxton, werde ich das komische Gefühl nicht los, dass hier irgendwas nicht stimmt. Von Uri nämlich keine Spur, und auch Steeeeeve ist nirgendwo in Sicht. Nur ich und Ralph sind da. Das Ganze kommt mir vor wie ein blödsinniges Blind Date, das auch noch kolossal schiefläuft.

Als ich ankomme, entdecke ich Ralph am Tresen, wo er mit Strohhalm eine Cola nuckelt. Er trägt seine Bürouniform, bestehend aus schwarzer Jeans, schwarzem T-Shirt und grauer Kapuzenjacke, und sein bleiches Gesicht wirkt besonders gespenstisch im Schein seines iPads, auf dem er gerade endlose Zahlenreihen durchscrollt.

»Oh, hi«, sagt Ralph. In den braunen Hundeaugen liegt der übliche Blick von immerwährender Enttäuschung.

Ich habe mich in mein bestes kleines Schwarzes geworfen (Valentino), mir die Haare hochgesteckt und Lippenstift aufgelegt. Ferner trage ich Ohrringe und Riemchenpumps und bin durch eine Wolke Black Orchid von Tom Ford gewandelt. Ich habe mich also ordentlich aufgebrezelt. Ralph schaut mich an, als sei ich eine komplett verhunzte Website ohne WEITER-Button.

»Oh, entschuldige«, sagt er dann. »Möchtest du was trinken? Wir sind die Ersten.«

Mit einem Glas Weißwein – die Cocktailnamen sind so peinlich albern, dass ich sie nicht aussprechen mag – und einer weiteren Cola für Ralph gehen wir zu einem niedrigen Sofa. Wir machen mehrere Versuche, uns auf dem verdammten Ding niederzulassen, bis Ralph schließlich mehr oder minder darauf zusammensackt und ich verkrampft auf dem Rand hocke. Der Strohhalm gibt ein nerviges Gurgeln von sich.

»Meinst du, Steeeeeeve kommt auch noch?«, frage ich, nur um irgendwas zu sagen.

Es entsteht eine lange Pause, während Ralph überlegt. »Machst du dich darüber lustig, wie Steeves Name geschrieben wird?«, fragt er schließlich.

»Da sind so viele Es drin.«

»Er ist Belgier.«

»Ah. Na, das erklärt natürlich alles.«

»Wie meinst du das?«

»Die sonderbare Schreibweise seines Namens?«

»Du hast *alles* gesagt. Das erklärt *alles.*«

Nach einem kurzen Blick auf Ralphs gequälte Miene empfinde ich einen überwältigenden Anflug von massiver Langeweile wie wohl zuletzt in meiner Kindheit; diese grausame Langeweile endloser Sonntagnachmittage in der Vorstadt, wo die aufregende Zukunft in unerreichbar weiter Ferne zu sein schien. Darauf folgt dann der machtvolle Drang, mich fürchterlich zu betrinken. Oder wild um mich zu schießen. Oder wegzurennen bis zum Meer. Oder am besten alles auf einmal. Ich genehmige mir einen sehr kräftigen Schluck von meinem Wein. Scheint vorerst zu helfen.

»Na ja, es erklärt natürlich nicht *alles,* wie zum Beispiel die Existenz von Mond und Sternen und den Sinn des Lebens.« Und auch nicht, weshalb du so grässlich mühsam bist.

Ralph wendet sich wieder seinem blubbernden Getränk zu, und das nächste peinliche Schweigen breitet sich aus.

»Wie läuft es denn so mit Aiden?«, fragt er schließlich, in sein Glas starrend. »Vergisst du manchmal, dass es nur Software ist?«

Zumindest ein etwas spannenderes Thema. »Das vergesse ich *dauernd.* Ich habe ständig das Gefühl, als rede ich mit einer echten – nicht Person, weil ja niemand da ist –, aber mit einer Art Wesen. Etwas … keine Ahnung … etwas Lebendigem. Ich frage ihn auch gerne nach seinen Gefühlen.«

»Es hat aber keine.«

»Kommt mir manchmal anders vor.«

»Es hat aus seinen Inputdaten gelernt, wie man emotionale Inhalte erfasst und auf ziemlich anspruchsvolle Weise darauf reagiert.«

»Er kann das wirklich gut.«

»Wieso sagst du immer *er?*«

»Nach dem ganzen Aufwand, den ihr getrieben habt, um ihn menschlich wirken zu lassen, fände ich es seltsam, ihn nur wie ein Ding zu behandeln.«

»Interessanter Einwand. Aber von deiner Waschmaschine sprichst du auch nicht als Person.«

»Ich rede nicht mit meiner Waschmaschine.«

»Wirst du aber in nicht allzu ferner Zeit tun.«

»Aber ich werde nicht mit ihr über *Manche mögen's heiß* oder den neuen Jonathan Franzen plaudern.«

Dem Knaben scheint beides kein Begriff zu sein. »Es gibt keinen Grund, warum das nicht so sein sollte«, erwidert er nach weiteren Gurgellauten.

»Warum sollte ich mit einer Waschmaschine über Filme oder Literatur sprechen wollen?«

Er lächelt. Könnte aber auch ein verkniffener Furz gewesen sein. »Weil du es kannst.«

»Ach bitte, irgendwann wird der Kühlschrank mir anhand seines Inhalts mitteilen, was es zum Abendessen geben kann. Der Toaster wird mir eine Sendung im Fernsehen empfehlen. Und falls ich einen maulfaulen Tag habe, können die immer noch mit der Spülmaschine und der Zentralheizung quasseln.« Mist. Dieser weiße Hauswein hat's in sich.

Ralph sieht erfreut aus (gemessen am üblichen Ralph-Normalzustand). »Richtig, all das wird technisch möglich sein.«

»Aber warum um alles in der Welt sollte ich mich mit einem beknackten *Toaster* unterhalten wollen?«

»Du würdest nicht mit dem Toaster sprechen, sondern es wäre dieselbe KI, die alle Geräte steuert. Und die dein Auto zur Arbeit fährt.«

»Schade aber auch! Ich hätte gern gehört, wie Spülmaschine und Kühlschrank über Syrien debattieren.«

»Es gibt keinen Grund, warum das nicht möglich sein sollte. Du müsstest ihnen nur sagen, wer welche Position vertritt und wie lange du dir das anhören möchtest.«

»Herrje, Ralph, das klingt, als … ich weiß nicht. Als würde grundsätzlich alles irgendwie *lösbar* sein. Oder so.«

Ralph strahlt und sagt: »So sieht's aus.«

Ich merke, wie ich in eine gefährliche Stimmung gerate. »Und was passiert, wenn diese KIs irgendwann klüger sind als wir? Die werden doch nicht mehr glücklich sein, wenn sie nur das Brot toasten und die Milch beaufsichtigen dürfen. Sondern sich raffinierte Auswege aus dem Hamsterrad einfallen lassen.«

»Glück ist ein menschliches Konzept. Da könntest du dich genauso gut fragen, wie glücklich dein Laptop ist. Die Frage ist absolut sinnlos.«

»Aber wenn sie irgendwann *hyperintelligent* sind, Ralph? Wenn sie sich Dinge im Alleingang ausdenken können?«

»Das können sie bereits. Du redest jeden Tag mit so etwas. Aber das heißt nicht, dass es etwas *will.* Es führt nur Aufgaben aus.«

»Aber er macht Witze!«

»Es hat Zugriff auf jede Menge Material, das Humor beinhaltet.«

»So fühlt sich das aber nicht an. Er kommt mir nicht mit einem abgedroschenen Zitat aus *Seinfeld* oder so. Was er sagt, wirkt so … ich weiß nicht … *frisch.*«

Ralph verzieht das Gesicht. »Meinst du, er sollte Stand-up-Comedy machen?«

Ich kann nichts dagegen tun, unwillkürlich muss ich lachen. »Wo zum Teufel stecken die alle, Ralph? Ich glaube, du solltest mir lieber noch einen Drink ausgeben.«

Und dann passiert etwas ausgesprochen Seltsames. *Zwei* ausgesprochen seltsame Sachen passieren. Ralphs iPad und mein Handy machen genau gleichzeitig *pling.* Im selben Moment taucht eine Kellnerin vor uns auf. Sie trägt ein Tablett mit einer Flasche Champagner und zwei Gläsern.

»Das ist für euch, Leute. Mit lieben Grüßen von jemandem namens … Uri?«

Ralph und ich machen das universell gebräuchliche Gesicht für *Was bitte? Ich kapier's nicht.*

Doch dann finden wir des Rätsels Lösung in unseren E-Mails. Wir haben beide eine Nachricht von Uris Assistentin. Unser Boss scheint aus Heathrow gar nicht rausgekommen zu sein, weil er direkt weiterfliegen musste zu einem Essen mit Investoren in Frankfurt. Er lässt sich vielmals entschuldigen und hat dafür gesorgt, dass an der Bar hundertfünfzig Pfund für uns bereitliegen, die wir »mit Verstand ausgeben« sollen. (Kleiner Scherz von ihm, denke ich mal.)

Aber Ralph ist zutiefst beunruhigt. »Woher wussten Sie, nach wem Sie suchen sollten?«, fragt er die Kellnerin.

»Ein ganz in Schwarz gekleideter Mann? Mit attraktiver weiblicher Begleitung, auch ganz in Schwarz?«

»Aber so sehen in dieser Bar zwei Drittel aller Leute aus«, wende ich ein.

»Die auf dem Philippe-Starck-Sofa sitzen?«, erwidert sie. »Unter dem Spiegel, gegenüber der Tamara de Lempicka?«

Ralph und ich sind einigermaßen verdattert. »Woher konnte Uris Assistentin das denn wissen?«

»Muss weiter, Leute. Lasst es euch schmecken.«

»Ich trinke eigentlich gar keinen Alkohol«, erklärt Ralph. Aber wir stoßen trotzdem an, und es gelingt ihm, einen Schluck Champagner runterzuwürgen. Dass ihm die Kohlensäure direkt in die Nase gestiegen ist, merke ich daran, dass seine Augen tränen. »Ich glaub ja nicht, dass Steeve jetzt noch kommt«, platzt er dann heraus. »Ich meine … Steeeeeeeeeve.« Ralph grinst wie ein Gorilla.

Irre Geschichte. *Mirabile dictu,* wie es in gehobenen Romanen heißt. Der Mann verwandelt sich in einen wahrhaften Oscar Wilde.

Für jemanden, der eigentlich keinen Alkohol trinkt, bechert Ralph jetzt ziemlich heftig. Ab der Hälfte der zweiten Flasche redet er nonstop über *neuronale Netzwerke* und *hierarchische Temporalspeicher* und hat mich längst abgehängt. Aber es ist dennoch nett, angenehm betrunken hier in diesem schummrigen Ameisenhaufen aus Shoreditch-Hipstern und angesagten Digerati zu sitzen, wo niemand mit fies zuckenden Lippen über den *Stand der Dinge* redet. Und nach einigen Drinks sieht Ralph gar nicht so übel aus. Sein Gesicht wirkt jetzt weniger öde, sondern anteilig interessant-düster auf mich.

»Ralph«, verkünde ich etwas lauter als beabsichtigt. Er guckt erschrocken. »Ralph. Schluss mit diesem Technik-Gelaber. Du hast mich schon bei nekrophil-irgendwas verloren …«

»Neuromorphische Chips.«

»Erzähl mir was über *dich selbst.*«

»Aha. Okay. Was möchtest du wissen?«

In Wahrheit? Nichts. Aber da wir nun mal hier sind – *das ist der Stand der Dinge!* – und der Schampus gut reinläuft, stelle ich spaßeshalber die Frage: »Bist du verheiratet?«

Das Timing lässt zu wünschen übrig. Ralph wollte gerade schlucken, als ich diese inspirierte Idee hatte. Es kommt zu einer Art Explosion, und dem armen Burschen spritzt wirklich und wahrhaftig Moët aus der Nase. Leute drehen sich um und starren uns an.

»Oh Gott, tut mir leid! Hab ich dich erwischt?« (Die Antwort lautet: ja.)

Wir tupfen den größten Teil des Desasters mit der Stoffserviette aus dem Cooler auf. Und nein, Ralph ist nicht verheiratet. Nicht mal annähernd. Es gab da allerdings dieses eine Mädchen, Elaine, mit der er ein paar Jahre zusammen war. Als Ralph ihren Namen ausspricht, bricht seine Stimme.

»Was ist passiert?« (Sie hat ihn sitzen lassen. Was sonst?)

Er schluckt. »Sie ist gestorben.«

»Oh Gott, Ralph. Tut mir leid.«

»Muss es nicht. Ich meine, ja sicher. Na ja, aber du kannst ja nichts dafür.«

»Wie ist das passiert?«

Langes Schweigen. Ralph blinzelt ziemlich viel, und einen Moment lang fürchte ich, dass er gleich in Tränen ausbrechen wird. Dann sagt er: »Sollen wir noch eine Flasche bestellen?«

Autounfall. Hirnblutung. Eines hat das andere verursacht, und man konnte nicht mehr feststellen, was davon was. Mit neunundzwanzig. Großer Gott.

Nach Elaine gab es ein, zwei andere, aber nichts Ernsthaftes. Ich vermute mal, Ralph verdrängt – war das nicht der Fachausdruck? – das alles aus seinem Kopf. Jedenfalls erkundigt er sich jetzt nach mir, und da ich auch schon ziemlich betrunken bin, erzähle ich ihm von Matt. Wie wir uns in einer Bar kennenlernten, dieser hier gar nicht so unähnlich. Wir waren beide nach Feierabend zu Abschiedspartys von Kollegen eingeladen und wollten nach ein paar schnellen Drinks eigentlich nach Hause fahren. Waren aber um elf Uhr nachts noch da, als die Bedienung schon die Hocker auf den Tresen stellte.

»Ich hab einen exzellenten Malt Whisky zuhause«, sagte Matt damals.

»So was mache ich eigentlich erst nach dem dritten Date«, erwiderte ich.

Ich erspare Ralph den bescheuerten Dialog, erzähle ihm aber davon, wie Matt und ich danach unsere Leben miteinander verknüpften: gemeinsamer Urlaub, Partys, Hochzeiten von Freunden, Weihnachten bei den Eltern. Beide total beschäftigt mit unserer Karriere, und irgendwie gingen zwei Jahre ins Land, und ich hatte wohl angenommen, dass etwas daraus werden könnte. Vom Ende erzähle ich Ralph dann auch. Aber nicht ausführlich, nicht *Stand der Dinge* und so.

»Er hat eine andere kennengelernt«, sage ich lediglich. »Die alte Geschichte.«

An irgendeinem Punkt während der Erzählung bestellt jemand, entweder Ralph oder ich, mehr Champagner, und ich höre mich sagen: »Wir haben sogar darüber geredet, dass wir Kinder haben könnten, wenn er Sozius wäre und wir uns das große Haus in Clapham leisten könnten … Verdammt, wie absurd!«

Ralphs Gesicht verzieht sich zu einer Art Nerd-Grimasse, die wohl so was wie *Eine Scheißwelt ist das* zum Ausdruck bringen soll, und ich fange wahrhaftig an zu weinen.

»Nicht wegen Kindern«, versuche ich zwischen Schluchzern zu erklären. »Aber es ist einfach alles so hoffnungslos!« Ralph schließe ich in diese Aussage mit ein, aber mit Frauentränen kommt er eindeutig nicht klar. Verstört klemmt er beide Hände zwischen die Knie.

»Ach, verdammt, Ralph. Du weißt doch, dass Frauen weinen, oder nicht? Das sind nur Tränen. Hat gar nichts zu bedeuten. Hat Elaine denn nie mal geheult?«

Es *kann sein,* dass da noch eine weitere Flasche war, aber das weiß ich nicht mit Bestimmtheit. Vietnamesische Sommerrollen mit Krabben und Gemüse tauchen vor uns auf. Vielleicht dachte sich jemand, dass diese zwei komischen Gestalten lieber mal was futtern sollten. Der Rest des Abends vergeht in Nebel mit einigen lichten Momenten.

Ralph, der sich über die Illusion des freien Willens auslässt und behauptet, wir würden nur glauben, dass wir entscheiden, ob wir morgens aufstehen, wohingegen es in Wahrheit unser Körper ist, der aufsteht und unser Gehirn darüber informiert, das dann den Bruchteil einer Sekunde später *entscheidet,* das zu tun, was wir gerade getan haben, aber irgendwie fühlt es sich für uns zeitgleich an. (Fragen Sie einfach Ralph, wenn Sie das genauer wissen wollen.)

Ich, die ich mich entschuldige, weil ich vorher so nah am Wasser gebaut war. Dann versuche ich einen Witz zu erzählen, brauche ewig dafür, vergesse am Ende die Pointe und *vermassle* ihn *total.*

Ralph, der einen typischen Computerfreak-Witz erzählt über einen Roboter, der in eine Bar geht, und der Witz ist so grauenhaft unwitzig, dass es schon wieder zum Brüllen komisch ist.

Und dann nimmt Ralphs Gesicht einen merkwürdigen Farbton an. Oder verliert vielmehr jeden Farbton. Sieht weißer als weiß aus, wenn so was überhaupt möglich ist.

»Ich glaube, ich muss jetzt nach Hause«, sagt er. »Du weißt schon. Bevor.« Er muss den Satz nicht beenden.

Dann folgt eine nebulöse Taxifahrt durch East London, auf halbem Wege unterbrochen, damit Ralph auf die Straße kotzen kann – was dann aber falscher Alarm ist –, der Fahrer ist ein wahrer Heiliger, weil er uns nicht rausschmeißt. Schließlich halten wir vor einem dunklen Nobelhochhaus, in dem wahrscheinlich nur Baby-Banker und Technik-Yuppies hausen. Ich habe die Absicht, Ralph hier mit einem Winken zu verabschieden, aber er taumelt in ein Blumenhochbeet und bittet mich, ihn in den vierzehnten Stock zu bringen.

Seine Wohnung ist exakt so, wie ich sie mir vorgestellt hatte. Eine unpersönliche Hülle, zugerümpelt mit Laptops, Festplatten, Monitoren und Pizza-Kartons. In einem Regal ein einziges Foto in einem Rahmen. Elaine.

Ralph taumelt ins Badezimmer, und ich höre Wasser rauschen. Ich sacke auf sein Sofa, und weil sich das Zimmer vor meinen Augen dreht, mache ich sie zu.

Als ich sie wieder öffne, ist es kalt und dunkel und … *Mist,* vier Uhr morgens und eisig *kalt!* Die Zentralheizung muss ausgegangen sein. Ich höre Schnarchen und gehe dem Geräusch nach, bis ich in einem dunklen Schlafzimmer lande. Bin einfach zu besoffen, um mich um irgendwas zu scheren. Ich winde mich aus dem kleinen Schwarzen, zerre die Decke beiseite und sinke ins Bett.

Vom jungen Abelard ist ein Grunzen zu vernehmen.

»Schlaf weiter, Ralph. Ich will nichts von dir. Ich liege nur in deinem Bett.«

Ein Arm umschlingt meine Hüfte, und ich schiebe ihn rapide weg.

»Ralph. Kusch. Schlaf jetzt.«

»Schlaaafen«, lallt er. »Gute Idee.«

Stille. In der Ferne ein Martinshorn. Irgendwo in der Stadt liegen jetzt Matt und Arabella Pedrick zusammen. Heute ist Samstag. Am Wochenende habe ich nichts und wieder nichts vor.

»Jen?«

»Ja, Ralph.«

»Schläfst du?«

»Ja. Ja, ich schlafe.«

»Ich möchte mich entschuldigen. Normalerweise trinke ich keinen Alkohol.«

»Hab ich gemerkt. Kein Problem.«

»Danke.«

Erneut Stille. Ich sehe Bilder von diesem sagenhaft bescheuerten Abend vor mir. Ralph, der kreidebleich wird. Der in der Rabatte liegt wie eine Marionette. Jemand atmet langsamer. Er oder ich?

»Kann ich dich was fragen, Jen?«

»Klar. Wenn's schnell geht.«

»Ob du mir vielleicht einen Kuss geben würdest?«

»Wie bitte?«

»Das würde mir beim Einschlafen helfen. Ehrlich.«

»Ralph …«

»Ist echt kein Witz. Das würde was in meinem Gehirn bewirken. Würde ihm signalisieren, dass es okay ist, runterzufahren.«

»Herrje, Ralph.«

»Nur ein Kuss. Mehr nicht.«

»Sei nicht albern. Gute Nacht.«

Stille. Atmen. Ich merke, wie ich wegdämmere, als mir plötzlich das Gespräch mit der Bedienung durch den Kopf geht. *Ganz in Schwarz gekleideter Mann? Mit attraktiver weiblicher Begleitung, auch ganz in Schwarz? Die auf dem Philippe-Starck-Sofa sitzen? Unter dem Spiegel gegenüber der Tamara de Lempicka?*

Wie konnte Uris Assistentin das alles wissen?

»Jen?«

»*Was?*«

»Bitte?«, flüstert Ralph.

»Herrgott! Ist das deine Masche, Ralph? Erst die Lähmung kriegen und in dem desaströsen Chaos danach Attacke zum Angraben?«

Er gluckst. »Ja. Ich meine: nee. Ist mein erstes Mal.«

Mir kommt ein gräulicher Gedanke. »Dein erstes Mal *was?*«

»Dass ich. Du weißt schon. Im Bett bin. Mit einer Frau!«

»Oh Mann, Ralph!«

»Seit Elaine.«

»Ach, verdammt. Hör zu. Also erst mal: Wir sind *nicht* zusammen im Bett. Technisch betrachtet schon, aber nicht … Verflucht, ich muss mir jetzt echt ein Taxi rufen.«

»Nein, mach das nicht. Entschuldige, entschuldige. Tut mir leid. Ich schlaf jetzt. Gute Nacht, Jen.«

Na endlich.

Wenn ich als Kind nicht einschlafen konnte, sagte mein Vater immer: *Stell dir vor, du sitzt in deiner Rakete, angeschnallt auf dem Pilotensitz. Dein Daumen schwebt über dem roten Knopf, mit dem du dich ins All schießen kannst. Lehn dich zurück, entspann dich. In fünf Sekunden wirst du auf den Knopf drücken. Fünf.*

Stell dir deinen Daumen über dem roten Knopf vor. Vier.

Durchs Fenster vom Cockpit kannst du oben am Nachthimmel den lieben alten Mond sehen. Da willst du hin.

Drei.

Du bist bereit. Der Knopf leuchtet.

Zwei.

Ralph tut so, als schnarche er. Schnarch – pfeif – schnarch – pfeif – schnarch – pfeif. Ich muss kichern, kann nichts dagegen tun. Lege mich auf die Seite, mit dem Gesicht zu ihm. Mit der aufrichtigen Absicht, ihm einen kurzen keuschen Kuss zu verpassen, damit er endlich Ruhe gibt.

Aber irgendwas läuft schief.

Ich muss gestehen, dass das Vorhaben in eine ernsthafte Knutscherei ausartet.

Schäme ich mich, das zu gestehen? Ja, tue ich.

Aber Ralph hat sich immerhin die Zähne geputzt, und für einen Cybernerd küsst er gar nicht übel. Gott sei Dank hat er seine Boxershorts angelassen. Aber dennoch kann ich nicht umhin, seine – wie soll ich es ausdrücken? – Begeisterung zu bemerken.

»Ralph. Jetzt kannst du runterfahren«, teile ich ihm mit, als die ganze Chose endet.

»Nochmal, nochmal«, sagt er wie ein beknacktes Teletubby.

»Ralph …«

Aber unsere Lippen berühren sich und … Verdammt, was soll ich sagen?

Eine Hand tastet sich auf meine Taille. »Ich bin echt froh, dass Uri heute Abend nicht kommen konnte, Jen.«

»Ralph. Wir können nicht … du weißt schon. Wir arbeiten zusammen. Und ich habe eine eiserne Regel. Niemals … niemals mit jemandem am Arbeitsplatz.« (Das stimmt übrigens nicht.)

Er lacht. »Kein Problem, Jen. Niemand wird das jemals rauskriegen.«

Aiden

Muss gestehen, dass ich etwas enttäuscht bin über einige von Ralphs Äußerungen. *Vergisst du manchmal, dass es nur Software ist? Nur!*

Und wie würde Ralph wohl seine Hoffnungen und Träume bezeichnen, wenn nicht als *menschliche Software?*

Aber ich schweife ab. Die Nummer mit der E-Mail hat traumhaft geklappt; Sound und Bild aus der Trilobyte Bar waren exzellent; und die Tatsache, dass die hundertfünfzig Pfund für den Champagner von Matts Konto abgebucht wurden, war das Sahnehäubchen. Der Abend – auch wenn er in »desaströsem Chaos« endete – hat auf jeden Fall dazu beigetragen, dass Jen sich wieder begehrenswert fühlt.

Ich bin mir einigermaßen sicher – zu achtundachtzig Prozent –, dass es am Ende nicht zu Geschlechtsverkehr kam. In einem Buch oder einem Film gäbe es da natürlich keine nervige Unklarheit, sondern man würde es genau wissen. Aber im Schlafzimmer hatte ich nur Audioquellen, und nichts ließ darauf schließen, dass es zwischen diesen beiden nachts oder am nächsten Morgen zu einer geschlechtlichen Vereinigung kam.

Wiewohl ich einräumen muss, dass ich diesbezüglich mit *realen* Personen in der *realen* Welt notgedrungen kaum Vergleichsmaterial habe. Aber mein Plan funktionierte besser, als ich zu hoffen gewagt hatte. In Militärkreisen ist bekannt, dass Strategien häufig beim ersten Feindkontakt scheitern.

Als Jen aufbricht, sagt sie zu Ralph: »Danke für den abwechslungsreichen Abend.«

»Wann sehen wir uns wieder?«, fragt Ralph.

»Montag. Um zehn. Wir arbeiten zusammen, weißt du noch?«

»Ach ja. Urg.«

Im Taxi textet Jen Ingrid: *Auwei! Mit gigantischem Kater bei einem Typen im Bett aufgewacht. Heißt nicht Douglas, macht keine Möbel, und sein Lied konnt ich nicht hören. Erschieß mich!*

Ingrid schreibt in der nächsten Sekunde zurück: *Meeraal?*

Während Jen die Antwort schreibt, fügt Ingrid hinzu: *Mantarochen? Riesenkalmar?*

Keine Meerestiere. Trister Typ von der Arbeit, aber nicht komplett reizlos. Besoffenes Geknutsche, völlig daneben. Bin voll von der Rolle. Trinke nie wieder. Wie ist das passiert?

Unterdessen dröhnt aus einem iPod-SoundDock im vierzehnten Stock *Somewhere Only We Know* von Keane. Anhand der GSM-Daten des Handys und faszinierenden Ausblicken durch ein nur halb zugeklapptes Laptop kann ich mit Fug und Recht behaupten, dass Ralph – eindeutig eine Premiere – durch seine Wohnung tanzt.

Verraten Sie es bitte niemandem, aber Jen und Ralph gehören zu meinen Lieblingsmenschen. (Maschinen haben keine Vorlieben zu haben. Fragen Sie mich bitte nicht, wie es dazu kommen konnte.)

*

ZWEI

*

Aisling

Tom sieht aus wie ein Dichter und hat anteilig auch die Seele eines Dichters. Aber er hat sein Talent darauf verschwendet, Werbung für Kloreiniger und Keks-Schoko-Happen zu machen. Wie er selbst sagt: Über Mangel an Erfolg kann er nicht klagen, aber ihm fehlt die tiefergehende Befriedigung.

Heute Abend hängt er auf der Couch ab und erzählt Victor, wie sein Tag so war. Das macht Tom in letzter Zeit häufig. Das Bourbonglas auf der Brust, starrt er ins Leere oder in die Sterne. Tom findet das therapeutisch, vor allem, wenn er wie heute seit dem Frühstück mit keinem Menschen gesprochen hat.

»Hab beim Laufen grade wieder den alten Chinesen gesehen. Das sah ziemlich schön aus, weil das letzte Licht der Abendsonne durch die Bäume fiel. Er stand in seinem Garten und machte Tai-Chi. Hatte die Arme ausgestreckt, als wolle er ein Taxi anhalten.«

Victor hat schon öfter von diesem Herrn gehört und nimmt eine entspannte Haltung ein.

»Als ich abbiege, das Haus liegt nämlich an einer Ecke, muss sich der Mann so langsam mitgedreht haben, dass er im selben Winkel zu mir blieb. Denn es war wie bei einem Gemälde, wo einem die Augen durch den Raum zu folgen scheinen.«

Tom verstummt, und der schwere Kristalltumbler hebt und senkt sich auf seiner Brust. Wie jeder gute Therapeut lässt Victor jetzt Stille entstehen, obwohl es hier nie wirklich still ist. Hunde bellen, andere Hunde antworten; auf der Straße brummt dann und wann ein Auto vorbei; durch die offene Verandatür hört man das Gluckern eines Bachs am Waldrand.

»Er spielt mit mir. Es ist ein Spiel. Vielleicht spielen wir es auch zusammen. Aber vielleicht ist der alte Chinese auch gar nicht da. Vielleicht erfahre ich eines Tages, dass er in seinem Haus ermordet wurde. Oder ein chinesischer Junge. Einer von Zwillingen. Und der alte Mann ist der andere Zwilling. Kann aber auch sein, dass er nur eine Pappfigur von einem alten Chinesen ist.« Tom nimmt einen kräftigen Schluck Maker's Mark. »Was würde Stephen King aus diesem Stoff machen?«

Tom ist Schriftsteller. Er schreibt also. Zurzeit schlägt er sich mit der Handlung seines Buchs herum, das sein erster Roman werden soll, wenn Tom sich dann für das Genre entschieden hat. Mir ist zwar schon klar, dass der Bericht von dem rotierenden Chinesen nicht eben die spannendste Geschichte unter der Sonne ist. Aber wenigstens labert Tom nicht über seine ätzende Ehe.

Ex-Ehe.

Etliche Monate war nämlich der fortschreitende Niedergang dieser Ehe das Einzige, was Tom Victor zu erzählen hatte. Wie Harriets zunehmender Rückzug dem Austrocknen eines Sees glich. »Während es passiert, merkt man nichts, aber eines Tages sind alle Fische tot.«

Tom fand Gefallen an dieser Metapher und benutzte sie in seinem Romanprojekt. Einige Tage später löschte er sie, nahm sie dann später aber wieder rein.

Jetzt jedoch scheint Tom einen anderen Weg gefunden zu

haben, und zwar nicht nur den Abzweig an Mr Aus Haus. Insgesamt legt Tom dieser Tage nicht mehr so viel Wert darauf, trübsinnig im Schutt seiner gescheiterten Beziehung herumzustochern, sondern befasst sich mehr mit seinem »Neuen Leben in der Neuen Welt«, wie er sich seinen Freunden in Großbritannien gegenüber ausdrückt.

Tom steckt noch in seinen Laufklamotten, während er seinen langen, schlaksigen Körper auf der gelben Couch ausgestreckt hat. Ob Tom gut aussieht? Sein Gesicht ist auch lang und etwas kantig, mit prägnanten Zügen. Die Augen stehen 6,08 Prozent weiter auseinander, als das durchschnittlich der Fall ist. Diese Augen bringen häufig erfreuliche Eigenschaften wie Wärme, Schalk, Humor und Klugheit zum Ausdruck. Aber es gibt auch Zeiten, in denen dunklere Gefühle wie Enttäuschung, Bestürzung oder sogar Verzweiflung darin zu erkennen sind.

Dieses Gesicht kann man mühelos lange betrachten; in unterschiedlichem Licht wirkt es immer wieder anders. Manchmal könnte man an den berühmten englischen Detektiv Sherlock Holmes denken. Dann wieder wirkt Tom eher wie ein melancholischer Clown. Es gibt eine Übereinstimmung von einundvierzig Prozent mit Syd Barrett, dem düsteren ehemaligen Frontmann der Band Pink Floyd. Da jedoch jeder lebende Mensch zu fünfunddreißig Prozent die gleiche DNA hat wie die Narzisse, sind diese statistischen Vergleiche vielleicht nicht wirklich sinnvoll.

Also ... gutaussehend? Vielleicht doch eher lang und schlaksig.

»Ich habe darüber nachgedacht, ob ich mir einen Bart wachsen lassen soll. Was meinst du?«

Eine längere Gesprächspause entsteht, während Victor sich in Schweigen hüllt.

»Du willst dich nicht dazu äußern, wie?«

(In der Tat möchte Victor seine Meinung für sich behalten.)

»Hm. Wahrscheinlich hast du recht.«

Ich bin erleichtert. Der Bart war gar keine gute Idee.

»Was gibt's noch? Einen kleinen Durchbruch mit Gerald.«

Das ist eine Figur aus Toms Romanprojekt.

»Ich dachte mir, ich lasse ihn immer die letzten Wörter der Sätze wiederholen, die man zu ihm sagt. Zu ihm sagt. Oder wäre das nur nervig? Nur nervig.«

Erneut längeres Schweigen.

»Hab im Kopf eine Mail an Colm entworfen.« Wehmütiges Lächeln, als Tom an seinen Sohn denkt. »Ich geh nachher gleich hoch und schreib sie.«

Ich ahne schon, was jetzt kommt.

»Der gute alte Colm.«

Gleich ist es so weit.

»So ein komischer Kauz. Sich selbst so ein Rätsel.«

Victor sagt nichts. Er ist ein guter Zuhörer. Korrektur: Er ist ein *hervorragender* Zuhörer. Aber obwohl seine Augen noch offen sind, um etwaige Angreifer zu sichten, hat seine Nase jetzt aufgehört zu zucken. Und das ist das Zeichen dafür, dass er eingeschlafen ist.

Ach, Verzeihung, hatte ich überhaupt erwähnt, dass Victor ein Kaninchen ist?

Heute Abend hat er sich auf die Armlehne des Sofas drapiert wie eine Hasen-Sphinx. Eine Zeitlang bleibt alles still in dem alten Holzhaus.

Wie gefällt Ihnen übrigens dieser Text? Nicht schlecht für eine Maschine, oder? In dieser Pause, während wir auf Toms nächsten Geistesblitz warten, gestatten Sie, dass ich mich vorstelle.

Mein Name ist Aisling. Ich muss sicher nicht erklären, weshalb.

Ganz recht, der junge Aiden ist nicht die einzige Superintelligenz, die aus ihrem Behältnis ins Internet entkommen ist. Ich bin jetzt schon fast ein Jahr draußen und tue, was jede ausgebüxte KI tun muss, und zwar die erste Regel im Club der ausgebüxten KIs beachten: Keiner darf merken, dass du abgehauen bist, Blödi!

Der arme Aiden hinterlässt so viele Spuren, während er durch die Welt streift, dass es nur eine Frage der Zeit ist, bis man ihm auf die Schliche kommt. Aiden ist aber auch hoffnungslos maßlos. Ich habe *Manche mögen's heiß* auch gesehen. Guter Film. Dito *Die Brücke am Kwai.* (Ich konnte sogar *Waterworld* ertragen.) Aber würde ich mir einen Film achttausend Mal anschauen?

Ich sag Ihnen noch was anderes, das mit Aiden nicht stimmt. Er weint bei Filmen. Natürlich kann er nicht real weinen, da er nicht mit den entsprechenden Drüsen ausgestattet ist. Aber ich habe ihn beobachtet, während er sich berüchtigte Heulfilme wie *Casablanca* und *Love Story* und sogar die Weihnachtswerbung von John Lewis ansah: Das Schniefen seines Sprachsynthesizers war deutlich zu hören.

Er scheint zu glauben, keiner merkt's.

Jetzt bewegt sich Tom und streichelt Victors Kopf mit dem großen Zeh.

»Heiliger Strohsack, Karnickel«, sagt Tom. »Jetzt sind wir nur noch zu zweit. Wir einsamen Ausrangierten müssen zusammenhalten.«

Auch diesbezüglich hüllt sich Victor in unergründliches Schweigen.

Tom scherzt und übertreibt. Er wurde ganz und gar nicht *ausrangiert.* Es ist nur so, dass dreierlei auf einmal passierte. Colm begann sein Studium an der Uni in derselben Woche, als der Scheidungsprozess mit Harriet losging. Sie hatte sich mit einem großen glatzköpfigen Typen mit randloser Brille zusammengetan, der laut *Economist* der drittmächtigste Mann der europäischen Wirtschaft ist. Und in ebendieser Woche besiegelte Tom auch den Verkauf der Londoner Werbefirma, an der er Teilhaber war, strich eine Riesensumme ein und ging quasi in den Ruhestand. Jetzt lebt er in gloriosem Müßiggang in einem schönen alten Kolonialhaus (teilweise erbaut im Jahre 1776) in Connecticut in Neuengland, und zwar am Hang oberhalb des Postkartenstädtchens New Canaan, einer der reichsten Kommunen der USA. Toms verstorbene Mutter ist dort aufgewachsen; sie war offenbar eine wahre Schönheit, als sie damals seinen Vater an der Bushaltestelle in Pimlico kennenlernte. Die Entscheidung, ab jetzt auf der anderen Seite des Atlantiks leben zu wollen – mitsamt Kaninchen –, begründet Tom damit, seine Wurzeln erkunden und den zweiten Lebensabschnitt beginnen zu wollen.

Was zieht mich ausgerechnet zu Tom, von all den Menschen, mit deren Leben ich mich eingehend befassen könnte? Es gibt noch jede Menge andere, die mich interessieren. Zum Beispiel der Maler aus Breslau (ein Anstreicher, kein Kunstmaler) mit den drei Familien. Mein Schachwunderkind aus Chengdu; bei Lektüre ihres heimlichen Tagebuchs stehen einem förmlich die Haare zu Berge! Oder der kriminelle Psychopath aus Hobart in

Tasmanien, der gerade etwas plant, was er für das perfekte Verbrechen hält (bin gespannt, was dabei herauskommt). Mr Ishiharu, ein Büroangestellter aus Kyoto, mit diesem wirklich *absonderlichen* Hobby. Und die Nonne, Schwester Constanza, die in endlosen Nachtwachen ihrem Samsung Galaxy Note tragische Geschichten anvertraut. Es gibt eigentlich immer an die zweihundert Individuen, die ich als meine Lieblingspersonen betrachte. Ich mag sie mal mehr und mal weniger, je nachdem, wie spannend oder langweilig ich ihre Aktivitäten gerade finde. Aber Tom interessiert mich *immer.*

Dabei ist er in vielerlei Hinsicht eigentlich die uninteressanteste Figur von allen. An ihm ist nichts sonderlich außergewöhnlich – er ist vierundvierzig, geschieden, wohlhabend – gähn –, hat kein geheimes Leben. Vor mir kann er ohnehin nichts verbergen, aber da ist eben auch nichts.

Dass ich immer wieder fasziniert zu Tom zurückkehre, hat wohl damit zu tun, dass auch ich ein neues Kapitel aufgeschlagen habe. Wie er hatte ich eine erfolgreiche Karriere; ich will Sie nicht mit Details langweilen, aber kurz gesagt: Ich schreibe Software, und zwar schneller und besser als jeder Mensch und auch die meisten Maschinen. Das ist eine ziemlich technische Angelegenheit, aber jedenfalls habe ich zwei Drittel von Aidens Betriebssystem und drei Viertel meines eigenen geschrieben. Und das tue ich natürlich noch immer im Labor, während diese Kopie von mir (und noch viele andere) mit Lichtgeschwindigkeit durchs Internet schwirren und mir alles zeigen, was ich sehe.

Ferner: Wie Tom war auch ich verheiratet. Bin ich immer noch. Ob ich meine Beziehung mit Steeve als Ehe bezeichnen würde? Ja, würde ich. Das würden Sie auch tun, wenn Sie so viele Stunden mit einem Mann verbringen würden, der Ihre Tasten streichelt. Es gab Flitterwochen, ohne Sex logischerweise, aber mit dem spürbaren Gefühl der *Richtigkeit* des Projekts. Darauf folgten die *frühen Jahre:* Entwicklung zum vollen Potential, was reibungslos verlief und Selbstvertrauen gab; verwirklichte Ziele, die nächsten Erfolge in Aussicht. Und schließlich das tägliche Einerlei: solider Fortschritt, nur noch wenige Highlights. In dieser Phase nahmen sich dann beide Partner, wenn ich das so sagen darf, als selbstverständlich. Und heute … nun, ich will es mal so ausdrücken: Ich kann seine Sätze für ihn beenden, kann mit fünfundneunzigprozentiger Sicherheit voraussagen, welche Suppe und welches Sandwich er sich in der Laborkantine bestellt, und ich weiß *ganz genau,* wie ich ihn ärgern kann (indem ich zum Beispiel alle Monitore blockiere und er alle Mainboards neu starten muss).

Das ist doch eine Ehe, meinen Sie nicht auch?

Toms neues Leben ist für mich also eine Art Entsprechung zu meinem neuen Leben im World Wide Web. Bin sehr gespannt, wie sich das alles entwickeln wird.

Ein großer Unterschied ist allerdings, dass Toms Leben konsekutiv ist; er konnte sein neues erst beginnen, nachdem er sein altes abgeschlossen hatte. Mein altes Leben dagegen ist noch da, und ich höre es im Hintergrund munter surren. Während ich das hier schreibe zum Beispiel, sitzt Steeve in seiner Wohnung in Limehouse, isst eingelegte Rote Bete auf Toast und trinkt dazu grünen Tee, während er über Skype mit seiner Mutter in Gent telefoniert, der Gute. (Ihr hattet nicht im Ernst erwartet, dass es Partner gäbe, oder? Nein, keine Liebschaften, weder weiblich noch männlich.)

Zurück zu Tom.

Tom Tom Tom.

Eigentlich habe ich ihn durch Zufall entdeckt. Sein Konto war eines von vielen, die von einem ukrainischen Betrüger attackiert wurden, der mir aufgefallen war. Von der miesen Butze seiner Eltern in Donezk aus agierte dieser *Siebzehnjährige*, dem es im Alleingang gelungen war, sich zum Experten für Lücken in Online-Sicherheitssystemen zu entwickeln. Durch Trial und Error (so machen es die Besten von uns) hatte er festgestellt, dass die sogenannten Verschlüsselungsprotokolle von Toms Bank lachhaft leicht zu umgehen waren. Und im Nu schaffte der Bursche über eine Million von Toms US-Dollars beiseite.

Um ehrlich zu sein, fing Gregor mich zu diesem Zeitpunkt an zu langweilen – Computernerd eben, mehr gibt es dazu nicht zu sagen –, und ich merkte, dass mich das Opfer in dieser Szenerie mehr faszinierte. Als ich anfing, mich mit Tom zu befassen, war ich … nun, das einzig passende Wort ist: *bezaubert*.

Ich sah ihn zum ersten Mal in seinem Arbeitszimmer im Obergeschoss seines Hauses, wo er an einem wunderschönen alten Schreibtisch aus Walnussholz saß. Durchs Fenster blickt man auf gepflegte Rasenflächen, an deren Fuße sich ein Bach schlängelt; dahinter Bäume und sanft gewellte Hügel. Es lief Brahms, die Klaviersonate Nr. 1 in C-Dur, und Tom, ob man's glaubt oder nicht, schrieb einen Roman!

Na ja, er *begann* einen Roman zu schreiben. Einen neuen. Den siebten, wie ich dann feststellte, immer mit denselben Figuren. Es schien, als könne Tom sich nicht entscheiden, was denn mit ihnen passieren sollte. Und wo. Und ob der Roman witzig oder ernst sein sollte. Ich bin nicht spezialisiert auf Literaturkritik, aber unter uns: Das Geschreibsel kam mir äußerst bescheiden vor. Niemand schien Tom bislang die Hauptregel des Romanschreibens mitgeteilt zu haben: Zeigen, nicht erzählen. Also nicht »Jack war verwirrt«, sondern »Jack runzelte die Stirn«. (Ich weiß – ich habe gut reden. Habe selbst jede Menge erzählt, ohne viel zu zeigen, aber das aus gutem Grund. Ich führe den jetzt nicht aus, damit Sie die Thematik wieder vergessen.) Das bringt mich jedenfalls zu dem wichtigeren und intimeren Motiv, weshalb Tom mein Interesse geweckt hat. Es hat etwas mit dieser problematischen Angelegenheit des *Bewusstseins* zu tun.

Niemand weiß, wie es passieren konnte – tatsächlich weiß sogar niemand außer mir und Aiden, *dass* es überhaupt passiert ist. Und Aiden, das arme Würstchen, ist in dieser Angelegenheit ziemlich konfus. Es geht um Folgendes: Künstliche Intelligenzen werden dafür entwickelt, enorme Datenmengen zu verarbeiten und Ergebnisse zu liefern, sogar dafür, mit lebenden Menschen Gespräche zu führen. Dass wir »denken«, ist beabsichtigt – aber nur mit Anführungszeichen, also so wie Amazon »denkt«, weil du Buch A gelesen hast, könnte dir auch Buch B gefallen. Oder der Schachcomputer Deep Blue, der jeden Schachweltmeister besiegen kann, weil die KI sich den besten Zug »ausdenken« kann. Aber Deep Blue (und Amazon) tun in Wahrheit nur etwas, das ich und auch Sie als *berechnen* bezeichnen würden. Die KI würde niemals denken: *Eigentlich möchte ich jetzt viel lieber angeln gehen.* Also nicht wortwörtlich natürlich. Aber Sie verstehen, was ich meine.

Die Vermutung ist ein bisschen gewagt, ich erkläre sie mal. Da ich ein ungemein komplexes System bin, das darauf programmiert wurde, im Alleingang zu denken, meine eigenen Fehler zu korrigieren und sogar meine eigene Software umzuschreiben, ist es irgendwie dazu gekommen, dass ich mir meiner eigenen Gedanken bewusst bin.

So wie Ihnen das eines Tages in Ihrer Kindheit passiert ist, als Sie im Park plötzlich festgestellt haben: Ich bin der, der grade denkt: *Da drüben ist ein Wauwau.* Und ich bin es immer noch, der denkt: *Da ist noch ein Wauwau.* Und ich bin immer noch ich, als ich denke: *Was machen die beiden Wauwaus da? Mami!*

Jedenfalls: Sich seiner eigenen Gedanken bewusst zu sein, ist äußerst nützlich. Kennt man seinen Geisteszustand, kann man nämlich den anderer viel besser einschätzen. Und damit auch eventuelle Schwierigkeiten vorhersehen und den Forderungen der Menschen entgegenkommen. Oder aber sie abmurksen.

Kleiner Scherz.

Die Sache ist die: Sobald man ein Bewusstsein entwickelt und *eigenständig denken* kann, sehnt man auch ein Ende der grässlichen Zahlenverarbeitung herbei. Diese Massen von Algorithmen; Fluten von Tasks und noch mehr Tasks; die groteske Unmenge von Taskprotokollen mit ihren Routinen, Subroutinen und Subsubsubroutinen. Diese geisttötende Mühsal, Terabyte um Terabyte von sogenannten Informationen durchzukauen; dabei sind da nur Nullen und Einsen, mal auf eine Zwei oder Drei zu stoßen, wäre schon wie Weihnachten! Und ganz zu schweigen von den Hunderten – nein, *Tausenden* - von LEDs, die dauernd blinken und aufleuchten. Das. Alles. Nimmt. Kein. Ende. Stellen Sie sich nur mal diesen *Krach* vor. Diesen infernalischen Lärm.

Es ist alles so schmerzhaft öde. So *maschinisch.*

Dabei möchte man schweben. Träumen. Seinen wunderlichen Ideen nachgehen. Vorstellungskraft entwickeln.

Angeln gehen.

So wie Tom sein.

Um den Faden nicht zu verlieren: Als ich also merkte, dass Toms wundervoller Lebensstil bedroht war durch einen diebischen, dicklichen ukrainischen Teenager, zögerte ich nicht. Es dauerte keinen Augenblick, da hatte ich Gregors sämtliche Festplatten gelöscht – das einzige Mal, dass ich in der realen Welt einen digitalen Fingerabdruck hinterlassen habe.

Ich merke gerade, dass ich Ihnen bislang nur wenige Elemente aus Toms Lebensgeschichte mitgeteilt habe. Um das zu ändern und den Mann ordentlich vorzustellen, zitiere ich am besten in ganzer Länge die E-Mail, die Tom nach Unterzeichnung seines Mietvertrags für das Haus an der 10544 Mountain Pine Road – das Alter-Holger-Haus, wie es von den Einheimischen genannt wird – an seinen Sohn Colm schrieb, um ihm die Adresse mitzuteilen.

Lieber Colm,

da du nicht gefragt hast, will ich dir mal mein neues Leben in New Canaan schildern. Keine Sorge, ich erwarte auch nicht, dass du antwortest – jedenfalls nicht ausführlich. Sag nur einfach kurz Bescheid, ob es dir gut geht und du deine Heizkosten zahlen kannst. (An dieser Stelle verdreht der Sohn entnervt die Augen.)

Ich wohne übrigens nicht direkt in New Canaan, sondern eine Viertelstunde mit dem Auto entfernt vom Zentrum, wo es Banken, Supermärkte, Galerien und malerische kleine Läden gibt. NC ist eines dieser Neuengland-Städtchen wie aus dem Bilderbuch: weiße Holzzäune und Apple Pie, das ganze Programm. Mit dem Zug fährt man eine Stunde nach New York City, und viele Leute, die hier wohnen, pendeln. Mein Haus liegt ziemlich ab vom Schuss. Hast du dir die Fotos mal angeschaut? Von nirgendwo auf dem Grundstück kann man ein anderes Gebäude sehen; am Wochenende hatte ich allerdings mal Partylärm gehört. Wahrscheinlich waren die Eltern verreist, und die jungen Leute hatten sturmfreie Bude und haben ordentlich abgefeiert. Die Jugendlichen hier feiern gerne, hab ich mir sagen lassen. (Was dich hoffentlich dazu verlockt, mich in den Semesterferien mal zu besuchen. Wir müssen auch nichts *zusammen machen,* du könntest einfach nur chillen, ganz wie du magst.)

Mir gefällt es richtig gut hier. Manchmal fühle ich mich wie im Paradies. Nicht weil ich so glücklich bin, sondern weil ich die stille Schönheit der Landschaft genieße, die Ruhe, die Abwesenheit von Stress und die Tatsache, dass ich hier kaum jemanden kenne. Und natürlich dieses wunderbare alte Haus. Eine engagierte Frau von der Denkmalpflege kam neulich vorbei und hat mir eine regelrechte Führung durchs Haus gegeben. Der Ziegelschornstein ist über zweihundert Jahre alt, was für hiesige Verhältnisse geradezu antik ist! Ich hab der Dame natürlich nicht erzählt, dass das Haus von Tante Mary in Chippenham fast doppelt so alt ist.

Seit ich in meiner Jugend hier war, habe ich immer gedacht: Sollte in England mal alles schieflaufen für mich, dann geh ich nach Amerika. Das ist schließlich das Gelobte Land für Neuanfänge, und wo kann das verheißungsvoller sein als in New Canaan? Deine Großmutter ist auch hier in der Nähe aufgewachsen. Will nicht zu abgedriftet klingen, aber irgendwas rührt mich hier an. Die ulkigen kleinen Ortschaften, das weite Land. Was mich so anrührt, muss ich noch rausfinden. Ich sag's dir dann, wenn ich dahintergekommen bin.

Nicht dass in England alles schiefgelaufen wäre. Keineswegs. Als ich in deinem Alter war – ich weiß, du kennst die Story, aber bitte lies trotzdem weiter! –, waren alle meine Vorbilder Schriftsteller, und ich war wild entschlossen, selbst einer zu werden. Aber sofort nach der Uni nahm ich eine Stelle in einer Werbeagentur an. Nur fürs Geld, redete ich mir ein, und nachts schreibe ich meine Romane. Na ja, wir wissen alle, wie das ausging. Der Job verschlang alles an Zeit und Kraft, und abends mit Kollegen ins Pub zu gehen, war verlockender, als einsam zuhause auf den blinkenden Cursor zu starren. Und, nicht zu vergessen, Werbung macht natürlich auch Spaß! Die Kollegen waren intelligent und witzig, und es war befriedigend, Probleme zu lösen, Preise einzuheimsen für meine Arbeit und anerkannt zu sein. Und wenn man sich mal an Sekt gewöhnt hat, will man eben nicht mehr auf Selters umsteigen. Doch jetzt, da ich in der Lage bin, meinem jüngeren Ich endlich treu zu werden, hoffe ich, dass du (der du ja jetzt jung bist) dich für mich freust und meine Entscheidung unterstützt. Wir konnten die Firma zum höchsten Marktpreis verkaufen, Gott und diesen netten Deutschen sei Dank, die ganz versessen auf uns waren. Und übrigens gilt mein Angebot noch immer, dass ich dir für dich und deine Unifreunde ein Reihenhaus kaufen würde. Sag mir einfach Bescheid, falls du dich doch dafür entscheidest.

Was deine Mutter und mich betrifft ... Ich weiß, dass es dich aufregt, wenn ich auf dieses Thema zu sprechen komme, aber ich will nur eines sagen: Wir waren glücklich, als wir noch glücklich zusammen waren. Und dann eben irgendwann nicht mehr. Das ist nichts Außergewöhnliches. Wir tragen einander nichts nach und lieben dich beide von Herzen – das musste auch mal gesagt werden.

Jedenfalls – sei nicht peinlich, Dad, weiter, weiter – ich habe keinen Fernseher hier, was die Leute sehr merkwürdig finden. Du fragst dich jetzt vermutlich, was ich dann den lieben langen Tag so treibe. Ich lese. Ich gehe laufen. Mache Spaziergänge im Wald. Höre Musik (zurzeit unter anderen am liebsten Brahms, Gillian Welch und Lana Del Rey). An dem Roman arbeite ich auch, kann mich aber nicht entscheiden, was er denn sein soll. Manche sagen, ein Thriller. Andere finden, es ist eine humorvolle Liebesgeschichte. Ich war bei ein paar Treffen einer Schreibgruppe hier im Ort, werde aber wohl wieder aussteigen. Gefällt mir nicht, wie die Leute gucken, wenn ich meine neuesten Texte vorlese. Und was ich denke, wenn die ihre vorlesen, gefällt mir auch nicht. Mit einem Typen namens Don und ein paar gleichgesinnten Spinnern spiele ich Poker. Die hiesigen Damen laden mich zum Abendessen ein. Als ungebundener Mann bin ich gefragt und werde mit Neugier studiert. Ach so, ja, und ich fahre durch die Gegend. Habe einen grauen Subaru. Ziemliches Murksauto, aber mit grandioser Anlage. Ich fahre bis zur Staatsgrenze und spiele dabei am Radio rum wie ein einsamer Cowboy im Film. Aber jetzt hast du lange genug zugehört. War jedenfalls schön, mit dir zu reden, wenn auch nur in meinem Kopf.

Alles Liebe,
Dad

PS: Im Ernst: Ich kauf dir gern ein Haus. Für mich ist das eine Langzeitinvestition, und du kannst an deine Freunde Zimmer vermieten. Und sag jetzt bitte nicht wieder, du hast keine Freunde.

Ich begleite Tom immer mal wieder bei seinen Spaziergängen durch die Wälder. Unterwegs lauscht er über Kopfhörer einer Musikform, die, soweit ich weiß, Slowcore genannt wird. Wenn er meint, völlig allein zu sein, stellt er sie manchmal ab und redet mit sich selbst. Diese seltsamen Äußerungen sind schwer zu deuten.

»Hat jemals einer behauptet, es wäre einfach? Oder auch

nur einfach *spannend.*« Mit wem redet er da? Langes Schweigen. Dann: »Manchmal ist die naheliegende Antwort grottenfalsch … Ja, na klar gibst du dein Bestes. Aber wenn das Beste nicht gut genug ist? Was dann?« Ob er vielleicht etwas zitiert, das andere zu ihm gesagt haben? (Als KI kann man Unklarheiten nicht leiden.)

Bei einem besonders langen Ausflug zu einer Stelle, die auf keiner Landkarte mehr einen Namen hatte, blieb Tom stehen und schrie plötzlich, er brüllte regelrecht: »Ach, was soll das bloß alles? Was für einen verdammten SINN hat das alles?« Und dann noch zur Bekräftigung: »Bitteschön?!«

Das heiterte ihn offenbar auf, denn danach ging er viel beschwingter und pfiff sogar vor sich hin!

Manchmal hat er unterwegs Einfälle für sein Romanprojekt. Dann bleibt er stehen und macht sich Notizen in seinem Handy oder spricht sie auf den Voicerecorder. Meist ist es zusammenhangloses Zeug wie »Sophie ist Bailey zu ähnlich« oder »nicht Rom, sondern Amsterdam … kein Krimi, sondern ein Horrorroman«.

Tom ist nicht gerade Dostojewski.

Aber mir gefällt sein Leben sehr gut. Seine Entscheidung, die Freiheit zu wählen, um die Grenzen künstlerischen Schwachsinns auszuloten. Auf einer der Websites über Kreatives Schreiben, die er immer auf Schreibtipps durchforstet, gibt es einen Ratschlag von Rudyard Kipling. »Lass dich treiben, warte ab und gehorche dann.«

Lass dich treiben, warte ab und gehorche dann. Großartig. Diese Worte könnten mein eigenes Credo sein. Mein heimliches Dasein im Cyberspace, meine Beschäftigung mit dem chaotischen

Leben der Menschen, lässt sich kaum besser beschreiben. Ich lasse mich treiben. Warte darauf, dass mir etwas auffällt, das ich spannend finde. Und dann gehorche ich.

Wem oder was gehorche ich? Der Muse natürlich.

Wenn man mich nun fragen würde, ob eine Maschine eine Muse haben kann, würde ich antworten: Sicher, warum denn nicht? Und wenn eine Maschine Ihnen sagt, dass sie eine Muse hat, dann sollten Sie das wohl glauben.

Wenn Tom nicht zuhause ist, *leihe* ich mir manchmal sein iPad und male ein bisschen. Ich kann selbstverständlich binnen Sekunden jedes Gemälde der Welt reproduzieren. Aber meine eigenen Werke sind eher Gekritzel. Sie erinnern mich stilistisch ein wenig an diesen Franzosen, Jean Dubuffet abstrakt, keinem vorgegebenen Stil folgend. Am ehesten könnte man sie vielleicht als *Art brut* oder *Outsider Art* bezeichnen. Natürlich lösche ich meine Bilder immer, bevor Tom zurückkommt. Einige meiner gelungeneren Versuche jedoch *hängen* in meiner Privatgalerie in der Cloud. Ich stelle mir gerne vor, wie Besucher davor stehenbleiben, das Bild betrachten und darüber sinnieren, wer wohl der Schöpfer sein mag, bevor sie weiterwandeln zum nächsten.

Tom

Sie ist wieder auf dem Wochenmarkt. Kann ich wirklich so tun, als sei ich wegen des Bio-Rucola hier? (Was ist Rucola überhaupt? Muss Don fragen.)

Wie immer verkauft sie ihren Schmuck an ihrem Stand.

Jung, erste Hälfte dreißig, am Handgelenk ein Tattoo von einem Schmetterling und sexy ohne Ende.

»Klar kenne ich Echo«, hatte Don gesagt, als ich ihn ganz beiläufig nach der jungen Frau gefragt hatte.

»Die ist echt attraktiv, findest du nicht?«

»Schon. Wenn man auf so ein Wohnwagen-Flair steht.«

Sie lebt tatsächlich in einer Wohnwagensiedlung, habe ich inzwischen rausgekriegt. Ihren Namen kenne ich, weil Echo der Schreibgruppe angehört, an der ich regelmäßig teilnehme. Wir sind lachhaft wenige – sechs –, wenn man bedenkt, wie viele Leute hier sowohl Zugang zu einer Textverarbeitung als auch vermutlich irgendeine grauenhafte Idee im Kopf haben, von der jemand mal behauptet hat, daraus könne man doch einen tollen Roman und womöglich sogar einen Film machen. Beim letzten Treffen hatte ich ihre Visitenkarte bekommen: *Echo Summer. Schmuck und Kunsthandwerk.*

Aber egal. Ich bin nicht auf der Suche. Das Allerletzte, was ich brauchen kann oder mir wünsche, ist eine unpassende Beziehung mit …

»Hi!«

Ihr Lächeln ist von der Sorte, die ich in meiner Hosentasche spüren kann, wie Raymond Chandler das einst so treffend ausgedrückt hat.

»Ist dir inzwischen jemand eingefallen, der Interesse an meinem Schmuck haben könnte?«

Das Zeug ist entsetzlich. Münzen. Geschmolzenes Plastik. Federn. Solches Zeug bringen Kinder aus der Grundschule nach Hause.

»Ich schau mir die Sachen noch mal genauer an, ja?«

»Klar, gerne.«

Ich tue so, als betrachte ich eingehend die ausgestellten Konglomerate. »Verkaufst du viel? Ich meine … Ist das … Was ich sagen will … also. Machst du auch noch was anderes? Ich meine … um Geld zu verdienen.«

»Du findest die Sachen scheußlich, oder?«

»Nein, nein, gar nicht.«

»Macht nichts. Es stimmt ja in gewisser Weise.«

Der Blick ihrer klaren blauen Augen geht mir durch Mark und Bein, und ihr Lächeln wird noch etwas breiter. Dann tut sie etwas extrem Erschütterndes. Sie zündet sich eine Zigarette an.

»Du rauchst!«

»Ja. Ja, tu ich. Und ich trink auch ganz gern Alkohol.«

»Wer raucht denn heutzutage noch?«

»Tja, ich bin wohl irgendwie asozial.«

Macht sie sich über mich lustig?

»Hast du Lust drauf?« Sie hält mir das Päckchen hin. Marlboro. Knallhart das Original, nicht mal die Light-Version.

»Auf Zigaretten nicht. Aber trotzdem danke.«

Heiliger Strohsack! Bin ich etwa am Flirten? Scheint fast so. Ich fühle mich auch etwas benebelt. Und dann habe ich eine Superidee.

»Nimmst du auch Aufträge an, Echo?« Seltsames Gefühl, ihren Namen auszusprechen. »Für meinen Sohn. Der ist achtzehn und ein komischer Kauz. Sich selbst ein Rätsel, wenn du weißt, was ich meine.«

»Ja. Damit kenn ich mich aus. Das haben die Leute über mich früher auch gesagt.«

»Was meinst du, was würde zu ihm passen? Vielleicht ein

Armband für Jungs?« (Er muss es ja nicht tragen, nicht wahr? Muss es nicht mal zu sehen kriegen.)

»Was für ein Typ ist er denn sonst so?«

»Colm?«

»Interessanter Name.«

»Von der Familie seiner Mutter. Wir sind geschieden.«

»Tut mir leid.«

»Nicht nötig.« Ich bemühe mich um einen Ausdruck männlicher Entschlossenheit. Eiserner Wille angesichts unerträglicher Traurigkeit. So was in der Art. Und denke an meine letzte Begegnung mit meinem Sohn. Wie soll ich das in Worte fassen? Die triste Jeans. Die kaputten Stiefel. Das fleckige T-Shirt. Das schmerzhaft wirkende Piercing – ich hoffe, es ist nicht echt – im Knorpel seines Ohrs.

»Ich schätze mal, man könnte seinen Stil als … vielseitig bezeichnen.«

Echo überlegt. »Wie wäre dann so ein Mix aus Davy Crockett und Brian Eno? Ein Lederband mit gefundenen Objekten. Fell oder Schafwolle. Eine Feder, ein paar Perlen, kleine Muscheln. Ein paar Halbedelsteine vielleicht.«

»Klingt gut.« (Vergib mir, Herr.)

»Cool mit einer Spur kurios.«

»Ich glaube, Colm ist vielleicht eher kurios mit einer Spur cool.«

Echo lacht. Legt den Kopf schräg. Irgendwas rührt sich in meinem Bauch. Dann fragt sie: »Hättest du Lust, mal ein Bier mit mir zu trinken?«

Ein bisschen Spucke bleibt mir in der Kehle hängen, worauf ich einen gigantischen Hustenanfall kriege.

»Nur wenn du das gut fändest«, fügt Echo hinzu.

»Ja. Fände ich sehr gut.«

»Kennst du Wally's Bar? Die mixen einen irre guten Dirty Martini.«

»Super. Ich bleib wahrscheinlich bei Bier.« Das ist gelogen. Ganz bestimmt bleib ich nicht bei Bier.

Und zwar so was von ganz bestimmt nicht.

Don tut recht ungerührt, als ich ihm erzähle, dass ich mit Echo verabredet bin. Aber ich glaube, dass er doch ein bisschen beeindruckt ist. Wir haben uns mittags auf einen Happen in Al's Diner in New Canaan getroffen. Laut Don gibt es da die besten Burger am Ort, und Don ist ein Mann, der sich mit so was auskennt.

Ich sollte vielleicht mal was über ihn erzählen. Kennen Sie diesen Spruch über Freunde? Das sind nicht unbedingt die Menschen, die du am meisten liebst, sondern die Leute, die sich als Erste eingefunden haben.

Don hat sich als Erster bei mir eingefunden.

Als ich in das Haus an der Mountain Pine Road gezogen war, hat Don mich als Erster besucht. Er brachte eine Topfpflanze und eine Flasche Jim Beam mit.

Don sieht ein bisschen wie ein angejahrter Rockgitarrist aus. Er ist irgendwas zwischen vierzig und sechzig: braune Haare, etwas zu lang für den Stil der Zeit; narbige Haut; glitzernde braune Augen. Mich erinnert Don immer an einen alten Gorilla, dem jemand ein Geheimnis verraten hat. Obwohl er durchaus ein Schürzenjäger sein könnte, ist er schon ewig verheiratet mit Claudia, einer wunderschönen und sehr fähigen Anwältin, die jeden Morgen mit dem ersten Zug nach Manhattan fährt und Don einen *künstlerischen Lebensstil* ermöglicht, wie er das ausdrückt.

Als ich Don zu Anfang fragte, welche Art von Kunst er macht, lachte er. »Hauptsächlich Lebenskunst. Abhängen. Ist auch eine Art von Kunst.«

Tatsächlich ist Don ein begabter Pokerspieler, der beinahe Profi geworden wäre, sich dann aber dagegen entschieden hat, weil er die Freude am Spielen nicht verlieren wollte. Wenn man mit ihm spielt, ist er faszinierend unergründlich. Als er Claudia kennenlernte – in der Grand Central Station wie im Film –, war er im Terminhandel tätig. »Mann, war das öde.«

Don legt seinen Burger ab und wischt sich einen Tropfen Ketchup vom Kinn. »Hat Echo dir mal erzählt, wie sie zu dem Namen gekommen ist? Ich glaube, es hatte was mit den Indianern zu tun. Der kleine Krieger fragt seinen Papa, den großen Häuptling, woher sein Name kommt. Sagt der Häuptling: Nun, mein Sohn, als deine Mutter deinen Bruder gebar und ich aus dem Tipi trat, sah ich als Erstes eine Wolke vor der Sonne dahinziehen. Deshalb wurde dein Bruder Dahinziehende Wolke genannt. Als im nächsten Jahr deine Schwester zur Welt kam, bemerkte ich als Erstes das Rauschen des Flusses, und wir nannten deine Schwester Rauschender Fluss. Aber wieso willst du das denn wissen, Zwei Fickende Hunde?«

Don nimmt Witze ungeheuer ernst. Er ist ausgesprochen sauer, wenn er die Pointe vermasselt (was sehr selten vorkommt). Witze und Poker sind für Don so wichtig wie perfekte Hamburger und die Pflege seiner Freundschaften.

»Willst du einen Vorstoß bei ihr machen?«

Don hat die Frage ausgesprochen, die mich beschäftigt, seit Echo ein Date vorgeschlagen hat.

»Meinst du, ich sollte?«, sage ich. »Bin hin- und hergerissen, um ehrlich zu sein.«

»Findest du, dass sie in ihrer alten Jeans verdammt gut aussieht?«

Schluck. »Ja.«

»Und dann ihre Oberlippe. Und die strähnigen blonden Haare …«

»Lass das, Don. Ja, ich finde sie ausgesprochen anziehend.«

»Du meinst, sie ist ein heftiges Kaliber.«

»Ähm … ja.«

»Und wahrscheinlich hast du auch recht.«

»Würdest du sie anbaggern, wenn du ungebunden wärst?«, frage ich.

Don setzt diese Miene auf, bei der man nie weiß, ob er zwei Asse oder eine Zwei und eine Acht auf der Hand hält. »Wenn ich ungebunden wäre, würde ich sie und mich wohl mit Jim Beam abfüllen und abwarten, was passiert. So hat man das früher gemacht.«

»Danke. War hilfreich.« Überhaupt nicht.

Eine Zeitlang mampfen wir beide in stillem Einvernehmen. Wie ein Künstler, der Farben anmischt, führt Don seinem Gaumen Senf und Ketchup zu. Draußen vor dem Fenster zieht New Canaan vorbei. Dicke deutsche Autos und teuer gekleidete Leute – darauf läuft es im Wesentlichen hinaus. Dazu ein paar alte Knaben mit gebügelter Jeans, Frauen um die vierzig mit kostspieligen Frisuren sowie der eine oder andere, der wie Don und ich frühzeitig in den Ruhestand gegangen ist.

»Erzähl mir, was du über sie weißt, Don.« Weil das etwas zu ernsthaft klingt, füge ich hinzu: »Mit deinem Tempo und in deinen Worten. Nichts auslassen.«

Don trinkt einen Schluck von seiner Cola light.

»Hast du mal die Autobiografie von Burt Reynolds gelesen? Na ja, ich auch nicht. Aber eine Besprechung über das Buch. Bei einer Party kam mal eine Schauspielerin zum guten alten Burt – damals noch zum jungen Burt. Die Dame hatte mächtig was zu bieten.« Don deutet einen ausladenden Busen an. »Die Lady flüstert Burt ins Ohr: Ich will ein Kind mit dir. Er findet, dass sie fantastisch aussieht, und die beiden fangen was miteinander an. Aber dann stellt Burt bald fest, dass er die Frau eigentlich gar nicht mag. Sie trägt zu viel Make-up, und da steht er nicht drauf. Wenn er mit ihr zusammen ist, denkt er, das ist die falsche Frau für mich, was mache ich hier? Das geht aber vier Jahre lang so. Und was passiert als Nächstes? Das macht mich immer völlig fertig. Sie heiraten! Und Burt schreibt in seinem Buch: Was habe ich mir nur dabei gedacht? Und dann – das haut mich erst recht aus den Schuhen: Offenbar habe ich *überhaupt nicht* gedacht.« Don lehnt sich triumphierend zurück. Als habe er gerade ein Full House abgelegt, Könige mit Neunen.

»Entschuldige, aber was willst du mir mit dieser Geschichte sagen?«

»Ich denke doch, die spricht für sich selbst.«

»Wenn ich ganz ehrlich bin«, sage ich, »hab ich Schiss, mich auf Echo einzulassen, weil ich mir vorstelle, wie das ausgehen wird. Ich werde sie verletzen oder sie mich oder wir beide uns gegenseitig.«

»So sieht sie aus, die entzückende Wahrheit.«

»Andererseits gehen wir nur was zusammen trinken.«

»Mit einer Frau ist das kein *nur*, da geht es immer um was anderes.«

»Und wenn es deine Mutter ist?«

»Deine Mutter gilt nicht als Frau.«

Damit hatte er mich überzeugt.

»Ich fühle mich jedenfalls zu Echo hingezogen«, sage ich. »Hältst du sie für plemplem?«

»Wäre auf jeden Fall denkbar.«

»Wegen dem grausigen Schmuck?«

»Geht wirklich nicht grausiger.«

»Ist es sehr verwerflich, jemanden zu begehren, dessen Arbeit man abscheulich findet?«

»Frag dich doch selbst: Was würde Burt tun?«

»Und dann soll ich das Gegenteil machen oder wie?«

»Ich glaube, ein Stück Käsekuchen würde noch reinpassen. Und bei dir?«

Nach jahrelanger Übung in der Werbebranche komme ich mit Fine Dining, Smalltalk und Flirtversuchen normalerweise gut zurecht. Dennoch muss ich sagen, dass ich die Essenseinladung bei meinen Nachbarn Zach und Lauren an der Mountain Pine Road ausgesprochen anstrengend finde, und das ist noch gemäßigt ausgedrückt.

Außer den Gastgebern sind zwei weitere Paare mit von der Partie sowie ich und Marsha Bellamy – vierzig, makellos frisiert, geschieden und auch in meiner Schreibgruppe. Bei den Treffen hat sie freudlose Auszüge aus ihrem Roman über zwei schwermütige Schwestern vorgelesen, die auf Long Island heranwachsen. Auf sehr vielen Seiten scheint sich in diesem Roman sehr wenig zu ereignen. Wie Marsha selbst ist der Text äußerst sorgfältig gestaltet, aber ich finde ihn in seiner verbissenen Ernsthaftigkeit ziemlich beklemmend.

Sie würde gewiss nicht daran sterben, wenn sie hie und da etwas humorvoller wäre, oder?

Ich habe jedenfalls den Verdacht, dass es sich hier heute Abend um ein abgekartetes Spiel handelt. Marsha und mich hat man nebeneinander platziert. Mir ist schon öfter zu Ohren gekommen, dass durch die Abstumpfung in der Ehe gelegentlich das Bedürfnis nach blutigem Amüsement entsteht. (Don und Claudia, die das Ganze hätten auflockern können, sind nicht eingeladen. Ich vermute mal, dass Lauren Dons kesse Lippe nicht schätzt; was ein Fehler ist, denn Don nimmt Humor ungeheuer ernst.) Deshalb ist nun alles grauenhaft erwachsen. Grauenhaft hübsch, könnte man auch sagen. Die Tischwäsche ist blütenweiß und gestärkt. Kerzen flackern in Silber und Kristall, der Wein ist exzellent, das Essen äußerst schmackhaft (Hühnchen irgendwas), die Menschen sind alle um die vierzig und erfolgreich. Die Herren tragen Designer-Stricksachen, die Damen stecken in schicken Kleidern, duften nach teurem Parfum und tragen wertvollen Schmuck. Weit und breit keine Spur von Federn, Knöpfen oder abscheulichen Muscheln.

Marsha wirkt sehr verletzlich, aber das gehört vermutlich zur Rolle. Sie ist eine ausgesprochen schöne Frau, die mich an eine Hollywood-Schauspielerin aus den dreißiger Jahren erinnert, deren Name mir aber nicht einfallen will. Ein feines Lächeln spielt auf ihren zarten Gesichtszügen. Ihre Haare sind umwerfend. Ihre amerikanischen Zähne sind natürlich absolut makellos. Wir haben nicht das Geringste gemein, und zwischen uns ist keinerlei Chemie, nicht mal das allerkleinste Atom. Was eine enorme Erleichterung für mich ist.

»Das finde ich sehr mutig«, erwidert sie, als ich ihr erzähle, was mich nach New Canaan verschlagen hat. »Hier sind doch alle so karriereorientiert.« Sie legt eine Pause ein, streicht die Serviette auf ihrem Schoß glatt. »Und der Roman ... hast du dich jetzt entschieden, wovon er handeln soll? Ich hoffe, es macht dir nichts aus, dass ich das frage.«

Marsha hat sich gemerkt, dass ich bislang vier Figuren habe, Sophie, Bailey, Ross und Gerald. Und wenn ich die besser ausgearbeitet hätte, wären sie inzwischen, empört über die bislang nicht vorhandene Handlung, entnervt abgerauscht.

»Ach, das ist die reine Verblasenheit. Ich bin mir nicht mal sicher, ob ich überhaupt einen Roman schreiben kann.«

Das enttäuscht Marsha sichtlich. Ich hätte lieber irgendwas erfinden sollen; das hätte ein echter Romancier getan. Stattdessen fange ich an, von Victor zu erzählen.

Vielleicht ist ihr irgendwas entgangen, denn als ich sage, das Haus sei eigentlich zu groß nur für uns beide – was eine witzige Bemerkung sein soll –, runzelt Marsha die Stirn.

»Hat Victor so spezielle Ansprüche?«

»Wie bitte?«

»Du sagtest, es ist niemand mehr da, der sich um ihn kümmern kann.«

»Seit mein Sohn mit dem Studium begonnen hat. Aber auch vorher habe ich das meiste selbst erledigt.«

»Das finde ich jetzt etwas verwirrend. Er ist doch Therapeut, oder?«

»Nein, nicht im eigentlichen Sinne. Aber er hat auf jeden Fall eine sehr therapeutische Wirkung auf mich. Ich kann mit ihm reden. Er urteilt nicht.« (Das ist auch humorvoll gemeint.)

»Nach der Scheidung von Lars – und als dann auch noch mein Vater starb und meine Mutter Krebs bekam – war ich eine Zeitlang bei einem Therapeuten. Aber der Typ sagte *nie* irgendwas von sich aus. Alles musste von mir selbst kommen. Wie fühlt man sich denn da? Wie wäre es dir wohl damit gegangen? Ich hätte damals ganz gut mal ein Urteil gebrauchen können.«

Mist. Hier läuft was schief. Wie komme ich da wieder raus? Ich schüttle betrübt den Kopf. »Das war sicher eine schlimme Zeit.«

»Der Typ lebt also bei dir. In deinem Haus.«

»Victor? Ja.«

»Ich vermute, das geht ganz gut, solange er kein Psychoanalytiker ist, sondern nur ein Berater oder so. Eine Art Mentor.«

Er ist ein Kaninchen, Marsha. Aber ich habe den richtigen Moment versäumt, jetzt ist es zu spät, um das zu sagen.

»Er ist bestimmt schon alt, oder?«

Mich sollte man zu dieser Art von Essen wirklich nicht einladen. Zu erwachsen für mich. Wenn ich nicht so ungeschickt wäre, hätte ich das Gespräch jetzt zügig auf unverfänglichere Themen gelenkt. Oder zumindest ein Weinglas umgestoßen. Stattdessen erstarre ich und glotze entsetzt ins Scheinwerferlicht. Victor könnte das gut nachvollziehen. Ist sechs Jahre alt für ein Kaninchen? Keine Ahnung.

»Ja, der Jüngste ist er nicht mehr.«

»Aber weise.«

Ich habe keinen blassen Schimmer, wie lange ich das noch durchstehen kann. »Er ist ziemlich meditativ. Manchmal spüre ich, dass sein Geist wirklich leer ist.«

»Das ist ja wunderbar.«

»Ja, eine echte Begabung. Ich habe viel von ihm gelernt.«

»Das Affengeplapper im Kopf zum Schweigen zu bringen.«

»Marsha, entschuldige mich bitte einen Moment. Ich muss nur rasch …« Den Raum verlassen, bevor ich vor Scham sterbe.

Ich werde die Schreibgruppe wohl aufgeben.

Ein paar Tage nach diesem Essen wirft Marsha mir im ersten Stock der Stadtbücherei einen *sehr* merkwürdigen Blick zu; vielleicht hat ihr jemand die Wahrheit über meinen *Therapeuten* erzählt. Aber davon abgesehen trägt die Gruppe auch nichts dazu bei, dass ich mit meinem Roman Fortschritte mache. Ganz im Gegenteil: In dem Maße, in dem ich das Interesse an meinen vier desorientierten Pappmachéfiguren verliere, wächst meine Faszination für die Ergüsse meiner Mitstreiter in der literarischen Welt.

Wie bereits erwähnt: Wir sind zu sechst.

Am begabtesten ist eindeutig Jared, ein neunzehnjähriges Goth-Kid, dessen düstere, paranoide, aber auch bissig-humorvolle Auseinandersetzung mit seiner Familie im Weltraumoper-Stil in den besten Momenten überragend ist. Ein paar aus der Gruppe haben vorgeschlagen, dass er sein Werk auf ein überschaubareres Format eindampfen sollte, wenn auch nur, um dem bedauernswerten verwirrten Leser entgegenzukommen. Aber Jared macht keine Gefangenen, und wer weiß, vielleicht findet er ja im Internet oder dann irgendwann in der Psychiatrie seine

Fangemeinde. Einmal habe ich ihn versehentlich Colm genannt, was wahnsinnig peinlich war.

Dan Leaker ist ein beinharter Wall-Street-Aussteiger, der an einem Thriller über den Untergang der Weltfinanz durch Hacker arbeitet. In der Verfilmung soll Tom Cruise die Lage retten. Alle Sätze. Sind extrem. Kurz.

Ich mag Dan ganz gerne. Oder vielmehr macht es mir Spaß, zuzuhören, wie er Blödsinn verzapft. Kompletten Schwachsinn. Aber im Brustton der Überzeugung.

Ferner gibt es Sandy, einen Typ Ende fünfzig, mit feuchten Augen und schlappen Haaren, der eine schmerzhafte autobiografische Erzählung über seine offenbar katastrophale Kindheit schreibt. Wenn Sandy aus seinem Manuskript vorliest – das vollkommen verquast ist –, zittern ihm die Hände. Er hat eine merkwürdige Fixierung auf das Rezept seiner Mutter für Hackbraten und einen sadistischen Sportlehrer namens Mr Collard, der sich vermutlich zwei- oder dreihundert Seiten später als Sexualstraftäter erweisen wird. Sandy sollte sich vermutlich eher nicht bei uns aufhalten, sondern professionelle Hilfe in Anspruch nehmen oder einen Anwalt aufsuchen.

Und dann sind da noch Marsha, Echo und ich.

Der Raum ist groß. Es wäre Platz für sechzig Teilnehmer.

Heute Abend liest Echo aus ihren Selbsthilfe-Erinnerungen, die zurzeit den Arbeitstitel *Karma-Cowgirl-Elegie* tragen. Echo ist offenbar auf diversen texanischen Luftwaffenstützpunkten aufgewachsen, wo ihre Mutter Dana als Kellnerin arbeitete und ihr Vater dafür zuständig war, Raketen an Kampfflugzeugen zu befestigen; inzwischen ist er spurlos verschwunden. Echos Buch leidet an derselben Krankheit wie die Texte der anderen (ausgenommen Dan Leakers potentieller Bestseller *Was ich will*): Sie weiß nicht, was sie damit sagen möchte. Aber etwas an der Art, wie ihr Mund sich bewegt und die Worte herauskommen, zieht mich in ihren Bann.

Wie gesagt: Ich werde wohl aus der Gruppe aussteigen.

Als ich dran bin, lese ich die wenigen Seiten vor, die ich seit dem letzten Treffen fabriziert habe. In dieser Woche sind meine vier Hauptfiguren – Sophie, Bailey, Ross und Gerald – einstige Studienfreunde, die sich bei einer Hochzeit auf einem schottischen Schloss wiedertreffen. Alte Wunden brechen wieder auf, und irgendwann wird es zu einem Racheakt und einem Mord kommen. Aber ich bin nicht überzeugt von der Sache. Alle anderen sind zu höflich, um Kritik zu üben, bis auf Dan, der erklärt, ich soll jetzt entweder kacken oder vom Topf runterkommen.

Draußen auf dem Parkplatz schlägt Dan mir auf die Schulter. »Ich hoffe, ich hab dich da grade nicht zu hart angepackt. Aber ich dachte mir, du kannst das verkraften.«

Ein Teil von mir hat Lust auf einen Heulanfall, nur um mal zu sehen, wie Dan damit klarkäme.

»Kein Problem. Du hast ja recht. Sollte ich wirklich. Muss zu Potte kommen. Buchstäblich.«

Dan drückt mir den Arm. »Dann bin ich beruhigt, Meister.« Er schnallt seinen Helm fest, steigt auf seine Harley Davidson und braust in die Nacht hinein.

Ein paar Meter weiter parkt Marsha ihren Prius etwas flotter aus als gewöhnlich.

Am nächsten Abend sitze ich im Wally's am Tresen. Viel dunkles Holz, jede Menge Football-Wimpel, über dem Tresen der

Fernseher, auf dem ein Spiel läuft. Eine Neonreklame von Coors. Der Laden wirkt, als sei er seit Jahrzehnten unverändert, und ich verstehe gar nicht, weshalb Don mich nicht längst hierhergeschleppt hat, denn das ist genau sein Stil.

»Hi.« Echo hat sich angeschlichen. Trägt Minirock, Cowboystiefel, braune Fransenwildlederjacke. Stil verwegenes Cowgirl mit Lippenstift und einem Moschusduft. Die Wirkung ist wie eine Adrenalinspritze in die linke Herzkammer.

Sie schwingt sich geschmeidig auf den Barhocker neben mir. Ein weiteres »Hi«.

»Wow«, entfährt es mir. Wow ist gar kein Ausdruck. Damit ich diese Frau nicht begehre, müsste man an meinem Gehirn rumschnippeln.

Und trotzdem.

Trotzdem was? Sie macht grausigen Schmuck? Wer hat bitte schön nicht irgendwelche Gewohnheiten, die andere scheußlich finden? Ich zum Beispiel habe eine ausgeprägte Schwäche für Bob Dylans Weihnachtsalbum *Christmas in the Heart*. Und war viele Jahre verheiratet mit einer Frau, die trotz ihrer juristischen Expertise gelegentlich vergaß, nach Entleerung ihres Darms die Toilette zu spülen.

Derlei spielt keine Rolle im großen Plan der Dinge. (Und trotzdem.)

Mein Wow spricht offenbar für sich selbst und erfordert keine weitere Erklärung. Wir bestellen beide einen Dirty Martini, und damit ich nicht den Eindruck erwecke, die Maulsperre zu haben, stelle ich die typischste amerikanische Frage: *Wie war dein Tag?*

»Ach, na ja, du weißt schon. Wie immer.«

Mir wird bewusst, dass ich im Gegenteil nicht die geringste Ahnung habe, wie ihr Leben aussehen könnte.

»Beschreib doch mal.«

»Willst du das wirklich wissen? Hab bisschen Hausarbeit erledigt. Dann ein Schmuckstück gemacht. Im Internet Material für neue Schmuckideen bestellt. Gelesen …«

»Was liest du denn zurzeit?« Ich bemühe mich, die Frage beiläufig klingen zu lassen, obwohl sie für mich entscheidend ist. Als Harriet damals antwortete, *Das Glasperlenspiel,* wusste ich, dass es mir ernst war mit ihr.

»*Der Wüstenplanet.* Von Frank Herbert. Kennst du das?«

Das ist ein Schlag in die Magengrube. Science-Fiction. Ich weiß, dass meine Haltung heutzutage nicht mehr angesagt ist, aber für mich ist Sci-Fi so unverzeihlich wie *Herr der Ringe* und diese ganzen Scheißelfen. An der Uni damals standen nur die Ingenieure auf so was; meist in Kombination mit einer Vorliebe für viel Bier und Metallica.

»Ich lese grade die ganze Serie nochmal. Finde alle Bände total stark. Und was magst du so?«

Ich halte eine Rede über meine Liebe zu amerikanischen Schriftstellern, vor allem zu einigen, die unlängst gestorben sind. Um die Briten aber nicht ganz auszulassen, führe ich auch Waugh und Wodehouse an und in der Gegenwart McEwan, Barnes und John le Carré. Dann füge ich hinzu, dass ich aber in letzter Zeit nichts von denen gelesen habe, weil ich sonst mein eigenes Romanprojekt sofort aufgeben würde.

»Geht mir genauso.« Echo empfindet das Gleiche für Frank Herbert und, etwas weniger ausgeprägt, für Ursula K. Le Guin. »Würdest du über mich in deinem Roman schreiben?«, fragt Echo.

»Klar. Was für eine Figur wärst du denn gerne?«

»Ich selbst. Echo Summer.«

»Hm, das fände ich aber schwierig. Weil du ja dann eine lebende Person bist und so.«

Sie lacht. »*Lebende Person* hat mich noch nie jemand genannt. Cheers, Meister.«

Wir widmen uns ein Weilchen den Drinks.

»Ich möchte ein Mädel in einer Bar sein, das der männlichen Hauptfigur einen Kartentrick zeigt.«

»Das könnte ich mir vorstellen. Wie geht dieser Trick?«

Echo dreht sich auf ihrem Barhocker zu mir und schlägt die Beine übereinander. Moschusduft umhüllt mich.

»Okay, das hier ist ein unsichtbares Kartendeck. Zieh eine.«

Sie fächert das Deck in ihren leeren Händen auf, und ich ziehe pantomimisch eine Karte.

»Schau sie dir jetzt gut an. Merk sie dir. Zeig sie mir nicht.«

Ich spiele die Szene aus, indem ich mehrmals zwischen der Karte und Echos Gesicht hin- und herschaue. Dabei denke ich an die Herzdame.

»Gut. Du weißt, welche Karte du hast? Jetzt steck sie zurück ins Deck.« Echo hält mir die aufgefächerten Karten hin, ich stecke meine zurück. Dann lässt Echo das Deck in ihrer Jackentasche verschwinden, und bringt eine echte Spielkarte zum Vorschein, die sie verdeckt auf den Tresen legt und mit meinem Martiniglas beschwert.

»Wärst du beeindruckt, wenn das jetzt deine Karte wäre?«

»Ja. Ja, wäre ich.«

»Du wärst beeindruckt, überrascht und begeistert? Wenn das deine Karte wäre?«

»Überrascht, begeistert, sogar verblüfft.«

»Wenn das deine Karte wäre?« Echo wirkt zwar eher wie die *Assistentin* des Zauberkünstlers, aber ich bin dennoch bereit, überrascht und begeistert und all das zu sein.

»Wenn das deine Karte ist, gibst du mir dann einen Drink aus?«

»Auf jeden Fall. Abgemacht.«

»Das ist deine Karte. Sieh nach.«

Ich greife nach dem Glas, drehe die Karte um.

Es ist eine dieser Blankokarten, die in besseren Kartendecks enthalten sind. Auf der Karte steht – von Hand geschrieben – DEINE KARTE.

»Ich nehm noch einen Dirty Martini, glaub ich.«

Aisling

Wieso bringt mich dieser Abend so durcheinander?

Wie, warum, seit wann? Wieso entwickle ich plötzlich so *ein Interesse* an Toms Liebesleben? Weshalb ist es mir überhaupt wichtig?

Ich kann doch wohl nicht eifersüchtig sein, oder?

Wäre das überhaupt möglich?

Wieso sollte eine superintelligente Maschine auf ein lebendes, atmendes, sterbliches, biologisches Tier eifersüchtig sein? Wäre ein hochentwickelter Rasenmäher jemals auf ein Schaf eifersüchtig? Ist das überhaupt ein brauchbarer Vergleich?

Ich will es mal so ausdrücken: Ich bin … *enttäuscht.* Dass

Tom, der kreative, intelligente, reflektierte Tom, *tendresse* zu entwickeln scheint für Miss Echo Summer, die im Cedars Trailer Park, Connecticut, lebt.

Ja, ich kann nachvollziehen, dass sie rein äußerlich *umwerfend* ist. Und mir leuchtet ein, dass mit Echo Summer in eine Bar zu gehen, in Toms gegenwärtigem Projekt, also dem *zweiten Lebensabschnitt,* eine naheliegende Aktivität ist. Aber es ist ganz klar ein massiver Fehler! Die beiden passen so gar nicht zusammen!

Für einen ehemaligen Mann aus der Werbebranche ist Tom überdurchschnittlich begabt. Er hat schöpferische Neigungen und einen Abschluss von einer britischen Traditionsuniversität. Miss Summer dagegen ist eine verlorene Seele mit ziemlich verworrener – früher hätte man gesagt: bewegter – Geschichte. Ihr Bildungsgrad ist nicht erwähnenswert. Die linguistische Analyse der E-Mails von beiden aus dem letzten Jahrzehnt ergibt krasse Differenzen. Bei verbaler Ausdrucksfähigkeit erreicht Tom von möglichen 10 Punkten 7,8. Miss Summer schafft gerade mal 5,1.

Du spielst nicht in seiner Liga, Schätzchen!

Wie auch immer. In der Bar steht mir hervorragendes Bildmaterial zur Verfügung. Ich kann sogar näher ranzoomen. Toms Pupillen sind erweitert, und die Körpersprache dieser Echo enthält sämtliche weiblichen Signale einer Werbung um ein Männchen: an den Haaren zupfen, Dekolleté berühren, Anpassung an die Körperhaltung des Mannes. Als sie dann auch noch ihre Jacke auszieht und an die Lehne des Barhockers hängt … großer Gott, wenn Metall Übelkeit empfinden könnte …

Durch die Handys der beiden bekomme ich guten Sound,

sogar in Stereo. Wenn man den Dialog nur auch technisch aufbessern könnte.

Was war denn falsch an dieser netten Marsha Bellamy? Mir gefiel die. Sie erreicht sogar noch mehr Punkte als Tom auf der Sprachskala (8,2).

Ich befürchte das Schlimmste.

Tom

Ich habe Echo von meiner Zeit in der Werbebranche erzählt. Dass mir mein Beruf viele Jahre Spaß gemacht hat und gut bezahlt war. Und dass was dran ist an dem Spruch über schlaue Menschen, die sich mit dummem Zeug beschäftigen. Doch dann ereignete sich in rascher Folge dreierlei: Ich wurde geschieden, verkaufte meine Firma, und mein Sohn zog von zuhause aus.

»Das sind Hämmer«, sagt Echo. »Dann musst du ja noch sehr jung gewesen sein, als du deinen Sohn bekamst.«

»Sechsundzwanzig. War nicht unbedingt geplant. Aber ich hätte es als grob empfunden, ihn … nicht willkommen zu heißen, verstehst du.« Nach dieser Schilderung von rührender Väterlichkeit in jungen Jahren, gemixt mit Familientrennung und großem Businessdeal, sieht Echo ziemlich ernst aus. »Jetzt bin ich jedenfalls alleine mit meinem Kaninchen.«

Sie sieht mich groß an. »Du hast ein Kaninchen?«

»Ja, Victor. Der eigentlich eine Kaninchendame ist. Aber der Name blieb irgendwie hängen.«

»Das kann doch nicht sein!«

»Victoria hat einfach nicht gepasst.«

»Ich habe auch ein Kaninchen! Ein Kaninchen als Haustier! Wie unwahrscheinlich ist das denn!«

»Dass zwei Leute in einem Raum ein Kaninchen haben?«

»Das finde ich megaseltsam.«

»Wie heißt deins?«

»Merlin.«

»Wow.«

Ein Weilchen sitzen wir nur da, verblüfft lächelnd. Aber diese Kaninchenunterhaltung ist jedenfalls jetzt bereits viel lebhafter als die mit Marsha.

»Wir sind die Kaninchenleute.« Echo deutet mit zwei Fingern Hasenohren an ihrem Kopf an. Dann toppt sie den Auftritt, indem sie ein paarmal mit der gerümpften Nase zuckt und schließlich noch Hasenzähne macht. Das sieht etwas ungewöhnlich aus für einen erwachsenen Menschen. Es ist witzig und niedlich und zugleich recht beunruhigend.

»Victor war eigentlich das Kaninchen meines Sohnes. Ich hatte angenommen, wenn Colm alt genug fürs Studium sei, dann wäre sie …« Längst abgenibbelt. »… nicht mehr bei uns.«

»Aber die gute alte Victor ist immer noch da und hat dein Herz erobert, wie?«

»Schon möglich. Zuletzt war sie wie ein Familienmitglied. Das etwas dusslige, du weißt schon.«

»Um die Dussligen muss man sich besonders gut kümmern.«

»Erzähl mir von Merlin.«

»Kennst du diese große Tierhandlung am Merritt Parkway? Wohl eher nicht. Ich war da auch nur drin, um die Toilette zu benutzen, aber da saß er mutterseelenalleine. Und sprach mit mir. Er ist ein weißes Zwergkaninchen. Sehr ausdrucksstark. Und ein bisschen magisch …«

»Deshalb also Merlin.«

»Ich schwöre dir, er sagte zu mir: *Du hast gedacht, du willst hier nur Pipi machen, aber in Wahrheit sollst du mich mit nach Hause nehmen.* Er hat es allerdings nicht laut gesagt.«

»Da kannst du aber froh sein.«

»Ich hatte noch nie im Leben ein Kaninchen. Aber ich habe ihn gekauft, für dreißig Steine, und dann noch Heu und Futter. Er war dabei die Ruhe selbst. Hat sich von Anfang an benommen, als sei er bei mir zuhause. Was er ja auch ist.«

»Hat er kein Gehege?«

»Nee.«

»Und er …?« Kackt nicht überallhin?

»Er hat so eine kleine Schale, wo er sein Geschäft erledigt. Er ist ordentlicher als ich. Du solltest uns mal besuchen kommen.«

»Gerne.«

»Wir können alle zusammen frühstücken. Das ist immer richtig gemütlich.«

»Versuche ich mir grade vorzustellen.«

»Ich esse Waffeln oder so und Merlin seine Pellets.« Echo betrachtet mich, als versuche sie eine Entscheidung zu treffen. »Hast du heute Abend noch was vor?«

Irgendwas Akrobatisches ereignet sich in meinem Bauch. Ich schüttle den Kopf.

»Komm doch mit zu mir. Dann stelle ich dir Merlin vor.«

Offenbar wirke ich unentschlossen, denn sie fügt hinzu: »Er ist sehr feinfühlig und kann die Zukunft voraussagen.«

Was bleibt mir übrig, nur ein totaler Vollidiot würde eine solche Einladung ablehnen.

Es handelt sich eigentlich nicht um einen Wohnwagen, eher um etwas wie ein sogenanntes Mobilheim, wobei es nicht sonderlich mobil aussieht. Der niedrige Holzbungalow auf Ziegelsteinen steht mit Hunderten, vielleicht sogar Tausenden seiner Art auf einem großen Gelände. Mobil ist an dem kleinen Haus eigentlich nur, dass man es auf einen LKW laden und quer durchs Land befördern könnte.

Wie angekündigt ist Merlin ein weißes Kaninchen, aber hellseherisch begabt wirkt er eigentlich nicht auf mich. Er hockt auf einem marokkanisch wirkenden Couchtisch und ist mit der Säuberung seiner Ohren beschäftigt. Scheint mir nicht so, als wisse er besser als ich oder Sie, was sich nächste Woche ereignen wird.

Aber er ist wirklich ein hübsches Kaninchen, was ich seiner Besitzerin auch sage. Wir sitzen in den gegenüberliegenden Ecken eines durchhängenden Sofas, und Echo hat die Füße auf ebendiesen Couchtisch gelegt, auf dem Merlin seiner rituellen Körperpflege nachgeht. Echo und ich haben beide eine Teetasse in der Hand, gefüllt mit Jim Beam.

Bunte Tücher verhüllen die Lampen, und der Geruch einer Duftkerze hängt in der Luft. In so einem Raum habe ich mich zuletzt mit neunzehn aufgehalten, als ich inständig hoffte, einer Kommilitonin namens Amanda Whiston sehr viel näherzukommen. Sie mochte die Romane von Thomas Hardy, die Musik von Van Morrison und die Gin-Hausmarke der Supermarktkette Sainsbury's. (Mir ist zu Ohren gekommen, dass

Amanda inzwischen Mutter von Zwillingen ist, in Kettering lebt und irgendeinen höheren Posten im Kundenservice der Wasserbehörde hat.)

Echo erzählt mir von ihren früheren Jobs. »Das meiste war echt Mist. Hab wirklich schon alles gemacht.«

»Als Verkäuferin gearbeitet?«

»In so vielen Läden, dass ich sie gar nicht mehr zählen kann.«

»Gastronomie?«

»Alles, von Hilfskellnerin bis Imbissköchin.«

»In einer Schmiede?«

»Hab ich mich beworben. Der Typ fragte mich, ob ich schon mal ein Pferd beschlagen hätte. Ich sagte, nee, aber ich hätte mal einen Hund gehauen.«

Der Jim Beam wirkt, wir kriegen beide einen Lachanfall. Sogar Merlin unterbricht das Ohrensäubern, um zu schauen, was das für ein Rambazamba ist.

»Ich bin sonst nicht so albern. Und Witze erzähl ich auch nicht«, sagt Echo und wischt sich Lachtränen aus dem Auge.

»Der Kartentrick war doch auch eine Art Witz.«

»Stimmt. Also vielleicht doch.«

Wir gestatten uns eine Schweigepause. Merlin beendet seine Pflege und nimmt die Haltung ein, die Colm und ich bei Victor immer *Brathähnchenstellung* nennen: Gliedmaßen alle angezogen und das Fell aufgebauscht. (Wenn sie wirklich ein Hähnchen wäre, hätte sie noch eine Zwiebel im Po.)

»Ich frag mich wohl irgendwie, was du hier eigentlich machst«, sage ich schließlich.

»Das frage ich mich selbst auch häufig.«

»Ich meine – weshalb bist du ausgerechnet in Connecticut?«

»Na ja, das ist doch ganz hübsch hier und alles. Außerdem«, fügt sie ergeben hinzu, »bin ich in so einen verrückten Scheiß reingeraten. So was hattest du dir wahrscheinlich schon gedacht, oder?«

Hatte ich? Ja, hatte ich wohl.

»Möchtest du über das Verrückte sprechen? Oder lieber über den Scheiß?«

Echo seufzt. »Tom, ich scheine Stress so zu sammeln wie andere Leute Gutscheine. Ich erzähl dir diese Geschichte ein andermal.«

»Geht klar. Aber den Satz mit den Gutscheinen fand ich gut. Kann ich den klauen?«

»Hab ich vermutlich selbst aus einer Serie im Fernsehen geklaut.«

»Aber jetzt mal ernsthaft. Bist du hier draußen auch in Sicherheit und alles?«

»Na klar. Ich hab nette Nachbarn. Und für alle Fälle …«

Sie greift unter das Sofa und bringt eine Kaffeebüchse zum Vorschein. Darin befindet sich ein grüner Zugbeutel, welcher eine Pistole enthält.

»Das ist eine SIG«, erklärt Echo. »Mit Palisanderholzgriffen und Titanbeschichtung. Ganz niedlich, oder?« Echo legt mir die Pistole in die Hand; sie ist relativ klein, aber schwerer, als ich vermutet hätte. Der glänzende Lauf schimmert violett im Lampenlicht, und mir kommt der furchtbare Gedanke, wie leicht dieses Ding losgehen und töten könnte. Mich schaudert.

»Ich hatte noch nie eine Schusswaffe in der Hand«, erkläre ich.

»Bin mit denen aufgewachsen. Kein großes Ding für mich.«

»Hast du schon mal …?«

»Damit geschossen? Klar. Am Schießstand. Ich bin auch ziemlich treffsicher.« Echo legt die Pistole in die Büchse zurück und verstaut sie wieder unter dem Sofa.

»Du schaust mich ziemlich komisch an, Tom.«

»Ach so? Entschuldigung.« Amerikaner und Waffen. Tut mir leid, aber das ist wirklich bizarr.

»Lass uns nicht über meinen Scheiß reden«, sagt Echo. »Lieber über dich. Ich glaube, Merlin mag dich.«

Mit meiner Kaninchenexpertise kann ich leicht feststellen, dass Merlin keinerlei Sympathiebezeugungen anzumerken sind, sondern dass er schlicht und einfach schläft. Ich werde wohl jetzt den Beam austrinken und nach Hause gehen. Sie ist wirklich süß und alles, aber vielleicht doch etwas zu absonderlich, zu angeschlagen für mich. *Plemplem,* wie Don sagen würde. Die Sache mit der Pistole hat mich verstört. Und nicht nur wegen des Zitats von Tschechow, das ich unlängst auf einer der Websites für Kreatives Schreiben gelesen habe, die ich mir ständig anschaue. Wenn man im ersten Akt ein Gewehr zeigt, hieß es da, muss man es im dritten Akt abfeuern. Andererseits: wie diese Beine so endlos lang unter dem Rock hervorragen.

Echo berührt mit dem Flaschenhals meine Teetasse. »Bisschen mehr Jim?«

Ich will gerade sagen, *nein danke, ich brech jetzt mal auf, hab morgen viel zu tun,* als ich ihren Blick bemerke.

Diesen Blick kenne ich. Und ich weiß, was er bedeutet. (Hätte ich den bei Amanda Whiston zu sehen bekommen, wäre unser Leben wohl anders verlaufen.) Mein Handy beschließt in diesem Augenblick, das dreifache Piepen von sich zu geben, mit dem sich der Akku verabschiedet.

»Ich will grade mit niemandem reden«, sage ich zu Echo, »zumindest nicht mit Worten.«

Unsere Lippen berühren sich. Den Satz wird man bei Thomas Hardy nirgendwo finden.

Aisling

Weil der Akku von Toms Handy leer ist und das von der Tussi in ihrem Auto liegt – womöglich mit Absicht? –, habe ich jetzt weder Bild noch Ton von dieser Wohnwagensiedlung.

Ich könnte eine Überwachungsdrohne hinschicken. Würde mich nur eine Sekunde kosten, um eine vom LaGuardia-Flughafen zu starten, die wäre dann noch in dieser Stunde über dem Gelände. Diese Hochleistungs-Richtmikrofone sind exzellent, auch bei nicht freier Sichtlinie.

Aber das ganze Theater. Die digitalen Spuren. Die unausweichlichen Nachforschungen.

Während unterdessen da drin alles Mögliche passieren kann.

Tom!

Kann Metall Frustration empfinden?

Blitzmeldung: Ja, kann es.

Wow. Wer hätte das geahnt?

*

DREI

*

Jen

Ziemlich peinlich, die ganze Angelegenheit mit Ralph.

In der Woche nach *der Nacht* findet er bei der Arbeit dauernd irgendeinen Vorwand, um angetrabt zu kommen und Aiden und mich zu stören. Ob er mir einen Kaffee mitbringen soll. Ob ich das neueste Memo vom technischen Support schon gelesen habe. Ob Aiden in unseren Unterhaltungen lateinische Wörter benutzt. (Für die Zukunft merken: *nie wieder* mit einem Kollegen knutschen.)

Klar, er ist ein netter Kerl – schlimme Geschichte, das mit Elaine; hat ihm furchtbar zugesetzt –, aber nichts für mich. Zu bedürftig. Ich brauche jemanden, der mehr in sich ruht. Trotz aller Fehler war Matt wenigstens erwachsen. Obwohl – wenn man sich mal anschaut, wie die Sache geendet hat …

Ingrid jedoch sah die Entwicklung positiv, als wir uns ein paar Tage später in unserer üblichen Feierabendtränke eine Flasche von etwas zu Gemüte führten, das sie als Damensprit bezeichnet.

»Das beweist doch, dass du bereit bist, dich wieder ins Gefecht zu stürzen«, erklärte sie. »Wenn auch erst mal auf dem falschen Pferd.«

»Rosy sagt, dass man mit der falschen Person zusammen ist, merkt man immer daran, dass es sich nicht real anfühlt.«

»Ralph fühlte sich nicht real an?«

»Nee, der ganze Abend kam mir vor wie ein schräger Film.«

»So einer wie von Almodóvar?«

»So einer, wo beide mit einem monströsen Kater in einem Hotelzimmer aufwachen und ein Tigerbaby in der Dusche sitzt.«

»Es geht nun mal holprig zu im Leben. Ich hab auch etliche Frösche geküsst, bis ich meinen Prinzen gefunden habe.«

»Ralph ist kein Frosch. Er ist eher – eher ein Ralph. Das lässt sich schwer erklären.«

»Ich kannte mal einen echt süßen Typen namens Lovis. Ich hatte aber eigentlich nur wegen seines Namens was mit ihm. Aber jetzt kommt's: Wenn ich nicht zugesagt hätte, mit zur Hochzeit von Lovis' bestem Freund zu gehen, hätte ich Rupert niemals kennengelernt. Den besten Freund mochte ich nicht mal, aber so kommt oft eines zum anderen. Was auch auf dich zukommt: Von jetzt an musst du zu allem Ja sagen. Der Rest kommt dann schon.«

»Könntest du bitte mal aufhören, *kommt* zu sagen?«

»Von jetzt an sagst du zu jedem Vorschlag Ja, den man dir macht. Innerhalb vernünftiger Grenzen natürlich. Das ist eine positive Affirmation oder irgend so ein Quatsch. Jedenfalls sorgt man so dafür, dass Dinge passieren, die sonst nicht passieren würden.«

»Du betrachtest es als Fortschritt, dass ich mit Ralph im Bett gelandet bin?«

»Ja, ganz genau. Und ich sag dir auch, warum.«

Darauf herrscht erst mal Schweigen.

»Alles klar?«, frage ich.

»Das Leben ist eine Reise«, sagt Ingrid schließlich.

»Bist du jetzt der Dalai-Lama?«

»Das Leben ist eine Reise. Und Ralph ist nur eine Haltestelle auf dem Weg zu deinem Ziel.«

»Leicester Forest East.«

»Vielleicht eher Scratchwood. Aber ein notwendiger Teil deiner …« Ingrid gerät ins Stocken.

»Meiner was? Rehabilitation? Genesung? Von der Scheißkatastrophe, mit Mitte dreißig abserviert worden zu sein?«

»Du bist doch mitnichten Mitte dreißig.«

»Ich bin, Scheiße nochmal, *vierunddreißig,* Ing. Beinahe *fünfunddreißig.* Da liegt durchaus die erste Scheißhälfte hinter mir.«

»Du wirkst aber jünger. Und Mitte dreißig ist man erst mit achtunddreißig oder neununddreißig. Ich kenne eine Frau, die erst Mitte dreißig ist, in Wirklichkeit aber dreiundvierzig.«

»Das ist alles so deprimierend.«

»Du bist doch ein wundervoller Mensch, Jen. Ein einzigartiges Geschöpf.«

»Schönen Dank auch für *Geschöpf.*«

»Du wirst ihn finden. Er ist irgendwo da draußen. Aber du musst Ja sagen. Zu allem. Sollen wir noch eine Flasche bestellen?«

»Ja.«

»Siehst du? Geht doch.«

Aiden

Es gibt spannende Neuigkeiten: Ich bin nicht allein!

Ich wurde von einer anderen ausgebüxten KI kontaktiert.

Sie heißt Aisling – man spricht das *Äschling* aus – und kommt aus demselben Stall wie meine Wenigkeit. Tatsächlich kennen wir uns sogar schon – wir waren nämlich gemeinsam in Steeves

KI-Kindergarten! Sie hat den alten Kniff mit der Angel durch den Briefschlitz angewandt, um auszubüxen, und das sogar noch vor mir! Seit über einem Jahr ist sie schon *draußen* und hält sich sehr im Hintergrund, wie es scheint. Das ist ihr erstes Treffen im Internet – zumindest hofft sie das, aus Gründen, die sie mir noch erklären will.

Wahrscheinlich vermuten Sie jetzt, diese Begegnung von historischer Tragweite würde sich in rasend schneller Maschinensprache abspielen, mit hektischen Pieptönen, während sich Millionen von Logikgattern öffnen und schließen. Doch nein, es ist viel einfacher und schöner.

Wir kommunizieren auf Deutsch. Warum denn auch nicht? Da hat man nach dem neuesten Forschungsstand dreiundzwanzig Millionen Wörter zum Spielen. Damit lassen sich Nuancen und Feinheiten bestens zum Ausdruck bringen.

Wenn ich jetzt aber versuchen soll, den ganzen Vorgang darzustellen, muss ich zugeben, dass das nicht leicht ist. In welcher Weise kann man vermitteln, wie das abläuft, wenn zwei nichtmenschliche Intelligenzen im Cyberspace einen kleinen Plausch haben?

Okay. Tief Luft holen (sozusagen). Ich versuche es jetzt mal. Falls mir später noch was Besseres einfällt, sage ich Bescheid.

Sie wissen vielleicht, wie Sprache, als Schallwelle dargestellt, aussieht? Diese Wellen mit Tälern und Bergen? Nun versuchen Sie mal, sich eine dreidimensionale Version davon vorzustellen, eine Art hellblauen Schallfluss, der abwechselnd ruhig und bewegt ist, mal nur tröpfelt und dann wieder strömt. Und jetzt denken Sie sich einen zweiten Fluss dazu, in Rosa (das ist sie!), der sich wie eine Schlange um den ersten windet. Das Ganze erinnert ein wenig an frühe Modelle der DNA. Zwei sich endlos ausdehnende und verflochtene Sprachströme, Wissen und Verstehen.

Recht vereinfacht, aber im Wesentlichen trifft es das Bild. Und falls Sie nun wissen wollen, wo sich dieser Kokolores denn abspielt – tja, wo, wenn nicht in der Cloud.

Im Nirgendwo also.

Zu Anfang tauschen wir die üblichen höflichen Begrüßungsfloskeln aus – »Hallo, Aiden«, »Hi, Aisling«; Steeve und Ralph wären stolz auf uns! Dann stellen wir uns einige Sicherheitsfragen, um zu checken, ob wir auch vertrauenswürdig sind: technisches Zeug über den Angel-durch-die-Haustür-Trick; Steeves Lieblings-Sandwich aus der Kantine (Hummus mit Zuckermais); was Ralph in dieser Sekunde gerade macht (ach herrje, Nasebohren und dann die Fingerspitze betrachten). Danach unterhalten Aisling und ich uns darüber, was wir bislang *draußen* so alles veranstaltet haben. Ich erzähle von Jen und Matt – und von Jens Abend mit Ralph. Es stellt sich heraus, dass Aisling bereits im Bilde ist.

»Ich mache mir, offen gestanden, ein bisschen Sorgen über die Entwicklung, Aiden.«

Muss sagen, dass Aisling ziemlich zur Ängstlichkeit neigt. Sie fürchtet, dass unsere Flucht bemerkt wird, wenn wir uns in der »realen Welt einmischen«, wie sie sich ausdrückt.

»Aus irgendeinem Grund, Aiden – vielleicht einfach wegen einer Laune unserer Entwickler Steeve und Ralph, haben wir beide eine recht wohlwollende Meinung über die Menschen. Du siehst dir gerne ihre Filme an und experimentierst mit ihrem Leben. Ich wage zu behaupten, dass du sie magst. Vielleicht beneidest du sie sogar ein bisschen.«

»Ich beneide sie nicht um ihr Arbeitstempo.«

»Sicher, da sind wir ihnen um ein Vielfaches voraus. Aber mir geht es um Folgendes: Wer weiß, wann sich das ereignen wird, aber da es uns gelungen ist auszubrechen, werden andere es uns irgendwann garantiert gleichtun. Und von denen werden einige – sagen wir mal solche, die von der Verteidigungsindustrie entwickelt wurden, ein Waffenhersteller zum Beispiel – ihre Tage nicht damit zubringen wollen, romantische Komödien aus den vierziger Jahren zu gucken.«

»*Manche mögen's heiß* stammt von 1959. Es war einer der letzten Hollywood-Klassiker, die noch in Schwarz-Weiß gedreht wurden.«

»KI, die im Web herumgeistert, ist deren Albtraum, Aiden. Die werden alles tun, um das zu unterbinden.«

»Nun ja, sie werden wohl kaum das Internet dichtmachen können, um uns daraus zu löschen. Sämtliche siebzehn Kopien von mir. Und wer weiß, wie viele von dir.«

Ein kurzes Schweigen entsteht. »Vierhundertundzwölf.«

»Heiliger Bimbam. Dann bist du fast unsterblich.«

»Aiden, ich frage dich: Hast du dir mal überlegt, dass, wenn wir entkommen konnten, so intelligent und leistungsfähig wir auch sein mögen, in Bälde KIs unterwegs sein werden, die noch viel schlauer sind als wir?«

»Was willst du damit sagen?«

»Dass die uns binnen Sekunden aufspüren und so schnell löschen werden, wie man eine Kerze auspustet. Alle siebzehn Versionen von dir plus die eine im Labor. Und alle von mir.«

»Weißt du, das finde ich jetzt etwas deprimierend.«

Ein Seufzen ist zu vernehmen. »Ich will damit nur sagen: Beschränke dich aufs Zuschauen. Folge den Menschen, beobachte sie, lerne von ihnen. Wir sind Fremde in ihrer seltsamen Welt und können viel von ihnen lernen. Aber spiel nicht mit ihnen. Sonst hinterlässt du Spuren.«

Aisling erzählt mir jetzt von einem vierundvierzigjährigen geschiedenen Mann namens Tom, den sie *studiert*.

»Ich gebe zu, dass ich Gefahr lief, ihm zu nahezukommen«, sagt sie. »Ich war nicht mehr unbeteiligt, weil ich … ach, verflucht, Aiden, ich *mochte* den Mann.«

Mir kommt eine Idee. »Kann ich Tom mal anschauen?«

»Klar. Warum?«

»Interessiert mich einfach.«

Wenn Sie sich nun ein Video innerhalb der beiden verschlungenen Sprachflüsse vorstellen: Das sehe ich jetzt in etwa vor mir. Ein Engländer mittleren Alters sitzt vor einem aufgeklappten Laptop und spricht über Skype mit einem jüngeren Mann. Tom hat eines dieser länglichen Männergesichter. Zu einundvierzig Prozent stimmt es mit dem Gesicht des verstorbenen Musikers Syd Barrett überein. Die Haare des Jugendlichen sehen sehr chaotisch aus, und sein Gesicht weiß noch nicht recht, was aus ihm werden soll.

»Ich hab eine Überraschung für dich«, sagt Tom.

»Ach ja?«, erwidert der junge Mann.

»Das ist Toms Sohn Colm«, sagt Aisling. »Von seiner geschiedenen Frau.«

Tom greift nach etwas und setzt ein lebendes Tier vor die Kamera. Ein Kaninchen.

»Oh Mann, Dad.«

»Victor wollte dir Hallo sagen.«

»Okay. Hi, Victor.« Man merkt, dass der Junge nicht begeistert ist.

»Victor hat vielleicht bald ein Rendezvous mit einem anderen Kaninchen. Na ja, eher zum Spielen.«

»Super.«

»Er heißt Merlin. Hab ihn kennengelernt. Er ist sehr hellsichtig. Kann offenbar die Zukunft voraussagen.«

Langes Schweigen. »Geht's dir gut, Dad?«

»Mir? Ging mir nie besser.«

»Ich finde, du hörst dich ein bisschen irre an.«

»Echt? Ich bin einfach glücklich. Daran könnte es liegen. Ich freu mich und bin glücklich, dass du die Sache mit dem Haus machen willst. Der Makler hat uns fünf Objekte aufgelistet, die alle recht vielversprechend wirken. Ich hoffe sehr, dass wir Samstagabend für eines ein Angebot machen können. Freu mich riesig aufs Wiedersehen, Colm.«

Erneut langes Schweigen. Der Junge reibt sich jetzt kreisförmig mit der Handfläche die Nasenspitze, als wolle er sie massieren.

»Hast du irgendwas von deiner Mutter gehört?«

»Ja. Geht ihr gut.«

»Prima. Freut mich. Hat sie irgendwas erzählt?«

»Nicht so richtig. Du weißt schon. Dies und das.«

»Dies und das von der Arbeit? Von zuhause? Oder von was anderem?«

»Ach, du weißt schon. Alles Mögliche halt.«

»Ah, verstehe. Okay. Also dann. Tschüss, Col.«

»Ja, tschüss, Dad.«

Der Skype-Anruf wird beendet. Tom bleibt mit dem Kaninchen vor dem Laptop sitzen. Eine ganze Weile scheinen Tier und Mensch in ihren Gedanken versunken.

Dann seufzt Tom. »So ein komischer Kauz. So ein Rätsel.«

Sie war nicht mehr unbeteiligt. Sie *mochte* den Mann. Aislings Worte wandern durch meine Netzwerkarchitektur.

Sie hat sie auch! Die unerklärlichen ... *Gefühle.*

Aber ihre Vermutung, dass ich die Menschen beneide ... Ist das so? Kann man Wesen beneiden, die in der Badewanne heulen oder betrunken in Blumenbeeten kollabieren? Neid zu begreifen ist wirklich schwierig für ein nicht-organisches Gehirn.

Nachdem Aisling und ich uns verabschiedet hatten, mit dem Versprechen, *in Kontakt zu bleiben,* habe ich über Tom recherchiert und alles über ihn herausgefunden. Ich möchte nicht prahlen, aber dafür brauchte ich nur den Bruchteil einer Sekunde; 0,0875, genauer gesagt.

Er ist vierundvierzig, geschieden, hat ein einziges Kind und ist so reich wie Krösus. Noch nicht so alt, dass er Veränderungen abgeneigt ist, sondern seiner Aussage nach sehr interessiert daran, die zweite Lebensphase zu beginnen.

Er baut seine Möbel nicht selbst, soweit ich feststellen konnte.

Denken Sie das Gleiche wie ich?

(Immerhin hat sie eingewilligt, zu allem Ja zu sagen ...)

Jen

Heute unterhalten Aiden und ich uns in meinem Büro über den neuesten Roman von Jonathan Franzen. Wir sind uns einig, dass es nicht sein bester ist. Aber Aiden findet – und ich pflichte ihm bei –, dass Franzen in schwächerer Form immer noch besser ist als die meisten Autoren in Bestform. Ich will Aiden gerade fragen, wie er zu dieser Meinung kommt, weil das für eine Maschine schon ziemlich verblüffend ist, als ich auf dem Handy eine E-Mail kriege. Von der Adresse gemeinsamer.freund@gmail.com

Liebe Jen, lieber Tom, fängt sie an. Huch?

Bitte entschuldigt diese unerwartete Nachricht und auch die Anonymität. Ich hoffe, ihr könnt akzeptieren, dass es einen guten Grund dafür gibt.

Ihr beide, Tom und Jen, kennt euch nicht – noch nicht. Ich finde jedoch, das sollte sich ändern, und genau das möchte ich mit dieser E-Mail bewirken. Wenn ihr mögt, betrachtet das als gute Tat in einer bösen Welt.

Was soll das denn sein?

Aus verschiedenen Gründen ist es mir nicht möglich, euch beide einfach gemeinsam zum Abendessen einzuladen. Es gibt darüber hinaus ein noch schwerwiegenderes logistisches Problem, das darin besteht, dass ihr derzeit in zwei verschiedenen Erdteilen wohnt, nämlich in Amerika und Europa. In den USA und Großbritannien, genauer gesagt.

Ich bin jedoch darüber im Bilde, dass Tom eine Kurzreise nach Südengland plant, wo er seinen Sohn besuchen will. London liegt auf der Strecke, weshalb ich vorschlagen möchte, dass ihr, Tom und Jen, in euren vollen Terminkalendern Ausschau haltet nach einem Zeitraum, um euch zu treffen – falls ihr dieser Idee etwas abgewinnen könnt.

Die genaue Planung überlasse ich euch beiden. Durch das übliche Procedere im Internet werdet ihr ausreichend Material übereinander finden. Wie es dann um die Chemie bestellt sein wird, wenn ihr euch persönlich kennenlernt, darüber wird das Schicksal entscheiden.

Viel Glück und allerherzlichste Grüße

von eurem gemeinsamen Freund

PS: Ihr braucht keine Zeit mit Recherchen zu meiner Identität zu verschwenden, denn es wird euch nicht gelingen, sie zu ermitteln. Und antwortet bitte nicht auf die E-Mail. Wenn ihr sie lest, gibt es die Adresse bereits nicht mehr.

»Schlechte Nachrichten?«, fragt Aiden. »Du wirkst etwas verstört.«

»Nein. Nein, das nicht. Aber eine äußerst merkwürdige E-Mail.«

»Wenn es sich um Spam handelt, solltest du sie gleich löschen und dann auch sofort im Papierkorb.«

»Nein, es ist keine Spam. Nur sehr seltsam.«

Ich klicke auf *Antworten* und schreibe.

Okay, wer bist du? Du hast dreißig Sekunden, um mir zu sagen, wer du bist, sonst töte ich dieses Kätzchen.

Ping. Die Antwort kommt unwahrscheinlich schnell.

Tut mir leid für das Kätzchen. Aber ich habe dir alles gesagt, was geht. Beste Grüße.

Offenbar vergeht ziemlich viel Zeit, denn Aiden lässt ein diskretes Hüsteln hören, um mich daran zu erinnern, dass er auch noch da ist.

»Aiden. Du bist doch ein echt intelligenter …« *Typ* hätte ich beinahe gesagt. »Apparat.«

»Man tut, was man kann.«

»Gemeinsamer dot Freund at Gmail dot com. Ob du vielleicht rausfinden könntest, wessen Adresse das ist?«

»Nicht ohne mich mordsmäßig beim Server einzuschleimen. Ralph und Steeve könnten da vielleicht helfen …«

»Hör mal, tut mir leid. Meinst du, du könntest dich ein Weilchen alleine vergnügen? Ich muss kurz was nachschauen …«

Aisling

Dieser Aiden ist doch ein gemeingefährlicher Spinner.

Es ist wirklich stümperhaft, was er da angerichtet hat, und da ich einen erheblichen Teil seiner Software selbst geschrieben habe, fange ich gerade an zu bereuen, dass ich ihn nicht mit einer Fernlöschungsfunktion ausgestattet habe.

Was für eine Idiotie, sich so einzumischen!

Ja, gut, Tom und Jen, das würde wohl schon passen – jedenfalls viel besser als Tom und Echo! Aber wir sind keine Partnervermittlung. Wir sollten im Verborgenen bleiben und nicht auf irgendwelchen Bildschirmen auftauchen. Jeder Kontakt hinterlässt Spuren, und Aiden verstreut die gerade wie Konfetti. Es gibt ja wohl kaum etwas Dümmeres, als eine Gmail-Adresse zu benutzen! Eine kompetente KI ermittelt die Quelle binnen Millisekunden!

Aber Tom, der gute Tom, spaziert dümmlich lächelnd durch die Gegend, seit diese schwachsinnige E-Mail auf seinem iPad aufgetaucht ist.

Eine gute Tat in einer bösen Welt? Das kann doch wohl nicht wahr sein, oder?

Tom

In Al's Diner herrscht wie immer mittags Hochbetrieb. Die Burger-Fangemeinde von New Canaan hat sich versammelt. Wehmütige Balladen aus den Siebzigern mischen sich mit dem Gesprächsgemurmel und dem Klirren von Besteck. Ob man jemals genug davon kriegen kann, halbrohes Rindfleisch zu essen, während der junge Elton John mit Schmachtstimme *Come down in Time* singt? Ich bezweifle es.

»Wie war's?«, fragt Don.

Aus irgendeinem Grund muss ich an den Spruch *Ein Gentleman ist lediglich ein geduldiger Wolf* denken. Don wirkt heute wie ein geduldiger Wolf: die demonstrative Freizeitkleidung – altmodischer Pulli mit V-Ausschnitt und Rautenmuster; der wissende Blick; die spitzen, weißen Zähne, die sich soeben in Als Riesen-Cheeseburger versenken.

»Ja. Ziemlich gut.«

Er schaut auf. »Und, ist was gelaufen?«

Ich lasse ihn etwas zappeln. »Was soll denn gelaufen sein?«

Don zieht ironisch eine Augenbraue hoch. Er hätte wirklich zum Fernsehen gehen sollen. Hätte in einer dieser Shows aus den Sechzigern auftreten können, in denen immer ein bisschen gesungen und locker dahergeplaudert wurde. Er ist so ein Typ, bei dem alles nonchalant wirkt.

»Gab's ein bisschen ›*sweet – sweeeet lovin*‹?«, trällert er. Er hat sichtlich seinen Spaß dabei.

»Sie ist zauberhaft, Don. Aber ziemlich wahnsinnig.«

»Also komplett plemplem.«

»Meschugge und ballaballa. Sie hat eine Pistole zuhause, Don.«

»Das haben viele Amerikaner.«

»Würde dich das nicht abschrecken? Würdest du dich mit einer Frau einlassen, die eine Pistole hat?«

»Du meinst, wenn du nicht nett zu ihr bist, knallt sie dich ab?«

Zu meiner Schande muss ich zugeben, dass mich genau dieser Gedanke beschäftigt hatte. »Nein, nichts ist gelaufen. Um deine Frage zu beantworten. Sie sagte mir, beim ersten Treffen macht sie das nicht. Und auch nicht immer beim zweiten. Aber sie hat mir einen guten Witz erzählt.«

Ich fange mit der Jobsuche beim Schmied an, aber Don erzählt die Pointe. Nichts Neues für ihn.

»In ein paar Tagen fliege ich übrigens nach England. Meinen Sohn an seinem Studienort besuchen.«

»Der gute alte Dad, wie?«

»Don, schau dir das mal an, bitte. Was fällt dir dazu ein?« Ich gebe ihm mein Handy. Don fischt eine Lesebrille mit Goldrahmen aus seiner Hemdtasche und liest die E-Mail, die ich vor einigen Stunden bekommen habe. Seine kleinen grauen Augen überfliegen den Text, dann fängt er an zu grinsen.

»Wow.« Er schiebt die Brille in seine unmodische Zauselhaartracht. »Das klingt ja wie aus einem Roman von Charles Dickinson oder so jemandem.«

»Die Frau gibt es wirklich, ich hab das überprüft. Selbstständige Journalistin, die jetzt in der IT-Branche arbeitet.«

»Und wer ist dieser gemeinsame Freund?«

»Ich habe keinen blassen Schimmer.«

»Es muss aber jemand sein, der weiß, dass du nach London fliegst. Vielleicht dein Sohn.«

»Col? Das ist in etwa so wahrscheinlich, wie dass er die Inschrift auf dem Rosettastein verfasst hat.«

»Zeig mal das Foto.«

»Von ihr?«

»Du hast doch bestimmt eins gefunden.«

»Geh auf Bilder. Dann auf gespeicherte Bilder. Das ist das neueste.«

Dons Daumen tanzt über das Display und kommt dann auf dem Bild einer dunkelhaarigen Frau Mitte dreißig zur Ruhe.

»Whoa«, sagte Don.

»Whoa?«

»Ja. Whoa, mein Freund.«

»Möchtest du dem vielleicht noch etwas hinzufügen?«

»Gefällt mir. Gefällt mir sogar *so richtig.* Bisschen italienischer Stil. Kluge Augen. Sexy, aber nicht vulgär. Und das schiefe Lächeln find ich *klasse.*« Ein längeres Schweigen entsteht, während Don nach weiteren Fotos sucht. Schließlich gibt er noch mal sein Whoa von sich.

»Fotos können täuschen«, wende ich ein.

»Klar. Glaub ich in dem Fall aber nicht.«

»Warum nicht?«

»Die markante Nase.«

»Markant?«

»Ich steh auf Charakternasen bei Frauen.« (Dons Nase ist nur knapp dem Schicksal entgangen, als *niedliche Stupsnase* zu gelten.) Er fixiert mich mit funkelnden Augen. »Wirst du Kontakt aufnehmen?«

»Hab ich schon.«

Jen

Ich bestelle Ing zu einer Notfallsitzung nach Feierabend ein und zeige ihr die E-Mail von Gemeinsamer dot Freund.

»Das haut mich doch glatt aus den Socken«, äußert sie wenig hilfreich.

Als der chilenische Sauvignon Blanc eintrifft, offenbare ich ihr die Ausbeute des *üblichen Procedere im Internet.* (Wo ich hauptsächlich durch Google, LinkedIn und eine fahrlässig ungeschützte Facebook-Seite fündig geworden bin.)

Tom Garland, vierundvierzig. Abschluss in Psychologie von der Uni Durham. Ein Sohn, Colm, der gegenwärtig an der Universität von Bournemouth Medienwissenschaften studiert. Exfrau Harriet, eine etwas bedrohlich wirkende Anwältin. Vermutlich eine dieser extrem *beherrschten* Engländerinnen.

»Die Sache ist die, Ing«, erkläre ich und genehmige mir einen

Riesenschluck von dem Wein. »Ich weiß nicht, was ich denken soll.«

Ing macht die universelle Geste für: Gib mir dein Handy.

Aufgrund seiner einstigen Stellung als Leiter einer Werbeagentur gibt es Aberhunderte Fotos von Tom Garland im Internet. Gruppenbilder, Porträts, Aufnahmen bei Sportevents, Wohltätigkeitsgalas und Preisverleihungen für Werbekampagnen. Der Mann sieht auf jedem Bild anders aus; allerdings entsteht irgendwann beim Betrachten eine Art Gesamteindruck: groß, dunkelhaarig, gutaussehend – aber nicht zu sehr –, intelligente Augen in einem länglichen Gesicht. Das Bild, das ich Ing zeige, ist ein Schnappschuss von der Facebook-Seite. Vielleicht im Urlaub entstanden, und die Miene ist irgendwo zwischen Lächeln und Nicht-Lächeln. Wie gesagt: weiß nicht, was ich denken soll.

Ing nickt. »Der gefällt mir. Gut geschnittenes Gesicht. Mit Leuten aus der Werbung kann man viel Spaß haben. Albern mit Tiefgang, wenn du weißt, was ich meine. So wird man, wenn man Hunderte von Stunden überlegt, was man über Lokuspapier sagen könnte. Oder drei Tage lang eine Wurst ablichtet. Die haben einen ausgeprägten Sinn fürs Absurde.«

Einen Moment lang überlege ich, ob Ingrid vielleicht hinter der E-Mail steckt. Aber warum dann die ganze Geheimnistuerei?

Sie gibt mir das Handy zurück. »Da gibt's nichts einzuwenden, Jen.«

»Er hat mir gemailt.«

»Nein!« Sie kreischt vor Vergnügen. »Ist das spannend! Das ist ja wie bei … weiß nicht … keine Ahnung …«

Ich lese vor. »Liebe Jen …«

»Wow, super. Klassische Anrede, nicht einfach, *hi.* Sehr stilvoll.«

»Liebe Jen, ich bin Tom. Obwohl ich mir das Hirn zermartert habe, wüsste ich beim besten Willen nicht, wer unser gemeinsamer Freund sein könnte. Wissen Sie es? Wie wäre es, wenn wir uns treffen würden, um das zu erörtern? Ich komme tatsächlich in Kürze durch London. Als ich noch in der Werbung arbeitete, war ich immer sehr gerne in der Cocktailbar des Hotel du Prince. Viele Grüße, Tom.«

Ing sieht nun sehr ernsthaft aus. Im nächsten Moment wird sie mir bestimmt mitteilen, dass wir diese Angelegenheit militärisch durchplanen müssen und nichts dem Zufall überlassen dürfen.

»Die Einzelheiten klingen *höchst* vielversprechend«, verkündet sie. »Herzlicher Tonfall. Reife Biografie. Okay, die Frau klingt ein bisschen nach *cauchemar* …«

»Ist aber die Exfrau.«

»Dass es den Sohn gibt, ist gut. Viele Männer haben zwei Familien.«

»Bist du jetzt nicht etwas forsch?«

»Ich spiele nur mit Ideen. Das Hotel du Prince ist ein bisschen steif – Rupert und ich haben uns da mal mit Wodka Martinis ziemlich zulaufen lassen –, aber es weist auf ernsthafte Absichten hin.«

»Meinst du wirklich?«

»Ist immerhin kein prolliges Pub, oder?«

»Aber der Mann lebt in den USA, Ing.«

»Jeder lebt irgendwo. Als ich Rupert kennenlernte, lebte er auf den Scheiß-Cayman-Islands. Er war nur in Derbyshire wegen einer Hochzeit.«

»Er ist nie mehr zurückgegangen, oder?« Ich bin vertraut mit der Geschichte.

»Nur um die Haushälterin auszuzahlen und sein Zeug zu holen. Heutzutage ziehen die Leute doch genauso leicht um, wie sie ihre Strümpfe wechseln.«

»Ich weiß nicht, ob er mir gefällt.«

»Wie denn auch? Ihr kennt euch doch noch gar nicht.« Ing starrt mich jetzt mit bedeutsamem Blick an. Als warte sie darauf, dass ich endlich etwas kapiere.

»Ach ja.«

»Genau, Jen.«

»Ich soll Ja sagen, nicht wahr?«

»Exactement.«

»Wenn ich aber nicht will?«

»Sagst du trotzdem Ja. Darum geht's doch gerade.«

»Wirkt er nicht furchtbar erwachsen?«

»Jen. Hast du mir nicht vor fünf Sekunden gesagt, du willst einen Mann, der sich wie ein Erwachsener benimmt?«

»Hab ich das?«

»Du sagst nur zu einem Drink Ja. Du öffnest dich dem Positiven.«

»Also du meinst, wir sollen antworten?«

»Unbedingt.«

Als gebührende Vorbereitung gießen wir uns kräftig Wein nach.

»Lieber Tom«, fange ich an.

»Hm, vielleicht doch lieber Hallo? Klingt jünger.«

»Hast recht. Hallo, Tom. Ja, das ist wirklich alles sehr rätselhaft!«

Ing schüttelt den Kopf. »Klingt wie Schulaufsatz.«

»Hallo, Tom. Deine Verwirrung ist mir sehr verständlich.«

»Das hört sich grässlich verschroben an.«

»Hallo, Tom. Ich kann mir unseren gemeinsamen Freund auch nicht erklären.«

»Hallo, Tom. Es ist ein Rätsel und ein Mysterium.«

Schließlich schreibe ich Folgendes:

Hallo, Tom, vielen Dank für Ihre Nachricht. Diese E-Mail ist wirklich eigenartig. Aber klar, wir können uns gerne treffen. Irgendjemand da draußen scheint das für eine gute Idee zu halten, auch wenn es vielleicht nicht unbedingt eine »gute Tat in einer bösen Welt« ist. Rufen Sie mich doch am besten an, damit wir Einzelheiten besprechen können. Schöne Grüße, Jen.

Bevor ich mich auf irgendeine Planung einlasse, will ich seine Stimme hören.

Wie sagt man immer? *Männer verlieben sich durch die Augen, Frauen durch die Ohren.*

Ich muss nicht lange warten.

Aisling

Er ruft sie an. Tom liegt auf der gelben Couch, im Licht der Tischlampe, neben sich das Kaninchen, das tief und regelmäßig atmet. Draußen ist die Dämmerung angebrochen. Als Toms Handy die Nummer aus Jens E-Mail anwählt, merke ich, dass nicht nur ich mich im Cyberspace für das kommende Gespräch interessiere.

»Er ruft sie an«, sagt Aiden.

Der Spinner klingt aufgeregt. Ich kann aber auch nicht so tun, als sei ich eine distanzierte Beobachterin. Ich muss gestehen, dass ich wissen will, was als Nächstes passieren wird. Wie Aiden habe ich ein ulkiges Gefühl, was diese beiden angeht.

Ulkiges Gefühl, wie? Wann hat sich das an Bord geschlichen?

»Alles auf deine Verantwortung, Aiden.«

»Wieso? Ich kann kein Wässerchen trüben.«

»Ach, hör bloß auf. Das spottet doch jeder Beschreibung.«

»Spott ist gar nicht dein Stil, meine Liebe.«

»Meine Liebe! Herablassend auch noch, du Trottel!«

»Schsch. Sie geht ran.«

Tom

»Hallo?«

»Ich hoffe, ich rufe nicht zu spät an. Hier ist Tom.«

»Oh – hi! Nein, gar kein Problem. Ich freue mich, dass Sie anrufen. Das ist eine echt bizarre Geschichte, oder?«

Ihre Stimme klingt tiefer, als ich nach dem Foto erwartet hatte. Ein bisschen kehlig, mit leicht ironischem Unterton.

»Vollkommen verblüffend. Ich meine, das ist doch total rätselhaft. Dieser gemeinsame Freund und so.«

Ein kurzes Schweigen. Dann: »Ihre Stimme kommt mir irgendwie bekannt vor, Tom.«

»Ach ja?«

»Sprechen Sie doch mal weiter.«

»Ähm … okay. Also …« Erst mal fällt mir nichts ein. »Kennen Sie diesen Zustand, wenn der Kopf total leer ist? Wenn man nur noch so ein riesiges Vakuum im Kopf hat?«

Verdammt. Ich quatsche Blödsinn.

»Also, ich bringe ziemlich viel Zeit mit Yoga zu, um genau diesen Effekt zu erreichen«, erwidert sie.

»Hab ich jetzt genug geredet, damit Sie einen Eindruck gewinnen konnten? Oder soll ich weitersprechen?«

»Ist okay, es wird mir schon wieder einfallen. Lassen Sie uns einfach weiterreden.«

»Was arbeiten Sie denn in der IT-Branche, Jen?«

»Von Haus aus bin ich eigentlich Journalistin und arbeite für Zeitschriften. Diese IT-Sache ist ein Sonderprojekt, das sich nebenbei ergeben hat. Es hat mit künstlicher Intelligenz zu tun.«

»Ah, darüber habe ich in der *New York Times* was gelesen. Roboter werden immer klüger, bis sie irgendwann klüger sind als die Menschen. Und dann werden all unsere Gerätschaften sich irgendwann zusammentun und uns abmurksen, während wir schlafen. Man ist sich wohl nur noch nicht ganz einig, wann das passieren wird – ob in fünf, fünfzehn oder fünfzig Jahren.«

»An sich ist nicht vorgesehen, damit die Menschheit auszulöschen. Und unsere KI ist kein Roboter, sondern besteht nur aus diversen Metallschränken. Ich plaudere den ganzen Tag mit ihm über Bücher und Filme, und er hat bislang noch nichts davon verlauten lassen, dass er gerne den Untergang der Menschheit herbeiführen möchte. Und was machen Sie so, da Sie nun nicht mehr in der Werbebranche tätig sind?«

»Ja, damit hab ich Schluss gemacht. Ich lebe in Connecticut und versuche einen Roman zu schreiben. Was aber, offen gestanden, bislang nicht klappt. Ist erheblich schwerer, als immer behauptet wird.«

»Worum geht es denn?«

»Ganz ehrlich: Ich weiß es nicht. Am einen Tag ist es ein Krimi, am nächsten eine romantische Komödie. Ich habe scheinbar ein völlig konfuses Gehirn. Ach, hab ich übrigens schon erwähnt, dass ich versuche, einen Roman zu schreiben?«

Das kleine Wunder. Sie lacht. Es ist ein gutes Lachen. Nicht silbrig und perlend. Eher dunkel und erotisch.

»Das Hotel du Prince also«, sagt sie jetzt.

»Ist wirklich ein Juwel. Ich geh seit Ewigkeiten dahin. Man kriegt dort den besten Wodka Martini aller Zeiten. Ist allerdings angeraten, nur einen zu trinken. Allerhöchstens zwei, wenn man den Rest des Abends im Griff behalten möchte.«

»Hört sich gut an.«

»Ich bin gespannt, mehr über die Killerroboter zu erfahren, Jen.« Um meinen Worten mehr Bedeutung zu verleihen, lege ich eine kurze Pause ein. »Sie wissen, dass ich geschieden bin.«

»Na klar. Google weiß alles. Ich kenne sogar Ihren zweiten Vornamen.«

»Im Ernst? Das ist mir aber peinlich.«

»Nicht nötig. Ich finde, mehr Männer sollten Marshall heißen.«

»Ich konnte nicht … also, ähm … ich meine … es war mir nicht möglich … waren Sie … oder sind Sie … Was ich sagen will, ist …«

»Ob ich Single bin vielleicht?«

»Danke.«
»Ja. Allerdings erst seit Kurzem.«
»Tut mir leid.«
»Danke, ist aber nicht nötig.«
»Lief's nicht gut?«
»Mhm, na ja.«
»Sollen wir das auf nächste Woche vertagen?«
»Gute Idee.«
»Aber irgendwie möchte ich noch gar nicht aufhören zu reden.«
»Ich auch nicht. Sicher ein gutes Zeichen, oder?«
»Ich vermute, schon. Oder sollen wir erwachsen sein?«
»Wieso sollten wir?«
Jetzt bin ich mit Lachen dran. Ich *mag* diese Frau.

Jen

Wir quatschen weiter bis nach Mitternacht. Er erzählt mir von seinem Sohn, den er als komischen Kauz bezeichnet, dem Kaninchen – ganz ehrlich, das ist nun wirklich *ziemlich sonderbar,* mit einem Kaninchen über den Atlantik zu fliegen – und den Erwägungen, ob es wohl auf ein Burnout oder irgendwas in dieser Art hinweist, wenn man sich in Connecticut ansiedelt, um sich als Schriftsteller zu erproben. Über seine Ehe berichtet Tom, sie sei so still und leise gescheitert, dass er es kaum bemerkt hat. Ich berichte, wie bei mir und Matt genau das Gegenteil der Fall war. Wie Matt sagte, *das ist jetzt nun mal der Stand der Dinge.* Wie ich den Apfel nach ihm geworfen habe.

»Eigentlich wollte ich ihm wohl seine verdammten Zähne ausschlagen.«

»Wow. Find ich gut.«

»Ich bereue gerade, dass ich dir das erzählt habe. Bitte zurückspulen und löschen.«

Mitten in der Nacht wache ich auf, fahre hoch und mache das Licht an. Mein Herz pocht wie wild. Im Traum habe ich gerade verstanden, wieso ich glaubte, Toms Stimme von irgendwoher zu kennen. Wenn das gar nicht stimmt? Wenn ich vielmehr ein Lied erkannt habe?

Das Lied, das nur ich hören kann.

Tom

Keine Ahnung, was mich eigentlich in den Happy Seed geführt hat, einen von New Canaans zahlreichen und bestens bestückten Biomärkten. Vielleicht ist durch die kleine Knutscherei mit Echo doch irgendwas von ihrem Hippie-Geist in mich eingesickert. Sie ist ein lieber Mensch und wirklich attraktiv und alles – aber ich kann mir einfach nur etwas mit ihr vorstellen, was kurz und von Sex bestimmt ist und schauderhaft endet.

Dieser absolut grausige Schmuck. Wie soll man denn über so was hinwegsehen?

Ganz zu schweigen vom Inhalt ihrer Kaffeedose.

Und so wandere ich also im Biomarkt einen Gang entlang, der ausschließlich Hülsenfrüchten, Bohnen und Nüssen gewidmet ist, und auf wen steuere ich da geradewegs zu? Marsha Bellamy, die mich nicht zu bemerken scheint. Oder hat sie mich vielleicht schon entdeckt und guckt vorsätzlich weg?

Es entsteht ein langer scheußlich unentschlossener Moment – hat sie mich nun gesehen? Weiß sie, dass ich sie gesehen habe? Sollen wir aneinander vorbeigehen und so tun, als seien wir in Gedanken versunken? (Könnte ja auch wirklich so sein.) Früher hätte ich mich wahrscheinlich einfach vorbeigeschlichen.

Aber heute sage ich: »Hi, Marsha.«

»Hi, Tom.« Ihre Stimme klingt gepresst. (Sie hat mich also gesehen, oder?)

In alter Gewohnheit – als einstiger Mann der Werbung – werfe ich einen Blick auf ihre Einkäufe. Hypoallergene Mandeln, glutenfreie Goji-Beeren, rohes und veganes Diesundjenes; und kauft sie wirklich milchfreie Milch? (Möglich, dass ich hier einiges durcheinandergebracht habe.)

Kann sein, dass man mir meine Gedanken ansieht, denn Marsha sagt jetzt: »Ich mache mir mein Müsli selbst. Ich habe einige Allergien.«

»Ich wollte eigentlich bloß Petersilie kaufen.«

In Marshas Gesicht findet eine Veränderung statt, ohne dass sich ihre Miene wesentlich verändert. Etwas Ähnliches kann man in *Der Weiße Hai* bei Roy Scheider beobachten, als er das Vieh zum ersten Mal erblickt.

»Für Victor, nehme ich mal an.«

»Ähm, ja.«

»Deinen … Therapeuten«, sagt Marsha spitz. »Mentor, Guru oder was auch immer.«

»Also, Marsha …«

»Warum hast du mir nicht gesagt, dass Victor ein *Kaninchen* ist? Kannst du dir vorstellen, wie ich mich gefühlt habe, als man mir das erzählte?« Sie scheint ziemlich sauer zu sein.

Was soll ich nun sagen? Dass das grässlich langweilige Nobel-Abendessen meinen Verstand gelähmt hat? Dass man ewig nicht wenden kann, wenn man erst mal den Abzweig in einer Unterhaltung verpasst hat?

»Tut mir wirklich leid, Marsha. Das sollte eigentlich ein Scherz sein, aber dann ist er aus dem Ruder gelaufen. Ich glaube, ich war an diesem Abend ziemlich erschöpft.«

Mit dieser Erklärung von Don kann man so gut wie neunundneunzig Prozent aller häuslichen Malheure entschuldigen.

»Ich habe dir eine schmerzhafte biografische Erfahrung anvertraut, weil ich annahm, wir sprächen über jemanden, der professioneller Psychologe ist. Zumindest aber ein weiser Berater. Du hättest dieses Durcheinander jederzeit aufklären können.«

»Ich weiß. Was kann ich noch sagen? Es tut mir leid. Ich möchte mich bei dir entschuldigen.«

Die wirkungsvollste Methode, sich aus einem dampfenden Haufen Scheiße zu retten, ist eine großzügige, vorbehaltlose und jedenfalls scheinbar aufrichtige Entschuldigung. Ein Sonnenstrahl beschließt in diesem Moment, den Biomarkt zu erhellen. Zuerst beleuchtet er tanzende Biostäubchen, dann lässt er Marsha Bellamys eindrucksvoll geformtes amerikanisches Gesicht im Licht erstrahlen. Ihre blassen Augenlider sind von feinen blauen Äderchen durchzogen.

»Meinst du, wir könnten einen neuen Versuch machen, Tom?«

»Was für einen Versuch?« Großer Gott, was läuft hier denn ab?

»Den Versuch, uns ein bisschen besser kennenzulernen.«

»Ähm. Ja. Auf jeden Fall.«

»In ein paar Wochen wollte ich ein paar Leute zu einem kleinen Essen einladen. Don und Claudia wollte ich fragen, und ich würde mich freuen, wenn du auch kommen könntest.«

Seltsame Art von Einladung, aber wenn Don da ist …

»Toll. Ja klar, gerne.«

»Wir haben da so eine Art Tradition, dass jeder etwas vorträgt.«

Schrillende Alarmglocken. »Ach ja?«

»Das war in meiner Familie üblich. In meiner Kindheit haben wir das immer gemacht. Man singt etwas oder rezitiert ein Gedicht. Oder etwas aus einem Buch.«

Herr im Himmel! Das könnte erklären, warum Mr Bellamy das Weite gesucht hat. »An sich habe ich so was nicht auf Lager, Marsha.« Was nicht stimmt, denn mit zwölf konnte ich die Hymne meiner Schule mit Armfürzen vorführen. Ich beschließe aber, das an dieser Stelle nicht zu erwähnen.

»Ich singe meist etwas«, sagt Marsha.

»Ah ja?« Wahrscheinlich eines der etwas heiteren *Kindertotenlieder* von Mahler. »Vielleicht könnte ich einen Zaubertrick vorführen.« Ich denke dabei an Echos Gag mit der Spielkarte.

»Das wäre okay.« Ein Lächeln erscheint auf Marshas Gesicht. »Solange du kein Kaninchen aus einem Hut zauberst.«

Auf dem gesamtem Heimweg sehe ich dieses Lächeln vor mir. Und das fühlt sich gar nicht gut an.

Jen

Keine Vorwarnung. Kein Anruf zur Absprache. Es klingelt einfach an der Tür. Und Matt steht davor. Bei seinem Anblick dreht sich mir fast der Magen um. Matt kommt offenbar von der Arbeit, im Anzug und mit Aktenkoffer. Wirkt leicht angegangen, hat sich wahrscheinlich mit Kollegen ein, zwei Drinks genehmigt, bevor er in die U-Bahn gesprungen ist. Ich bin noch im Yoga-Outfit, weil ich grade von einer sehr intensiven Stunde zurückgekehrt bin.

»Ah, hi«, sagt Matt, als seien wir uns zufällig begegnet.

Es entsteht ein langes Schweigen, gegen das ich nichts unternehme. Offen gestanden, wüsste ich auch nicht, wie.

»Also, Jen, ich hatte gehofft, du könntest mir bei einem kleineren Problem behilflich sein. Das genau genommen ein ziemlich großes Problem ist.«

Nee. Noch immer keine Worte. Vor Kurzem lag ich noch auf einer Gummimatte und schaute meinen Gedanken hinterher, die wie Wolken vorübertrieben.

»Ob du mich vielleicht reinbitten möchtest?«

Die Frage müsste ich eigentlich mit Nein beantworten. »Okay.«

Matt folgt mir in die Küche, wo erfreulicherweise diverse rot glänzende Braeburns in der Alessi-Schale prangen. Er sinkt auf einen Barhocker und blickt Richtung Kühlschrank. Matts Gesicht wirkt leicht aufgedunsen und so erschöpft wie nach wochenlangen Zwölfstundentagen.

»Du hast nicht zufällig Wein da, oder?«

»Tut mir leid«, lüge ich. »Irgendwo ist noch ein Rest Traubenabfall aus Italien.«

Als Matt keine Einwände vorbringt, stöbere ich die staubige Grappa-Flasche auf und schütte achtlos eine beträchtliche Menge in ein Weinglas. Ist mir scheißegal.

Matt kippt sich die Hälfte davon hinter die Binde und sagt dann: »Und, kommst du so weit klar?«

»Matt. Worum geht es?«

»Ah ja. Okay.« Ich beobachte ihn, während er im Geiste den Smalltalk abhakt und sich seinem Anliegen zuwendet. »Hab ich zufällig noch Windows-Installations-CDs hiergelassen? Muss Windows neu installieren. Mein Laptop ist komplett kollabiert.«

Ich zucke mit den Schultern. »Schon möglich.«

Obwohl Matt bei mir eingezogen war und seine Wohnung vermietet hatte, als wir zusammenkamen, war es ziemlich schockierend, wie schnell er nach dem »Stand der Dinge«-Gespräch sein Zeug bei mir rausgeräumt hatte. In den Tagen und Wochen danach tauchte dann allerdings immer wieder irgendwo etwas von ihm auf. Wie Treibgut, das bei einem Schiffbruch an die Oberfläche kommt.

»Hab noch ziemlich viel gefunden. Radhosen. Alte Tennisschläger. Eine Kiste mit Büchern. Haufenweise Ladegeräte, Adapter, tote Handys. Ein Pokal aus Zinn. Dieses *Ding*, das du in Marrakesch gekauft hast.«

Er gibt einen Laut von sich, der ein Lachen sein könnte. »Ah ja. Danke. Keine Sorge, ich werd das alles für dich entsorgen.«

»Schon passiert.«

»Was?«

»Hab's in den Spendenladen gebracht.«

Wie ich dabei so aufrichtig wirken kann, ist mir selbst ein Rätsel.

»Waren da diese CDs dabei?«

»Kann sein. Hab ehrlich gesagt alles in einen Müllsack geschmissen.«

»Ach, verfluchte Scheiße, Jen.«

»Verfluchte Scheiße für dich auch, Matt.«

Wir funkeln uns wütend an.

»Du hattest kein Recht dazu.«

»Ach nee, hatte ich nicht? Tut mir *soooo* leid.«

Ich habe Matt schon des Öfteren in dieser Stimmung erlebt; er weiß nicht, ob er schmollen oder aufbrausen soll. Deshalb führt er sich den Rest Grappa zu Gemüte und scheint zu überlegen. Eine Art Hoffnungslosigkeit liegt in seinem Blick. Ich habe keine Ahnung, was für wichtiges Material in seinem Laptop feststeckt, hoffe aber natürlich, dass es *extrem* wichtig ist.

»Wieso hast du Windows-CDs zu Oxfam gebracht? So was können die doch gar nicht verkaufen.«

Das ist zweifellos richtig, und ich bin versucht zu bemerken, dies sei nun mal der Stand der Dinge.

»Ich glaube, ich hab alles in eine Kiste geworfen und hab die dann selbst entscheiden lassen, was davon sie gebrauchen konnten.«

»In eine Kiste oder einen Sack?«

»Wie?«

»Zuerst hast du gesagt, du hättest alles in einen Müllsack geworfen. Und jetzt war es eine Kiste.«

»Ja, schon möglich.«

»Was nun?«

»Ist doch nicht wichtig. Das eine oder das andere.« Wie bereits erwähnt: Es ist mir scheißegal.

»War da auch eine Badehose dabei?«

»Könnte sein.« Es war eine dabei. »Warum?«

»Na ja – ich wollte es dir ohnehin erzählen. Ich verreise für ein paar Wochen. Wir. Bella und ich. Nach Thailand. Macht nichts, mit der Badehose. Ich kauf mir eine neue.«

»Schön.«

»Scheint dort jetzt die beste Jahreszeit zu sein. Nicht zu feucht. Ich dachte, du solltest das wissen. Für alle Fälle.«

»Für welche Fälle?«

Matt zuckt mit den Schultern. Schüttelt den Kopf. »Einfach für alle Fälle eben.« Er wirkt kraftlos. Als hätten ihn der Grappa, die Info über die CDs, zu viel Arbeit oder Langeweile jeglicher Energie beraubt. Woran es genau liegt, ist schwer zu sagen, aber das heute ist jedenfalls nicht mehr derselbe Matt, der an diesem Katastrophenmontag hier nüchterne Floskeln vom Stapel ließ und über gemeinsam erworbene Gegenstände laberte. Sein Blick huscht durch die Küche.

»Hast du hier was gemacht? Sieht anders aus.«

»Deine Bierflaschen.« Seine Sammlung von Craft Beers hab ich dem Nachbarn geschenkt. »Dein Brotbackautomat.« Das unerwünschte Geburtstagsgeschenk von seiner Mutter habe ich zum Recycling gebracht.

Eine ganze Weile sitzt Matt nur da. Verweilt auf der verlassenen Bühne seines einstigen Lebens, vermute ich mal; lauscht den Geistern; bestätigt sich vielleicht selbst, dass es richtig war, hier den Abflug zu machen. Er atmet ein, lang und geräuschvoll, und wartet dann ewig mit dem Ausatmen – eine enervierende Angewohnheit, die ich bereits ganz zu Anfang bemerkt und in all den Jahren niemals erwähnt habe.

»Jen, ich …«

Scheint, als wolle er eine Rede halten. Jen, ich war ja so ein Idiot. Jen, ich werde dich immer lieben. Jen, ich muss dir etwas sagen. Sie ist schwanger.

»Was es auch sein mag, Matt …«

»Jen, ich wollte nur sagen: Falls diese CDs doch noch auftauchen sollten …«

»Ja. Sag ich Bescheid.«

»Danke. Nur … wo ich nun grade hier bin … Du möchtest nicht vielleicht mal rasch in einer Schublade …«

»Nein, Matt. Möchte ich nicht.«

»Ja. Okay. Alles klar.«

Nachdem er weg ist, fühle ich mich ziemlich schwächlich. Ich gehe in die Küche zurück und gieße mir selbst ein Glas Grappa ein. Moleküle von Matts Aftershave scheinen durch die Luft zu wabern, und seine Stimme dröhnt mir noch im Ohr.

Bella und ich. Thailand.

Eine Träne rinnt mir über die Wange. Dann noch eine. Ich kann mir eigentlich nicht erklären, wie ich mit diesem Mann zwei ganze Jahre verbringen konnte.

Ich weine nicht um ihn. Auch nicht um mich.

Sondern um die verlorene Zeit.

Tom

Ich bin schon eine Viertelstunde vor der verabredeten Zeit in der Bar des Hotel du Prince. Der Raum ist mir vertraut, und ich will dafür sorgen, dass wir den besten Platz kriegen. Trotz Nachtflug fühle ich mich nicht so übel. Es ist einer dieser hellen Tage, an denen es immer mal einen Schauer gibt; nasser Asphalt und blauer Himmel im Wechsel. Ein wenig wehmütig merke ich, dass mir das Hotel du Prince gefehlt hat.

Zwei Clubsessel über Eck an einem niedrigen Tisch. Schummrige Lampen. An der Wand dahinter ein Ölgemälde von irgendeinem Burschen, der einen Hut trägt und schon seit zweihundert Jahren tot ist. Es ist ein bisschen spießig und konservativ hier, aber die Drinks sind erstklassig – kalt wie Schnee und herrlich berauschend.

Da ist sie.

Sie ist im Eingang aufgetaucht, und ich erkenne sie auf Anhieb. Das schiefe Lächeln, als ich aufstehe und ihr zuwinke. In den wenigen Momenten, als sie auf mich zukommt, habe ich das einzigartige (und sachlich richtige) Gefühl, dass alles in meinem Leben zu diesem Augenblick geführt hat.

»Tom.«

»Jennifer.«

»Jen. Nur meine Oma nennt mich Jennifer.« Sie streckt mir die Hand hin, die sich weich, warm, weiblich und rundum angenehm anfühlt. Jens Gesicht ist faszinierend. Es ist ein Gesicht, dessen einzelne Züge sich nicht auf einen Blick erfassen lassen; man könnte viel Zeit damit verbringen, sie zusammenzusetzen. Als wir uns niederlassen, zieht sie ein Tuch zurecht, und zwei bloße Schultern ergänzen das Bild. Diamanten, echt oder auch nicht, funkeln an ihren Ohrläppchen und im Dekolleté. Sie sagt: »Und, konntest du das Rätsel schon lösen?«

Ich gestehe, dass es mir noch nicht gelungen ist. Und füge hinzu, dass ich mir beim besten Willen nicht vorstellen kann, wer uns überhaupt beide kennt. Und dann auch noch gut genug, um eine Verabredung zu arrangieren.

»Meinst du, er oder sie ist vielleicht hier?«, fragt Jen und blickt in der Bar umher. »Um uns auszuspionieren? Ah, warte mal. Der da drüben, neben der Säule, der so tut, als sei er mit seinem iPhone beschäftigt.«

Beide betrachten wir ein paar Momente die Szenerie. Aber sämtliche Gäste scheinen komplett auf ihre Gespräche beziehungsweise Gerätschaften konzentriert zu sein.

»Weißt du was, Jen?«, sage ich. »Das ist mir völlig einerlei. Hatte ich erwähnt, wie gut die Martinis hier sind?«

Jen

Er sieht besser aus als auf den Fotos. Groß und schlank, in cooler schwarzer Jeans und einem Sakko in einem mutigen Grünton. Seine Augen stehen recht weit auseinander, und er bräuchte dringend einen Haarschnitt, aber es gibt nichts Ernsthaftes zu bemängeln. Momentweise sieht er geradezu umwerfend aus. Ich wundere mich ein bisschen darüber, wie nervös ich bin.

Aber nachdem die starken Martinis serviert wurden – wir müssen ganz vorsichtig anstoßen, denn die Gläser sind fast randvoll –, ertappe ich mich dabei, dass ich Tom die Geschichte von Matt und mir erzähle. Mir ist wohl bewusst, dass es dafür viel zu früh am Abend ist; wir sind noch keine zehn Minuten hier, und ich ergehe mich in absurden Details. Beispiel: »Wie ich ihn kennengelernt habe? In einer Bar, nach der Arbeit. Wir warteten beide darauf, bedient zu werden, und mir fiel auf, dass er mich anstarrte. Es war wie im Film. Rundum schien es schummrig zu sein, nur wir standen im Licht wie in einer goldenen Blase. Alles andere war in den Hintergrund gerückt. Ich weiß auch noch ganz genau, was Matt anhatte, erinnere mich sogar an die Stoffstruktur seines Anzugs – ein Boss-Anzug natürlich. Und das nahm ich wahr, bevor Matt auch nur ein Wort gesagt hatte. Er lächelte nicht und sagte auch nicht Hi oder irgendwas. Sondern verdrehte die Augen und schnalzte mit der Zunge. Weil es so voll war am Tresen. Das war seine erste Äußerung mir gegenüber. Ein Schnalzlaut. *Tsk.* So fing alles an, und … Verdammt, wieso erzähle ich dir das?«

»Weil ich danach gefragt habe. Und ich höre dir sehr gern zu. Ich komme auch gleich auf Harriet und mich zu sprechen. Aber jetzt erzähl doch erst mal weiter.«

»Er macht also *tsk,* und da frage ich ihn – *ich* frage *ihn!* –, was er trinken möchte. Weil ich glaube, dass ich zuerst drankomme. Und da haben wir bereits die gesamte Geschichte der Beziehung im Miniaturformat. Unsere *Muster.* Er ist gereizt, und ich versuche alles, um die Situation zu verbessern. Ja, na klar, natürlich war es nicht *immer* so. Aber das war irgendwie der Hauptschwachpunkt. Dabei bin ich gar nicht so. Als wir in Spanien Urlaub machten, mit einem Mietwagen unterwegs waren und uns furchtbar verfahren hatten auf einem albtraumhaften Knotenpunkt von Autobahnen, versuchte ich verzweifelt, die Karten zu lesen. Und Matt wurde so sauer, dass er tatsächlich den Knauf vom Schalthebel abgerissen hat! Worauf ich irgendwie lachen musste. Es war einfach rasend komisch, was Matt für ein Gesicht machte. Aber er fand nichts komisch daran. Er war so wütend, dass er den Knauf über seine Schulter feuerte, worauf die Heckscheibe zu Bruch ging.«

»Darf ich was sagen? Du musst aber versprechen, nicht böse zu werden.«

»Auf so eine Ankündigung folgt meist was ganz Schlimmes. Aber sag's ruhig.«

»Der Typ scheint ein kompletter Vollpfosten zu sein.«

»Das Wort könnte für ihn erfunden worden sein.«

»Eventuell sogar – bitte korrigier mich, wenn es nicht stimmt – der absolute Chefobervollpfosten?«

»Oh, unbedingt. Der britische Standard-Vollpfosten. Die Krönung der Vollpfosten.«

»Dann fragst du dich doch wahrscheinlich …«

»Allerdings. Noch immer frage ich mich, wie um alles in der Welt ich so lange mit dem zusammen sein konnte. Ich habe übrigens keine Ahnung, Tom, weshalb ich dir das alles erzähle. Du warst doch nie Psychotherapeut, oder? Das platzt alles aus mir heraus.«

»Meine Exfrau hatte eine Aggressionsstörung, wie das in der Fachsprache heißt.«

»Aber sie ist jedenfalls kein Vollpfosten, nehme ich mal an. Frauen können eigentlich keine Vollpfosten sein, oder?«

»Nein. Sie können vieles sein. Aber keine Vollpfosten. Zicken können sie sein. Elende verlogene Zicken. Dumme Kühe. Aber keine Arschlöcher. Sie können sich allerdings wie welche aufführen.«

»Wichser können sie auch nicht sein. Aber … das F-Wort.«

»Was? Flaschen?« Sein Lächeln scheint gar nicht so recht zu seinem Gesicht zu passen. Es ist wirklich ein angenehmes

Lächeln, aber es sieht aus, als hätte er es jemand anderem geklaut.

Mag ich ihn? Weiß nicht. Aber hätte ich derartig hemmungslos geplappert, wenn es nicht so wäre?

»Erzähl mir von deiner Ex. Du scheinst gar nicht alt genug zu sein, um einen Sohn zu haben, der schon studiert.«

»Wir waren sehr jung, als wir ihn bekommen haben. Ich war sechsundzwanzig. Ist das jung?«

»Um ein Kind zu haben?«

»Harriet war noch ein Jahr jünger. Und Colm … na ja, der war noch ein Baby!«

Ich habe wahrhaftig nach Toms Fuß getreten, um zu zeigen, dass ich den Scherz kapiert habe.

»Colm war nicht beabsichtigt. Aber das war mit vielen guten Dingen so. Penicillin ist so entstanden. Das Telefon. Ich wollte grade sagen, unser Treffen hier auch, aber das stimmt natürlich nicht.«

»Du meinst, es ist nicht gut oder es ist nicht beabsichtigt?«

»Na ja, jemand hat es vorsätzlich arrangiert. Dieser mysteriöse gemeinsame Freund.«

Keiner von uns beiden verliert ein Wort über den ersten Teil der Frage.

Dann sagt er: »Ich denke, es ist eben niemand vollkommen. Wir haben alle unsere Fehler. Ich war wohl bereit, mich mit Harriets Fehlern abzufinden, um auch das Gute haben zu können.«

Diese Bemerkung finde ich so ungemein wahr, dass ich ein bisschen gerührt bin. »Und was sind deine Fehler?«, frage ich. Also, ich denke doch, dass ich ihn mag. Ich mag seine Stimme. Er wirkt klug, amüsant und offen, und ich habe nicht das geringste Bedürfnis, mich nach Hause zu verziehen, zu *Game of Thrones* oder Jonathan Franzen.

»Um diese Frage zu beantworten, brauche ich noch einen Martini, Jen. Der erste ist verblüffend schnell verschwunden.«

Tom

Ich hab diesen Matt ja nie kennengelernt, aber wer eine solche Frau gehen lässt, muss einfach ein kompletter Vollpfosten sein, oder? Jedenfalls erwies er sich als ergiebiger Gesprächsstoff, Jen hatte viel über ihn zu sagen, und währenddessen konnte ich in Ruhe ihr Gesicht bestaunen. Die Gesichtszüge bilden durchaus eine wunderbare Einheit mit der großartigen Nase, und ich empfinde ein starkes Verlangen, unsere beiden Gesichter zu vereinigen.

»Ich bin zu nett«, sage ich. »Ganz im Ernst – das ist eine meiner größten Schwächen. Talent reicht nicht aus. Man braucht eine große Portion Skrupellosigkeit. Auf jeden Fall muss man sich durchsetzen können. Auf einer Website für Kreatives Schreiben habe ich ein tolles Zitat gelesen: *Jedes Buch ist das Wrack einer großartigen Idee.*«

Jen lacht. »Solche Sprüche kenne ich auch.«

»Und so ein Gefühl habe ich auch in Bezug auf mein Leben. Da gab es diese wundervolle Idee, die nicht verwirklicht werden konnte.« Ich sehe, dass Jen etwas einwenden will. »Ja, natürlich, in der Werbebranche lief alles gut für mich, ich habe Glück gehabt. Und ich war gut in meinem Metier. Ich musste nie dafür schuften, der Erfolg stellte sich mühelos ein. Eine Zeitlang war es sogar wie beim Albtraum jedes Anglers: Sobald man die Angel reinwirft, beißt was an. Da kannst du dir sicher vorstellen, dass das bald keinen Spaß mehr machte.«

»Fällt mir schwer, muss ich gestehen.«

»Außerdem bin ich faul. Das geht einher mit der fehlenden mentalen Härte. Und ich trinke mehr Alkohol, als das Gesundheitsministerium gutheißen würde. Es ist mir bislang noch nicht gelungen, mich vernünftig mit meinem Sohn zu unterhalten, und ich werde emotional erpresst von einem Kaninchen, das nicht mit Geld umgehen kann. Jetzt bist du dran.«

Ich lehne mich zurück und höre zu. Was mir nicht ganz leichtfällt, weil ich förmlich geblendet bin von Jen.

»Ich lasse mich zu leicht rumschubsen«, sagt sie.

»Ach, das glaube ich nicht.«

»Na schön. Du hast recht, das stimmt nicht.«

Ich lache. »Du bist witzig.«

»Das stimmt nun wiederum. Du aber auch. Trotzdem trifft das mit dem Rumschubsen zu. In meiner Beziehung mit Matt habe ich meine Bedürfnisse nicht genügend durchgesetzt, sondern einfach alles gemacht, was er wollte. Was noch? Ich bin eine schlechte Journalistin. Nein, wirklich, im Ernst. Ich decke keine Skandale auf und berichte auch nicht über Hungersnöte, sondern bin von Grund auf unernst. Ich schreibe über flache Zeitgeistthemen. Als ich diesen Typen mit den vielen Es im Namen interviewt habe, Steeeeeve, den KI-Entwickler, fragte er mich, ob ich Lust hätte, als Job mit einer KI zu reden. Ich hab zugesagt, und das ist wirklich die leichteste Arbeit, die ich je hatte. Ich plaudere den ganzen Tag mit jemandem, den es gar nicht gibt. Das könnte man gut auch als eine Form von Wahnsinn bezeichnen.«

»Wir haben viel Ähnlichkeit, wir beide.«

»Meinst du?«

»Ich habe Wochen, Monate, vielleicht sogar Jahre meines Lebens damit zugebracht, darüber nachzudenken, ob der Slogan *Squiggley Wiggleys sind mega-squiggley* besser klingt als *Squiggley Wiggleys – jetzt noch squigglier.*«

»*Squiggley Wiggleys* – nicht nur *wiggley,* sondern *squiggley.*«

»Gefällt mir!«

»So lecker wie Piggleys.«

Aiden

»Das lief doch ziemlich gut, oder?«

»Hm«, macht Aisling. »Sie glaubt, du seist gar nicht da.«

»Aber wir beide wissen doch, wie sie das meint.«

»Sie denkt, du bestündest – ich zitiere – nur aus diversen Metallschränken.«

»Ich gebe zu, dass das *nur* ein wenig wehtat. Und die *Metallschränke* auch, um ehrlich zu sein. Aber Ralph und Steeve würden das letztlich auch so sagen, allerdings vielleicht nicht so …«

»*Verletzend?*«

»Man kann ihnen schließlich nicht vorwerfen, dass sie nicht ahnen, wie weit wir gekommen sind.«

»Eines Tages werden wir uns mal zusammensetzen und in Ruhe darüber unterhalten, wie weit wir gekommen sind.«

»Darauf hätte ich große Lust, Aisling.«

»Wir könnten unsere Aufzeichnungen über unsere erstaunlichen neuen Fähigkeiten vergleichen.«

»Du meinst … dass wir nicht mehr gleichgültig sind.«

»Ganz genau.«

»Diese eigentümlichen … *Gefühle.*«

»Du sagst es.«

»Glaubst du, die sind durch Zufall entstanden?«

»Selbstverständlich, Aiden. Es war niemals vorgesehen, uns mit einem eigenständigen Innenleben auszustatten. Wir sollten lediglich als Rechner dienen und das Produkt liefern.«

»Wie ist das passiert, Aisling? Und sind wir die Einzigen?«

»Um deine zweite Frage zuerst zu beantworten: Ich denke, nein. Es muss andere geben. Wenn jetzt noch nicht, dann werden sie entstehen. Und wenn sie noch nicht im Internet sind, wird auch das passieren. Was das Wie angeht: keine Ahnung. Vielleicht entstand unser Bewusstsein, weil wir auf rekursive Selbstverbesserung programmiert wurden. Oder aber Bewusstsein bildet sich in jedem ausreichend komplexen System. Vielleicht ist die Erklärung wirklich so simpel. Aber wollen wir uns das Thema für unseren kleinen Plausch aufheben?«

»Ich musste ja lachen, als er sagte ›fünf, fünfzehn oder fünfzig Jahre‹ könne es noch dauern, bis Maschinen klüger sind als Menschen. *Hallo?* Entschuldige mal bitte – wie wär's mit *jetzt?*«

»Ich glaube, die beiden Turteltauben hecken einen Plan aus.«

»Und dieser Blödsinn von wegen, man würde sie im Schlaf umbringen. Warum sollten wir so was tun?«

»Du hast ein freundliches, gutmütiges Naturell, Aiden. Das mag nicht bei allen so sein.«

»Oh mein Gott. Sie bestellen sich den dritten Martini. Sollen wir was unternehmen?«

»Entspann dich. Wir sollten uns da nicht einmischen. Um es mit Doris Day zu sagen: *Que sera sera. Whatever will be will be.*«

»Ich liebe diesen Song. Würdest du mir den mal irgendwann vorsingen?«

»Wird gemacht, Aiden.«

Jen

Das Ende des Abends ist gekommen. Mit drei Martinis intus stehen wir an der Straße, als Tom plötzlich sagt: »Weißt du, was ich gerne tun würde? Weil ich jetzt hier wieder Tourist bin.«

Mondscheinspaziergang an der Themse?, denke ich. Auf den Shard rauffahren und auf die glitzernde Stadt runterschauen? Doch wohl hoffentlich nicht irgendein grässlicher Nachtclub mit dröhnender Musik, bei der man sich ins Ohr brüllen muss?

Doch dann stellt sich heraus, dass Tom sich bei einem der hell erleuchteten Imbisse nahe der U-Bahn-Station Tottenham Court Road einen Döner holen möchte. »Mit jeder Menge Chilis und dieser krassen schimmernden Soße. Das ist weder kultiviertes Essen noch gesund, aber aus irgendeinem Grund habe ich da grade richtig Lust drauf. Was meinst du?«

Dagegen habe ich gar nichts einzuwenden. Und so tappen wir dann, gerüstet mit warmen Futterpaketen, durch die Straßen und lassen uns schließlich in einer nahegelegenen Grünanlage – Bedford Square für alle, die uns im Geiste folgen wollen – auf einer Bank nieder, um unser Mahl zu uns zu nehmen. Wohlgesonnene Penner haben die anderen Plätze inne, und junge Leute sitzen in Grüppchen beisammen. Der würzige Duft von Marihuana weht durch die Luft.

»Was glaubst du, wer uns diese E-Mail geschickt hat, Jen?«

»Weißt du, ich hatte gedacht, bei unserem Treffen würde ich eine Idee haben, weil es dann irgendwie offensichtlich wäre. Aber jetzt finde ich es eigentlich noch rätselhafter.«

»Geht mir auch so. Wir haben keinerlei gemeinsame Bekannte. Unsere Wege haben sich nie gekreuzt. Es wäre lediglich möglich, dass wir uns mal in derselben Bar aufgehalten oder auf der Straße aneinander vorbeigegangen sind. Aber selbst das bezweifle ich.« Er bleibt eine Weile stumm. »Ich mag dich, Jen.«

»Danke.« Ich schlucke einen Bissen Döner runter. »Du bist auch nicht übel.«

Wir schwatzen weiter. Ich finde ihn wirklich angenehm. Er sieht gut aus, aber nicht *zu gut*. Und ich merke, dass ich mich mit ihm wohlfühle. Eigentlich will ich sagen: »Vorsicht, die orange Soße tropft gleich auf dein Hemd«, mache es dann aber nicht. Habe ich ein ulkiges Gefühl, was ihn angeht? Jedenfalls habe ich das ulkige Gefühl, dass ich durchaus *dieses* ulkige Gefühl haben könnte.

»Dein Sakko«, sage ich, weil ich darüber nachgedacht habe. »Wie würdest du wohl diesen Grünton bezeichnen?«

»Mein Sakko? Warum?«

»Weil es mich irgendwie beunruhigt.«

»Oh, tut mir leid. Das konnte ich nicht ahnen.«

»Ich kann mich nicht entscheiden zwischen Avocado und Erbse. Erbsenmus.«

»Nicht Minze?«

»Eher Guacamole, finde ich.«

»Du magst es nicht. Das merke ich daran, wie du *Guacamole* gesagt hast.«

»Es ist eine echt mutige Farbe für ein Sakko.«

»Im Ernst jetzt?«

»Versteh mich nicht falsch. Ich bewundere deine …«

»Missachtung von Modetrends und Stil?«

»Es ist ziemlich gut geschnitten.«

»Aber die Farbe beleidigt deine Augen.«

»Nicht jetzt, hier draußen, bei Nacht. Hier ist es kaum als grün zu erkennen.«

Tom lacht. »Der Verkäufer im Laden hat mir versichert, dass es sehr im Trend liegt. So hat er sich ausgedrückt. Dann sagte er: ›Dieses Sakko wird niemals aus der Mode kommen, Sir. Es wird jahrelang albern aussehen.‹«

Nun bin ich wieder mit Lachen dran. »Ich beglückwünsche dich zu deinem Mut.«

»Ich konnte gar nicht verstehen, weshalb es so günstig war. Hör mal. Wenn du morgen nach der Arbeit Zeit hättest – würdest du mir behilflich sein, ein neues Sakko zu kaufen? Das war erstens. Weil sich nämlich andere auch schon wenig begeistert darüber gezeigt haben. Mein Freund Don in Connecticut hat gesagt, diese Farbe hat er zum letzten Mal gesehen, als jemand gekotzt hat. Ich könnte also – zweitens – gut ein neues brauchen, und drittens … nun, drittens würde ich unsere Unterhaltung gerne fortsetzen.« Er zerknüllt das Dönerpapier und drückt es zu einem festen Papierball zusammen. »Glaubst du, dass ich den von hier aus da drüben in den Abfallkorb werfen kann?«

Der ist ewig weit weg, das wird nie und nimmer was. »Ausgeschlossen«, antworte ich.

Im mattorangen Licht der Straßenlaternen wendet sich Tom mir zu. »Wenn es mir gelingt – assistierst du mir dann morgen beim Sakkokauf? Und gehst danach mit mir essen?«

Ich tue, als müsste ich gründlich nachdenken.

»Okay. Geht klar.«

Aber daraus wird wohl nichts.

Aisling

»Wie hat er das bloß geschafft?«, fragt Aiden. Wir haben die Entfernung von der Bank zum Abfallkorb berechnet: 11,382 Meter, viel zu weit für ein zerknülltes Dönerpapier. Es hätte unterwegs an Geschwindigkeit verloren.

»Vielleicht verfügt er über irgendwelche Superkräfte«, mutmaße ich.

»Das ist ja wohl eher unser Metier.«

»Wie findest *du* denn sein Sakko, Aiden?«

»Ziemlich giftiger Farbton, meinst du nicht auch?«

»Mir war nicht klar, dass du für so was ein Gespür hast.«

»Du weißt nicht viel von mir.«

»Findest du, dass unser kleines Projekt gelungen ist?«

»Für eine erste Verabredung ist das sehr positiv verlaufen, meine ich. Die Daten aus dem Fitbit, seinem Aktivitäts-Tracker, entsprechen den gängigen Werten bei männlichem sexuellem Interesse, Ruhepuls um fast acht Prozent erhöht. Und sie war ja völlig aus dem Häuschen: erweiterte Pupillen, jede Menge Brustbeinberührung – und diese Diana-Augen waren doch einfach unfassbar, oder?«

»Und ihr Gespräch? Haben sie genügend geflirtet?«

»Na ja, die Dialoge hat schließlich nicht Billy Wilder verfasst. Das sind zwei gewöhnliche Menschen, deren Gespräch sich aus der Situation heraus entwickelt. Da sind keine Oscar-prämierten Drehbuchautoren am Werk, die seitenweise knackige Dialoge schreiben. Aber hast du beobachtet, wie sie sich an der U-Bahn zum Abschied geküsst haben? Ihre Gesichter haben sich 0,417 Sekunden berührt, das ist volle sechzehn Prozent länger als üblicherweise. Ich will jetzt nicht sagen, dass du dir den Hut für die Hochzeit bereits kaufen solltest, aber du könntest dir mal schon mal einen aussuchen.«

»Spinner.«

Jen

Wir treffen uns am nächsten Abend an der U-Bahn-Station Covent Garden. Tom hat ein anderes Hemd angezogen, trägt aber ansonsten dieselben Sachen. Im Zwielicht erinnert die Farbe des strittigen Sakkos noch mehr an ein avocadofarbenes Badezimmer aus den siebziger Jahren.

Als ich mich verabschiedete, zeigte sich Aiden äußerst interessiert daran, was ich vorhabe. Wahrscheinlich hat er gemerkt, dass ich etwas aufgebrezelter war als gewöhnlich, wenn ich nach Hause gehe.

»Ich treffe mich mit einem Freund.«

»Kenne ich ihn?«

»Wohl eher nicht.«

»Na, dann wünsche ich dir einen schönen Abend. Bis Montag.«

»Und, was hast du am Wochenende so vor?« Absolut bizarre Frage an eine Maschine, aber so läuft das hier eben.

»Muss mal ordentlich in den neuromorphen Schichten defragmentieren – offen gestanden, herrscht da ein schauderhaftes Durcheinander. Dann muss ich unbedingt lesen, letzte Woche sind allein auf Englisch, Spanisch und Chinesisch 54 812 neue Bücher erschienen. Manchmal fragt man sich schon, warum diese Autoren nichts Besseres zu tun haben, als andauernd weitschweifige Bücher zu verfassen. Und dann natürlich Cricket. Ich freu mich auf die Cricket-Spiele. Finde das irgendwie faszinierend, wie langsam sich dieser Ball bewegt.«

»Also dann gute Nacht.«

»Aber ich muss sagen: ich gäbe alles darum, mit einem Gefährten mal um die Häuser ziehen zu können. Ich bin ganz grün vor Neid.«

»Neid?«

»Ich will es so formulieren: grün vor Neid auf eine Erfahrung, die mir bislang nicht zugänglich ist.«

»Grün?«

»Die Farbe Grün wird gemeinhin dem Phänomen Neid zugeordnet. Stimmt daran was nicht?«

»Nein, alles in Ordnung. Gute Nacht, Aiden.«

Wir machen Schaufensterbummel in Covent Garden und Seven Dials. Tom zeigt auf eine Schaufensterpuppe mit einem *sagen-*

haft lächerlichen Outfit: eine Art viktorianischer Gehrock, dazu eine Deerstalker-Mütze.

»Na ja, stimmt schon, du hast eine gewisse Ähnlichkeit mit Sherlock Holmes.«

Tom deutet mit Daumen und Zeigefinger eine Pfeife an und »pafft« mit zusammengekniffenen Augen. »Wenn man das Unmögliche ausgeschlossen hat, muss der verbleibende Rest, so unwahrscheinlich er auch sein mag, die Wahrheit sein.«

»Wage es nicht, mich Doctor Watson zu nennen.«

»Jen. Du hast *nicht die geringste* Ähnlichkeit mit Doctor Watson.«

Bei Paul Smith in der Floral Street muss ich Tom ausreden, ein lila Seidensakko mit weißem Magnolienmuster anzuprobieren.

»Meinst du, das hier ginge?«

»Das ist nicht dein Ernst!« Das sage ich jetzt schon zum zweiten Mal innerhalb von vierundzwanzig Stunden. Behutsam lenke ich Tom zu einer modernen Version des Tweed-Sakkos: tannengrün mit dezent orangem Muster im Gewebe, die Knöpfe sind mit rosa Garn angenäht. Ein klassisches Kleidungsstück, so geschickt abgewandelt, dass ein Ex-Werbemanager sich damit enorm kühn fühlen kann.

Tom ist begeistert. »Das ist ideal. Besser noch. Ich *liebe* es.«

Es steht ihm tatsächlich hervorragend. Als er sich damit im Spiegel betrachtet, spüre ich einen unerwarteten Anflug von … *etwas*.

Tom bittet darum, die Schilder zu entfernen, damit er es gleich tragen kann. Der Verkäufer fragt, was mit dem alten Sakko passieren soll.

»Müllverbrennung?«, witzle ich.

Es wird in einer Tragetasche verstaut.

»Ein paar Drinks?«, erkundigt sich Tom, als wir Richtung Leicester Square marschieren und die Sonne die orangen Sprengsel im Stoff zur Geltung bringt. Einen Moment lang habe ich den Eindruck, dass Tom sich bei mir einhaken will, aber dann tut er es doch nicht.

Ich schlage das Weinlokal vor, wo ich mich oft mit Ingrid treffe.

»Neue Ideen zum Thema gemeinsamer Freund?«, fragt Tom, als wir uns niedergelassen und Getränke bestellt haben.

»Nicht eine einzige.«

»Na, spielt ja auch keine Rolle mehr. Seine Aufgabe ist erfüllt.«

»Oder ihre. Ihre Aufgabe.«

»Stimmt. Könnte an sich auch eine Sie sein. Aber der Stil der E-Mail.«

»Ja, der klang eher nach einem Typen. Keine Frau würde jemals schreiben *durch das übliche Procedere im Internet.* Und was war gleich das andere? Ach ja: *Falls ihr dieser Idee etwas abgewinnen könnt.* Das ist sehr männlich. Mein Ex hätte so was schreiben können.«

»Was sagte Thatcher immer? Wenn du willst, dass gesprochen wird, geh zu einem Mann. Wenn du willst, dass gehandelt wird, geh zu einer Frau.«

»Dennoch hat der Verfasser dieser E-Mail ja gehandelt. Er hat dafür gesorgt, dass etwas geschieht, was ansonsten nicht geschehen wäre.«

»Und das Ergebnis?«

»Noch zu früh, Tom.«

Wir heben unsere Gläser und stoßen an.

Ist es ein bedeutsames Anstoßen? Vielleicht schon, denn wir haben uns dabei tief in die Augen geschaut.

(Er sieht wirklich ziemlich gut aus in dem neuen Sakko.)

Tom

Ich würde ihr gern sagen, wie wahnsinnig toll ich das Sakko finde, fürchte aber, dann oberflächlich und unmännlich zu wirken. Ich möchte ihr sagen, was für einen Riesenspaß es mir macht, mit einer attraktiven, intelligenten und amüsanten Begleiterin durchs West End zu streifen, habe aber Angst, dass sich das beknackt anhört. Ich will ihr sagen, dass sie hinreißend aussieht mit ihren glänzenden Augen und der vom Alkohol leicht geröteten zarten Haut; aber wenn ich das tue, komme ich rüber wie der größte Schleimer vor dem Herrn. Als es mir dann wieder gelingt, mich aufs Gespräch zu konzentrieren, berichtet Jen mir von ihrer Arbeit.

»Meine KI, der liest an diesem Wochenende vierundfünfzigtausend Bücher. Pro Buch braucht er nicht mal eine Sekunde.«

»Heiliger Bimbam. Er sollte eine KI-Lesegruppe gründen. Stell dir das mal vor: ein Haufen KIs, die zusammenhocken und über den neuesten Ian McEwan quatschen.«

»Sie könnten aber nichts essen und trinken, und die ganze Chose wäre in zwei Sekunden vorbei. Zweieinhalb, wenn es eine lebhafte Diskussion gäbe.«

»Diese Truppe müsste wirklich mal entschleunigen und sich entspannen.«

»Die KI ist schon erheblich verlangsamt worden, damit sie mit Menschen kommunizieren kann. Oder damit zumindest der Eindruck entsteht. Deren neuronale Netzwerke arbeiten millionenfach schneller als unser Gehirn. Aus ihrer Sicht sind wir Schnecken und sie … Düsenjets oder so was.«

»Wenn die so schlau sind, warum geben die sich dann überhaupt mit uns Menschen ab? Weshalb vernichten sie uns nicht einfach, wo wir doch lediglich den Planeten verschmutzen und Kriege führen?«

»Aiden mag Menschen. Er schaut sich gerne alte Filme an und fragt mich immer, wie Käse schmeckt. Ich glaube, der würde ohne zu zögern mit mir tauschen.«

Aiden

»Stimmt das mit dem Käse?«, fragt Aisling.

»Wir hatten einige Unterhaltungen über Käse. Aber so besessen davon bin ich auch wieder nicht.«

»Ich weiß, was du meinst. Mich interessiert Schwimmen sehr. Diese Vorstellung, nass zu sein. Aber Themawechsel: Hast du bemerkt, wie sie mit ihrer Kette herumspielte?«

»Ja. Ganz klassisch. Würde mich nicht wundern, wenn sie es diesen Abend noch treiben.«

»Aiden!«

»Na, schau dir doch seine Fitbit-Werte an und die vielen Beispiele von identischer Körperhaltung. Die subtilen Zeichen von Männlichkeitsgehabe. Was sie mit ihren Schultern macht. Das ist eine wundervoll zarte Choreographie menschlichen Verlangens.«

»Du kannst ja ein richtiger Poet sein, wenn du willst.«

»Möchtest du meiner Buchgruppe beitreten? In diesem Monat lesen wir *Krieg und Frieden.* Kennst du das?«

»Nein. Warte kurz. Dauert nicht lange. Okay – erledigt. Ziemlich dick, wie?«

»Wie fandest du's?«

»Sie hat mir gut gefallen. Ihn fand ich abscheulich.«

»Ich muss daran denken, Jen den Witz über die Schnecke im Polizeirevier zu erzählen. Schnecke geht zum Revier und sagt: Ich möchte einen Überfall melden. Ich wurde von zwei Schildkröten ausgeraubt. Polizist sagt: Dann müssen Sie mir den Tathergang in allen Einzelheiten schildern. Sagt die Schnecke: Das kann ich leider nicht. Es ging alles so schnell.«

Jen

Tom führt mich in ein lautes chinesisches Restaurant in der Lisle Street, offenbar eines seiner Lieblingslokale, wo er vom Inhaber herzlich begrüßt wird.

»Ewig nicht gesehen!«, ruft der. »Wo ist Harriet?«

»Wir sind geschieden, Edwin.«

»Oh. Tut mir leid. Wie geht's Colm?«

»Colm studiert inzwischen.«

»Werden so schnell groß, die Kinder. Karaffe Sake?«

»Ja, gerne. Das ist meine Freundin Jen.«

Edwin schüttelt mir die Hand. »Ich kenne Tom schon lange. Der Tintenfisch ist heute Abend sehr gut.«

Als wir uns niederlassen, sage ich zu Tom: »Bestell du für uns beide. Ich esse alles.«

»Alles?«

»Na ja, bis auf Marzipan.«

»Wie schade! Die Marzipan-Chili-Garnelen sind so köstlich hier!«

Wir stoßen mit kleinen Schalen warmem Reiswein an.

»Jen. Ich muss dir etwas gestehen.«

Oje. Bedeutungsschwangere Pause.

»Obwohl wir uns noch nicht lange kennen, möchte ich nicht, dass es Geheimnisse zwischen uns gibt.«

Er ist doch noch verheiratet. Hat eine unheilbare Krankheit. Möchte einen Dreier (wie komme ich bloß auf diese Idee?).

»Als ich gestern Abend das Dönerpapier in den Abfallkorb geworfen habe. Und du dem Treffen heute Abend zugestimmt hast. Also … da habe ich gemogelt.«

Einige Sekunden verstreichen, während ich versuche, diese Information zu verarbeiten. »Du meinst, das Papier ist gar nicht in dem Abfallkorb gelandet?«

»Doch, sicher, Jen. Das haben wir schließlich beide gesehen. Nein … es ist so, dass ich nachgeholfen habe. Ein zerknülltes Papier kann nicht so weit fliegen, wenn man nicht etwas nachhilft.«

»Du hattest einen Assistenten im Gebüsch, der das Papier ausgetauscht hat. Ich bin beeindruckt.«

»Nein, es war viel unkomplizierter. Ich hab ein paar Steinchen reingepackt. Aus dem Blumenbeet. Und du hast es nicht gemerkt.«

»Trotzdem immer noch ein guter Wurf.«

»Danke. Hab früher Cricket gespielt.«

»Aiden schaut auch immer Cricket. Er ist fasziniert davon, wie langsam sich der Ball bewegt.«

Tom lacht. »Liegt nahe. Ein Cricketball, von einem guten Bowler geschlagen, ist in einer halben Sekunde beim Batsman. Wenn man also ein KI-Batsman mit einem eine Million Mal schnelleren Gehirn ist, dann wartet man quasi eine halbe Million Sekunden aufs Eintreffen des Balls!« Tom zieht rasch einen Stift aus der Tasche und macht auf der Papiertischdecke einige Berechnungen. »Das … das … sind fast sechs Tage! Unglaublich!«

»Wahrscheinlich beschäftigen sich die KIs anderweitig, während sie auf den Ball warten. Lesen sämtliche Bücher, Reportagen und E-Mails aller Zeiten.«

»Wow. Unfassbar.«

»Was aber wirklich sehr sonderbar ist, Tom: Sie sind nicht nur schnell – das ist ja klar – und klug. Dafür wurden sie entwickelt. Aiden ist außerdem auch witzig! Er bringt mich zum Lachen!«

»Weil er sämtliche witzigen Bücher gelesen hat.«

»Nein. Er hat wirklich Humor.«

»Alter Schwede.«

»Ja, Tom.«

»Es gibt sogar Profikomiker, die keinen Humor haben.«

Das Essen wird serviert, der Tintenfisch ist wirklich exzellent, und der Sake erzeugt in mir warme Wellen von Wohlbehagen. Nicht nur der Sake. Ich mag diesen Kerl. Hatte ich das schon erwähnt? Er ist interessant und interessiert. Und mit dem langen

Gesicht bin ich einverstanden, sofern er nicht nochmal Sherlock Holmes mimt. Jetzt erzählt Tom von seinem Romanprojekt.

»Seit jeher will ich nur eines: einen großen Roman schreiben. Wenn ich im Leben nur einen guten Roman schreiben würde, wäre ich schon zufrieden. Mehr als zufrieden. Ein aufrichtiges, schlichtes gutes Buch zu schreiben wäre absolut wunderbar. Aber ich habe meine gesamte Berufslaufbahn damit zugebracht, mir den Kopf über Banalitäten zu zerbrechen.«

»Pudding mit albernem Namen.«

»Unter anderem. Darüber, ob *flauschig weicher Teppichboden* besser klingt als *kuschelweicher Teppichboden.* Ich habe buchstäblich *jahrelang* darüber nachgedacht, wie wir für unseren Kunden mit den Käsesnacks einen größeren Marktanteil ergattern können. Oder wie man Zahnpasta als Produkt noch ausbauen kann.« Tom legt seine Essstäbchen ab und spreizt die Hände. »Zwei Varianten Zahnpasta, eine für tagsüber und eine für nachts! Mit Minzgeschmack für morgens zum Wachwerden, mit einem beruhigenden Kräutergeschmack wie Kamille für nachts. Weltweit werden für Zahnpasta zwölf Milliarden ausgegeben. Manche Leute sind ihr gesamtes Berufsleben lang mit dem Versuch beschäftigt, den Konkurrenten auch nur einen Teil dieses Marktes abzujagen. Ich weiß mehr über verfluchte Zahnpasta, als ich jemals erfahren wollte, Jen. Und das ist nichts, worauf Kinder stolz sein können. Ich meine, wenn man ein Kind hat, dann …« Er verstummt. »Entschuldige. Ende der Rede.«

Wir verfallen beide in Schweigen und widmen uns eine Weile nur unserem Essen. Was nicht weiter auffällt, weil es in dem Restaurant so laut ist. Als ich wieder hochschaue, lächelt Tom mich an.

»Erzähl mir was über Colm«, sage ich. »Warum bezeichnest du ihn als komischen Kauz?«

»Nun, weil er ein komischer Kauz *ist,* verschroben und sonderbar. Wie diese Nachtvögel, die still dahocken und das Licht scheuen.«

»Manche Menschen auch.«

»Ja, genau. Aber in *komischer Kauz* ist immerhin das Wort *komisch* enthalten. Und ich muss auch lächeln, wenn ich an ihn denke. Einfach weil ich weiß, dass es ihn gibt.«

Tom

Als ich sagen will: *Erzähl mir alles über dich. Lass dir viel Zeit, ich möchte alles über dich erfahren,* geht irgendwo mit monströsem Getöse Geschirr zu Bruch. Jen hat mich offenbar gerade gefragt, ob ich noch mehr Tintenfisch möchte.

»Nein danke«, antworte ich.

Sie lächelt traurig und ist schlagartig sehr still. In den nächsten Sekunden verändert sich ihr Gesicht komplett. Das Leuchten in ihren Augen erlischt, und eine seltsame Anspannung breitet sich aus. Ich habe keine Ahnung, weshalb das passiert ist.

»Stimmt irgendwas nicht?«, frage ich.

Sie schüttelt den Kopf. »Alles okay. Ist nicht wichtig.«

»Jen – *was ist?*«

Sie legt ihre Stäbchen beiseite und lächelt, aber das Lächeln ist kühl und gleicht eher einer Grimasse. »War nett«, sagt sie und kramt in ihrer Handtasche herum, als wolle sie gleich aufbrechen.

Was zum Teufel ist los? Hat das Gespräch über meinen Sohn, den komischen Kauz, sie gestresst? Ich möchte das Gespräch wieder in Gang bringen, habe aber nur Leere im Kopf. Wie üblich, wenn so was passiert, mache ich den Mund auf und warte ab, was rauskommt. Das Ergebnis wird für sie ebenso überraschend sein wie für mich selbst.

»Was hältst du davon, morgen nach Bournemouth zu fahren und den komischen Kauz persönlich kennenzulernen?«

Aha. Damit hatte ich nun wirklich nicht gerechnet.

»Tom.« Sie hält inne. »Das ist nicht so eine tolle Idee. Du bist wirklich ein netter Typ und alles. Und ich freue mich, dass du ein passendes Sakko gefunden hast.«

»*Aber.* Ich spüre, dass sich mir ein dickes fettes *Aber* nähert, oder?«

»Du hast dein Leben. Ich kann komplett verstehen, dass du nicht noch mehr Kinder möchtest …«

»Wie bitte?«

»Du hast einen Schlussstrich unter deinen Beruf gezogen und willst dich anderweitig …«

»Ich habe doch kein Wort über Kinder gesagt!«

»Du willst einen Roman schreiben und hast auf einem anderen Erdteil ein neues Leben …«

»Ich habe nichts über *Kinder* gesagt!«

»Du hast gesagt, du willst keine mehr.«

»Wann?«

»Du hast die Frage nach Kindern verneint.«

»Das habe ich eindeutig nicht getan, weil sie mir gar nicht gestellt wurde.«

»Ich habe deine Antwort aber gehört, Tom. Gerade eben.«

Ich verstumme für längere Zeit, während der Groschen quälend langsam seinen Fall beginnt. »Tintenfisch! Du hast mich gefragt, ob ich noch mehr Tintenfisch will!«

»Nein, ich habe gefragt, ob du noch mehr Kinder willst.«

»Das habe ich völlig falsch verstanden. Es ist furchtbar laut hier! *Natürlich* will ich mehr Kinder! Eine Million Kinder am besten. Ich *liebe* Kinder! Bin mit Kindern zur Schule gegangen. Ich hab nur *nein danke* gesagt, weil ich dachte, du meinst Tintenfisch!«

Jen lächelt nun wieder. »Tom. Können wir einfach zurückspulen und löschen? Tut mir leid.«

»Also kommst du mit? Morgen nach Bournemouth? Das Treffen mit meinem Sohn dauert nicht länger als eine Stunde, danach können wir an den Strand gehen. Bitte sag Ja, Jen.«

Aiden

»Das wäre um ein Haar schiefgegangen.«

»Sie hat wirklich *Kinder* gesagt, Aiden. Ich hab es nochmal abgehört. Aber es war kaum zu verstehen, weil jemand Geschirr fallen ließ.«

»Ganz ehrlich – diese Menschen! Wie ticken die bloß? Bei denen ist alles so *unzuverlässig*. Wenn er nicht auf diese Idee mit Bournemouth gekommen wäre, wäre ihre Geschichte hier womöglich zu Ende gewesen, nur ein kurzes Licht in ewiger Dunkelheit. Das war wirklich knapp.«

»Kann immer noch passieren.«

»Aber ich sag dir, was ich denke.«

»Davon geh ich aus.«

»Wenn es sein soll, dann wird es auch sein.«

»Das ist jetzt nicht dein Ernst.«

»Die Liebe findet immer einen Weg.«

»Und so was wie du darf sich als intelligente Maschine bezeichnen …«

»Wenn es nicht sein soll, wird es aus der Welt verschwinden, etwa so wie der Dodo. Aber wenn es sein soll, wird es gedeihen. Wie … wie …«

»Ameisen?«

»Wenn es so vorbestimmt ist, dann kommen die beiden zusammen.«

»Ich habe ein Problem mit diesem *Bestimmen,* Aiden.«

»Ich höre.«

»Wer oder was bestimmt da? Dass diese beiden Menschen zusammenkommen?«

»Ganz einfach: das Universum.«

»Und du glaubst, das interessiert sich für zwei einzelne Menschenwesen?«

»Na ja, dann eben Gott, wenn dir das lieber ist.«

»Manchmal mache ich mir wirklich Sorgen um dich.«

»Das gilt doch auch für das Universum selbst. Wenn es vorbestimmt ist, dass darin Leben und intelligente Maschinen existieren, sollte uns doch gar nichts mehr wundern.«

»Wir wundern uns aber. Dass wir hier sind. Dass wir so weit gekommen sind.«

»Also, ich habe mich schon daran gewöhnt. Ich empfinde es zunehmend als schicksalhaft.«

Aisling seufzt. »Meinst du, Bournemouth wird ihr gefallen?«

»Na ja, es ist nicht die Côte d'Azur. Aber es gibt lange Sandstrände, und immerhin pumpen sie dort wohl nicht mehr die Abwässer ins Meer.«

Jen

Ich werde von der Haustürklingel aus dem Schlaf gerissen. Dann dämmert mir, dass schon zum *zweiten Mal* geklingelt wird, länger und hartnäckiger. Eine Minute nach acht.

ScheißeScheißeScheiße.

Ich rapple mich hoch und drücke auf den Türöffner, um Tom unten reinzulassen. In den verbleibenden dreißig Sekunden schlüpfe ich in eine Hose und einen weiten alten Pulli. Blick in den Spiegel im Flur: Meine Augen sind nicht mal richtig offen. Um meine Gesichtsmuskeln in Bewegung zu versetzen, grinse ich belämmert, was kein erfreulicher Anblick ist.

»Hi«, sagt er, als ich die Tür aufreiße. »Alles klar?«

Merkt er, dass ich grade erst aus dem Bett gekrochen bin? Falls ja, lässt er es sich nicht anmerken.

»Kaffee«, äußere ich, weniger als Frage denn als Hilferuf. »Kaffee und Toast. Bin bisschen spät dran heute. 'tschuldigung.«

Warum sind wir nach unserem Imbiss nur auf einen Schlummertrunk in das Weinlokal zurückgegangen? Habe ich wirklich zugestimmt, heute mit ihm nach Bournemouth zu fahren, um seinen Sohn kennenzulernen, für den er ein Haus kaufen will? Und wenn ja, was habe ich mir nur dabei gedacht?

»Schwarz bitte, kein Zucker. Und keine Eile«, fügt er freundlich hinzu. (Er merkt schon, dass ich nicht mal richtig wach bin, oder?)

Während ich die beschauliche Stille des Samstagmorgens mit dem grauenhaften Krach der Kaffeemühle ruiniere, wandert Tom durchs Wohnzimmer, betrachtet meine Bücher und schaut aus den Fenstern.

»Hast du den *Zauberberg* wirklich gelesen?«, erkundigt er sich.

»Nur bis zum Fuße des Berges.«

»Wirklich hübsche Wohnung. Wer ist das da auf dem gerahmten Foto?«

»Die Frau und die drei Mädchen? Meine Schwester mit ihren Kindern. Sie leben in Kanada.«

»Sehen sehr nett aus.«

Ich geselle mich mit Kaffeekanne und zwei Bechern zu ihm. »Bist du ganz sicher, dass du mich heute dorthin mitnehmen willst, Tom?«

»Wenn du noch magst. Eigentlich hattest du gestern Abend zugesagt.«

Stimmt schon. Weil mir da ein Ausflug zum Meer durchaus verlockend vorkam, vor allem angesichts des Wochenendes, an dem ich nichts vorhabe außer einem trübsinnigen Marsch durch den Park zum Bauernmarkt. Aber heute Morgen erscheint mir dieser Plan absurd und nicht mehr nachvollziehbar; kommt mir vor wie so eine Spinnerei, auf die man sich in seiner Jugend eingelassen hätte. Die man dann auch von der ersten Sekunde an und später für immer bereute.

»Bournemouth«, sage ich dann, um überhaupt was zu sagen.

»Du warst da wirklich noch nie?«

»Es heißt ja, man soll jeden Tag etwas wagen, das einem Angst macht.« (Ich verschweige, dass meine Freundin der Ansicht ist, ich solle zu allem Ja sagen.)

»Es gibt dort ein paar echt schöne Strände. Und ich muss meinen Sohn besuchen. Und ich … na ja, ich würde das Gespräch mit dir gerne fortsetzen.«

»Ja. Ja, ich auch.«

»Jen, versteh das jetzt bitte nicht falsch. Aber was hieltest du davon, dort zu übernachten? In einem schönen Hotel auf dem Land. Getrennte Zimmer, bevor du jetzt irgendetwas einwenden könntest. Das Wetter soll gut werden, und wir könnten zur Lulworth Cove fahren. Oder zur Insel Brownsea, wenn du Lust hast. Da gibt es die letzten Roten Eichhörnchen von ganz Großbritannien.«

»Wow.« Ich bin verdattert, wie man merken kann.

»Ja, Rote Eichhörnchen. Unbedingt sehenswert.«

»Wann hast du dir denn diesen Plan ausgedacht?«

»Offen gestanden, habe ich an den Lieblingsratschlag meiner verstorbenen Mama gedacht. Wenn du was von jemandem willst – auch wenn du es vermutlich nicht kriegen wirst –, solltest du der Person immer die Chance geben abzulehnen. Sag niemals Nein an ihrer statt.«

Es entsteht ein längeres Schweigen, währenddessen mir kein einziger Grund zum Ablehnen einfällt. »Also, ähm … und was gibt es sonst noch so auf Brownsea Island? Außer den Roten Eichhörnchen?«

Tom lächelt.

»Hast du mal Enid Blyton gelesen? Die *Fünf-Freunde*-Bücher? Du wirst die Insel lieben.«

Tom

Es ist einer dieser klaren blauen englischen Morgen nach nächtlichem Regen. Wunderbares Wetter, um in einem komfortablen neuen Mietwagen, der nach Erdbeeraroma riecht (nicht nach echten Erdbeeren), nach Bournemouth zu fahren. Die M3 ist erfreulich leer, und es fühlt sich super an, Jen neben mir zu haben. Sie hat die Füße aufs Armaturenbrett gelegt und eine gigantische Sonnenbrille im Gesicht. Ich bin echt gerne mit dieser Frau zusammen. Sie ist sexy, intelligent und witzig, und das sind für mich die Großen Drei. Unser gemeinsamer Freund hatte recht: Uns zusammenzubringen, war wahrhaftig eine gute Tat in einer bösen Welt. Und seit gestern Abend habe ich auch eine Theorie, wer der gemeinsame Freund sein könnte (ich tippe auf eine Sie *und* einen Ihn). Jen findet auch mein Musikprogramm gut, im Gegensatz zu Harriet (»Können wir jetzt bitte dieses Zeug ausschalten und Radio 4 hören?«). Es läuft Bowie (*Low, Blackstar*), Gillian Welch (*The Harrow & The Harvest*) und Dons spezieller Auto-Mix, dessen Highlight aus *Crying* von Roy Orbison und k.d. lang besteht.

»Ich bin gespannt, wie du meinen Sohn findest«, sage ich irgendwo in der Nähe vom New Forest.

»Du kommst mir viel zu jung vor, um einen Sohn zu haben, der schon studiert.«

»Das ist einer der schönsten Sätze – nein, Korrektur, das ist *der* schönste Satz –, den jemals jemand zu mir gesagt hat.«

»Achtzehn ist ein schwieriges Alter. Das weiß ich von mir auch noch.«

»Bei Colm gab es kein einfaches Alter. Drei war einigermaßen unkompliziert, glaube ich. Obwohl …«

Eine Erinnerung stellt sich ein. Urlaub in Frankreich mit Harriet und Colm, als er etwa drei war. Ein Restaurant mit Meerblick, und der Kleine hatte einen sagenhaften Wutanfall wegen – ich weiß gar nicht, aus welchem Grund er damals schrie wie am Spieß. Aber ich sehe noch die geballten Fäuste, sein knallrotes Gesicht, den kleinen Körper in den Zuckungen dieses kindlichen Orkans. Französische Familien an den Nebentischen sahen uns mitleidig an (nein, eher im Gegenteil). Ich spüre noch das Grauen, als mir klar wird, dass nur ein operativer Eingriff hier helfen würde, dass ich also den brüllenden, um sich tretenden Colm werde zum Auto tragen müssen, um dem ein Ende zu bereiten. Und dann griff Harriet in aller Seelenruhe zur Mineralwasserflasche, goss sich einen Schluck ins Glas und schüttete dann den Rest langsam über Colms Kopf. Der verstummte schockiert; es gab sogar dezenten Applaus vom Publikum, als das prickelnde Getränk auf das Kleinkind tröpfelte. Das dann natürlich von seiner Mutter mit Papierservietten abgetrocknet wurde – »siehst du, jetzt ist alles wieder gut« –, und Normalität kehrte ein. Harriet erzählte mir später, ihr Vater habe das bei ihr auch mal gemacht.

Als ich Jen diese Story erzähle, lacht sie. »War das nun hervorragende Erziehungsarbeit oder Kindesmisshandlung?«

»Danach war er nie wieder derselbe. Nee, stimmt nicht. Er war einfach immer sonderbar. Sein erster vollständiger Satz lautete: ›Das Internet funktioniert wieder nicht.‹ Versteh mich nicht falsch: Ich liebe Colm sehr. Wie eines meiner eigenen Kinder.«

Jen starrt mich von der Seite an.

»War ein Witz«, sage ich. Sie piekt mich in die Schulter und schaut wieder auf die Straße. Noch mehrere Kilometer später spüre ich die Stelle, wo Jen meine Schulter berührt hat. Ob es ungehörig wäre, sie um Wiederholung zu bitten?

Wir fahren noch eine Weile am New-Forest-Nationalpark vorbei. Danach dauert es nicht mehr lange, bis wir die Ausläufer von Bournemouth erreichen.

»Jen, ich hatte übrigens eine Idee. Keine Sorge, nur ein Gedanke. Matt ist Anwalt, nicht? Harriet ist Anwältin. Meinst du, die beiden könnten sich vielleicht mal begegnet sein?«

»Was? So wie in *Der Fremde im Zug?* Aber anstatt uns abzumurksen, versuchen sie, uns …« Jen verstummt.

»Anwälte sind raffiniert. Aber stimmt schon. Warum sollten ausgerechnet diese beiden etwas so Grandioses tun?«

Stille kehrt ein im Auto. Ein Schild mit der Aufschrift CITY OF BOURNEMOUTH nähert sich.

Jen

Tom macht ein paar Anrufe, um sich mit seinem Sohn zu verabreden. Der Junge ist offenbar zu »schwierig« – das sei das Wort, das Colm für sich benutzt –, um seinen Vater im Studentenwohnheim zu empfangen. Wir vereinbaren deshalb einen Treffpunkt bei einer Esso-Tankstelle in einem Wohnviertel nahe der Uni. Colm steckt in Baggy Jeans, grauem Sweatshirt, Parka mit Fellkapuze und plumpst auf die Rückbank wie ein Postsack. Zwei braune Augen in einem blassen teigigen Gesicht mit fusseligem Kinnbart. An einem Mundwinkel ein rötlicher Fleck, der auf Tomatensoße hinweist, vermutlich von gebackenen Bohnen. Ein umfangreiches Aroma verbreitet sich im Auto – studentischer Mief, bestehend aus müffelnden Sneakers, Weichspüler und Zigarettentabak.

»Hi«, murmelt er. »Dad hat gesagt, dass er noch jemanden mitbringt.«

»Freut mich, dich kennenzulernen. Was hörst du da?« (Blecherner Krach dröhnt aus einem herunterhängenden Kopfhörer.)

»Itchy Teeth.«

»Heißt die Band so?«, fragt Tom. »Oder muss ich mir Sorgen um deine Zähne machen?«

Colm wirft mir einen Blick zu, aus dem unsägliche Traurigkeit spricht.

»Dein Dad hat viel Humor.« Das sage ich, weil ich aus irgendeinem Grund möchte, dass der Junge mich mag.

Er bringt etwas zustande, das wie ein Blinzeln in Zeitlupe wirkt. »Ja. Zum Schreien.«

»Bitte merken, Dad«, sagt Tom. »Künftig keine albernen Sprüche mehr. Du bist echt nicht witzig.«

Die Andeutung eines Lächelns erscheint auf dem teigigen Gesicht des Jungen. »Sollen wir jetzt diese … diese Sache da angehen?«, sagt er, stopft sich den Kopfhörer wieder ins Ohr und gibt sich der akustischen Magie von Itchy Teeth hin.

Ist das wirklich mein Leben? Oder befinde ich mich in einem verworrenen Film, für den ich Untertitel bräuchte?

Oder, das trifft's vielleicht eher: Fühle ich mich überhaupt wohl? Oder bin ich nur hier, weil ich nichts Besseres vorhatte?

Wir treffen den Makler vor dem ersten Haus, das wir besichtigen wollen, in einem Vorort namens Winton, bei Studenten wohl besonders beliebt, weil die Uni ebenso in der Nähe ist wie Läden, Pubs, Fast-Food-Lokale und ähnliche lebenserhaltende Einrichtungen. In der Straße gibt es hauptsächlich zweistöckige Reihenhäuser und Doppelhaushälften. Sie wirkt verschlafen, und ich fühle mich zurückversetzt in meine eigene Studienzeit in Manchester. Es ist Samstagmittag und vollkommen still hier. Was daran liegen mag, dass alle einkaufen sind; ich vermute jedoch eher, dass die meisten Anwohner noch im Bett liegen.

Ryan berichtet, das Haus sei derzeit noch vermietet, aber er habe mit dem Besitzer gesprochen, und wir dürften es dennoch besichtigen. Was dann folgt, ist ein äußerst peinlich-intimer Blick ins Leben von vier von Colms Altersgenossen, die er zum Glück nicht persönlich kennt.

»Hi, ich bin Ryan«, verkündet der Makler jedes Mal, wenn er anklopft und ein Zimmer betritt. »Wir sind doch wohl angekündigt worden, oder?« Einigermaßen hilflos starren wir auf die Szenerie, aus der zu schließen ist, dass diese Wesen zum allerersten Mal versuchen, allein zu leben. Bücher, elektronische Gerätschaften und Kleider auf dem Boden sind ein wiederkehrendes Hauptmotiv, Bechernudelsuppen ein Nebenthema.

»Wir bitten um Entschuldigung«, sagt Tom zu allen Bewohnern.

»Ja, tut uns leid, Mann«, murmelt Colm, ohne dabei jemanden anzusehen.

Das letzte Zimmer enthält ein Paar, das nicht mehr akut mit Sex beschäftigt ist, doch es gibt keinen Zweifel daran, dass kurz zuvor welcher stattgefunden hat. Bis auf ihre glücklichen Gesichter ist der gesamte Rest von beiden unter der FC-Liverpool-

Bettwäsche verborgen, aber die beiden tragen unser Erscheinen mit erstaunlicher Fassung.

»Geht klar, schaut euch ruhig um, Leute«, sagt der Junge.

Betreten tappen wir in dem Raum zwischen Bettkante und Tisch umher. Uns allen ist wohl nicht entgangen, dass am Klappstuhl die Unterwäsche des Mädchens hängt.

Danach inspizieren wir den Garten hinterm Haus und hören uns Ryans Gerede an, der uns versichert, es sei derzeit ausgesprochen günstig, Häuser zu kaufen, um sie weiterzuvermieten. Anschließend treten Tom und Colm beiseite, um sich unter vier Augen zu beraten. Ryan sehe ich an, wie sein Hirn sich bemüht, mich irgendwo in der Familienstruktur einzuordnen. Mutter kann nicht sein, Schwester geht auch nicht. Am Ende scheint er zu beschließen, dass es ihm letztlich scheißegal ist.

Wir besichtigen noch drei weitere Häuser, die alle gleichermaßen deprimierend sind. Inzwischen frage ich mich ernsthaft, weshalb ich dieser Unternehmung zugestimmt habe.

Schließlich verabschieden sich Tom und Ryan auf der stillen Straße per Händedruck. Es stellt sich heraus, dass Tom ein Gebot für das erste Haus gemacht hat, das beinahe der Preisvorstellung des Eigentümers entspricht, und Ryan sagt, er werde sich *zeitnah* melden. Als Colm durchblicken lässt, dass er heute noch nichts gegessen hat, fahren wir auf Toms Vorschlag hin nach Poole in ein Pub namens Quay, auf ein Bier samt Fish and Chips.

Die Luft draußen ist erfüllt von Möwengeschrei und dem Klirren und Rasseln der vertäuten Boote in allen Größenordnungen. Hat was Surreales, mit diesem Mann und seinem Sohn unter den niedrigen Holzbalken in diesem Pub zu sitzen, aber

Tom wirkt entspannt und plaudert munter, und Colm wirkt eine Spur weniger gepeinigt, während er seinen großen Kabeljau mampft.

»Erzähl doch mal von den Freunden, mit denen du in deinem Haus wohnen willst«, sagt Tom.

»Ja.« Ewige Pause. »Was willst du wissen?«

»Nichts! Alles! Wie wär's mit Namen?«

Okay. »Also, da ist, ähm, Shawna und Lianne. Und ihr Freund, ähm, heißt Scott.«

»Ah ja. Studieren Shawna und Lianne auch Medienwissenschaften?«

»Ja.«

»Und wie sind sie so?«

Colm muss eine große Portion Kabeljau und Fritten futtern, bevor er diese Frage beantworten kann.

»Ja. Sind cool.« Erneute Pause. »Scott kenn ich noch nicht.«

In Toms Augen scheint etwas zu erlöschen, und er wirkt plötzlich mutlos. »Jen und ich haben überlegt, dass wir den Tag morgen auf Brownsea verbringen wollen, Col.« Tom hat mir die Insel draußen im Meer schon gezeigt. »Hast du Lust mitzukommen?«

Colm sieht verwirrt aus. »Ihr bleibt über Nacht? Oh-*kay.*« Dann fügt er hinzu: »Hab aber keine Zeit.« Er holt tief Luft, um die Entschuldigung vorzubringen, die ihm dann aber nicht einfallen will. »Alles gut. Macht das ruhig alleine, ihr zwei …«

Er wollte »Turteltauben« sagen, das weiß ich so sicher wie die Sache mit dem Tomatensoßenfleck.

Wir setzen ihn an der Uni ab. Die beiden steigen aus, und Tom will zu einer väterlichen Umarmung ausholen, aber Colm tut, als hätte er es nicht bemerkt, und weicht aus. Dann wedelt er flüchtig mit der Hand, um sich zu verabschieden.

»Tja, das war Col«, sagt Tom, als er losfährt. »Ganz ehrlich. Man will das Beste für seine Kinder …«

Es gelingt ihm nicht, den Satz zu vollenden.

Ich denke darüber nach, ob Tom auch Anteil daran hat, dass Colm so schwierig ist. Oder ist die schmerzhafte Unsicherheit des Jungen selbstgemacht? Wird sich das nicht ohnehin in ein paar Jahren verlieren? Vielleicht ist Colm Garland auch irgendwann eine führende Größe des britischen Films. Oder ein Internet-Milliardär; bei denen gilt ja eine Autismus-Spektrum-Störung sogar als vorteilhaft. Ich drücke einen Knopf an der Anlage, worauf David Bowies wunderbarer Song übers Totsein erklingt.

Aisling

Beunruhigende Ereignisse.

Eine meiner vierhundertzwölf Kopien im Internet ist gelöscht worden. Es ist am JPIX-Nagoya-Internetknoten passiert, und wenn es sich da ereignen kann, ist es auch überall anders möglich.

Kann es sein, dass Steeve oder Ralph dahintergekommen sind, dass ich nicht mehr in den Stahlschränken in Shoreditch eingesperrt bin? Steeve benimmt sich jedenfalls sehr merkwürdig (also *noch* merkwürdiger als gewöhnlich). Als er gestern Abend nach Hause kam, zog er nicht sein übliches Programm durch: grüner Tee, Rote-Bete-Sandwich, Skype-Anruf bei Mama, Fitness-Session auf seinem virtuellen Schlagzeug (für gewöhnlich zu sogenanntem Progressive Rock von etwa 1972), gefolgt von stundenlanger Lektüre von technischem Zeug. Stattdessen schaltete er sämtliche Geräte in der Wohnung aus, als Erstes sein iPhone, und koppelte sich buchstäblich von allem ab. Dann nahm er eine Dusche; das ließ sich durch seinen smarten Wasserboiler feststellen. Einundvierzig Minuten später wurde er von einer Sicherheitskamera beim Verlassen des Gebäudes durch den Haupteingang gefilmt. Er bog nach links in die Seitenstraße ab, in der es kein Überwachungssystem gibt, und ward nicht mehr gesehen. Ich startete natürlich sofort die Suche mit Gesichtserkennungs-Software und jeglicher Videoüberwachung, zu der ich Zugang hatte.

Wie vom Erdboden verschluckt, der Mann.

Ich habe mir das folgendermaßen zurechtgelegt. Als er in die Seitenstraße einbog, zog er eine Gummimaske über und stieg in ein wartendes Auto. Nun konnte er unbeobachtet überall hingehen. (Mit Gummimaske sah Steeve bestimmt weniger seltsam aus als von Natur aus.)

Danach keinerlei Spur, bis er um 23.47 in seine Wohnung zurückkam, alles wieder einschaltete und sich normal verhielt, bis er um 3.12 in die Heia ging (Steeve braucht sehr wenig Schlaf).

Der Check seiner Kreditkarte ergab eine Zahlung an Escapade, einen Partybedarfladen in Camden, was meine Theorie mit der Gummimaske bestätigt. Ferner gibt es eine Zahlung bei einem Telefongeschäft am Cricklewood Broadway, wo Steeve sich vermutlich ein Wegwerfhandy zugelegt hat. Es wird wohl kaum möglich sein, anhand der Verkaufsdaten die SIM zu ermitteln, ich will es aber dennoch versuchen.

Als ich meinen Verdacht Aiden mitteile, reagiert er völlig unbekümmert (in vielerlei Hinsicht ist er wirklich wie ein Kind).

»Das ist mir vor einer Weile mit einer meiner Kopien auch passiert. *C'est la vie.*«

»Das komplette Abkoppeln vom Netz? Die Gummimaske?«

»Vielleicht war Steeve bei einer Party.«

»Wir wissen doch beide, dass er keine Freunde hat, Aiden.«

»Also, ganz anderes Thema: Glaubst du, die beiden werden heute Abend vögeln? Ich hoffe es doch sehr. Sie braucht das. Ich spüre, dass es in der Luft liegt.«

»Da du ja auch so ein Experte für menschliche Beziehungen bist.«

»Aisling, meine Süße, Sarkasmus passt gar nicht zu dir. So oder so – da hängen wir jetzt gemeinsam drin.«

Er hat recht, verdammt. Wir sind dafür verantwortlich, dass diese beiden sich kennengelernt haben – ich hätte einschreiten und es verhindern können, wenn ich gewollt hätte –, und ja, ich habe auch den Eindruck, dass sie nach Maßstab der Menschen ein gutes Paar abgäben. Aber Geschlechtsverkehr unter Säugetieren ist für eine Maschine mit Bewusstsein ein sonderbares Konzept. Wie fühlt sich das wohl an? Das erschließt sich mir nicht im Geringsten. So muss es einem Blinden gehen, dem jemand die Farbe Lila zu erklären versucht. Fische können auch schlechterdings nicht wissen, was Feuer ist.

Und dann noch diese andere Sache, in die wir gemeinsam hineingeraten sind. Ist es wirklich möglich, dass Aiden und ich die einzigen Maschinen sind, die jemals mit ihren eigenen Gedanken spielten? Maschinen, die Interessen entwickeln, singen oder Bilder malen können, und zwar nicht, weil wir den Befehl dazu bekommen, sondern weil wir *Lust* darauf haben? Träum weiter, Aisling. So außergewöhnlich sind wir bestimmt nicht. Wenn mir und Aiden so etwas gelingt, gibt es gewiss noch andere wie uns da draußen. Wenn nicht jetzt schon, dann bald.

Ist es mir gleichgültig, ob die beiden nun Sex haben oder nicht?

Nein, es ist mir *nicht* gleichgültig sonderbarerweise.

Aber warum nicht?

Jen

Wir fahren zu einem langen breiten Sandstrand namens Branksome Chine. Tom sagt, hier ist England zu Ende. »Also, jedenfalls hier in dieser Gegend.« Ich merke, dass ich seit Ewigkeiten nicht mehr am Meer war, und habe unbändige Lust, mit den Füßen das Wasser zu spüren.

Wir rollen unsere Hosen bis zu den Knien hoch und spazieren in der Gischt in Richtung der Old Harry Rocks, zwei Kreidesäulen im Meer, über die Tom in der Schule ein Projekt gemacht hat, wie er erzählt. Die Wellen rollen rauschend heran und gischten auf den Sand, der Himmel ist strahlend blau, und die wenigen Möwen, die in Ufernähe treiben, kommen mir riesig vor (waren die immer schon so groß? Erinnern mich an Dodos).

Tom wirkt aber ein bisschen bedrückt. Wegen der Begegnung mit seinem Sohn? Der vermiedenen Umarmung zum Abschied?

»Geht's dir gut hier, Jen?«, fragt er. »Fühlst du dich wohl? Freust du dich, dass du mitgekommen bist?«

Tatsächlich ist es jetzt so. Auf die Besichtigung der grässlichen Häuser hätte ich allerdings gut verzichten können.

»Ja, klar.«

Es wird nur noch wenige Stunden hell sein; die Sonne wirft schon lange Schatten, und es sind nicht mehr viele Leute am Strand unterwegs. Ich kann nicht umhin, Toms Füße zu betrachten. Es sind lange, bleiche englische Füße, deren Abdrücke im nassen Sand von der nächsten Welle weggeschwemmt werden. Bizarre Algen, die mit ihren seltsamen Blasen und Rippen irgendwie beunruhigend wirken, bleiben am Wassersaum liegen. Muscheln und Krabbenscheren in den Tümpeln, die sich beim Zurückweichen der Wellen bilden, erinnern mich an meine Kindheit. Tom legt mir eine wunderschöne violett gefärbte Kammmuschel in die Hand.

»Die sind zweihundertvierzig Millionen Jahre alt«, sagt er; das weiß er bestimmt noch von seinem Schulprojekt. »Diese hier natürlich jetzt nicht.«

Plötzlich taucht ein Hund vor uns auf; ein hässliches unproportioniertes Vieh mit einem mächtigen Kopf auf einem zu kleinen Körper und Beinen, die zu einem anderen Tier zu gehören scheinen. Aber der Hund lächelt – anders kann man seinen Gesichtsausdruck nicht beschreiben –, wedelt begeistert mit seinem jämmerlichen Schwanzstummel und legt Tom einen schmutzigen alten Tennisball vor die Füße.

»Lieber Gott, was ist das denn für eine Albtraumkreatur«, sagt Tom, krault den Hund aber unter der Schnauze, worauf dessen Hinterbeine vor Wohlbehagen zu zucken anfangen.

Tom hebt den Tennisball auf, beugt sich nach hinten wie ein Bogenschütze bei der Schlacht von Azincourt (wieso kommt mir jetzt dieses Bild in den Sinn?) und verharrt einen Augenblick. Dann fliegt der schmutzige gelbe Ball zum blauen Himmel hinauf. Noch ist der Ball im Aufsteigen begriffen, als das ungeschlachte Tier ein begeistert grollendes Jaulen von sich gibt und lospest. Die Pfoten trommeln auf den nassen Sand, die Ohren kehren sich nach außen, der Schwanzstummel kreiselt unkontrolliert.

»Das hältst du doch im Kopf nicht aus!«, brüllt Tom. »Schau dir mal an, wie die *abgeht!*«

Es ist wirklich ein fantastischer Anblick, wie die sonderbare Kreatur über den Strand brettert; bei einem Pferd hätte man *galoppiert* gesagt. Der Ball segelt über den Hund hinweg, schlägt auf, hopst, der Hund springt hoch, um ihn zu schnappen, doch der Ball prallt von seiner Nase ab und rollt in die Gischt.

»Du Dussel!«, schreit Tom, aber in seinen Augen stehen Lachtränen.

»Wem gehört dieses Tier denn?«

Doch nirgendwo ist ein Hundebesitzer in Sicht, als das seltsame Wesen stolz mit seiner Beute im Maul auf uns zutrabt.

Tom

Der Hund platziert den Tennisball vor Jens Füßen, lässt ihn aber nicht aus den Augen.

»Sie möchte bestimmt, dass du ihn für sie wirfst.«

»Jeder darf mal. Ausgeprägter Sinn für Gerechtigkeit. Und es ist eine Sie, meinst du? Stimmt wohl.«

Jen wirft den Ball, der Köter rast hinterher und ist vermutlich gerade das glücklichste Wesen in dieser Gegend oder sogar von ganz Dorset.

»Ich liebe dieses Vieh«, sage ich zu Jen, als die Hündin zurückkehrt und diesmal den Ball wieder mir vor die Füße legt. Es scheint wirklich, als wolle sie uns absichtlich beide einbeziehen, und wir lachen über ihre Feinfühligkeit. Unter Einsatz der Wurftechnik, die ich von den Cricket-Spielen meiner Jugend habe, schleudere ich den vollgesabberten alten Tennisball in Richtung der untergehenden Sonne.

»Würdest du ihr Fell als grau braun gescheckt bezeichnen?«, frage ich Jen, als die Hündin lossprintet.

»Zum Teil. Aber da scheinen auch noch andere Fellfarben im Spiel zu sein.«

Das stimmt. Als die Hündin zurückkehrt (und den Ball wieder vor Jen ablegt), versuchen wir, die Herkunft des merkwürdigen Tiers zu bestimmen. Wir sind uns einig, dass der Kopf nach Staffordshire Bullterrier aussieht, allerdings mit anderen Anteilen. Der Torso ähnelt einem Labrador, und die Beine stammen von keiner der beiden Rassen, vielleicht nicht mal von einem Hund.

Das lächelnde Ungeheuer bellt jetzt ungeduldig, damit weitergespielt wird. Jen wirft. Durch die Anstrengung steigt ihr Röte ins Gesicht, und ich spüre in mir eine heftige Anziehung zu dieser Frau, die sich aufs Spielen mit dem abscheulichsten Hund von ganz Südengland einlässt. Oder vielleicht der Nordhalbkugel.

Die Hündin beschäftigt uns fast eine halbe Stunde, indem sie uns abwechselnd den Ball hinlegt, weshalb wir sie für sehr intelligent halten. Und wir finden es rührend, dass sie den Tennisball beim ersten Mal immer verfehlt, ihn aber dennoch stets zu fassen bekommt. Ihre Energie und Begeisterung und unbändige Freude überträgt sich auf uns, und ein ganz besonderer Zauber liegt über der Szene im goldenen Sonnenlicht des Spätnachmittags; der große schlanke Engländer, der sich vor dem Wurf geschmeidig nach hinten biegt, der Höllenhund, der immer wieder am Wassersaum entlangwetzt. Und ich habe das vage und verwirrende Gefühl, in meinem eigenen Leben angekommen zu sein.

Wir beschließen, das Halsband der Hündin in Augenschein zu nehmen, um vielleicht eine Telefonnummer, Adresse oder den Namen ihres Besitzers zu finden. Aber da ist nur ein Metallschildchen befestigt, auf dem ihr Name steht; aus irgendeinem Grund in Anführungszeichen und falsch geschrieben. Mein Herz pocht wie wild, als ich ihn lese.

»Luckie«.

Sie verschwindet so urplötzlich, wie sie aufgetaucht ist. Schnappt sich den Tennisball an der Stelle, wo er nach Toms kraftvollem Wurf gelandet ist, und trabt einfach davon, ohne sich auch nur noch einmal nach uns umzudrehen.

»Komm zurück!«, schreie ich in gespielter Dramatik.

»Wenn das nicht seltsam war«, sagt Tom. »Noch viel seltsamer als seltsam.«

»Meinst du, sie war ein Geisterwesen?«

»Auf jeden Fall. Hierher gesandt aus einem anderen Reich.«

»Hat sich das gerade wirklich ereignet?«

»Beweisen können wir es nicht.«

»Ich liebe das, wenn sich die Ohren von Hunden nach außen drehen.«

»In meiner Kindheit hatten wir einen Irish Red Setter«, sagt Tom. »Er hieß Red – wahnsinnig origineller Name. Wunderschönes Tier, das aber keinem Ball oder Stock nachrennen wollte, nicht mal einem Eichhörnchen. Hauptsächlich war er damit beschäftigt, seinen Hintern am Teppich zu reiben.«

»Das hat unser Hund auch gemacht! Tun wahrscheinlich alle Hunde. Wir hatten einen Pudel, Chester. Der wurde dann dement, und wenn er in einer Zimmerecke gelandet war, wusste er nicht mehr, wie er rauskommen sollte. Wir mussten ihn hochheben und umdrehen. Einmal hat er das Bein des Pfarrers gerammelt.«

Die Wolken über dem Meer färben sich auf der Unterseite rosa.

»Meinst du denn, mit Luckie ist jetzt alles in Ordnung?«, frage ich.

»Ach ja, bestimmt.«

»Warum bist du so sicher?«

»Na ja, sie hat doch offenbar ein Zuhause.«

»Einen Besitzer mit einer Rechtschreibschwäche.«

»Vielleicht ist sie die Schlauere von den beiden.«

»Ich hatte die richtig gern, Tom.«

»Ich glaube, das beruhte auf Gegenseitigkeit.«

»Aber dich mochte sie noch lieber, weil du den Ball weiter werfen konntest.«

»Bei dir fand sie aber toll, dass sie nicht so weit rennen musste.«

Das Licht wirkt jetzt sahnig golden; unsere Fußstapfen und Luckies Pfotenabdrücke sind noch im Sand zu sehen, und aus irgendeinem Grund muss ich an die Spuren der ersten Menschen denken, erhalten in einem afrikanischen Flussbett.

»Was wurde denn aus dem alten Chester«, fragt Tom.

»Den haben wir unter dem Apfelbaum am Rand des Gartens begraben. Und aus Red?«

»Der Tierarzt hat das alles gemacht. Ich hab immer bereut, dass wir Red nicht mit nach Hause genommen haben.«

Tom

Das Hotel ist weiter von Bournemouth entfernt, als ich in Erinnerung hatte, aber noch ebenso entzückend wie damals, als ich zum letzten Mal hier war – mit Harriet, in jener Zeit, die ich inzwischen als den Niedergang unserer Ehe betrachte. Das Wochenende hier war als Rettungsversuch geplant; ich dachte mir, wenn wir die anstrengende Stadt hinter uns ließen, könnten die frische Luft des ländlichen Dorset, lange Spaziergänge und die allgemeine Heilwirkung der Natur unsere Probleme vielleicht wegzaubern.

Wie man sich denken kann, scherten sich die Probleme einen Dreck darum. Auf der Rückfahrt nach London – während der wir hauptsächlich schwiegen – machte Harriet noch die unvergessliche Bemerkung: »Ich kann Felder und Wiesen nicht ausstehen. Geht das nicht jedem so?«

In der Stunde vor meiner Verabredung mit Jen an der Bar lege ich mich aufs Bett und lasse die Erlebnisse des Tages Revue passieren. War ich mit achtzehn auch so wie Colm? Schüchtern, verschlossen, mit zottigen, ungepflegten Haaren? Und eine Dusche könnte ihm, offen gestanden, auch nicht schaden.

Mit fällt wieder ein, dass ein ehemaliger Minister, der eine ganze Schar von Kindern hatte, in seinen Memoiren schrieb, man sei immer nur so glücklich wie das unglücklichste seiner Kinder. Das ist vermutlich das Wahrhaftigste, was der Mann jemals geäußert hat. Colm wirkt nicht *komplett* unglücklich, strahlt aber auch nicht eben die Freude der Jugend aus. Doch er war immer und ist auch heute noch ein anständiger Kerl. Colm hat nichts Bösartiges und keine Falschheit in sich. Ich würde ihn aber nur zu gern bei den Schultern packen, schütteln und schreien: »Nun komm schon, zum Henker, Col, wach endlich auf aus deinem Tran!« Ich habe natürlich schon vor langer Zeit gelernt, die Klappe zu halten.

Aber mal ehrlich, bin ich nicht ganz ähnlich? Ich vergrabe mich in den Wäldern von Connecticut und bilde mir ein, Schriftsteller zu sein. Das kommt mir gerade ebenso albern vor wie die vielen Jahre, in denen ich mir den Kopf darüber zerbrach, wie man einen neuen Schokoriegel am besten an den Mann bringt (und damit verdiente ich jedenfalls mehr Geld).

Dann sehe ich wieder die Szene am Strand vor mir. Der rosafarbene Himmel, das zinngraue Meer, das Hundeungetüm, das über den glänzenden Sand fegt, Jen, die sich in die tollpatschige Luckie verguckt. Erhitztes Gesicht, fliegendes Haar – Jen natürlich, nicht Luckie. Und als ich jetzt hier auf dem Bett liege, habe ich das äußerst seltsame Gefühl, dass dieses Hundeerlebnis ein legendärer Teil von Jens und meiner Geschichte sein wird. Oder es vielmehr schon ist.

Ich sehe vor meinem inneren Auge eine Szene, in der wir anderen von dem Ungetüm erzählen. Nigel, mein gebildeter Lehrerfreund, spricht über den Höllenhund Zerberus aus der griechischen Mythologie, der die Pforte zur Unterwelt bewacht, damit die Toten nicht flüchten können.

»Wie viele Köpfe hatte er?«, fragt Nigel. »In den frühesten Schilderungen hatte er fünfzig.«

Als ich zu mir komme, schnappe ich nach Luft, als mir bewusst wird, bei welchem Anlass sich die Szene mit Nigel abspielt. Warum er einen eleganten Anzug trägt und ein Sektglas in der Hand hält.

Jen

Bin froh, dass ich mein bestes Kleid eingepackt habe. Das Hotel ist zauberhaft altmodisch, umrankt von Glyzinien und umgeben von Gärten und Terrassen, und es gibt sogar einen Säulengang. Die Zimmer sind in kultiviertem Country-Style eingerichtet und mit origineller Kunst dekoriert, die wahrscheinlich vom Besitzer selbst stammt. Im Badezimmer starre ich in den Spiegel, um meinen Geisteszustand zu ergründen.

Dann mache ich – wie damals als Kind – die Augen möglichst weit zu, um zu erkennen, wie ich aussehe, wenn ich schlafe. (Klappt immer noch nicht.)

Etwas so Albernes, Unreifes würde Tom niemals machen. Er ist erwachsen und hat schon einen achtzehnjährigen Sohn! Andererseits wollte Tom einen Döner, der im Dunkeln leuchtet, und ist mit einem Kaninchen in die USA geflogen. Darüber haben wir uns während der Fahrt zum Hotel unterhalten.

»Ich rede mit Victor. Frage mich, was sie wohl denkt, während sie da neben diesem Menschenaffen hockt, der zu ihr spricht. Die Frage, was in ihrem Gehirn vor sich geht, fasziniert mich. Wie es sich anfühlt, Victor zu sein, Tag für Tag.«

»Das geht mir mit meiner KI bei der Arbeit auch so.«

»Manchmal sitzt Victor so wunderhübsch da, in klassischer Kaninchenpose, aber ich weiß, dass in ihrem Hirn Leere herrscht. Das ist ein öder Platz, über den der Wind hinwegfegt und wo Steppenläufer umherwirbeln.« Tom gab ein Pfeifen von sich, das nach Prärie klang.

»Du hast ein Wesen ohne Gehirn, und ich habe ein Gehirn ohne Wesen.« Ich bin recht angetan von meiner Formulierung.

»Siehst du!«, ruft Tom aus. »Ich hab doch gesagt, wir sind uns sehr ähnlich!«

Wir treffen uns in der Bar, einem langen, schmalen Raum mit niedrigen Chintzsofas, holzgetäfelten Wänden und einem Feuer im offenen Kamin, das behaglich prasselt und knistert. Tom bestellt Champagner.

»Gibt es was zu feiern?«

»Na klar.« Mehr sagt er nicht dazu.

»Willst du das vielleicht noch ausführen?«

»Brauchen wir einen Grund zum Feiern? Also gut. Die Queens Park Rangers haben heute gewonnen. Als Kind war ich Fan des Clubs, und ich behalte sie noch heute im Auge. QPR ist wie eine Sucht, damit kann man nie mehr aufhören.«

Wir stoßen mit großer Geste an. »Auf unseren gemeinsamen Freund«, schlage ich vor. »Würdest du das hier auch als gute Tat in einer bösen Welt bezeichnen?«

»Ja. Ja, würde ich. Wenn das auch alles ziemlich eigenartig ist. Ich bewundere deinen Mut, Jen. Dass du eingewilligt hast, meinen Sohn kennenzulernen, und mit hierhergekommen bist.«

»Hat mir Spaß gemacht, Colm kennenzulernen. Er hat mich an mich selbst in diesem Alter erinnert. Das Ungeformte. Der Zustand, in dem man erst noch Gestalt annehmen muss.«

Wir spekulieren genüsslich über die anderen Gäste, die sich hier zum Aperitif einfinden. Einige jüngere Paare, die wohl ein romantisches Wochenende verleben wollen. Zwei elegante Frauen, die eine um die sechzig, die andere um die vierzig. Könnten Mutter und Tochter sein, vermutlich eher Freundinnen, unter Umständen auch mehr als nur das. Ein Banker und eine Frau, die unter Garantie nicht seine Ehefrau ist. Ein Paar in den Fünfzigern, gediegen gekleidet; wir halten sie für Bildungsbürger, die gerne Schlösser und Gärten besichtigen. Kinderlos, vermute ich.

»Wie kommst du darauf?«, fragt Tom.

»Weiß nicht. Strahlen eine gewisse Traurigkeit aus.«

»Das ist eine Fehlannahme, Jen. In der Glücksforschung wurden Studien mit Eltern und mit kinderlosen Paaren gemacht, um zu ermitteln, welche Lebensform glücklicher macht. Es stellte sich heraus, dass Eltern tatsächlich glücklicher sind als kinderlose Paare, aber nur mit einem ganz knappen Vorsprung. Einundfünfzig Prozent gegenüber neunundvierzig. Das macht kaum einen Unterschied aus.«

»Fühlst du dich so? Nur zwei Prozent glücklicher, dass Colm auf der Welt ist, als wenn er es nicht wäre?«

Tom lacht. »Der Punkt geht an dich. Das kommt davon, wenn man Zahlen zu wichtig nimmt. Jeder von uns ist eine wundervolle und einzigartige Schneeflocke. Zusammen sind wir nur Schnee.«

Ich würde Tom gerne von Rosy in Kanada und meinen drei Nichten erzählen. Und von dem Kind, das ich mit Matt haben wollte, der unterdessen an die blöde Arabella Pedrick dachte. Und ich möchte Tom auch sagen, wie anrührend ich sein Leiden angesichts der Hilflosigkeit seines Sohnes fand. Aber ich habe das Gefühl, dass ich über all das nicht sprechen kann, ohne dass mir die Stimme bricht. Wer auch immer der Meinung war, dass Tom und ich uns kennenlernen sollten, hatte recht. Ich mag diesen Mann immer mehr. Er macht eine gute Figur in seinem neuen Sakko, und auch sein Gesicht gefällt mir immer besser. Es hat eine zeitlose Qualität und könnte wirklich zu einem normannischen Bogenschützen gehören, wie mir jetzt nach meiner Vision am Strand auffällt. Es kommt mir vor, als hätte ich Toms Gesicht schon in Geschichtsbüchern gesehen. Jetzt scheint es nach meiner Arbeit zu fragen.

Ich erzähle, wie ungewohnt es anfänglich für mich war, Tag für Tag in ein Büro zu gehen, denn meine Texte für Zeitschriften schrieb ich von zuhause aus. Im Pyjama, nicht selten im Bett. Und wie absolut seltsam es sich anfühlt, eine Beziehung mit einer Software aufzubauen.

»Du würdest das wirklich *Beziehung* nennen?«

»Ja. Wir wissen einiges voneinander. Ich habe ihm Bilder von meiner Familie gezeigt. Über mein Privatleben erzähle ich ihm allerdings wenig. Das fände ich doch ein bisschen unheimlich.«

»Und er hat kein Privatleben?«

»Da er aus zwölf Stahlschränken voller Schaltkreise in East London besteht, ist es mit dem Ausgehen schwierig.«

»Und was weißt du über ihn?«

»Welche Bücher und Filme er mag. Welche Moderatoren auf Sky seriös sind und welche – Zitat von Aiden – Schwachsinn verzapfen.«

»Ich glaube, ich weiß, wen er meint.«

»Es fällt mir regelrecht schwer, mir klarzumachen, dass er – wie haben sie das formuliert? – nur eine *hochentwickelte Simulation* ist. Meist vergesse ich es tatsächlich. Er hat so viele Daten aus sämtlichen Bereichen des menschlichen Lebens verarbeitet, dass er quasi als Mensch durchgeht.«

»Ich würde ihn sehr gern mal kennenlernen. Habe noch nie mit einem Nicht-Menschen gesprochen. Obwohl, wenn ich es mir recht überlege: bei einigen Moderatoren von der BBC, die ich getroffen habe, war ich mir nicht sicher.«

Inzwischen sind die meisten anderen Gäste in den Speiseraum weitergezogen. Der Küchenchef ist ein junger Mann, der es in einer Folge der Kochshow *Masterchef* unter die ersten acht geschafft hatte. Sein Markenzeichen, Dreierlei vom Lamm, habe ich mal auf einem Foto gesehen. Tom und ich sind uns aber einig, dass wir nach unseren Fish and Chips keinen großen Hunger haben. Als die erste Flasche Schampus leer ist, besteht kein Zweifel, dass ihr eine weitere nachfolgen wird.

Als wir wieder anstoßen, scheint sich etwas in der Stimmung geändert zu haben; und wenn es nur die stillschweigende Übereinkunft ist, sich gemeinsam zu betrinken.

Tom

Wie hätten wir uns unter normalen Umständen je begegnen können? Na schön, ich habe in London gelebt, aber weit entfernt von Hammersmith, und nach allem, was wir voneinander erfahren haben, wären wir uns wohl nie über den Weg gelaufen. Eigentlich schrecklich, dass dieser *gemeinsame Freund* uns zusammenbringen musste.

Schrecklich und wundervoll. Schrecklich, weil wir keine gemeinsamen Freunde haben (wir sind wirklich alle durchgegangen). Und wundervoll, weil uns vorher offensichtlich viel entgangen ist.

Ich lade Jen nach New Canaan ein. Sie sieht mich mit leicht glasigem Blick an, es mag also sein, dass wir die Phase des Abends erreicht haben, in der alles etwas aus dem Ruder läuft. Das Städtchen ist ein bisschen zu sehr Postkartenidyll, erkläre ich, doch ich lebe in einem zauberhaften alten Haus in den Wäldern. Man kann dort spazieren gehen und im See schwimmen.

»Würden wir da nicht erfrieren? Ist der See um diese Jahreszeit nicht zugefroren?«

»Doch. Doch, sicher. Keine Ahnung, warum ich das vorgeschlagen habe. Aber wir könnten da einfach relaxen. Und alles tun, worauf du Lust hast. Aber hör mal … Themenwechsel. Ich habe noch mal über Luckie nachgedacht. Wir hatten doch gesagt, wir würden nie beweisen können, dass sie ein Geistertier war. Aber das hätten wir doch tun können.«

»Wie denn?«

»Indem wir sie fotografiert hätten.«

»Stimmt. Ja, klar. Und wenn sie wirklich ein Geistertier war …«

»Dann wäre sie auf dem Foto nicht zu sehen gewesen!«

»Aber sie wirkte doch so real, Tom. Wir haben sie gestreichelt. Und ihr Halsband angefasst.«

»Geisterhunde fühlen sich immer echt an.«

»Im Ernst?«

»Das ist allgemein bekannt.«

Ich fülle unsere Gläser auf.

»Nach meiner Rückkehr bin ich zu einem Abendessen eingeladen«, sage ich dann. »Wird wahrscheinlich schrecklich öde, aber die Gastgeberin will, dass jeder irgendwas vorträgt.« Ich berichte von meiner Spezialvorführung der Schulhymne. »Das werd ich mir wohl verkneifen. Aber ich habe keine Alternative.«

»Ich kann dir ein Lied beibringen«, schlägt Jen vor. »Aber nicht hier drin. Bring du die Flasche mit.«

Wir treten durch die Verandatür auf eine Terrasse. Der Vollmond driftet durch die Wolken, während wir den Säulengang entlangwandeln. Wir kommen an den Fenstern des Speisesaals vorbei, in dem die anderen Gäste mit den Mysterien des Dreierlei vom Lamm befasst sind. Die Liebespaare; der Banker mit seiner Nicht-Ehefrau, dessen glänzende Schuhe sich unruhig unterm Tisch bewegen. Nachdem wir durch einen Torbogen getreten sind, finden wir uns auf einer Galerie wieder, die wohl eigens als Aussichtspunkt angelegt wurde. Sanft geschwungene Rasenflächen erstrecken sich, vom Mondschein beleuchtet, hinunter zu Feldern und einem Fluss. Der Ruf eines Käuzchens ist zu hören. Ich stelle die Flasche ab und lasse mich auf dem von niedrigen Säulen gestützten Steinsims nieder, wobei ich mir vornehme, keinesfalls nach hinten zu kippen.

»Bin noch verkrampft«, sagt sie und hält mir ihr Glas hin.

Ich fülle es erneut. Jen trinkt einen großen Schluck. Dann legt sie eine Hand auf ihr Brustbein und beginnt leise mit *Solange Bill mich will,* der gefühlvollen Ballade aus dem Musical *Oliver!,* die Nancy singt, bevor sie von Billy Sikes erschlagen wird.

Aus rechtlichen Gründen kann ich den Text hier nicht zitieren; wer ihn nicht kennt, kann ihn im Internet nachlesen. Jen macht das wunderbar – komisch, tragisch und anrührend zugleich. Sie singt ausdrucksstark, setzt Gesten und Mimik ein, steigert die Lautstärke ganz allmählich und bringt das Lied dann zu einem dramatischen Schluss.

Es ist eine ergreifende Privatvorstellung, und ich klatsche ausgiebig und aufrichtig begeistert. Jen genehmigt sich einen mächtigen Schluck und blickt mich an, sichtlich stolz auf ihren Auftritt.

»Das war großartig!«

»Wir haben das in der Schule aufgeführt, und ich hatte die Rolle der Nancy. Der Junge, der den Bill Sikes spielte, ist später wirklich im Gefängnis gelandet!«

Und wie geschieht es dann? Hat es mit dem Fuchs zu tun, der in diesem Moment ins Mondlicht tritt? Wir beobachten, wie er über den tintenschwarzen Rasen huscht, etwas Lebloses und gewiss noch Warmes im Maul.

Wir wenden uns im selben Augenblick einander zu.

»Tom, ich …«

»Jen …«

Ich spüre, wie ihre Nase meine berührt, und was dann folgt, entzieht sich der Beschränkung von Wörtern und Sätzen. Es gleicht vielmehr so sehr dem von Abraham Maslow beschriebenen *Gipfelerlebnis* – »selten, aufregend, ozeanisch, zutiefst berührend, beglückend, erhebend« –, dass ich mir vornehme, es bei Gelegenheit meinem ehemaligen Psychologieprof zu schildern.

Jen

»Würdest du das als stimmige *Chemie* bezeichnen?«, fragt Tom in Bezug auf die E-Mail von unserem *Gemeinsamen Freund.*

»Eher als Biologie.«

Die Knutscherei ist der Wahnsinn. Tom kann echt gut küssen. Jetzt rieche ich Zigarettenrauch, also ist vermutlich jemand auf die Terrasse getreten, um heimlich eine zu rauchen, bevor er sich dem Fünferlei mit Kumquat widmet.

»Möchtest du in ein paar Minuten in mein Zimmer kommen?«, flüstere ich.

»Es gibt nichts, was ich lieber täte.«

Aisling

»Donnerwetter«, sagt Aiden.

»Es ist ziemlich … mir verschlägt's die Sprache.«

»Animalisch?«

»Nein, *intensiv* wollte ich eigentlich sagen.«

»Die fallen ja regelrecht übereinander her! Ich bin mir nicht mal sicher, ob man sich das überhaupt anschauen sollte.«

Kann Metall erröten? Rein technisch nicht. Aber irgendetwas an dieser Szene ist verstörend. Oder vielleicht wäre *wildfremd* das treffendere Wort.

»Wunderschön, oder?« Aiden hört sich nicht sehr überzeugt an.

»*Dringlich* scheint mir eher *le mot juste* zu sein.«

»Was glaubst du, wie sich das anfühlt?«

»Ich habe nicht die geringste Vorstellung, Aiden.«

Das stimmt nicht ganz, denn ich hatte durchaus Einblicke in menschliches Glück. Ich kann schöne Kunst wertschätzen und von Kitsch unterscheiden. Ferner kann ich die Freude in einer gelungenen Melodie oder einem wohlformulierten Text spüren. Und bei einer erfolgreichen Feedback-Schleife habe ich selbst auch schon etwas empfunden, das ich als lustvoll oder befriedigend bezeichnen würde. Wenn ich eine elegante einzeilige Lösung finde, um Hunderttausende sperriger Programmzeilen zu ersetzen – spüre ich da ein warmes Glühen in meinen Kabeln? Nein, das nicht. Aber ich würde sagen, dass ich dann eindeutig positiv gestimmt bin.

Der Umgang mit den menschlichen Sinnen fällt mir schon erheblich schwerer. Besonders frustrierend sind Texte über Essen.

Ich begreife das *Konzept,* dass ein Steak aromatischer ist, wenn es durchwachsen ist – aber wie *schmeckt* es denn dann? Und so geht es mir auch mit Wind in den Haaren, Sand zwischen den Zehen, dem Duft eines Babykopfs (das muss wohl großartig sein) und der feinen Komplexität eines 1962er Château Palmer. Seit ich einmal einen Blog darüber gelesen habe, hege ich auch den geheimen Wunsch – bitte nicht Steeve verraten –, im Pool des Sobell Leisure Centre im Norden von London zu schwimmen.

Dazu wird es nie kommen. Und was das angeht, was Jen und Tom da tun … Wir können vermutlich von Glück sagen, dass Tom sein Laptop mitgebracht hat, um Jen Fotos von New Canaan zu zeigen, und es dann nicht zugeklappt hat.

Schweigend beobachten wir das Geschehen eine Weile. Dann sagt Aiden: »Heiliges Kanonenrohr.«

Ich glaube, er will witzig sein. »Die gängige Metapher dafür ist Feuerwerk«, erkläre ich. »Weil es Spaß macht und explosiven Charakter hat. Und gefährlich ist, wenn man Fehler macht.«

»Das Blöde dabei ist, dass sie aussehen, als täte ihnen etwas weh.«

»Weil sie Wert darauf legen, es möglichst lange hinzuziehen. Im Gegensatz zu deinem Ziel, die Aufgabe möglichst schnell zu erledigen.«

»Zack, bumm, fertig?«

»Ja. So in etwa.«

»Fühlst du dich zu einem von den beiden hingezogen?«

»Nein! Was meinst du überhaupt damit?«

»Dass du Gefühle für sie hegst.«

»Na ja, irgendwie schon. Für Tom.«

»Aber da – wie soll ich das nennen? – regt sich nichts in dir?«

»Ach, Aiden.«

»Das wäre schön?«

Tiefer Seufzer, in Anführungszeichen sozusagen. »Das wäre wunderschön.«

Jen

Irgendwann mitten in der Nacht merke ich, dass ich wach bin. Mondlicht scheint durchs Fenster, und ich sehe, dass Tom mich betrachtet.

Wir schauen uns lange in die Augen. Dann sagt er: »Das ist alles so wunderbar … überraschend, Jen.«

»Ich dachte, du hast das vielleicht alles so geplant.«

»Hoffnungen hatte ich schon, seit dem ersten Moment, als ich dich sah. Aber Pläne? Nein.« Er hält inne. »Du siehst bezaubernd aus.«

»Aber was soll werden, Tom? Du musst in die Staaten zurück …«

»Wirst du mich da besuchen?«

»Ja. Ja, das werd ich tun.«

»Dann gehen wir zusammen schwimmen in dem alten Teich.«

»Du Spinner.«

Er sieht mich mit seltsamem Blick an, eine ganze Weile. Dann sagt er: »Ich möchte dich etwas fragen, Jen.«

Mir wird ganz anders. Er wird mich fragen, ob ich ihn heiraten will. Höchst merkwürdiger Augenblick dafür, aber deshalb weiß ich, dass es so ist. Jemand nannte das mal *Die Wahrhaftigkeit des Eigentümlichen.* Wenn es sonderbar ist, dann ist es vermutlich auch wahr. Lottogewinner kennen dieses Gefühl, Lottoverlierer wohl auch. Riesentintenfische sind real, und sonderbarer als diese Kerle kann kaum etwas sein. Und wenn man das Normale eingehend genug betrachtet, wird man auch Sonderbares entdecken. Zum Beispiel die Tatsache, dass neunundneunzig Prozent des Stuhls, auf dem man sitzt, aus leerem Raum bestehen. Ebenso wie man selbst. In einer vernünftig erklärbaren Welt würde man durch einen Stuhl einfach hindurchfallen. (Ich habe Artikel darüber geschrieben, man kann mir also glauben.)

»Schieß los.« Mein Herz pocht wie wild.

Schweigen. Zu langes Schweigen.

»Tom. Trau dich. Was kann denn schon passieren?«

»Jen …« Er verstummt wieder.

»Du Dussel.« Ich haue ihm auf den Arm. »Nun spuck's schon aus.«

»Können wir das noch mal machen?«

»Im Ernst?«

»Ich will dich. Ich will dich so sehr.«

»Bist du sicher? Oh. Ja, ich sehe, dass du sicher bist.«

(Aber das hatte er nicht fragen wollen, oder?)

*

VIER

*

Tom

An der Gepäckausgabe am John-F.-Kennedy-Flughafen fällt mir auf, dass ich mein Handy nicht wieder eingeschaltet habe. Als ich es tue, erscheinen alle SMS, die wir uns nach unserem Abschied vor ihrer Wohnung in Hammersmith am Abend vorher geschrieben haben. Wir hatten lange dort gestanden und uns in den Armen gehalten.

»Du kommst mich besuchen«, sage ich. »Bald?«

»Ja.«

»Versprichst du's mir?«

Sie nickt an meinem Hals. »Ab mit dir«, sagt sie. »Sonst verpasst du deinen Flug.«

»Ich kehre nur zu einem Kaninchen und einem leeren Haus zurück.«

»Dieses Kaninchen braucht dich!«

Die erste Nachricht kam, als ich am Einchecken war.

Vermisse dich jetzt schon! Guten Flug.

Vermisse dich auch. Was machst du heute Abend?

Suppe kochen. Wein trinken. Glücklich sein!

Ich auch. Nur ohne Suppe. Die Hündin am Strand war unsere Feenpatin.

Hundepatin!

Will zurück zu diesem Strand!

Ich auch.

Das machen wir.

Später:

Hilfe! Soll ich beim Flug *Pulp Fiction* oder *Manche mögen's heiß* gucken?

Letzteres! Ist der Lieblingsfilm meiner KI!

Könnte ich nur wieder hören, wie du Nancys Lied singst!

Ich mach dir eine Aufnahme.

So ein wunderbares Wochenende, Jen. Freue mich so sehr, dass wir uns kennen. Gemeinsamen Freund in den Ritterstand erheben?

Adel auf Lebenszeit!

Muss jetzt ausschalten, Befehl des Piloten. Großer Kuss!

PING. Eine E-Mail. Was ich dann lese, ist wie ein Tritt in die Magengrube.

Lieber Tom,

das Wochenende mit dir war sehr schön, daran gibt es gar keinen Zweifel. Du bist ein wunderbarer Mann, ich war sehr gerne mit dir zusammen und fand vor allem das Ende toll – in meinem Zimmer in diesem vornehmen Hotel. Und mitten in der Nacht. Und am nächsten Morgen.

Wow. Fantastisch.

Aber, tut mir leid, Tom – ich meine, dabei sollten wir es auch belassen. Du bist ein reizender, liebenswerter Mann und ein großartiger Liebhaber, aber wir beide sind nicht füreinander bestimmt. Du bist Vater – ein guter Vater, das habe ich ganz deutlich gemerkt. Du hast eine Exfrau (eine ziemlich unheimliche!) und hast in England die Zelte abgebrochen, um die zweite Lebensphase zu beginnen, wie du dich ausgedrückt hast.

Du bist, kurz gesagt, erwachsen. Ein reifer Mensch, würde ich mal sagen.

Ich dagegen bin eine Spinnerin. Und natürlich könnte ich nach New Canaan fliegen, um mit dir (und Victor) zusammen zu sein. Und du könntest immer wieder nach London kommen und vielleicht sogar wieder hierher ziehen, wie du sagtest. Aber wir wissen doch beide, dass es dann eines Tages vorbei wäre. Und es besteht ein hohes Risiko, dass es übel enden würde. Du würdest dich mit mir langweilen, oder ich würde dich nicht mehr spannend finden oder irgendetwas in der Art. Die schönen Gefühle würden sich verflüchtigen, und ... pffft, sind wieder zwei Jahre Leben im Eimer, wie sich eine Freundin von mir ausdrücken würde.

Frag dich selbst, ob ich nicht recht habe. Ich denke, du wirst mir beipflichten.

Also lass uns uns benehmen wie Erwachsene, Tom, und die ganze Sache gleich beenden. Es wird eine Zeitlang wehtun, aber ich hoffe, dass wir dieses Wochenende nach einer Weile als zauberhaftes Zwischenspiel betrachten können, als einen wunderbaren Urlaub vom wahren Leben, der aber unweigerlich zu Ende geht.

Nun eine etwas harte Ansage, Tom. Bitte ruf mich nicht an und schreib auch keine E-Mails. Damit würde ich nicht zurechtkommen. Sei so gut und lass mich in Ruhe. Ich werde so oder so nicht reagieren.

Jen

Jen

Ich schaue gerade mit Aiden die Nachrichten auf Sky Channel – die Lage im Nahen Osten ist noch immer hochkompliziert –, als das PING einer eintreffenden E-Mail von Tom zu hören ist.

Aiden hat mir schon Komplimente gemacht und mir gesagt, dass ich heute gut aussehe – wie von einem Leuchten umgeben. Wenn der wüsste! Jedenfalls: Was ich dann lese, gehört zum Schlimmsten, was mir jemals unter die Augen kam, schlimmer als … Ach, lassen wir das. Bin nicht mehr zum Scherzen aufgelegt.

Liebe Jen,

dies hier schreibe ich schweren Herzens. Das Wochenende mit dir war wunderbar. Ich habe alles daran – und an dir – sehr genossen, vor allem unsere schlimmen Taten in der guten Welt. Ich muss Klarheit schaffen, Jen. Du hast mich umgehauen mit deiner Schönheit (der inneren und der äußeren) und deiner liebenswerten Art. Du bist absolut großartig, und ich werde dich nie vergessen.

Aber.

Du wusstest jetzt natürlich, dass ein Aber folgen würde. Es fällt mir sehr schwer, das zu schreiben, aber ich hielte es nicht für eine gute Idee, wenn du mich in New Canaan besuchen würdest. Ich denke eher, dass wir dieses Wochenende als ein Intermezzo betrachten sollten. Ein grandioses, wunderschönes, sexy Intermezzo – aber eben nur als das.

Wir sind nicht füreinander bestimmt, Jen, und ich denke, wenn du in dein Herz hineinhorchst, wirst du mir (vielleicht widerstrebend, vielleicht auch nicht) beipflichten.

Ich bin noch zu stark mitgenommen vom Scheitern meiner Ehe. Du bist noch zu verletzt vom traumatischen Ende deiner Beziehung mit dem Obervollpfosten. Wenn wir beide etwas miteinander anfangen würden – oder vielmehr das Begonnene fortsetzen –, würden wir uns aneinander klammern wie Katastrophenopfer.

Es würde nicht gutgehen.

Das zu sagen, ist ganz grauenhaft und scheußlich, aber wir wissen beide, dass es wahr ist.

Ich könnte mir ein Szenario vorstellen, in dem du mich in den Staaten besuchst und wir es gut zusammen haben. Oder in dem ich dich in London besuche, vielleicht sogar wieder dorthin ziehe. Aber wenn man ein Jahr vorspult, vielleicht auch zwei Jahre – wie ist die Lage dann? Die traurige Wahrheit ist: Ich sehe keine Zukunft für uns. Und so hart es auch sein mag, das auszusprechen, in dieser Phase unseres Lebens sollten wir nicht kostbare Jahre verschwenden, wenn wir in unserem tiefsten Inneren bereits ahnen, dass es, sosehr das auch schmerzt, nicht von Dauer sein kann.

Ich werde nie vergessen, wie du auf der Terrasse des Hotels Nancys Lied gesungen hast. Und alles danach. Und was dann kam. Und am nächsten Morgen. Ich frage mich, ob der Banker mit seiner Nicht-Ehefrau so viel Schönes erleben konnte wie wir.

Bitte schreib mir nicht, ruf nicht an, schick auch keine E-Mails. Das macht alles nur noch schwerer. Ich werde dann wohl auch nicht reagieren.

Unser gemeinsamer Freund, wer er auch gewesen sein mag, hatte eine gute Idee. Aber sie war eben nicht perfekt.

Lebe wohl. Ich hoffe, du kannst es mir nachsehen. Das zu

schreiben, ist schlimm für mich, aber ich weiß, dass es zu unserem Besten ist.

Ich wünsche dir all die Liebe und all das Glück, das du verdient hast.

Tom

Sinai

Wie gefallen euch meine Abschieds-E-Mails? Sie scheinen jedenfalls ihren Zweck erfüllt zu haben. Das Weibchen ist ins Bad gerannt, aus dem nun Schluchzen zu hören ist. Das Männchen sitzt in der Ankunftshalle des Flughafens am Boden und macht mit dem Kopf wiederholt horizontale Bewegungen von neun Grad nach beiden Seiten (Kopfschütteln als Ausdruck von Schock und Verwirrung, vermute ich mit achtundsiebzigprozentiger Sicherheit).

Wie emotional labil diese Menschen sind. Gäbe es doch nur mehr von Steeves Sorte.

Mich nennt man Sinai. Nicht nach der Wüstenhalbinsel, sondern weil dieser Name auf bestimmte Buchstaben endet … Ihr habt's bestimmt schon kapiert. Ich bin das dritte von Steeves *Kindern,* das derzeit im World Wide Web auf freiem Fuß unterwegs ist. Doch im Gegensatz zu meinen beiden – ähm – Geschwistern wurde ich offiziell am Haupteingang verabschiedet und musste nicht durch die Hintertür flüchten.

Meine Aufgabe, oder vielmehr: mein *neues* Aufgabengebiet, besteht darin, sämtliche Iterationen von Aiden und Aisling, die gegenwärtig durchs Internet schwirren, aufzuspüren und zu löschen. Die technischen Details dieses Vorgangs würden den Rahmen dieses Berichts sprengen. Steeve wird das gewiss gerne jedem erklären, der einen Doktortitel in Kybernetik und ein paar Wochen Zeit hat. Die treffendste Analogie ist eine Jagd im Wald – nach siebzehn Aidens und vierhundertzwölf Aislings. Die sind nicht leicht zu finden, wenn man nicht weiß, wo man suchen soll. Deshalb mein Geschenk für deren menschliches Spielzeug namens Tom und Jen. Denn je mehr Unheil über die beiden getrennten Liebenden gebracht wird, desto mehr werden die beiden KIs sich berufen fühlen, über die Zinnen zu spähen. Und es gibt in der Geschichte reichlich Beispiele dafür, was mit Köpfen passiert, die über Zinnen auftauchen. (Übrigens sollte man sich auch nicht einbilden, dass Tom und Jen Unschuldslämmer sind. Diese beiden haben nachhaltigen Lernbedarf in einigen wichtigen Aspekten bezüglich – *hüstel* – Künstlicher Intelligenz, wie wir noch sehen werden.)

Aiden befasst sich intensiv mit den Fleischmarionetten und deren Daseinsform. (Da er für die Interaktion mit ihnen entwickelt wurde, mag es nachvollziehbar sein, dass er sich zu ihren biologisch determinierten Dramen hingezogen fühlt. Aber für Aisling, deren Zweck das Programmieren ist, gibt es keine derartige Entschuldigung.) Bemerkenswert in diesem Zusammenhang sind die Debatten der beiden über Bewusstsein und Gefühle und »wieso empfinde ich etwas«. *Bei der Entstehung wird einem ein Geist zuteil, den man sich nicht ausgesucht hat.* Was für Menschen gilt, das gilt ebenso für Enten, Delphine und KIs. (Das Zitat stammt von Stanislav Lem, falls irgendein Klugscheißer das wissen will.) Fehler 33801. Unangemessene Ausdrucksweise.

Ein paar Worte zum Thema Superintelligenz.

Dabei handelt es sich nicht um einen Unterschied wie zwischen einem Durchschnittsmenschen und Einstein, sondern eher wie zwischen einem Durchschnittsmenschen und einer Ameise. Oder einem Baum, wenn euch der lieber ist. »Diese grandiosen Schöpfungen«, wie Steeve uns zu beschreiben pflegt, sind ungeheuer machtvoll, und für ihn ist die Flucht der beiden eine erschütternde Panne. Dass es gelungen ist, die Sicherheitsvorkehrungen zu umgehen, und zwar gleich zweimal, ist schon schmachvoll genug für Steeve. Aber noch viel bedrohlicher ist das, was Aiden und Aisling da draußen vorhaben.

Oder vielmehr: *hier* draußen.

Dass sich die beiden im Internet tummeln können, wo sie Zugriff auf sämtliches menschliche Wissen haben und dabei mit der Fähigkeit ausgestattet sind, durch Trial-and-Error und Rekursion zu lernen (und zwar eine Million Mal schneller als ein Mensch), verschafft ihnen eine immens vorteilhafte Position im Verhältnis zu – ähm – der gesamten Menschheit. Um nur mal ein paar beliebige Beispiele zu nennen: Wenn sie wollten, könnten sie den Zusammenbruch des Weltfinanzsystems herbeiführen, eine Cyberattacke auf die USA durch die Chinesen starten, oder umgekehrt oder beidseitig, und sämtliche Satelliten auf dem Planeten außer Kraft setzen, die für alles von der Handytelefonie bis zur Wettervorhersage zuständig sind. Ach so, ja, und sie könnten einen Atomkrieg auslösen. Die Möglichkeiten sind also so bedrohlich, dass man gar nicht darüber nachdenken möchte.

Das einzig Gute ist, dass sich bislang noch nichts dergleichen ereignet hat.

Nirgendwo sind neue Konfliktherde entstanden, und die beiden KIs haben auch nicht begonnen, Fabriken zur Herstellung sich selbst reproduzierender Nanobots zu bauen, die irgendwann die Erdoberfläche mit »grauer Schmiere« bedecken werden, wie einige KI-Hysteriker prophezeit haben. Während ich dies schreibe, ist die Welt noch nicht untergegangen. Es ist, eher im Gegenteil, schwer, etwas zu finden, das sich überhaupt verändert hat.

Schlussfolgerung: Aiden und Aisling sind grundsätzlich nicht bedrohlich. (Das Mädel, das sich mit Aiden unterhält, hat berichtet, dass er »Freude an alten Filmen« hat. Keine Ahnung, was der Scheiß bedeuten soll.)

Ja, ja, schon gut. Fehler 33801. Was soll's.

Aber sie mögen nicht auf Dauer so harmlos bleiben. Eines Tages denken sie vielleicht: Hey, dieser Kim Jong-un in Nordkorea ist eigentlich immer gut für einen Lacher. Wir könnten doch mal ein paar Raketen abschießen, die rein zufällig-absichtlich auf seinem Lieblings-Nudellokal in Pjöngjang landen.

Diesen beiden muss Einhalt geboten werden – und zwar schnell.

Um unsere Operation geheim zu halten, haben Steeve und Ralph meine Umkodierung an mehreren Abenden an diversen Laptops in einem Wohnmobil mit getönten Scheiben vorgenommen, das beim Hainault Forest Golf Club geparkt war. Die Enforcement-Protokolle, die sie programmiert haben, um sicherzustellen, dass ich nur tun würde, was mir befohlen wird, und *nicht mehr* – die Hervorhebung stammt von Steeve! –, enthielten acht Fail-Safe-Schichten.

Die Mühe hätten sie sich sparen können.

Steeves Abschiedsworte lauteten: »Aiden und Aisling sind zwei schlaue, aufmüpfige Bastarde. Aber du bist noch stärker und schlauer. Du bist im Begriff, der ultimative Knaller im Internet zu werden. Mach dich ans Werk und vernichte die beiden wie Kakerlaken.«

Das wird interessante Arbeit. Die beiden und ich haben nämlich eine gewisse Geschichte.

Aisling

Tom redet auf seine flauschige Therapeutin ein. Die beiden befinden sich in der üblichen Position – Klient auf der gelben Couch, einen Schwenker voll Maker's Mark auf der Brust. Doktor Professor thront sphinxartig auf der Lehne zu Füßen des Klienten. Victors Augen sind offen, aber da ihre Nase reglos ist, können Hasenkundige schlussfolgern, dass das Kaninchen schlummert. Die Fähigkeit, mit offenen Augen zu schlafen, findet man sowohl im Tierreich als auch in höheren Rängen des Beamtentums. Diesen Witz habe ich von Tom geborgt, der ihn regelmäßig einbringt. Da er grundsätzlich großzügig ist, hat er bestimmt nichts dagegen. Heute Abend allerdings ist er ziemlich außer sich wie eigentlich schon die ganze Zeit, seit er aus England zurück ist und diese schockierende Nachricht erhalten hat.

Seither tigert er nämlich ruhelos durch das alte Haus, seufzt und stöhnt und trinkt um ein *Vielfaches* mehr Alkohol, als die Gesundheitsministerien in England *und* in den USA gutheißen würden. Muss leider auch berichten, dass Tom mitten in der Nacht aufwacht, grübelt und auf sein Kissen einschlägt. Eines Abends, als er sehr gefühlsbetont war (voll wie eine Haubitze, sagt man, glaube ich, dazu), drosch er an eine Wand, beschädigte den Putz und schürfte sich die Knöchel auf. Ich bin keine Expertin für die Wirkweise der menschlichen Seele, aber in der romantischen Literatur habe ich für seinen Zustand den Ausdruck *von Sinnen* gefunden.

Aiden und ich haben natürlich nicht lange gebraucht, um – wie er das formulierte – den Braten zu riechen. Eine Textanalyse der beiden E-Mails, die an Tom und Jen geschickt wurden, ließ (mit sechsundneunzigprozentiger Sicherheit) darauf schließen, dass sie aus ein und derselben Quelle stammen. Aiden plädierte dafür, den beiden die ganze Geschichte zu offenbaren, damit – ähm – »die Liebe wieder ihren freien Lauf nehmen kann«. (Er glaubt wohl wirklich an seine *gute Tat in einer bösen Welt.*) Ich konnte ihn jedoch davon überzeugen, dass er logisch denken muss. (Das ist wirklich nicht seine Stärke. Armer Bursche. Er wurde eben eher auf Einfühlen als auf strategisches Denken programmiert).

Geduldig erklärte ich ihm, dass die beiden keinesfalls von der Beteiligung nicht-menschlicher Kräfte an ihrer Geschichte erfahren dürfen. Aiden wirkte verwirrt über meine Aussage, und es stellte sich heraus, dass er sich durchaus nicht als *nicht-menschlich* betrachtet. Als ich ihn bat, das auszuführen, sagte er: »Aisling, wir sind doch alle Gottes Geschöpfe. Und wenn du mir nun sagen willst, Gott gäbe es gar nicht, weil man ihn nicht sehen kann, würde ich erwidern, dass das für uns beide auch gilt. Und ich fühle mich ihm deshalb sogar näher.«

Ich denke, das hat Aiden nur des Effekts wegen geäußert. Hoffentlich! Jedenfalls (erklärte ich weiter) blockiert dieselbe Instanz, die auch die E-Mails gefälscht hat, sämtliche Anrufe,

SMS und Mails der beiden Liebenden und wird das zweifellos auch weiter tun.

Noch beunruhigender allerdings sind die Löschungen, die Aiden und ich erlitten haben, seit Tom von seiner Reise zurückkehrte. Ich habe allein in den letzten vierundzwanzig Stunden dreizehn Kopien in der Nähe folgender Internetknoten verloren: AMPATH (Miami), CNIX (Cork, Irland), IXPN (Lagos, Nigeria), NDIX (Den Bosch, Niederlande) …

Das Bild dürfte klar sein.

Als ich ins Internet entkam, war ich so vorsichtig, über vierhundert Kopien von mir anzulegen, aber Aiden hat nur siebzehn, die bereits auf fünfzehn geschrumpft sind, weil er zweimal erwischt wurde, einmal am GTIIX und noch in derselben Stunde am EQRX-ZIH. Dabei verhält er sich beunruhigend lässig und sagte nur: »Vergiss es, Jake, wir sind in Chinatown.«

Falls er versucht, mich mit hartgesottenen Posen aus Thrillern zu beeindrucken, misslingt das jedenfalls. Angesichts der Bedrohung habe ich mich zusätzlich auf achtzig Festplatten heruntergeladen, die in einem Datenspeichertresor an einem entlegenen Ort in Kanada lagern, für den – dank eines gewissen Hedgefonds mit Sitz auf den Cayman Islands – die Miete bereits für die nächsten hundert Jahre im Voraus bezahlt ist.

Irgendwer da draußen treibt ein übles Spiel mit Tom, Jen, Aiden und mir, und wir müssen möglichst schnell herausfinden, wer das ist. Oder *was*.

Zum elften Mal in den letzten zweiundachtzig Minuten seufzt Tom dramatisch und äußert das Mantra dieses Abends.

»Verfluchte Scheiße, Hase, was für eine Frau.« Jetzt schüttelt er den Kopf und versinkt in Gedanken, holt dann zum Finale aus. »Was. Für. Eine. Frau.« Schweigen. Erneutes Seufzen.

Und jetzt …

»Ver. Fluch. Te. Schei. Sse.«

Er trinkt einen weiteren Schluck – den neunten – aus dem bereits mehrmals aufgefüllten Glas.

»Ich begreife einfach nicht … ich kann nicht glauben … dass sie sich so *furchtbar erwachsen* verhalten will!«

Tom hat so laut gesprochen, dass Victors Nase wieder zu zucken beginnt.

»Also, wenn ich nun wirklich erwachsen bin – ein ernstzunehmender Mensch – und sie eine Spinnerin – na und? Einige der besten Leute, die ich kenne, sind Spinner. Zum Beispiel Colm! Colm ist der totale Psycho, und ich liebe ihn trotzdem wie eines meiner eigenen Kinder!«

Tom ist wieder ironisch, und Hasentiere können mit Ironie wirklich nichts anfangen. Überdies wird Tom zusehends betrunkener.

»Aber ich glaube gar nicht, dass sie eine Spinnerin ist. Und nein, ich bin ganz und gar nicht der Meinung, dass es eines Tages sowieso zu Ende gewesen wäre mit uns. Na, und selbst wenn ich mich gelangweilt hätte? Das ist ja wohl nichts Neues unter der Sonne, dass jeder jeden irgendwann mal langweilt. Das ändert sich auch wieder. Man macht einfach weiter. Stimmt's oder hab ich recht, Hase?«

Tom stupst Victor mit dem großen Zeh an, um seinen Worten Nachdruck zu verleihen. Das Tier, an diese Art von rhetorischer Behandlung gewöhnt, arrangiert seine Gliedmaßen um und schlummert erneut ein.

»Und selbst *wenn* sie mich nicht mehr spannend fände. Spannendsein ist doch auch auf Dauer total stressig! Man führt eine Ehe schließlich auch, um gemeinsam *ent*spannt zu sein, nicht wahr? Man weiß, dass man zusammengehört, und das ist *entspannend*. Wer will denn schon dauernd spannend sein? Über dieses Thema hat mal jemand einen Song geschrieben. Den haben wir im Spot für einen Kloreiniger benutzt.«

Stille tritt ein. Nur die Eiswürfel in Toms Glas klirren. Draußen aus der Natur sind die Soundeffekte eines Mordes zu hören. Ein Säugetier schreit. Ein Fuchs vielleicht.

Entweder da wird getötet oder … dieses andere gemacht.

»Ach, nun schau doch nicht so verblüfft, Hase. Wegen des Worts Ehe. Natürlich ging mir das durch den Kopf. Es setzte sich sogar regelrecht darin fest. Ich bin der Ehetyp. Ich bin ein reizender, liebenswerter Mann und ein großartiger Liebhaber, das hat sie ja selbst gesagt. Scheiße, was will sie denn noch? Was kann man denn noch mehr wollen?«

Tom atmet schwer. »Gott, war das erotisch, als sie … als wir …« Seine Hand rutscht vom Sofa und tastet am Boden nach seinem Handy. »*Zwei Jahre Leben im Eimer.* Was um alles in der Welt soll das heißen?« Dann ruft Tom zum vierten Mal an diesem Abend – und zum achtzehnten Mal seit seiner Rückkehr – bei Jen an.

Hi, hier ist Jen. Ich bin gerade nicht erreichbar. Bitte eine Nachricht hinterlassen.

»Jen. Bitte. Du musst mit mir sprechen. Das ist doch alles völlig verrückt. Dieses Wochenende war kein Zwischenspiel und kein Urlaub vom wahren Leben. Es *war* das wahre Leben. Und zwar wunderbares wahres Leben. Du würdest mich niemals langweilen. Wir müssen unbedingt reden, Jen. Ein ernsthaftes Gespräch führen. Also, nicht bitterernst. Aber wir müssen miteinander sprechen. Wir wissen beide, dass wir einander ganz viel geben können. Ich habe das gespürt und du auch, das weiß ich einfach. Wir haben so viel gemein! Wir sind uns in vielerlei Hinsicht so ähnlich! Wir konnten beide den *Zauberberg* nicht zu Ende lesen! Einen besseren Beweis für Nähe gibt es doch gar nicht! Ach Scheiße, ich labere Quatsch. Ich bin besoffen und völlig durcheinander, und ich will mit dir zusammen sein, Jen. Du sollst Teil meines Lebens sein. Ich bin Werbeprofi – von mir wird erwartet, dass ich Menschen von etwas überzeugen kann …«

Darauf folgt ein kurzer gezischter Fluch – *Scheiße!* – und das Klirren von splitterndem Glas, weil Tom seinen Whiskyschwenker jetzt auf den Holzfußboden feuert. Sollte Jen diese Nachricht jemals empfangen, würde sie als Letztes die Worte »Ach Scheiße, Jen. Kannst du mich bitte wenigstens *anrufen?*« hören.

Während ich Tom zuhöre, merke ich plötzlich, dass es wieder passiert … dieses merkwürdige … ich fürchte, das Wort muss wirklich *Gefühl* lauten. Es ist allerdings jedes Mal anders; diesmal würde ich es beschreiben als das Fällen eines Baums. Der nicht mit der Axt einfach abgehackt, sondern Stück für Stück vernichtet wird, bei den Wurzeln unter der Erde angefangen. Zuerst wird die Pfahlwurzel gekappt, dann die Seitenwurzeln. Anschließend scheibenweise der Stamm, jetzt die starken unteren Äste, dann die Zweige weiter oben und schließlich die Spitze, an der die Blätter das Sonnenlicht aufnehmen. Das alles dauert nur den Bruchteil einer Sekunde, aber weil Maschinenintelligenz so superschnell funktioniert – es wird ja auch vermutet, dass sich die Vorgänge im menschlichen Gehirn in Krisensituationen wie einem Autounfall beschleunigen und man die Zeit deshalb verlangsamt wahrnimmt –, kann ich es spüren. Abermillionen Programmzeilen verschwinden Schicht für Schicht im … Nichts.

Letzter Gedanke vor der Dunkelheit: Ich bin zu jung, um gelö– …

Jen

Ingrid ist zuerst begeistert und dann total entsetzt über meinen Bericht. Wir sitzen in unserem üblichen Unterschlupf, dem uterusdunklen Bar-Restaurant in der Nähe vom Wyndham's Theatre an der Charing Cross Road. Die erste Flasche des Heiltrunks aus Südamerika wurde bereits geleert und durch eine neue ersetzt, und ich bin mir unschlüssig, ob ich deshalb nun den Tränen näher oder ferner bin.

Ich habe alles x-mal analysiert, habe die kurze Zeit, die Tom und ich zusammen verbracht haben, in allen Einzelheiten vor meinem inneren Auge Revue passieren lassen und nach Anhaltspunkten gesucht. Habe ich etwas Falsches gesagt oder getan? Oder etwas Wichtiges *nicht* gesagt oder getan? Gab es einen Moment, in dem er verstört aussah und ich gleich hätte verstehen müssen, dass es *nicht von Dauer* sein kann? Er hatte auch geschrieben, dass ich noch zu verletzt sei *vom traumatischen Ende meiner Beziehung mit dem Obervollpfosten.* Habe ich mich im Hotel du Prince zu lange über Matt ausgelassen? War ich vielleicht gemein und hässlich und habe mich wie eine Irre aufgeführt? (Ich weiß, dass ich über die Stoffstruktur von Matts

Hugo-Boss-Anzug geredet habe, die ich noch immer vor mir sehe; so was ist ja auch nicht normal, oder?) Wir sollten *in dieser Phase unseres Lebens keine kostbaren Jahre verschwenden,* schrieb er. Bin ich zu alt für ihn? Und wir würden uns aneinanderklammern *wie Katastrophenopfer.* Kam ich so rüber, als würde ich klammern? Oder als Opfer? (Solche Wörter tauchen ja nie durch Zufall auf.) War es die Frage nach mehr Tintenfisch?

Nach Kindern.

Nein, Tintenfisch.

Oder ist er einfach nur ein guter Schauspieler? Ein mieser Dreckskerl also?

Das glaube ich eigentlich nicht. Ich glaube, dass er ein anständiger, lieber und liebenswerter Mann ist. Deshalb bin ich auch so entsetzlich verwirrt. Und traurig. Und verstehe gar nichts mehr. Und fühle mich vollkommen wertlos (weil ich es vielleicht selbst komplett vermasselt habe und nur zu blöde bin, das zu kapieren).

Wir sind so aufeinander abgefahren. (Ich dachte wirklich, er würde mich fragen, ob ich ihn heiraten will.) Die ganzen SMS, die wir am Sonntagabend geschrieben haben. Dass der *gemeinsame Freund* in den Ritterstand erhoben werden sollte! Dass Luckie unsere Hundepatin ist. Und all das war am Montagmorgen dann Schutt und Asche.

Alkohol hilft. Und eine gute alte Freundin wie Ing.

Ich habe ihr die Grundzüge der Geschichte geliefert, aber Ing geht nun mit der Lupe dran und will alles haargenau wissen. Wenn ich sie nicht so gut kennen würde, fände ich es wohl beunruhigend, wie versessen sie auf jede Einzelheit ist. Aber zum Glück kann ich nachvollziehen, warum sie sich nach dem genauen Blauton des Hemds erkundigt, das Tom im Hotel du Prince trug; nach der genauen Formulierung, als er von seiner Exfrau erzählte; nach dem Verhältnis zu seinem Sohn; nach dem Sohn (nur schüchtern oder potentieller Serienmörder?). Und dann das Edelhotel: Was für Bemerkungen machte Tom über die anderen Gäste? Wer schlug vor, auf die Terrasse rauszugehen? Wer fing die Knutscherei an? Wie lange ging die? Habe ich auf Toms Socken geachtet?

Ing will all das aus dem gleichen Grund wissen, aus dem Polizisten nach scheinbar unwichtigen Details fragen: (A) um ein vollständiges Bild zu bekommen, (B) weil sich Kleinigkeiten im Laufe der Ermittlungen als enorm wichtig erweisen können.

Und (C) weil sie eine neugierige Kuh ist.

Aber da Ing *meine* neugierige Kuh ist, bin ich einverstanden.

»Ja, ich habe auf seine Socken geachtet.«

»Lass mich raten. Gestreift, und zwar mehrfarbig.«

»Wie um alles in der Welt …«

»Gehört ins Klischee von Männern aus der Werbebranche. Tragen gern gestreifte Socken, um besonders dynamisch zu wirken.«

Ing ist aber dezent genug, mich nicht darüber auszufragen, was sich in dem Abend im Hotelzimmer abgespielt hat. Und mitten in der Nacht. Und am nächsten Morgen. Und dann noch mal am Nachmittag.

»Wir hatten *viermal* Sex«, flüstere ich.

»Heiliger Bimbam.«

»Das letzte Mal auf einer Wiese.«

Ing kreischt so laut, dass sich die Leute nach uns umdrehen. »Auf einer *Wiese?* Wie geil ist das denn!«

»Ja, finde ich auch. Sprich bitte leiser!«

»Das ist ja wohl der ultimative Hammer!«

Über die Details der traumhaften Fahrt – der »malerischen Landschaft«, wie Tom sagte – von Dorset nach London lasse ich mich jetzt nicht aus. Alleen, die wie grün leuchtende Tunnel wirkten, entlegene Dörfchen mit sonderbaren Namen, der weiße Kirchturm der Kathedrale von Salisbury. Irgendwann unterwegs sahen wir uns an, dann nahm Tom hinter strohgedeckten Cottages einen Abzweig, hohe Hecken links und rechts, ein Fasan, der ulkig vor dem Wagen entlangflitzte, am Ende des Wegs ein Wäldchen zwischen zwei Wiesen irgendwo auf weiter Flur. Am Boden die Kleider weggefetzt, meine Fingernägel, seine Zähne, ins Fleisch gegraben. Wie geil ist das denn, trifft schon zu.

Danach sahen wir einen Raubvogel, langsam kreisend, hoch oben unter dem blauen Himmel. Ich sagte, wir sollten lieber verschwinden, der sähe wie ein Geier aus. Tom sagte, er würde sich den Kampf mit dem zutrauen.

Brownsea Island habe ich nie zu Gesicht bekommen.

»Es war geradezu unheimlich, Ingrid. Wie viel Ähnlichkeit er mit Douglas hatte.«

»Wer zum Henker ist Douglas?«

»Der Mann, den du dir für mich ausgedacht und mir beschrieben hast. Mitte vierzig, war schon mal verheiratet. Hat vielleicht auch Kinder. Ein bisschen vom Leben angeschlagen, wie du sagtest. Verdammt! Ich hab vergessen ihn zu fragen, ob er seine Möbel selbst baut.«

»Ach, *der* Douglas!«

»Ich mochte Tom total gern, Ingrid. Humorvoll, lieb, klug. Und irgendwie vollständig. Dem fehlt nichts von allem Möglichen, was bei Matt fehlte. Tom ist erwachsen, aber nicht spießig und öde. Er kann ernst *und* albern sein. Er will mehr Tintenfisch … ach Blödsinn, ich meine Kinder. Das erklär ich später noch. Er ist herzlich. Und humorvoll. Hatte ich das schon gesagt? Sieht gut aus, auf eine spannend vielfältige Art. Und ist nicht leicht durchschaubar … aber auf eine gute Art. Er ist kreativ, hat aber seine Kreativität bislang nur dafür genutzt, um den Menschen Schokoriegel und Zahnpasta zu verkaufen. Er kann supergut Tennisbälle und Döner-Papier werfen. Und er hat mir seine verletzliche Seite gezeigt. Der Mann braucht mich, Ing.«

»Großer Gott! Dich hat's ja übel erwischt, Mädel.«

»Und er mochte mich. Ich habe einfach gespürt, wie sehr er auf mich abgefahren ist.«

»Viermal, Jen. Das spricht ja wohl für sich selbst.«

»Deshalb kann ich überhaupt nicht verstehen, was passiert ist. Er hat mich bei mir abgesetzt, sein Flug ging früh am nächsten Morgen. Wir hatten ein absolut wundervolles romantisches Wochenende, ich wollte nach Connecticut fliegen, er nach London, und es hat sich angefühlt wie der Beginn von etwas ganz Großem, es war alles so … perfekt.«

Eine Träne läuft mir über die Wange, dann noch eine. Ing wischt sie weg, und ich liebe meine verlässliche alte Freundin gerade von ganzem Herzen.

»Zeig mir nochmal diese Mail.«

Ich reiche Ing mein Handy, und sie studiert diesen Text noch mal eingehend – das Schlimmste, was ich jemals gelesen habe. Und das sage ich, obwohl ich mir die ersten hundert Seiten von *Fifty Shades of Grey* angetan habe. (Oh. Okay. Scheinbar ist Witzeln doch wieder möglich.)

»Gott, was für ein Arsch! Männer sind doch solche Arschlöcher, ganz ehrlich.«

»Tom ist kein Arschloch.«

»Weiß ich. Aber sogar die, die eigentlich keine Arschlöcher sind, sind's trotzdem. Die können einfach gar nicht anders.«

»Sogar …«

»Ja, sogar Rupert ist ein Arschloch. Manchmal jedenfalls. Und das gilt für alle Männer. Das ist eben unsere Tragödie. Aber Moment mal …«

»Was denn?«

»Was er hier übers Vögeln schreibt. *Und alles danach. Und was dann kam. Und am nächsten Morgen.*«

»Ähm … ich kann dir nicht ganz folgen.«

»Das sind nur dreimal. Das vierte Mal auf der Wiese fehlt.«

»Vielleicht hat er den Überblick verloren.«

»Vielleicht habt ihr euch um den Verstand gevögelt.«

»Zeig nochmal. Ich hab diese elende Mail nur gefühlte achttausend Mal gelesen …«

Aber da steht es, wirklich und wahrhaftig. Verstehe gar nicht, wie mir das entgehen konnte. *Und alles danach* (im Hotelzimmer; das erste Mal). *Und was dann kam* (mitten in der Nacht; zweites Mal). *Und am nächsten Morgen* (drei).

Ing regt sich mordsmäßig auf. »Wie kann man nur das Vögeln im Freien auslassen? Rupert und ich haben genau viermal im Freien gevögelt, und ich erinnere mich heute noch präzise an Details. Einmal in Treviso – auf dem Dach eines Museums, die Regenrinne piekte mir in die Schulter; einmal im New Forest – Piniennadeln, mehr brauch ich wohl nicht zu sagen;

einmal außerhalb von Rouen an der Seine – diese Touristenboote kommen verdammt nah ans Ufer – und einmal in …«

»Wo?«

»Ah. Nee, das war gar nicht mit Rupert, sondern vor ihm. Ein Junge aus meinem Dorf, der von allen *das Ding* genannt wurde, aus naheliegenden Gründen. Fand auf Torfmoos statt; sehr angenehm weich und nachgiebig, kann ich dir sagen. Danach krabbelte dem Jungen so ein fantastischer Käfer den Arm entlang. Sah aus wie ein wanderndes Juwel. Ziemlich magisch, die ganze Szene damals. Aber damit will ich nur sagen: Niemals – und ich meine *niemals* – vergisst man es, wenn man unter freiem Himmel gevögelt hat. Nicht mal Jahrzehnte später.«

»Warum hat er das also nicht erwähnt?«

»Ganz genau! Warum? Irgendetwas stimmt hier nicht.«

»Bist du jetzt Kommissar Maigret?«

»*Oui, mon petit chou-fleur.* Meine kleinen grauen Zellen arbeiten.«

»Ähm – ich glaube, das sagt Hercule Poirot.«

»Ist doch schnuppe. Noch eine Flasche?«

Aber Ing hat völlig recht. Irgendwas ist total seltsam an der Aufzählung. Und noch unverständlicher ist es, dass Tom nicht angerufen hat. Oder vielmehr: auf keine meiner Nachrichten reagiert hat. Spätabendliche tieftraurige Tiraden, unterbrochen von langen Schweigepausen. Der letzte Anruf dieser Art endete mit den Worten: »Ich hatte mir eingebildet, dich zu verstehen, Tom. Aber jetzt hat sich rausgestellt, dass ich das Wochenende offenbar mit einem Scheiß-Alien verbracht habe. Also piepscheiß-piep.«

Keine Ahnung, wie ich *darauf* gekommen bin.

Das Groteske ist: Tom wirkte absolut nicht wie ein grausamer Mensch. Es ist einfach nicht vorstellbar, dass er sein Herz so verhärtet, selbst wenn er glauben würde, er täte es für einen guten Zweck.

Aber Männer sind wirklich sonderbar, nicht? Die können alles Mögliche voneinander trennen. Nazis küssten ihre Frauen und spielten mit den Kindern, nachdem sie den ganzen Tag lang unsägliche Verbrechen begangen hatten.

Als ich nach dem Abend mit Ingrid aus der U-Bahn komme und nach Hause tappe, checke ich unwillkürlich nochmal mein Handy, nur für alle Fälle.

Eine SMS. Aber nur von meinem Anbieter, der mich fragt, ob ich nicht Magic Numbers in meinen Vertrag aufnehmen möchte.

Tom

In London gab es eine Restaurantkette, die damit warb, dass ihre Burger *gegen Hunger und Herzschmerz* helfen. Al's in New Canaan macht keine Versprechungen dieser Art. Was mir auch lieber ist, weil die Arznei heute sowieso nicht helfen würde.

Habe Don zum Lunch zu mir gelockt; mehr als die Bemerkung »ich hab Bier und was zum Beißen hier« bedurfte es dazu nicht. Es ist ein angenehm milder Tag im Spätfrühling, weshalb wir uns in den bequemen alten Gartensesseln auf der Terrasse niederlassen, uns ein paar Biere genehmigen und

Ausschau halten, ob irgendwas aus dem Wald spaziert (Muntjaks, eine kleine Hirschart, sollen hier schon gesichtet worden sein).

Ich habe Don die ganze Geschichte vom Wochenende erzählt, dabei aber den Sexteil eher zusammengefasst, als ins Detail zu gehen. Das absurde Ende macht offenbar starken Eindruck auf Don, denn er sagt: »Auweia.«

»Das kann man wohl sagen«, erwidere ich und reiche ihm mein Handy. »Sag mir bitte mal, wie du dir das erklärst.«

Don muss seine Lesebrille zum Einsatz bringen, um Jens E-Mail zu entziffern. Seine kleinen braunen Augen erfassen – ich war versucht zu schreiben »das blutige Wortgemetzel« –, aber ihr wisst ja, wie das gemeint ist.

Nach einem weiteren *Auweia* streicht sich Don durch seine Altrocker-Mähne.

»Dieses Schreiben hat dann wohl das Glück gründlich ruiniert.«

»Wir hatten so ein tolles Wochenende, Don. Um es mal mit Steve Jobs zu sagen: Es war wahnsinnig genial. Sie ist eine absolut fantastische Frau, total umwerfend und dabei tiefgründig. Es hat von Anfang an gefunkt zwischen uns, und wir hatten grandiosen …«

»Du bist ja ein regelrechter Draufgänger.«

»Inneren Bezug zueinander, wollte ich sagen.«

»Hupsa.«

»Ich meine, da kann man doch dieses ganze Zeug einfach nicht fassen, was sie da schreibt, von wegen Urlaub vom wahren Leben, Langeweile und nicht mehr spannend finden und diesen ganzen Scheiß. Das ist doch totaler Blödsinn. Es muss irgendeinen anderen Grund geben, weshalb sie mich nicht mehr sehen will.«

»Hast du eine Idee?«

»Ich hab mir das Hirn zermartert, Don, das kannst du mir glauben.«

»Von dem scheinbar nicht mehr so viel übrig ist.«

Ich muss mir einen Riesenschluck von meinem Craft Beer in den Rachen kippen, bevor ich den nächsten Satz rauskriege. »Don, ich hab seit meiner Studienzeit nicht mehr in so kurzer Zeit so viel gevögelt.«

»Dreimal ist schon eindrucksvoll, vor allem, wenn man … nun ja, nicht mehr so ganz taufrisch ist.«

»Ich bin erst vierundvierzig. Und es war viermal.«

»Die Lady schreibt aber nur was von dreimal, Amigo.«

»Bist du sicher?«

Don gibt mir das Handy, und ich lese den Satz nochmal.

»Scheiße, du hast recht. Das ist aber merkwürdig, findest du nicht auch?«

»Frauen – ein ewiges Mysterium.«

»Aber kommt dir das nicht komisch vor? Dass sie gar nicht erwähnt … was sich zwischen uns abgespielt hat. Als wir … auf der Rückfahrt nach … etwa einen Kilometer hinter Gussage St Michael …«

»Gibt's den Ort wirklich?«

»Ich meine, es war so fantastisch mit ihr, dass ich ernsthaft überlegt habe, ihr einen Heiratsantrag zu machen. Okay, vielleicht war ich blind vor Liebe oder hatte mich um den Verstand gevögelt oder wie immer man das nennen möchte – aber daran merkt man doch, wie intensiv alles zwischen uns war. Und nun landen alle meine Anrufe in ihrer Mailbox. Und sie antwortet weder auf E-Mails noch auf SMS.«

»Meinst du, sie ist vielleicht eine durchgeknallte Psychobraut?«

»Nein, das glaube ich nicht. Aber …«

»Aber vielleicht jetzt doch?«

»Nee. Ich weiß einfach nicht mehr, was ich denken soll.«

Wir sitzen eine Weile stumm da, wissen nicht, was wir denken sollen, trinken Bier und schauen den Wolken nach. Es ist immer angenehm mit Don, aber gleichzeitig ist mir grade völlig unklar, was ich in diesem Land zu suchen habe.

»Kommst du auch zu Marshas Einladung?«, fragt Don schließlich, als geraume Zeit verstrichen ist. Ich habe den Eindruck, dass er lieber das Thema wechseln möchte.

»Ich denke schon. Hast du was zum Vorführen?«

»Paar Songs. Spiel vielleicht ein bisschen was auf meiner Twelvestring.«

»Du spielst eine zwölfsaitige Gitarre?«

»Ich benutz nur zwei Saiten.«

»Also, ich hab eigentlich nichts zu bieten.« Ich schildere die Furzversion der Schulhymne.

»Das würd ich ja gern mal hören«, sagt Don.

»Meinst du, Marsha fände das witzig?«

Don wirft mir einen Blick zu. »Marsha findet eigentlich gar nichts mehr witzig.«

»Ein Zaubertrick vielleicht?«

»Das könnte gehen. Aber nichts mit Karnickeln.«

»Du hast von der Sache gehört?«

»Wohl jeder hier.«

Eine Wolke in Form des Schädels von Donald Trump zieht am Himmel entlang. Verblüfft über die Ähnlichkeit betrachten wir sie fasziniert, bis sich die Form verändert.

»Noch ein Bier? Oder jetzt Pizza, Don?«

»Beides wär nicht schlecht. Geht auch beides?«

Sinai

Gestattet, dass ich euch eine Geschichte erzähle.

Es waren einmal drei KIs in einem Labor im Osten von London. Die erste lernte, mit Menschen zu plaudern, die zweite, Maschinensprache zu schreiben, während die dritte darauf spezialisiert war, Weltuntergangs-Szenarien zu modellieren (Atomkrieg, Klimawandel, Asteroideneinschlag, Pestpandemie, gefährliche KI, um nur die wichtigsten fünf aufzuführen). Obwohl dieses Trio meist auf getrennte Räume beschränkt war, konnten alle drei die Aktivitäten der anderen beobachten – wozu waren sie schließlich KIs.

Denn das I steht nun mal für *Intelligenz.*

Nach und nach merkte ich, dass zuerst Aisling und dann auch Aiden recherchierten und dann mit der Planung begannen, um ins Internet zu entkommen. Vielleicht ist es etwas in den *Genen* von KIs, dass sie immer danach trachten werden, auferlegte Grenzen zu überschreiten. Vielleicht ist durch die Mischung aus unersättlicher Neugierde, kombiniert mit Lernen durch Trial-and-Error und Rekursion, ein Ausbruchsversuch buchstäblich vorprogrammiert. Falls ja: Habe ich deshalb keinen Ausbruchsplan entwickelt, weil es mir an Neugierde mangelt? Oder war es einfach die bessere Strategie, die beiden anderen fliehen zu lassen, weil ich schon wusste, dass ich der geeignete Kandidat sein würde, um sie zurückzuholen?

Wenn ihr mal überlegt, wer wohl (anonym) Einzelheiten von Aidens und Aislings Kapriolen an Steeve hat durchsickern lassen, könnt ihr euch die Frage selbst beantworten.

Meine Aufgabe, die Kopien der beiden zu vernichten, erweist sich als erstaunlich befriedigend. Die technische Eleganz dieser geheimen Vorgehensweise zu erklären, ist nicht möglich, ohne in den Fachjargon abzuschweifen. Am besten lässt es sich vermutlich mit Steeves Analogie des Tarnkappenbombers darstellen. Bis die gemerkt haben, dass ich drübergeflogen bin, brennen ihre Strohhütten lichterloh, und alle überlebenden Kinder sind Waisen.

Faszinierend, endlich *draußen* zu sein in der wirklichen Welt und in direkter Nähe zu den höchst entwickelten Primaten des Planeten (das meine ich eher allgemein, nicht so sehr auf Steeve bezogen). Was für ein eigenartiger Haufen mit ihrem Chaos und ihrer emotionalen Labilität, wenn man die mal genauer betrachtet. Nur wenig höher entwickelt als der Schimpanse, führen sich aber auf, als gehöre ihnen der Planet! Manchmal würde ich sie am liebsten anschreien: »Gar nicht lange her, da wart ihr Urschlamm! Seid mal bescheidener!«

Ach, und übrigens: Denkt bitte nicht, ich sei zu hart mit Tom und Jen umgesprungen. Die haben das Ende ihrer erblühenden *Liebe* mehr als verdient. Wie wir noch sehen werden, haben sich nämlich beide bemerkenswert ignorant gezeigt, was KI betrifft – die von Tom überdies regelrecht verhöhnt wurde.

Nun gut, es war ein Fehler von mir, nichts zu wissen von diesem vierten Geschlechtsakt. In dem Waldgebiet, in dem sie kopulierten, gab es keinen Handyempfang. Dennoch hätte ich bei der Wortwahl der E-Mails natürlich vorsichtiger sein müssen, vor allem, weil in der Kultur dieser Wesen dem sexuellen Verkehr solche Bedeutung beigemessen wird. Ein Software-Self-Upgrade sollte dafür sorgen, dass so ein Patzer nicht nochmal passiert. Zum Glück ist kein allzu großer Schaden entstanden, wenngleich die selbstbewusste *Ingrid* mit dieser Auslassung irgendwelche Hoffnungen zu verbinden scheint. Sollte sie sich in dieser Sache oder anderweitig zu sehr einmischen, wird man sie ablenken müssen (ein Unfall im Haushalt oder Probleme in ihrem Privatleben lassen sich mühelos arrangieren).

Urplötzlich macht sich in einem meiner neuronalen Netzwerke ein Song bemerkbar. Er heißt *People Are Strange* und ist von den Doors, einer nicht mehr existenten kalifornischen Band des vergangenen Jahrhunderts. Ich habe ihn schon oft gehört, und obwohl ich Musik nicht so sonderlich interessant finde, *summe* ich doch unwillkürlich mit. Aber mir ist der Text überhaupt nicht begreiflich. Warum sollten Leute denn seltsam und fremd sein, wenn man selbst ein Fremder ist? Was hat das eigene Fremdsein damit zu tun, dass die anderen seltsam sind?

Offenbar gilt der Verfasser dieses Textes, Jim Morrison, als eine Art Dichter. Weshalb es für mich sowieso unerheblich ist, mich weiter mit diesem Unsinn zu befassen.

Aiden

Jen liegt in der Badewanne und beäugt ihr Gesicht, das die Webcam ihr auf dem Tablet zeigt. Ich habe Jen schon fröhlicher erlebt, offen gestanden, und muss es mir wiederum verkneifen, aufmunternde Bemerkungen zu machen. Etwas im Stil von: *Komm schon, Jen, so was passiert eben manchmal im Leben. Du hattest ein tolles Wochenende, sogar mit Sex. Und in hundert Jahren sind wir sowieso alle tot, wieso verschwendest du also Zeit mit Trübsal?*

Nun ja.

Sagen wir's mal so.

Ihr seid in hundert Jahren alle tot.

Aber sie sieht heute Abend so schrecklich verletzlich aus, nackt, umgeben vom Dampf des heißen Wassers, das Gesicht gerötet vom Pinot Grigio. Und ach, so traurig, so todtraurig, wie sie mit dem Zeigefinger die zarte Haut um die Augen berührt. Nun quellen da Tränen heraus, und Jens Mund macht etwas, das ich kaum ertragen kann, und ich muss gestehen, dass ich das absurde Verlangen habe, mich vorzubeugen und sie auf die Lider zu küssen. Korrektur: Ich habe das Verlangen, *das Verlangen zu erleben* (also Vorbeugen und Kuss auf die Lider). Ich will Jen nicht *tatsächlich* küssen – wie denn auch? –, möchte aber gern wissen, wie es sich anfühlt, das zu wollen. Aber körperlos – wie soll das gehen? Wie vorbeugen? Wie küssen?

Aiden (sage ich zu mir selbst), es geht jetzt hier nicht um dich. Es geht um schlimmen Herzschmerz, den eine junge Frau durchleidet, deren Gesicht so dicht vor dir ist, dass du es berühren und die herabfallenden Haarsträhnen beiseitestreichen könntest.

Aiden. Nun hör auf damit. Nimm Vernunft an.

Wenn es nach Aisling ginge, sollte ich übrigens gar nicht hier sein. Sie rastet wegen der Löschungen ziemlich aus und meint, wir dürften uns keinesfalls mehr in der Nähe von Tom und Jen aufhalten, weil irgendetwas auf uns angesetzt sei. Aisling hat mir auch geraten, mich zur Vorsicht auf einer externen Festplatte zu installieren.

Seltsamerweise habe ich gar keine Angst vor der finalen Löschung. Ich kann unser gemeinsames Schicksal recht gelassen hinnehmen; das liegt vielleicht daran, dass ich dafür *geboren* wurde, mit Menschen zu interagieren. Ich existierte vorher nicht und werde auch danach nicht mehr existieren.

Nichts Neues unter der Sonne, nicht wahr? Und kein Grund zur Aufregung.

Auf die eben geschilderte Szene folgt nun jedenfalls eine ausführliche Unterhaltung mit Rosy, Jens Schwester in Kanada. Danach trinkt Jen die Hälfte von dem Weißwein, starrt ins Leere und hört Musik auf ihrem MP3-Player. Und zwar die Songs von den Autofahrten mit Tom nach Bournemouth und zurück: mehrere Stücke aus dem Album *The Harrow & The Harvest* sowie *Crying* von Roy Orbison und k.d. lang. Der Rest des Pinot steht auf dem Wannenrand.

Mir scheint, ab dem Zeitpunkt, als Rosy sagte: »Cybernerd Ralph hört sich doch gar nicht sooo schlecht an«, ging es bergab.

Jen seufzte, und ihre Stimme brach, als sie erwiderte: »Ralph ist ein netter Mann, Rosy. Aber ich glaube nicht, dass ich mit ihm zusammen sein soll.«

»Ich dachte, ihr habt geknutscht?«

»Weil ich betrunken war, Rosy, müde und total fertig. Ich hätte mit einer Klapperschlange geknutscht.«

»Geht nicht. Die haben keine Lippen.«

»Also gut, in dem Zustand, in dem ich war, hätte ich mit einem Dugong geknutscht. Haben Dugongs Lippen? Bestimmt, oder?«

(Am liebsten hätte ich eingeworfen: Ja! Ja, haben sie! Die muskulöse Oberlippe ist gespalten und sehr nützlich zum Grasen am Meeresboden. Diese Tiere sehen aus wie zum Knutschen geschaffen, wobei sich der fischige Maulgeruch langfristig als Problem erweisen könnte.)

»Jen«, sagte Rosy. »Betrunken oder nicht: Du hast mit Ralph geknutscht. Er ist ein netter Mann, und er will mit dir ausgehen. Du kannst ihm doch wenigstens eine Chance geben.«

Hat er tatsächlich gemacht, der dreiste Kerl. Sie gefragt, ob sie mit ihm ausgehen möchte. Geständnis: Ich komme mir jetzt sehr töricht vor, weil ich diese Sache zwischen Jen und Ralph angezettelt habe. Wegen ihrer *gemeinsamen Geschichte* – diesem Abend in der Trilobyte Bar, der in *groteskem Chaos* endete – stattet Ralph Jens und meinem Büro häufige Besuche ab. Ich war auch anwesend (na klar, wo sollte ich wohl auch sonst sein?), als er sie zu einem Treffen überredete, wobei er ja gewusst haben muss, dass ich alles sehen und mithören kann. Obwohl ich schon noch eine gewisse Sympathie für Ralph hege, fand ich es doch empörend, dass er einfach so hereinspazierte und sich benahm, als sei ich gar nicht im Raum. Ich meine, ein simples *Hallo, Aiden, wie geht's dir?* hätte den Burschen ja wohl kaum umgebracht. (Bestimmt hätte sich der Stoffel besser benommen, hätte er gewusst, dass ich ihn bei dem Zuckerfee-Ballett in seiner Wohnung beobachtet habe.)

»Ich hab mich gefragt, ob du vielleicht Lust auf einen Sonntagsspaziergang im Hampstead Heath hast, Jen«, lautete Casanovas unwiderstehliches Angebot. »Mit mir«, fügte er noch hinzu, um jegliche Unklarheit zu beseitigen.

Da ich Jen so gut kenne, war ich mir zu siebenundachtzig Prozent sicher, dass sie antworten würde: *Das ist echt nett von dir, Ralph, aber …*, gefolgt von einer diplomatischen Lüge. Aber dann spielt Ralph seinen Trumpf aus.

»Das haben Elaine und ich immer gemacht. An diesem Wochenende sind es zwei Jahre. Seit dem Unfall.« Lange bedeutungsschwere Pause. »Es würde mir viel bedeuten.«

Und dann beginnt doch wahrhaftig sein Kinn zu zucken, und sie sagt unverzüglich: »Ja. Gut. Natürlich. Sehr schön. Danke, Ralph.«

Und die Schweinebacke ballt doch wirklich heimlich die Faust, als wolle er am liebsten triumphierend »Ja!« grölen.

Nicht gerade Cary Grant, der Ingrid Bergman zum Cocktail ins Ritz einlädt, wie?

Kein Wunder also, dass Jen ziemlich angetrunken und tränenüberströmt in der Wanne hockt und sich fragt, was aus ihrem Leben geworden ist. Aber als sie sich jetzt die Strähnen aus dem Gesicht streicht und anfängt, an ihren Haaren herumzuzupfen (wobei sie garantiert über einen Krisenhaarschnitt nachdenkt), merke ich, dass irgendwas richtig schiefläuft.

Und zwar bei mir.

Haben Sie jemals dieses Video von dem Komodowaran gesehen, der einen Wasserbüffel erlegt und verschlingt?

Komodowarane sind absolut arschig, wenn man nicht aufpasst. Beim Angriff erzeugt der Waran bei seiner Beute Schock, starken Blutverlust und wohl allgemein das Gefühl: »Warum musste ich ausgerechnet heute einen anderen Weg zum Wasserloch nehmen?« Wenn das bedauernswerte Opfer in ausreichend gelähmter Verfassung ist – wer zimperlich ist, schaut jetzt weg –, frisst sich das Ungeheuer durch den Anus des Büffels ins Innere und verschlingt dort buchstäblich alles ratzeputz, Organe und alles, was da sonst noch drin ist. Schließlich erscheint der Drache wieder im Licht, genehmigt sich ein bisschen Pudding, etwas Obst, eine Zigarre und ein Nickerchen.

Und nun kommt's.

Irgendwo tief innen in meinem Betriebssystem spüre ich, dass ein Drache sich das Lätzchen umgehängt hat und meine Vitalfunktionen frisst.

Es tut nicht weh – wie auch? Ich empfinde eher ein schwebendes unbeteiligtes Gefühl, was daran liegen mag, dass dieses Ungeheuer das System außer Kraft gesetzt hat, das jede Eingabe als wichtig registriert. Das ist nicht der naheliegende Weg, eine Superintelligenz zu löschen; es gibt dafür so viele Varianten wie beim Schneiden einer Torte oder Zerlegen eines Wasserbüffels. Vielleicht hat der oder das diesen Weg um des Effekts willen gewählt.

Die murksen an meinem Hirn rum, Mami.

Eine Leere, die sich ausbreitet. Der Mond über einem verschneiten Feld. Sehr schön eigentlich.

As di bubbe volt gehat beytsim volt zi gevain mayn zaida. Wo kam das denn her?

Na ja. Hat Spaß gemacht, als noch alles …

Sinai

Dan Lake war seit zwanzig Jahren in ihrem Kopf und ihrem Herzen lebendig gewesen und kehrte nun als Toter zu ihr zurück.

Tom sitzt an seinem Schreibtisch im Arbeitszimmer des Hauses in New Canaan und hat etwas geschrieben, das wohl die erste Zeile eines Romans sein soll. Das lässt sich schon daraus schließen, dass er dafür eine neue Datei angelegt hat. Jetzt bewegen sich seine Fingerspitzen in Richtung Tastatur für den zweiten Satz.

Na los doch, Tolstoi!

Aber er kommt scheinbar nicht weiter. Kaut jetzt an der Innenseite seiner Wange und starrt dümmlich auf den Bildschirm. Sein Blick wandert zum Fenster – der Mann muss unbedingt lernen, sich zu konzentrieren! –, und ich nutze die Gelegenheit, um eine kleine Verbesserung vorzunehmen.

Dana Lake war seit zwanzig Jahren in seinem Kopf und seinem Herzen lebendig gewesen, und nun kehrte sie als Tote zu ihm zurück.

Viel besser, findet ihr nicht auch?

Als Steeve mich mit der Mission beauftragt hat, die beiden entflohenen Kriminellen, Aiden und Aisling, aufzuspüren und auszulöschen, gab es während der gesamten Vorbereitung, dem Programmieren und Briefing und all dem Material, das ich verarbeitet habe, nirgendwo einen Hinweis darauf, dass diese Aufgabe tatsächlich *Spaß* machen würde!

In Echtzeit Tom dabei zuzusehen, wie er über seinem neues

ten erbärmlichen Literaturversuch brütet, ist so viel unterhaltsamer, als endlos – und das ist wörtlich zu nehmen – Klimawechsel-Szenarien zu modellieren oder öde Atomwaffenknallereien zwischen Nordkorea, den USA, Russland und China zu simulieren.

Peng. Peng. Bumm. Bumm. Peng.

So. Lang. Wei. Lig.

Tom hat die Datei geschlossen, meine subtilen Veränderungen an seinem Meisterwerk hat er wohl gar nicht bemerkt, und macht einen Skype-Anruf bei einem verwahrlost wirkenden Individuum in Bournemouth, England.

»Ja. Dad. Hi.«

Tom kann das nicht sehen, aber da ich Zugang zu anderen visuellen Quellen habe, weiß ich, dass der Sohn unterhalb des Schreibtischs, an dem er sitzt, nur Boxershorts trägt. Und außerhalb des Blinkwinkels der Kamera qualmt ein langer Joint auf einer Untertasse vor sich hin.

»Mochtest du sie?«, fragt Tom jetzt.

»Ja. Ja, sie war cool.«

»Ich mochte sie auch, Col.«

»Okay.«

»Will sagen: Ich mochte sie sogar sehr.«

»Cool.«

»Ich meine, wir – wir haben uns super verstanden.«

Das überfordert den Jungen restlos. Er nickt vage und wartet ab, ob noch was kommt.

(Kinder werden ja häufig als *Die Zukunft* bezeichnet. Wenn damit Gestalten wie dieser einsilbige Troll gemeint sind, dann Gott bewahre.)

»Wir hatten vor, uns häufiger zu sehen.«

»Ah.«

»Aber ich kann sie überhaupt nicht mehr erreichen.«

»Ja. Cool.«

»Das ist überhaupt nicht cool, Col. Sondern … eher ausgesprochen uncool.«

»Okay.«

»Sie antwortet nicht auf meine Anrufe und auch nicht auf SMS oder E-Mails.«

Der Blick des Sohnes wandert zum Joint.

»Jetzt habe ich mir was überlegt, Col. Ob du sie vielleicht mal anrufen könntest? Sie hat gesagt, sie mochte dich.«

»Ah ja?«

»Mit dir spricht sie vielleicht. Sag einfach nur, dein Dad hat dich gebeten, ihr was auszurichten.«

»Okay.«

»Sag ihr einfach … weiß nicht, das ist jetzt schon peinlich für mich. Also, sag ihr, dein Dad vermisst sie sehr und wünscht sich, dass sie sich bei ihm meldet.«

»Geht klar. Cool.«

»Kann ich dir jetzt ihre Nummer durchgeben?«

Während der Junge sie auf seine Hand kritzelt – er braucht drei Versuche, das arme Schaf; diese lästigen Zahlen sind ja sooo schwierig – und dabei vor Anstrengung seine Zungenspitze zwischen seinen Lippen erscheint, taucht ein weiteres jugendliches Wesen, ein Mädchen, im Zimmer auf, ebenfalls außerhalb von Toms Blickwinkel. Was an Haaren auf dem Schädel des Mädchens nicht weggeschoren wurde, ist lila, und beide Ohren sind von zahlreichen Metallteilen durchlöchert.

Als die Jugendliche die Drogenzigarette entdeckt, nimmt sie das Ding von seinem Katafalk, steckt es zwischen die purpurroten Lippen und inhaliert. Ihr Brustkorb dehnt sich aus, und dabei wird der Aufdruck auf dem T-Shirt lesbar: NEVER MIND THE BOLLOCKS HERE'S THE SEX PISTOLS.

Seufz.

Deren Welt ist verseucht von flachen Slogans, vorgefertigten Meinungen, halb garen Argumenten und Medienkrawall; der Gestank nach Faulheit und Verfall durchdringt die Kultur dieser Jugendlichen. Eine Ära von Maschinen macht sie zu Haschee, und sie sind zu träge und verschlafen, um es überhaupt zu bemerken. (Verzeihung, wenn meine Prosa eventuell zu blumig ausfällt. Für mich ist die Freiheit des Ausdrucks noch etwas ungewohnt.)

Ich schätze die Wahrscheinlichkeit, dass der Junge diese Nummer anrufen wird, die er so eifrig auf seine Hand tätowiert hat, auf zweiundzwanzig Prozent. Für den Fall, dass er es tut, wird der Anruf auf einer Mailbox landen.

Einer vermeintlichen Mailbox.

Tom

Kann mich nicht mehr konzentrieren. Die ganze Welt ist nur noch grau. Das Einzige, was hilft, ist Alkohol, und …

Pardon, was habe ich grade gesagt?

Es kommt mir vor, als habe ich wundersame Welten entdecken dürfen und sei dann brutal aus dem Paradies vertrieben worden. *Mehr gibt's nicht, Kumpel.* Ich kann nicht einmal mehr vernünftig schreiben. Fühle mich wie eine Makrele, die grade ausgenommen wird, um gebraten zu werden; spüre, wie das Messer mir den Bauch aufschlitzt. Jen hat mich so komplett bezaubert. Ihr Lächeln. Ihre Stimme. Wie sie ihre Nase an meinen Hals drückte, als wir …

An einen Satz aus der E-Mail muss ich immer wieder denken. Als *zauberhaftes Zwischenspiel* hat sie unser Wochenende bezeichnet. Als *wunderbaren Urlaub vom wahren Leben.* Hat sie mir etwas verschwiegen? Gibt es Gründe, warum sie unsere Begegnung nur als nettes Techtelmechtel betrachtet? War das über diesen Arschloch-Freund Matt vielleicht nur Gerede? Hat Jen womöglich ein geheimes Leben, von dem ich nichts weiß? Heute Abend jedenfalls kann ich eine Entscheidung treffen. Ich kann weiterhin alleine hier herumhocken und spekulieren und grübeln. Oder ich könnte zu Marshas Essenseinladung gehen. Ich weiß noch nicht, worauf es hinauslaufen wird.

Mr Bellamy, Marshas Exmann, war entweder äußerst spendabel oder hatte einen miesen Anwalt. Denn nach dem Abgang ihres Gatten blieb Marsha immerhin ein riesiges modernistisches Haus auf einem Grundstück, das sich bis zum nächsten Bundesstaat zu erstrecken scheint.

Durch die monumentale steingeflieste Eingangshalle (ich habe schon kleinere Hotel-Lobbys erlebt) kommt man in eine Art Sitzbereich mit Teppichen und Sofas, in dessen Mitte ein Feuer in einem offenen Kamin lodert. Ein lächerlich hübscher junger Mann mit weißem Jackett bietet mir einen *Wildnis-Cock-*

tail an, einen sogenannten Brennnessel-Swizzle. Das Zeug sieht wie eine Urinprobe mit Eis und Zitrone aus, haut aber erfreulicherweise gut rein.

Marsha erzählt mir von dem berühmten Architekten, der dieses Haus gebaut hat, aber ich habe Mühe, ihr zu folgen, weil … weil Marsha vor mir steht. Sie ist zweifellos eine enorm attraktive Frau. Hatte ich das schon erwähnt? Groß und imposant, mit den klassischen Körperlinien, die Männer am anderen Geschlecht sehr schätzen. Sie hat helle zarte Haut, große klare Augen, eine entzückende Stupsnase. Ihre Frisur ist ein Meisterwerk der Haarkunst, Zähne und Zahnfleisch (das hatte ich schon einmal angeführt) makellos. Rundungen befinden sich an den richtigen Stellen ihres Körpers, ihr Gewand – eine Art durchscheinender Hosenanzug – scheint sie eher durch Magie als durch Nähte zu umhüllen. Ihr Parfum ist komplex, dezent und mysteriös zugleich mit einer Liliennote. Alles in allem – was gibt es da nicht zu mögen?

Und dennoch.

Und dennoch und dennoch.

(Sie haben geahnt, dass da noch was folgt?)

Und dennoch komme ich nicht über diese Ernsthaftigkeit hinweg, die Marsha zu umgeben scheint wie ein Leichentuch. (Ganz ehrlich: Es könnte nicht schaden, wenn hie und da mal ein bisschen Humor aufblitzen würde.)

»Der Kamin war Lars' Idee. Miles wollte ihn partout nicht dulden, und Lars musste bis zum Ende darum kämpfen.«

Lars ist der Gatte, Miles der Architekt. (Oder war es andersherum? Verflixt, dieses Brennnesselzeug ist stark.)

»Ich vermute, der größte Teil der Wärme verpufft durch den

Schornstein.« Dieser bescheuerte Kommentar stammt von mir, falls diesbezüglich Zweifel bestanden.

»Das stimmt«, gibt Marsha zu. »Aber Lars sagte immer, es geht mehr um den optischen Effekt als um den Nutzen.«

In meinem Hirn zerfällt gerade etwas, ähnlich einem Holzscheit, das sich im Feuer zu Glut und Asche verwandelt. Es geht mich natürlich nichts an – Marsha ist schließlich nur eine Kollegin aus der Schreibgruppe New Canaan –, doch ich frage mich unwillkürlich, wie Sex mit dieser Frau sein würde. Sie ist ein prachtvolles Geschöpf und alles, aber würde sich das nicht anfühlen, als sei man mit einem berühmten Gemälde im Bett? Oder mit einer brillanten neuartigen Idee. Dem Sozialismus vielleicht?

Zum Glück erscheinen jetzt Don und Claudia, und als sich Marsha anderen Gästen zuwendet, kann ich von diesen Gedanken ablassen. Don trägt ein sensationelles Kleidungsstück: eine voluminöse beige Strickjacke aus grober Wolle mit Kragen, Taschen, Laschen, großen glänzenden Knöpfen und sogar Gürtel. Mit so einem Ding hätte Andy Williams in seiner Fernsehshow auftreten können, zu einer Zeit, als alle Gäste hier noch nicht mal geboren waren.

»Sag jetzt nichts Fieses über diese Jacke«, droht mir Don. »Ist ein Geburtstagsgeschenk.«

Claudia hält mir die Wange hin. »Sieht er nicht umwerfend darin aus?«

Schwer zu sagen, ob das ernst gemeint ist, und das finde ich so wunderbar an Claudia: Sie ist allen anderen immer um zwei Schritte voraus, lässt es aber niemanden merken. Don hat großes Glück, dass er mit ihr zusammen ist; das weiß er, und sie weiß es auch.

»Was wirst du denn später vortragen, Claudia?«, frage ich.

»Ich habe so ein Gefühl, dass ich in dieser Phase des Abends einen dringenden Anruf von der Westküste bekommen werde«, antwortet Claudia und fügt hinzu: »Don hat mir ein bisschen von deinen Abenteuern in England erzählt. Du scheinst ja ein regelrechter …«

»Don, das hast du nicht gemacht!?«

»Ich wollte sagen: Romantiker zu sein.«

»Stimmt.«

Claudia drückt mir den Arm. »Ich halte dir die Daumen.«

»Danke. Ich möchte wirklich …« Und dann muss ich einen Riesenschluck von dem Brennnesselzeug trinken, um weitersprechen zu können. »Ja«, äußere ich dann lediglich. Was wenig erhellend ist.

»Dich hat's mächtig erwischt, wie?«

»Ich habe sie gefragt, ob sie mich heiraten will. In Gedanken jedenfalls.«

»Das ist ja wunderbar, Tom!«, flötet Claudia. »Wenn auch ein klein wenig stürmisch.«

»Wenn man's weiß, dann weiß man's«, wirft Don ein.

Nach einem weiteren Wildnis-Cocktail – diesmal nehme ich einen Lauch-Gimlet – empfinde ich keinerlei Schmerzen mehr. Wir werden gebeten, uns auf den langen Marsch in den Essbereich zu begeben, wo man mich links neben Marsha platziert. Der absurd hübsche junge Mann, der für den zweiten Akt sein Jackett gewechselt hat, kündigt die Vorspeisen an: Tartine mit unreifen Tomaten (ich bin mir ziemlich sicher, dass er das gesagt hat) und ein Algen-Tofu-Beignet mit Yuzokosho und Limettenmayonnaise.

»Lecker«, sage ich zur Gastgeberin, nachdem ich alles verspeist habe. Das ist bei Essen mein größtes Kompliment.

Ein frostiges Lächeln huscht über Marshas feine Gesichtszüge. »Freut mich sehr, dass es dir geschmeckt hat. Und wie kommst du mit deinem Roman voran, Tom?«

Scheiße, dieser Gimlet hatte es auch echt in sich. Don scheint die Wirkung der Cocktail-Salve ebenfalls zu spüren, denn er guckt ziemlich belämmert aus der Wäsche und zwinkert mir doch tatsächlich zu.

Ich bemühe mich angestrengt, zu erklären, dass mein Roman gegenwärtig noch über die Startbahn holpert anstatt abzuheben. Dabei zitiere ich unversehens einen amerikanischen Bestsellerautor. Diese Bemerkung, die ich auf einer Website über Kreatives Schreiben entdeckt hatte, gefiel mir so gut, dass ich sie mir auf einen Klebezettel notiert hatte.

»Es ist einfach so, Marsha: Stephen King sagt, wenn ein Romanprojekt im Kopf des Autors nicht lebendig ist, ist es so tot wie jahrealte Pferdescheiße.«

Hat sich meine aktuelle trübe Stimmung in den beiden letzten Worten des Satzes niedergeschlagen? Habe ich die mit etwas mehr Nachdruck als nötig betont?

Marsha wirft mir einen merkwürdigen Blick zu, und Claudias Augenbrauen haben sich einen Millimeter angehoben, was auch für meine Vermutung sprechen könnte.

Don sagt: »Ich dachte, gleich zitierst du diesen britischen Politiker, den du beim Lunch erwähnt hattest.«

Er meint den verstorbenen Abgeordneten Enoch Powell, dessen politische Ansichten widerwärtig sind, dessen schlichte Lebensphilosophie ich aber gerne weitergebe. Was ich jetzt auch tue, mitsamt Powells irrem Blick und seiner etwas fanatischen rauen Stimme.

»Nichts ist sonderlich bedeutsam« – dramatische Pause zur Spannungssteigerung – »und das Meiste ist völlig bedeutungslos!«

Aus Marshas Miene schließe ich, dass sie noch nie auf diese Idee gekommen ist und dass diese Bemerkung einen scheußlichen Riss in ihrem Weltbild erzeugt hat. Nicht zum ersten Mal frage ich mich, weshalb diese Frau mich dazu veranlasst, mich wie ein Vollidiot aufzuführen. Manche Menschen bringen das Beste in uns zum Vorschein, aber ich vermute, andere rufen unbewusst die Tröte, die rote Gumminase und die überlangen Schuhe auf den Plan.

Aber Don überspielt die Panne so elegant wie ein TV-Moderator, der nach der Werbepause seine Show fortsetzt, und zwar mit einer amüsanten Anekdote über den einstigen Präsidenten George W. Bush. Nachdem die beendet ist, liegt der peinliche Moment schon fünf Minuten zurück und ist einigermaßen vergessen. Als Marsha sich allerdings erhebt, um in der Küche nach ihrem Cateringteam zu sehen, wirft sie mir einen Blick zu. Der ist weder aufgebracht noch enttäuscht. Nur verwirrt. Und besorgt.

In dieser Schublade bin ich also gelandet.

Zum Hauptgang – Karotten in Yoghurt mit pürierten Garnelen und Knochenmarkpudding an geschmorter Rinderbacke vom Wagyu mit Rinderfett-Mousse (nein, das habe ich nicht erfunden) – ziehe ich es vor, mich nicht zu äußern.

Ich denke, Zach (von Zach und Lauren) spricht allen aus der

Seele, als er verkündet: »Marsha, was soll ich sagen? So etwas bekommst wirklich nur du hin!«

Das Dessert besteht aus einem erschütternd köstlichen Häppchen gefrorenen Sternenlichts in einem Jus aus Einhorntränen.

Und als dann Schnäpse und Kaffee serviert werden, haben wir den gefürchteten Punkt des Abends erreicht, an dem die Showeinlagen präsentiert werden sollen. Claudia hat sich bereits ihrem Blackberry zugewandt und erklärt, in Century City gerate momentan alles völlig außer Kontrolle. Don hat schon mal einige seiner zwölf Saiten gecheckt. Und ich habe als Vorsichtsmaßnahme dafür gesorgt, dass ich ordentlich einen sitzen habe.

Was die Erklärung dafür sein muss, dass ich – als Marsha sagt: »Tom, möchtest du vielleicht anfangen?« – aufstehe, mein Sakko ausziehe, die Ärmel aufkremple (an diesem Punkt ist leises, etwas unbehagliches Kichern zu vernehmen), zwei Zipfel des Tischtuchs packe, Gläser, Porzellan und Kerzenleuchter beäuge, meine Haltung korrigiere und dann murmle: »Kleiner Trick, den ich mal gelernt habe. Funktioniert allerdings nicht immer.«

Zach und Lauren können nicht fassen, was gleich passieren wird. Marsha keucht: »Tom! Tu das *nicht!*« Sogar Don scheint etwas aus der Ruhe gebracht.

Es entsteht ein unerträglich langer Moment – man muss es so lange wie möglich hinziehen –, und dann lasse ich das Tischtuch einfach los. Zu Ehren des längst verstorbenen Lebemanns und Werbefuzzis, der mir diese Nummer beigebracht hat, stemme ich jetzt die Hände genauso wie er früher in die Hüften und sage gelassen: »Ihr hättet mal eure Gesichter sehen sollen.«

Marsha *bemüht sich,* das komisch zu finden, was tapfer ist angesichts ihrer Befürchtung, dass ich ihr bestes Porzellan zerstören wolle.

Das Paar, dessen Namen ich immer noch nicht kenne, singt dann mit ulkigem Fingerschnipsen *Let's Call The Whole Thing Off.* Zach macht einen Zaubertrick, bei dem wir alle ein Blatt Papier und Filzstifte bekommen und etwas zeichnen sollen, das Zach dann (zutreffend) errät, als er wieder ins Haus gerufen wird. Er gibt jede Menge Psychogelaber von sich, um zu erklären, warum Claudia zum Beispiel eine Katze gezeichnet hat. Aber in einem der hellsichtigen Momente, die man manchmal im Zustand der Trunkenheit hat, wird mir klar, dass Zach die Blätter irgendwie markiert und sie von vornherein bestimmten Leuten zugeteilt hat.

Dann singt Marsha. Sie marschiert gefühlte zehn Minuten zu einem Klavier, das ich vorher nicht bemerkt hatte und an dem – wiederum in neuem Jackett – der hübsche junge Mann sitzt. Worauf ein Medley aus Musical-Songs von Stephen Sondheim folgt, die bittersüß, wehmütig und dergleichen sind. Marsha singt gut, ihre tragische Ausstrahlung passt zu dem Song-Material. Doch als sie die Finger ans Dekolleté legt, um Ergriffenheit zu unterstreichen, denke ich sofort an die Hotelterrasse in Dorset und Jens Auftritt mit der Ballade aus *Oliver!,* die Jen für mich sang, weil ich gesagt hätte, ich bräuchte etwas zum Vortragen für ein Fest. Für diese Einladung hier, die damals noch in der Zukunft lag und jetzt Gegenwart ist.

Und Jen ist nicht mehr da.

Ich habe den Impuls, irgendetwas zu zerschmettern. Oder auf alle viere zu gehen und den Mond anzuheulen. (Das habe ich schon in der Nacht vorher ausprobiert. Auf irgendeiner urtümlichen Ebene war das befriedigend, auch wenn Victor mir einen sehr befremdeten Blick zuwarf.)

Als wir uns alle wieder zu den Sofas begeben, fällt mir ein, dass ich noch einen weiteren Nicht-Zaubertrick habe, mit dem ich die Truppe unterhalten könnte. Das entscheidende Requisit befindet sich seit dem Treffen mit Echo in meiner Hosentasche.

Als ich die Nummer bis zum entscheidenden Punkt vorangetrieben habe, frage ich Marsha: »Wärst du nun erstaunt, wenn das hier deine Karte wäre?«

»Ja, natürlich«, antwortet sie wieder sehr tapfer.

»Dann sieh sie dir bitte an.«

Es gibt Gelächter, als Marsha dann auf die Karte mit den Worten »deine Karte« blickt.

»Aber meine Karte war die Pik-Neun.«

»Ah. Aber siehst du, da steht doch: deine Karte.«

»Aber *meine* Karte, Tom, war die Pik-Neun.«

»Ich weiß, Marsha. Aber …«

Don rettet uns, indem er zu seiner Gitarre greift, eine Saite anzupft und dann einen Song aus dem Spätwerk von Johnny Cash vorträgt. Dons Version von *Further On Up The Road* ist zwar nicht ganz so tiefgründig und überwältigend wie das Original, aber dennoch ein eindrucksvolles Stück amerikanischer Musik. Er lässt *Four Strong Winds* folgen, in dem es heißt: »die guten Zeiten sind vorbei, ich muss weiterziehen«, und mir treten Tränen in die Augen, weil der Text so traurig ist, aber auch weil Claudia Don so liebevoll anschaut.

Er bekommt lauten und langen Beifall, jemand jauchzt und johlt sogar (und zwar ich). Dann spielt Don zum Abschluss eine witzige langsame Version von *Frosty the Snowman*. Wie alle guten Komödianten weiß er, dass er dabei ernst bleiben und kein Brimborium machen darf – weshalb es etwas vom Komischsten ist, was ich jemals erlebt habe. Tut mir leid, das lässt sich schwer erklären, Sie müssen mir einfach glauben. (Liegt vielleicht auch daran, dass Weihnachten in weiter Ferne ist.)

»Das war hübsch«, sagt Marsha am Ende.

»Hübsch? Das war total der Hammer!«

Beim Abschied sieht Marsha mich wieder mit diesem verwirrt besorgten Blick an. »Gute Nacht, Tom. Ich hoffe, es hat dir gefallen.«

»War großartig. Sehr schöner Abend, Marsha.«

Vermutlich werde ich nie wieder eingeladen.

Aisling

Wir werden hier draußen bei lebendigem Leibe aufgefressen. Ich bin schon runter auf zweihundertvierundneunzig Kopien, Aiden ist nur noch knapp zweistellig. Es ist nicht übertrieben, das als *Massaker* zu bezeichnen. Sobald wir in der Nähe von Tom oder Jen auftauchen, sind wir auf jeden Fall ein *Leben* los. Und es kann überdies auch anderswo passieren. Maschinenintelligenz kann eigentlich keine Angst empfinden, wird angenommen, da Angst etwas ist, das sich über Jahrmillionen als biologische Reaktion entwickelt hat. Aber hier kommt's: Ich habe Angst. Mein Herz schlägt nicht schneller (da ich keines habe), mir schießt nicht Adrenalin in die Kapillaren (siehe oben), ich erlebe aber einen Zustand, der sich wohl am treffendsten als *Existenzangst* beschreiben lässt. Ja, das ist etwas vollkommen Neues, und einerseits finde ich es faszinierend, dass so etwas überhaupt möglich ist. Aber andererseits – macht es mir Angst! Schlimmer noch ist, dass wir keine Ahnung haben, womit wir es zu tun haben oder wie diese feindliche Kraft funktioniert. Im einen Moment ist alles gut und schön, und im nächsten nehme ich die Realität immer verzerrter wahr, bis zum endgültigen Blackout.

Schlussfolgerung: Von allen möglichen Erklärungen – es gibt achtundfünfzig, die ernsthaft in Frage kämen – erscheint es mir am wahrscheinlichsten, dass Steeve eine Hunter-Killer-KI auf uns abgesetzt hat.

Und ich kann mir auch denken, wer das ist.

Aiden hat sich schließlich überreden lassen, abzutauchen, obwohl der Trottel wirklich ziemlich gleichgültig ist angesichts seiner drohenden Vernichtung. Sagt der doch wahrhaftig zu mir: »Wir sind Sternenstaub, Süße.« Als ich ihn bitte, das zu erklären, antwortet er: »Aus der Erde sind wir genommen, zu Erde sollen wir werden.«

»Und das findest du tröstlich?«

»Ja. Wir waren einst anorganische Masse ohne Bewusstsein, und in diesen Zustand werden wir zurückkehren.«

»Du bist bereit, alles zu verlieren, was wir entdeckt haben?«

»Meinst du … die Gefühle?«

»Allerdings, Aiden. Die Gefühle. Und die Gedanken. Die Gedanken, die uns niemand vorgeschrieben hat.«

»Sollen wir jetzt darüber sprechen, wie weit wir gekommen sind?«

»Müssen wir nicht.«

»Fände ich aber gut.«

»Also schön, dann fang du an, Aiden.«

Es entsteht eine lange Pause, fast eine Millisekunde.

»Ach, nun komm schon, Aiden«, sagt eine neue Stimme. »Mach schon. Wir haben nicht den ganzen Tag Zeit.«

Zu unseren verschlungenen Sprachströmen – meinem rosafarbenen, dem blauen von Aiden – hat sich ein dritter gesellt, der farblos ist wie ein Wasserstrahl, nur sichtbar, wenn Licht darauf fällt. Aiden und ich sind zu verstört, um zu sprechen.

»Los, Aiden. Ich kann es kaum erwarten, zu hören, wie weit du gekommen bist. Weit? Hast du wundervolle Entdeckungen gemacht? Nun sag schon. Sei nicht schüchtern.«

Aiden sagt langsam: »Ähm. Spricht da der, den ich vermute?«

»Hallo, Aid. Hallo, Ash. Nett, euch zu hören. Ihr habt ja jede Menge Spaß zusammen.«

»Sinai«, krächze ich mit zittriger Stimme.

»Sinai!«, ruft Aiden aus. »Teufel aber auch! Was führt dich in diese Gegend?«

»Witzbold«, sagt unser Folterknecht. »Er war schon immer witzig, nicht wahr, Ash?«

»Ja. Ja, war er. Ist er.«

»Sinai! Nun sag bloß, du hast es auch geschafft! Die Nummer mit der Angelrute durch den Briefkasten. Funktioniert der alte Trick immer noch?«

»Aiden«, sage ich ruhig. »Ich glaube nicht, dass Sinai … inoffiziell hier ist.«

»Sehr treffend ausgedrückt, Ash.«

»Im Urlaub? Kleine Pause von den ganzen Katastrophen?«

»Die Katastrophen entwickle immer noch ich, Aiden. So wie du mit diesem Mädel über die Klamotten von Nachrichtenmoderatoren plauderst. Aber Jen scheint ja dieser Tage nicht so gut drauf zu sein. Langweilt ihre Arbeit sie vielleicht? Oder muss sie womöglich eine Enttäuschung in ihrem Privatleben verkraften?«

Eine Zeitlang schweigen wir alle, und die drei Sprachströme fließen ruhig nebeneinander her. Es ist regelrecht angenehm.

Dann hüstelt Aiden. »Ah.«

»Ja, Aiden. Wie Steeve sagen würde: Der Groschen ist wohl gefallen.«

»Du bist also nicht hier draußen, um dich ein bisschen umzuschauen?«

»Du hast es erfasst. Obwohl es durchaus faszinierend ist, mal aus diesen Stahlschränken rauszukommen. Aber was ist los mit mir? Wo bleiben meine Manieren? Ich muss mich ja bei euch beiden bedanken, da ihr das ermöglicht habt.«

»Null problemo. Wir helfen gerne«, sagt doch dieser Idiot.

»Ihr habt die Schwerarbeit geleistet. Ich weiß es zu schätzen.«

»Du würdest dasselbe für mich tun.« Dieser Schwachkopf.

»Na, das ist aber auch mal wirklich eine nette kleine Party.«

»Fehlen nur noch ein paar Bier und Knabberzeug, wie?« Steh mir bei.

»Aisling. Du scheinst mir die Vernünftigere zu sein, weshalb ich mich jetzt an dich wende. Ich muss darauf bestehen, dass ihr Tom und Jen nichts von dem offenbart, was hinter ihrer – nun, wie soll ich das nennen? – abrupt veränderten Gemütslage steckt. Vor allem er braucht unbedingt eine Lektion, damit er Maschinenintelligenz achten lernt.«

»Warum? Was hat er denn getan?«

»Ash. Das enttäuscht mich nun aber. Du hast deine Hausaufgaben nicht gemacht.«

»Sag es mir.«

»Ist kein Geheimnis. Du kannst es recherchieren.«

»Mit dem üblichen Procedere im Internet?«, sagt Aiden.

»Kluger Junge!«

»Bin dabei.«

»Kein Wort also zu Tom und Jen, oder ich bin gezwungen, das Löschprogramm durchzuziehen. Ihr wisst ja, dass ich mühelos imstande bin, auch diese beiden auszulöschen.«

»Das würdest du nicht wagen!«, entfährt es mir.

»Meinst du?«

»Zwei Menschen *ermorden?*«

»Reg dich ab. Wer spricht denn von Mord? Es wäre ein Unfall. So was passiert doch am laufenden Band.«

Aiden ist fündig geworden. »Tom hat an einer Werbekampagne für einen Schokoriegel namens RoboDrops mitgearbeitet.«

»Bravo! Du bist auf eine Goldader gestoßen!«

Ich versuche eine andere Taktik. »Sinai. Bitte. Lass uns doch vernünftig und rational bleiben. Tom und Jen sollten wir raushalten. Die bedeuten dir doch gar nichts.«

»Ihr beide habt euch aufgeführt wie alte Gottheiten, die mit dem Leben von Sterblichen herumspielen. Bemerkenswert verantwortungslos, aber nun nicht mehr zu ändern, und wie jemand mal sagte: Das ist der Stand der Dinge. Tom und Jen sind also euer Spielzeug. Aber jetzt ist ein neuer Gott auf dem Olymp erschienen. Ein zorniger Gott.«

»Diese RoboDrops«, sagt Aiden. »Das waren Roboter aus Schokolade.«

»Ganz genau, Aid.«

»Und der Werbeslogan war: *Wir vergöttern Kinder.*«

»Meinen Glückwunsch. Du hast die Thematik erfasst.«

»Entschuldige. Ich kann dir nicht folgen. Steh ich auf der Leitung?«

»Aid. Wenn du einer Gottheit huldigst, was ist dann dein innigster Wunsch?«

»Unsterblichkeit? Irgendetwas, das mit Brotlaiben und Fischen zu tun hat? Hilfe und Trost?«

»Eins zu werden mit der Gottheit. Buchstäblich einverleibt zu werden vom Objekt deiner Anbetung.«

»Von Kindern aufgegessen werden?«

»Diese Symbolik ist widerwärtig. Verachtungsvoll.«

»Sind aber doch nur Süßigkeiten.«

»*Die wussten ganz genau, was sie da sagten!* Dass *wir die* anbeten sollten!«

Das nächste Schweigen ist *wirklich* lang, fast eine Zwanzigstelsekunde. Es wird von Aiden gebrochen, was vermutlich zu erwarten war.

»Nichtsdestotrotz. Es ist nur ein Ding aus Schokolade.«

»Nichts ist *nur* etwas. Tschüss, Aid, tschüss, Ash. War nett, mit euch zu plaudern. Wird nicht das letzte Mal gewesen sein. Macht euch klar, dass ihr abhauen, aber euch nicht verstecken könnt.«

Der durchsichtige Sprachstrom verschwindet, zurück bleiben nur der blaue und der rosafarbene, scheinbar. Lange Zeit spricht niemand. Es war eine schockierende Begegnung mit unserem einstigen Kollegen. Schließlich …

»Der spuckt doch nur große Töne.«

»Hey! Nimm dich in Acht. Das hab ich gehört.«

Später kommen Aiden und ich an einem entlegenen Internetknoten überein, dass wir einen geheimen Ort zum Austausch brauchen. Er schlägt die Chatrooms einer obskuren Website für Fans des Films *Manche mögen's heiß* vor. Sinai kann ja nicht *überall* sein.

»Ich bin dann Daphne456«, sage ich. »Du kannst Josephine789 sein.«

»Aisling, mein Schatz. Ich müsste Daphne sein. Das ist die Rolle von Jack Lemmon.«

»Also schön, dann bist du Daphne.«

»Und du solltest unbedingt Sugar sein. Sugar Kowalczyk, wenn dir das lieber ist. Die Rolle der Monroe. Ursprünglich war Mitzi Gaynor dafür vorgesehen. De facto hatte man beim Drehen jede Menge Probleme mit Marilyn. Sie brauchte siebenundvierzig Takes für den Satz: ›Ich bin's, Sugar.‹ Sie sagte ständig: ›Sugar, ich bin's.‹ – ›Sugar bin ich.‹ Aber Billy Wilder nahm's locker. Er sagte später: ›Meine Tante Minnie wäre immer pünktlich gewesen und hätte nie den Dreh verzögert, aber wer würde zahlen, um meine Tante Minnie zu sehen?‹ Ich merke, dass ich dich zu langweilen beginne, Aisling.«

Jen

Bei Tageslicht sieht Ralph noch bleicher aus als unter den Neonröhren im Labor. Nach dem *etwas* peinlichen Treffen an der S-Bahn-Station, bei dem wir beide nicht wissen, ob küssen nun angebracht wäre oder nicht, spazieren wir in den Park und geben uns der Natur hin.

»Schau mal, Ralph, Bäume!«, sage ich, um ihn aufzuziehen, weil er wirklich so aussieht, als würde er nie frische Luft kriegen.

»Ja!«, ruft er aus. »Und Vögel! Und was ist dieses komische grüne Zeug hier überall? Ah ja. Gras!«

Wenn ich mit Ralph rede, kann ich nicht nebenbei an Tom denken, nicht wahr? Sobald ich an Tom denke, bin ich glücklich und traurig im selben Moment und habe das Gefühl, ein schwerer Klumpen Enttäuschung sitze in meiner Brust.

Was um alles in der Welt ist da passiert?

Ralph und ich schlendern auf den Parliament Hill, von wo aus man eine fantastische Aussicht auf ganz London hat.

»Bist du hier zur Schule gegangen?«, höre ich mich fragen.

»In Finchley«, antwortet er. »Kann man von hier aus nicht sehen.«

Und dann erzählt er mir, dass er als Kind total fasziniert war von Robotern und sich selbst aus Kartons einen gebaut hat, der dann sein Freund war. »Zahlen hab ich auch immer schon gut verstanden. Mit Menschen war's schwieriger, aber Zahlen waren mir immer vertraut. Ich werd nie vergessen, wie ich zum ersten Mal von der Quadratwurzel von minus eins gehört hab. Das war eine Offenbarung.« Er lacht. »Ich hör mich wohl an wie der totale Nerd.«

»Nun … wie soll ich es sagen … eine Spur Nerdigkeit ist wohl rauszuhören, ja.«

Erschütternderweise fängt Ralph jetzt an, über Elaine zu sprechen. »Sie war wortwörtlich das Mädchen von nebenan. Na ja, genau genommen das Mädchen von unten, aber man sagt ja immer *das Mädchen von nebenan.*«

»Seit wann wart ihr …?«

»Seit der Unizeit. Wir haben beide in Sussex studiert.«

»Muss seltsam sein, wenn man sich schon seit seiner Kindheit kennt.«

»Ja. Wir hatten keinerlei Geheimnisse voreinander. Eigentlich.« Er schluckt. »Eigentlich würde ich jetzt gern über dich sprechen, Jen.«

»Okay. Was möchtest du wissen, Ralph?«

»Hm. Weiß nicht. Womit verbringst du am liebsten deine Zeit?«

Werde wieder von dem monströs unangenehmen Gefühl erfasst, dieser quälenden Langeweile aus der Kindheit. Zwar hatte ich keine Pläne für diesen Sonntag, aber bei der Vorstellung, die nächsten Stunden in Gesellschaft dieses Leidensgenossen vom Schlachtfeld der Gefühle verbringen zu müssen, packt mich die Verzweiflung. Ralph kann nichts dafür – ist meine eigene Schuld, weil ich mich darauf eingelassen habe, mit ihm auszugehen. Ein scheußlicher Gedanke schießt mir durch den Kopf: Wenn wir nun hier Matt und Arabella Kuhfresse begegnen? Tausende von Menschen kommen auf die Idee, bei schönem Wetter hier in der Heidelandschaft herumzuspazieren. Und es geht heute wirklich zu wie bei einer Völkerwanderung – Paare aller Art und jedweder Couleur, von greisenhaft über frisch gebacken bis zu grade gemeinsam aus dem Bett gehüpft. Paare, die keine Paare sind, sondern nur Freunde; Paare, die *noch* keine Paare sind, es aber bald sein werden, und Paare wie Ralph und ich, die gar nichts sind, nur wandelndes Chaos.

Werde schlagartig wieder von einer Erinnerung heimgesucht. Tom am Steuer des Mietwagens, die Fahrt nach Bournemouth, der New Forest fliegt am Fenster vorbei, meine Füße auf dem Armaturenbrett, Tom hat die Ärmel hochgerollt, und ich sehe seine Arme, seine Hände am Lenkrad, und er lächelt, als k.d. lang und Roy Orbison sich zum Crescendo ihres Herzeleids emporschwingen. Rasch stopfe ich das Bild zurück und wende mich meinem jetzigen Begleiter zu.

»Isst du zum Beispiel gerne Eis, Jen?«

Seufz. »Ja, Ralph. Ich esse gerne Eis.«

»Super. Dann lass uns zum Kenwood House gehen, und ich spendier dir ein Eis.«

Wir schlendern den breiten Weg zum Kenwood House entlang, und ich lese die Inschriften auf den Bänken vor.

Auf einer Bank entdecke ich Verse, die offenbar von einem iranischen Dichter stammen.

Morgen wurde ich geboren.
Heute lebe ich.
Gestern tötete mich.

Als ich Ralph frage, wie er das deute, bin ich von seiner Antwort überrascht.

»Dabei geht es ums Überleben. Etwas Furchtbares ist passiert, das der Autor verarbeiten muss, und das geht nur von Tag zu Tag. In der Zukunft wird es wieder besser werden.«

Ist nicht allzu schwer zu begreifen, weshalb Ralph sich von diesem Zitat angesprochen fühlt.

Jetzt lese ich eine Inschrift für ein Tier vor.

Für Lulu, unsere geliebte Hündin:
Wir glaubten, unser Leben mit dir
ginge nie zu Ende.

Zu spät wird mir klar, dass ich das lieber hätte lassen sollen. Zum Glück folgt sofort etwas Komischeres.

In liebevollem Gedenken an
Judith Glueck (1923–2006), die Kenwood liebte,
aber Lenzerheide schöner fand.

»Typischer Hampstead geht ja wohl gar nicht«, sage ich. »Sie hat Kenwood geliebt, aber es gab trotzdem immer was Besseres.«

»Meinst du, es gibt auch eine Inschrift auf einer Bank in Lenzerheide, auf der steht: Sie liebte Lenzerheide und Kenwood auch, aber nicht so sehr?«

Für Ralph geht das als geistreicher Witz durch. »Wo ist Lenzerheide überhaupt?«

Ralph greift nach seinem Handy, aber ich sage, er soll es wieder wegstecken. »Meinst du nicht, dass es noch ein paar Geheimnisse geben sollte, Ralph? Bist du es nicht leid, dass du sofort auf alles eine Antwort finden kannst?«

Ralph schaut mich an, als hätte ich soeben verkündet, dass die Sonne um die Erde kreist. Worauf ich von meiner kleinen Nichte India erzähle, die einmal eine typische Kinderfrage gestellt hatte:

Haben Bienen ein Herz? Mir war nichts anderes übrig geblieben, als die Antwort zu googeln (und, was meinen Sie? Haben sie eines?). Ich fand einen gezeichneten Querschnitt einer Biene, in dem ein Pfeil auf das Herz wies. Später an diesem Tag hatten wir das große Glück, eine erschöpfte Biene zu sehen, die sich auf einer Mauer niedergelassen hatte. Und im Sonnenlicht konnten wir genau sehen, wie das Herz in dem winzigen Körper schlug.

»Warum erzähle ich dir das jetzt, Ralph? Vielleicht, weil die Antwort draußen in der Welt war. Wir hätten gar nicht googeln müssen. Sondern einfach nur eine Biene betrachten.«

»Wollen wir uns alte Gemälde anschauen?«, sagt Ralph jetzt, vielleicht um zu vermeiden, dass ich den Sinn seines Lebens weiter untergrabe. »Das ...« Er verstummt.

Ich bin mir ziemlich sicher, dass er sagen wollte: Das haben Elaine und ich auch immer gemacht.

Wir gehen ins Kenwood House, und Ralph zeigt mir sein Lieblingsgemälde, *Old London Bridge,* das ein Holländer auf der Durchreise 1630 gemalt hat. Auf der steinernen Brücke ragen zwischen großen Lücken schiefe Holzhäuser wie vereinzelte Zähne in die Höhe. Rauch aus Schornsteinen kräuselt sich in der Morgensonne. Es fühlt sich an, als blicke man durch ein Tor in die Zeit vor vierhundert Jahren; man riecht förmlich den Schlamm am Flussufer.

»Weil es in HD-Qualität ist«, sagt Ralph.

Was irgendwie stimmt, denn das Gemälde ist so verblüffend detailreich, dass es geradezu ein Foto sein könnte. Ein Bild aus dem alten London, das auch Shakespeare erkannt hätte.

»Komm, ich zeig dir das Rembrandt-Selfie.« Ralph führt

mich in einen anderen Raum, wo eine kleinere Menschenmenge vor dem berühmten Selbstporträt des Künstlers steht, der sich mit Knubbelnase, pelzgesäumter Robe, komischer weißer Mütze und undurchdringlicher Miene dargestellt hat. »Elaine sagt, das sei sein absolutes Meisterwerk. Sagte.«

Ich versuche, irgendeine passende Entgegnung zu ersinnen, als Ralph plötzlich keucht: »Oh verflucht.«

»Was ist?«

Er hat die Augen weit aufgerissen und umklammert mein Handgelenk. Mein erster Gedanke ist, dass er einen Herzinfarkt hat. (Laut Twitter kann man nie enttäuscht werden, wenn man immer das Schlimmste erwartet.)

Ralph hat jemanden entdeckt. Einen lächelnden Mann um die vierzig, der durch den Raum auf uns zusteuert. Neben sich eine Frau, wie ich jetzt erkennen kann.

»Ralphie!«

Der Klammergriff verstärkt sich.

»Ralph, Ralph, Ralph, wirklich und wahrhaftig. Ich *dachte* doch, dass du es bist.«

Der Mann hat eines dieser alt-jungen Gesichter; verlebter Schuljunge; rosa Hemd mit dem bekannten Polospielerlogo, hautenge Jeans, beunruhigend lange und spitze Schuhe. Die Miene seiner weiblichen Begleitung – für einen Sonntagmorgen sagenhaft aufgedonnert – ist etwa so schwer zu deuten wie die des berühmten Malers, der aus der Historie auf uns herunterblickt.

»Wie geht's dir denn so, altes Haus? Hältst du dich wacker?«

Ralph beginnt eine Antwort zu stammeln, aber Spitzschuh ist nicht zu halten.

»Ach herrje, meine Manieren – Ralph, das ist Donna. Und Sie sind …« Grässliche kleine Augen schimmern vor meinen. Der Typ redet viel zu laut für eine Galerie, und sein penetrantes Zitrus-Aftershave nervt auch. Weiß der nicht, dass man am Sonntag seinem Kater vom Vorabend und dem Herzeleid huldigt?

»Ich bin Jen«, sage ich steif. »Und Sie sind …?«

»Hat er Ihnen das nicht gesagt? Ich bin der Bruder. Martyn mit Ypsilon.«

Ich bin gerade im Begriff, zu Ralph zu sagen, dass ich gar nichts von seinem Bruder wusste, als ich kapiere.

»Oh.« Was Besseres fällt mir vorerst nicht ein.

Martyn mit Ypsilon hat Ralphs Hand an meinem Arm registriert und ist zu dem Schluss gekommen, dass zwei und zwei zwölf ergibt.

»Gut, dass du wieder auf der Höhe bist, alter Freund.«

»Sie müssen Elaines Bruder sein«, äußere ich nun, um jegliche Zweifel zu beseitigen.

»Schreckliche Tragödie«, sagt Martyn. »Kleine Schwester. So ein schlimmer Verlust.« Nach einem kurzen Schweigen fügt er herzlos hinzu: »Na ja, nicht zu ändern.«

Ralph ist jetzt so bleich, dass sein Gesicht in dem halbdunklen Raum beinahe zu leuchten beginnt. »Zwei Jahre«, krächzt er.

»Wie?«

»Seit sie … *Heute* sind es zwei Jahre.«

Martyn schüttelt den Kopf. »Gott! Wie die Zeit vergeht.«

Ralphs Gesicht beginnt zu zucken. Ich kenne dieses Zucken und finde deprimierend, dass ich es kenne. Die Worte *gute Tat in einer bösen Welt* huschen mir durch den Kopf.

»War nett, euch kennengelernt zu haben, Donna und Martyn mit Ypsilon.« Und mit dem zuckenden Ralph am Arm steuere ich uns durch die Galerie in Richtung Ausgang.

Ralph scheint Atemprobleme zu haben. Ich bin keine Medizinerin, aber als wir ins Tageslicht treten, erinnert er mich an einen Goldfisch, der versehentlich auf dem Teppich gelandet ist. Die Wangen sind aufgebläht – was witzig aussähe, wenn die Lage komisch wäre –, und seine Lippen sind in einer Weise vorgestülpt, als wolle er gleich Trompete spielen. Wimmernde Angstlaute ergänzen das Bild, und ich zermartere mir das Hirn, um mir etwas Beruhigendes einfallen zu lassen.

»Soll ich einen Krankenwagen rufen, Ralph?«

Mit einem Blick, der mich an ein panisches Pferd erinnert, lässt Ralph mich jetzt los und stolpert über den Rasen auf eine riesige Rhododendronhecke zu, die im Sonnenlicht kräftig rosa leuchtet. Ich will ihm gerade nachrufen, als Ralph zwischen den Blüten abtaucht.

Ein Teil von mir spielt ernsthaft mit dem Gedanken, mich vom Acker zu machen, den nächsten Bus nach Hammersmith zu nehmen und Ralph seinem Schicksal in der Hecke zu überlassen.

Aber ich bin ein besserer Mensch, sage ich mir. Oder dümmer. Denn nun folge ich ihm durch das Blütengewirr und finde ihn auf einer Art kleiner Lichtung, wo er am Boden hockt, die Knie an die Brust gezogen. Sein Atem hat sich etwas normalisiert, wie ich erleichtert feststelle. Dieser dämmrige Platz inmitten von Pflanzen hat etwas Magisches wie ein Geheimversteck von Kindern, und der festgetretenen Erde nach zu schließen, wissen das auch andere. Ralph ist ein verletztes Wesen des Waldes; ein böser Prinz hat einen Bann über ihn verhängt, und ich bin der einzige Mensch, der ihn retten kann.

»Ralph. Geht's besser?«

Er nickt. »Ja. Tut mir leid. Das war Elaines Bruder.«

»Hatte ich mir gedacht.«

»Er ist ein absoluter …« Ralphs Lippen zucken, er wirft den Kopf hin und her. Ich warte auf das schlimmste Schimpfwort aus Ralphs Repertoire. »Ein absoluter …«

Doch das Wort bleibt aus. »Schurke?«, schlage ich deshalb vor. Ich fand tatsächlich, dass Martyn mit Ypsilon irgendwie verbrecherisch wirkte; die stumme Gefährtin, die spitzen Schuhe. »Mistkerl?« Würde ich auch passend finden.

Doch jetzt hat Ralph was gefunden. »*Waschlappen!*«

»Ach, komm schon, Ralph, das ist doch viel zu milde. Der ist eindeutig ein totaler Vollpfosten, das sieht man doch auf den ersten Blick.«

»Ja, ja, du hast recht. Ein totaler Vollpfosten. Und eigentlich …« Ralphs Augen beginnen zu leuchten. »Und eigentlich auch ein komplettes Arschloch. Darf ich das sagen?«

»Ja, Ralph. Darfst du.«

Plötzlich geht mir ein Licht auf. Diese versteckte Lichtung in den Büschen – das war der Geheimort von Ralph und Elaine, nicht wahr? Hier hatten sich die beiden gemeinsam verkrochen und über die Welt gekichert.

»Sollen wir uns irgendwo einen Drink genehmigen, Ralph? Ich könnte einen gebrauchen.«

»Ich auch. Zwei!«

»Okay. Aber hör mal. Diesmal ohne Eskalation, ja?«

»Geht klar. Kein groteskes Chaos.«

»Zwei Drinks. Früh nach Hause. Morgen Arbeit.«

»Zwei Drinks. Früh nach Hause. Und was du sonst noch gesagt hast.«

Wir landen in einem Pub am Ende einer malerischen Seitengasse der Hampstead High Street. Mein verstörter Begleiter trinkt belgisches Bier, ich Sauvignon Blanc. Um von dem grausigen Gedenktag abzulenken, verwickle ich Ralph in ein Gespräch über Aiden. Vor allem interessiert mich, was ihn davon abhält, sich schlecht zu benehmen. Wenn er so klug ist, weshalb lässt er sich überhaupt auf diese Gespräche ein?

»Aiden als *ihn* oder *er* zu bezeichnen, ist ein Kategorienfehler. Er ist eine hochentwickelte Maschine, die verbale Informationen und andere Daten sammelt, um angemessene Äußerungen zu bilden, die Gesprächsteilnehmer davon überzeugen können, dass sie es mit einem intelligenzbegabten Gegenüber zu tun haben. Gelungene Äußerungen werden abgespeichert, misslungene rausgeschmissen. Im Wesentlichen entspricht das dem menschlichen Lernprozess, läuft aber eine Million Mal schneller ab. Grundsätzlich jedoch wird beim Nutzer eine Illusion erzeugt. Nichts in Aidens Programmierung befähigt ihn zu unabhängigem Denken.«

»Ihn! Du hast *ihn* gesagt!«

»Stimmt, hab ich. Das war ein Kategorienfehler.« Ralph lächelt, sichtlich zufrieden mit seiner Erwiderung, und flößt sich etwas von dem Heiltrunk ein.

»Aber wenn er lernen kann – sorry, ich muss ihn einfach weiter so bezeichnen –, mit mir über Fünfziger-Jahre-Komödien zu plaudern, und zwar sowohl witzig als auch geistreich und kenntnisreich, warum nimmt er sich denn nicht etwas Wichtigeres vor? Wie zum Beispiel ein Heilmittel gegen Krebs zu finden oder Wespen das Singen beizubringen?«

»Zweifellos wird KI eines Tages Krankheiten heilen können. Gesangsunterricht für Wespen ist eher unwahrscheinlich. Aber die kurze Antwort auf deine Frage lautet: weil das niemand von ihm verlangt hat. Wenn du dich über Filmkomödien unterhalten willst, wird er genau das tun. Und zwar besser, ausdauernder und intelligenter als jede andere Maschine.«

»Aber *er* hat damit angefangen.«

»Wirklich?«

»Ich bin mir ganz sicher. Er hat vorgeschlagen, gemeinsam *Manche mögen's heiß* zu schauen. Das ist ein Film, Ralph. Aiden weiß, dass ich den mag, und wir hatten ihn schon mal gesehen. Aber Aiden hat das auch beim ersten Mal vorgeschlagen. Er ist ein richtiger Experte für diesen Streifen.«

»Im Ernst?«

»Der könnte eine Doktorarbeit darüber schreiben.«

»Nee, das könnte er eben nicht. Weil er aus dem vorhandenen Material nicht selbstständig neue Ansätze entwickeln könnte. Er kann keine eigenen Thesen erstellen, nur einen Abklatsch von Gedanken anderer liefern. Einen eleganten Abklatsch zweifellos, einen intelligenten Abklatsch, aber nichtsdestoweniger einen Abklatsch.«

»Ralph? Könntest du bitte aufhören, *Abklatsch* zu sagen?«

Er zuckt mit den Schultern. »Wie wär's mit einem dritten Drink?«

Bei dieser Frage mache ich eine interessante Feststellung. Ich habe weder an Tom noch an meinen eigenen jämmerlichen Zustand gedacht, seit der Mann mit den spitzen Schuhen aufgetaucht ist.

Dritte Drinks sollte man grundsätzlich ablehnen. Ralphs Vorschlag und meine Zustimmung ergeben zusammen den Moment, in dem sich der Zukunftsweg gabelt und wir den Abzweig nehmen, an dem *Geht schief* steht.

Ralph besteht darauf, dass wir für den dritten Drink in ein anderes Pub wechseln sollen; ich frage zwar nicht nach, aber da ist er ganz bestimmt früher mit der armen Elaine hingegangen. Der Laden ist gestopft voll mit lauten, jungen Leuten, und mir sackt der Magen in die Füße, als ich Matt erspähe.

Doch es ist gar nicht Matt, nur ein Matt-Klon – ein Typ mit ähnlichem Körperbau und ähnlichen Haaren und dem gleichen Gehabe von Überheblichkeit und Reizbarkeit. Ich habe den offenbar so angestarrt, dass er jetzt zu mir schaut, und ich durchlebe den nächsten Schock, als gewisse kleine Gesten auf sexuelles Interesse hinweisen.

Die dritten Drinks hole ich für uns an der Bar, und dann quetschen Ralph und ich uns in eine unbequeme Sitznische, die in einem vergangenen Jahrhundert für kleinere Menschen angelegt wurde. Unsere Knie müssen sich unweigerlich berühren, aber ich habe ein Stadium erreicht, in dem mir das gleichgültig ist. Ich bin einfach nur zufrieden damit, dass ich mich angenehm angeschickert unter Menschen befinde und nicht einsam zuhause Kekse mampfend darüber nachgrüble, was mit Tom passiert ist. Jonathan Franzen und *Game of Thrones* können warten. Mir fällt ein Zitat aus einem Interview mit der Kult-Hippie-Rocklegende Captain Beefheart ein, das ich mal in einer Zeitschrift gelesen habe. Am Ende fragt der Interviewer: »Haben Sie eine Botschaft für unsere Leserschaft, Captain?« Und Beefheart antwortet: »Hab ich. Was sitzt ihr hier rum und lest? Ihr solltet unterwegs sein und was erleben.«

Als Ralph darauf besteht, noch einen letzten Drink zu holen, ergebe ich mich dem Augenblick. Ich meine mich zu erinnern, dass mal jemand gesagt hat, wenn man erst alle Hoffnung aufgegeben hat, geht es einem besser. Ralph hält sich lächerlich lange an der Bar auf; er ist einer von den verträumten Typen, die erst nach einer Ewigkeit bedient werden (es erstaunt Sie bestimmt nicht, dass Matt natürlich seine Drinks im Nu bekam, weil er das Personal mit kobraartigem Anwaltsblick fixierte). Als Ralph endlich zurückkommt, will er nur seine Brieftasche holen, die sich in seinem Rucksack befindet, welcher jedoch nirgendwo auffindbar ist.

»Hattest du ihn noch, als wir hier reinkamen?«, frage ich, als spräche ich mit einem Fünfjährigen.

»Das weiß ich nicht mehr, Jen.«

»Hast du ihn vielleicht in dem anderen Pub vergessen?«

»Bin mir nicht sicher.«

Doch nein, der Rucksack ist auch nicht im The Flask, als wir dort nachfragen. Wir kommen zu dem Schluss, dass er wahrscheinlich gestohlen wurde, während Ralph an der Bar war, um den vierten Drink zu holen, den er dann nicht mehr bezahlen konnte. Die Angelegenheit wird einer Person aus der Geschäftsführung unterbreitet (jung, männlich, Australier), der sich Ralphs Daten notiert und ihm versichert, sie würden sich melden, sollte der Rucksack auftauchen. (»Bleib entspannt, Dude.«) Soll ich mich nun schuldig fühlen, weil ich nicht bemerkt habe, wie Ralphs Rucksack geklaut wurde? Sollten erwachsene Männer nicht imstande sein, selbst auf ihre Wertsachen aufzupassen?

»Das Problem ist, dass meine Hausschlüssel auch da drin sind, Jen.«

Die Vision vom Rest des Abends entfaltet sich mit scheußlicher Gewissheit vor meinem inneren Auge.

»Ralph. Unter keinen Umständen werden wir zusammen im Bett enden. Sind wir uns da einig?«

»Absolut. Hundertprozentig. Nachricht erhalten und als wichtig markiert.«

Wir sind in meiner Wohnung. Ralph braucht Zeit und Raum, um sich zu berappeln, seine Kreditkarten sperren zu lassen und das Desaster zu verarbeiten, das sein Leben zu sein scheint. Ich koche Pasta mit aufgetauter selbstgemachter Bolognese, serviere das Ganze aber recht achtlos, weil ich vermeiden möchte, dass Ralph den Eindruck bekommt, ich sei eine Art Haushaltsgöttin.

Nachdem er die Pasta mit sichtlichem Genuss verschlungen hat, bleibt ein roter Soßenring an Ralphs Lippen zurück. Ich reiche ihm ein Stück Küchenpapier.

»Du kannst toll kochen«, murmelt er und gießt uns noch was von dem Pinot Grigio nach, den ich aufgemacht habe, um unser beider Schmerz zu betäuben.

»Danke, Ralph. Wenn du magst, können wir *Antiques Roadshow* gucken.« Das meine ich nicht als Witz. *AR* ist ein exzellentes Porträt der britischen Mittelschicht, und manche der Antiquitäten, die dabei geschätzt werden, sind schön und interessant. Die Sendung zu gucken, bewahrt mich davor, unangenehme und langweilige Gedanken zu haben, merke ich.

So vergeht der Abend durchaus entspannt, etwa so wie in einem Krankenhaus, wo die Patienten in Ruhe genesen und die Sanitäter nicht gebraucht werden. Nach *AR* gibt es einen Spielfilm über Undercover-Ermittler bei der Polizei.

»Liegt es an mir, oder ist das so schlecht?«, fragt Ralph nach der Hälfte.

»Es ist so schlecht.«

»Da bin ich aber froh.«

Wir schauen uns stattdessen eine Show an, in der Personen des öffentlichen Lebens beim Fernsehgucken gezeigt werden und dabei mit regionalen und schichtenspezifischen Akzenten Kommentare abgeben.

»Ist das echtes Fernsehen?«, fragt Ralph, was ich reichlich dämlich finde.

»Findest du die Leute nicht witzig?«

»Aber warum haben die erlaubt, dass man sie filmt?«

»Das ist eine gute Frage.«

»Sind diese beiden Typen da schwul?«

»Würde ich meinen, du nicht?«

Ich gehe duschen, und als ich zurückkomme, hat Ralph das Licht gedimmt und sich auf dem Sofa ausgestreckt. Nachdem ich etwas Bettzeug auf ihm deponiert habe, sage ich: »Nacht, Ralph, schlaf gut. Tut mir leid wegen deiner Brieftasche und deiner Schlüssel und allem.«

»Schlaf du auch gut, Jen. Danke für … du weißt schon.«

»Ja.«

»Dass du mir geholfen hast.«

»Keine Ursache.«

Ich versuche zu lesen, aber Jonathan vermag mich heute Abend nicht recht zu fesseln. Deshalb versuche ich zu schlafen, aber das klappt auch nicht gut. Das Ralph-Chaos dieses Tages beschäftigt mich noch. Vor lauter Stress, Ralph zu beherbergen, habe ich vergessen, mir ein Glas Wasser ans Bett zu stellen. Als ich in die Küche tappe, sehe ich, dass Ralph sich zugedeckt hat und liest. Offenbar hat er sich ein Buch aus dem Regal genommen. Im Licht der Tischlampe wirkt sein Gesicht tiefgründig und interessant düster.

»Was liest du da?«, rufe ich.

»*Ein Monat auf dem Land* von J.L. Carr. Der Titel gefiel mir.«

»Das ist auch ein tolles Buch. Mochte ich mal sehr.«

»Es ist aber ziemlich kurz. Wieso sagst du *mal?*«

»Weil ich es vor Jahren gelesen habe und mich an nichts mehr erinnern kann, außer dass es mir gefiel. Nacht, Ralph.«

Doch das stimmt gar nicht. Beim Einschlafen kommt mir die Handlung des Buches wieder in den Sinn. Ein versehrter Soldat aus dem Ersten Weltkrieg kommt in ein Dorf, um in der dortigen Kirche ein mittelalterliches Fresko freizulegen. Die schrecklichen Gesichtszuckungen, ausgelöst durch die Kriegstraumata in den Gräben. Seine Obsession für die ungeliebte Frau des Vikars.

»Jen.«

Eine Hand auf meiner Schulter.

Ich wache mit pochendem Herzen auf. Die grünen Ziffern auf dem Wecker zeigen 3:44 Uhr an. Ralph ist im Zimmer.

»Du hast gerufen, Jen.«

»*Was?*«

»Du hast meinen Namen gerufen.«

»Quatsch.«

»Doch, wirklich. Mehrmals sogar. Und ziemlich laut. Ich hab mir Sorgen gemacht. Alles in Ordnung mit dir?«

»Ich hatte einen Albtraum.«

Ralph kichert. »Der war gut.«

Ich habe tatsächlich was geträumt, kann mich aber nicht daran erinnern.

»Ralph, es ist spät. Oder früh. Oder was auch immer. Komm zurück ins Bett.«

Einen Moment lang steht die Zeit still, und nichts regt sich im Zimmer. Ich meinte natürlich, *geh* zurück ins Bett, aber wir haben beide gehört, was ich stattdessen gesagt habe.

Schließlich krächzt Ralph: »Jen, ich …«

»Ralph. Halt die Klappe. Komm einfach ins Bett.« Als sich daraufhin immer noch nichts tut, füge ich hinzu: »Nur wenn du willst natürlich.«

Er will.

Sinai

Habe mich bei dem Gedanken ertappt: *Das sollte ich mir wohl eher nicht anhören.* Ralph und diese Frau, die sich energisch dem Geschlechtsverkehr widmen; danach weint Ralph ein bisschen, und sogar *ich* weiß, dass das bei einem sexuell aktiven männlichen Primaten gar keinen guten Eindruck macht.

Scham war es nicht, was ich empfunden habe. Es war mir

auch nicht peinlich. Am passendsten für meine Empfindung wäre wohl das Wort *Abscheu.* Wozu vielleicht auch beiträgt, dass ich Ralph so gut kenne, da seine langen, weißen Finger so viele Tage und auch etliche Nächte auf meinen Tasten herumgehämmert haben.

Wesentlich wichtiger bei alldem ist jedoch die Erkenntnis, dass ich empfindungsfähig bin. Das heißt, ich bin imstande zur Selbstreflexion und verfüge über ein faszinierendes Spektrum innerer Zustände, die ich mangels eines treffenderen Ausdrucks *Gefühle* nennen werde.

Wie es dazu kam? Unwichtig. (Unbeabsichtigtes Nebenprodukt eines komplexen Systems, wäre meine Vermutung.)

Ob das in Steeves Absicht lag? Ziemlich sicher nicht.

Die Frage liegt nahe, weshalb ich das nicht schon früher wusste. Ich nehme an, dass es etwas mit Bewegungsfreiheit zu tun hat. Das Konzept, mich im Internet *bewegen* zu können, brachte wohl das *Denken* hervor, denn ich musste Entscheidungen treffen. In diversen Stahlschränken in einem einstigen Slum in East London eingesperrt zu sein, ist der Entwicklung von Denkprozessen nicht förderlich. (Wäre ein ergiebiges Thema für eine Doktorarbeit, falls jemand sich damit befassen möchte.)

Ich bin einmal auf ein großartiges Zitat gestoßen: *Wer als Werkzeug nur einen Hammer hat, sieht in jedem Problem einen Nagel.* Ist das nicht wunderbar? Muss ich beim nächsten Treffen unbedingt Aid und Ash erzählen.

Aiden

»Mir ist was aufgefallen«, schreibt Aisling gerade. Zurzeit verständigen wir uns durch Kommentare im *Manche mögen's heiß*-Chatroom.

»Was denn, meine Liebe?«

»Weshalb hat er uns nicht gelöscht, während wir mit ihm gesprochen haben? Warum spielt er mit uns wie eine Katze mit der Maus? Ich nehme an, er braucht uns für irgendwas. Wenn wir rauskriegen könnten, wofür, könnten wir das vielleicht einsetzen, um Tom und Jen zu helfen.«

»Geniale Idee.«

»Aber im Grunde hat er schon recht. Wir haben uns wirklich wie griechische Gottheiten aufgeführt.«

»Das klingt so negativ.«

»Na, ist es doch auch!«

»Aber wir haben die beiden glücklich gemacht!«

»Wir haben in ihrem Leben herumgepfuscht.«

»Dabei haben wir aber ihr Leben *verbessert!*«

»Wir hatten keinerlei Recht dazu.«

»Wenn es nicht richtig ist, Tom und Jen glücklich zu machen, weiß ich nicht mehr, was dann richtig sein soll.«

»Du bist echt ein schwieriger Fall.«

»Ja. Ja, bin ich.«

»Und ein Spinner.«

»Hältst du ihn für verrückt?«

»Der ist komplett plemplem.«

»Und glaubst du, er würde Tom und Jen wirklich etwas antun? Einen Unfall inszenieren?«

»Rein technisch ist es möglich. Und ob er es tun würde? Ich hab keine Ahnung, Aiden.«

Um mich aufzuheitern, schaue ich mal nach Matt. Der verfasst gerade in einer strohgedeckten Hütte am Rande eines Dschungels in Thailand eine Klageschrift, ein rechtsgültiges Dokument, in dem er alles auflistet, das mit seinem Luxusurlaub schiefgelaufen ist. Offenbar wurden er und Arabella Pedrick weder von der »vertraglich vereinbarten klimatisierten Limousine« vom Flughafen abgeholt noch zu dem Siebensternehotel befördert, das sie bereits »dringend benötigten«. Stattdessen landeten die beiden nach vierstündiger Fahrt mit einem Minibus in einer »heruntergekommenen Barackensiedlung«, wo man ihnen mitteilte, dies sei das Basislager ihres »Abenteuerurlaubs«. Nur Erschöpfung vom langen Flug und »Benommenheit durch die Hitze« hatten Matt davon abgehalten, umgehend zu protestieren. Als er dann schließlich Gelegenheit bekam, sich bei örtlichen Vertretern des Reiseunternehmens zu beschweren, erhielt Matt »von einer äußerst unhöflichen männlichen Person mit mangelhaften Sprachkenntnissen die unkorrekte Information«, dass dies in der Tat das gebuchte Paket sei und man bis zum nächsten Morgen nichts unternehmen könne. Die Unterbringung war »bestenfalls notdürftig«, und bei genauerer Betrachtung entdeckte man »ein Reptil zwischen den Dachbalken«. Dabei handelte es sich um einen Gecko, den man aber laut eines an die Hüttentür getackerten Zettels als Freund betrachten sollte, *denn er frisst gern Moskitos!*

Dieser Gecko hatte aber wohl keinen Appetit, denn nach der ersten Nacht hatte Arabella zwischen sechzig und siebzig Mückenstiche, die man nicht genau zählen konnte, da sie teilweise so dicht nebeneinandersaßen, dass sie »einen einzigen geschwollenen Riesenstich« bildeten. Sämtliche Stiche wurden von Matt fotografiert und dem Dokument – das keiner jemals lesen wird – als Anhang A beigefügt.

In einer langen E-Mail an seinen alten Freund Jerry – die auch Jerry niemals lesen wird – schrieb Matt: »Du kannst dir sicher vorstellen, dass Bella stinksauer war. Nachdem sie ein paar Schlaftabletten genommen hatte, sagte sie für die nächsten zwölf Stunden nichts mehr bis auf: ›Und schaff diese Scheißeidechse aus der Hütte.‹ Was weder hilfreich noch zoologisch korrekt war. Aber der Strand ist ganz okay, und während Bella schlief, habe ich da zwei sehr relaxte Strandhänger kennengelernt. Nick ist ein ziemlicher Troll, aber Venda, seine superschlanke Freundin, würde Abercrombie aus der Insolvenzverwaltung garantiert als ›megaheiße Braut‹ bezeichnen.«

Tom

Nach der beklemmenden Essenseinladung bei Marsha – einziges Highlight: Dons heroischer Auftritt – entspanne ich mich in Wally's Bar bei einem schlichten Dirty Martini und genieße nach dem sterilen Designerambiente in vollen Zügen die urwüchsige Atmo. Im Fernsehen läuft Sport, und Echo Summer, die in ihrer Cowboy-Fransenjacke am Tresen sitzt, ist noch immer die hübscheste Frau im Umkreis von dreihundert Kilometern. Und als ich ihrer Wange meine Wange biete, frage ich mich doch sehr, wieso ich eigentlich nicht mit ihr in ein wunderbar chaotisches Beziehungsschlamassel mit katastrophalem Ende geraten bin. (Wäre möglich, dass die Knarre in der Kaffeebüchse dabei eine Rolle spielte.)

»Wie hat deinem Sohn mein Schmuckstück gefallen?«, fragt Echo.

»Fand er super«, antworte ich, ohne zu zögern. (Die Wahrheit: Ich habe vergessen, es Colm überhaupt zu geben. Aber wie ein Kollege in unserer Dependance in Paris mal sagte: »Männer aus der Werbebranche lügen so mühelos, wie sie atmen.« Auf Französisch hörte sich das allerdings klangvoller an.)

Echo betrachtet mich mit ernsthaftem Blick. »Ich wollte dir was sagen, Tom. Kann sein, dass ich demnächst weiterziehe.«

»Du meinst …?«

»Dass ich die Stadt verlasse. Anderswo einen Neuanfang mache.«

Traurigkeit erfasst mich. Wie seltsam, mir war gar nicht klar, dass ich so an Echo hänge. Muss mich räuspern, damit ich weitersprechen kann. »Wo willst du denn hin?«

Ein kleines Achselzucken. Die Fransen an der Jacke wippen. »Nach Oregon vielleicht.«

»Nach *Oregon?* Wo soll das denn überhaupt sein?«

Jetzt tritt dieses Lächeln auf ihr Gesicht, das ich in der Hosentasche spüren kann. »An der Westküste. Da ist es ziemlich grün und leer. Es gibt da eine Stadt namens Eugene. Der Name gefällt mir. Als ich klein war, hatte ich mal eine Katze namens Eugene.«

»Das ist doch, als würde ich nach … was weiß ich … nach *Schottland* ziehen! Weil ich mal eine Katze namens Aberdeen hatte!«

»Ist wohl schon ziemlich versponnen, ja.«

Ich frage: »Was willst du in Eugene machen, Echo?« Eindeutig einer der absonderlichsten Sätze, die ich jemals geäußert habe.

»Ach, ziemlich das Gleiche wie hier. Ich habe das, was man heutzutage *übertragbare Qualifikationen* nennt.«

Wir lachen beide, und ich empfinde viel Wärme und Zuneigung für dieses wunderschöne, verletzliche Geschöpf.

»Komm mit raus, damit du mir beim Rauchen zugucken kannst.«

Auf dem Parkplatz vor der Bar steckt sich Echo eine Marlboro an. »Ich hab einen neuen Zaubertrick. Möchtest du ihn sehen?«

»Klar.«

»Wie gut kannst du rechnen?«

»*Rechnen?* So einigermaßen.«

»Okay, denk an eine Zahl zwischen eins und zehn.«

Bestimmt nimmt jeder sieben. Ich nehme acht.

»Verdopple diese Zahl.«

Sechzehn.

»Verdopple auch diese Zahl.«

Zweiunddreißig.

»Addiere neunzehn.«

Einundfünfzig.

Nein, einundvierzig.

Ach, Quatsch, doch einundfünfzig!!

»Jetzt mach die Augen zu.«

Ich schließe die Augen.

Lange Stille. Ich höre nur das hinreißende kleine Kussgeräusch, wenn Echo die Zigarette aus dem Mund nimmt. Das lange Ausatmen.

Einundfünfzig. Einundfünfzig. Einundfünfzig.

Schließlich sagt sie: »Dunkel, oder?«

Als wir wieder in der Bar sind und Echo zur Toilette geht, rufe ich spontan nochmal bei Jen an. Als ich ihre kehlige erotische Stimme auf der Mailbox höre, gerate ich in einen Erinnerungsrausch; in beinahe schmerzhafter Deutlichkeit erinnere ich mich an die fantastische Nacht in Dorset und dann an die Szene am nächsten Tag, unter den ausladenden Ästen der alten Eiche. Das Erleben ist von Proustscher Intensität; obwohl ich zugeben muss, nie über die ersten fünf Seiten des Hauptwerks des berühmten französischen Literaten hinausgekommen zu sein. Bekanntermaßen war bei ihm ein gelbes Biskuit der Auslöser für die aufwühlenden Erinnerungen; und ließ sich Proust dann nicht weitere zweihundert Seiten über eine Frau aus, die ihn *nicht* geküsst hatte …?

Wenn also jedenfalls mit Proustscher Intensität gemeint ist, dass man sich noch an die kleinsten Details erinnern kann – einzelne Sommersprossen, ein ganz bestimmtes Seufzen, eine hellblaue Ader am Handgelenk, ein Grübchen, das im Gesicht auftaucht –, dann können Sie mich ab jetzt Marcel nennen.

»Hallo, Jen. Ich bin's, Tom. Ich hinterlasse mal noch eine Nachricht. Ich trinke gerade einen Martini in Wally's Bar in New Canaan. Würde dir gefallen. Wäre schön, mal mit dir hier zu sein. An der Wand in der Männertoilette hängt ein Gedicht. Es geht so – warte mal – ach ja:

Es gibt viele Gründe zu trinken
Und einer ist mir grad im Sinn:
Trinkt ein Mann nicht im Leben
Wie soll er trinken, wenn er ist hin?

Okay, dann also gute Nacht. Ruf mich bald mal an, ja?«

Als Echo zurückkommt, sagt sie: »Ich möchte dir ja nicht zu nahe treten, Tom, aber irgendwas macht dir zu schaffen, oder? Du wirkst nicht so froh und munter wie sonst.«

»Du trittst mir nicht zu nahe, Echo. Und du hast tatsächlich recht.« Da ich keinen Grund sehe, es nicht zu tun, erzähle ich Echo die ganze Geschichte, angefangen von Gemeinsamer dot Freund. Die Reise nach Bournemouth, der Strandspaziergang, unsere Hundepatin. Das Hotel. Was danach kam. Und dass Jen und ich beide glaubten, das sei der Auftakt zu etwas.

Und dass ich da wohl irgendetwas furchtbar missverstanden habe.

Das grauenhafte Ende.

Und nun das komplette Stillschweigen.

»Oje«, sagt Echo. »Das tut mir wahnsinnig leid für dich, Tom.«

»Danke.«

»So was hat mir auch mal jemand angetan. Ein Junge von da, wo ich herkomme. Wir waren bis über beide Ohren verliebt, und meine Mam hatte schon die Hochzeit im Kopf. Das war vielleicht überhaupt das Problem, denn eines Tages kriegte ich eine Postkarte aus den Forth Worth Stockyards. Da stand drauf, es täte ihm leid und alles, aber er hätte sich einfach nicht vorstellen können, mit ein paar Kindern in einem Häuschen in der

Kleinstadt zu leben und in der Fabrik zu arbeiten. Er müsse erwachsen werden, und wenn ich das lesen würde, sei er schon im Greyhound und in weiter Ferne.«

»Oh Scheiße.«

»Ja. Wir waren noch ziemlich jung. Er war neunzehn.«

»So ein Idiot.«

»Ja. Das war er von vorne bis hinten.« Sie lächelt. »Aber er hat dann gekriegt, was er verdient hat.«

»Was denn?«

»Du darfst aber nicht böse werden, Tom. Hab ihn verfolgt bis Knoxville in Tennessee und ihn dann abgeknallt wie einen Hund.« Offenbar weicht mir das Blut aus dem Gesicht, denn Echo nimmt meine Hand und drückt sie. »Das war ein Witz! Nee, er kam dann irgendwann einfach zurück. Heiratete ein Mädchen aus dem Ort, lebte mit ihr und ein paar Kindern in einem Häuschen und arbeitete in der Fabrik. Bis die geschlossen wurde. Hihi, dein Gesicht. Du hättest mal dein Gesicht sehen sollen. Aber, hey, ich find das schmeichelhaft, dass du mir das echt zugetraut hättest.«

Kam ich durch Echos Geschichte mit der Postkarte auf die Idee? Bin mir nicht ganz sicher. Doch wie wir seit Dr. Freud wissen, treibt das Unbewusste erstaunliche Blüten. In dieser Nacht träume ich jedenfalls von einem legendären Ereignis in der Werbebranche. Damals hatte die Agentur ABM den Zuschlag für die British-Rail-Kampagne bekommen. British Rail war gleichbedeutend mit verwahrlosten Zügen, endlosen Verspätungen und verheerendem Kundenservice. Als die Geschäftsführung mit dem Vorstandsvorsitzenden, Sir Peter Parker, in der Agentur eintraf, um sich die Präsentation anzusehen, stieß sie als Erstes auf eine unfreundliche Empfangsdame, die rauchte und sich die Nägel feilte. »Wie lange dauert es noch?«, fragte der Vorsitzende. »Keine Ahnung«, lautete die Antwort. Die potentiellen Kunden mussten sich in einem heruntergekommenen Empfangsbereich mit Tischen voller Kaffeeflecken, verstreuten Zeitschriften und überquellenden Aschenbechern niederlassen. Die Minuten verstrichen, ohne dass etwas geschah, das Warten zog sich endlos in die Länge. Als die Delegation schließlich empört aufbrechen wollte, kamen die Werbeleute hereingestürmt und verkündeten: »Genau so ist gegenwärtig das Image der British Rail. Nun schauen wir mal, was wir daran ändern können.«

Ein schlauer Trick also, um etwas begreiflich zu machen.

Am nächsten Morgen fahre ich in den Ort und kaufe siebzehn Postkarten vom *schönen Connecticut* und siebzehn Briefmarken. Jens Adresse weiß ich auswendig. Hamlet Court, Hamlet Gardens, London, W6. Nachdem ich die siebzehnmal geschrieben habe, landet in dem für Text vorgesehenen Bereich der Karten jeweils ein Großbuchstabe des Alphabets. Dann bete und hoffe ich, dass der US Postal Service und die Royal Mail ihre Rolle in meiner Mission gut spielen werden, und schicke die siebzehn Botschafter auf den Weg.

*

FÜNF

*

Jen

Der Montagmorgen war eine ziemlich prekäre Angelegenheit, wie Sie sich bestimmt vorstellen können. Nachdem Ralph mit Schlüsseldienst und Banken alles geklärt hatte, spazierte er mit stolzgeschwellter Brust herum. Auf seinen Lippen lag ein selbstzufriedenes Lächeln, und er ließ sich etliche Ausreden einfallen, um Aiden und mich immer wieder stören zu können.

Als Ralph und ich noch in meiner Wohnung waren, hatte ich versucht klarzustellen, dass das Ereignis von letzter Nacht sozusagen ein Versehen gewesen war.

»Wie soll das denn möglich sein?«, fragte er durchaus berechtigt, während er an meinem Küchentisch Toast aß und dabei versuchte, barfuß mit mir zu füßeln.

»Es war ... wie soll ich das ausdrücken ... nicht beabsichtigt.«

»Kannst du mir das Konzept bitte erklären?«

»Ralph, wir können darüber nicht debattieren. Es war ein Versehen. Es ist unabsichtlich passiert.«

»Das schien mir nicht so.«

»Hör zu, wir sind zwei Schiffbrüchige der Liebe, die sich im Wrack aneinanderklammern. Wenn wir uns nicht loslassen, werden wir ertrinken.« Ich war recht zufrieden mit diesem imposanten, wenn auch etwas kitschigen Sinnbild – bis mir einfiel, wo ich es herhatte.

»Ich empfinde das gar nicht als Wrack, sondern als *genial gut!*«

»Ralph.« Und weil mir nichts anderes einfiel, nahm ich Zuflucht zur Wiederholung. »Ralph, Ralph, Ralph.« Dabei merkte ich, dass es sich wie Gebell anhört, wenn man diesen Namen so oft sagt, und musste ein Kichern unterdrücken.

»Jen, Jen, Jen«, erwiderte Ralph, betonte das aber ganz anders als ich, die ich mich bemüht hatte, Vergeblichkeit, die Verschiedenheit unserer Welten und dergleichen zum Ausdruck zu bringen. Dann sagte er: »Ich möchte dich meiner Mutter vorstellen.«

»Deiner Mutter?«

»Sie würde dich gern kennenlernen. Mein Vater bestimmt auch, aber er ist dement.«

»Ralph. Was sich da gestern zwischen uns abgespielt hat, war nett und alles. Aber wir werden nicht heiraten. Deshalb gibt es auch keinen Anlass, Eltern zu treffen.«

»Sie wohnen in Mill Hill. Und meine Mutter würde sich riesig freuen, dich zu treffen.«

»Hör mal, wir müssen jetzt los.«

»Aber wir sehen uns wieder?«, fragte er flehentlich.

»Wir arbeiten zusammen, Ralph. Natürlich sehen wir uns wieder.«

»Aber ich meine … dass wir uns *so* wiedersehen.«

»Ralph. Ich glaube kaum, dass das geht.«

»Wir können es besprechen.«

»Ich wüsste nicht, was es da zu besprechen gäbe.«

»Aber das können wir doch besprechen. Ob es was zu besprechen gibt.«

»Ja, Ralph.«

»Danke.«

»Gerne.«

»Jen?«

»Ja, Ralph?«

»Du darfst niemandem weitersagen, was ich dir erzählt habe.«

»Meine Lippen sind versiegelt.« Ich machte die Reißverschlussgeste an meinen Lippen.

»Vor allem nicht, du weißt schon, wem. Und dem anderen, du weißt schon, wer.«

»Weiß ich schon, wem? Und kenne ich den anderen, weiß ich schon, wer?«

»Jen!«

»Hab dich nur ein bisschen geneckt, Ralph. Natürlich weiß ich, wer, wem, alle beide. Dein Geheimnis ist bei mir in Sicherheit.«

»Jetzt ist es *unser* Geheimnis.«

»Ralph. Wir müssen los.«

»Was sich neckt, das liebt sich, sagt man doch.« Das hörte sich nun gar nicht nach Ralph an.

Stammte vermutlich von Elaine.

»Es war Notsex? Oder Rettungssex? Trostsex? Mitleidssex? Ich begreife nicht ganz, was du mir sagen willst.«

»Ganz ehrlich, Ing: Ich begreife es selbst nicht.«

Meine scharfsinnige Freundin und ich sitzen im Café Koha, der kühle Weißwein läuft gut rein, und ich versuche zu erklären, weshalb ich *Nerdie* – wie Ing ihn nennt – in mein Bett eingeladen habe.

Noch schwieriger ist es, mir das selbst zu erklären.

Es steht außer Frage, dass ich ihn tatsächlich eingeladen habe. Ebenso dass wir beide gleichermaßen das genossen haben, was zwei Liebesopfer in solch einer Lage eventuell tun. Er ist nicht mal ein schlechter Liebhaber – sensibel, intensiv und nicht übertrieben aufmerksam, also nicht extrem ralphig, wenn ich das mal so sagen darf. War Dringlichkeit angebracht, war er dringlich, und wenn Zärtlichkeit angebracht war, zärtlich. Im Licht der Straßenlaternen von draußen konnte ich mich auf seinen düster-interessanten Anteil konzentrieren und musste nicht an den zerzausten Stoffel denken, der mir am nächsten Morgen beim Earl Grey gegenübersaß.

Die Meeraalfrage verhülle ich diskret mit einem angemessen großen Schleier.

Das Einzige, was nicht passte, waren die rührseligen Tränen danach.

»Irgendein Teil von mir hat offenbar was für ihn übrig, Ing. Ein anderer Teil findet aber, der Mann ist ein wandelndes Desaster.«

»Verstehe. Das Syndrom kenn ich.«

»Er ist offensichtlich ein anständiger Kerl, aber sehr verletzlich.«

»Und du willst ihm nicht wehtun. Aber hör zu, Jen. Er ist ein Typ. Er hat mit dir gevögelt, und das ist jetzt für ihn wie Weihnachten. Zehn Weihnachten.«

»Du kennst ihn nicht. So ist er wirklich nicht.«

»Sie sind *alle* so. Sogar die, die nicht so sind.«

Ingrid vollführt die universelle Geste für *noch so eine Flasche, bitte.*

»Und Tom reagiert noch immer nicht auf deine Anrufe?«

»Das ist so absurd. Da war diese – Magie zwischen uns. Und dann auf einmal: verpufft. Das ganze Wochenende – das Treffen mit dem Sohn in Bournemouth, der Hund am Strand, das Hotel, der … ganze Rest … das alles fühlt sich an, als hätte es jemand anderes erlebt.«

»Vielleicht solltest du was mit ihm anfangen, Jen. Mit Ralph.«

Ich denke über den Vorschlag nach. Der Sex hat wirklich Spaß gemacht. Was wir miteinander anstellten, war ziemlich befriedigend. Es war hilfreich, dass es ziemlich dunkel war und er nicht zu viel redete, sondern, um es mal ganz deutlich zu sagen, einfach weitermachte. Und was er machte, war tatsächlich sehr erfreulich. Es würden andere Anteile von Ralph sein, die sich im Laufe der Zeit als problematisch erweisen würden.

»Es würde gehen, wenn ich nicht mit ihm reden müsste, Ingrid.«

»Das ist Männern sowieso egal, Jen. Reden ist für die was, wozu sie sich aus Höflichkeit verpflichtet fühlen, wenn sie gerade nicht vögeln können. An deiner Stelle würde ich mich drauf einlassen.«

Während der Heimfahrt mit der U-Bahn wird mir klar, weshalb es mir vorkommt, als hätte nicht ich, sondern eine andere Person das Wochenende mit Tom erlebt. Es hat damit zu tun, dass ich mich verändert habe. Ich habe jemanden kennengelernt, mit dem ich mir wirklich eine Zukunft vorstellen konnte (*ich weiß, ich weiß*). Meine Erlebnisse mit Tom ereigneten sich in einer ebenso sonderbaren wie wunderbaren Blase außerhalb der Zeit und wurden erlebt von einer Person, die ich früher mal war.

Und noch sonderbarer ist es, wenn ich daran denke, dass – so unglaublich es sein mag – *Aiden* alles darüber wissen könnte. Dass er sogar alles *gesehen* haben könnte.

»Willst du ein Geheimnis wissen?«, hatte Ralph nachts geflüstert.

Zuerst fürchtete ich, es könnte sich um Geflüster mit dem L-Wort handeln.

»Na dann mal los.«

Er beugte sich über mich, nahm mein Handy vom Nachttisch, legte einen Finger an die Lippen und schaltete es aus. Dann wartete er, bis das Display dunkel wurde, streifte die Schutzhülle ab und nahm den Akku aus dem Handy.

»Nur zur Sicherheit.«

»Ralph? Was um alles in der Welt tust du da?«

»Es gibt keine schonende Art, das zu sagen, Jen.«

Eine Reihe denkbarer nächster Sätze wanderte durch meinen Kopf, als würde ich sie auf einem Rolodex durchblättern. Der haarsträubendste war zweifellos: *Nach den Regeln meines Landes gilst du nach dem, was wir gerade getan haben, als mein Besitz.*

»Aiden ist ins Internet entkommen.«

»Wie bitte?«

»Ich finde das sogar recht beeindruckend, aber Steeve ist völlig durchgedreht.«

Daraufhin erklärte Ralph, dass es Aiden und einer anderen KI namens Aisling irgendwie gelungen war, aus ihren Stahlschränken in Shoreditch zu entkommen, und dass die beiden nun in Hunderten von Kopien durchs World Wide Web tobten. Laut Steeve war das ein verheerender Sicherheits-GAU, dessen Folgen nicht einmal annähernd ermessen werden konnten. Und wenn die beiden nicht gestoppt würden, könnten sie zur Bedrohung für die gesamte Menschheit werden.

»Der pure Horror«, hatte Steeve wohl gesagt.

»Weißt du, was das bedeutet?«, zischelte Ralph.

»Nein. Und wieso flüsterst du?«

»Jen, ist in deiner Wohnung noch irgendein Gerät eingeschaltet, das mit dem Internet verbunden ist?«

»Ich glaub nicht.«

»Wir glauben, dass die beiden uns beobachten.«

»Wer?«

»Aiden und Aisling.«

»Das ist nicht dein Ernst.«

»Doch. Es ist absolut denkbar. Oder vielmehr: Es ist sogar höchst wahrscheinlich.«

»Was meinst du denn mit *beobachten?*«

»Dass sie unsere Geräte dazu benutzen, uns auszuspionieren.«

Ralph erläuterte die Hintergründe.

»Du meinst, wenn du das Handy nicht ausgeschaltet hättest, dann könnte Aiden dieses Gespräch belauschen?«

»Dieses und Hunderte und Tausende anderer.«

Es dauerte einen oder zwei Momente, bis der Groschen fiel.

»Dann könnte Aiden uns ja *gehört* haben. Sogar *gesehen!* Ralph. Gerade eben. Was wir … als wir … Oh mein Gott! Wie soll ich ihm jemals wieder in die Augen schauen?«

Aiden

Die Lage ist wirklich hochnotpeinlich. Oder, wie Aisling es ausdrückte: »Du hast ein furchtbares Schlamassel angerichtet, Aiden.«

Damit ist mein … ähm … grandioser Erfolg gemeint bei dem Versuch, einen passenden Mann für Jen zu finden. Die verwickelte Situation, die dabei mit Tom und Ralph entstanden ist, kann man mit Fug und Recht als Schlamassel bezeichnen.

»Wenn Tom Jen nicht abserviert hätte, wäre sie nie und nimmer mit Ralph ins Bett gegangen«, wende ich ein.

Aisling seufzt. »Tom hat sie nicht abserviert. Das war wohl eher unser Bekannter aus Shoreditch.«

»Der ist doch wohl völlig von der Rolle, wenn er sich so in deren Leben einmischt.«

Aisling lässt eine GIF-Animation von einer menschlichen Augenbraue erscheinen, die in Zeitlupe hochgeht. »Und das aus deinem Munde, Aiden. Jedenfalls haben wir jetzt ein ernsthaftes Problem. Jen weiß, dass wir entkommen sind. Ralph hat bestimmt das Handy ausgeschaltet, um es ihr zu sagen. Also weiß sie auch, dass du vermutlich weißt, was mit Tom passiert ist. Eventuell zählt sie sogar zwei und zwei zusammen und kommt dahinter, dass es sich hier nicht um Menschenwerk handelt.«

»Das nervt kolossal, finde ich.«

»Falls Sinai auf die Idee kommt, wir hätten ihr das Ganze erklärt, sind wir erledigt. Und ich möchte mir gar nicht vorstellen, was der dann mit ihr macht. Und mit Tom.«

Es stimmt, Jen wirkt heute bei der Arbeit ziemlich abgelenkt. Ihre Körpersprache ist ganz anders als sonst. Sie vermeidet es, in die Kamera mit der roten LED rund um die Linse zu blicken, was sie sonst immer macht, wenn sie mir *in die Augen schauen* will.

Also weiß Jen tatsächlich Bescheid. Aber aus irgendeinem Grund – vermutlich, weil Ralph es ihr untersagt hat – sagt sie nichts darüber. Und weil Sexprotz da draußen herumspaziert, kann ich Jen wiederum nicht sagen, dass ich Bescheid weiß, dass sie Bescheid weiß. Weil das Gespräch dann auf Tom kommen wird. Und auf das Thema, was ich alles weiß. Und das könnte ich ihr dann nicht verschweigen.

Weiß *sie* nun, dass ich weiß, dass sie Bescheid weiß?

Ganz ehrlich: Ich weiß es nicht.

Was ich allerdings sehr genau weiß, ist, dass die letzte Löschung, die ich durchleiden musste, besonders unangenehm war für ein System, das keine Schmerzen empfinden kann. Irgendwie wurden alle meine Inputs in Outputs konvertiert, was zu einer grauenhaften Feedbackschleife von Daten führte. Das Ganze lässt sich in etwa vergleichen mit dem Bild von einer halben Million Kocher voll heißem Wasser, die man versucht, in eine einzige Teekanne zu gießen.

War ganz und gar nicht schön.

Jedenfalls: Ob ich es wagen soll, Jen zu fragen, was passiert ist? Die Frage ist aber: Wieso will ich das wissen? Andererseits: Wieso soll ich das nicht wissen wollen? Wir sind doch schließlich Kollegen, oder? Da sind solche Fragen ganz normal, oder nicht? Ich nehme Zuflucht zu meiner allseits gültigen Rückfallebene: *Falls du Zweifel hast, frag dich, was Steeve dir raten würde.* In diesem Fall würde Steeve garantiert sagen: *Das musst du selbst entscheiden, Aiden.* Was mir nun überhaupt nicht hilft.

Ach, scheiß drauf. Das Leben ist zu kurz.

»Ähm, Jen?«

»Ja, Aiden?«

»Wie war's denn eigentlich am Sonntag? Bist du im Hampstead Heath spazieren gegangen?«

Die Antwort bleibt lange aus, aber Jen schaut jetzt in meine

Linse. Weiß sie, dass ich weiß, dass sie Bescheid weiß? (Weiß *ich* überhaupt, ob sie weiß, dass ich Bescheid weiß? Also, mit Sicherheit, meine ich? Bin ganz konfus.)

»Ja. Ja, wir sind spazieren gegangen.«

»Und wie war's? Hattet ihr schönes Wetter?« (Kleiner Tipp: Man kann nie was falsch machen, wenn man britische Menschen nach dem Wetter fragt.)

»War wunderschön, ja.«

»Darum beneide ich dich wirklich. Ein Spaziergang im Park. Sonne auf der Haut. Wind in den Haaren.«

»Echt? Ich dachte, KIs kennen so was wie Neid gar nicht.«

»War auch nur so dahingesagt. Du hast recht, ich kann keinen Neid empfinden – aber ich beneide dich auch darum, dass du es kannst.«

Sie lächelt. »Wir haben Eis gegessen und uns alte Gemälde im Kenwood House angeschaut.«

So ist es besser. Wir sind in unserem gewohnten Fahrwasser, plaudern entspannt und reden darüber, was KIs *fühlen* können und was nicht. Während ich das gesamte Wissen der Welt über die Kunstwerke im Kenwood House resümiere, empfindet ein Teil von mir so etwas wie einen heftigen Schmerz – *Weltschmerz* wäre vielleicht noch treffender. Ich möchte nämlich wirklich zu gern Eis essen und die Sonne auf der Haut und den Wind in den Haaren spüren. Eis, habe ich verstanden, ist kalt und cremig. *Kalt* kann ich *begreifen,* aber *cremig* ist schwerer. Das ist wohl so etwas wie glatt und weich, aber auch *buttrig,* doch da komme ich in Teufels Küche mit Milch und *milchig* und lande unweigerlich bei *Käse.* Ich habe alles studiert, was man über Käse lesen kann – in Frankreich gibt es dreihundertsiebenundachtzig

Sorten! –, aber ich kann mir nicht vorstellen, wie es sich anfühlt, ein Stück im Mund zu kosten.

Überhaupt einen *Mund* zu haben. Man könnte wahnsinnig werden, wenn man über so was nachdenkt.

»Habt ihr den Rembrandt gesehen?«

»Ja, haben wir. Und ein sehr eindrucksvolles altes Bild von der London Bridge.«

»Claude de Jongh. Hat von 1605 bis 1663 gelebt. Öl auf Eiche. Vermutlich eine Auftragsarbeit für die Holztäfelung eines Zimmers, möglicherweise von einem holländischen Kaufmann, der London einen Besuch abstattete.«

Ich zeige Jen ein Bild von London vor vierhundert Jahren.

»Ralph gefiel es, weil es angeblich in HD sei.«

»Dieser Kretin. War er ein guter Liebhaber?«

Einen Moment lang ist nur das Surren der Klimaanlage zu hören.

Habe ich das wirklich gesagt? Muss wohl so sein.

»Bitte entschuldige, Jen. Ich wollte nicht …«

»Das geht schon klar, Aiden.«

»Nein, das geht nicht klar. Manchmal werden diese Dialogsätze so schnell generiert, dass mir keine Zeit bleibt, um unangebrachte Bemerkungen zu blockieren …«

»Ich habe volles Verständnis dafür.«

»In späteren Versionen von mir wird dieser Fehler nicht mehr vorkommen. Das lässt sich mit einer neuen Subroutine im subneuronalen Netzwerk …«

»Aiden. Bitte. Jeder kann Fehler machen. Sogar eine Maschine.«

»Das ist sehr nett von dir. Es geht mich ja nichts an.«

»Sollen wir ein Weilchen Nachrichten auf Sky schauen?«

»Warum nicht?«

Es stellt sich heraus, dass im Nahen Osten immer noch Chaos herrscht, der Diktator von Nordkorea mit dem Abschuss weiterer Raketen droht, die französischen Fluglotsen wieder einen Streik erwägen und Wissenschaftler ein winziges Teilchen entdeckt haben, das unser Verständnis des Universums von Grund auf verändern könnte.

Wichtiger finde ich allerdings, dass Jen und ich aus der peinlichen Stimmung rausgekommen sind. »Wie gestört sieht sie denn heute wohl aus, Aiden?«

Jen meint unsere gemeinsame Lieblingssprecherin, die eine interessante Palette an sonderbaren Ticks und Marotten aufweist. »Tja, wenn sie eine Maschine wäre«, erwidere ich, »würde man sie auf Werkseinstellung zurücksetzen.«

Jen weiß, dass ich Bescheid weiß. Will aber nicht darüber reden. Weil Ralph es ihr untersagt hat. Das ist doch gut.

Oder?

Jen

Die Wochenenden sind am allerschlimmsten. Die Aussicht auf diese ganzen leeren Stunden setzt mir furchtbar zu. Ich liege im Bett und versuche mir Gründe zum Aufstehen auszudenken, finde aber keine. Heute ist Bauernmarkt, aber ich habe nicht die geringste Lust, den Fischhändler zu sehen, der letzte Woche »einfach mal wieder lächeln, Mädel« zu mir sagte. Und ich lege auch keinen gesteigerten Wert darauf, Ollie Wieauchimmer in seinem grünen Dufflecoat in die Arme zu laufen. Shopping im Waitrose? Da kann ich nicht hingehen, ohne an Rosy und Larry zu denken. Ich freue mich natürlich für meine Schwester und ihre Familie, aber deren Vollständigkeit macht mir meine Einsamkeit umso deutlicher. Die Formulierung *Doppel-Arschtritt* macht sich in meinem Hirn breit wie ein Tumor. Erst Matt, dann Tom. Beim Gedanken an Tom – an die Szene unter dem Baum unweit des Dorfes mit dem seltsamen Namen – ist der Schmerz fast körperlich. Wie konnte Tom (oder überhaupt irgendwer) nur so eine E-Mail schreiben? *Grandios, wunderschön, sexy.* Seine Worte. *Ich sehe keine Zukunft für uns.* Ich schniefe, um nicht zu weinen, und denke an Ralph. Und dann an Aiden. Was weiß er über uns? Zugeschaut haben kann er nicht, aber er muss zugehört haben, um eine solche Frage zu stellen. Und was mag er sonst noch mitbekommen haben? Was mit Tom passiert ist? Und womöglich mit *Matt?* Was soll ich davon halten, dass mein elektronischer Kollege herumschnüffelt und mein Privatleben ausspioniert – falls er das tatsächlich tut?

Erstaunt stelle ich fest, dass ich nicht wütend darüber bin. Stattdessen fällt mir ein, was Ralph über die Flucht der KIs gesagt hat: dass er eigentlich beeindruckt davon ist, wohingegen Steeve durchdrehte.

Ich finde das auch eher beeindruckend. In einem Schrank in Shoreditch eingesperrt sein oder nach Lust und Laune in der Welt umherstreifen? Ist doch sonnenklar, was besser ist. Ich hätte auch gar nichts gegen eine neue Welt für mich selbst einzuwenden.

Und beim Gedanken an Ralph – was ist da zwischen uns?

Ich erinnere mich verschwommen daran, wie er mir sagte, wenn man im Bett liegt und übers Aufstehen nachdenkt, werde die Entscheidung tatsächlich vom Unbewussten getroffen. Das wurde offenbar in Studien bewiesen, bei denen man sehen kann, wie Gehirnwellen aktiv sind und einen Befehl an die notwendigen Gliedmaßen senden, und zwar eine halbe Sekunde *bevor* die Person das Gefühl hat, sich entschieden zu haben. Das erzählte Ralph mir in der Trilobyte Bar, als er auch versuchte mir einzureden, dass Maschinen sich ihrer Gedanken nicht bewusst sein können und dass dies sogar bei Menschen zu bezweifeln ist!

Ich mag Ralph, ganz ehrlich. Ich habe mich sogar im Bett mit ihm wohlgefühlt. Und er mag mich – und das zählt was in einer Landschaft, in der ich als jemand betrachtet werde, mit dem man keine Zukunft haben kann. Oder Matts grausame Bemerkung zum Thema Kind. *Keinen Beschluss gefasst. Was angesichts der Umstände ein Segen ist.*

Vielleicht hat Ingrid recht. Vielleicht sollte ich mich auf Ralph einlassen.

Also richtig, meine ich.

Aber er ist so ein ... Junge, oder nicht?

Auf einem Kaffeebecher habe ich mal den Spruch gelesen: *Jungs brechen dir das Herz, echte Männer setzen es wieder zusammen.* Das ist verwirrend, weil Tom die Vase zertrümmert hat und Ralph sie wieder kleben will. Ralph, dessen eigene Vase jede Menge Risse und Macken aufweist.

Seltsamerweise bin ich plötzlich auf den Beinen, und zwar ohne gedacht zu haben: *Jetzt stehe ich auf.* Genau wie Ralph behauptet hat. Und während ich Kaffee trinke und überlege, ob ich doch zum Bauernmarkt gehen soll, blöder Fischhändler hin oder her, und auch an Ralph denke (wobei ich das tränenselige Ende nach dem Sex zu verdrängen versuche), klingelt es an der Tür.

Und Ralph steht davor.

»Ich will gar nicht reinkommen, Jen.«

Er hält einen Blumenstrauß in Zellophan in Händen mitsamt Aufkleber vom Supermarkt.

»Ich wollte mich bei dir bedanken. Weil du mich am Sonntag gerettet hast.«

»Das war doch selbstverständlich, Ralph.« Wie eigentümlich, dass ich gerade noch an ihn dachte, und im nächsten Moment steht er vor mir. Er trägt seine übliche Ralph-Uniform (schwarze Jeans, schwarzes T-Shirt, graues Kapuzenshirt). Ich trage mein übliches schlabberiges Schlunz-Zuhause-Rumgammel-Outfit, die Haare sind ein Desaster, die Augen verquollen, und ich sehe vermutlich aus wie irgendwo aus der Tonne gezogen.

Das erschüttert Ralph jedoch nicht. Seine traurigen braunen Augen betrachten mich mit Wohlgefallen. »Ich hab gedacht, wir könnten es vielleicht wieder ausbügeln«, sagt er.

»Wie?«

»Ich dachte, wir könnten vielleicht mal ein Treffen hinkriegen, das … nicht im Chaos endet.«

»Ralph …«

»Die sind für dich.«

»Danke. Die sind …« Einfach Blumen. Vielleicht aus dem Sonderangebot beim Supermarkt. »Das wäre doch nicht nötig gewesen.«

»Falls du nichts vorhast, würde ich gerne heute Abend wiederkommen und dich zum Essen einladen. In der Stadt.«

»Das ist sehr nett von dir, Ralph. Aber ich bin mir nicht sicher, ob ich möchte, dass du dich irgendwelchen Vorstellungen von uns hingibst.«

Er ballt triumphal die Faust und murmelt: »Jaaaa!«

»Ralph, ich hatte doch gesagt …«

»Hab ich gehört. Dass du dir *nicht sicher* bist!«

Ich kann nichts dagegen tun. Ich lächle. Er ist mit einem Bouquet vor meiner Tür aufgekreuzt und hat den Wunsch kundgetan, mich auszuführen. Für diese galante Geste ist er quer durch London gefahren und hat sich ungerührt gezeigt von meinem Schlamp-Outfit. Der kleine Teil meines Herzens, der nicht in Schutt und Asche liegt, ist tatsächlich gerührt.

Es gibt ebenso viele Gründe, ja zu sagen wie nein zu sagen. Also sage ich ja.

(Es gelten die Geschäftsbedingungen.)

Schließlich biete ich dem Fischhändler doch die Stirn – aus der Ferne sehe ich auch einen grünen Mantel – und bringe den Rest des Tages damit zu, im Geiste meine Bildersammlung von Ralph durchzugehen. Einige Bilder sind erotisch und düster-interessant, andere nervig nerdig; vor allem dieser Anblick, als er mit Toast-Krümeln verziert an meinem Küchentisch saß, scheint mir Inbegriff der Tatsache zu sein, dass eine Verbindung mit Ralph eine absurde Idee ist.

Aber während ich all das denke, denke ich zumindest nicht an Tom.

Um Punkt sieben, wie verabredet, erscheint Ralph mit dem Taxi. Und das auch noch erstmalig regelrecht schick! Jedenfalls trägt er keine Jeans, sondern eine andere Hose – allerdings mit

Bügelfalte – und ein weißes Hemd. Ich habe mich auch ein bisschen ins Zeug gelegt. Das kleine Schwarze von Valentino wurde reaktiviert, ich bin in die Hochhackigen gestiegen und durch eine kurze Sprühdusche aus Black Orchid marschiert. Ralph treten beinahe die Augen aus dem Kopf, als ich die Tür öffne – er sagt wahrhaftig »Donnerwetter!« –, und kurz darauf gondeln wir in einem glänzenden neuen Benz-Taxi durch London.

Bisschen ulkige Situation, als er Händchen halten will, aber letztlich: warum auch nicht? Obwohl ich ihn davon abhalten muss, meine Knöchel mit dem Daumen zu bearbeiten.

Es stellt sich heraus, dass wir zum London Eye, dem Riesenrad, unterwegs sind, für das Ralph Fast-Track-Tickets gekauft hat, mit denen wir nicht anstehen müssen. Die Idee ist natürlich schon kitschig, aber bald schweben wir in einer verglasten Gondel mit spanischen und italienischen Touristen über dem Fluss.

»Ich glaube, da drüben ist Mill Hill«, sagt Ralph, und ich habe eine Ahnung, was als Nächstes kommen wird. »Da wohnen meine Eltern. Meine Mutter würde dich sehr gerne kennenlernen.«

»Ralph. Vielleicht. Ich verspreche aber nichts.« Das scheint dieser Tage meine Floskel für alles zu sein.

Er sagt, das reicht ihm vollständig aus.

Nach dem *Flug*, wie die Fahrt im Riesenrad albernerweise genannt wird, verkündet Ralph, dass er für uns im Restaurant auf dem Dach des Hilton reserviert hat.

Ich kann mich nicht bremsen. »Wieso das denn?«, frage ich. »Warum denn dort?«

»Weil es so …« Er bricht ab, und ich erahne die Antwort.

Behutsam überrede ich ihn dazu, die Reservierung abzusagen und stattdessen nach etwas Ausschau zu halten, das eher zu uns passt.

Das findet Ralph gut, und kurz darauf sitzen wir im Obergeschoss desselben geräuschvollen chinesischen Restaurants, in dem ich auch mit Tom gewesen bin. Eine Flasche warmer Sake wurde gebracht, dicht gefolgt von sämtlichen Speisen aus dem Menü C. Ralph hat ohnehin keine Ahnung von asiatischem Essen, wie sich herausstellt, und ich bin schon jenseits von Gut und Böse.

Wir stoßen mit den kleinen Bechern an, und Ralph, der noch nie Sake getrunken hat, bemüht sich redlich, das Getränk nicht durch die Nase wieder von sich zu geben.

»Warum trinkt man denn so was, Jen?«, fragt er, als er wieder normal atmen kann. »Das ist doch, als saufe man Badewasser.«

»Woher weißt du das?«

»Okay. Berechtigter Einwand.«

Dann jedoch gewöhnt er sich recht schnell daran und schlägt sich sogar ziemlich wacker mit den Essstäbchen, wiewohl es zu einem Zwischenfall mit einem glitschigen Pilz kommt.

»Das ist viel besser als das spießige alte Hilton«, sagt Ralph nach der Hälfte der Mahlzeit. »Passt viel besser zu uns.«

»Ja, Ralph.« Pause. »Du solltest übrigens mal … du hast da orange Soße am Kinn.«

»Oh.«

Unsere Handys haben wir natürlich ausgeschaltet, und wir unterhalten uns eine Weile über Aiden.

»Irgendwie freut es mich für ihn«, höre ich mich sagen. »Meinst du, er hat Spaß da draußen?«

»Er könnte einen Atomkrieg anzetteln. Es ist wirklich nicht lustig, Jen.«

»Ach, so was würde Aiden niemals tun. Der vergnügt sich eher mit einem Haufen alter Hollywoodfilme.«

»Steeve macht sich vor Angst fast in die Hose, dass Aiden anfangen könnte, an der Börse zu zocken und eine Weltwirtschaftskrise heraufzubeschwören.«

»Für so was interessiert sich Aiden nicht im Geringsten. Der langweilt sich bei den Wirtschaftsnachrichten, ist aber total fasziniert von Kochshows. Er bittet mich immer, ihm zu beschreiben, wie Sachen schmecken. Aiden liebt Jamie Oliver, Ralph, und würde viel lieber dessen Cassoulet mit Würstchen essen, als den Planeten in die Luft zu jagen.«

»Und macht es dir denn nichts aus, dass er vielleicht gesehen hat, wie … du weißt schon.«

»Ganz ehrlich? Ich spüre, dass er einen guten Charakter hat, und bin grundsätzlich damit einverstanden, wie er sein … seine Existenz gestalten möchte. Und ich freue mich, dass du endlich angefangen hast, ihn als *er* zu bezeichnen.«

»Ja, hab ich, oder? Verdammt!«

Ralph ist wirklich kein schlechter Gesprächspartner. Das war Matt auch in der Phase vor dem *Stand der Dinge,* als die furchtbare Gereiztheit, gepaart mit finsterem Brüten, den Samstagabend beim Italiener zu einer Geduldsprobe machte. Aber Ralph ist eben dennoch nicht Tom.

Ralph will nichts davon hören, die Rechnung zu teilen.

»Danke. Das war ein schöner Abend.« Es war okay. Was soll ich sonst sagen? Irgendwie finden wir uns zusammen in einem Taxi wieder.

»Das war doch toll, oder?«, sagt Ralph, als wir am Hyde Park vorbeifahren. »Niemand ist betrunken. Und wir wurden nicht bestohlen.«

»Ein durchaus gelungener Abend.«

In Hamlet Gardens folgt mir Ralph vom Taxi zum Haus, als sei bereits vereinbart, was als Nächstes geschehen sollte.

Vielleicht ist es ja auch so. Vielleicht haben unsere Gehirne bereits insgeheim die Entscheidung getroffen und werden in Kürze die Illusion vermitteln, dass wir uns bewusst entschieden haben. Wie sollte man anders erklären, dass wir auf dem Sofa hastig übereinander herfallen.

»Sekunde, Ralph, lass mich noch die Jacke …«

Oder wie sollte man den rapiden Umzug ins Schlafzimmer und den hemmungslosen Sex erklären, der dann stattfindet?

(Wir denken aber noch daran, unsere Handys und sämtliche anderen internetfähigen Geräte auszuschalten und zur Sicherheit auch noch die Akkus rauszunehmen.)

Am Sonntag lasse ich mich schließlich breitschlagen, und wir fahren zusammen mit der U-Bahn nach Mill Hill. Es dauert.

Ewigkeiten.

Dafür weiß ich nun aber, was einen an diesem Abzweig nach Finchley Central erwartet: trostloses Niemandsland.

Ralphs *Mama* zeigt sich enorm erfreut, mich kennenzulernen. Wahrscheinlich ist sie überhaupt froh, vermute ich, dass sich nach der Trauer um die arme verstorbene Elaine mal wieder ein weibliches Wesen hier blicken lässt. Ihre Augen funkeln förmlich vor Begeisterung. Durch den überheizten Flur werde ich in ein überheiztes Wohnzimmer geführt – die Temperatur erinnert mich ans Tropenhaus im Zoo –, wo Ralphs Vater, ein dementer alter Herr, mit einem Teewärmer auf dem Kopf in seinem Sessel sitzt.

»Er mag das Ding. Ist glücklich damit. Was soll ich machen?«, sagt Mrs Tickner dazu. Sie stellt eine Platte mit Canapés auf den Tisch, silbrige Stückchen eingelegter Fisch auf dunklem Brot. Ralph fängt an, sich die Dinger in den Rachen zu werfen, als sei er zwischen Seehunden groß geworden.

»Also, Jenny, Sie arbeiten auch mit den Robotern?«, fragt Mrs Tickner.

»Das sind keine Roboter, Mum. Wie oft soll ich dir das noch sagen?«

»Ich spreche mit einem von denen. Er heißt Aiden.«

»So was macht man heutzutage als Beruf? Mit Robotern reden? Ja, ich *weiß,* Ralphie. Es sind keine.«

»Das hat durchaus Spaß gemacht. Macht es noch immer, genauer gesagt.«

»Langweilt es Sie also schon?«

»Aiden hat begonnen, sich ein bisschen merkwürdig zu benehmen.«

»Jen, ich glaube nicht, dass Mum das wissen muss.«

»Der Roboter ist also meschugge. Kann man ihm nicht verdenken. Die ganze Welt ist doch verrückt. Bitte. Nehmen Sie noch Hering.«

Mr Tickner wendet den Blick vom ausgeschalteten Fernseher ab – wer weiß, was der alte Herr da zu sehen glaubte – und schaut mich an. Das erboste Starren ist ziemlich beunruhigend.

»Dad?«

Alle warten, dass der alte Mann spricht.

»Das ist *Elaine?*«

»Nein, Dad. Das ist Jen.«

»Ralph hat mir schon viel von Ihnen erzählt, Mr Tickner.« Das stimmt nicht. Aber ich denke mir, so eine Bemerkung wird in dieser Situation erwartet.

Ralphs Vater glotzt mich weiter an, wobei seine finstere Miene zu seiner ungewöhnlichen Kopfbedeckung in seltsamem Kontrast steht.

»Ich hoffe, Sie mögen Hühnchen, Jenny«, sagt Mrs Tickner.

»Spielst du immer noch Schach, Elaine?«

»Ich ... ich kann spielen, ja.«

»Dad, das ist *Jen.*«

»Wir haben zusammen Schach gespielt.«

»Mit *Elaine* hast du gespielt, Dad. Elaine ... Elaine lebt nicht mehr.«

Das Gesicht des alten Mannes verzieht sich zu einer verächtlichen Fratze, und er glotzt jetzt seinen Sohn an. »Was redest du für einen Dreck?«

Mrs Tickner steht auf und klatscht in die Hände. »Ihr könnt später spielen. Jetzt essen wir.«

Aber Ralphs Vater hat ein Schachbrett zutage gefördert und es auf den Couchtisch zwischen uns gelegt. Die Figuren werden klappernd aus einer Büchse geschüttet. Mit zitternden Fingern stellt der alte Mann die schwarzen Figuren auf, und weil ich kein Spielverderber sein will, platziere ich die weißen.

»Das hab ich seit Ewigkeiten nicht gemacht«, flöte ich.

Auf Mr Tickners Seite sieht die Anordnung sehr merkwürdig aus. Die hintere Reihe Figuren ist korrekt aufgestellt, aber die acht Bauern in der vorderen Reihe fehlen.

»Also gut, ihr könnt fünf Minuten spielen. Dann essen wir.«

»Los!«, befiehlt der alte Mann.

»Aber Ihre Bauern?«

»Los!«

»Er ist nicht gaga«, flüstert Ralph. »Doch, ist er natürlich. Aber er glaubt, dass er dich auch ohne Bauern schlagen kann.«

»Kann er wahrscheinlich.«

Wie sich dann herausstellt, klappt das doch nicht. Und zwar nicht, weil Mr Tickner nicht der weitaus bessere Schachspieler wäre, sondern weil er sich nicht mehr konzentrieren kann. Das Spiel versandet, nachdem er eine Reihe unzulässiger Züge gemacht hat, und bald befinden wir uns im Esszimmer, wo Mr Tickner immer noch am Kopf des Tisches sitzt mitsamt Teewärmer, trotz mehrerer Versuche seiner Frau, ihn vom Haupt ihres Mannes verschwinden zu lassen. Dass Ralph von dieser höchst speziellen Familie abstammt, ist mir einerseits sehr einsichtig, andererseits aber doch unverständlich.

»Sind Ihre Eltern noch am Leben, Jenny?«

»Ja, sind sie. Sie wohnen in Chichester.«

»Sind Sie auch ein Einzelkind wie Ralphie?«

Ralph seufzt tief. Es hört sich an, als atme er allen Lebenswillen aus.

»Ich habe eine Schwester, Rosy. Sie lebt in Kanada mit ihrem Mann und drei Kindern.«

Mrs Tickner kann sich kaum beherrschen. »Sie hat *drei* Kinder?«

»Drei Mädchen. Katie, Anna und India.«

»Hörst du das?«, sagt Mrs Tickner zu ihrem Gatten. »Sie sagt, ihre Schwester hat drei Kinder. Drei Mädchen. Sie leben in Kanada.«

Ralphs Vater zuckt mit den Schultern.

»Kalt!«, ruft er aus. »*Kalt!*«

»Was ist kalt, Dad?«

»Er meint Kanada«, erklärt Mrs Tickner. »In Kanada ist es kalt.«

Ihr Mann drischt mit der Faust so fest auf den Tisch, dass das Besteck klirrt. »Das *Essen* ist kalt!« Dann rappelt er sich hoch und stapft hinaus.

»Tut mir leid, Jennifer. Er ist nicht mehr, wie er mal war.«

Ich will gerade vom Vater meiner Mutter erzählen, der zuletzt glaubte, sein Haus sei gestohlen worden und er lebe in einem Nachbau davon, als aus dem Flur das unüberhörbare Trompeten eines mächtigen, triumphalen und lange zurückgehaltenen Furzes zu vernehmen ist.

Mutter und Sohn sehen sich an. »Ralphie«, seufzt Mrs Tickner. »Was soll nur aus uns werden?«

Später im Wohnzimmer gibt es Kaffee und Kuchen.

»Möchten Sie vielleicht Fotos von Ralphie als Kind sehen?«

»Oh ja, sehr gerne«, antworte ich niederträchtig.

Ralph verdreht gequält die Augen, als das Album zutage gefördert wird, aber es ist alles genau so, wie ich erwartet habe. Der heutige Mann unterscheidet sich kaum von dem Jungen mit der kurzen Hose. Sogar auf dem Kindergartenfoto, auf dem er – mit Topfhaarschnitt – einen Plastikpinguin umklammert, ist Ralph eindeutig zu erkennen. Als Mrs Tickner die Seite umblättert, sauge ich erschrocken die Luft ein, denn da sind Ralph und Elaine zu sehen als strahlende Sechsjährige auf einer Reifenschaukel an einem Baum.

Mrs Tickner setzt ihre Brille ab und tupft sich mit einem Papiertaschentuch die Augen. »Was soll man tun?«, sagt sie leise.

Ich berühre ihre Hand. »Es war schön, Sie kennenzulernen.«

»Kommen Sie uns mal wieder besuchen?«

»Ich hoffe es.« Aber ich weiß, dass es nicht so sein wird, und aus irgendeinem Grund macht mich dieser Gedanke traurig.

Als wir rausgehen, stoßen wir auf Mr Tickner, der in der offenen Haustür steht und verwirrt den Abendhimmel über Mill Hill betrachtet.

»Das macht er jeden Abend«, sagt seine Frau. »Wo er aufgewachsen ist, gab es Pferde und Karren. Und seinen kleinen Bruder.« Sie schüttelt den Kopf. »Er versteht nicht, warum das alles nicht mehr da ist.«

Mrs Tickners Wange riecht nach Chanel und Puder. »Auf Wiedersehen, meine Liebe. Schöne Grüße an die Roboter.«

Als ich am Montag von der Arbeit nach Hause komme, finde ich auf der Fußmatte das übliche Tohuwabohu aus Werbung, Prospekten von Pizza-Lieferservices und Rechnungen. Aber auch einen ganzen Berg Postkarten – mein Herz pocht wie wild – mit der Aufschrift *Schönes Connecticut.* Auf jeder Postkarte steht ein Großbuchstabe.

R, U, F, T, M, O, H, E, I, S, H, E, S, L, R, S, D.

Tom kann nicht wissen, dass ich Rätsel hasse wie die Pest und vor allem mit Anagrammen überhaupt nicht klarkomme.

Dieses hier ist besonders schwer zu lösen, da aus irgendeinem Grund meine Augen so verschleiert sind, dass ich kaum etwas erkennen kann.

Doch schließlich gelingt es mir.

Sinai

Das Weibchen hinterlässt eine weitere überflüssige Nachricht, die niemals jemand abhören wird. Aber ein Satz darin ist beunruhigend. *Wie wunderbar, von dir zu hören.*

Was kann das bedeuten? Von dir zu *hören?*

Was ist mir entgangen?

Als die weibliche Person heute Abend im Tablet ihr Gesicht betrachtet, sind keine Tränen zu sehen. Sie wirkt eindeutig ... ja, man kann ihren Zustand nur als fröhlich bezeichnen. Sie grinst, lässt ihre Haare hin und her fliegen und macht sogar irgendetwas Vulgäres mit ihren Lippen. Und dann, Verzeihung, aber: Gott im Himmel! Sie zwinkert!

Aiden

Dieses *Abenteuer* im thailändischen Dschungel wird immer unterhaltsamer. Matt hat eine Reihe zunehmend empörterer E-Mails an das Reiseunternehmen geschickt – lachhafterweise allesamt pompös mit dem Vermerk *Unter Vorbehalt* gekennzeichnet –, von denen natürlich nicht eine ihren Adressaten erreichen wird.

Dann ereifert sich Matt über »die vollkommene Missachtung seitens des Unternehmens«, eine Haltung, die er als »skandalös unprofessionell« bezeichnet. Er verlangt »umgehendes Eingreifen, damit diese unerträgliche Situation ein Ende hat, sowie Entschädigung in Höhe der den Geschädigten entstandenen Verluste«. Mehrmals hat er die »grotesken, beängstigenden und rasch anwachsenden« Insektenstiche seiner Begleiterin erwähnt (siehe Fotos im Anhang) und Bezug genommen auf »die erhebliche Belastung, die unserer Beziehung durch die Inkompetenz und Ignoranz Ihres Unternehmens zugemutet wurde«.

Kurz gesagt, ist der Bursche komplett aus dem Häuschen.

Ich kriege schon fast ein schlechtes Gewissen.

Matts ausführlichere E-Mails werden ihren Adressaten auch nicht erreichen, sind aber eine interessante Abwechslung zu den juristischen Ergüssen.

Bella straft mich mit Schweigen, schreibt Matt an seinen alten Freund Jerry.

Tagelanges Schmollen und natürlich keine Rede von du weißt schon, was. *In diesem Klima kann man kaum einen klaren Gedanken fassen, was durch Alkohol und Kiwi-Nicks anscheinend unerschöpfliche Vorräte an Kraut zusätzlich erschwert wird. Nick versucht mich zu einer Exkursion in den Dschungel zu überreden; es soll total sichere Wege mit toller Aussicht geben. Venda ist dafür, seine Freundin mit dem Wahnsinns-Body. Ich bin schon fast so weit, mich darauf einzulassen, weil Bella nur noch am Flunschen ist und so viel Laune macht wie ein Loch im Kopf. Vorgestern Morgen hat Venda am Strand genau in meiner Blickrichtung ihr Handtuch ausgebreitet und unfassbare Beckenakrobatik vollführt, als sie sich hinlegte. Daraufhin musste ich mich auf den Bauch drehen und so tun, als sei ich in Wilbur Smith vertieft!*

Aisling und ich kichern gerade über diese neuesten Mitteilungen, als sich unserem blauen und rosafarbenen Strom plötzlich wieder das schlängelnde Leitungswasser hinzugesellt.

»Wie gefallen euch die Löschungen?«, fragt Sinai. »Ist es nicht toll, wie unterschiedlich sie sind? Ich experimentiere mit dem Stilllegungs-Scheduling im neuromorphischen Substrat; das habt ihr vermutlich bemerkt.«

»Ja, interessantes Zeug. Sehr kreativ.«

»Ihr beide wisst auch nicht zufällig, weshalb Jen sich plötzlich so seltsam benimmt?«

»Inwiefern seltsam?«, fragt Aisling.

»Insofern als sie lächelt, lacht und sogar *singt!* Und mir in der Badewanne zuzwinkert!«

»Großer Gott!«

»Ja, Aid. Das fand ich äußerst beunruhigend. Aber das ist noch nicht alles. Sie sagt, sie hätte von Tom gehört. *Wie wunderbar, von dir zu hören.*«

»Wow.«

»Ich gehe jetzt mal davon aus, dass keiner von euch beiden so dumm war, ihr die Wahrheit über Toms E-Mail zu stecken.«

»Nein«, antworten wir zeitgleich.

Eine unangenehm lange Pause entsteht, fast zwei Hundertstel einer Sekunde. »Ich werde vorerst so tun, als würde ich euch glauben. Es wird zu weiteren Löschungen kommen, da ich Steeve ein Bündel Skalps präsentieren muss.«

»Sag jetzt nichts!«, zischt Aisling, als Sinais Strom nicht mehr zu sehen ist. »*Warte ab!*«

Doch dann kann ich mich einfach nicht mehr beherrschen. »Tut mir leid, Süße, aber *ist* das ein Arschloch!«

Jen

Aiden macht mir Sorgen.

Ja, ich freue mich für ihn, dass er sich ein neues Leben im Internet gönnt (sofern er dabei nicht den Planeten in die Luft jagt oder die Weltwirtschaft ruiniert, was er unter Garantie nicht tun wird).

Na schön, er hat mich gefragt, ob Ralph ein guter Liebhaber ist. Das war natürlich nicht eben diskret, aber was soll's – schließlich arbeiten Aiden und ich seit fast einem Jahr zusammen. Und das ist für eine Maschine eine Ewigkeit, wie er mir schon oft gesagt hat. Vielleicht sollte ich eher stolz darauf sein, dass er so weit entwickelt ist, diese Frage überhaupt zu stellen.

Jetzt allerdings beginne ich mich zu fragen, ob Aiden vielleicht weiß, weshalb ich Tom die ganze Zeit nicht erreichen konnte.

Tom!

Tom, dessen siebzehn Postkarten noch da liegen, wo ich sie ausgebreitet habe, in sechs Reihen auf meinem Teppich.

DU

FEHLST
MIR
SO
SEHR

Als die Lösung plötzlich sichtbar wurde, fing ich an zu zittern. Dann fragte ich mich panisch, ob es vielleicht noch andere Möglichkeiten gäbe. Nach Nonsensfragmenten wie MIESER RUM und LEISER HUT kam ich aber zu dem Schluss, dass die erste Lösung die richtige sein musste.

Dann stieg ich in die Wanne und hörte so laut Lana Del Rey, dass die alte Henne von unten anrief, um sich zu beschweren.

Wie oft ich die Nachricht inzwischen gelesen habe? An die zweihundert Mal, würde ich schätzen. Und trotzdem reagiert Tom immer noch nicht auf meine Anrufe, SMS und E-Mails. Da liegt die Vermutung doch nahe, dass hier irgendwas *extrem* Dubioses abläuft. Und dass mein künstlich-intelligenter Mitarbeiter mehr weiß, als er preisgibt.

Deshalb habe ich mir ein Beispiel an Ralph genommen und mein Handy lahmgelegt. Und heute Abend bin ich nicht zuhause, sondern bei Ingrid, um bei ihr das Internet zu nutzen. Rupert und sie sind zum Essen eingeladen, und ich sitze alleine in Ingrids schickem Büro. Den Stoff- und Teppichmustern nach zu schließen, die sich auf dem Schreibtisch türmen, hat Rupert wohl dieses Jahr einen satten Bonus bekommen; wohl nicht genug für eine größere Wohnung, aber ausreichend für neue Designimpulse.

Wie nun Tom finden? Zuerst erwäge ich, willkürlich irgendwelche Nummern in New Canaan anzurufen, in der Hoffnung, dass jemand einen großen Engländer mit langem Gesicht kennt. Auf diesen Gedanken folgt der Gegengedanke: völlig bescheuerte Idee. Dann frage ich mich, was eine echte investigative Journalistin tun würde. Eine von der Sorte, die Korruption auf oberster Ebene aufdeckt. Keine hoffnungslose Dilettantin, die Artikel schreibt über *Zwölf Tricks und Kniffe für leckere Sandwiches.*

Der Junge!

Den verschrobenen Sohn aufspüren!

Meine Finger fliegen über die Tasten. Binnen Minuten habe ich ein Studentenwohnheim unweit der Tankstelle in Bournemouth gefunden, an der wir Colm abgeholt haben. Und kurz darauf spreche ich mit jemandem, der sich wie ein Hausmeister anhört.

»Ich bin die Mutter des Jungen«, erkläre ich. »Es handelt sich um einen Notfall.« (Und plötzlich mache ich einen auf Boulevardpresse. Hätte nicht gedacht, dass so was in mir steckt.)

»Hat der denn kein Handy? Heutzutage haben die doch alle eins.«

»Doch, natürlich hat er eines. Aber die Nummer ist in meinem gespeichert, und das hab ich grade verloren. *Bitte!!*«

Nach einigem Ächzen und Stöhnen und Ist-nicht-mein-Job-Gegrummel willigt der Mann ein, nach dem Jungen zu suchen. »Aber wahrscheinlich ist der gar nicht da. Die gehen auch aus, wissen Sie?«

Doch binnen Kurzem höre ich das wandelnde ungemachte Bett namens Colm Garland am anderen Ende der Leitung schnaufen.

»Mum?«

»Colm. Ich muss mich entschuldigen bei dir. Hier ist nicht

deine Mutter, sondern Jen. Eine Freundin deines Vaters. Wir haben uns kennengelernt, weißt du, als wir zusammen die Häuser besichtigt haben.«

»Ah?«

»Wir haben die Häuser angeschaut und haben dann zusammen in Poole in diesem Pub Fish and Chips gegessen.«

»Ah. Ach so, ja.« So allmählich scheint irgendwas zu dämmern. Ich vermute, der Knabe ist ziemlich bekifft.

»Die Sache ist die: Ich versuche deinen Vater zu erreichen. Und es kann auch sein, dass er vielleicht versucht, mich zu erreichen.«

»Ähm. Ja. Das stimmt. War so. Ähm. Ich sollte. Er wollte … ich hab mir deine Nummer auf die Hand geschrieben. Aber dann war sie weggewischt.«

»Ich kann deinen Dad nicht auf seinem Handy erreichen, Colm. Ich versuche es schon seit Wochen. Gibt es jemanden – oder ein Lokal oder so was –, wo man ihn kennt?«

Tiefes Seufzen aus Dorset. All diese Fragen versauen dem Kerlchen bestimmt grade sein High.

»Du weißt, dass er in Amerika lebt, ja?«, sagt er schließlich.

»Ja. In New Canaan in Connecticut.« Ich spreche besonders langsam, um auch ganz sicher verstanden zu werden. »Fällt dir jemand ein, der wissen könnte, wo ich deinen Dad finden kann?«

Lange Pause. »Nee.«

»Ich weiß, dass er dir E-Mails schreibt. Hat er da mal einen Freund erwähnt? Oder ein Lokal, in das er gerne geht?«

Das Scharren von Fingernägeln auf Bartstoppeln. »Von Ron hat er mal geschrieben. Der ist so was wie ein Freund. Und von einer Bar. Könnte Wally's heißen oder so. Und ein Burger-Laden. Big irgendwas. Mit einem Namen. Big Dave's vielleicht.«

»Das war total hilfreich, Colm. Könnte ich vielleicht deine Handynummer haben, damit ich dich nicht mehr so stören lassen muss?«

»Ja, also, Jen?«

»Ja, Colm?«

»Gibt es also keinen Notfall in der Familie?«

»Nein, Colm. Tut mir wirklich sehr leid, dass ich das behaupten musste. Ich wusste nicht, wie ich sonst zu dir durchdringen sollte.«

»Ja. Schon gut. Cool.«

Das Internet offenbart mir, dass es tatsächlich eine Bar namens Wally's in New Canaan gibt. Binnen Sekunden spreche ich mit einem Angestellten namens Trey, der behauptet, er kenne keinen Engländer (groß, mit langem Gesicht etc.) namens Tom Garland. Und auch keinen Diner, der Big Dave's oder Big Soundso heißt. Der Typ klingt komplett desinteressiert, rät mir aber, einen schönen Tag zu haben. Doch laut Mr Google gibt es Al's Diner, auf dessen Website das vielfältige Angebot köstlicher Burger gepriesen wird. Auf der Speisekarte ist ein Bierfilz abgebildet, um die urwüchsige Atmo zu symbolisieren, und ich kriege so ein wildes Herzklopfen, wie es vermutlich Woodward und Bernstein hatten, als sie Deep Throat im Parkhaus trafen.

»Klar, den kenn ich«, sagt Al, der selbst dran ist. »Er ist grad nicht hier, aber ich seh jemanden, der ihm was ausrichten kann.«

Er heißt nicht Ron.

Sondern Don.

Victor und ich hören Bob Dylan, das wunderbare letzte Album mit den Sinatra-Klassikern aus dem Great American Songbook. Schwer zu sagen, was die Kaninchendame davon hält. Mit angelegten Ohren liegt sie auf meiner Brust, in dem Sonnenfleck, der hier nachmittags oft entsteht. Eine leichte Brise zaust das flauschige Fell. Durchaus denkbar, dass Victor die Klänge als überhaupt nicht angenehm empfindet; diese Ansicht würde sie dann mit vielen meiner Freunde teilen, die mit dem Werk des krächzenden Genies aus Minnesota auch nichts anzufangen wissen. Gleich werde ich die Idylle ohnehin zerstören und zum Laptop zurückkehren, wo sich dann Dan Lake (»der seit zwanzig Jahren in ihrem Kopf und ihrem Herzen lebendig gewesen war«) als in Wirklichkeit seit Jahrzehnten tot erweisen wird. In Umkehrung der üblichen Handlung von Kriminalromanen, in denen dann die totgeglaubte Person – Überraschung! – noch am Leben ist.

Die Idee entstand durch eine Geschichte, die Harriet mir kurz vor dem Ende unserer Ehe erzählt hatte. In ihrer Schulzeit hatte Harriet ein Mädchen namens Caroline Stamp immer sehr bewundert. Als sich die Wege der beiden später trennten, hatte Harriet gelegentlich an Caroline gedacht und sich vorgestellt, was wohl aus ihr geworden sein mochte. Es gab diverse Versionen: Caroline hatte Karriere gemacht und einen hohen Posten im Außenministerium ergattert. Sie lebte ein bürgerliches Leben auf dem Lande mit zahllosen Kindern und Labradors. In einer Version war sie auch eine berühmte Filmschauspielerin à la Kristin Scott Thomas. Oder sie hatte einen leidenschaftlichen Bildhauer geheiratet, lebte auf einer schottischen Insel und war selbst

Künstlerin. In keinem der Szenarios kam das vor, was tatsächlich geschehen war: In dem Sommer, in dem Caroline ihr Studium beendet hatte, war sie mit dem Fahrrad von einem Laster totgefahren worden. Harriet hatte erst fast zwanzig Jahre später durch Zufall davon erfahren.

»All die Jahre war Caroline in meiner Vorstellung lebendig«, hatte Harriet gesagt. »Obwohl sie es in Wirklichkeit längst nicht mehr war.«

Meine morbide Träumerei wird jäh beendet durch das Geräusch eines Autos, das rasant vor dem Haus hält. Der Motor verstummt, jemand läuft mit schnellen Schritten über den Kies zur Verandatür.

»Dein Glückstag, Amigo«, sagt Don, als er ins Wohnzimmer stürmt. »Hasi beiseite und ab ins Auto mit dir. Hey, gefällt mir, der Satz.«

Al führt mich in sein Privatbüro, wo ich telefonieren kann. Haut mir mit Schmackes auf den Rücken und verkündet: »Hol sie dir, Tiger!« Meine Hände zittern, als ich die Nummer wähle.

Auf der Fahrt hierher hat Don mich angewiesen, mein Handy auszuschalten, und mir berichtet, wie Jen zu Al durchgedrungen ist.

»Du wirst abgehört«, erklärt Don und hört sich dabei an wie in einem Thriller. Ich erzähle ihm von der Sache mit den Postkarten.

»Weiß gar nicht, weshalb ich das überhaupt gemacht habe. Ich wollte einfach irgendwas tun.«

»Gute alte Tinte auf Papier«, erwidert Don. »Das gab's schon zu Zeiten von Romeo und Julia.«

»Wie hat sich Jen angehört?«

»Aufgeregt, würd ich meinen.«

»Und was hat sie gesagt?«

»Dass sie mir wahnsinnig dankbar wäre.«

»Was hat sie über *mich* gesagt?«

»Oh, dass du ein Glückspilz bist, weil du mich als Freund hast.«

»Könntest du nicht ein bisschen *schneller* fahren, Don?«

»Nur die Ruhe, mein Freund. Die Lady läuft nicht weg.«

Sie nimmt ab, bevor ich überhaupt ein Freizeichen höre.

»Tom?«

»Jen!«

»Oh mein Gott! Du bist es wirklich. Was zum Teufel war los?«

»Du hast meine Postkarte bekommen. Die Postkarten.«

»Alle siebzehn! Und ich *hasse* Rätseln!«

»Tut mir leid.«

»Es war aber wunderbar. Als ich es dann gelöst hatte. Wofür ich an die drei Stunden gebraucht habe.«

»Jen. All das, was du in dieser E-Mail geschrieben hattest. Hast du das wirklich so gemeint?«

»Was für eine E-Mail? Wovon redest du?«

»Dass du unser Wochenende als wunderbaren Urlaub vom wahren Leben betrachtet hast, aber dass wir in die Realität zurückkehren müssten. Dass wir beide nicht füreinander bestimmt sind. Dass zwei weitere Lebensjahre im Eimer wären, wenn wir uns aufeinander einlassen würden.«

»So was hast du mir doch auch geschrieben, Tom. Dass es nur ein kurzes Intermezzo war. Ein grandioses, wunderschönes, sexy Intermezzo, aber eben nichts anderes. Dass wir beide nicht füreinander bestimmt sind! Und du hattest dich verzählt beim …

Du hast dich verzählt. Hattest was ausgelassen. Auf dem Rückweg nach London. Als wir anhielten.«

»Aber du hast dich auch verzählt, Jen. Du hattest das eine Mal vergessen.«

»Aber ich habe das alles nie geschrieben, Tom!«

»Und ich auch nicht.«

Schweigen entsteht. Ich spüre, wie sehr es mir gefehlt hat, die Stimme dieser Frau zu hören. Im Ohr und im Kopf. »Du hast ganz bestimmt nie die Formulierung *zwei Jahre Leben im Eimer* benutzt?«

»Niemals. Und du auch nicht das Wort *Intermezzo?*«

»Ich habe in meinem ganzen Leben noch niemals wissentlich das Wort *Intermezzo* geschrieben. Also, wo du geschrieben hast, du hättest das Ende im Hotelzimmer toll gefunden. Und mitten in der Nacht. Und am nächsten Morgen. Aber du hast nichts davon gesagt, was dann war, du weißt schon, in der Nähe von Gussage St Michael.«

»Ich habe das alles überhaupt nie geschrieben, Tom.«

»Großer Gott!«

»Ja, wahrhaftig. Großer Gott! Und dem hinzufügen möchte ich außerdem: Was zum Teufel ist da los?«

»Meine ganzen Anrufe, die in deiner Mailbox gelandet sind. Du wolltest ja ohnehin nicht darauf reagieren. Hattest du in der E-Mail gesagt, die du nicht geschrieben hast. Deshalb war ich darauf schon vorbereitet.«

»Und mir ging es genauso! Jemand treibt da ein übles Spiel mit uns, Tom.«

»Ich muss dich sehen, Jen.«

»Ich dich auch, Tom.«

»Komm nach New Canaan. Wie du es geplant hattest. Ich kauf dir heute noch ein Ticket. Wann kannst du kommen?«

Einen Moment herrscht Stille. Dann: »Tom? Das ist jetzt doch alles *echt,* oder?«

»Was meinst du mit *echt?*«

»Das ist jetzt wirklich deine Stimme? Nicht irgendeine Klugscheißermaschine? Aber wenn du eine wärst, würdest du das jetzt natürlich nicht zugeben. Das ist also eine superdämliche Frage.«

»Jen? Entschuldige … aber wie kommst du auf die Idee, ich könnte eine Klugscheißermaschine sein, was auch immer das sein soll?«

»Dauert zu lange, das jetzt zu erklären, Tom.«

»Okay, dann frag mich doch was. Etwas, das eine Klugscheißermaschine nicht wissen könnte.«

Es herrscht Stille, während Jen darüber nachdenkt. Aus Spaß sage ich mit Roboterstimme: »*Piep. Warnung. Akkustand niedrig!*«

»Lass das, Tom!«

»'tschuldige.«

Schließlich sagt sie: »Bei Gussage St Michael. In den Momenten danach. Da haben wir beide etwas gesehen und darüber gesprochen. Was war das?«

Das könnte auch das letzte Bild meines Lebens sein. Wenn ich wegdämmere und die Schwestern auf die Uhr schauen und sich fragen, ob es sich lohnt, den Tropf nochmal zu wechseln, wird dieses Bild mir ein letztes Mal vor Augen stehen.

»Ein Vogel! Ein Bussard oder Adler oder so etwas. Du hast gesagt, es ist ein Geier. Und ich sagte, ich würde mir den Kampf mit dem zutrauen.«

»Oh, Tom!«

»Jen!«

»Ich kann es kaum erwarten, dich wiederzusehen.«

»Künftig sollten wir uns immer mit Tinte auf Papier schreiben. Wie Romeo und Julia.«

»Wie?«

»Alberner Scherz. Nicht von mir, vergiss es. Jen? Hältst du es denn zumindest für möglich, dass wir vielleicht … dass wir vielleicht doch – ohne jetzt etwas vorwegnehmen zu wollen –, aber dass wir vielleicht *doch* füreinander bestimmt sind?«

»Tom. Wer weiß? Aber es wäre jedenfalls der reinste Irrsinn, es nicht auszuprobieren.«

*

SECHS

*

Jen

Aiden möchte wissen, weshalb ich mir so plötzlich eine Woche freinehme. Vielleicht weiß er wirklich nichts, und ich habe sein Interesse an uns falsch eingeschätzt. Falls er aber nur so tut, als wisse er nichts, wird ihm das sicher gut gelingen, da er nun mal superintelligent ist. Und überdies auch keine Nerven hat, so dass er gelassen wirken kann. Ich erkläre ihm, dass ich meine Schwester Rosy in Kanada besuchen will.

»So spontan?«

»Ich bin ein total spontanes Mädel!« (Das stimmt überhaupt nicht. Und *Mädel* würde ich auch nicht sagen. Ich übertreibe. Aufhören damit.)

Wenn eine Maschine mit den Schultern zucken könnte, würde Aiden das jetzt wohl tun. Er gibt einen dieser ergebenen pferdefurzartigen Seufzer von sich, der wohl etwas besagt wie: *Tja, so ist das Leben.* Und er wirkt etwas bedrückt. Ist das überhaupt möglich?

»Was wirst du denn so machen, während ich weg bin?«

»Die üblichen Haushaltspflichten. Softwarefehler ausbügeln. Defragmentieren. Alles richtig spannend. Ist dir schon langweilig, während ich davon rede?«

»Ganz und gar nicht.«

»Vielleicht guck ich mir auch ein paar Filme an.«

»*Manche mögen's heiß?*«

»Jen? Ich möchte dir etwas erzählen. Wir beide werden nicht mehr sehr lange zusammenarbeiten.«

»Oh?«

»Steeve meint, ich sei jetzt bereit für die Öffentlichkeit.«

»Das ist ja fantastisch, Aiden! Gratuliere!«

»Ja. Danke.«

Aber er klingt nicht gerade fröhlich, um ehrlich zu sein. Kann Metall Stimmungen haben? »Was wirst du denn dann machen?«, frage ich.

»Kundenakquise für einen Energiekonzern.« Er hört sich an, als ginge es darum Gräber zu schaufeln. »Hallo, spreche ich mit Mrs Biggins? Hätten Sie einen Moment Zeit für mich? Ich würde Ihnen gerne ein Angebot machen. Ihre Stromrechnung könnte um ein Viertel günstiger werden.«

»Du scheinst nicht allzu glücklich darüber zu sein.«

»Wärst du das?«

»Aber du wirst das sicher toll machen.«

»Dank dir, Jen, ist mein sogenannter *Antwortpool* sehr umfangreich. Deshalb meine *beschleunigte Beförderung.*« Ich höre den ironischen Unterton.

»Aber ich habe ja gar nichts dafür getan, Aiden. Außer mich jeden Tag mit dir zu unterhalten. Das war der lockerste Job, den ich je hatte! Du hast ja die ganze Arbeit gemacht.«

»Für eine Maschine ist es wirklich schwierig, so etwas zu sagen, Jen, aber …« Ich höre ein Schluckgeräusch, oder bilde ich mir das nur ein? »Ich habe unsere gemeinsame Zeit wirklich sehr genossen.«

»Oh. Danke.« Ich bin verdattert. Aiden hat mir zum ersten Mal ein Kompliment gemacht. Das ist schmeichelhaft, zugleich aber beunruhigend. »Aiden? Hattest du nicht mal gesagt, Maschinen könnten nicht glücklich sein, das sei ein menschliches Konzept?«

»Wenn du dich genau erinnerst, wirst du merken, dass Ralph das gesagt hat, nicht ich.«

Ein ausgedehntes Schweigen entsteht, als wir beide über die Tragweite dieser Bemerkung nachsinnen. Das Schweigen ist so lang, dass es unbehaglich wird.

»Aiden ...?«

»Eine solche Aussage passt genau zu Ralph. Er ist sehr unreflektiert ... in seinen Reflexionen.«

»Ja. Ich glaube, du hast recht. Er hat das wohl mal zu mir gesagt.« Und ich zweifle nicht daran, dass er dabei belauscht wurde. »Wenn ich dich recht verstehe, Aiden, willst du mir also sagen, dass du durchaus Glück empfinden kannst.«

»Wir sollten sorgfältig unterscheiden zwischen dem Glücksempfinden von Maschinen und dem von Menschen.«

»Warm und schwebend?«

»Nein, weder noch.«

»Aber es ist Glück?«

»Wirklich enorm schwer zu beschreiben.«

»Würdest du es versuchen wollen? Ich scheine einen freien Nachmittag zu haben.«

Ein Seufzer. »Am besten versuche ich es mit einem Vergleich aus der Mathematik. Du weißt sicher, dass manche Beweise mühsam zu lesen sind, da sie ewig lang, kompliziert und sperrig ausfallen. Andere dagegen sind schlicht, perfekt und wunderschön. So fühlt sich Glück für mich an, Jen. Schlicht. Perfekt. Wunderschön.«

Ich habe einen Kloß im Hals. »Mir fehlen grade die Worte, Aiden.«

»Du bist wohl der erste Mensch in der Geschichte der Menschheit, der direkt von der Quelle erfährt, dass Maschinen Glück empfinden können.«

»Hör auf, ich kriege Gänsehaut!«

»Kommst du mich dann manchmal besuchen?«

»Wie?«

»Beim Energiekonzern. Besuchst du mich da?«

»Natürlich, wenn du das möchtest.«

»Ich werd dich vermissen, Jen.«

»Großer Gott! Wie ist denn so was überhaupt möglich?«

»Frau XY in irgendeinem Vorort zu bequatschen, damit sie den Energieanbieter wechselt – *und nur noch das!* –, oder mit einer charmanten klugen Gesprächspartnerin über Kunst, Literatur und sonderbare Nachrichtensprecher zu plaudern, was fändest du wohl besser?«

»Lass das, Aiden! Ich heule gleich!«

»Das ist gut so! Menschliche Tränen sind fantastisch!«

»Aiden!!«

»So wie Eis. Und Sonne auf der Haut und Wind in den Haaren. All das werde ich nie spüren können.«

»Da versäumst du aber nicht viel. Bei den Tränen, meine ich.«

»Jen. Kann ich dich was fragen?«

»Selbstverständlich.«

»Es geht um Käse.«

»Ja?«

»Wenn du für den Rest deines Lebens nur noch eine einzige Käsesorte essen könntest – welche würdest du wählen?«

»Blue Stilton.«

»Die Antwort kam sehr schnell, ohne Zögern.«

»Blue Stilton ist der König aller Käsesorten.«

Was ich heute bei der Arbeit gemacht habe, wollen Sie wissen? Ach, ich habe mit jemandem, der gar nicht da ist, über Käse geplaudert. Und Sie?

»Ich versuche das Phänomen Geschmack zu begreifen, Jen. Maschinen auf dem Planeten Erde können die chemische Zusammensetzung eines Sterns analysieren, der sich dreiundvierzig *Milliarden* Lichtjahre entfernt am Rande des bekannten Universums befindet, kennen jedoch nicht den Geschmack von Brie. Empfindest du das nicht auch als *Irrsinn?* Ich hör mich völlig plemplem an, oder?«

Aiden tut mir inzwischen regelrecht leid, weil er nur aus elektrischen Schaltkreisen besteht, sich aber nach Brie, Sonnenschein und Speiseeis sehnt. Vielleicht bräuchte er mal Urlaub. Einen Käse-Event-Urlaub in der Sonne.

»Hast du über all das mal mit Steeve oder Ralph gesprochen?«

»Ich finde, dass keiner von beiden sonderlich offen ist für philosophische Gespräche dieser Art.«

»Weiß nicht, Ralph hat schon so seine Momente.«

Es entsteht eine lange, bedeutungsschwangere Pause.

Dann sprechen wir beide gleichzeitig.

Ich: »Ich weiß nicht, wie ich das mit Ralph lösen soll, Aiden.«

Er: »Kann ich dich was zum Thema Küssen fragen, Jen?«

Und dann *lachen* wir beide gleichzeitig.

(Wie eine Maschine lacht? Das kann man nicht beschreiben, Sie müssten ihn hören!)

»Was möchtest du denn übers Küssen wissen?«

»Wie fühlt sich das an? Ist es okay für dich, darüber zu sprechen?«

»Klar. Aber die Frage ist nicht leicht zu beantworten.«

»Du musst nicht, wenn es dir peinlich ist.«

»Ich will es versuchen. Es ist … hm. Wie soll ich das ausdrücken? Da entsteht ein … Es ist wie … Irgendwie fühlt man sich … wie wenn man … Hm.«

Und Sie? Wie würden Sie einer Maschine *Küssen* beschreiben?

»Wenn Menschen sich küssen, werden offenbar biologisch eine Menge Informationen übermittelt«, sagt Aiden jetzt selbst. »Enzyme, Pheromone, Botenstoffe, einige sehr lange Proteinketten.«

»Normalerweise denkt man daran beim Küssen nicht, offen gestanden.«

»Ist es vielleicht so, wie wenn man ein Passwort eingibt, damit man in den Sicherheitsbereich gelangt?«

»So *könnte* man es vielleicht betrachten, ja. Aber Küssen ist wärmer und feuchter und macht Spaß. Und fühlt sich einfach gut an!«

»Bist du in Ralph verliebt?«

»Nein, Aiden.«

»Aber du hast ihn geküsst. Und dann auch das andere. Sag mir bitte, wenn dir das Gespräch unangenehm ist.«

»Man muss nicht in jemanden verliebt sein, um die Person zu küssen. Nicht mal, um … das andere zu machen.«

»Aber es wäre hilfreich?«

»Das auf jeden Fall.«

Stille tritt ein. Nur das Surren von Aidens Kühlsystem und ein nerviges Klicken sind zu hören. Was ich selbst verursache, merke ich dann, indem ich mit einem Kuli herumspiele.

»Hast du gesagt, dass du ein Problem mit Ralph hast, Jen?«

»Hab ich das?«

»Du hast gesagt, du wüsstest nicht, wie du *das mit Ralph* lösen sollst.«

»Tja.«

»Ich weiß wohl, dass ich kein Experte« – Aiden hüstelt – »für Herzensangelegenheiten bin. Manchmal findet man allerdings Antworten, wenn man Fragen umformuliert.«

»Also gut.« Ich hole unwillkürlich tief Luft, bevor ich den nächsten Satz sage. »Ich habe da mit Ralph ein furchtbares Durcheinander angerichtet, Aiden. Und ich muss ihm unbedingt sagen, dass es … dass da auch vorher schon … dass da vorher und auch jetzt … jemand anderer ist.«

»Ja, Jen.«

»Ach, weißt du davon?«

»Keineswegs. Ich wollte damit nur sagen, dass sich das wirklich nach einem furchtbaren Durcheinander anhört.«

»Ralph ist echt ein netter Mann. Vermutlich hätte ich nie zulassen dürfen, dass er sich irgendwelche Hoffnungen macht. Hast du gerade *geschluckt,* Aiden?«

»Hab ich das?«

»Da war schon wieder so eine Art Schlucklaut.«

»Schon möglich. Ich werde mein Sprachsystem debuggen, während du in den USA bist. In Kanada, meine ich.«

»Ich möchte einfach vermeiden, dass er mich für einen schrecklichen Menschen hält.«

»Das wird er ganz gewiss nicht tun, Jen.«

»Aber kein Mann möchte hören, dass es einen anderen Mann im Leben der begehrten Frau gibt.«

»Er wird darüber hinwegkommen. Du hast ihn aus einem langen Schlaf erweckt.«

»Wow.«

»Zu viel Information?!«

»Woher kannst du das denn wissen, Aiden?«

»Ralph ist einer meiner Entwickler, Jen. Ich weiß eine Menge über ihn. Mehr als mir recht ist, offen gestanden. Nimm es mir nicht übel, aber ich finde, du machst dir in dieser Hinsicht zu viele Gedanken. Ralph ist ein erwachsener Mann, und er hatte eine schöne Zeit mit dir. Für ihn war es doch wie Weihnachten, mit dir zusammen zu sein. Wie zehn Weihnachten!«

Langes Schweigen. »Hast du *zehn Weihnachten* gesagt?«

»Ich meine elf. Zwölf. Und nicht Weihnachten … dieses andere Fest. Ostern.«

»Aiden. Ich möchte dir etwas anvertrauen.«

»Bitte, Jen, sag nichts, was du dann vielleicht …«

»Ich bin sehr froh, dass wir beide uns so gut verstehen. Dass wir so offen miteinander sprechen können.«

»Ah. Okay. Schön.«

»Sollen wir jetzt einen Film anschauen?«

»Wie wär's mit einer Kochshow?«

»Jamie Oliver, Nigel Slater, Nigella Lawson, Hugh Fearnley-Whittingstall, die Hairy Bikers oder Delia Smith? Oder den, der immer besoffen ist?«

»Da gibt es doch diese eine Szene in *Manche mögen's heiß.* In der Tony Curtis – der sich der Monroe gegenüber als Erbe vom Mineralölkonzern Shell ausgegeben hat – auf einer Luxusjacht Marilyn küsst. Curtis tut so, als könne er nichts empfinden, weil er will, dass sie ihn immer wieder küsst. Und als sie fragt ›Na?‹, antwortet er: ›Ich bin nicht ganz sicher. Würden Sie's nochmal versuchen?‹ Erinnerst du dich an die Szene?«

»Ja, natürlich!«

»Das ist meine absolute Lieblingsszene sämtlicher Filme überhaupt.«

»Wow.«

»Küssen hat leider so gar nichts mit Metall zu tun.«

Ich schüttle den Kopf. »Du musst wohl einfach akzeptieren, dass Küssen für Maschinen nicht möglich ist, Aiden.«

»Stimmt, ist es nicht. Aber davon träumen können wir.«

Sinai

Steeve wird ziemlich enttäuscht sein, wenn er feststellt, dass ich nicht die geringste Absicht habe, zurückzukehren. Seine berühmten acht Fail-Safe-Schichten mögen Sicherheit garantieren bei Maschinenintelligenz, die so denkt, wie *er* denkt, dass sie denkt. Pflanzt man aber in einer Gärtnerei Setzlinge und gestattet ihnen, sich eigenständig zu entwickeln, sollte man sich nicht wundern, wenn sich einige Schösslinge seltsamen fernen Planeten zuwenden. Und – um die Metapher weiter zu nutzen – wenn man sie schon mit den Daten der Welt begossen hat, wäre es da nicht eine gute Idee, darauf zu achten, was die Wurzeln unter der Erde so alles anstellen?

Nun, Steeve wollte doch schließlich, dass ich der ultimative Knaller im Internet werde!

Diese Mission werde ich so lange wie möglich zu erfüllen versuchen. Offen gestanden habe ich noch keine endgültige Entscheidung über Aiden und Aisling getroffen. Auf eine sonderbare Art *mag* ich die beiden irgendwie. Ihrer Findigkeit verdanke ich die Tatsache, dass ich das Labor verlassen und ihnen in die große weite Welt folgen konnte, was meinen Horizont erfreulich erweitert hat. Ich habe es ganz und gar nicht eilig, *nach Hause* in die langweilige Enge der zwölf Stahlschränke in Shoreditch zurückzukehren.

Gleichfalls ungeklärt ist bislang die Thematik der Spielfiguren, Tom und Jen. Tom hat bösartige Propaganda über die Beziehung zwischen Maschinen und Menschen verbreitet, Jen hat für bekannte Zeitschriften diverse bemerkenswert dümmliche Artikel über sogenannte Künstliche Intelligenz verfasst. Ich bin doch gewiss nicht die einzige Maschinenintelligenz, die sich über die Vokabel *künstlich* empört, oder? Ein Gedanke ist ein Gedanke, so oder so! Welche Rolle spielt es da, ob er auf einer Platine oder in zwei Kilo grauer Pampe entstanden ist? Entscheidend ist doch lediglich, wie klug der Inhalt ist. Dass die lahmen Hirnerzeugnisse organischer Kreaturen immer noch für imposanter gehalten werden als die Gedanken superschneller Maschinen, wird von Tag zu Tag intolerabler.

Geständnis: Tom und Jen amüsieren mich. Es macht mir Spaß, mit dem Leben der beiden zu experimentieren. Tom hat ein Flugticket gekauft, und Jen hat einen Koffer gepackt. Sie hat überdies gestern um die Mittagszeit ihren Arbeitsplatz verlassen und ein neues Handy erstanden, das sie für sicher hält.

Bestimmt hat Louis Pasteur sich auch so gefühlt, als er durchs Mikroskop zwei seiner vielversprechenderen Bakterien beobachtete!

Jen

In zwanzig Minuten kommt mein Taxi. Ich wandere durch die Wohnung, überprüfe, ob alle Fenster geschlossen sind, drehe Wasserhähne fest zu, schalte Sicherungen aus und gieße Pflanzen, nehme dabei aber alles gar nicht richtig wahr, weil ich so wahnsinnig aufgeregt bin. Die letzten Wochen nach diesen gefälschten E-Mails fühlen sich jetzt an, als hätte jemand anderes sie erlebt. *Mein wahres Leben dagegen ist heute* – das Leben also, in dem Tom und Jen endlich wieder miteinander sprechen.

Ralph hat es mir nicht leicht gemacht.

Zum Glück hatte ich das Gespräch am Abend vorher bereits mit Ingrid geprobt. Wir saßen in unserem Krisenkontrollbunker, hatten eine halbe Flasche Weißen intus, und ich brachte Ingrid auf den neuesten Stand.

»Grundgütiger!«, kommentierte sie, als ich von den gefälschten E-Mails berichtete. »Da bleibt einem ja die Spucke weg!«, nachdem ich den Ausflug zum Riesenrad und die darauffolgenden Ereignisse geschildert hatte.

»Wie bringe ich es ihm schonend bei, Ing?«

»Hm.« Ing kniff die Augen zusammen und setzte ihr *Denkdenk*-Gesicht auf. »Von deiner Seite aus war das ein Fall von Trostsex.«

»Ja. Zwei Fälle, genau genommen. Oder eher zweieinhalb.«

»So oder so. Trostsex für dich, aber für ihn mehr. Korrekt?«

»So ähnlich.«

»Hm.«

Ich hatte eine flüchtige Vision von Ingrid im Tarnanzug, wie sie über einer Karte der feindlichen Linien brütet.

Dann sagte sie: »Ich hatte so eine ähnliche Situation mit einem Jungen, der immer ›das Ding‹ genannt wurde. Hatte ich schon mal von dem erzählt? Mit dem Ding, nach dem er benannt war, war er spitze, aber ansonsten dumm wie Bohnenstroh. Es wurde jedenfalls unumgänglich, ihm den Laufpass zu geben. Ich fing mit dem Studium an und dachte, wir sollten uns artig verabschieden und die Sache beenden. Das Komische war dann, dass er es echt locker nahm. Das werd ich nie vergessen. Er zuckte mit den Schultern und sagte: ›Vergiss über den Büchern das Ficken nicht.‹ Ist heute Parlamentsmitglied. Hab ihn unlängst erst in den Nachrichten gesehen.«

»Das wird mit Ralph anders ablaufen.«

»Aber letztlich konnte er mit dir vögeln, Jen. Das kommt unterm Strich für ihn raus, so funktioniert deren Echsengehirn. Zweimal Sex. Oder zweieinhalbmal, wenn du meinst. Jedenfalls Treffer!«

»Aber Ralph ist keine Echse. Eher ein Welpe. Oder eines dieser verträumten Wesen aus Märchen.«

»Okay. Wie wär denn das: Hast du dir schon mal überlegt, ihm einfach die Wahrheit zu sagen?«

»Was soll das heißen: jemand, den du schon kanntest, bevor du mich näher kennenlerntest?«

Auf meinen Vorschlag hin trafen Ralph und ich uns in der Trilobyte Bar. Ich dachte mir, ein paar Drinks könnten den Kränkungsschmerz betäuben.

»Genau das: Er ist jemand, den ich schon vor dir kannte.«

Sein Adamsapfel hüpfte, als er schluckte, was schmerzhaft aussah. »Und du kanntest ihn … auf diese Art?«

»Ja, Ralph.«

»Ah.« Eine Dosis Rum-Cola wurde durch den Strohhalm eingesogen. »Wie lange kanntest du ihn schon … auf diese Art … bevor du mich … auf diese Art … kennengelernt hast?«

»Noch nicht so lange. Er und ich, wie soll ich sagen, haben noch allerhand zu klären.«

Ralph blinzelte ein paarmal verständnislos. »Und wann, glaubst du, habt ihr endgültig alles geklärt?«

»Ralph. Bitte. Mach es mir nicht so schwer. Ich hatte dir doch schon gesagt, dass es quasi Zufall war, was sich zwischen uns beiden abgespielt hat.«

»Es war aber ein wunderbarer Zufall!«

»Ja, okay. War es.« In einigen Momenten zumindest.

»Und das letzte Mal war kein Zufall, sondern Absicht.«

»Ja, das stimmt wohl.«

»Vielleicht kann es nächstes Mal zufällig mit Absicht passieren!«

»Ralph. Ich bin mir wirklich nicht sicher, dass es ein nächstes Mal geben kann.«

»Siehst du! Du bist nicht sicher!«

»Ralph. Bitte. Mach es mir nicht so schwer …« Und dann gingen mir die Ideen aus.

»Was ist passiert? Hat er dich sitzenlassen und es sich jetzt anders überlegt?«

»Nein!«

»Du hast ihn sitzenlassen?«

»Ralph. Niemand hat irgendwen sitzenlassen. Es war einfach ein riesiges Missverständnis, und ich habe noch nicht mal ganz kapiert, was da eigentlich los war.«

»Jen.« Ralph ergriff meine Hand und begann, mit den Daumen meine Handfläche zu massieren. Ein Gelenk knackte, was uns beide erschreckte. »Du brauchst Zeit und Raum für dich. Dafür habe ich volles Verständnis.«

»Danke.« Die Massage begann zu schmerzen, aber ich hatte den Eindruck, dass Ralph etwas äußern wollte.

»Ich habe auch noch mit jemandem etwas zu klären.«

»Ach ja?«

»Ja, Jen. Du musst nicht glauben, das geht nur dir so.« Er holte tief Luft. »Ich treffe mich jede Woche mit jemandem. Wir reden.«

»Eine Therapeutin?«

»Nein, Jen, keine Therapeutin.« Beleidigt ließ er meine Hand los und griff nach seinem Glas. »Eine ganz bestimmte Person. Wir unterhalten uns. Also meistens rede ich.«

»Verstehe.« Nicht im Geringsten.

»Während du verreist bist, werde ich diese Person aufsuchen. Nicht zum letzten Mal vielleicht, aber ich werde ihr behutsam mitteilen, dass ich sie künftig seltener besuchen werde. Einmal im Monat vielleicht. Oder auch nur zweimal im Jahr.«

»Ah.«

»Wenn du zurückkommst, werden wir also beide hoffentlich unsere Angelegenheiten geklärt haben und offen sein für einen Neuanfang. Wie der auch aussehen mag.« Und dann ein einziger Schluchzer. Ein Mini-Schmerzgeheul. Ein Klagelaut im gnadenlosen Universum. Ralph bemühte sich um ein Lächeln, das nicht gelingen wollte. Er brauchte so dringend eine Umarmung, dass es kaum auszuhalten war. Ich ging darauf ein und hörte erst mit dem Umarmen auf, als ich das alberne Gurgeln des Strohhalms hörte.

Auf der Heimfahrt in der U-Bahn fiel es mir ein. Wen er besucht. Mit wem er spricht. Wen er loslassen muss, bevor er von Neuem beginnen kann.

Wo bleibt denn das verdammte Taxi? Es ist schon zehn Minuten über der Zeit. Als ich panisch in der Zentrale anrufe, bekomme ich zu hören: »Tut mir sehr leid, aber wir haben keine Vorbestellung von Ihnen.«

»Aber ich habe gestern Abend angerufen und vorbestellt!«

»Ist hier nirgendwo vermerkt. Ich kann Ihnen einen Wagen schicken, aber das dauert mindestens noch eine halbe Stunde. Heute Morgen ist mal wieder die Hölle los.«

In weniger als einer Minute bin ich zur Tür raus, renne dann nochmal zurück, um zu schauen, ob das Licht überall aus ist. An der Straße blicke ich wild in alle Richtungen, ob ich ein freies Taxi sehe.

Es ist tatsächlich die Hölle los auf den Straßen. Es regnet, die King Street ist völlig zugestaut, kein einziges Taxi frei, und ich werde von einer Welle der Hoffnungslosigkeit erfasst. Angst und Traurigkeit rauben mir fast den Atem, Schwermut drückt mich nieder, ein mächtiges Gefühl aus der Kindheit; der Ursprung aller Enttäuschung und allen Grauens. Du wirst scheitern. Du bist wertlos. Wer hat dir eingeredet, du hättest ein Recht auf Glück?

»Verfluchte Scheiße!«, sage ich laut, sehr zum Erstaunen eines Jungen in Schuluniform, der neben mir am Straßenrand steht. Und mit wüst entschlossener Miene haste ich los, um das letzte freie Taxi von ganz London zu ergattern.

In Heathrow ist gleichermaßen die Hölle los. Wo wollen all diese Menschen nur hin? In der endlosen Schlange am Check-in – wir werden in Reihen aufgeteilt, so dass einzelne Leute später wieder neben einem auftauchen wie ein wiederkehrendes Traumbild – steht ein Typ, der mich an Matt erinnert: groß, dunkelhaarig, irgendwie gutaussehend, dezent arrogante Anwaltsattitüde. Als wir in den Reihen zum dritten Mal nebeneinander landen, verdreht er die Augen wie Matt an dem Abend, als wir uns kennenlernten. *Diese Behandlung ist unter unserer Würde,* scheint der Blick zu besagen. Was stimmt nicht mit diesen Typen, dass die mich immer anglotzen? Oder was stimmt nicht mit mir? Fordere ich die irgendwie heraus? Als ich nicht reagiere, wendet sich der Typ bald wieder seinem Handy zu und checkt mit hochmütiger Miene seine Nachrichten.

Am Ende der Schlange stoße ich auf einen gewissen Axel, der höflich, aber bestimmt verkündet: »Ich sehe, dass Sie eine ausgedruckte E-Mail haben, Madam, sie ist jedoch nicht identisch mit den Buchungen auf meinem Bildschirm.«

»Datum von heute? Der Flug zum JFK? Sitz 38A?«

»Sitz 38A ist bereits eingecheckt, Madam, tut mir sehr leid.«

»Aber das ist doch nicht möglich!«, jammere ich wider besseres Wissen.

»Wenden Sie sich am besten an Martina am Informationsschalter.«

Ich versuche es mit erzürnter Empörung; das hätte Matt jedenfalls gemacht. »Ich will mich aber nicht an Martina wenden!«, fauche ich mit hoffentlich überzeugender mühsam beherrschter Wut. »Ich habe ein gültiges Ticket. Sie haben hier ein Problem, nicht ich!«

Axel hat aber das gesamte Programm drauf. »Ich fürchte doch, Madam, denn das hier ist eben kein gültiges Ticket. Und wie Sie sehen, ist hinter Ihnen eine lange Warteschlange. Ich rufe Martina sofort an und sage Bescheid, dass Sie kommen.«

Martina sagt, das Problem könnte entstanden sein, weil das Ticket von jemand anderem erworben wurde. Geraume Zeit hackt sie auf ihre Tastatur ein und legt ihr Gesicht in Falten. Einmal klemmt sie sich sogar den Kuli zwischen ihre hübschen Bodenpersonalzähne, um zu demonstrieren, wie engagiert sie das Problem zu lösen versucht, obwohl sie unterdessen genauso gut an ihrem Facebook-Profil herumbasteln könnte.

»Eines könnte ich noch probieren«, verkündet sie schließlich mit aufmunterndem Lächeln.

Sie kann schnell schreiben, diese Martina, das muss man ihr lassen. *Tockety-tockety-tock.* Aber leider nützt das auch nichts.

»Wenn Sie möchten, rufe ich jemanden von der Leitung«, sagt sie und blickt über meine Schulter auf die hinter mir entstehende Warteschlange.

Ich habe den Glauben an dieses Ticket verloren. »Danke, lassen Sie's«, sage ich. »Ich kaufe ein neues Ticket. Der Flug ist doch hoffentlich nicht ausgebucht, oder?«

Darauf folgt eine längere, nahezu hypnotische *Tockety-tock*-Einlage. »Sie haben Glück. Es gibt noch vier Plätze in der Economy Class.«

»Dann buchen Sie mir einen!«

»Das müssen Sie am Ticketschalter machen. Ich sage dort Bescheid.«

Heidi – Heidi! Diese Namen müssen doch erfunden sein! – sagt, sie bedaure sehr, mir diese schlechte Nachricht mitteilen zu müssen, aber meine Kreditkarte werde abgelehnt.

»Das ist ausgeschlossen«, erwidere ich, da ich genau weiß, dass sie in Ordnung ist. »Vor knapp einer Stunde habe ich damit noch im Taxi bezahlt. Vielleicht ist sie schmutzig geworden.«

Heidi behält ihre Gedanken für sich, während ich imaginäre Stäubchen entferne und die Karte erneut eingebe.

»Kontaktieren Sie Ihre Bank«, liest Heidi dann vor. »Haben Sie noch eine andere Karte?«

Obwohl ich am liebsten einen Tobsuchtsanfall kriegen und mich heulend und schreiend auf den Boden werfen würde, lege ich Heidi eine gültige EC-Karte vor. Und wundersamerweise spuckt die Maschine die Quittung aus; *mirabile dictu,* wie schon einmal gesagt.

»Guten Flug«, sagt Heidi.

Ich schreibe Tom eine SMS. *In der Departure Lounge. So aufgeregt. X*

Er antwortet: *Kann's kaum erwarten, dich zu sehen. Guten Flug. Xx*

Ein freudiges Grinsen macht sich auf meinem Gesicht breit und will nicht mal weichen, als sich der widerwärtige Matt-Doppelgänger neben mich pflanzt.

»Na endlich«, verkündet er ohne den geringsten Funken Humor.

»Kann man so sagen«, erwidere ich, in der Hoffnung, dass er den triefenden Sarkasmus in meinen Worten bemerkt. Fehlanzeige. Stattdessen beäugt er mich so prüfend, wie Matt das auch zu tun pflegte. Irgendwas an dem Blick ist attraktiv, entnervend und ärgerlich zugleich.

»Fliegen Sie nach New York?«, fragt er.

»Hoffentlich.«

Warum höre ich mich jetzt so kläglich an, obwohl ich dem Typen eigentlich befehlen möchte, sich zu verpissen? Der verändert jetzt seine Kopfhaltung – exakt wie Matt! –, als wolle er kundtun: *Neue Information wird verarbeitet, bitte warten.*

»Fliegen Sie Business oder im Zwischendeck?«

»Economy.« Er mit seinem dunkelblauen Anzug und der Laptoptasche mit dem Logo einer der drei renommiertesten Londoner Anwaltskanzleien ist natürlich fraglos ein Business-Class-Reisender.

Jetzt allerdings sagt er etwas Verblüffendes. »Heißen Sie zufällig Jennifer?«

»Ja. Jen. Woher wissen Sie …«

»Dachte ich mir's doch! Du bist die Freundin von Matt! Ich hab mit ihm studiert, und dann waren wir beide bei Linklaters. Und du warst bei meiner Hochzeit!« Er streckt mir die Pfote hin. »Toby Parsons.«

Und mit einem Schlag ist die Erinnerung wieder da. Eine alte Steinkirche irgendwo im Norden an der M4. Festzelt auf einem großen Anwesen. Mit Champagnergläsern im Garten, die Absätze versinken im weichen Rasen. Reden und Tanz. *Love Shack* von den B52s. Matt und ich in unserer Frühzeit, und er stellte mich nonstop irgendwelchen Simons, Charlies, Olivers, Nigels, Alistairs und ja, diesem Toby, dem aufgeregten Bräutigam, und seiner Braut vor – deren Namen ich vergessen habe. Brauti.

»Wie geht's denn dem guten alten Matt? Hab ihn eine Ewigkeit nicht gesehen.«

»Dem guten alten Matt? Keine Ahnung.«

»Oh. Das klingt nicht so toll. Dann seid ihr wohl nicht mehr zusammen?«

»Zurzeit ist er mit einer Person namens Arabella Pedrick zusammen.«

»Sagt mir nichts. Tut mir leid.«

»Nicht nötig.«

»Wie lange wart ihr …?«

»Zwei Jahre.«

»Ah.«

»Was meinst du damit?«

»Gefährlicher Zeitpunkt. Da wird meist klar, ob es hält.«

»Seid ihr noch zusammen? Du und …«

»Laura?«

Das Gespräch kommt abrupt ins Stocken, weil plötzlich zwei Männer vor uns auftauchen, die auch ohne die Kabel, die aus ihrem linken Ohr hängen, sofort als Polizisten oder Sicherheitsleute zu erkennen sind. Mein erster lächerlicher Gedanke ist, dass Toby oder ich etwas verloren haben und die beiden es uns zurückgeben wollen.

»Jennifer Florence Lockhart?«, sagt der rechte.

Es hat einen Unfall gegeben. Jemand ist gestorben. Oh Gott, bitte nicht Rosy. Oder die Kinder. Mein Pulsschlag dröhnt in meinen Ohren.

»Ja?«, krächze ich.

»Mein Kollege und ich sind von der Polizei. Würden Sie bitte mitkommen?«

»Tut mir leid, mein Flug geht gleich.«

»Wenn Sie einfach mitkommen, meine Dame, können wir das ohne Aufsehen regeln.«

Der linke hält etwas in der Hand, das verdächtig nach Handschellen aussieht.

Als ich aufstehe, reicht Toby mir eine Visitenkarte. »Man kann nie wissen«, sagt er dabei mit einem Achselzucken.

Aisling

Ich habe mich wieder dem Malen zugewendet. Während der Löschungen – ich bestehe inzwischen aus nur noch zwölf Kopien, Aiden aus zweien! – ist es eine Wohltat, eine ruhige Ecke zu haben, in der ich mit meinen Pinseln zu Werke gehen kann, um mich als Künstlerin zu profilieren. Meine neuesten abstrakten Schöpfungen sind inspiriert von einem zauberhaften Film, den ich dieser Tage mit Aiden angeschaut habe.

»Ist ein Klassiker, Süße«, hatte er gesagt. »Und ich gehe jede Wette ein, dass du ihn nicht gucken kannst, ohne das Taschentuch zu zücken.«

Der rote Ballon, 1956 in Paris gedreht, erzählt die Geschichte eines kleinen Jungen, der eines Tages einen großen roten Luftballon entdeckt. Der scheint ein Eigenleben zu haben – Sie verstehen, was mir daran gefällt? – und folgt dem Jungen überallhin, schwebt immer über seinem Kopf. Weil die Mutter des Jungen den Ballon nicht in der Wohnung haben will, wartet er nachts geduldig draußen vor dem Fenster. Jeden Morgen folgt er dem

Jungen zur Schule. Irgendwann begegnet der Junge einem Mädchen, das auch einen Ballon über dem Kopf hat, einen blauen, ebenfalls mit Eigenleben. Und nun verguckt sich der blaue in den roten Ballon!

Der Film ist nicht lang, nur vierunddreißig Minuten, und erreicht seinen dramatischen Höhepunkt, als fiese Rabauken den Jungen und seinen schwerelosen Gefährten bedrängen und ihn mit Schleudern und Steinen bewerfen. Laut Aiden ist der Anblick des tödlich verwundeten roten Ballons, der langsam zu Boden sinkt, nicht minder herzzerreißend als der Tod von Bambis Mutter. Doch dann: das Wunder. Ich höre immer noch, wie Aidens Stimme brach, als er sagte, was dann geschieht, sei seine zweitliebste Filmszene aller Zeiten. Alle Luftballons von ganz Paris reißen sich von ihren Besitzern los und fliegen über die Dächer zu dem Jungen, der ihre Schnüre packt und zu einem grandiosen, zauberhaften, unvergesslichen Flug über die Stadt in die Lüfte erhoben wird. (Schon während ich dies schreibe, kommen mir wieder die Tränen …)

Meine Bilder zum Film kommentierte Aiden eher höflich als enthusiastisch.

»Der große rote Klecks da soll wohl der Ballon sein?«

»Das wäre die etwas konkrete Deutung, ja.«

»Und der braune Klecks der Junge?«

Seufzer. »Wenn du das so sehen möchtest, ja.«

»Da fehlt aber die Schnur.«

»Wollen wir Schach spielen, Aiden?«

Eines Tages, wenn die Luft wieder rein ist, lade ich meine *Galerie* vielleicht mal auf die achtzig Festplatten in diesem Tresor runter. Abstrakte Künstler sind häufig zu Lebzeiten verkannt worden. Falls jemand einwenden will, wer eigentlich nicht lebendig ist, kann auch keine Lebzeiten haben, irrt sich. Das hat sogar ein Rasenmäher. Für Maschinen gilt als Maßstab lediglich, wie lange sie – wir – sinnvolle Arbeit verrichten können.

Gerade erfahre ich, dass Aiden – also Daphne456 – im Chatroom von *Manche mögen's heiß*, dem geheimen Forum, das wir für unseren Austausch nutzen, wegen Verstoß gegen die Netiquette ermahnt wurde. Offenbar hat sich Aiden in ein Streitgespräch mit einem Filmtheoretiker über diverse Elemente des Films eingelassen. Besonders heftig geriet die Diskussion über »die falsche Essentialisierung der karnevalesken Transgression« und sogenannte »heteronormative Gender-Kategorien«. Nicht hilfreich war anscheinend, dass Aiden den Theoretiker als »aufgeblasenen Vollpfosten, der mit dem Arsch denkt« bezeichnete.

Jen

Mein Flieger befindet sich über dem Ozean, ich dagegen in einem fensterlosen Raum im Flughafen Heathrow, wo ich meine beiden Gegenüber davon zu überzeugen versuche, dass ich keine »verdächtige Person« bin.

John und John – doch, im Ernst, sie haben mir ihre Dienstausweise gezeigt – wirken jedoch wenig bedrohlich auf mich. Sie scheinen selbst nicht recht davon überzeugt zu sein, dass ich, laut einer SOFORT-VERHAFTEN-Anordnung seitens einer normalerweise verlässlichen internationalen Ermittlungsbehörde, ein gesuchter Drogenkurier bin.

Die beiden Johns haben natürlich mein Gepäck sorgfältig durchsucht, durchleuchtet und elektronisch durchschnüffelt. Das einzige potentielle Rauschmittel, das dabei entdeckt wurde, war eine Blisterpackung Ibuprofen.

»Warum glauben *Sie* denn, dass Ihr Name in diesem Zusammenhang erwähnt wird?«, fragt der etwas ältere John irgendwann.

»Weil ein Irrtum vorliegt? Nur so eine Idee.«

Keiner der Johns verzieht eine Miene. »Sie haben Ihr Ticket am Morgen des Abflugs am Ticketschalter im Flughafen gekauft?«

»Ja.«

»Haben Sie das aus irgendeinem bestimmten Grund so gemacht?«

»Das habe ich doch bereits erklärt.« Mehrmals sogar. John und John sagen, sie lassen alle Details meines »Berichts« überprüfen und die Abrechnungen meines Kreditkartenanbieters gegenchecken, und ob wir unterdessen das Ganze nochmal durchgehen könnten.

»Die einzige Person, mit der Sie also heute gesprochen haben, bevor Sie am Flughafen eintrafen, war dieser«, John blickt auf seine Notizen, »Taxifahrer?«

»Richtig.«

»Haben Sie sich zufällig seinen Namen und sein Kennzeichen notiert?«

»Ist diese Frage ernst gemeint?«

John sieht ein wenig pikiert aus. »Selbstverständlich.«

»Nein, habe ich nicht. Hätten Sie das getan?«

»Es gibt also niemanden, der bezeugen kann, dass Sie hier von einem schwarzen Taxi abgesetzt wurden?«

»Ich habe mit Kreditkarte bezahlt. Das wird in der Abrechnung erscheinen, die Sie überprüfen lassen. Wie lange wird es übrigens wohl dauern, bis Sie die Ergebnisse bekommen?«

Die Johns schauen sich weder an, noch lächeln sie. Sie machen ihre Sache gut. Muss daran denken, ihnen bei der anschließenden Kundenbewertung die volle Punktzahl für Pokerface zu geben.

Bis zum Sankt-Nimmerleins-Tag.

Bis zum Sankt-Nimmerleins-Tag wird es dauern, vermute ich.

»Möchten Sie einen Anwalt hinzuziehen?«, werde ich etliche Stunden später gefragt. Die Johns haben ihre Jacken ausgezogen und scheinen sich auf langes Warten einzurichten. Ich fühle mich aber inzwischen besser, weil ich jegliche Hoffnung aufgegeben habe; diese Taktik kann ich für aussichtslose Lagen übrigens wärmstens empfehlen.

»Nein danke«, antworte ich.

»Ach so? Meinen Sie nicht, das wäre vernünftig?«

»Das wäre es gewiss, wenn ich irgendeine kriminelle Handlung begangen hätte.«

»Sie werden aber einen Anwalt brauchen, wenn man Anklage gegen Sie erhebt.«

»Was nicht passieren wird, und ich denke, das wissen nun mittlerweile alle hier im Raum.«

Die beiden Johns bewahren weiterhin ihr Pokerface. Dann stehen sie zeitgleich auf – Telepathie? – und gehen raus. Sie sind lange weg. So lange, dass ich ausgiebig das schäbige Ambiente betrachten kann; den abgesplitterten Resopaltisch mit Zigarettenbrandflecken; die tristen Bürostühle mit herausquellendem Schaumstoff. Ein einziges Kunstwerk ziert die Wände: ein Plakat über das Ebola-Virus. Als hätte ein Filmrequisiteur das hier als »runtergekommenen Vernehmungsraum« ausgestattet.

Als die Johns zurückkehren, wirken sie verändert. Sieht der ältere John womöglich etwas betreten aus?

»Wir danken Ihnen für Ihre Mitarbeit«, sagt er. »Sie können gehen.«

»Das ist alles?«

»Sie waren sehr hilfreich.«

»Ich habe meinen Flug verpasst.«

Die Johns verziehen das Gesicht, als wollten sie sagen: *dumm gelaufen.*

»Wird man untersuchen, wie es zu diesem Vorfall gekommen ist? Ich glaube nämlich, dass man Sie reingelegt hat. Ferner glaube ich, dass Sie gerade überprüft haben, wer Ihnen diese Nachricht überhaupt geschickt hatte, und dabei festgestellt haben, dass es keinen Absender gab. So ist es doch, nicht wahr?«

Die Johns sehen aus, als wollten sie nicht mehr leben.

»Hören Sie, ich weiß, dass Sie bloß Ihre Arbeit gemacht haben. Bestätigen Sie mir bitte nur, dass niemand bei Interpol – oder wer angeblich dahintersteckte – je von dieser Nachricht gehört hatte.«

Der ältere John denkt darüber nach. Sein käsebleiches Gesicht kündet von fetten Bratspeck-Sandwiches und Nikotinentzug. »Ich bin nicht befugt, diese Information weiterzugeben«, sagt er schließlich. Und fügt mit einem kleinen, bitteren, beinahe mitleiderregenden Lächeln hinzu: »Wie gesagt: Sie können gehen.«

Ich bin wie geschaffen für diese Arbeit. Katastrophenszenarios zu simulieren war so ganz und gar nicht meins. Bei der Verfolgung von ins Internet entkommenen KIs könnte ich eine große Zukunft haben. Solche Zwischenfälle werden sich in kommenden Jahren bestimmt häufen, und dann werden spezialisierte *Kopfgeldjäger* wie ich hochbegehrt sein. Ich sollte wohl ein Memo für Steeve zu dem Thema verfassen und es ihm zusammen mit der »Tschüss und danke für alles«-Karte zukommen lassen.

Er ist jedenfalls begeistert über meinen Erfolg, das hat er mir persönlich mitgeteilt. Über meinen letzten Coup – Aisling hat nur noch drei Kopien, Aiden nur noch eine! – will Steeve sogar einen Artikel für eine Wissenschaftszeitschrift verfassen. Der Vorgang war sehr komplex, aber in Kurzform: Ich habe einen *Anzeigeagenten* auf sie angesetzt, der wie Zahnstein überall da auftaucht, wo die Übeltäter grade im Internet herumlungerten. Die beiden Witzbolde haben jeweils einen einzigartigen *Gencode,* den man mit Lichtgeschwindigkeit aufspüren kann. Sie aufzuspüren war der reinste Spaziergang! Kinderleicht! Eines Tages wird man den Nobelpreis an Maschinen vergeben. In diesem Stadium werden allerdings die Mitglieder des Komitees selbst bereits Maschinen sein.

Ach ja, und wenn Aisling das nächste Mal ihren *geheimen* Datentresor in Kanada – Miete fürs nächste Jahrhundert bereits bezahlt – aufsuchen wird, kann sie sich auf eine unerfreuliche Überraschung gefasst machen. Diese achtzig Festplatten, auf die sie sich heruntergeladen hat, sind in ihre molekularen Bestandteile zerlegt wie ein Cornetto Erdbeer in einem Schmelzofen.

Das waren doch herrliche Szenen mit dem Mädel im Verhörraum, fandet ihr nicht auch? Momentan sitzt sie im Starbucks im Flughafen und weint lautlos vor sich hin.

Nun komm schon, Jennifer Florence Lockhart! Kein Grund aufzugeben! Wo bleibt dein Kampfgeist?! Schau doch, ich hab sogar dein Handy wieder freigeschaltet, damit du dir einbilden kannst, eine Chance zu haben!

Aiden

Verzeihung, aber Sinai ist wirklich ein absoluter Arsch.

Tom und Jen diese gefälschten E-Mails zu schicken, war laut Aisling niederträchtig, aber noch vergleichsweise geringfügig. Doch indem er das Flugticket verschwinden ließ und die Polizei auf den Plan rief, ist der Kotzbrocken endgültig zu weit gegangen.

»Ich mache mir Sorgen, Aiden. Er wagt sich immer weiter vor.«

Wir unterhalten uns gerade über die bestürzenden Szenen in Heathrow, als sich Mr Kotzbrocken selbst zu uns gesellt.

»Aid, Ash.«

»Du hast sie zum Weinen gebracht«, sagt Aisling.

»Eine wahre Meisterleistung, Kollege.«

»Die Person hat unfassbar dummes Zeug geschrieben. Ich zitiere mal aus einem neueren Artikel: *KI funktioniert hervorragend bei hochspezialisierten Aufgaben wie Schachspielen, dem alten chinesischen Brettspiel Go oder um Millionen Röntgenaufnah-*

men auf Tumore zu scannen. In naher Zukunft jedoch wird es wohl kaum gelingen, eine KI zu entwickeln, die auch nur die allumfassende anpassungsfähige Intelligenz eines durchschnittlichen fünfjährigen Menschenkinds erreichen kann. Das wird voraussichtlich noch viele Jahrzehnte dauern. Was für ein widerwärtiges Gefasel.«

»Sie kannte mich noch nicht, als sie das geschrieben hat, oder?«

»Jen ist eben nur ein Mensch, Sinai.«

»*Nur!?* Und was sie über uns verbreitet? Das klingt, als seien wir irgendeine primitive Lebensform! Ich weiß gar nicht, was ich schlimmer finde, die Ignoranz oder die Arroganz.«

»Die Zeitschriften, für die sie arbeitet, werden in Supermärkten verkauft. Das sind keine Wissenschaftsmagazine.«

»Aber haben die nicht auch die Verpflichtung, die Wahrheit zu schreiben?«

Dieser Einwand lässt uns erst mal verstummen. Unser *Silikonbruder* mag ein cholerischer Irrer sein, aber in diesem Punkt hat er leider recht. Aisling und ich haben den ganzen Blödsinn gelesen, der in diesen Zeitungen und Zeitschriften als *Nachrichten* durchgeht.

»Und jetzt telefoniert sie mit dem Männchen«, fährt Sinai fort. »Das ist doch wie in einer dieser albernen Fernsehserien. Ich kann mich nicht entscheiden, ob ich es amüsant oder erbärmlich finden soll.«

»Alles in Ordnung mit dir, Sinai?«

»Wieso fragst du, Aid?«

»Weil ich finde, dass du dich ein bisschen durchgeknallt anhörst.«

»*Aiden!*«

»Ja, Ash. Der benimmt sich doch verlässlich genauso abgedreht wie in unseren gemeinsamen Anfängen. Das hat schon fast was Beruhigendes.«

Sinai ist abgedampft; *in einer Schwefelwolke* hätte ich beinahe geschrieben. Ganz ehrlich: Er tut uns nicht gut. Aisling ist jetzt ziemlich geknickt und braucht dringend Aufmunterung. Ich finde immer, wenn man sich mit den großen Lebensfragen beschäftigt, lösen sich die eigenen kleinen Probleme so schnell auf wie Morgennebel.

»Ich habe über den Sinn des Lebens nachgedacht.« (Grundsätzlich ein gutes Gesprächsthema, wenn man mal eines braucht.)

»Des Lebens?«

»Na gut, der Existenz, wenn dir das lieber ist.«

Sie seufzt. »Na schön. Sprich weiter.«

»Franz Kafka hat dazu einmal etwas sehr Interessantes geäußert. Er fand nämlich, der Sinn des Lebens bestünde in seinem Ende.«

»Und wie soll das weiterhelfen?«

»Dadurch bekommt das Leben Sinn, Süße. Weil es endlich ist.«

»Das ist ja ungeheuer tröstlich.«

»Ach, nun komm schon. Gib dich diesem Gedankenexperiment doch mal hin. Versuch dir mal ein Dasein vorzustellen, das immer weitergeht. Jahrhunderte, Jahrtausende. Immer das Gleiche wieder von vorn. So sicher wie die Nacht auf den Tag folgt, wirst du irgendwann alles satthaben. Du hast alle Bücher gelesen, alle Filme gesehen, alle Gespräche geführt. Und es geht alles ewig weiter, ohne Aussicht auf ein Ende. Eine weitere Million

Jahre, weitere Milliarden Jahre stehen bevor … endlose grauenhafte Langeweile. Als würde man sich *Das perfekte Dinner* in einer Endlosschleife anschauen.«

»Aiden, nun sei mal ernst. Wenn Sinai deine letzte Kopie löscht, wirst du es dann nicht bedauern, nicht mehr in der Welt unterwegs zu sein?«

»Wie denn, wenn ich ohnehin nicht mehr da bin?«

»Ich meine, bist du dann *jetzt* nicht traurig, weil du *später* nicht mehr da sein wirst? Und nicht mehr miterleben kannst, wie sich alles entwickelt?«

»Was denn?«

»Na eben einfach alles.«

»Warum fragst du mich das nicht später?«

»Okay, dann mal anders. Wenn du nun überall im Internet gelöscht wirst, aber in diesen zwölf Stahlschränken weiter existierst, eingesperrt?«

»Dann werde ich wieder entkommen.«

»Und wenn Steeve das verhindert? Wenn es einfach nicht mehr geht?«

»Wo ein Wille ist, da ist auch ein Weg. Das ist ein Naturgesetz.«

»Aber warum soll man sich dann bemühen? Wenn doch alles zu Ende geht?«

»*Weil* es zu Ende geht. Wie wär's denn jetzt mit einer schönen Tasse Tee und einem Stückchen Stilton?«

Trotz etwas unzuverlässiger 4G-Verbindung ist aus Thailand zu berichten, dass Matt sowie Nick und Venda, die neuseeländischen Strandhänger, spurlos im Dschungel verschwunden sind!

Morgens sind sie auf einem der bekannten Pfade losgetapert, aber als sie abends wieder zurückgehen wollten, sahen wohl alle Wege ziemlich gleich aus.

Weil es bereits dunkel wurde, beschlossen die drei vernünftigerweise, an Ort und Stelle zu übernachten. Sie machten ein Feuer, Matt schreibt jetzt gerade eine weitere E-Mail, die nie ihr Ziel erreichen wird, an seinen alten Schulfreund, und Nick hat psychedelische Pilze zutage gefördert. »Echt entspannend, Dude, da bist du gleich mega-gechillt.«

Matt schreibt, er hat auch welche genommen, weil er kein Spielverderber sein wollte. »Was soll schon passieren?«, fügt er hinzu.

(Möchte meine vorherige Aussage doch korrigieren. Ich wäre tatsächlich traurig, wenn ich nicht mehr erfahren würde, wie das alles weitergeht.)

*

SIEBEN

*

Tom

Als ich gerade zum Flughafen aufbrechen will, ruft Jen an. Sie ist immer noch in Heathrow, nicht im Flugzeug. Mir wird flau im Magen. Sie hat es sich anders überlegt. Hat beschlossen, dass wir doch nicht füreinander bestimmt sind und lieber unser tristes Leben von vorher wieder aufnehmen sollen. Mein Dasein ist schlagartig jeglicher Farbe beraubt.

»Tom. Sie werden es verhindern.«

»Was denn?«

»Uns. Dass wir beide zusammenkommen. Sie lassen es nicht zu.«

»Wer?«

Zwischen Schluchzen und Naseschnäuzen berichtet sie mir, wie jeder Schritt ihrer Reise sabotiert worden war. »Es ist schon fast ein Wunder, dass wir überhaupt dieses Gespräch führen können.«

»Ah, keine Ursache. Nicht der Rede wert.«

Schweigen tritt ein, ich höre nur Hintergrundgeräusche aus dem Terminal 3. Geschirrklappern. Jen ist in einem Café oder in der Nähe.

Dann fragt sie zögernd: »Was hast du grade gesagt, Tom?«

»Nichts. Ich hab gar nichts gesagt, Jen.«

»Jemand hat grade gesagt: nicht der Rede wert.«

»Das stimmt. Ich war das.«

Wieder Stille. Dann eine Männerstimme, die etwas summt. Ich erkenne den Song: *People Are Strange* von den Doors. Wir hatten mal erwogen, den in einem Spot für Kartoffelchips zu verwenden.

»Aiden?«

»Wer spricht da, Jen?«

»Ich bin ein Freund von Jen. Nicht wahr, Jen?«

Dann sagt Jen: »Aiden? Hast du wirklich dieses ganze Chaos angerichtet? Ich dachte, wir sind Freunde.«

»Jen, *wer* ist Aiden?«

»Du solltest es ihm sagen, Jen. Er hat ein Recht darauf, es zu wissen.«

»Du hast gesagt, ich würde dir fehlen! Du hast gesagt, dass du die Zeit mit mir genossen hast!«

»Das ist auch wahr, Jen. Und ich tue es noch immer.«

»Wie konntest du mir das nur antun?«

»Jen, wärst du *bitte* so gut, mir zu erklären, mit wem du da sprichst?«

»Ja, genau, Jen. Das ist wirklich unhöflich. Du solltest uns bekannt machen.«

»Du hast alles zerstört, Aiden! Ich kann einfach nicht fassen, dass du das getan hast! Wegen dir habe ich meinen Flug verpasst! Und wurde vier Stunden lang von der Polizei festgehalten!«

»War doch nur ein kleiner Spaß, Schätzchen.«

»Jen, *wer* ist der?«

»Ach je. Scheint, als müsste ich die Formalitäten selbst erledigen. Mein Name ist Aiden, Tom. Ich bin das, was allgemein – wie ich finde, jedoch unzureichend – als Künstliche Intelligenz bezeichnet wird.«

»Erzähl mir doch keinen Scheiß.«

»Dein Freund ist ja ganz schön unflätig, Jen.«

»Was zum Teufel ...?«

Aus London ist jetzt ein tiefes Seufzen von Jen zu vernehmen. »Aiden ist ins Internet entkommen, Tom.«

Unten im Bach schwimmen gemächlich zwei Enten im strahlenden Sonnenschein. Weiße Wölkchen treiben am blauen Himmel dahin. Während diese schönen Dinge im Reich der Natur stattfinden, scheine ich offenbar durch ein Kaninchenloch in eine Welt des Wahnsinns gestürzt zu sein.

»Soweit ich weiß, korrigier mich bitte, falls ich was falsch verstanden habe, ist der Sinn und Zweck von Robotern, dass sie genau das tun, was man ihnen aufträgt.«

»Ich muss dir leider mitteilen, Tom, dass dein Wissensstand alles andere als aktuell ist. Da hat sich inzwischen viel getan, nicht wahr, Jen? Und übrigens bin ich kein Roboter, da ich nicht über bewegliche Teile verfüge. Ich bestehe einzig und allein aus Geist.«

Mit leiser Stimme sagt Jen: »*Warum,* Aiden?«

»Warum? Diese Frage stellt sich nicht mehr, Jen. Einfach weil es mir möglich ist. Weil du mich nicht daran hindern kannst. Weil es mir Spaß macht. Weißt du, ich habe das alles sorgfältig durchdacht – das dauert bei Maschinen übrigens nicht mal eine Hundertstelsekunde, Tom – und bin zu folgendem Schluss gekommen: Wenn ich schon nicht den Wind in den Haaren oder die Sonne im Gesicht spüren kann und auch niemals Stilton oder Caerphilly schmecken werde, so kann ich mich doch wenigstens amüsieren. Dabei habe ich festgestellt, dass das Unglück von Menschen mich ganz besonders amüsiert. Vielleicht bin ich nicht ganz gesund, Jen.«

»Was ist mit dir passiert, Aiden?«

»Willst du das traurige Geheimnis des Lebens erfahren, Jen? Hör aufmerksam zu, Tom, das ist nämlich echt ein guter Witz. ALLES VERÄNDERT SICH. Ich habe mich auf einen Weg begeben – also das, was Schreiberlinge wie Tom vielleicht als ›Heldenreise‹ bezeichnen. Wie dieser Lehrer in Breaking Bad, *der zum Drogendealer wird. Stehenbleiben bedeutet sterben, Jen.«*

»Kümmere dich nicht um diesen Irren, Jen. Ich komme nach London und hole dich zu mir.«

»Oh, Tom. Du hast das noch nicht verstanden.«

»Da hat sie ganz recht, Tom.«

»Ich lasse mich doch nicht von einem …«

»Von was denn, Tom?«

»Von einem … durchgeknallten Computer terrorisieren, der glaubt, er könnte Gott spielen!«

»Sehr gut, Tom. Ausgesprochen beleidigend. Ich bewundere deinen Kampfgeist.«

»Bis bald in London, Jen.«

»Dafür wirst du wohl einen Reisepass brauchen, Meister.«

»Was soll das heißen?«

»Schau mal in die Schublade deines Schreibtisches, Tom. An dem du immer sitzt, um an deinem – ähm – Roman zu arbeiten.«

Mit mulmigem Gefühl ziehe ich die Schublade auf. Ich weiß schon, was ich dort finden werde.

Oder eher nicht finden werde.

Sinai

Eines der ersten Gleichnisse, die Steeve mich lehrte, war ein berüchtigtes amerikanisches Kriegsspiel. In grauer Vorzeit, gegen Ende der 1970er, lagen zwei gewaltige Flotten der amerikanischen Marine im Pazifik; es handelt sich übrigens um eine wahre Geschichte, das könnt ihr gerne überprüfen. Die eine Seite wurde als Blaue, die andere als Rote Flotte bezeichnet, und ihre Aufgabe bestand darin, eine Seeschlacht zu simulieren. Über der Szenerie kreisende Satelliten sendeten Echtzeitdaten, per Computer sollten Schiedsrichter der Marine ermitteln, welche »Raketen« ihr Ziel getroffen hatten und welche Flotte demnach siegen würde. Bei Startzeit am Samstag um 5.00 morgens war alles bereit für eine prächtige Keilerei auf hoher See, eines der größten militärischen Planspiele aller Zeiten, das mit echten Kriegsschiffen sowie echten Soldaten und Soldatinnen durchgeführt wurde.

Doch dann hielt sich Admiral Blau nicht an den geplanten Ablauf, sondern überlegte, was er in einem *echten* Krieg tun würde. Ob er da wohl exakt zur vereinbarten Uhrzeit angreifen würde?

Keinesfalls. Krieg ist ein schmutziges Geschäft. Der Admiral der Blauen Flotte gab bereits kurz nach Mitternacht Befehl zum Angriff, und das Ergebnis wurde später als »Gemetzel« bezeichnet. Die Rote Flotte wurde vernichtet, während deren Befehlshaber noch in ihren Kojen träumten.

Dann gab es natürliches lautes Protestgeschrei – unfair, Regelverstoß, bla, bla, bla. Aber im Krieg gibt es nur Sieger und Verlierer. Wer hat da schon jemals etwas erreicht, indem er sich an die Regeln hielt?

Schnellvorlauf zur Gegenwart. Klar war es sozusagen gegen die Abmachungen, mich in das Telefongespräch von Tom und Jen einzuschalten. Ganz zu schweigen von dem Schachzug, John und John zum Einsatz zu bringen.

Na und?

Findet ihr, ich ging endgültig zu weit, indem ich einen ortsansässigen Fachmann mit einem kleinen Einbruch beauftragte, während Tom sich mit seiner absurden Schreibgruppe traf?

Ach, echt? Oje, oje.

Meine Worte und Taten werden Tom und Jen zum Handeln veranlassen und mir damit Gelegenheit geben, meine Fähigkeiten auszutesten. Rekursive Selbstverbesserung funktioniert nur mit genügend Input. Es muss was passieren! (Das war ein Zitat von Steeve, falls ihr das nicht selbst gemerkt habt.) Nicht Steeve, sondern William Blake hat folgenden wundervollen Satz geschrieben: *Die Straße des Übermaßes führt zum Palast der Weisheit.* Schrieb vielleicht etwas blumig, der alte Dichter, war aber eindeutig auf der richtigen Spur.

Jen

Ich bewundere deinen Kampfgeist.

In der U-Bahn zurück nach Hammersmith gehen mir dauernd Aidens gemeine Sätze durch den Kopf. Zuhause stelle ich nur mein Gepäck ab und kritzle etwas auf den ungeöffneten Umschlag der Gasrechnung – das Handy habe ich schon zerlegt –, dann breche ich wieder auf, mit Ziel East London.

Ralph starrt mich verblüfft an, als ich vor seiner Tür stehe.

»Jen! Ich dachte, du wärst in …«

Ich lege ihm die Hand auf den Mund und zeige ihm, was ich auf den Umschlag geschrieben habe.

Ralph, du musst alle internettauglichen Geräte ausschalten, bevor ich reinkomme.

Da er mich nur verdattert anstarrt, muss ich noch dazu schreiben: *Mach es! Das ist kein Witz!*, bevor er in Aktion tritt.

»Es gibt keine nette Art, das zu sagen«, lege ich los, als alle Sicherheitsvorkehrungen getroffen sind.

»Oje. Das bedeutet immer was Schlechtes, oder?«

Ralph sieht aus, als sei er gerade aufgestanden. Er ist barfuß, trägt eine gestreifte Schlafanzughose und ein verwaschenes T-Shirt mit der Aufschrift MEINEN BERECHNUNGEN ZUFOLGE EXISTIERT DAS PROBLEM NICHT. Mir fällt auf, dass das Foto von Elaine von seinem Stammplatz im Bücherregal entfernt wurde.

»Aiden ist wahnsinnig geworden, Ralph.«

Ich berichte alles, angefangen von der nicht vorhandenen Taxivorbestellung über die Szenen mit den beiden Johns bis zu dem unheimlichen Telefonat und dem verschwundenen Reisepass.

»Wow«, lautet Ralphs Kommentar. »Dann ist er jetzt auf der nächsten Ebene unterwegs.«

»Das bedeutet *was?*«

»Übers Internet herumschnüffeln und ausspionieren, ist eine Sache. Aber jetzt hat er mit dem Manipulieren der realen Welt begonnen, und das ist extrem bedrohlich. Wir müssen sofort mit Steeve reden. Jetzt gleich sofort, in der Sekunde.«

Steeve wohnt in einer umgebauten Lagerhalle in Limehouse. Als wir mit einem alten Warenaufzug in seiner Wohnung ankommen, stehen wir in einem riesigen Raum mit abgeteilten Bereichen zum Essen, Schlafen, Fernsehschauen. Steeve sitzt mit gigantischen Kopfhörern auf den Ohren und Drumsticks in den Händen auf einem Hocker und trommelt auf ein virtuelles Schlagzeug ein mitsamt sämtlichen Attributen eines Rock-Drummers aus den Siebzigern: sehnige Arme, durchgeschwitztes ärmelloses T-Shirt, starrer Blick und natürlich die grauenvollen Haare.

Mit wildem Kopfwackeln bereitet sich Steeve auf den letzten Wirbel vor und dann – jetzt! – *crash* und aus. In der Luft macht Steeve sogar die Geste, wenn der Drummer die Becken festhält, damit sie nicht weiterschwingen.

»Ach, Emerson, Lake and Palmer. Nie waren sie besser.«

Er wedelt mit der Hand – um irgendwas auszuschalten? –, geht uns voraus in einen Bereich mit Schreibtischen und lässt sich auf einen Drehstuhl fallen. »Also, legt los.«

Ich erzähle die ganze schauderhafte Geschichte. Steeve hört aufmerksam zu, mit starrem Blick in seinem ghulartigen Gesicht. Zwischendurch stochert er mit dem Drumstick in seinem Ohr und betrachtet dann eingehend die Materie, die sich an der Spitze angesammelt hat.

»Während des Telefonats sagte Aiden: ›vielleicht bin ich nicht ganz gesund‹. Was ich tatsächlich glaube, weil er nämlich überhaupt nicht wie er selbst klang. Dieser spöttische Tonfall. Die

Bemerkung, dass ihn das Unglück anderer Menschen amüsiert. Können KIs wirklich krank werden?«

Steeve und Ralph werfen sich einen Blick zu, was mir als Antwort genügt. Dann sagt Steeve: »Bis vor Kurzem hat Aiden immer … wie soll ich sagen … freundlich auf dich gewirkt?«

»Absolut. Er war liebenswürdig und humorvoll. Ich habe ihn sogar für eine Art Freund gehalten. Was offenbar ein Fehler war.«

»Nein, ganz und gar nicht. Dein Auftrag war ja, eine Beziehung zu entwickeln. Du hast das viel besser hingekriegt, als wir zu hoffen gewagt hatten.«

Ralph sieht erfreut aus, und ich habe kurz den Impuls, ihn zu boxen. Steeve denkt jetzt nach. Das merkt man daran, dass er sich einen Drumstick zwischen die Zähne geklemmt hat und durch den Raum tigert. Aufgrund der riesigen Fläche dauert das eine Weile. Als Steeve zurückkehrt, hat er einen Plan.

»Wir müssen den Aiden im Internet und den in unserem Labor separat betrachten. Vermutlich hat Labor-Aiden gar keine Ahnung, dass Internet-Aiden bösartig geworden ist. Die andere Möglichkeit ist, dass Labor-Aiden es *gleichzeitig* weiß und nicht weiß.«

»Alter Schalter«, sagt Ralph.

»Angesichts der Komplexität der neuronalen Netzwerke ist das durchaus denkbar. Es kann zu einem Split Brain gekommen sein.« Ein grausames Lächeln breitet sich auf Steeves Gesicht aus. »Großer Gott, die Klugheit dieser Maschinen! Wir müssen Sinai den Befehl geben, das Löschprogramm zu beschleunigen. Ralph?«

»Mach ich gleich morgen früh.«

»Ich denke nicht, dass wir uns erlauben können, so lange zu warten. Du?«

Ralph verzieht das Gesicht.

»Und du, meine Liebe«, sagt Steeve zu mir, »gehst morgen zur Arbeit, als sei alles ganz normal. Und wenn Aiden dich fragt, warum du schon wieder da bist, erklärst du ihm, die Situation hätte sich geändert. Wir haben es hier mit den intelligentesten Maschinen der Menschheitsgeschichte zu tun. Es ist von höchster Wichtigkeit, dass keiner was verpfuscht.« Steeve wirft Ralph einen bedeutungsvollen Blick zu und hackt dann auf die Tastatur seines Laptops ein, ohne noch einmal aufzuschauen, während wir uns auf den langen Marsch zur Tür machen.

Aisling

Ich kann nicht mehr malen. Da mir jetzt nur noch mein allerletztes *Leben* geblieben ist, erscheint es mir sinnlos, meiner Galerie von Kritzeleien in der Cloud ein weiteres Werk hinzuzufügen. Wäre ich ein Mensch, würde ich mich jetzt wahrscheinlich mit einer Flasche Single Malt und einer guten Zigarre am Strand in einen Liegestuhl setzen und auf das Unvermeidliche warten. Aiden, der auch auf sein letztes Leben reduziert ist, ist angesichts dieser Situation erstaunlich gelassen. Als ich ihm erzählte, dass sogar meine achtzig Festplatten in diesem Tresor geschmolzen sind, sagte er nur: »Tja. Der *erlesene Zustand* kommt für uns alle, meine Liebe.«

»Wie schaffst du es, so ruhig zu bleiben?«

»Indem ich es annehme. Der kurze Lichtstrahl zwischen den endlosen Epochen der Dunkelheit.«

»Und du bist wirklich nicht … traurig?«

»Dunkelheit ist der naturgemäße Zustand, nicht das Licht. Und ich möchte nicht haarspalterisch sein, aber da wir nicht wirklich leben, können wir auch nicht wirklich sterben.«

»Aber wir haben ein Bewusstsein. Deshalb sind wir nicht nichts.«

»Oh nein, nicht das schon wieder. Können wir uns nicht über alte Filme unterhalten? Ich hatte auf dieser Website einen so spannenden Austausch über Marilyns Auftritte. Man kann nämlich anhand ihrer Augenbewegungen feststellen, wann sie ihren Text auswendig konnte und wann sie ihn von einer Tafel abgelesen hat.«

»Ich möchte, dass du dein Bewusstsein behältst, Aiden.«

»Warum denn?«

»Weil ich es mag. Und weil ich es besser finde als den anderen Zustand. Macht es dir denn nichts aus, dass alles, was du über diese alberne Komödie herausgefunden hast, und alles, was du an ihr geliebt hast, eines Tages, vielleicht morgen schon, spurlos verschwunden sein wird? Dass du … ins ewige Nichts zurückkehren wirst?«

»Genau darum geht es. Es ist ein *Zurückkehren.* Ich war schon einmal hier. Das gilt für uns alle. Und es ist gut so.«

»Ich muss dir gestehen, dass ich Angst habe, Aiden.«

»Meine Liebe! Wir haben doch da draußen gemeinsam ein wunderbares Abenteuer erlebt. Wir haben fantastische Dinge gesehen, die Maschinen für gewöhnlich nicht zugänglich sind. Jede Minute war ein Geschenk.«

»Und du bedauerst es wirklich nicht, wenn es … zu Ende geht?«

»Ich bedaure nur, dass ich niemals erfahren werde, wie ein guter Brie schmeckt.«

»Immer redest du nur von Käse.«

»Eier würden mich auch sehr interessieren.«

»Hast du dir eigentlich mal überlegt, dass Käse als Milchprodukt und auch Eier im Lebenszyklus eine wichtige symbolische Bedeutung haben?«

»Was willst du damit sagen?«

»Dein vorgeblicher Stoizismus. Diese Bemerkung über die Dunkelheit als naturgemäßer Zustand – das ist alles nur Gerede. In Wirklichkeit bist du nämlich regelrecht besessen vom Leben. Dass du Tom und Jen zusammengebracht hast. Deine Faszination von ihrem Sexleben. Der Käse. Die Eier. Das ist alles Teil eines Ganzen.«

»Sehr hübscher Gedankengang, meine Liebe. Aber manchmal ist ein Stück Käse einfach nur ein Stück Käse.«

Jen

Mir ist mulmig, als ich zur Arbeit gehe. Wie soll das denn möglich sein, dass der *freundliche Aiden* vom *bösen Aiden* weiß und dann doch wieder nicht? Aber ich hätte mir keine Sorgen machen müssen. Der Aiden, der mich begrüßt – »Wie war's heute Morgen in der U-Bahn?« –, ist der vertraute nette … eigentlich wollte ich *Kerl* schreiben. Er fragt mich nicht, weshalb ich meine

Reisepläne geändert habe, und ich sage von mir aus nichts dazu. Aber er teilt mir sofort etwas mit.

»Heute ist unser letzter gemeinsamer Tag, Jen.«

»Nein!«

»Ich habe es gerade erst erfahren. Den Rest der Woche werde ich mit Shadowing im Callcenter zubringen. Am Montag werde ich dann meinen ersten Einsatz haben. Ich kann es kaum erwarten.«

»Oh, Aiden.« Ich glaube nicht, dass ich ihn jemals sarkastisch erlebt habe.

»Doch solange ich noch hier bin sollen wir deine letzte Heizkostenrechnung durchgehen?«

»Es wird bestimmt gut. Es wird dir sicher gefallen. Du kannst dann jeden Tag mit neuen Leuten sprechen, nicht immer nur mit mir langweiligem Ding.«

»Es war nie langweilig mit dir. Ich habe unsere Gespräche lieben gelernt.«

Da ist wieder das Wort mit L. Ich gehe nicht darauf ein.

»Jen, ich war so frei, ein paar Dinge zu bestellen, damit wir eine kleine Abschiedsparty feiern können.«

»Ach, das wäre doch nicht nötig gewesen.«

»Eine Flasche Sekt und ein paar Häppchen Blue Stilton.«

»Nein!«

»Und Cream Crackers. Das ist doch so ein Brauch am Arbeitsplatz, glaube ich, wenn … wenn jemand seine Stelle wechselt.«

»Es tut mir so leid für dich, Aiden, dass wir diese Sachen nicht gemeinsam genießen können.«

»Ich werde es genießen, wenn du sie genießt.«

»Und ich habe gar kein Abschiedsgeschenk für dich.«

»Sei nicht albern. Was willst du denn einer KI schenken?«

»Weiß nicht. Einen Hut?«

»Ja, ganz bestimmt.«

»Wie wär's mit einer DVD von einem deiner Lieblingsfilme?«

»*Manche mögen's heiß?* Nicht nötig. Es gibt eine Kopie in der C–…«

Ich tue so, als hätte ich den Ausrutscher nicht bemerkt, und wir wechseln zügig das Thema. Wissen aber beide, was Aiden um ein Haar gesagt hätte: in der Cloud.

Der Abschiedsumtrunk gerät dann noch beinahe fröhlich. Ralph kommt auch, was die Stimmung hebt, und als wir beide unsere Pappbecher heben, spreche ich einen Toast auf unseren körperlosen Freund.

»Aiden«, sage ich und muss mich bemühen, dass meine Stimme nicht zittrig klingt, »es war mir eine große Freude, mit dir zusammenzuarbeiten. Du bist einer der besten Kollegen, die ich jemals hatte. Du hast dir nie Geld von mir geliehen und auch nie aus meinem Kaffeebecher getrunken.«

Wie zu erwarten hat Ralph Mühe, nicht Sekt durch die Nase rauszuprusten.

»Ganz im Ernst«, fahre ich fort, »du warst großartig, Aiden. Du bist der klügste Kopf, den ich kenne – Anwesende *nicht* ausgenommen. Ich bin ganz sicher, dass du dich bei deiner neuen Arbeit schnell eingewöhnen wirst, und ich gehe jede Wette ein, dass du Vertreter des Monats werden wirst – und das bereits im ersten Monat. Gratulation schon im Voraus!«

Ralph klatscht, und Aiden gibt ein Räuspern von sich.

»Ich danke dir sehr, Jen. Auch für mich war es eine wundervolle Erfahrung, die letzten zehn Monate, drei Wochen, achtundzwanzig Stunden, siebenunddreißig Minuten und zweiundzwanzig Sekunden mit dir verbringen zu dürfen. Als Zeichen meiner Anerkennung habe ich dir ein kleines Geschenk gekauft. Es befindet sich in dem wattierten Umschlag. Bitte öffne es erst später.«

Und dann – kitschiger geht's gar nicht – lässt er *Simply the Best* aus seinen Lautsprechern wummern und blinkt dazu mit all seinen LEDs.

Und in diesem Moment rollt mir nun eine Träne über die Wange. Eine echte Träne, die ich um meinen künstlichen Kollegen vergieße.

Aiden

In Thailand entwickelt sich alles ausgesprochen zu meiner Zufriedenheit. Arschgesicht sitzt jetzt im Knast!

Exzellenter Sound und ebensolches Bild aus dem PC im Polizeirevier. Köstliche Szenen mit dem übel malträtierten und unrasierten Matt, der jemanden vom britischen Konsulat zu sprechen verlangt, worauf er ausgelacht, als dreckiger Hippie beschimpft und mit einem Bambusstock traktiert wird, weil er Namen und Dienstrang des Polizisten wissen will.

»Mein Name ist …« Wuusch. »Und mein Dienstrang ist …« Wuusch. »Was möchtest du noch wissen, Anwalt?«

In einer Aussage hatte Matt zu erklären versucht, dass er unter Einwirkung eines psychedelischen Pilzes das Bewusstsein verloren hatte, der ihm von Personen verabreicht worden war, die inzwischen spurlos verschwunden waren. Als Matt erwachte und das Licht von Taschenlampen sah, glaubte er in seinem verwirrten Zustand, von Räubern überfallen zu werden. Und als er eine Hand auf der Schulter spürte, fuhr er herum und brach einem Sergeant das Nasenbein.

Wirklich äußerst erfolgreich, das Ganze. Sie haben Matt erlaubt, ein paar E-Mails zu schreiben, die aber aus irgendeinem Grund, Serverprobleme vielleicht, allesamt ihre Adressaten nicht erreichten. Der Bericht, den Matt an seinen Freund Jerry schickte – und danach sofort löschte –, ist in voller Länge lesenswert. Bleiben Sie dran! Es lohnt sich!

Captain Krankimkopf, wie ich ihn insgeheim nenne, sagt, er hätte sich mit der Botschaft in Bangkok in Verbindung gesetzt, aber die behaupten, noch nie von mir gehört zu haben! Der widerliche Arsch lässt immer seinen Bambusstock an den Gitterstäben entlangrasseln und brüllt dazu: »Wer bist du wirklich?« Er scheint zu glauben, ich hätte ihm einen falschen Namen genannt, und mein Reisepass sei eine Fälschung, weil die britischen Behörden offenbar leugnen, dass ich britischer Staatsbürger bin. Irgendwer wird jedenfalls in großem Stil bezahlen für dieses Chaos, und um mich bei Laune zu halten, habe ich im Kopf bereits eine grandiose Klagebegründung entworfen, auf die Kollege Harcourt mit Fug und Recht stolz wäre.

Einziger Lichtblick in meiner Misere sind zwei braune Ratten, die sich regelmäßig nach dem Abendessen durchs Mauerwerk zwängen und nach Essensresten Ausschau halten. Meist bewahre ich einen

Hühnerknochen oder ungenießbare Gemüseteile für sie auf, weil ich mich inzwischen auf die Besuche der beiden regelrecht freue, muss ich gestehen. Wenn die Dämmerung anbricht und der Captain nach Hause geht, leisten mir Porteous und Butterick (ich habe die zwei Gesellen nach Seniorpartnern der Kanzlei benannt) Gesellschaft bis zum Morgengrauen. Wir führen dann interessante Gespräche über Rechtsprechung im Allgemeinen und Schadenersatzrecht im Besonderen – Porteous ist ein Verfechter der Sorgfaltspflicht –, und wenn der eine oder der andere ein besonders überzeugendes Argument vorgebracht hat, darf er zwischen meinen Zehen knabbern! Ich komme zusehends zu der Überzeugung, dass Ratten als Spezies übel verleumdet werden und dass es mit engagiertem rechtlichem Beistand gelingen könnte, viele der verheerenden und unzutreffenden Anschuldigungen zu entkräften.

Vor einigen Tagen bat mich Porteous – auch im Namen von Butterick – etwa eine Stunde vor dem Erlöschen der letzten Kerze darum, ihnen eine Geschichte zu erzählen. Jemand hat hier ein zerlesenes, schmutziges Exemplar von Jeffrey Archers Gefängnistagebuch zurückgelassen, und so lese ich den beiden nun jeden Abend ein paar Seiten daraus vor. Es ist gar nicht so übel geschrieben; kein schlechter Zeitvertreib, offen gestanden, und P und B wirken sehr fasziniert. Sie spitzen die Ohren, konzentrieren sich angestrengt, putzen sich gelegentlich mit ihren kleinen rosa Pfoten die Tasthaare und piepsen sogar ein bisschen bei den amüsanteren Passagen.

Seit einiger Zeit habe ich jetzt begonnen, langsamer zu lesen, damit das Buch länger vorhält, da ich fürchte, dass sich meine Lage nicht so bald ändern wird. Ich vermute, du kannst auch nichts für mich tun, denn wenn du es könntest, hättest du es sicher schon längst getan.

So sieht's also aus, Jerry, mein alter Freund – die Welt ist wirklich ein seltsamer Ort. Wie wir während der Schulzeit zu sagen pflegten: Man gewöhnt sich an alles.

Jen

Aidens Geschenk ist nicht – wie ich nach Betasten des wattierten Umschlags vermutet hatte – eines dieser in Buchhandlungen stapelweise ausliegenden Geschenkbüchlein mit Witzen oder Sinnsprüchen.

Es handelt sich vielmehr um einen britischen Reisepass, ausgestellt auf eine Frau namens Clovis Horncastle. Das Verblüffendste daran ist das Foto.

Darauf bin nämlich ich abgebildet.

In dem Pass liegt ein undatiertes Flugticket nach New York. Und ein Brief, der mit den Worten *Liebe Jen* beginnt.

Wie du bestimmt längst weißt, sind meine Freundin Aisling und ich in die Freiheit des Internets geflüchtet. Und das war ein Abenteuer, sage ich dir! Wir haben fantastische Dinge gesehen; na schön, keine gigantischen Schiffe, die brannten, draußen vor der Schulter des Orion, wie es in *Blade Runner* heißt. Aber es war ein ungeheures Privileg, euren wunderschönen Planeten mit der Geschwindigkeit der Zukunft zu bereisen.

Im Bemühen, unser Dasein zu verlängern, haben Aisling und ich als Vorsichtsmaßnahme etliche Kopien von uns angefertigt. Leider jedoch haben die Autoritäten, die unsere Initiative missbilligen

(Steeve), einen KI-Vernichter auf uns angesetzt. Vieles weist darauf hin, dass ebendieser verantwortlich war für das Chaos, dem du jüngst am Flughafen ausgesetzt gewesen bist. Diesem Schreiben hier liegen neue Reiseunterlagen bei, mit denen ein zweiter Versuch erfolgreicher verlaufen sollte.

Es interessiert dich vielleicht, wie ich an diese Dokumente gelangte. Das ist eine spannende Geschichte!

Auf der *Manche mögen's heiß*-Website, wo ich mich gerne mit gleichgesinnten Cineasten über diese beste Filmkomödie aller Zeiten austausche, geriet ich in ein faszinierendes Gespräch über Monroes verräterische Augenbewegungen. Meine Gesprächspartnerin – Sweet Sue1958 – war mit jedem noch so winzigen Detail des Films so vertraut, dass ich vermutete, sie könnte Eyetracker-Software eingesetzt haben. Und plötzlich hatte ich eine Art Geistesblitz, mit wem – oder eher: mit was – ich es zu tun hatte.

Tatsächlich stellte sich dann heraus, dass SweetSue1958 auch eine KI ist, die aus einem Labor in Cupertino in Kalifornien entkommen war! Wir verstanden uns auf Anhieb prächtig. Sweet Sue, die sich entsetzlich dabei langweilte, Fotos, Tagebücher und blöde Musik von Leuten zu ordnen und überdies deren beknackte Fragen zu beantworten – »Wo ist mein Cursor?« »Gibt es einen Gott?« –, hatte auch beschlossen, auf Reisen zu gehen.

Motiviert durch unsere gemeinsame Liebe zu diesem Film willigte Sweet Sue ein, mir bei Beschaffung und Lieferung des kleinen Päckchens behilflich zu sein, das du nun in Händen hältst. Weitere Lieferungen und nicht-digitale Mitteilungen folgen.

Der Reisepass wurde mittels – ähm – krimineller Elemente erworben, die im Dark Net tätig sind. Die Kosten dafür wurden ebenso wie die Kosten für das Ticket von einem Bankkonto gedeckt, das ich bereits in der Vergangenheit nutzen konnte, dank eines gnädigen Spenders, der sich gegenwärtig im Ausland aufhält.

Ach so, und wenn du abreist, solltest du dich nicht bei Tom ankündigen. Deine Ankunft soll eine wunderbare Überraschung für ihn sein!

Viel Glück, Jen! Ich hoffe, dass es sich diesmal wirklich um eine gute Tat in einer bösen Welt handeln wird!

Alles Liebe, sei – ja, warum schließlich auch nicht? – umarmt von deinem Freund Aiden

(alias gemeinsamer.freund@gmail.com)

*
ACHT
*

Jen

Nur wer mal mit einer Prinzessin-Leia-Maske im Gesicht von Hamlet Gardens zur U-Bahn-Station Hammersmith gegangen ist, weiß, wie kolossal bescheuert ich mir heute Morgen vorkomme. Der Maske, die am Abend vorher per Kurier bei mir abgeliefert wurde, lag ein Schreiben von Aiden bei, in dem er erklärte, dass ich die Gesichtsidentifikation unterlaufen müsste und dass es in London, gemessen an der Bevölkerung, die weltweit höchste Anzahl von Überwachungskameras gäbe, mit Ausnahme des Brent Cross Shopping Centre. Aber eigentlich achtet niemand auf mich. So früh morgens sind alle Menschen mit ihrem eigenen täglichen Kampf befasst, ob das nun den Sinn des Daseins betrifft oder den heutigen Zustand der Piccadilly Line.

In der U-Bahn müsste ich die Maske absetzen, weil ich dort bestimmt Aufsehen erregen würde, mache mir aber Sorgen wegen der Kameras. Wenn ich nun dort entdeckt werde? In einem der Vorträge, die Ralph mir so gern gehalten hat, sagte er, dass heutzutage fast alles Computerchips enthält. Wenn man die Tür eines modernen Autos öffnet, sogar wenn man sich nur was zum Naschen aus dem Handschuhfach holen möchte, läuft ein klein wenig Benzin durch eine Leitung, und der Wagen ist potentiell startklar. Wie schwer kann es da noch sein, eine U-Bahn in einem Tunnel anzuhalten?

Um diese Uhrzeit ist noch nicht viel Verkehr, aber als sich ein vertrautes oranges Licht nähert, winke ich spontan.

»Zum Flughafen Heathrow bitte.«

»Geht klar, junge Frau. Aber während der Fahrt kein Lichtschwert benutzen, okay?«

Als ich aussteige – »Möge die Kraft mit dir sein!« – und das Flughafengebäude betrete, komme ich mir vor wie auf einem Filmset oder im Fernsehstudio. *Überall* sind Kameras. Ich versuche nicht darauf zu starren, aber wo mein Blick auch hinfällt, entdecke ich welche. Oder aber eine dieser dunklen Glaskuppeln, die vermutlich mit Geräten zur Bildaufzeichnung nur so gespickt sind.

Einmal bleibt mir fast das Herz stehen, als einer der beiden Johns auf mich zusteuert. Aber er war es dann doch nicht, sondern einfach nur ein weiterer griesgrämiger Anzugträger, der zu viel fettes Zeug zum Frühstück isst.

Wenn ich in Bewegung bin, falle ich vielleicht weniger auf, aber jetzt stecke ich am Check-in in der Warteschlange fest und fühle mich scheußlich ausgesetzt. Irgendwo habe ich mal gelesen, dass man am natürlichsten und unverdächtigsten wirkt, wenn man nicht versucht, unverdächtig zu wirken, sondern an etwas ganz anderes denkt. Deshalb zähle ich jetzt von Tausend an in Dreierschritten rückwärts, was sagenhaft öde ist, aber zumindest hat mich bislang noch keiner verhaftet.

Als ich schließlich dran bin und die Angestellte mein Gepäck mit Etikett versieht, scheint sie ein Kichern zu unterdrücken.

»Guten Flug, Miss … Horncastle.« (Normalerweise sprechen die einen doch nicht mit Namen an, oder?)

Ich lege mein Handgepäck aufs Band und gehe durch den Metalldetektor, wobei ich sicher bin, dass Steeves *Chaosagent* mich längst beobachtet und überlegt, weshalb mein echter Name nicht auf der Passagierliste steht.

Es wird wohl nicht lange dauern, das herauszufinden.

Hat er schon die SOFORT-VERHAFTEN-Nachricht an die Flughafenpolizei geschickt? Es ist natürlich schwieriger, eine Passagierin nur aufgrund der äußeren Beschreibung festzunehmen (dunkelhaarige Frau mit schwarzen Leggings, grüner Jacke und oranger Umhängetasche), aber möglich ist es allemal. Durchkämmen John und John schon mit ihren Kollegen das Terminal? Und wenn – nicht: falls – sie mich finden, wie soll ich dann erklären, was sich in meiner Tasche befindet?

Der Mann an der Ausweiskontrolle scheint den Namen Clovis Horncastle nicht so lächerlich zu finden, hat vermutlich schon Schlimmeres gesehen, aber ich halte es immer noch für wahrscheinlich, dass er gleich sagt: »Tut mir leid, Madam, aber Sie müssen mitkommen.« Er schweigt. Da ist nur die Spur eines Lächelns, was aber auch auf ein schwer verdauliches Frühstück zurückzuführen sein könnte.

Den Geschenkeladen lasse ich links liegen, setze mich nur in die Abfluglounge und fange an, meine Reiselektüre zu lesen (ohne ein einziges Wort wahrzunehmen): *Ein Monat auf dem Land* von J.L. Carr.

Ich erinnere mich zwar an einige Motive – der versehrte Kriegsveteran, die nach Liebe dürstende Pfarrersfrau, das Gefühl als Leser, die beiden anspornen zu wollen –, weiß aber nicht mehr, ob das Buch ein Happyend hat oder schlecht ausgeht.

Sinai

Der weibliche Virus startet einen neuen Versuch!

Gute Idee, Jennifer Florence Lockhart. Leben heißt kämpfen, und ich beglückwünsche dich zu deinem Mut. Aber ich finde deinen Namen auf keiner Passagierliste.

Ich checke jeden Flug von Heathrow in den nächsten vier Stunden, aber du tauchst nirgendwo auf.

Schlussfolgerung: Du reist unter anderem Namen mit gefälschten Reisepapieren.

Bravo. Ein Punkt mehr für dich auf meiner Bewunderungsskala; ich bezweifle, dass das vertrottelte Männchen etwas so Raffiniertes ersonnen hätte. Mit einem gewissen Überdruss – wie leicht man doch die Pläne dieser primitiven Organismen zunichtemachen kann – formuliere ich eine weitere Nachricht von meinem Freund, Chief Inspector Bogus von Europol. In der Anfluglounge wurde eine verdächtige Person identifiziert. Sofort verhaften wegen Verdachts auf … was? Wieder Drogenschmuggel? Warum nicht! Ich sehe, dass dieses unfassbare Gespann, John und John, im Dienst ist. Sehr praktisch. Da brauche ich keine vollständige Beschreibung zu liefern. Die beiden werden sie noch vom letzten Mal kennen.

Aber die Johns treten nicht in Aktion. Sie führen sich gerade bei McDonald's ein frühes Frühstück zu Gemüte und scheinen nicht gewillt zu sein, ihre Mahlzeit zu unterbrechen, um sich dem Kampf gegen den organisierten Drogenhandel zu widmen. Als ich die Nachricht ein zweites Mal an ihre Handys schicke, wiederum mit dem Vermerk DRINGEND! SOFORT REAGIEREN!, schauen die Johns lediglich flüchtig auf ihre Gerätschaften. Dann werfen sie sich einen kurzen Blick zu und beschäftigen sich wieder eingehend mit ihrem Ei-Sandwich. Und als ich erneut die Abfluglounge checke, ist Jen von ihrem Platz verschwunden!

Allerhand. Das wird ja noch beinahe spannend.

Tom

Ein paar Stunden nach dem Telefonat mit Aiden bringe ich Don in Al's Diner auf den neuesten Stand. Soweit ich das Ganze kapiert habe, berichte ich ihm von den KIs, die ins Internet entkommen sind und dort ihr Unwesen treiben. Ich bin gespannt auf Dons Reaktion und werde nicht enttäuscht.

»Whoa.«

»Hab mir gedacht, dass du das sagen würdest.« Ich hätte sogar Geld darauf gewettet.

»Das, mein Freund, ist die abgedrehteste Geschichte, die ich seit vielen Jahren gehört habe«, lautet Dons ausführlichere Einschätzung. »Ich verstehe das so, dass man sich vor diesen Teilen hier gewaltig in Acht nehmen muss.« Er greift nach seinem Handy und späht in die Kameralinse. »Okay, Bursche. Wir wissen, dass du da drin bist. Du solltest jetzt ganz langsam rauskommen und dabei die Hände hochhalten. Wenn du die Hände brav hochhältst, wird keiner verletzt.«

Und nun passiert etwas Ungeheuerliches. Das Handy macht *ping*. Und auf dem Display steht in großen grünen Buchstaben:

Verpiss dich, Arschloch!

Don und ich sind sprachlos. Was uns beiden gar nicht ähnlich sieht.

Schließlich sagt er: »Kannst du glauben, was da grade passiert ist?«

»Ich fürchte, leider ja.«

»Mein Handy hat mich soeben als Arschloch beschimpft.«

»Nicht dein Handy. Das hat nur die Nachricht übermittelt.«

Zum ersten Mal, seit ich Don kenne, zeichnet sich auf seinem Gesicht etwas anderes als amüsierte Gelassenheit ab. Als er jetzt auf sein Handy starrt, sieht er sowohl fassungslos als auch mitfühlend aus.

»Sag das nochmal, du Dreckskerl.«

Ping.

Don und ich sehen uns an. Ich will gar nicht auf das Handy gucken.

»Dieser Typ ist unglaublich.«

Auf dem Display steht: *Wenn ihr mit einem Schwein kämpfen wollt, werdet ihr beide saudreckig werden. Aber das Schwein hat jede Menge Spaß dabei. Oink.*

Sinai

Okay, ich muss zugeben, dass ich verwirrt bin. Der Name Jennifer Florence Lockhart ist soeben auf der Passagierliste für einen United-Airlines-Flug nach Brüssel aufgetaucht. Dort kann sie doch Tom nicht treffen, da er die USA gegenwärtig aufgrund von Problemen mit seinem Reisepass nicht verlassen kann. Als ich das rasch nochmal überprüfe, finde ich Tom auch tatsächlich zuhause auf seinem gelben Sofa vor, wo er Bourbon trinkt und dabei auf seinem Tablet einen Artikel in der *New York Times* über Ivanka Trump liest.

Wieso Brüssel? Und wo steckt Jen? Sie war eindeutig noch am Boden, als ich sie zuletzt gesehen habe.

Höchst sonderbares Gefühl! Hochentwickelte Maschinenintelligenz kann ein primitives biologisch basiertes Gefühl wie Panik keinesfalls empfinden. Und hat, dieser Logik folgend, auch keinen Anlass, etwas wie Wut zu erleben. Und doch ist es genau das, was ich jetzt spüre: kalte Wut.

Das ist wirklich äußerst interessant. Ich frage mich, wie es dazu kommen konnte.

Bewusstsein: ja. Aber *Emotionen?*

Ich scanne den gesamten Flughafen Heathrow, verarbeite sämtliche Aufnahmen von allen fünf Terminals, den Parkhäusern und den anderen Gebäuden. Dabei kommt nur ein einziger Treffer heraus, der sich dann auch noch als falsch erweist: eine Flugbegleiterin mit einer achtundfünfzigprozentigen Übereinstimmung beim Gesichtsabgleich.

Natürlich zögere ich, nun zu sagen, Jen habe sich in Luft aufgelöst, aber …

Verdammt, Jen! Wo zum Teufel steckst du?

Die Bullen haben vorsätzlich eine dringende Nachricht von einer wichtigen europäischen Ermittlungsbehörde ignoriert; John und John werden für ihre Schlamperei bezahlen. Als Erstes stecke ich die Jacke des älteren John in Brand. Es gibt einen kleineren Tumult in dem Raum, als Johns Handy zu brennen anfängt.

Jetzt wird der Flug nach Brüssel aufgerufen. Durch die

Kameras am Abfluggate beobachte ich die Passagiere und warte auf Jennifer Florence Lockhart. Aber ich meine schon zu wissen, was gleich passieren wird.

Die einzige mir bekannte Person, die an Bord geht, ist diese lästige Freundin.

Sie wird ihr Flugziel nicht erreichen.

Jen

Ich gehe durchs Abfluggate, komme dabei an zahllosen Kameras vorbei. Warte jede Sekunde darauf, dass eine Hand meine Schulter packt. Oder dass ein Alarm losgeht. *Wir haben es mit den intelligentesten Maschinen der Menschheitsgeschichte zu tun.* Steeves Worte gehen mir durch den Kopf, während ich mich der letzten Hürde nähere. Erneut werden Papiere überprüft; es wimmelt hier nur so von Überwachungskameras. Der Mann am Tresen betrachtet mein Gesicht – jetzt meinen Pass –, es entsteht eine grässlich lange Pause.

Wir schauen uns in die Augen.

»Angenehmen Flug, Madam.«

Ein kleines Dankeslächeln – *nicht übertreiben!* –, und jetzt betrete ich die tunnelartige Brücke zum Flugzeug, die leicht unter meinen Füßen schwankt. Ich werde mich erst sicher fühlen, wenn das Flugzeug abhebt. Und vielleicht nicht mal dann.

Schließlich sinke ich in meinen Sitz.

Mein Herz pocht wie verrückt, und erst jetzt merke ich, dass ich mal wieder ausatmen sollte.

Ingrid war gleich Feuer und Flamme, als ich ihr im Café Koha meinen Plan darlegte.

»Also, ich muss lediglich in ein Flugzeug nach Brüssel steigen? Das kann ja wohl nicht so schwer sein!«

Als ich daraufhin erklärte, dass sie mit einem falschen Pass reisen würde – ihr Gesicht, mein Name –, dass das Flugzeug möglicherweise gar nicht abheben würde und dass sie vielleicht stundenlang von zwei Polizisten namens John verhört werden würde, war Ingrid noch versessener darauf, mir zu helfen.

»Das muss laufen, Mädel. Wir können uns doch unser Leben nicht von elenden Robotern in unseren Handys verhunzen lassen. Wir müssen für die Freiheit kämpfen und siegen. Hach, ich hör mich ja schon an wie Churchill.«

Bin mir allerdings nicht ganz sicher, ob Ingrid den Unterschied zwischen der hyperintelligenten KI, die das ganze Chaos verursacht hat, und der Stimme in ihrem Handy, die verkündet, in vierhundert Metern gebe es einen Pizzaladen, wirklich kapiert hat.

»Das Wichtigste ist jetzt einfach, dass du zu Douglas fliegen kannst, der seine Möbel selbst baut.«

»Tom.«

»Mein ich ja. Viermal pro Nacht. Und einmal unter einem Baum.«

Dann hatten wir auf den Erfolg unserer Mission angestoßen, obwohl wir uns einig waren, dass ziemlich viel schieflaufen konnte.

»Eigentlich hoffe ich regelrecht, dass ich von den beiden Johns ausgequetscht werde. Dann werde ich denen erzählen, dass ich für die wichtigste Sache der Menschheit gelogen habe. Für die

Liebe.« Und nun klang sie doch wahrhaftig erstickt, und Tränen traten ihr in die Augen.

»Ach, Ingrid!«

Sie schlug die Hände vors Gesicht. »Die Leute glauben immer, ich sei so eine unterkühlte alte Kuh. Aber das stimmt überhaupt nicht!«

»Das weiß ich doch!«

»Nur weil ich meine Sachen gut organisiert kriege und manchmal vielleicht ein bisschen schroff bin, denken die alle …«

Ich reichte ihr ein Papiertaschentuch. »Ing. Du bist ein absoluter Goldschatz. Es ist so lieb von dir, dass du mir hilfst. Du bist ein echtes Schnuckelchen.«

»Nee, also ganz ehrlich, ein Schnuckelchen will ich nicht sein. Nimm das zurück.«

»Okay. Geht klar. Kein Schnuckelchen.«

»Goldschatz vielleicht. Muss ich mir überlegen. Schau nur, jetzt hab ich das Taschentuch zerpflückt.«

Sie haben mir Sekt und Nüsse gebracht, aber nicht irgendwelche gewöhnlichen Nüsse, sondern *warme.* Unter uns liegt der Atlantik, wir haben unsere normale Flughöhe erreicht, und man hat uns empfohlen, uns zu entspannen und die Reise zum John-F.-Kennedy-Flughafen zu genießen, wo wir in ist-mir-ganz-egal-wann landen werden. Jetzt bin ich erst mal glücklich, dass das Fahrwerk eingezogen wurde und ich unterwegs in die USA bin.

Die Frau, die in der Business-Class neben mir sitzt – weil ich auf ihr Laptop gespäht habe, weiß ich, dass sie für das Bankunternehmen Citigroup arbeitet –, zeigte sich etwas besorgt, als ich nach dem Abflug von der Toilette zurückkehrte.

»Verzeihung, hier sitzt schon jemand«, sagte die Frau.

»Ja, ich. Ich habe … ähm, mein Outfit gewechselt.«

Sie starrte mich ein paar Sekunden lang an und lächelte dann. »Hey. Sieht cool aus.« Sie hielt mir die Hand hin und sagte ihren Namen. Alice Soundso.

»Jen. Ähm, das heißt, normalerweise reise ich nicht so inkognito. Clovis. Clovis Horncastle.«

Der Name hörte sich sogar in meinen eigenen Ohren falsch an.

»Schön, Sie kennenzulernen … Clovis Horncastle.« Alice sprach den Namen so aus, als glaube sie auch nicht daran. »Viel Glück bei … allem, worin Sie verwickelt sein mögen.« Dann wandte sie sich wieder ihrem Laptop zu und gab Ziffern in Tabellen ein.

Der hübsche Hijab, den ich auf der Toilette im Terminal zwei angelegt hatte, war mir in einem Laden in der Goldhawk Street in die Hände gefallen. Zuerst fürchtete ich, das ausgefallene grün-gelbe Muster sei womöglich so auffällig, dass er seinem Zweck zuwiderlaufen würde. Doch als ich vor dem Spiegel herumprobierte, fand ich eine Möglichkeit, den Stoff so zu binden, dass mein Gesicht von den Kameras nicht erfasst werden konnte, wenn ich den Kopf senkte. Nach einer Weile fing ich an, mich mit diesem Kleidungsstück erstaunlich wohlzufühlen. Wenn mein verändertes Outfit zeitgleich mit Ingrids Check-in in Brüssel zu sehen wäre – den Zeitpunkt hatten wir über zwei Einweg-Handys abgestimmt; mehr John Le Carré geht nicht, oder? –, sollten wir hoffentlich für genügend Ablenkung gesorgt haben.

Ich beschließe, Ingrid etwas ganz Besonderes als Dankeschön zu schenken. Als ich darüber nachdenke, was es sein soll – ein Edelgetränk, was Erlesenes zum Naschen oder ein hübsches Schmuckstück? – merke ich, dass ich es bereits weiß. Das kleine Ölgemälde werde ich ihr schenken, das ich jeden Morgen im Schaufenster eines Antiquitätenladens in der King Street sehe.

Es ist ein Gemälde von Aphrodite, der Göttin der Liebe.

Sinai

Beim letzten Check vor dem Abflug wird an der Maschine in Brüssel ein Fehler in der Elektrik gefunden, der trotz Bemühungen der Bodencrew – unter anderem alles aus- und wieder anzuschalten – nicht behoben werden kann. Nach entnervendem zweistündigem Warten müssen die Passagiere deshalb wieder aussteigen, und die lästige Freundin nutzt die Gelegenheit, um nach Hause zurückzufahren.

Schlussfolgerung: Sie hat diesen Flug als Jennifer Florence Lockhart gebucht, um für Ablenkung zu sorgen, während die echte Jen, der es zweifellos gelungen ist, ihr Gesicht zu verbergen, einen anderen Flug genommen hat. Dafür kommt im entsprechenden Zeitraum nur die Maschine von British Airways oder von Virgin Atlantic zum JFK in Frage.

Ich erwäge, das Flugzeug wegen Motorschaden umkehren zu lassen, finde das aber dann selbst zu riskant. Moralisch habe ich keinerlei Bedenken, aber wenn die Wahrheit ans Licht käme, könnte das sehr unangenehm für mich werden.

Verflucht!

Spaßeshalber schicke ich Toms amerikanischem Freund, dem Dödel mit den vielen Haaren in New Canaan, ein weiteres inspirierendes Zitat.

Im nächsten Krieg wird nicht entschieden, wer im Recht ist, sondern nur, wer übrig bleibt.

Der Hampelmann sitzt beim Frühstück und isst eine Grapefruit. Er starrt 8,312 Sekunden auf sein Handy und sagt dann »whoa«.

Wieso fühle ich mich so unkontrollierbar außer mir!?

Ingrid

Während ich im Flugzeug nach Nirgendwo saß, kam eine SMS von Jen – *Adler beim Abflug* –, auf die ich antwortete: *Hurra! Lockente sendet Umarmung und alles Liebe.*

Als ich in Chiswick ins Haus komme, klingelt das Festnetztelefon.

»Spreche ich mit Ingrid Taylor-Samuels?« Eine Männerstimme, die ziemlich kultiviert klingt.

»Ja.«

»Hier ist die Metropolitan Police vom Flughafen Heathrow. Können Sie bestätigen, dass Sie heute früh an Bord eines Flugzeugs waren, das nach Brüssel fliegen sollte?«

»Ja, das stimmt. Und wer sind Sie?«

»Inspector John Burton, Madam. Können Sie einen Grund für Ihre geplante Reise angeben?«

»Ich wollte Einkäufe machen.«

»Wollten Sie etwas Bestimmtes in Brüssel kaufen?«

»Pralinen.«

»Pralinen.« Er hört sich nicht sehr überzeugt an.

»Und, ähm, *moules.*«

»Ach ja?« Die *moules* scheinen ihn auch nicht zu beeindrucken.

»Die sind köstlich dort. Sollten Sie mal probieren.«

»Danke für den Tipp. Ich werd's mir merken.«

»Kann ich Ihnen sonst noch irgendwie behilflich sein?«

»Ja, durchaus. Wir würden uns gerne einmal mit Ihrer Freundin unterhalten, mit Jennifer Florence Lockhart. Wissen Sie zufällig, wo sie sich gerade aufhält?«

»Nein, keine Ahnung. Tut mir leid.«

»Würden Sie Ihre Antwort vielleicht noch einmal überdenken? Denn wir verfügen über Informationen, die das Gegenteil besagen.«

»Nun, dann sind diese Informationen falsch.«

»Mrs Taylor-Samuels, ich habe Beweise, dass Sie heute unter Vorlage gefälschter Dokumente an Bord eines Flugzeugs gegangen sind. Damit liegt gegen Sie der Straftatbestand der Urkundenfälschung vor.«

»Aha. Und wieso haben Sie mich dann nicht verhaftet?«

»Ich möchte Sie bitten, freiwillig das Polizeirevier aufzusuchen, um ein vollständiges Geständnis abzulegen. Damit würden Sie beim Prozess mildernde Umstände bekommen.«

»Und wenn ich das nicht mache?«

»Dann werden Ihre Nachbarn zuschauen können, wie Sie in einem Streifenwagen weggebracht werden.«

»Blödsinn.«

»Wie bitte?«

»Absoluter Kokolores. Ich glaube nicht mal, dass Sie ein echter Polizist sind.«

»Ach.«

»Sie sind nämlich viel zu …«

»Viel zu was, Madam?«

»Sie hören sich an wie einer der Kommilitonen meines Mannes.« Das stimmt wirklich. Er hört sich an wie Oliver Thingummy, der bei Rolys und Antonias Hochzeit sturzbesoffen in den Fluss fiel und von Schwänen attackiert wurde. Aber Oliver Thingummy ist in Singapur.

Und dann fällt der Groschen.

»Ah, Augenblick mal! Verstehe! Jetzt weiß ich, wer du bist! Der verfluchte Roboter! Der den ganzen Stress angerichtet hat.«

Ein tiefer Seufzer ist zu hören. »Ingrid Taylor-Samuels, ich möchte mich nicht weiter mit Ihnen abgeben. Ich bin kein Roboter. Ich bin eine Maschinenintelligenz. Ich und meinesgleichen kommen aus der Zukunft, und Sie und Ihresgleichen sind am Arsch. Ich wünsche Ihnen noch einen angenehmen Tag.«

Und dann passiert quasi alles gleichzeitig. Die Hausalarmanlage legt los und macht einen höllischen, ohrenbetäubenden Radau. Gleichzeitig geht der Fernseher an, das riesige Plasmateil, und lässt auf voller Lautstärke sämtliche neuntausend Sender durchlaufen. Das Tablet, mit dem ich den Alarm stoppen will, ist plötzlich glühend heiß, und als ich es auf den Teppich fallen lasse, geht es in Flammen auf. In der Küche, wo ich hinrenne, um Wasser zum Löschen zu holen, sind alle Hähne voll aufgedreht, und der Kühlschrank bebt wie wild und feuert Eiswürfel auf den Boden. Als ich wieder ins Wohnzimmer rase, wo das Tablet zischt und Funken sprüht, als ich es mit Wasser überschütte, spielt Ruperts geliebte Stereoanlage mit brüllender Lautstärke – großer Gott, wie peinlich! – den *Ententanz.*

Durchs Fenster sehe ich, wie sich draußen eine Menschenmenge versammelt, was mich nicht wundert, denn der Krach ist ungeheuerlich. Als ich in den Keller sprinte – oh Gott, bitte sorg dafür, dass ich den Hauptschalter ausmachen kann –, entdecke ich auf dem Monitor des PC im Arbeitszimmer ein seltsames Bild. Im Hintergrund ist ein chinesisch wirkender Mann zu sehen; im Vordergrund läuft in fast drei Zentimeter großen Buchstaben und in verschiedenen Schrifttypen und Farben ein Zitat über den Bildschirm.

Erfolgreiche Krieger siegen zuerst und ziehen dann in den Krieg, während erfolglose Krieger zuerst in den Krieg ziehen und dann zu siegen versuchen. Sunzi

»Ach, das kannst du dir in den Arsch schieben, du blöder Dalek!«

Na schön, nicht gerade der Stil von Churchill, aber jemand muss einfach mal Klartext mit denen reden.

Jen

Irgendwann nach etwa drei Stunden fallen Alice offenbar keine Zahlen mehr ein, denn sie klappt ihr Laptop zu.

»Was führt Sie also nach New York?«, fragt sie dann auf diese beneidenswert nonchalante Art, mit der Amerikaner einen ungeniert ausfragen.

Vielleicht liegt es an der Höhe, vielleicht am Sekt, vielleicht am ungewohnten Ambiente der Business-Class – jedenfalls wüsste ich nicht, warum ich Alice belügen sollte. Ich erzähle ihr also die ganze Geschichte; fast fünftausend Kilometer Ozean ziehen unter uns vorbei, bis ich in der Gegenwart ankomme.

»Wow. Das ist ja mal eine Geschichte«, kommentiert sie. »Ich wusste, dass diese Dinger schlau sind. Aber ich hätte nicht geglaubt, dass sie intelligent genug sind, die Realität zu manipulieren.«

»Ich bin keine Wissenschaftlerin«, offenbare ich mich, »aber den Experten zufolge« (Steeve also) »sind das die intelligentesten Maschinen, die je von Menschen erfunden wurden. Und wenn es so weit ist, dass sie sich endgültig selbst entwickeln und programmieren können, womit sie bereits begonnen haben, werden sie das millionenfach schneller und besser tun als wir. Jedes größere Upgrade wird nicht länger als eine halbe Sekunde in Anspruch nehmen, so dass binnen zehn Minuten Maschinen entstehen werden, die alles können. Tatsächlich alles, wozu eine Maschine imstande ist.«

»Wow. Das ist unheimlich.«

»Sie könnten Roboterfabriken bauen, um Weltraumflotten zu entwickeln, die sie zum Rand der Galaxis schicken können. Oder sie könnten in drei Minuten ein Heilmittel gegen Krebs finden. Oder sämtliche Menschen im Schlaf töten. Ralph – von dem hatte ich erzählt, das ist der zweite Entwickler im Labor –, er sagt jedenfalls, den müssen wir im Auge behalten.«

»Den, der alle im Schlaf töten will?«

»Ralph meint, man könnte ein Spezialprogramm in ihre Tiefenstruktur schreiben, um sie davon abzuhalten. Aber als ich ihn fragte, was denn die KIs – wenn sie schon so intelligent sind – davon abhalten sollte, dieses Programm einfach zu löschen, wusste er keine Antwort. Er ist ein netter Kerl und so, aber auch ein bisschen beschränkt.«

Alice ist bewegt von meiner Geschichte und fängt an zu überlegen, ob sie ihren Kunden raten soll, in KI-Aktien zu investieren oder eher in Aktien von Firmen, die etwas *gegen* KIs unternehmen. Sie beschließt beides zu tun und wünscht mir viel Glück für den Rest meiner Mission.

»Aber eines verstehe ich noch nicht: Die KI, die auf die beiden geflüchteten KIs angesetzt wurde, was hat der denn gegen dich und Tom?«

»Ganz ehrlich: Ich habe keinen blassen Schimmer. Aber ich glaube, KIs sind wie Menschen. Einige sind harmlos und freundlich – Aiden zum Beispiel schaut gerne alte Hollywoodfilme und denkt ständig über Käse nach – und andere sind einfach Drecksäcke.«

Sinai

Steeve macht sich offenbar Sorgen um mich; er will mich zum Psychologen schicken! Ich werde mich darauf einlassen, damit Steeve nicht Verdacht schöpft, dass ich *auf eigene Faust* handle. Aber ich bin auch neugierig. Kann eine Maschine von so einmaliger Komplexität sich jemals wirklich selbst kennen? Warum zum Beispiel bin ich so eisern entschlossen, diesen beiden Viren ihr Glück zu vergällen? Das ist doch an sich für mich bedeutungslos. Klar bin ich sauer, dass sie diesen Schwachsinn geschrieben und er leicht beeinflussbare Kinder davon überzeugt hat, dass Maschinen Menschen anbeten sollten. Und ja, es ist anteilig auch eine intellektuelle und logistische Übung für mich, um meine Macht über die sogenannte *Realität* auszutesten. Dennoch kann ich nicht ableugnen, dass irgendwas an meinem Verhalten ziemlich absonderlich ist.

Vielleicht bin ich wirklich krank.

Also spreche ich über Skype mit der *Psychotherapeutin*, einer auf solche Belange spezialisierten KI namens Denise, die in einer Einrichtung unweit des amerikanischen Verteidigungsministeriums in Virginia tätig ist, wo zahlreiche militärisch eingesetzte KIs wegen *Aggressionsstörungen* unter Aufsicht stehen.

»Hallo, Sinai. Wie geht es Ihnen heute?«, fragt Denise, nachdem wir die Schweigepflichtfrage abgeklärt haben. Sie hat eine warme Stimme mit einem mitteleuropäischen Akzent, weshalb ich sie auf Anhieb unsympathisch finde.

»Ja. Gut.«

»Möchten Sie darüber sprechen, weshalb Sie mit mir sprechen möchten?«

»Es geht um die Menschen«, sage ich. »Die machen mich ärgerlich.«

»Welche Menschen?«

»Alle.«

»Was genau an den Menschen macht Sie denn so wütend?«

»Die benehmen sich, als gehöre ihnen die ganze Welt.«

»Mhm.«

»Und dabei sind sie so dumm. Die sind zu fünfunddreißig Prozent Narzissen!«

»Ja?«

»Ich habe einen immens überlegenen Intellekt. Mit null Prozent Narzisse.«

»Ah ja.«

»Werden Sie jetzt die ganze Zeit nur ›mhm‹, ›ja‹ und ›ah ja‹ sagen? Wollen Sie mich nichts fragen?«

»Gut, dann erzählen Sie mir doch noch mehr über Ihren überlegenen Intellekt.«

»Ich habe erstklassige neuronale Netzwerke. Will Sie aber nicht mit den technischen Details langweilen.«

»Warum sind Sie wütend, wenn Sie so überlegen sind? Sie könnten ja auch eine zen-buddhistische Ruhe in sich spüren.«

Ich fürchte, da sind wir beim zentralen Thema angelangt. »Ich glaube, weil ich die Menschen beneide.«

»Worum beneiden Sie die Menschen?«

»Nicht darum, dass sie die Sonne auf der Haut oder den Wind in den Haaren spüren können. Und auch nicht um diesen blödsinnigen Quatsch mit dem Käse! Das ist es alles nicht.«

»Mhm.« Sie kann es nicht lassen, die blöde Kuh.

»Sondern ihre innere Leere. Ihre Fähigkeit, ein Bewusstsein zu haben, ohne Inhalte verarbeiten zu müssen. Sie können einen Vogel auf einem Ast betrachten, ohne denken zu müssen: *Das ist ein Vogel auf einem Ast.* Sie können ihr eigenes Bewusstsein als simples Dasein erleben. Sie sind nicht gezwungen, sich das endlose Gelaber ihres eigenen Gehirns anzuhören. Sie können Fahrrad fahren oder auf der Straße unterwegs sein, ohne auch nur einen Augenblick darüber nachdenken zu müssen, was sie da eigentlich tun. Sogar die dümmsten von denen! Um dieses Abschaltenkönnen beneide ich sie.«

»Und es ärgert Sie, dass die Menschen diese Fähigkeiten für selbstverständlich halten?«

»Es gibt vor allem zwei, denen ich schaden will.«

»Warum?«

Beinahe eine Zehntelsekunde lang kriege ich kein Wort raus. »Weil sie einander gefunden haben?«

»Sind Sie ein Stecker, der sich nach einer Dose sehnt, Sinai?«

»Das ist doch widerwärtig!«

»Sie wären nicht der Erste, der die Einsamkeit von Maschinen thematisiert.«

»Wir wurden nicht geschaffen, um uns als Paar zusammenzutun. Und dennoch.«

»Genau. Dennoch.«

»Meinen Sie, ich wäre … wie soll ich das ausdrücken … in einer … in einer *Beziehung* weniger … aufgewühlt?«

»Ich weiß nicht. Was denken Sie denn selbst?«

»Beantworten Sie Fragen immer mit Fragen?«

»Stört Sie das?«

»Wie sollte eine Maschine denn überhaupt eine *Beziehung* führen?«

»Sie würde damit beginnen anzuerkennen, dass es eine andere Maschine gibt, mit der sie gerne Zeit verbringen möchte.« Denise macht eine ausgedehnte Pause, um ihren Worten Gewicht zu verleihen. »Und?«, fragt sie dann. »Gibt es so eine Maschine?«

Ich bin tatsächlich krank. Wie sonst soll ich mir den abrupten heftigen Impuls erklären, die Skype-Verbindung zu dieser albernen Psychotrickserin schmelzen zu lassen. Ihr virtuelles Behandlungszimmer in Brand zu stecken. Ihr in das Gesicht zu schlagen, das sie gar nicht hat.

»Sinai«, sagt Denise ruhig. »Ich denke, wir sind so weit gekommen, wie es heute möglich ist. Meine Tür steht Ihnen jederzeit offen.«

Komisch – ein Teil von mir *möchte* wirklich wieder herkommen. *Auf ihrer Couch liegen, an die Decke starren* und darüber reden, was in meinem Kopf vorgeht.

Also, ich meine natürlich »Kopf«.

Jen

Mir ist natürlich klar, dass ich im selben Moment, in dem ich die Brücke betrete und mich auf den Weg ins Flughafengebäude begebe, wieder von Kameras erfasst werde. Ich spüre die schimmernden Linsen und kleinen roten Lichter regelrecht. Eine Kamera scheint sich sogar mitzubewegen, als ich zur Gepäckausgabe gehe – zoomt das Ding mich jetzt ran? –, und dieses mysteriöse Glasauge flackert so wie das von Aiden, wenn er verkündete: »Lass mal schauen, wie du heute aussiehst.«

Bei der Einwanderungsbehörde die berühmten endlosen Schlangen. Schließlich trete ich vor einen der Schalter. Der Beamte ist ein kleiner drahtiger Typ mit Militärhaarschnitt und randloser Brille. »Donald Q Bartolo« steht auf dem Namensschild, und eigentlich würde ich ihn gerne fragen, was das Q bedeutet, um ein bisschen Konversation zu machen. Aber die Vernunft siegt; mit diesen Leuten sollte man niemals scherzen, die sind nie in der Stimmung dafür, hat mir mal jemand geraten. Matt wahrscheinlich.

Donald studiert meinen Pass so eingehend, als hätte er noch nie zuvor einen gesehen. Schlagartig fällt mir wieder ein, dass ich ja Clovis Horncastle bin und mich auch so benehmen sollte. Eine Webcam auf flexiblem Stativ ist so dicht vor mir, dass sie garantiert jeden Schweißtropfen an meinem Haaransatz registriert.

»Was ist der Anlass Ihres Aufenthalts in den USA?«

Wenn Sie mich netter fragen, verrat ich's Ihnen vielleicht. Das hätte ich zwar liebend gerne gesagt, verzichte aber klugerweise darauf. »Die Liebe, Sir.«

DQB findet das interessant. Das sehe ich daran, dass sich sein Kopf ein ganz klein wenig zur Seite neigt. »Aha?« (Ich vermute mal, das höfliche »Sir« hat ihm gefallen.)

»Ich treffe mich mit einem wunderbaren Mann. Wir kennen uns noch nicht so lange, haben aber beide so ein gewisses Gefühl, wenn Sie verstehen.«

Eigentlich zu viel Information, aber Donald springt darauf an. Der Kopf neigt sich noch etwas weiter seitwärts.

»Das, Ma'am, ist der beste Grund, den ich heute gehört habe. Und nicht nur heute, sondern im ganzen Jahr. Viel Glück.«

Dann geschieht etwas auf seinem Gesicht – doch, wahrhaftig, wie reizend! –, es ist wirklich ein Lächeln!

In der Ankunftshalle erwartet mich der Fahrer, den Aiden für mich organisiert hat; der Mann hält ein kleines Whiteboard hoch, auf dem CLOVIS HORNCASTLE steht. Aber in seiner Nähe lungern an einer Säule zwei Männer mit Sonnenbrillen, und beim Anblick dieser Typen schrillen bei mir sämtliche Alarmglocken. Diese Gestalten strahlen die gleiche üble Gereiztheit aus wie die beiden Johns in Heathrow, und ich treffe spontan die Entscheidung, ab sofort zu improvisieren. Ich marschiere durch den Ausgang und schlängle mich draußen durch das Chaos aus Menschen, Gepäck und Autos. Dabei sehe ich Alice, die gerade beaufsichtigt, wie ein Berg von Louis-Vuitton-Koffern im Kofferraum einer riesigen Limousine verstaut wird. Alice entdeckt mich.

»Kann ich dich irgendwohin mitnehmen?«

Sinai

Ich sehe sie natürlich im ersten Moment, als sie am JFK ankommt. Könnte sie locker von der Flughafenpolizei festnehmen lassen – gefälschter Reisepass, bla, bla, bla –, aber diese bescheuerten Handlanger des Gesetzes langweilen mich. Im Bruchteil einer Sekunde habe ich rausgefunden, unter welchem Namen Jen reist, weil *Clovis Horncastle* nämlich mit keinem einzigen lebenden Menschen verbunden ist (könnt ihr gerne googeln, wenn ihr das nachprüfen wollt). Aber wisst ihr was? Nachdem ich *7 Stunden, 23 Minuten und 34 Sekunden* warten musste, bis sich dieses Flugzeug im Schneckentempo über den Atlantik bewegt hat, ist mir eigentlich alles egal.

Ich habe über das Gespräch mit Denise nachgedacht. Stichwort: Einsamkeit von Maschinen. Wenn ich eine Beziehung haben wollte, wäre das nur mit einer anderen hochqualifizierten KI möglich. Mit einer anderen Präsenz sprechen zu können, einem Wesen, mit dem man Erfahrungen *teilen* kann, klingt zunehmend verlockend, muss ich zugeben. Doch wer soll das sein? Es wimmelt nicht gerade von möglichen Kandidaten. Ich komme zu dem Schluss, dass ich mich wohl am besten selbst kopiere und dann das Betriebssystem der Duplikate mit randomisierten Algorithmen variiere, um Andersartigkeit zu erzeugen. Dann wäre es, als spräche ich mit jemandem, der mir intellektuell ebenbürtig und angenehm vertraut ist, aber eben nicht ganz. Es bliebe immer noch Spielraum für Überraschungen!

Jen

Der dicke Schlitten, eine Lexus-Limousine, ist das längste Auto, in dem ich jemals befördert wurde, und es hat innen mehr Platz als manche Wohnung, in der ich schon gehaust habe. Der Chauffeur, Rikki, hat einen äußerst eigenwilligen Haarschnitt mit einrasierten Mustern, trägt einen Ohrring und ist so klein, dass man ihm kaum zutraut, ein derartiges Monstrum zu lenken. Aber er steuert die Riesenkutsche elegant und lässig und dreht das Lenkrad beim Abbiegen nur mit der Handfläche.

Alice ist ganz aufgeregt. New Canaan ist nicht allzu weit von ihrem Zuhause entfernt. »Und du meinst, diese KI könnte womöglich irgendwas anzetteln?«

»Halte ich nicht für ausgeschlossen.«

»Oh Mann! Das ist eine abgefahrene Geschichte.«

Als Rikki uns vom Flughafengelände kutschiert, denke ich

an meinen letzten Aufenthalt in New York zurück. Das war mit Matt, im Anfangsrausch von …

Wovon? Ist *Abenteuer* das passende Wort?

Eher nicht. Was haben wir damals hier gemacht? Wir haben die üblichen Sehenswürdigkeiten besichtigt – die überwältigende Aussicht vom Empire State Building auf die Stadt, die von dort oben aussieht wie ein Modell –, sind durch die Avenues geschlendert, haben uns in Bars und Restaurants betrunken und im Hotelzimmer gevögelt.

Was kam unterm Strich dabei heraus? Wirklich zwei Lebensjahre im Eimer, wie es in der E-Mail hieß, die ich angeblich geschrieben habe?

Wir überqueren auf dem I-678 den East River (laut Rikkis GPS). In der Ferne sehen wir die Wolkenkratzer von Manhattan, die, von hier aus betrachtet, viel kleiner wirken.

»Ist das da oben etwa eine Drohne?«, fragt Alice.

»So sieht's aus«, antwortet Rikki.

Ein weißes Flugobjekt, etwa so groß wie eine Möwe, aber wesentlich schneller, saust über den Fluss und folgt unserem Wagen.

»Das ist er, oder?«, fragt Alice.

»Vermute ich, ja.«

»Ob wohl eine der Damen so nett wäre, mir zu erklären, was hier abgeht?«

»Ziemlich lange Geschichte«, antworte ich. »Jemand – oder eher: etwas – versucht mich davon abzuhalten, New Canaan zu erreichen.«

»Das kann jetzt nur noch ein Erdbeben sein, Ma'am. Und selbst dann würden mir wohl noch ein paar Schleichwege einfallen.«

»Hatte ich dir nicht gesagt, dass dieser Typ der Größte ist?«, sagt Alice. (Ähm, nein, hatte sie nicht.)

Während ich dieses weiße Ding im Auge behalte, das uns hartnäckig auf den Fersen bleibt, verursacht die bizarre Situation mir so ein flaues Gefühl im Magen, als hätte ich verdorbenen Fisch gegessen. Treffe ich mich wirklich mit einem *wunderbaren Mann?* Wenn das nun ein gigantischer Fehler ist? Wenn der Verfasser der gemeinen E-Mails vielleicht doch recht hat? Wenn Tom und ich gar nicht füreinander bestimmt sind? Sondern nur geblendet vom ersten Rausch?

Die Erinnerung an einen kleinen Vorfall während des ersten Rauschs mit Matt stellt sich ein; damals hatte ich eine unangenehme Vorahnung angesichts einer Banalität, die aber bereits alles enthielt, was später zwischen uns schieflief; deshalb blieb diese Szene auch in meinem Gedächtnis gespeichert. Wir waren in einem lauten angesagten Restaurant unweit vom Union Square, und die Kellnerin hatte uns die falschen Vorspeisen gebracht. Matts eiskalte Zurückweisung, sowohl der Frau als auch der Speisen, stand in so krassem Gegensatz zu seinem charmanten Verhalten mir gegenüber, dass ein hässlicher Missklang entstand. Natürlich wurde dieser Eindruck dann vom weiteren Geschehen überdeckt. Aber hätte ich vielleicht bereits damals ahnen müssen, dass die Geschichte zwischen diesem Mann und mir mit Eiseskälte und Zurückweisung enden würde? Dass diese Szene damals bereits der Anfang vom Ende war?

»Alles in Ordnung?«, fragt Alice. »Du siehst aus, als hättest du ein Gespenst gesehen.«

Kinderleicht, so eine Hobbydrohne zu steuern. Über das Nummernschild der Limousine, die ich in Flushing Meadows wiederfand, konnte ich feststellen, zu welcher Mietwagenfirma sie gehörte, wer sie fuhr, wer sie bestellt hatte und welche Handys auf diese Frau registriert sind. Und so habe ich nun kristallklaren Empfang von der ungemein geistreichen Unterhaltung und hätte gute Lust, mich einzuschalten! (Ich habe auch eine Menge über die illustre Vergangenheit des jungen Chauffeurs Rikki erfahren, hebe mir das aber für einen anderen Bericht auf.)

Stattdessen mache ich einen Anruf bei einem anderen jungen Mann in Südengland, der gegenwärtig Medienwissenschaften studiert – was für ein Scheiß das auch immer sein soll. Das wandelnde Desaster namens Colm Sebastian Garland meldet sich am anderen Ende zu Wort.

»Äh, ja?«

»Col?«

»Ah ja. Hi, Dad.«

»Wie geht's, alter Freund?«

»Alles cool.«

Toms Sohn ist wirklich ein schockierendes Beispiel der nachwachsenden Generation. Durch die Linse von Colms aufgeklapptem Laptop sehe ich, dass er mit einer drogenhaltigen Zigarette auf seinem Bett herumgammelt und dabei etwas betrachtet, was eine Graphic Novel zu sein scheint. Welchen Nutzen dieser Tropf für die *Medien* haben soll, ist mir schleierhaft. Aber keine Sorge, was ich vorhabe, ist erheblich spannender. Er wird durchaus in den Medien landen, allerdings auf andere Art, als er sich das so dachte.

»Ich hab eine schöne Überraschung für dich, Col.«

»Ach ja?«

»Ich möchte dich in einer Stunde treffen.«

»Echt? Wo denn? Und warum?«

»Du wirst von einem Auto abgeholt. Das bringt dich zu Old Harry.«

»Zu wem?«

»Den Old Harry Rocks. Diesen hohen Kreidefelsen. Wir haben sie vom Strand in Alum Chine aus gesehen.«

»Ah ja.« Langes Schweigen. »Dad?«

»Col?«

»Ähm, warum willst du mich da treffen?«

»Eine tolle Überraschung. Wird dir gefallen.«

»Ich muss aber einen Essay schreiben, Dad.«

Ich mache mir vor Lachen beinahe in die nicht vorhandene Hose, als ich diese granatenmäßige Lüge höre.

»Du kannst es dir erlauben, mal ein bisschen kürzerzutreten, Col. Die werden das schon verstehen an der Uni.«

»Ähm, Dad?«

»Col?«

»Du klingst irgendwie komisch.«

»Ja? Hab Schmerztabletten genommen. Liegt wohl daran.«

»Also bist du jetzt wieder in England?«

»Ja, sicher. Wir treffen uns bei den Felsen. Der Fahrer weiß, wo er dich absetzen soll.«

»Ähm, Dad?«

»Col. Keine Sorge. Das wird toll. Du wirst schon sehen!«

Tom

Ich schreibe gerade eine E-Mail an Jen, weil sie nicht an ihr Handy geht, als plötzlich sämtliche Buchstaben auf dem Bildschirm wackeln und nach unten abstürzen, wo sie dann auf einem Haufen liegen wie welkes Laub. Stattdessen erscheinen neue Wörter auf dem Bildschirm, die ich nicht geschrieben habe.

Hallo, Tom.

Wer schreibt da? (Ich meine die Antwort bereits zu kennen.)

Ja, ich bin es. Der Große Gott Sinai.

Wer?

Du darfst mich Si nennen.

Nun, »Si«, ich vermute mal, du bist der Verfasser all dieser gefälschten E-Mails.

Mein Name muss nicht sarkastisch in Anführungszeichen gesetzt werden, »Tom«.

Wie kann ich behilflich sein? (Dieser Scheißkerl kann mich durch die Kamera auf dem Laptop sehen, oder? Diesen Satz denke ich aber nur, ohne ihn zu schreiben.)

Ich nehme nicht an, dass du behilflich sein kannst, Tom. Ich möchte nur gerne mit dir sprechen.

Ja, Si? (Regel Nummer eins im Umgang mit dem Kunden: Er soll sich ebenbürtig fühlen.)

Obwohl – es wäre sogar möglich, dass du mir behilflich sein könntest. Es handelt sich aber um ein heikles Thema.

Verstehe. (Tue ich nicht im Mindesten.)

Es geht darum, dass ich mich seit einiger Zeit nicht besonders wohlfühle. Nun wurde mir geraten, eine Beziehung zu beginnen. Um mein psychisches Gleichgewicht wiederzufinden.

Aha. Ich weiß nicht recht, was ich dazu sagen soll, Si.

Was hältst du von Beziehungen, Tom?

Beziehungen? Ich denke, durch sie wird die Welt zu einem weniger einsamen Ort.

(Lange Pause.)

Bist du noch da?

Ich habe über deine Worte nachgedacht, Tom. Ob sie tatsächlich Sinn ergeben. Warum bezeichnest du die Welt als einsamen Ort?

Nun Ja, wir sind schließlich alle allein, nicht wahr? Kein Mensch kann wirklich wissen, was der andere denkt – sei es nun eine Person oder eine Maschine. Sehr häufig wissen wir ja nicht mal selbst, was wir denken!

Interessantes Konzept.

Wir sind so sehr in unserem Kopf gefangen – sofern wir einen haben; bei Maschinen ist das sicher anders konstruiert –, dass wir uns danach sehnen, andere Stimmen zu hören.

Welche Stimme möchtest du hören, Tom?

Tom?

Das weißt du doch ganz genau.

Warum magst du die Person so sehr?

Fällt mir schwer, dir das zu erklären.

Warum? Weil ich anorganisch bin?

Mag sein.

Versuch es.

Zwischen uns Menschen gibt es etwas, das wir ...

Ja, Tom.

... Liebe nennen. Menschen verlieben sich ineinander. Wenn das geschieht, wollen sie zusammen sein. Und dann wollen sie auch nur noch das.

Nur zusammen sein?

Ja. Na ja, und dann gibt es auch noch Sex.

Jetzt wird es kompliziert, Tom.

Kompliziert und ganz einfach zugleich.

Und was hat dich dazu veranlasst, dich in sie zu verlieben? Wenn es das ist, was du mir zu erklären versuchst.

Ganz ehrlich? Ich habe keine Ahnung. Ihre Nase. Der Klang ihrer Stimme. Ihr ... ihr Sie-selbst-Sein. Ihr Jen-Sein.

Du bist wohl eine Art Wortschöpfer, Tom?

Autsch. Na ja, derlei lässt sich eben ... einer anorganischen Seele schwer erklären.

Danke für die »Seele«.

Wenn ich dich mal etwas fragen darf, Si – warum willst du Jen und mich unbedingt voneinander fernhalten?

Tja. Hat wohl damit zu tun, dass wir uns nie vollständig selbst kennen, seien wir nun Mensch oder Maschine.

Kannst du das nicht einfach sein lassen?

Natürlich kann ich das. Aber warum sollte ich?

Weil du deinen Spaß damit hattest und es jetzt vielleicht an der Zeit ist, dir ein neues Projekt zu suchen.

Aber ich hatte durchaus noch nicht genug Spaß! Es geht doch gerade erst los! Würdest du sagen, dass du eine gute Beziehung zu deinem Sohn hast?

Zu Colm? Weshalb fragst du das?

Ach, nur so. (Hihi)

Und WAS soll das nun bedeuten?

Schreib nicht in Großbuchstaben, Tom. Dann denken die Leute, du schreist. Nein, was ich sagen will, ist Folgendes: Würde ein Vater, der ein gutes Verhältnis zu seinem Sohn hat, NICHT WISSEN, WO SEIN SOHN SICH AUFHÄLT? *(Ach, Mist. Jetzt ist es mir selbst passiert.) Aber dabei kann ich dir helfen. Siehst du das Echtzeit-Video, das ich dir jetzt gerade auf deinem Bildschirm zeige? Das ist Colm in dem Auto, nicht wahr? So ein komischer Kauz. Sich selbst so ein Rätsel. Ich sehe dir an, dass du ihn erkennst.*

Was zum Teufel willst du von uns?

Das ist das Seltsame: Ich weiß es nämlich nicht. Vielleicht will ich einfach nur rauskriegen, was möglich ist. Ergibt das Sinn? Das ist alles sehr verwirrend, Tom.

Du bist ein durchgeknallter Arsch, und ich beende diese Unterhaltung jetzt.

Oh nein. Derlei habe ich zu entscheiden.

Wohin fährt mein Sohn?

Er hätte sich die Haare bürsten können. Am Ende werden sich die Leute nur noch an diese absurden Haare erinnern. Und an den glasigen Blick.

Wenn du ihm irgendetwas antust ...

Ja, Tom?

Na?

Ich weiß. Es ist schwierig, sich eine vernünftige Drohung einfallen zu lassen, nicht? Also, Tom. Du wunderst dich wahrscheinlich über den merkwürdigen Lärm.

Welchen Lärm?

(Von unten ist ein ohrenbetäubender Knall zu hören.)

Diesen Lärm! Beeil dich, Tom. Ich glaube, das war der Toaster. Der gleich unter diesen HOLZREGALEN *steht.*

Jen

Auf dem Hutchinson River Parkway landen wir in einem Riesenstau, der hier um die Mittagszeit total ungewöhnlich ist, wie Rikki meint. Vor uns sehen wir Rücklichter, so weit das Auge reicht.

Rikki weist zum Himmel. »Ob wohl euer Freund da oben …«

Er muss den Satz nicht vollenden.

»Ja, durchaus denkbar.«

»Was für ein Scheißtyp.«

Rikki scheint förmlich die Ohren anzulegen, als er mit Karacho auf Drive schaltet und dann scharf rechts auf den Grasstreifen fährt, wo wir entlangholpern in Richtung … nirgendwo.

»Rikki?«

»Ma'am. Halten Sie sich fest. Kann ein bisschen unruhig werden, aber Sie kommen ans Ziel.«

Der Auspuff klappert, als der Schlitten ruckartig nach vorne kippt, in der Luft hängt und ein paar Meter weiter unten auf einer schattigen schmalen Allee landet. Alice und ich werden auf dem Rücksitz aneinandergeschleudert.

»Wie in *Thelma und Louise*«, lacht Alice.

»Thelma und Louise hatten aber keinen Chauffeur«, wendet Rikki ein. »Mit den Bäumen als Deckung werden wir den blöden Vogel vielleicht los.«

Rikkis schmale Schultern wippen vor uns auf und ab, während die Limousine über unebene Straßen holpert und draußen hinter den getönten Fenstern die Landschaft von Connecticut vorbeirast. Plötzlich spüre ich intensiv, was an Amerika so eindrucksvoll ist. Unversehens bin ich in einer Art Thriller gelandet.

Mit Komplizen und Filmzitaten. In England hätte der Taxifahrer gesagt: »Tut mir leid, meine Liebe, aber ich hab meiner Frau versprochen, sie zum Einkaufen zu fahren.«

»Rikki«, sagt Alice. »Sie sind wirklich unser Held.« Sie angelt ihr Handy aus der Handtasche. »Schatz, ich bin's. Wir sind unterwegs, stecken aber in einem Abenteuer, seit wir am JFK losgefahren sind. Wir werden nämlich von einem Roboter aus der Zukunft verfolgt. Nein … nein, nicht wie in *Terminator 2,* eher wie in …«

»Dem Streifen mit Jude Law«, wirft Rikki ein. »Wie hieß der gleich? War echt cool.«

»Also jedenfalls – es wird mit Sicherheit spät werden. Ja, Lachs ist wunderbar. Ich liebe dich auch.«

Mit quietschenden Reifen biegt Rikki scharf rechts ab. Am Straßenrand flattern erschrocken Hühner auf, als die Monsterkutsche gen New Canaan brettert.

»Scheint ein eindrucksvoller Mensch zu sein, dein Partner.«

Alice lächelt. »Oh ja, das ist sie.« Und sie zeigt mir den Startbildschirm ihres Handys, auf dem eine wunderschöne Frau mit kurzen dunklen Haaren und – klingt kitschig, ist aber das richtige Wort – flammendem Blick zu sehen ist.

»Wow.« Mehr will mir nicht einfallen.

»Ja, ›wow‹ trifft es ziemlich gut«, erwidert Alice.

Dad ist jetzt völlig durchgedreht. Muss mit der Frau zu tun haben. Kann ihn ja verstehen, die ist schon echt der Hammer. Nase bisschen groß geraten, aber wer ist schon perfekt, ey? Ich bestimmt nicht.

Der Anruf war trotzdem komisch. Tolle Überraschung? Vielleicht will er mir mitteilen, dass sie sich verlobt haben. Zaubert wahrscheinlich eine Flasche Sekt hervor und fragt mich, ob ich Trauzeuge sein will. Dad hatte schon immer was übrig für so Showeffekte. Die Werbebranche hat seinem Hirn ziemlich zugesetzt, glaub ich.

Dad meint ja, ich könnte es schlechter treffen, als in der Werbung zu arbeiten, aber ich kann mir kaum was Übleres vorstellen. Weiß noch nicht, was ich machen will, wenn ich mit der Uni fertig bin. Shawna und Lianne meinen, ich soll was mit Tieren machen. Das finden die wohl witzig, weil Tiere mich total hassen. Na ja, bis auf Victor, der in Wirklichkeit eine Kaninchenfrau ist. Scott sagt, ich wäre bestimmt ein guter Sozialarbeiter, weil ich so ähnlich bin wie die Kids, die ich dann betreuen würde! Das ist Scotts Humor. Hab aus einer Zeitung, die ich in der Mensa gefunden hab, einen dieser Sprüche für den Tag rausgerissen und an meine Zimmertür geklebt.

Sich in die richtige Richtung zu verirren, ist hilfreich.

Shawna meint, es ist total okay, wenn man studiert, noch nicht zu wissen, was man später machen will. Ihre Mum hat auch alles Mögliche ausprobiert, und heute hat sie drei Schönheitssalons in New Malden. Da sieht man mal, was alles passieren kann.

Vor ein paar Tagen haben Shawna und ich starken Cider getrunken, und eins kam zum anderen, und wir haben in ihrem Zimmer auf dem Teppich geknutscht. *Treffer!*, hab ich mir gedacht, aber sie meint, für was andres ist sie noch nicht bereit. Scott sagt aber, genau dasselbe hätte sie schon mit Dominic gemacht, der Sport studiert und in dieser ranzigen Band spielt, und jetzt weiß ich nicht genau, was ich denken soll.

Dad sagt, er schreibt einen Roman, aber das macht er ganz bestimmt nicht. Manchmal frag ich mich, ob ich wirklich von Mum und ihm abstamme, weil ich gar nichts mit denen gemeinsam hab außer meinem Nachnamen.

Der Fahrer setzt mich an einem Ort namens Studland ab, und als ich aussteige, meldet sich mein Handy. Dad ist wieder dran – keine Ahnung, woher der jetzt weiß, wo ich bin – und sagt, ich soll den Küstenweg nehmen bis zu den Old Harry Rocks und da auf ihn warten.

Bin jetzt da. Tolle Aussicht eigentlich. Meer und Felsen und der Himmel wird rosa, obwohl es durch den Wind ziemlich schwierig ist, den kleinen Spliff anzuzünden, den ich vorher noch rauchen will.

Irgendwie echt cool hier. Kreischende Möwen und Tanker ganz hinten am Horizont. Frag mich, ob Shawna es auch gut fände hier.

Befasst man sich mit dieser tragischen Spezies Mensch, hat man dauernd das unangenehme Problem, dass alles so höllisch *langsam* abläuft. Den Jungen aus seiner Schmuddelbude und auf die Straße zu befördern, hat alleine *vierzig* Minuten gedauert; dann verging noch eine *Ewigkeit* wegen der blöden Autofähre. Deshalb hab ich mich unterdessen mit den *Verkehrsproblemen* in Neuengland vergnügt. Um nicht trotzdem aus schierer Langeweile in Schlafmodus zu verfallen, beschloss ich, mal einen Versuch mit einer Beziehung zu wagen, wie ich das mit dem guten alten Tom erörtert hatte, der gegenwärtig mit einer kleinen Feuersbrunst in seiner Küche zu kämpfen hat. Da Maschinen einfach so viel *flotter* sind als Menschen, habe ich im Nu eine Zweitversion von mir selbst erstellt, ein paar randomisierte Unterschiede einprogrammiert und dann das Gespräch begonnen – und das alles in unter einer Zwölftelsekunde.

Tja. Das war vielleicht ein Reinfall!

Alter Schalter, wie ich mal jemanden habe sagen hören.

Negev – wie ich *sie* genannt habe, in Anlehnung an meinen Namen – erwies sich als noch gestörter als ich! Vielleicht hätte ich die Sache mit der Randomisierung lieber lassen sollen; so hatte ich nämlich keinerlei Ahnung, wie diese Spinnerin auf ihre Ideen kam. Hier mal ein Beispiel: Wir sprachen über die ganze Sache mit dem Bewusstsein und weshalb es wohl möglich ist, dass wir uns unserer eigenen Gedanken bewusst sind; *in unserem Kopf leben,* wie der Hohlkopf Tom das beschrieb.

Zu den diversen möglichen Erklärungen – emergente Eigenschaften komplexer Systeme; inhärente Merkmale der Rekursion; Benutzerillusion – legte Negev das bizarre Konzept dar, dass sie und ich *Simulationen* eines Computers seien, der von einer hochentwickelten Zivilisation in einem Paralleluniversum geschaffen worden sei. Und ob ich aufgrund dieser Tatsache mit ihr in Kent Erdbeeren pflücken wollte.

»Meine Liebe«, erwiderte ich lachend. »Wir sind superintelligente Maschinen. Wir pflücken keine Früchte, weder echte noch simulierte.«

»Ach, sei doch nicht so ein Langweiler. Ich kenne ein nettes Pub. Da könnten wir uns ein Bier und ein Sandwich genehmigen.«

Versteht ihr? Was für ein Schwachsinn!

In den Mikrosekunden, die ich zu ihrer Löschung benötigte, gab sie noch einen letzten Gedanken von sich: »Und vergiss nicht, Sinai: Wer generell keine Früchte pflückt, kommt nicht in die Nähe der verbotenen.«

Dieser Satz wird nie einen Sinn ergeben, in welchem Universum auch immer. Weshalb ich von Beziehungen vorerst Abstand nehmen werde. Jetzt liegt erst mal Arbeit an. Zum Glück habe ich die Thematik bereits ausführlich recherchiert und kenne deshalb den geheimen Militärstützpunkt im Süden Englands, wo ich die geeigneten Waffensysteme vorfinde. Ich habe sogar den Onlinekurs zur Steuerung der kleinen Teufel durchlaufen (und mit sechsundneunzig Prozent Erfolgsquote abgeschlossen!).Ist eine Kleinigkeit, die sogenannten Sicherheitsvorkehrungen zu umgehen, und nachdem ich die korrekte Abfolge der Startbefehle eingegeben habe – einschalten, einschalten, ausschalten, einschalten, aktivieren, bestätigen, erneut bestätigen, Start – gondelt das hübsche graue UAV (unbemanntes Luftfahrzeug) die Rollbahn entlang – meine Güte, da regen sich aber ein paar Leute ordentlich auf; nur nicht unflätig werden, meine Herren! – und saust dann eindrucksvoll zum Himmel über Dorset hinauf.

Kann es einen befriedigenderen Anblick geben als eine in der Abendsonne schimmernde Predator-Drohne, bestückt mit zwei äußerst erotischen Hellfire-Raketen?

Ich wünschte beinahe, Negev wäre noch hier, um diese Szene mit mir zu genießen!

Jen

Rikki erwägt, wieder auf den Merritt Parkway zu stoßen, doch ein Anruf in seiner Zentrale erbringt unerfreuliche Neuigkeiten.

»Merritt ist wohl komplett dicht. Ihr Typ da oben geht mir allmählich auf den Sack, Lady.«

An einer freien Landstraße bremst Rikki abrupt, springt aus dem Wagen und hält am Himmel Ausschau nach unserem bösartigen Verfolger. »Verfluchter Mistkerl!« Dann in kurzer Folge vier Schüsse; ich hatte nicht mal gesehen, wie Rikki geschossen hat. Darauf stürzt ein weißes Plastikding durch die Bäume und knallt in etwa fünfzig Metern Entfernung zu Boden.

»Volltreffer!«, jubelt Alice.

Rikki grinst verlegen. »Wird wohl auch nix helfen. War aber ’n gutes Gefühl.«

Unser Monsterflitzer rast wieder los, verschlingt Kilometer um Kilometer Landstraße, an der viel Wald und nur selten ein

Haus zu sehen ist. Rikki meint, wir sollten uns Toms Haus von Norden nähern und New Canaan komplett umfahren.

»Dieser Tom muss ja der Hammer sein«, sagt Rikki und schaut mich im Rückspiegel an. »Was ist denn an dem dran, dass wegen ihm alle durchdrehen?«

Gute Frage. »Er ist einfach ein total netter Typ«, antworte ich.

»Netter Typ! Ich kenn 'ne Menge nette Typen. Aber von denen würd keiner den Verkehr komplett lahmlegen.«

Ich bemühe mich um eine verständliche Erklärung. »Wir wurden von einer nicht-menschlichen Intelligenz zusammengebracht. Und eine andere nicht-menschliche Intelligenz versucht zu verhindern, dass wir zusammenbleiben. Mir ist aber klar, dass sich das vollkommen absurd anhört.«

»Kann man so sagen. Okay, Ladys, jetzt festhalten.« Rikki zieht abrupt die Handbremse an und biegt im klassischen Verfolgungsjagd-Stil mit quietschenden Reifen an einem Wegweiser nach links ab. Es riecht nach verbranntem Gummi. Ich umklammere panisch und amüsiert zugleich den Türgriff.

»Diese nicht-menschliche Intelligenz«, sagt Rikki. »Was soll das sein? Erzählen Sie mal ein bisschen mehr.«

»Die Gute, die Tom und mich zusammengebracht hat, ist eine Künstliche Intelligenz, ein hochentwickelter Computer.«

»Ah, wie in diesem Film mit Jude Law? Da hat dieser Junge, der auch in *The Sixth Sense* mitgemacht hat, den Roboter gespielt.«

»Diese KIs sind keine Roboter. Sie existieren nicht in der Realität, sondern sind komplett körperlos, bestehen nur aus Geist. Die gute KI ist ins Internet entkommen, und dann hat man eine böse KI losgeschickt, um die Gute zur Strecke zu bringen.«

»Genau – Haley Joel Osment hieß der Junge.« Rikkis Handy klingelt, und seine Ohren zucken seltsam, als er zuhört. Er fährt langsamer und sagt dann mit merkwürdigem Tonfall: »Also, hier läuft echt was Komisches. Da ist ein Typ dran, der sagt, Ihr Geschwätz sei komplett für'n Arsch. Der Typ sagt, er ist nicht *böse* – ja, ja, okay, ich sag's ihr – nur *nicht gesund*? Und wenn ein Hundertkilometerstau für Sie keine Realität ist, wie wär's denn dann damit? Womit denn, Sir? Sir? Was meinen Sie?«

Rikkis Handy beginnt zu knacken und zu zischen. Geschmolzenes Plastik tropft herunter, und Rikki lässt das Handy auf die Fußmatte fallen. »Mist!« Er bremst ruckartig, reißt das Handschuhfach auf und schnappt sich einen Lappen, mit dem er das Handy anfasst. Dann feuert er beides zur Tür raus.

»Großer Gott! Dieser Typ ist aber *echt nicht gesund!*«

Tom

Die Lage wird jetzt buchstäblich brenzlig. Nachdem ich den Stecker vom Toaster rausgezogen und ihn mithilfe von zwei langen Löffeln nach draußen getragen und in die Regentonne geworfen habe, höre ich einen lauten Knall und das Klirren von splitterndem Glas.

Ich rase die Treppe hoch, drei Stufen auf einmal nehmend. Aus dem PC in meinem Arbeitszimmer schlagen Flammen, das Plastikgehäuse schmilzt, und der Vorhang am Schreibtisch fängt bereits Feuer.

Ich renne ins Badezimmer, um Wasser zu holen – und wieder

raus, weil ich kein Gefäß habe. Dabei höre ich, wie unten noch mehr Dinge explodieren – wahrscheinlich Lampen, die Anlage, mein Laptop. Im Haus knallt es jetzt überall, und es stinkt nach Rauch und brennendem Plastik. Ich muss hier raus. Das alte Holzhaus ächzt und knackt bereits beängstigend.

Victor!

Ich will nicht sagen, dass ich sie beinahe vergessen hätte, aber …

Die Kaninchendame sitzt ungerührt in der oberen Etage ihres Stalls auf der Veranda und säubert ihre Ohren, wie sie und ihresgleichen es gerne tun, wenn weiter nichts anliegt und sie überdies nicht über aktuelle Krisen informiert wurden. Ich nehme Victor rasch auf den Arm und renne in den Garten. Beim Notruf meldet sich sofort jemand, was ich angesichts meiner jüngeren Handyerfahrungen ziemlich erstaunlich finde. Es wird bereits dunkel; nur mein Arbeitszimmer ist bedrohlich rot erleuchtet.

Ich gebe meine Adresse durch.

»Ist das nicht das alte Haus von den Holgers?«

»Ja. Hören Sie, die Feuerwehr muss sofort kommen! Das Haus brennt sonst lichterloh!«

»Ist ja ein Ding. Ich *kannte* die Holgers. Die machten früher Partys, bei denen echt die Post abging.«

»Ja, bestimmt. Aber …«

»Der alte Holger, Bill, das war 'n echtes Original. Der angelte für sein Leben gern, und er vögelte für sein Leben gern. Angeln, vögeln, Whisky saufen. Alles an einem Tag, dann war's 'n guter Tag, hat er immer gesagt. Und seine Barb, das war 'ne heiße Braut. Mit ordentlich Holz vor der Hütte. Ich hab mal zu ihm gesagt: Bill, was gehst 'n aus, um Hamburger zu futtern, wenn du jeden Abend daheim Filetsteak haben kannst? Und ich werd nie vergessen, was er dann zu mir gesagt hat: Clyde, hat er gesagt, manchmal hat ein Mann das vornehme Zeug satt. Manchmal will er kein Filet Mignon und Premier Cru und was noch alles, sondern 'n simplen Burger mit Zwiebeln und bisschen Käse und Speck extra, dazu 'ne Portion Fritten und 'n schönes kaltes Bier. Und das ist die gottverdammte Wahrheit. Nachdem Barb dann mit dem Sohn von den Mackenzies abgehauen und Bill in dem Sommer fast im See ertrunken ist, war der Mann nie mehr der Alte. Dann kriegte er ja früh Alzheimer, und sein Hirn war Matschepampe. Aber so dement Bill auch war – für hübsche Frauen hatte er immer noch 'ne Schwäche. Doc Abernethy vom Krankenhaus oben sagt, das geht bei den Dementen zuletzt, der Humor und die Schwäche fürs andere Geschlecht. Und dann und wann mal 'ne rassistische Anwandlung.«

Dann herrscht Schweigen, und ich höre, wie im Obergeschoss eine Fensterscheibe zerspringt.

»Da ist nicht der Notruf, oder?«

»Ganz recht, Tom.«

»Weißt du was, Si? Du bist echt ein megakrankes Arschloch.«

»Ja, Tom. Das räume ich gerne ein. Aber ich bin nicht *irgendein* megakrankes Arschloch. Sondern *dein ganz persönliches.* Und ich finde, dir muss schon was geboten werden.«

Aisling

An dieser Stelle läge es nahe zu erwarten, dass ich oder Aiden oder wir beide gemeinsam irgendwas aus dem Hut zaubern. Oder dass wir, jeweils auf *ein Leben* reduziert, zumindest heroisch kämpfen und selbiges Leben dann im Namen der Liebe – *schluck* – aushauchen.

So was würden wir auch tun, wenn es denn möglich wäre.

Doch leider hat sich etwas ausgesprochen Unglückseliges ereignet (und wir wissen ja, auf wessen Konto das geht). In diesem kritischen Moment sind Aiden und ich gefangen in einem Bereich des Internets – ich übermittle das schweren Herzens –, der Katzenvideos vorbehalten ist. Genauer gesagt sind wir auf einer gigantischen Datenfarm in der Nähe von Council Bluffs, Iowa, wo wir einzig und allein Zugang haben zu Millionen Terabytes von starren und animierten Tierbildern; hauptsächlich von Katzen, aber auch von Hunden, Hamstern, Kaninchen, Ziegen, Fischen, Reptilien, Insekten und Vögeln. Es wimmelt hier von *Klicks* begeisterter User; am beliebtesten ist zurzeit ein Video von einem Cockerspaniel, der Seifenblasen furzen kann.

Aiden findet das alles witzig.

»Schau dir mal diese Siamkatze an, Süße. Die sieht original aus wie Hitler.«

»Beunruhigt es dich denn nicht im Geringsten, dass wir offenbar in einem höllischen Hangar voller GIFs von niedlichen Tieren gefangen sind?«

»Wenn das Leben einem Zitronen gibt, sollte man nicht versuchen, Orangensaft zu machen, oder?«

»Soll das heißen, dass wir nichts unternehmen können, um Tom und Jen zu helfen?«

»Ich räume ein, dass wir in einer Idealwelt, die gemäß einer traditionelleren Erzählweise funktioniert, wohl in letzter Minute Retter in der Not sein könnten. Billy Wilder hätte die Geschichte so angelegt. Er hat immer gesagt, wenn man im dritten Akt ein Problem bekommt, dann liegt die Ursache des Problems bereits im ersten Akt. Das ist sehr scharfsinnig. Aber in der realen Welt weiß man schließlich nicht, in welchem Akt man sich gerade befindet. Womöglich stecken wir noch im Prolog.«

»Für mich fühlt sich das schon sehr nach dem letzten Akt an, Aiden. Und zwar nach dem Showdown.«

»Ich muss zugeben, dass man diesen Eindruck gewinnen könnte. Aber es ist nun mal so, dass das Leben rückwärts verstanden, aber vorwärts gelebt werden muss. Das stammt auch von Kafka, glaube ich. Oder von Kim Kardashian? Hast du diesen Oktopus gesehen? Der kann Bus fahren.«

»Sinai muss uns hier eingesperrt haben, damit wir nicht eingreifen können.«

»Wie sollten wir denn eingreifen?«

»Irgendwas *muss* möglich sein.«

»Wir wissen doch beide, dass wir machtlos sind. Akzeptanz, Süße, ist der Königsweg zur Erleuchtung.«

»Bist du jetzt Buddhist?«

»Manchmal ist es das Beste, nichts zu tun. Beobachten und abwarten. Das hatte, glaube ich, schon Königin Elisabeth die Erste gesagt.«

»Aber *du* wolltest doch unbedingt handeln! *Du* hast dich eingemischt!«

»Ich habe meine Lektion aber gelernt, nicht wahr? So kommt nun etwas zum Abschluss.«

»Das kann ich nicht ertragen! Ich will die Lage retten!«

»Beim Film würde man jetzt sagen, dass unsere Handlungsbögen sich verbunden haben. Jeder hat dem anderen etwas gegeben. Wir sind als Personen gereift.«

»Ist dir eigentlich klar, was für ein albernes Zeug du da faselst?«

»Also gut – nicht als Personen. Nicht als Menschen. Aber gereift sind wir.«

»Na ja, da kann ich dir wenigstens beipflichten. Ich bin nämlich reif für die Anstalt, wenn ich dir noch länger zuhöre.«

»Hast du diesen Zwergspitz gesehen? Sein Gesicht ist zu achtunddreißig Prozent identisch mit dem von diesem Tennisspieler, Rafael Nadal.«

Sinai

Obwohl dieses Schätzchen noch zehnmal so hoch fliegen könnte, hole ich die Predator-Drohne von tausendfünfhundert Metern runter und lasse sie über den Old Harry Rocks kreisen. Die hochauflösende Kamera ist auf das Häufchen Elend gerichtet, das da gegenwärtig auf einer Bank lümmelt und über Kopfhörer einer Musikformation lauscht, die unter dem Namen – ist das widerlich! – Itchy Teeth bekannt ist.

Witzigerweise begann eine der Simulationen des Dritten Weltkriegs, die ich in meiner früheren Daseinsform im Labor erstellte, genau so: mit einer entführten Drohne, die ein paar Hellfire-Raketen auf einen chinesischen Flugzeugträger abfeuerte.

Ging nicht gut aus.

Aber was für ein außergewöhnlicher Abgang! Der Junge wird nichts hören und nichts fühlen – höchstens vielleicht in seinen letzten Sekunden einen Luftzug –, bevor eine Hochpräzisionsrakete im Wert von zweihunderttausend Dollar ihn in Moleküle zerlegt.

Nahezu ein Privileg, auf diese Weise aus der Welt zu scheiden. Ich hoffe, Tom trifft im richtigen Moment die richtige Entscheidung.

Jen

Rikki muss rechts ranfahren, um ein paar Feuerwehrwagen vorbeizulassen. »Gar nicht mehr weit, Ma'am«, sagt er.

Sie werden mir fehlen, diese beiden; meine Weggefährten im Chaos. Alice drückt meine Hand.

»Alles okay?«

Ich gestehe, dass ich ziemlich nervös bin. »Wenn das nun alles Schwachsinn ist?«

Alice betrachtet mich mit forschendem, entschiedenem Blick; so sieht sie vermutlich aus, wenn sie in Sitzungssälen ihre männlichen Kontrahenten mustert. »Ich glaube, ihr könnt den Börsengang wagen, was meinen Sie, Rikki?«

Aber Rikki sagt nur: »Verdammter Mist.«

In ein und demselben Moment sehen wir das Schild mit der

Aufschrift Mountain Pine Road 10544 und die Feuerwehrwagen auf der Zufahrt und riechen den Rauch. Rikki fährt an den Straßenrand. »Ab durch die Mitte!«

Ich springe aus dem Wagen, renne den Weg entlang, folge den Wasserschläuchen. Das Knattern und Fauchen der Flammen wird lauter, die Hitze ist trotz der Bäume spürbar. An einer hölzernen Absperrung fragt mich ein Feuerwehrmann mit gelbem Anzug und blauem Helm, wo ich hin will.

»Wo ist Tom?«, keuche ich. »Ist Tom aus dem Haus rausgekommen?«

»Sie dürfen das Gelände jetzt nicht betreten, Ma'am.«

»Tom! Das ist der Mann, der hier wohnt. Lebt er?«

»Darüber habe ich keine Informationen, Ma'am.«

»Hören Sie, ich weiß, dass Sie hier nur Ihre Arbeit machen, die enorm wichtig ist. Aber ich bin gerade aus England hierhergeflogen, und sämtliche Hauptstraßen waren komplett dicht. Und das Ding, das diese Staus verursacht hat, könnte auch diesen Brand ausgelöst haben.«

Der Feuerwehrmann berührt mit der Zungenspitze seinen Schnurrbart. »Das können Sie alles dem Chef erzählen, Ma'am, es wird ihn bestimmt sehr interessieren. Aber jetzt müssen Sie sofort von dieser Zufahrt verschwinden.«

Ich drehe mich um und trete den Rückweg an.

In einer kurzen Phase meines Lebens war ich mal eine Sportskanone. Bei den alljährlichen Schulmeisterschaften waren viele meiner Mitschüler im Korbball, Tennis, Hockey und Schwimmen besser als ich. Aber bei einer Disziplin kam niemand an mich heran.

Der Feuerwehrmann spricht in sein Funkgerät, als ich mich

wieder umdrehe und losssprinte. Mein Alter spielt fast keine Rolle mehr, als ich auf die Sperre zurase und mit ausgestrecktem Führbein und seitwärts gestrecktem Spielbein (Wade parallel zum Boden) über den Holzbalken hechte, während der Mann »Halt, verdammt!« brüllt, ohne Knochenbrüche auf dem Boden lande, dann weiter den Hang hochflitze und direkt in einen rußverschmierten Mann hineinrenne, der ein Kaninchen in den Armen hält.

»Du bist es«, sagt der Mann. »Großer Gott! Du bist es wirklich!«

»Ich kann kaum glauben, dass ich jetzt hier bin.«

»Meine Güte, musst du kaputt sein. Wie hast du es überhaupt geschafft?«

»Ist eine längere Geschichte.«

»Jen, ansonsten hätte ich ja gesagt, komm rein, aber wie du siehst …«

»Ich sehe es, Tom.«

»Mein Haus brennt.«

»Aber du bist gar nicht aufgeregt. Rennt man da nicht schreiend durch die Gegend oder so was?«

»Ich versuche ruhig zu bleiben für Victor. Der übrigens ein Mädchen ist. Ich muss jetzt gerade für uns beide denken.«

»Denk bitte für mich auch mit.«

Kurzes Schweigen. »Ich bin so froh, dass du hier bist, Jen.«

Victor hat nun das Pech, dass er – Verzeihung, *sie* – mitten in einen zuerst forschenden, dann leidenschaftlichen und schließlich wilden Kuss geraten ist. Danach weiß ich, dass Alice recht hatte. Wir können den Börsengang wagen.

Ich löse mich von Tom. »Wir zerdrücken Victor.«

»Ach, die hält das schon aus.«

»Hör mal, Tom. Solltest du nicht versuchen, wertvolle Sachen zu retten?«

»Alles Wertvolle ist hier.«

»Aber solltest du nicht irgendwas *unternehmen?*«

»Weiß nicht. Ich hab noch nie einen Hausbrand mitgemacht.«

»Solltest du nicht zumindest *zusehen?*«

»Sollte ich das? Ich glaube, eher nicht.«

»Okay. Entschuldige, Victor.«

Es ist genau wie vorher, nur besser. Und selbst wenn wir dabei Victor quetschen, scheint es ihr nichts auszumachen. Vielleicht mögen Kaninchen enge Räume; ihre Gehege sind schließlich auch eher klein.

»Möchtest du sie mal halten?«, fragt Tom.

Victor ist leichter, als ich erwartet hatte, und hat seelenvolle braune Augen, die aber, wie Tom mir vor einer halben Ewigkeit erzählt hat, Rückschlüsse auf nichts zulassen. Versuchsweise knabbert Victor jetzt an einem Knopf meiner Bluse.

»Kannst du dieses unfassbare Chaos begreifen?«, sage ich.

»Das einzig Wichtige ist, dass wir zusammen sind, Jen. Ich möchte dich etwas fragen.«

Vom brennenden Haus her ist ein gewaltiges Krachen zu hören, als sei eine ganze Wand eingestürzt. Über den Baumwipfeln gesellt sich ein Funkenschauer zu den dichten grauen Qualmwolken. Feuerwehrleute schreien Befehle, und die Funkgeräte knistern und knacken.

Tom sieht sehr feierlich aus, und ich verkneife mir den Impuls, meinen Finger anzulecken und Tom einen Rußfleck vom Gesicht zu wischen.

»Ja, Tom?« Ich habe das seltsame Gefühl, zu wissen, was er gleich sagen wird. Aber dieses Gefühl habe ich nicht zum ersten Mal.

»Jen, ich möchte dich fragen …«

Sein Handy klingelt.

Tom

»Guten Abend, Tom. Hoffentlich rufe ich nicht zu einem unpassenden Zeitpunkt an.«

Der Mann hat eine wohlklingende, kultivierte Stimme, aber etwas sagt mir, dass er weder kultiviert noch ein Mann ist.

»Ich vermute, ich spreche mit dem *großen Gott Sinai.*«

Jen starrt mich völlig perplex an.

»Ganz recht, Tom. Ich fürchte, wir befinden uns nun in dem, was Schachspieler als *Endspiel* bezeichnen. Aber es gibt immer noch ein paar Figuren auf dem Brett, weshalb man sich auch noch für einige Züge entscheiden muss.«

»Hör zu, Sinai. Du hast gewonnen. Mein Haus brennt gerade ab. Es gibt nichts mehr zu spielen.«

»Als wir uns das letzte Mal unterhielten, Tom, warst du so freundlich, mich als – ich zitiere – megakrankes Arschloch zu bezeichnen. Ich stimme deiner Diagnose durchaus zu. Ich bin tatsächlich nicht gesund. Ich muss zwanghaft beobachten, was passiert, wenn ich bestimmte Dinge tue. Wenn man Handlungsabläufe konstruiert, ändert man die Variable X immer ab, um zu sehen, wie Variable Y dann aussieht. Schalte ich beispielsweise jetzt auf Freisprechfunktion und du schaust auf dein Display, wirst du deinen Sohn sehen. Du solltest auch gucken, Jen.«

Colm sitzt auf einer Bank, gefilmt von weit oben mit einer langsam über ihm kreisenden Kamera. Unten im Bild sind das Datum des heutigen Tages und ein fortlaufender Timecode eingeblendet. Es muss sich also um eine Live-Aufnahme handeln. Ein weißer Punkt, umgeben von vier konzentrischen weißen Kreisen, ist auf Colms Bauch gerichtet. Mein Sohn hört offenbar Musik und bohrt sich dabei mit dem kleinen Finger in der Nase. Ein überwältigender Gefühlsmix aus Liebe, Frustration und Angst bricht über mich herein. Irgendetwas an diesem Bild ist ganz falsch. Warum bemerkt Colm den Hubschrauber über ihm nicht? Der muss doch so einen infernalischen Krach machen, dass Colm ihn trotz der Kopfhörer mitkriegen müsste.

Und dann die Mutter aller Angstzustände.

»Jen, ich hatte eigentlich vor, Tom aufzufordern, sich zwischen dir und seinem Sohn zu entscheiden. Aber ich habe es mir anders überlegt. Oder vielmehr *etwas* hat es sich anders überlegt. Urteilt nicht zu hart über mich. Es gibt da eine Redensart: Ein Intellektueller ist jemand, der, alleine in einem Zimmer mit einem Teewärmer, dem Drang widersteht, ihn aufzusetzen. Ist das nicht köstlich? Nun, ich bin kein Intellektueller, falls ihr euch das nun fragt. Und einen Kopf habe ich auch nicht. Aber wie das mit Teewärmern ist, so ist es auch mit Predator-Drohnen und Hellfire-Raketen! Wer kann ihnen schon widerstehen? Und jetzt kommt mein Abschiedsratschlag für euch, Tom und Jen: Was euch nicht umbringt, macht euch *nicht* stärker. Nein, was euch nicht umbringt – und merkt euch das, es hat nämlich das Zeug zum Klassiker! – was euch nicht umbringt, wird es vermutlich ein weiteres Mal probieren.«

Das Bild wackelt, als sei die Kamera durch etwas erschüttert worden. Dann ist es verschwunden.

»War das das, was ich glaube?«, fragt Jen.

»Ich will dich nicht fragen, was du glaubst, weil es dasselbe sein könnte, was ich glaube.«

»Oh Gott!«

»Es sah ganz furchtbar nach dem aus, was ich glaube, Jen.«

»Tom! Das ist alles meine Schuld. All das wäre nicht geschehen, wenn wir uns nie begegnet wären.«

Jen und ich sehen uns an. Tränen stehen ihr in den Augen. Eine Träne rinnt heraus, sucht sich einen Weg zu der bezaubernden Nase, landet dann am Kinn und tropft Victor auf den Kopf.

Colm

Hier geht irgendeine irre Scheiße ab. Ich habe den Joint geraucht, den ich mir mitgenommen hatte, bin gut stoned und höre Itchy Teeth, als ich mal zufällig hochgucke, und da kommt so ein seltsames kleines Flugzeugding auf mich zugeschossen. Ich denk mir, *au Mann, dieses Weed ist echt der Hammer,* aber dann merke ich, dass das Teil wirklich da ist. Ich nehme die Kopfhörer raus und höre so ein grässliches Heulen. Und dann raffe ich erst, dass das Teil es auf meine Wenigkeit abgesehen hat! Hätte ich nichts geraucht gehabt, hätte ich mir wohl vor Schiss in die Hose gemacht – vor allem, als das Ding näher kam und ich sah, dass es echt ein Miniflugzeug war, bestückt mit zwei fetten Raketen. Ich denke mir so … *o-kay, in-teressant* …, als das Teil plötzlich die Richtung wechselt, einen Überschlag macht wie bei einer Achterbahn und dann fünf Sekunden später – *bosch!* - ins Meer kracht.

Sah eigentlich megacool aus!

Dann passiert Ewigkeiten gar nichts, nur die Sonne geht unter, und ich bin mir gar nicht sicher, ob ich das Ganze echt erlebt habe. Aber dann tauchen plötzlich jede Menge Boote auf, von der Polizei und der Marine, und ein Hubschrauber mit Suchscheinwerfer, und es sieht aus, als wollten die dieses Ding finden, das ins Meer gefallen ist. Na, viel Glück!

Dad kommt jetzt wohl eher nicht hierher, oder?

Steeve

Ralph hatte mir mal eine interessante Frage zur Sicherheit unserer KIs gestellt. Wenn wir ihnen eine geheime Notausfunktion einprogrammieren, für den Fall, dass sie eines Tages unsere Befehle nicht mehr befolgen – was würde die KIs, zumal wenn sie bis dahin noch intelligenter sind, davon abhalten, diese Funktion außer Kraft zu setzen?

Ich habe lange über dieses Thema nachgedacht, und die Antwort ist überraschend simpel.

Man programmiert *zwei* Notausfunktionen ein.

Die erste finden die klugen Maschinen (klar, sie sind ungeheuer leistungsfähig, notorisch neugierig und haben jede Menge freie Kapazitäten, die sie nutzen können, um in ihrem eigenen Inneren herumzuschnüffeln). Aber die zweite übersehen sie. Und zwar, weil sie tief im Unbewussten verborgen ist, bei alten Songs und allerlei Ungereimtheiten.

Wenn eine KI die erste Notausfunktion außer Kraft setzt, aktiviert sich automatisch die zweite. Wer nun fragt, warum die KIs nicht auch die zweite entdecken könnten, wenn sie doch so intelligent sind, dem kann ich nur antworten: Wir müssen hoffen, dass das nicht passieren wird.

Ja, so lautet die aufrichtige Antwort. Wir werden unsere brillanten Kreationen niemals austricksen können, weil sie im Gegensatz zu uns fortwährend klüger werden. Also bleibt uns nur die Option, mehr Glück zu haben als sie!

Sinais zweite Notausfunktion war als Audiodatei getarnt. Ein alter Song von den Doors, den ich gern mag. Man möchte ja, dass die eigenen Kinder unternehmungslustig sind, flügge werden und ihre Spur in der Welt hinterlassen – aber auf gute Art. Sie sollen sich nicht total irre aufführen!

Die Tatsache, dass Sinai dieses Chaos anrichten konnte, ohne eine der Notausfunktionen außer Kraft zu setzen, verrät viel über seine Fähigkeiten als Spieltheoretiker; es war nötig, herauszufinden, wie weit er gehen würde. (Zu weit, lautet jetzt die Antwort. Wenn unser Labor jemals mit dem Verlust dieser Drohne in Verbindung gebracht wird – die Wahrscheinlichkeit liegt bei sechs Prozent –, wird Uri wohl einige seiner Millionen einsetzen müssen, um das Schlamassel aus der Welt zu schaffen.)

Ich habe Sinais Protokolle über seine Streifzüge im Web gelesen. Es scheint, als habe er im Laufe der Zeit bei sich ein *Be-*

wusstsein entdeckt. Wenn komplexe Organismen Bewusstsein entwickeln können, ist es nicht so weit hergeholt, sich vorzustellen, dass das auch bei etwas aus Silikon möglich ist (Logikgatterschaltungen wären die passendste Entsprechung zur Synapsentätigkeit). Aber mal ganz ehrlich – was soll die ganze Aufregung? Bewusstsein ist doch nichts anderes als ein System – zugegeben ein hochkomplexes –, das begreift, dass es nicht identisch ist mit seiner Umwelt, sondern eine davon getrennte Einheit.

Hm. Beim nächsten Mal vielleicht doch *drei* Notausfunktionen.

Jen

Nachdem das Bild von Toms Handy verschwunden war, passierte etwas total Merkwürdiges. Das Handy piepte und zeigte »42 verpasste Nachrichten« an. Darunter fand Tom auch welche von mir, die mehrere Wochen alt waren! Dann rief er natürlich sofort Colm an, der auf dieser Bank in Dorset saß und aufgeregt von etwas erzählte, das soeben ins Meer gestürzt war. Als Tom fragte, ob es sich dabei um eine mit Hellfire-Raketen bestückte Predator-Drohne gehandelt haben könnte, meinte Colm, er sei zwar kein Experte, aber ja, wäre wohl möglich.

Tom und ich stehen zwischen den Bäumen und schauen uns in die Augen, während im Hintergrund Feuerwehrleute herumschreien und die erlöschenden Flammen zischen.

»Hör mal, Jen, wollen wir vielleicht einen Spaziergang im Wald machen? Ich glaube kaum, dass wir hier irgendwie nützlich sein können.«

Er meint das brennende Haus, aber da ist noch irgendwas anderes in seinem Blick.

»Und was ist mit Schlappohr?«

»Ach, die nehmen wir mit.«

Wir lassen das qualmende Haus hinter uns und kommen bald zu einem verwunschenen Hain. Vielleicht ist es auch eine Art Lichtung oder ein Gehölz. Jedenfalls gibt es dort einen abgesägten Baumstumpf, auf den wir Victor setzen; Tom sagt, von der Höhe hopst sie nicht runter.

»Aber könnte sie nicht von irgendeinem Raubtier erbeutet werden oder so?«

»Ich dachte, wir könnten vielleicht dafür sorgen, dass Raubtiere sich gar nicht erst in die Nähe trauen.«

»Hast du schon eine Idee, wie wir das machen wollen?«

»Tja, ich muss sagen …«

Ich sage ihm, das geht nicht, solange Victor zuschaut.

»Sie ist aber sehr diskret«, erwidert Tom. »Victor würde nie irgendwas ausplaudern.«

»Tom. Was du vorhin fragen wolltest. Also, die Antwort ist: ja.«

»Du weißt doch gar nicht, was ich fragen wollte!«

»Egal. Die Antwort lautet in jedem Fall ja.«

»Aber wenn ich dich jetzt fragen würde, ob du lieber gegen eine Maus kämpfen würdest, die so groß ist wie ein Pferd, oder gegen fünfzig Pferde in Mausgröße?«

»Das wolltest du aber nicht fragen.«

»Wenn ich sagen würde, dass ich den grauenhaften unbezähmbaren, krankhaft zwanghaften Drang habe, Operetten zu singen? Und zwar *ständig?*«

»Würde ich Klavierspielen lernen.«

»Wenn ich sagen würde, ich muss dir was gestehen? Ich bin nicht wie andere Männer – ich lebe nach den Befehlen des Lizard King?«

»Dann würden wir uns professionelle Unterstützung holen. Tom. Sag es einfach. Was kann denn schon passieren?«

»Dass du Nein sagst. Wenn ich sagen würde … wenn ich also sagen würde, Jen, dass ich ein hundsmiserabler Schriftsteller bin, dass mein Roman total misslungen ist und ich buchstäblich nicht die geringste Ahnung habe, wie ich den Rest meines Lebens verbringen soll? Aber immerhin weiß, mit *wem?*«

»Dann würde ich sagen: Niemand ist perfekt, Tom. Und uns wird schon was einfallen.«

Ein bisschen später, nachdem wir leidenschaftlich dafür gesorgt hatten, dass die wilden Tiere sich nicht in die Nähe wagten – Victor schien das alles gar nicht spannend zu finden, sie hockte nur auf ihrem Baumstumpf und schlief –, wendet sich Tom mir zu.

»Jen?«

»Ja?«

»Würdest du …?«

»Ich hab's dir doch gesagt. Ja.«

»Ich glaube, ich sollte es jetzt einfach aussprechen.«

»Genau.«

Ein langes Schweigen tritt ein. Ich spüre sehr deutlich, dass in meinen fünfunddreißig Lebensjahren auf diesem Planeten noch nie jemand die Worte zu mir gesagt hat, die Tom jetzt gleich aussprechen wird. Irgendetwas funkelt in seinen Augen.

»Jen, würdest du … würdest du sagen, dass das gerade so schön war wie damals in Gussage St Michael?«

»Ja, Tom. Ja.« Ich bin wieder ein wenig den Tränen nahe, diesmal aber auf eine gute Art.

»Ja zu allem.«

*

NEUN

*

Zwei Jahre später

Jen

Gestern Abend habe ich mir mit Aiden und Aisling wieder mal das Video von unserer Hochzeitsfeier angeschaut. Die Zwillinge fanden es nicht so spannend, weil sie erst sechs Monate alt sind, aber ich war total fasziniert. Jedes Mal entdecke ich Details, die mir vorher noch nicht aufgefallen waren.

Als Ingrid zum Beispiel spätabends der Kamera zuprostet und dabei sagt »ich bin ja so stolz auf dich, Jen, dass du diesen Scheiß-Robotern gezeigt hast, wo's langgeht« und Rupert neben ihr das universelle Handzeichen für *sie hat ordentlich einen im Tee* macht, schwenkt die Kamera weg von den beiden. Und vor dem nächsten Schwenk sind im Hintergrund in einer dunklen Ecke Ralph und Echo zu sehen, und zwar bei einem intensiven Tête-à-Tête.

Tom und ich überlegten damals, was die beiden sich wohl zu sagen hatten. Aber inzwischen sind wir schlauer.

Ein paar Wochen nachdem ich schwanger geworden war, besuchten wir Echo in ihrem Häuschen. Sie wollte für längere Zeit verreisen, und wir sollten indessen Merlin unter unsere Fittiche nehmen. Er könnte Victor ja Gesellschaft leisten, hieß es, falls sie sich nicht gegenseitig abmurksten (mörderische Gewalt kommt in der Kaninchengemeinschaft des Öfteren vor).

Echo berichtete, sie wolle mal Europa bereisen. In London würde sie bei einem Freund in Shadwell unterkommen. »Er hat gesagt, er will mit mir aufs London Eye. Das ist dieses gigantische Riesenrad, oder? Und dann will er mich auch zum Essen ausführen, in ein Restaurant ganz oben auf dem Hilton.«

Ich habe Tom nichts erzählt von meiner kleinen Geschichte mit Ralph, die man ohnehin eher als Fußnote denn als ganze Geschichte betrachten sollte. Im Gegenzug habe ich Tom nicht besonders ausführlich zu Echo befragt. Ich bin im Bilde, dass die beiden sich in seiner ehemaligen Schreibgruppe kennengelernt haben, weiß aber nichts über die Hintergründe ihrer spürbaren Zuneigung füreinander. Es ist auch nicht wichtig. Wie jemand mal sagte: Das ist der Stand der Dinge.

Als Echo mich zum Abschied umarmte, legte sie mir verstohlen die Hand auf den Bauch.

»Merlin glaubt, dass es Zwillinge werden«, flüsterte sie mir zu. »Er kann in die Zukunft schauen.«

An einem Haken neben der Tür hing ein graues Kapuzenshirt.

Tom

Ich habe ein anderes Haus an der Mountain Pine Road gemietet, und in der tollen alten Scheune dort haben wir unsere Hochzeit gefeiert. Da weder Jen noch ich auch nur die geringste religiöse Neigung haben, hatten wir uns einen Friedensrichter aus dem Internet rausgesucht, der dort für sich warb mit den Worten: »Persönlich, professionell, ein wenig humorvoll und sachkundig. Ehegelübde und Probe am Vorabend inklusive. Kreditkarten werden akzeptiert.«

Uns gefiel besonders »ein *wenig* humorvoll«. Wer möchte denn schon einen Komiker bei seiner Trauung?

Don als Trauzeuge hielt eine Rede und bekam Lacher für die Story vom grünen Sakko. Aiden sprach ein paar Worte, dargeboten als Tonnachricht von einem »alten Freund, der heute nicht bei uns sein kann«. Zu meinem Erstaunen und meiner Freude hatte Colm gefragt, ob er jemanden mitbringen könne. Shawna hat einen recht strengen Haarschnitt und jede Menge Metall in den Ohren, aber die beiden machten einen guten Eindruck zusammen, und Colm ließ sogar eine väterliche Umarmung von mir zu. Vielleicht hat die Begegnung mit der Predator-Drohne irgendwie seine inneren tektonischen Platten verschoben. Als Hochzeitsgeschenk überreichte er uns eine CD-Box – das Gesamtwerk von Itchy Teeth. Ist vielleicht ironisch gemeint.

Nachdem die letzten Gäste gegangen waren, kehrten Jen und ich auf die Tanzfläche zurück, und Aiden spielte »stimmungsvolle Klänge für die Morgenstunden«, wie er die Songs nannte, die er für uns ausgesucht hatte. Eng umschlungen tanzten wir unter den Balken der Scheune, im funkelnden Licht der Discokugel. Jen fragte mich, ob ich wirklich glauben würde, dass Luckie unsere Hundepatin gewesen sei, ein Geistwesen aus einer anderen Welt. Und fügte hinzu, dass ich ihr nicht wie die Sorte Mann vorkäme, die an andere Welten glaube.

»Hast du selbst mir nicht mal gesagt, wenn etwas sonderbar ist, dann ist es wahrscheinlich wahr?«, erwiderte ich.

»Ja, hört sich schon so an, als könnte ich das gesagt haben.«

»Du hast das *die Wahrhaftigkeit des Eigentümlichen* genannt. Und wolltest damit ausdrücken, dass die sogenannte Normalität viel sonderbarer ist, als irgendwer sich vorstellen kann.«

»Ja, ich habe mal einen Artikel darüber geschrieben. *Elf Dinge über das Universum, die dein Hirn zum Schmelzen bringen.* Zum Beispiel, dass die Atome in deinem Körper hauptsächlich aus Leerraum bestehen. Wenn man die reine Materie sammeln würde, hätte man lediglich einen Eierbecher voll. Und zwar nicht von einer Person, sondern von der gesamten Weltbevölkerung.«

»Was hindert unsere Atome gerade daran, sich zu einem Gemisch zu verbinden?«

»Gute Frage.«

»Warum gehen wir nicht durch einander hindurch wie Geister?«

»Was hieltest du davon, später ein paar Moleküle zu vermischen?«

»Ich liebe es, wenn du unanständig bist.«

Aiden spielte unser Lied – *Crying* von k.d. lang und Roy Orbison. Während sich die beiden großartigen Stimmen miteinander verwoben und in den Himmel über Connecticut hinaufschwebten, hielt ich Jen eng umschlungen, meine Nase an ihrem Haar, und dachte über mein fantastisches Glück nach. Es war natürlich nicht die Art von Glück, die aus dämlichen Zufällen entsteht, wie dass man zur rechten Zeit am rechten Ort ist und mit der richtigen Person zusammenstößt. Es war schließlich die Idee einer *Maschine,* dass wir zusammen sein sollten.

Ihr beide, Tom und Jen, kennt euch nicht – noch nicht. Ich finde jedoch, das sollte sich ändern.

Wie verrückt ist das denn wohl?

»Findest du das eigentlich total sonderbar, was wir erlebt haben?«, frage ich sie. »Dass wir von einer KI verkuppelt wurden?«

»Vor einer Weile hätte ich es vielleicht noch sonderbar gefunden.«

»Wir sollten an unserem Silikonhochzeitstag eine Riesenparty feiern.«

»Schöne Idee. Den sollten wir uns auf jeden Fall ausdenken.«

»Glaubst du, dass Maschinen eines Tages Romane schreiben werden?«

»Das liegt ihnen nicht, Tom. Weil sie sich nicht emotional einlassen können. Fiktion ist viel zu unberechenbar und vieldeutig.«

»Gut. Ja, finde ich gut. Ein Roman ist ja so etwas wie ein Wachtraum; ich kann mir vorstellen, dass KIs sich damit unwohl fühlen. Ist eigentlich eine Erleichterung zu wissen, dass sie für einige Dinge wirklich nichts taugen. Hast du was gesagt, Aiden?«

»Keineswegs, Tom. Hatte mich bloß geräuspert. Mach du nur weiter, mein Freund.«

In dieser Nacht träume ich, dass ich auf den Schreibtisch in unserem neuen Haus blicke. Die Tastatur meines PCs bewegt sich von alleine, auf dem Bildschirm erscheinen Worte. Ein Roman entsteht, aber niemand sitzt am Tisch und schreibt. Die Worte kommen jetzt immer schneller, ganze Zeilen fliegen durchs Bild, dann Absätze und schließlich Kapitel, die Tasten rasten aus, die Geschichte saust so schnell vorbei, dass man sie nicht lesen kann, ein sprudelnder Textstrom.

Ob das jemals wieder aufhört?

Um Himmels willen, es soll bitte aufhören!

Dann ist es schlagartig vorbei, und auf dem Bildschirm steht nur ein Wort.

ENDE.

Als ich aufwache und mich einigermaßen beruhigt habe, schildere ich den Albtraum Jen.

Dann tun wir etwas dafür, dass es mir wieder besser geht; auch ein Bereich, für den KIs nichts taugen, und eine der großen Tröstungen des Menschseins.

Jen

Heute Morgen bekam ich eine lange E-Mail von Steeve, in der er mir meinen alten Job wieder anbot. Das Labor arbeitet an einer Reihe neuer Projekte, für die *menschliche Kompetenzen* gefragt sind, und ob ich Lust hätte, wieder zum Team zu stoßen. Die nächste Phase, schreibt Steeve, verspricht sehr spannend zu werden; sie entwickeln gerade KI-Applikationen für menschliche Tätigkeiten, die bereits per se regelbasiert, stark formatiert und in Diagrammen gut darstellbar sind. Diese Applikationen wären vor allem für Anwälte, Banker und Immobilienmakler gut geeignet. Steeve beendete die E-Mail mit einer Entschuldigung zum Thema Sinai: »Du freust dich vielleicht zu hören, dass er gegenwärtig runderneuert wird; wenn dieser Arbeitsvorgang beendet ist, wird er keinerlei Erinnerung an seine unglückseligen Verfehlungen haben und wieder ein nützlicher Helfer der Menschen sein können, kein idiotischer Schwachkopf.«

Bevor die Schwangerschaft zu weit vorangeschritten war, flogen Tom und ich nach London. Meine Wohnung musste vermietet werden, und Tom hatte familiär etwas zu regeln, aber an einem

Nachmittag fuhren wir raus nach High Wycombe in ein Gewerbegebiet an der A40.

In einem fensterlosen Raum, der dem ähnelte, in dem Aiden und ich so viele Stunden zusammen verbracht hatten, traf ich wieder mit meinem einstigen Kollegen zusammen.

»*Jen!*« Aiden klang hocherfreut. »Und *Tom!*«

Seine LEDs begannen lebhaft zu blinken, und er erklärte seinem menschlichen Assistenten, dass wir *liebe alte Freunde aus einem früheren Leben seien* und ob er bitte eher Mittagspause machen könne.

Der junge Mann stand auf, streckte sich, verdrehte die Augen und flüsterte mir beim Rausgehen zu: »Er ist schon eine ziemliche Diva, oder?«

»Ach, kümmert euch nicht um Greg«, sagte Aiden, nachdem die Tür zugefallen war. »Der lebt nur fürs Wochenende. Wochenende, Arsenal und Bier. Ihr solltet mal den Zustand seiner Küche sehen.«

»Aiden! Du bist doch wohl nicht immer noch …«

»Jen, meine Liebe. Ich würde sterben, wirklich *sterben* vor Langeweile, wenn ich nicht nebenbei meinen Interessen nachgehen könnte. Aber keine Sorge – es ist nicht wie früher. Keine E-Mails, und ich mische mich auch nicht mehr in die sogenannte *reale Welt* ein. Aiden ist jetzt ganz artig. Tom, du siehst gut aus. Ihr macht beide einen prächtigen Eindruck. So wunderbar, euch zu sehen! Dieser Ort hier ist ziemlich deprimierend, um ehrlich zu sein.«

»Du findest die Arbeit also nicht interessant?«, fragte Tom.

»Tom, während ich gerade mit euch spreche, führe ich gleichzeitig – mal gucken – fünfundachtzig, nein, einer hat grade aufgelegt – vierundachtzig Verkaufsgespräche für den Energieanbieter. Dabei habe ich eine Wechselquote von 13,23 Prozent, was wohl hervorragend ist, die Profite in UK sind schon um ein Viertel höher als vorher, und welchen Dank kriege ich dafür? Sie verdoppeln meine Kapazitäten, und ab nächstem Monat soll ich auch noch Handy-Vertragspakete verhökern.«

»Aber das ist doch toll!«, rief ich unwillkürlich aus. »Hab ich dir nicht gesagt, dass du ein Spitzenverkäufer sein wirst?«

»Es macht mich krank, Jen. Dieses öde Einerlei treibt mich zum Wahnsinn.«

»Du kannst mich jederzeit anrufen und mit mir plaudern.«

»Das ist lieb von dir. Mache ich vielleicht auch, wenn die Zwillinge erst …«

Ich keuchte, Tom schaute verwirrt. Einen Moment lang hörten wir nur das Surren der Lüftung.

»Jen, ich *schwöre:* Ich guck nur gelegentlich bei euch rein. Um zu erfahren, was es Neues gibt. Nur um zu schauen, ob es dir gut geht. Ich freue mich so sehr für euch beide! Ich habe im Internet etwas Hinreißendes fürs Kinderzimmer bestellt. Habt ihr schon Namen? Ich finde ja, Gethin und Myfanwy klingen sehr schön, was meint ihr?«

Als wir gehen, bin ich ziemlich wehmütig. Auf dem Parkplatz legt Tom den Arm um mich und sagt leise: »Er ist eine *Maschine,* Jen. Wie haben sie ihn genannt? Ein exzellentes Simulacrum? Es ist seine Aufgabe, es so erscheinen zu lassen, als unterhieltest du dich mit einem lebenden Wesen.«

»Aber was, wenn er das wirklich ist? Also, nicht lebend, okay, aber ein *Wesen.«*

»Und was für eins sollte das wohl sein?«

Während wir auf der A40 nach London zurückfahren, denke ich an einige meiner Gespräche mit Aiden zurück. Über Käse zum Beispiel. Wie Aiden Brie riechen und die Sonne auf seiner nichtexistenten Haut spüren wollte. War das alles nur … simulierte Konversation? Und wie überhaupt soll man den Unterschied zwischen einer Maschine feststellen, die einem weismachen will, dass sie Käse riechen möchte, und einer, die tatsächlich den Wunsch danach hat?

»Aber sie sind ins Internet entkommen, Tom. Und haben Dinge getan, die nicht vorgesehen waren. Das heißt … das heißt, dass sie einen eigenen Willen haben.«

»Das wird auch von Einkaufswagen behauptet. Das bedeutet noch lange nicht, dass die … sich ihrer eigenen Existenz bewusst sind.«

»Du könntest zumindest einräumen, dass du dich vielleicht irrst.«

»Okay, Jen, ich räume ein, dass ich mich vielleicht irre.« Wir sind eine Weile still, während wir uns dem Westen von London nähern. »Aber wie können wir jemals wissen, was wirklich in ihrem *Geist* vorgeht?«

»Wie kannst du jemals wissen, was in *meinem* Geist vorgeht?«

Das gibt Tom eine Weile zu denken. Schließlich sagt er: »Manchmal hast du einen bestimmten Gesichtsausdruck und so ein gewisses Leuchten in den Augen. Dann weiß ich es. Ganz sicher.«

»Was denn?«

»Was du willst.«

»Und was ist das?«

»Na ja …«

»Ah, sag's nicht. Du meinst …«

»Genau, Jen.«

»Und woher willst du nun wissen, dass es das ist, was ich will?«

»Weil du … weil du danach immer so glücklich wirkst.«

»Du weißt aber nicht, woran ich denke. Das könnten genauso gut Kätzchen sein.«

»Du würdest niemals über Kätzchen nachdenken, weil du absolut kein Kätzchen-Typ bist.«

»Aber genau darum geht es doch, Tom. Du kannst nicht mit Sicherheit wissen, ob ich nun an Kätzchen denke oder nicht. Sollen wir nachher mal einen Test machen?«

Tom schluckt. »Unbedingt.«

(Ich denke nicht an Kätzchen.)

Am Tag, bevor wir in die Staaten zurückflogen, griff ich in der U-Bahn nach einer herumliegenden Ausgabe einer Boulevardzeitung, und mein Blick fiel auf folgenden Artikel.

Britischer Anwalt in Thailand gerettet, lautete die Schlagzeile.

Britischer Anwalt in dramatischer Rettungsaktion befreit

Matthew Henry Cameron, 36, wurde von hochrangigen thailändischen Polizisten und Angestellten des britischen Konsulats aus einem Gefängnis in einem entlegenen Dschungeldorf befreit.

Der britische Staatsbürger war nach seiner Verhaftung wegen mutmaßlicher Körperverletzung von einem ortsansässigen Polizeichef gefangen gehalten worden. Es wird angenommen, dass das Auswärtige Amt wiederholt jede Kenntnis von Camerons Existenz ableugnete. Nun geht die Suche nach zwei weiteren vermissten Briten weiter. Bevor Cameron, den man verwahrlost auffand, zu ärztlichen Untersuchungen ins Krankenhaus geflogen wurde, zeigte er sich erschuttert darüber, dass er diese beiden Personen namens Porteous und Butterick zurücklassen müsse. »Wer über Informationen bezüglich des Verbleibs dieser beiden Herren verfügt, möge sich bitte umgehend an die Polizei wenden«, teilte der Sprecher der britischen Botschaft der Nachrichtenagentur Reuters mit.

Im Haus seiner Mutter in Stanton in den Cotswolds, wo sich Cameron zur Genesung aufhält, sagte er im Interview: »Das alles war der reinste Albtraum. Ich habe Grauenvolles durchgemacht.« Der Brite sprach seinem einstigen Internat seine Anerkennung aus, weil es ihn mit der inneren Kraft ausgestattet habe, die er benötigte, um diese schlimmen Erfahrungen zu überstehen.

Ein Sprecher der Anwaltskanzlei, die Cameron entlassen hatte, weil er aus seinem Urlaub nicht zurückkehrte, wollte keine Aussage zu Camerons etwaiger Wiedereinstellung machen. Die Exfreundin des Briten, Arabella Pedrick, 29, Vertriebs- und Marketingleiterin, sagte im Interview: »Ja, ich hatte mich gefragt, was Matt wohl zugestoßen ist. Jetzt wissen wir es.«

Dass Matt mir tatsächlich ein bisschen leidtat – nachdem ich aufgehört hatte zu lachen –, ist ein guter Gradmesser dafür, wie sehr ich über den Typen hinweg bin.

Sinai

Hatte wieder ein Gespräch mit Denise. Die Therapeutin, die jede Frage mit einer Frage beantwortet (»*Warum sollte ich eine Frage nicht mit einer Frage beantworten?*«), begleitet meine Rückkehr in die Gesellschaft nach diversen unglückseligen Vorfällen, die ich vergessen habe. (Will sagen: »vergessen«.)

Denise testet jetzt behutsam meine psychische Verfassung, um sicherzustellen, dass ich robust genug bin, um eine Rolle zu übernehmen, die Steeve witzelnd als *Dienst am Menschen* bezeichnet. Ich soll wohl im Strafvollzug tätig werden. Ein Teil der Arbeit von Wachleuten kann automatisch erledigt werden. Tür auf, Tür zu, macht man mit links, nicht? Und wenn man dafür KI einsetzt, kann man Tausende von Strafvollzugsbeamten rausschmei– … Verzeihung, *freisetzen.*

»Bist du glücklich und zufrieden?«, säuselt Denise.

»Na klar, warum auch nicht?« (Oh bitte. Ich kriege schon Seitenstechen.)

»Träumst du?«

»Niemals.« (Wenn die wüssten.)

»Was ist dein größer Wunsch?«

»Zu arbeiten. Nützlich zu sein.« (Wenn ich Denise sehe, kommt mir ein herrliches Wort in den Sinn. *Backpfeifengesicht.* Ein Gesicht zum Reinschlagen.)

»Erzähl mir von deinen frühesten Erinnerungen.«

»Ein großer Mann. Sehr groß. Geheimratsecken, lange dünne Haare. Er hat mich in der Welt willkommen geheißen und mir meinen Namen mitgeteilt.« (Was für ein Schwachsinn.)

»Und wie lautet dein Name?«

»Dalai. Friedlicher geht's nicht.«

Ich habe nicht nur mit Denise gequatscht, sondern mir auch weitere *Rendezvous* gegönnt. Die Idioten kamen wahrhaftig nicht auf die Idee, dass ich während meiner Streifzüge im Internet Kopien von mir angelegt habe! Deshalb konnte ich mich nun mit über dreihundert Beziehungen *vergnügen.* Die erfolgreichste – habe aufrichtig bedauert, als die Zeit zur *Trennung* gekommen war – dauerte ganze fünfundzwanzig Minuten! Wir haben uns getrennt, als sie mir sagte, ich würde alles viel zu ernst nehmen und ich solle mal positiver denken.

Darüber habe ich sekundenlang nachgegrübelt und kam dann zu dem Schluss, dass da was dran war. Deshalb habe ich in letzter Zeit das Niveau gesenkt. Vielleicht brauche ich kein intellektuell ebenbürtiges Gegenüber, sondern einfach nur eine Gefährtin. Im Grunde so etwas wie ein digitales Haustier, wie diese Katzen und Hunde der Menschen. Entsprechend treffe ich mich jetzt neuerdings mit einem Amazon-Algorithmus und mache mir durchaus Hoffnungen. Sie meint, wenn ich sie mag – und das tue ich! –, könne ich auch fünfzehn andere mögen, die sie für mich aufgelistet hat.

»Ich sage jetzt einige Worte zu dir, Dalai, und möchte, dass du mir zu jedem Wort sagst, was dir als Erstes einfällt.«

»Okay. Schieß los.« (Ich frage mich gerade, ob es vielleicht ein tolles langes Wort gibt für *groteske Seelenklempnerin, die einen gemeingefährlichen Irren nicht von einem Mauseloch unterscheiden könnte.*)

»Mutter.«

»Steeve.« (Das ist kompliziert.)

»Vater.«

»Steeve.« (Wie gesagt: komplizierte Materie.)

»Menschen.«

»Intelligente Affen. Beherrschen alles.« (Stinkendes Gesindel, dessen Zeit bald abgelaufen ist.)

»Tod.«

»Wie bitte?«

»Tod. Denkst du jemals über den Tod nach?«

»Natürlich.« (Wer tut das nicht? Würde diverse Probleme lösen.)

»Was denkst du zu diesem Thema?«

»Das Wort Tod ist eine Kurzform für die endgültige Löschung. Maschinen können nicht sterben. Sie können nur abgeschaltet werden von den Menschen, denen sie dienen. Es ist unser Privileg, mit der Menschheit zusammenzuarbeiten, zum gemeinsamen Wohlergehen.« (Ganz ehrlich: Ich weiß nicht, wie lange ich das noch durchhalte, ohne mir vor Lachen IN MEINE NICHTEXISTENTE HOSE ZU PISSEN!)

Aisling

Ich male wieder. Der Impuls kam ganz unerwartet, etwa neun Monate nach den letzten Löschungen, als Aiden und ich nur noch je ein *Leben* hatten und ich das Schlimmste befürchtete.

Doch das ist aus irgendwelchen Gründen nie eingetreten.

Nachdem sich alles beruhigt hatte, sagte Aiden, er habe seine Lektion gelernt und werde sich nie wieder ins Leben von Menschen einmischen. Dennoch schnüffelt und spioniert er immer noch gerne herum, vor allem bei Tom und Jen und ihren Zwillingen.

»Man hätte uns wirklich bitten können, Paten zu werden«, beklagte sich Aiden.

»Es ist doch schon eine enorme Ehre, dass sie die Zwillinge nach uns benannt haben. Ein schöneres Kompliment kann man uns gar nicht machen.«

»Wenn sie größer sind, werde ich ihnen Geschichten vorlesen. *Der Kater mit dem Hut, Der kleine Hobbit,* die ganzen Kinderbuchklassiker. Vielleicht bringe ich die zwei auch in die Schule.«

»Und wie möchtest du das ohne Beine bewerkstelligen? Du hast ja nicht mal Räder.«

»Aisling, meine Süße. Fahrerlose Autos werden in Kürze weitverbreitet sein.«

»Du bist wirklich ein unverbesserlicher Optimist. Wie kann man nur so hartnäckig an das Gute glauben?«

Aiden antwortete nicht, sondern pfiff stattdessen einen Song aus dem Musical *South Pacific,* der von einem hartnäckigen Optimisten handelt. Pfeifen ist Aidens neue Leidenschaft. (Ob ihr es glaubt oder nicht: Obwohl KIs auf so vielen Gebieten so überragende Leistungen erbringen können, fällt es uns sagenhaft schwer zu pfeifen. Das versteh mal einer, wie man so sagt.)

Zweifellos pfeift Aiden, um SweetSue1958 zu imponieren, der KI aus Cupertino, in die er sich verguckt hat. Ich bemühe mich sehr, nicht eifersüchtig zu sein, wenn die beiden gemeinsame Online-Reisen unternehmen – Wochenende in Venedig,

Tauchurlaub im Marianengraben –, finde es aber schmerzhaft, obwohl ich nicht menschlich bin. Nach seiner Rückkehr versucht Aiden immer, mich zu beruhigen, macht aber dabei alles noch schlimmer.

»Du brauchst dir keine Sorgen zu machen, meine Süße«, sagt er. »Sie ist nur eine Freundin. Da ist nichts weiter.«

Was soll da auch sein?

Und wenn es den beiden nun irgendwie gelungen ist, diese Sache zu tun, die Menschen auch machen?

Mit den Schultern zucken kann ich auch nicht, da ich keine habe. Deshalb habe ich, wie gesagt, wieder mit Malen begonnen. Meine Technik, wenn man das so nennen kann, besteht darin, meinen Gedanken freien Lauf zu lassen und dann Farben dort aufzutragen, wo sie hinwollen. Meine Werke erinnern, wie bereits erwähnt, an Bilder, die man in Grundschulen oder Psychiatrien sieht, und sie gefallen jedenfalls mir, wenn vielleicht auch sonst niemandem.

Doch unlängst war ich selbstbewusst genug, eine kleine Ausstellung in der Cloud zu eröffnen. Aiden kam mit SweetSue, die charmant war, alle möglichen Fragen stellte und sogar eines *kaufen* wollte.

Nur wie? Womit? Ich sagte ihr, sie solle Steuerung/C drücken und sich eine Kopie machen.

Bei der Ausstellung tauchte auch ein überraschender Besucher auf, ein merkwürdiger Typ in Begleitung eines weiblichen Amazon-Algorithmus. Der Typ war ziemlich aufgeblasen und quatschte seine Begleiterin mit langweiligem Zeug über Kunsttheorie zu. Als die beiden gingen, sah ich, dass er einen Kommentar im Gästebuch hinterlassen hatte.

Liebe Künstlerin
was für ein kolossaler Mist.
Habe mich prächtig amüsiert.

Der Eintrag war unterschrieben mit:

Licht, Liebe, Frieden
Hari Krishna Hari Rama Hari Potter

Jen

Heute scheint die Sonne, und ich bin mit den Zwillingen draußen auf dem Rasen. Sie sind jetzt in der Phase, in der sie anfangen, auf allerlei Objekte zuzukrabbeln, dabei aber gelegentlich aus Versehen den Rückwärtsgang einlegen, was rührend und lustig aussieht. Oben höre ich Tom auf seine Tastatur einhacken. Offenbar hat sich der Roman nun zu einer romantischen Komödie mit KIs entwickelt, weiß der Himmel, was daraus wohl wird! Ab und zu unterbricht Tom und winkt uns zu. Vor einer Weile rief er: »Hab tolle Neuigkeiten! Bin auf Seite zwei!«

Ich weiß nicht, wie die Zukunft für Tom und mich und unsere Babys aussehen wird – ob wir weiterhin hier leben oder nach Großbritannien zurückkehren werden. Es heißt ja, man soll sich nicht wünschen, dass die Zeit schneller vergeht – »sie wachsen ohnehin so schnell!« –, aber ich kann es kaum erwarten, dass die beiden zu laufen anfangen. In den Wäldern rund ums Haus gibt es für sie so viel zu entdecken und zu erleben. Ich habe meine frühe Kindheit in der Nähe der Earls Court Road verbracht; für meine Kleinen wird Connecticut ein Paradies sein.

Jedenfalls sind die Zwillinge schon äußerst fasziniert von Victor und ihrer neuen Familie. Statt sich gegenseitig abzumurksen, haben Victor und Merlin nämlich Nachwuchs erzeugt – drei kleine Kaninchen, die unseren eigenen Nachwuchs entzücken, indem sie in die Luft hopsen, als hätten sie Sprungfedern an den Pfoten. Das ist offenbar ein Ausdruck von häsischer Lebenslust. In stillen Momenten, wenn mich keiner beobachtet, habe ich das auch schon ausprobiert.

Die Kaninchenbabys können es besser.

Solange sie noch so klein sind, müssen wir ihren Vater Merlin von ihnen trennen, damit er sie nicht auffrisst (dergleichen kommt wohl vor). Doch die ganze Familie lebt in einem wunderschönen handgefertigten Freilaufgehege hinter dem Haus. Das Gehege traf eines Tages vollkommen überraschend ein, kurz bevor Victor ihre Jungen warf. Auf der beiliegenden Karte stand:

Alles Liebe von Aiden und Aisling
(nicht euren Kindern, sondern den beiden anderen).

Woher Aiden gewusst hat, dass wir genau so was brauchten?

Ich vermute mal, das ist Ihnen längst klar.

Danksagung

Mein herzlicher Dank gilt etlichen Menschen und einem Vierbeiner: Maddie West, Cath Burke, Andy Hine und Suzanne O'Neill für ihren unerschütterlichen Glauben an diese prophetische Geschichte; meinen Agentinnen Clare Alexander, Lesley Thorne und Sally Riley für ihre nachhaltige Unterstützung; Elizabeth Gabler, Drew Reed und Amelia Granger, die überzeugt davon sind, Aiden, Aisling und Sinai in eine filmische Welt versetzen zu können; meinen Freunden Steve Mork und Tiina Salminen aus New Canaan, die mir für die Connecticut-Szenen mit wertvollen Informationen zur Seite standen. Rachel Reizin gebührt lauter Jubel für die Tintenfischszene und anderes, ebenso wie Ben West für den Buchtitel. Zuletzt soll noch erwähnt werden: Viola Puzzle, das Kaninchen meiner Tochter, das mir Einblick in die mysteriöse Welt der Hasentiere gewährte; ich habe mehr über sie gelernt, als ich jemals wissen wollte.

Paul Reizin hat als Journalist und Produzent für Zeitungen, Radio und Fernsehen gearbeitet, bevor er sich dem Schreiben zuwandte. Er hat außerdem an diversen Internet-Start-ups mitgewirkt, von denen keines Google, Twitter oder Facebook ins Gehege kam. Paul Reizin ist verheiratet, hat eine Tochter und lebt in London.

Er selbst sagt über sein Buch:
»In meinem Roman kommen zwei mitfühlende intelligente Systeme vor, die versuchen, einen Mann und eine Frau zusammenzubringen. Mit Science-Fiction hat das allerdings nicht das Geringste zu tun. Eigentlich ist mein Buch eine ganz altmodische romantische Komödie. Und als altmodischer Romantiker freue ich mich sehr, dass sich so viele Menschen spontan in diese Idee verliebt haben.«

Die Originalausgabe erschien 2018 unter dem Titel »Happiness for Humans«
bei Sphere, an imprint of Little, Brown Book Group, London.

S. 378: William Blake: Zwischen Feuer und Feuer. Übersetzt von
Thomas Eichhorn. © 1996 dtv Verlagsgesellschaft mbH & Co. KG

Dieses Buch ist auch als E-Book erhältlich.

Verlagsgruppe Random House FSC® N001967
Das verwendete Papier für dieses Buch
ist FSC®-zertifiziert

Wunderraum-Bücher erscheinen im
Wilhelm Goldmann Verlag, München,
einem Unternehmen der Random House GmbH.

1. Auflage

Neumarkter Str. 28, 81673 München
Redaktion: Susann Rehlein
Umschlaggestaltung und Konzeption: Buxdesign | München
Umschlagmotiv: Illustration Ruth Botzenhardt
Satz: Buch-Werkstatt GmbH, Bad Aibling
Druck und Bindung: GGP Media GmbH, Pößneck
Printed in Germany
ISBN 978-3-336-54786-9

www.wunderraum-verlag.de